HEYNE

Tom Clancy / Steve Pieczenik

Tom Clancy's Special Net Force

Ehrensache

3 neue Romane in einem Band

WILHELM HEYNE VERLAG
MÜNCHEN

HEYNE ALLGEMEINE REIHE
Nr. 01/13669

Umwelthinweis:
Das Buch wurde auf
chlor- und säurefreiem Papier gedruckt.

Redaktion: Verlagsbüro Oliver Neumann, München

Deutsche Erstausgabe 07/2003
Copyright © der deutschsprachigen Ausgabe 2003 by
Ullstein Heyne List GmbH & Co. KG, München
Der Wilhelm Heyne Verlag ist ein Verlag
der Ullstein Heyne List GmbH & Co. KG
Printed in Germany 2003
Quellennachweis: s. Anhang
Umschlagillustration: Chris Moore/Artist Partners
Umschlaggestaltung: Nele Schütz Design, München
Satz: Pinkuin Satz und Datentechnik, Berlin
Gesetzt aus der RotisSerif
Druck und Bindung: Elsnerdruck, Berlin
http://www.heyne.de

ISBN 3-453-86432-8

Inhalt

Ehrensache
Seite 7

Schwarze Schatten
Seite 283

Geiselnahme
Seite 533

Special Net Force – **Ehrensache**

Wir möchten den folgenden Personen danken, ohne deren Mitarbeit dieses Buch nicht möglich gewesen wäre: Mel Odom für seine Hilfe bei der Überarbeitung des Manuskripts; Martin H. Greenberg, Larry Segriff, Denise Little und John Helfers von Tekno Books; Mitchell Rubenstein und Laurie Silvers von BIG Entertainment; Tom Colgan von Penguin Putnam Inc., Robert Youdelman, Esq., und Tom Mallon, Esq., sowie Robert Gottlieb von der William Morris Agency, unserem Agenten und Freund. Wir wissen eure Unterstützung sehr zu schätzen.

Prolog

Georgetown, Virginia, USA
Samstag, 6 Uhr 21, 2025

Die Aufregung beschleunigte Solomon Weists Schritte, sodass er geradezu durch die Gänge der Bradford Academy glitt. Die frisch gebohnerten Böden glänzten in der Morgensonne, die durch die hohen Fenster hereinfiel, und verströmten einen leichten Pfirsichduft.

Achtlos eilte er an den Klassenzimmern vorüber. Die Räume waren abgeschlossen und wurden erst aufgesperrt, wenn die Lehrer eintrafen. Trotz der exklusiven Studentenschaft der Akademie hatte es vereinzelt Fälle von Vandalismus und Diebstahl gegeben, sodass man beschlossen hatte, die Klassenzimmer abzuschließen, wenn keine Aufsicht vor Ort war.

Dagegen blieben Bibliothek und Fitnessraum an den Wochenenden von sechs bis zweiundzwanzig Uhr geöffnet. Nicht alle Schüler von Bradford waren in Sportklubs Mitglied und konnten dort trainieren oder besaßen zu Hause einen dem Stand der Technik entsprechenden Computer-Link-Stuhl für den Zugang zum Netz. Daher stellte die Schule diese Einrichtungen am Wochenende und sogar während des Sommers allen zur Verfügung.

Das garantierte Fairness für die Studenten, deren Familien sich solche Dinge nicht leisten konnten.

»Hallo, Sol. Du bist aber wieder früh auf den Beinen.«

Solomon traf fast der Schlag. Zwar verbrachte er des Öfteren Wochenenden in der Bradford Academy, aber diesmal war er ungewöhnlich angespannt – schließlich hatte er einen Plan. Als er sich umwandte, entdeckte er Benny Towers vom nächtlichen Reinigungstrupp, der seinen Putzwagen aus dem Büro der Schulkrankenschwester schob.

»Hi, Benny.« Solomon lächelte strahlend. Sein Lächeln war seine Stärke, das wusste er. Vielleicht war er nicht nach der neuesten Mode gekleidet und nicht gerade eine Sportkanone, aber sein Lächeln wusste er gezielt einzusetzen.

Er war mittelgroß, hatte einen massigen Brustkorb und breite Schultern. Seine langen Arme hatten in der Grundschule Anlass zu verschiedenen Witzchen über Affenmenschen gegeben. Aber er war immerhin so groß, dass niemand Lust hatte, allzu oft auf diesem Punkt herumzureiten. Sein dunkles Haar hatte er abrasiert, sodass er sich nur alle paar Wochen um seine ›Frisur‹ kümmern musste. Seine Mutter behauptete, durch seine Glatze habe er ein Mondgesicht, und fand, er sollte sich die Haare wieder wachsen lassen. Er ignorierte ihren Rat. Seit dem Tag, an dem sein Vater sie beide im Stich gelassen hatte, spielte seine Mutter in seinem Leben keine wesentliche Rolle mehr.

»Willst du deine Noten aufbessern, oder geht es um eine Strafarbeit?«, fragte Benny mit rauer Stimme. Er war ein dünner alter Mann, dem die graue Uniform des Reinigungspersonals nie richtig gepasst hatte. Irgendwie sah er immer so aus, als wäre er darin verloren gegangen.

»Strafarbeit.«

Benny gackerte begeistert und schüttelte den Kopf. »Was hast du diesmal angestellt? Einen Streich, oder hast du dich wieder auf Diskussionen mit dem Lehrer eingelassen?«

»Die können es einfach nicht ertragen, wenn ich die besseren Argumente habe.«

Benny lachte erneut. »Ich weiß, Junge, ich weiß.«

Solomon ging aus diesen Streitgesprächen als Sieger hervor, auch wenn Lehrer und Schulverwaltung das nicht zugeben wollten. Wenn er in die Klasse kam, war er gut vorbereitet, und sein Ruf sorgte dafür, dass sich auch die Lehrer entsprechend vorbereiteten.

Die Bradford Academy war eine finanziell gut ausgestattete Bildungseinrichtung mit einer eindrucksvollen Geschichte. Hier wurden die Kinder von Politikern, Diplomaten, Unternehmern und Offizieren unterrichtet.

Solomon passte in keine dieser Kategorien. Er war das einzige Kind einer allein erziehenden Mutter und nur aufgrund seiner hervorragenden Noten nach Bradford gekommen. Durch die Diskussionen mit seinen Lehrern hatte er ursprünglich den anderen Schülern beweisen wollen, dass er ihnen akademisch mehr als ebenbürtig war. Nach drei Jahren an der Schule waren die Streitgespräche inzwischen mehr zu einem Hobby geworden, um die tägliche Monotonie zu durchbrechen. Beweisen musste er niemandem mehr etwas.

»Aber diesmal werde ich nicht bestraft«, sagte Solomon, »diesmal teile ich aus.«

Benny lachte erneut und schüttelte den Kopf. »Du bist ein sturer Bursche. Erinnerst mich an mich selbst, als ich in deinem Alter war.«

Nur dass ich nicht als Hausmeister enden werde,

schwor sich Solomon im Stillen. Dabei lächelte er unentwegt, um seine Gedanken nicht zu verraten. Auch das war eine seiner Stärken. Niemand wusste, was er dachte oder fühlte, es sei denn, er wollte es. Und das kam nicht oft vor.

»Ich muss noch eine Runde drehen«, verabschiedete sich Benny. »Schönen Tag noch, junger Rebell.«

»Ihnen auch.« Mit einem Winken verschwand Solomon in Richtung Bibliothek.

Der Raum war riesig. In den Regalen standen nur noch wenige Bücher, bei denen es sich eher um Andenken handelte. Die riesige Bücherei der Schule befand sich in der Veeyar im Netz. Der Großteil des verfügbaren Raumes wurde von Computer-Link-Stühlen eingenommen.

Er entschied sich für einen, der in einer der hinteren Ecken der Bibliothek stand. Wenn er sich in einem der Stühle niederließ und sich auf den Eintritt ins Netz vorbereitete, fühlte er sich in der Bibliothek immer verwundbar, weil er seine Umgebung nicht vollständig unter Kontrolle hatte. Das gefiel ihm gar nicht. Viel lieber surfte er in aller Ruhe von zu Hause aus im Netz, weil er da sicher sein konnte, dass er unbeobachtet und ungestört blieb.

Seine Mutter war selten daheim. Wenn sie nicht arbeitete, traf sie sich mit Freunden. Die hatten kein Interesse an Solomon, und das beruhte auf Gegenseitigkeit. Oft dachte er, dass seine Mutter ihn nur bei sich behielt, um die staatliche Unterstützung nicht zu verlieren.

Zu Hause besaßen sie nur deswegen einen Computer-Link-Stuhl, weil Solomon in den Sommerferien, an den Wochenenden und manchmal sogar während des Schuljahrs gearbeitet hatte. Es war schwierig genug gewesen, Geld zu sparen, nachdem seine Mutter herausgefunden hatte, dass er einen Job hatte, und es war auch nicht gerade ein Zuckerschlecken gewesen, seine Noten auf einem Niveau zu halten, das ihm das Stipendium für Bradford sicherte, und gleichzeitig zu arbeiten.

Aber der Computer-Link-Stuhl zu Hause bot nicht die optimierten Benutzeroberflächen, wie sie ihm in der Schule zur Verfügung standen. Wenn er heute erfolgreich sein wollte, brauchte er die überlegene Qualität der Geräte hier.

Er setzte sich auf den Stuhl, der zu den besonders komfortablen Modellen fürs Langzeitsurfen gehörte. Automatisch passten sich die Polster seiner Größe und Statur an. Er legte die Beine auf die Fußpolster und die Arme in die dafür vorgesehenen Mulden.

Um die Neuroimplantate unter seiner Haut in eine Linie mit den Empfängern des Stuhls zu bringen, lehnte er seinen Kopf gegen die Kopfstütze. Klickend und summend richtete die Kopfstütze seine Implantate auf den Laserstrahl des Stuhls aus. Er spürte einen leichten Schock, als der Computer die Kontrolle über seine Sinne übernahm. Von der Außenwelt würden von nun an nur noch von ihm zugelassene Reize zu ihm durchdringen. Die Filter dafür hatte er relativ empfindlich eingestellt, weil er wissen wollte, falls ihm jemand in der realen Welt zu nahe kam.

Jetzt aber befand er sich in der virtuellen Realität, in einem Raum, der nur programmiert war, sich aber für ihn genauso solide und real anfühlte wie einer in der physischen Welt. Er befand sich im allgemeinen Zugang zur Veeyar der Akademie. Dieser war als exaktes Duplikat der Bibliothek der Schule gestaltet, in der er soeben seinen Körper zurückgelassen hatte, um in die virtuelle Realität zu wechseln. Doch er selbst hatte sich dramatisch verändert. In der Veeyar gab es für ihn keinen Grund, den Körper zu behalten, der ihm als Junge so viel Kummer bereitet hatte. Stattdessen verwendete er ein von ihm selbst programmiertes Proxy, ein vom Computer genau nach seinen Vorgaben generiertes Bild.

In der virtuellen Realität war Solomon groß und kräftig, halb Mensch, halb Cyborg. Dunkle Haut kontrastierte mit dem silbrigen Schimmer seiner Metallteile. In der physischen Welt existierten solche Mischwesen aus Mensch und Maschine nicht, trotz aller Fortschritte, die die Medizin im 21. Jahrhundert gemacht hatte. In der Veeyar dagegen waren die Möglichkeiten unbegrenzt.

Das Betriebssystem der Schule war einfach. Der Computer erzeugte eine getreue Rekonstruktion der Bibliothek, einschließlich des Stuhls, auf dem er saß. Doch in der Veeyar befand sich vor ihm eine Konsole mit verschiedenen Symbolen, unter denen er wählen konnte. Eines stand für die Telefonverbindung, andere repräsentierten Dateien mit erledigten und noch zu bearbeitenden Klassenarbeiten, während wieder andere Mitteilungen von Lehrern an die Klasse verkörperten. Die meisten Icons stellten jedoch eine direkte Verbindung zu den Datenbanken der Bradford Academy in den Bereichen Naturwissenschaften, Sprachen und Kunst her. Schließlich gab es noch ein Icon für die Verbindung zum Internet.

Das Herz in seinem cyber-menschlichen Körper klopfte rhythmisch, als er dieses Symbol berührte und die Verbindung zum Büro für Öffentlichkeitsarbeit der südafrikanischen Botschaft in Washington herstellte.

Er hatte sich eingehend mit der Botschaft befasst und herausgefunden, dass an den Wochenenden zwar menschliches Personal dienstbereit war, das automatische System jedoch so gut wie alle Aufgaben erledigte.

Solomon atmete bewusst ruhig, aber alle seine Sinne waren aufs Äußerste angespannt, als er daran dachte, was er vorhatte. Vor ihm erschien eine neue Symbolreihe. Als er zu dem Bereich mit der Geschichte des Landes gelangte, wählte er das entsprechende Menü aus.

Sofort veränderte sich die Veeyar um ihn herum. Er fand sich in einem kahlen Raum wieder, dessen einziges Mobiliar aus einem großen Bildschirm bestand, der in der Luft schwebte.

»Bitte identifizieren Sie die Periode, die Sie recherchieren möchten«, forderte ihn eine kultivierte Frauenstimme auf. »Sobald der zeitliche Rahmen definiert ist, stehen Ihnen weitere Wahlmöglichkeiten zur Verfügung.«

Das Sicherheitssystem der Botschaft las seine persönliche Identifikationsnummer ab; er fühlte, wie die Sonde außen an seinem Schädel entlangkroch und nach seiner Identität suchte.

Damit hatte er gerechnet. Eines der Utility-Programme, die er eigens geschrieben hatte, um sich in die Botschaft einzuhacken, fütterte das Sicherheitssystem mit der von ihm erzeugten falschen PIN-Nummer. Lange würde der Trick nicht funktionieren, aber das war auch nicht erforderlich. Die Technik der Südafrikaner hinkte weit hinter der in den Vereinigten Staaten gebräuchlichen her. Obwohl der Südafrikanische Krieg seit nunmehr zehn Jahren offiziell beendet war, herrschte zwischen beiden Ländern immer noch eine gewisse Feindseligkeit. Die USA und die gegenwärtige Regierung Südafrikas hatten während des Krieges nicht auf derselben Seite gestanden.

Daher hatte die südafrikanische Regierung zwar die diplomatischen Beziehungen zu den USA wieder aufgenommen, weigerte sich jedoch, amerikanische Sicherheitsprogramme zu verwenden. Die Entscheidungsträger des Landes fürchteten, diese Programme könnten irgendwie manipuliert sein. Das Ergebnis war, dass sie um Lichtjahre hinter den in den letzten Jahren entwickelten Sicherheitsprogrammen der Spitzenklasse zurücklagen. Solomon war überzeugt davon, dass ein wirklich guter Hacker regelmäßig in die südafrikanischen Rechner eindringen konnte, ohne erwischt zu werden.

Und Solomon war tatsächlich gut. Er besaß vielleicht nicht die Programme und Hilfsmittel, über die eine Gruppe wie die Net Force verfügte, die sich im Netz praktisch ungehindert bewegen konnte. Für das antiquierte System, das er zu knacken beabsichtigte, waren diese Hightech-Werkzeuge aber vermutlich gar nicht erforderlich; da genügten die Mittel, die ihm zur Verfügung standen.

Nachdem er sein eigenes Identifizierungsprogramm aktiviert hatte, wählte Solomon den gewünschten zeitlichen Rahmen und rief dann erneut das Menü der Schule auf. Es erschien unabhängig von den Programmen der Botschaft als elektrisch blaue Palette.

Er berührte das Telefonsymbol, gab die Notfallnummer ein, die er zuvor auswendig gelernt hatte, und griff auf die Alarmsysteme der Botschaft zu. Es hatte einigen Hackens bedurft, um die Notfallnummern der Botschaft herauszufinden, obwohl einige davon ja für südafrikanische Staatsbürger, die in den USA auf Reisen waren, leicht zugänglich sein mussten. Die Nummern in den öffentlichen Verzeichnissen liefen jedoch über einen Server, der die Anrufe sortierte, und waren daher für seine Zwecke ungeeignet.

Aber es war ihm gelungen, die direkte Nummer herauszufinden, und die verwendete er jetzt. Vor ihm erschien das Notfallmenü der Botschaft in Gestalt eines grauen Obelisken, in den Symbole eingemeißelt waren. Die an den Rändern eingravierten Gestalten aus der mythologischen Geschichte des alten Südafrikas spiegelten das Interesse der gegenwärtigen Regierung an diesen Themen wider.

Nach einem kurzen Blick auf die Icons aktivierte er eines, das den Feueralarm der Botschaft auslösen würde. Das Symbol flammte auf und wuchs zu einem riesigen rubinroten Oval an, das in kürzester Zeit das gesamte virtuelle Gebäude bedeckte.

Sofort begannen die Computersysteme mit dem Herunterladen aller Informationen, die in der Botschaft gespeichert waren. Sie loggten sich ins Netz ein und schickten die Daten mit Hochgeschwindigkeit an die Rechner in Mandelatown. Das frühere Bloemfontein war inzwischen die Hauptstadt Südafrikas.

Sofort brach das System der Botschaft die Prüfung von Solomons Abwehrprogramm ab und gab die Suche nach seiner Identität auf, während Programme mit höherer Priorität die Steuerung übernahmen. Ein Wirbelsturm hektischer Aktivität fegte durch den PR-Raum: Jedes einzelne Datenbit wurde kopiert und zurück nach Südafrika übertragen, sofern seine Eigenschaften das erlaubten.

Solomon rannte los und stürzte sich in das Programm, das die Daten kopierte und hochlud. Für einen Augenblick verlor er jede Kontrolle und war den Notfall-Dump-and-Save-Programmen hilflos ausgeliefert. Er zwang sich, weiterzuatmen und ruhig zu bleiben. Das Bewusstsein, dass er sich jederzeit aus dem Netz ausloggen konnte, half ihm dabei, aber unter Umständen würde es ihm dann nicht mehr gelingen, in diesen Bereich vorzudringen.

Die Leute lernten daraus, wenn jemand ihre Systeme knackte, daher funktionierte eine Methode normalerweise nur ein einziges Mal. Gelegentlich klappte es jedoch öfter, wie Solomon festgestellt hatte. Manchmal war dann eine Falle eingebaut worden, was die Sache noch interessanter machte.

Ein Teil des Dump-and-Save-Programms der Botschaft war damit beschäftigt, Informationen zu archivieren. Dazu wurden diese komprimiert, damit sie einfacher zu verarbeiten waren. Durch das Kompressionsprogramm erhöhte sich die Gefahr, dass Solomon entdeckt wurde. Er aktivierte ein zweites Utility-Programm, das auf einer Befehlszeile aufsetzte, die es ermöglichte, frei zugängliche, externe Datenbanken in die südafrikanische Botschaft herunterzuladen.

Sobald der Archivierungsprozess abgeschlossen war, würden ihn die Programmierer entdecken und aus dem System werfen. Er grinste. Allerdings würde es ihnen nicht leicht fallen, die gesamte Bibliothek des Kongresses der Vereinigten Staaten zu archivieren.

Während er durch das Netz schoss, nahm Solomon die Neonfarben kaum wahr, die verschiedene große Webknoten von Unternehmen und Regierungen markierten. Die virtuelle Landschaft um ihn herum war damit übersät. Websites in allen Größen und Formen, die durch das Netz miteinander verbunden waren, flitzten über, unter und neben ihm vorüber. Er traf in Mandelatown ein, während die südafrikanischen Programmierer noch versuchten herauszufinden, was mit ihren Systemen los war.

Die Kongressbibliothek bestand aus virtuellen Tonnen von Dateien.

Der große Raum, in dem er landete, schien aus einem riesigen Obsidianblock gehauen zu sein und bestand nur aus schimmernden schwarzen Oberflächen. Gewaltige Stapel glänzender Stahltresore türmten sich übereinander; sie verkörperten die hier abgelegten Dateien. Das

Sortierprogramm, das die eingehenden Daten archivierte, wurde von einem vielköpfigen Humanoiden mit tiefblauer Haut dargestellt. Seine aufgerissenen Mäuler verschlangen ganze Datenströme.

Solomon aktivierte sein drittes Utility-Programm und speiste es in den Sortierer ein, wobei er sich weiter an den Datenstrom hängte, der die historische Information enthielt, nach der er suchte. Ihm war klar, dass die Südafrikaner die Daten tief vergraben haben würden, aber er setzte darauf, dass sie sie nicht gelöscht hatten.

Für einen Augenblick wurde es schwarz um ihn, während ihn das Sortierprogramm in einen anderen Teil des Computersystems weiterleitete. Er tauchte in einem weiteren Obsidianraum mit riesigen Stahltresoren auf. Auf den Oberflächen spielten rote, goldene, grüne und lilafarbene Neonlichter.

Bei seinem dritten Utility-Programm handelte es sich um eine Suchmaschine, mit der er die gewünschten Dokumente aussieben wollte. Wie dünne Fäden wuchsen grün schimmernde, einadrige Kabel aus Solomons Brust, die das Filterprogramm verkörperten. Sie wanden sich wie Schlangen durch den Raum und begannen, verschiedene Tresore zu öffnen.

»Halt! Identifizieren Sie sich!«

Ein Blick hinter die gestapelten Tresore zeigte Solomon, dass das Sicherheitsprogramm des Systems auf ihn zugerast kam. Es wirkte wie die Darstellung einer älteren Version von Norton Tools: Von einem massigen Würfel aus dunkelgrünem Metall gingen rubinrote Lasersensoren ab, die an die Beine einer Spinne erinnerten. Bald musste es ihn erreicht haben.

»Such!«, brüllte Solomon. Unglücklicherweise ließ sich das Filterprogramm nicht beschleunigen. Wenn ihn die

Systemsicherheit erwischte, würde er aus dem System geworfen und möglicherweise sogar identifiziert werden.

Eines der dünnen Tentakel an seiner Brust leuchtete noch grüner als zuvor – das angeforderte Dokument war gefunden. Das Sicherheitsprogramm dicht auf den Fersen, rannte Solomon zu dem bezeichneten Tresorstapel.

Er aktivierte das Abfrageprogramm, das er in Bereitschaft gehalten hatte. Kletterspikes sprossen aus seinen Händen und Füßen. Er rammte sie in den Turm, der den Speicher verkörperte, und kletterte zu dem offenen Tresor hinauf. Dort angelangt, stieß er seine Faust hinein, wobei Dutzende von einadrigen Kabeln aus seiner Hand wuchsen, sich gierig um die gesuchten Dateien schlangen und die Informationen auf die Rechner der Bradford Academy herunterluden.

Dann hatte ihn das Sicherheitsprogramm erreicht und ließ zwei seiner Laser über ihn wandern. Solomon fühlte, wie sich die Identitätsprüfung zäh wie Sirup über ihn legte. Doch der Download war bereits abgeschlossen, und er loggte sich aus, bevor die Sicherheitsprüfung zu Ende war.

Als Solomon die Augen wieder öffnete, saß er auf seinem Computer-Link-Stuhl. Der Stress war so groß gewesen, dass er völlig durchgeschwitzt war. Nicht dass er physisch in Gefahr gewesen wäre, aber er fühlte sich wie nach einem Marathon.

Automatisch lud er die Informationen, in die er sich eingehackt hatte, auf ein viereckiges Zwei-Zoll-Datascript und löschte die Quelldateien vom Schulcomputer. Dann ließ er den Datenwürfel auswerfen und fing ihn mit der Hand auf. Immer noch ein wenig zitternd, kletterte er aus seinem Stuhl und ging auf den Korridor hinaus, um sich etwas zu trinken zu holen. Der Wanduhr nach war es 6 Uhr 37.

Die ganze Aktion hatte nicht einmal zwei Minuten gedauert.

Er lächelte zufrieden. Ich bin unschlagbar. Auf dem Rückweg zu seinem Computer-Link-Stuhl pfiff er eine Melodie aus einem berühmten alten Spionagefilm vor sich hin.

Als er sich erneut einloggte, ging er zu dem Veeyar-Betriebssystem, das er zu Hause verwendete. Durch eine Tür in der virtuellen Bibliothek betrat er ein vertrautes Labor voller exotisch wirkender Geräte. Die Leute hier feuerten umgebaute Maschinengewehre auf Testdummys ab, verbrannten andere Dummys mit Flammenwerfern oder arbeiteten an einem neuen babyblauen Viper-Sportwagen.

»Hallo, 001.«

»Hallo, Sir«, erwiderte Solomon den Gruß, während er durch den großen Raum zu einer freien Workstation mit den von ihm benötigten Holovideo-Fähigkeiten ging. In Wirklichkeit repräsentierte die Workstation die Programme, die er brauchte, wenn er die Dokumente bearbeiten wollte, in die er sich eingehackt hatte.

Der Erfinder war ein uralter weißhaariger Mann in einem übergroßen weißen Laborkittel, der einem Zeichentrickfilm entsprungen zu sein schien. Tatsächlich war er nach dem Vorbild einer Filmfigur gestaltet, die vor ihrem physischen Tod eine Holovideo-Verkörperung von sich selbst geschaffen hatte. In den Holos hatte der Erfinder sein Gehirn auf die Computer des britischen Geheimdienstes geladen, seinen Holovideo-Ersatz kreiert und unverzüglich wieder seine Tätigkeit aufgenommen, die darin bestand, den berühmtesten Spion der Welt mit möglichst exotischen Waffen auszustatten.

Solomon hatte seine Gestalt 001 genannt. Wenn er schon die Wahl hatte, dann wollte er die Nummer Eins sein.

Sein persönliches Veeyar-Betriebssystem war ideal für ihn. Er war nie allein, wurde jedoch auch nicht gestört. Um ihn herum herrschte ständige Aktivität, was sein hyperkinetischer Verstand als beruhigend empfand. Er ließ sich an der Workstation nieder und öffnete die entwendeten Dateien.

Aufnahmen aus dem Südafrikanischen Krieg, der von 2010 bis 2014 in der Region getobt hatte, füllten den Holoprojektionsraum vor ihm. Solomon ließ das Material vorlaufen, übersprang die Kampfszenen in den Städten und konzentrierte sich auf die Gefechte der Spezialeinheiten im Busch. Schließlich fand er die gesuchten Dokumente.

»Was haben wir heute, 001?«, erkundigte sich der Erfinder, der sich mit auf den Rücken gelegten Händen hinter Solomon aufgebaut hatte und diesem über die Schulter sah.

»Spionagezeug«, gab Solomon zurück. »Dokumente, die die südafrikanische Regierung zehn Jahre lang geheim gehalten hat. Lügen und Propaganda – der Schwanz wedelt mit dem Hund.«

»Gute Arbeit, 001«, lobte der Erfinder. »Werden Sie etwas von unseren Geräten hier benötigen?«

»Das Auto. Ich will später ausfahren.«

»Es wird für Sie bereitstehen.«

Solomon arbeitete weiter an dem Holovideo, bis er eines der wichtigsten Dokumente fand. Das Gesicht eines Mannes füllte den Raum vor ihm. Er war dunkelhaarig und in den mittleren Vierzigern, mit starkem Kinn und eisblauen Augen. An seinem Hemdkragen glänzten die Abzeichen eines Colonels.

»Identifizieren.«

»Moore«, erwiderte der Computer. »Robert Andrew. Colonel, United States Marine Corps. Mission: Südafrika, Black Ops. Klassifizierung: Top Secret.«

»Volltreffer!«, sagte Solomon leise. Er ging die Datei durch, wobei ihm klar wurde, dass für seinen Plan noch weit mehr Veränderungen notwendig waren, als er angenommen hatte. Die wahre Geschichte eignete sich nicht für seine Zwecke.

Blitzschnell legte er sich eine neue Strategie zurecht. Vor seinem geistigen Auge sah er bereits ein Bild, als er das Bearbeitungsmenü des Holovideos öffnete. Wie der Film ursprünglich ausgesehen hatte, spielte keine Rolle. Bis zum Schulbeginn am Montagmorgen würde er seinen Anforderungen voll und ganz gerecht werden.

Als er sich über seine Arbeit beugte, lächelte er voller Vorfreude. Nichts war so süß wie Rache.

I

Vorsichtig bewegte sich Andy Moore durch die Trümmer der Stadt, über die der nukleare Holocaust hinweggefegt war. Blutrote Wolken hingen am blassblauen Himmel. Dazwischen ragten die Stummel verkohlter, von grünem Moos überwucherter Gebäude in die Höhe.

Erdbeben und explodierende Gasleitungen hatten die Straßen zwischen den zerfallenen Häusern aufgerissen und Beton und Asphalt zu Schollen aufgeworfen. Die Mittagssonne brannte heiß auf ihn herab, aber der Wind war von arktischer Kälte und stank nach Salzwasser.

Behutsam arbeitete er sich durch den Schutt. Seine Sinne waren aufs Äußerste angespannt, während seine eisblauen Augen das potenzielle Schlachtfeld absuchten. Er strich sich das widerspenstige blonde Haar aus dem Gesicht. Schlank und flink wie er war, bewegte er sich mit der natürlichen Anmut eines Sportlers. Er trug den hautengen Anzug der Kommandosoldaten. Zu seiner Ausrüstung gehörten Notrationen, Feldflasche und ein Ein-Mann-Zelt, das ihn vor dem sauren Regen schützen sollte.

Er war daran gewöhnt, Gepäck zu tragen und sich leise zu bewegen. Das hatte er auf Campingausflügen und bei den Schulungs- und Fortbildungskursen der Net Force Explorers gelernt. Als Explorer war seine Ausbildung fast so anstrengend, anspruchsvoll und ins Detail gehend wie die eines Rekruten der Marines gewesen. Bei körperlichen Übungen hatte sich Andy durch besondere Leistungen hervorgetan.

Der Asphaltbrocken, auf den er trat, geriet für einen Augenblick ins Schwanken. Er wartete, bis er das Gleichgewicht wiedergefunden hatte und das knirschende Geräusch gegeneinander reibenden Gesteins verstummt war.

Ihm war klar, dass er nicht allein war. Feindliche Blicke ruhten auf ihm.

Das Gefühl der Vorfreude war so stark, dass er ein Lächeln nicht unterdrücken konnte. Er tippte sein Ohr-Kehlkopf-Headset an, um den Kanal zu aktivieren. »Was meinst du, Matt?«

In dem knopfgroßen Lautsprecher in seinem Gehörgang war nur statisches Rauschen zu vernehmen.

»Matt?« Andy sprach ein wenig lauter. In seinem Magen bildete sich ein Knoten. Mit dem Zeigefinger schlug er gegen das bleistiftdünne Mikro vor seinem Mund. Das Geräusch wurde über den Lautsprecher einwandfrei wiedergegeben. Der Empfang funktionierte also. *O Mann,* dachte er, *ich wusste, dass es keine gute Idee war, uns zu trennen. Aber nein ... Matt fand, wir können so mehr Terrain abdecken und das Gelände schneller erforschen.*

Er blickte auf den Marinekompass an seinem linken Handgelenk. Das Display zeigte pulsierenden graugrünen Schnee anstelle der Flachfilmsimulation, die es vom Satelliten über ihnen hätte empfangen müssen. Restspuren elektromagnetischer Impulse beeinträchtigten in Teilen der Stadt die Funktion. Das hier war ein solches Loch. Von Matt Hunter keine Spur, sein Freund war wie vom Erdboden verschluckt.

Rechts von ihm knirschten Steine.

Den rechten Arm ausgestreckt wirbelte Andy herum. Vor seinen Augen erschien plötzlich ein Fadenkreuz, das das Schussfeld der an seinem rechten Handgelenk montierten Waffe markierte. Der Tangler war kurz und massig, etwa zehn Zentimeter hoch, wobei die ovale Mündung fast ebenso breit war. Sein Gewicht verlangsamte Matts Reaktion ein wenig. Wenn er die Faust ballte, würde die Waffe feuern.

Die zerfallenen Überreste eines zweistöckigen Comicgeschäfts, das von einem Kaufhaus und einer Teppichhandlung eingerahmt wurde, erregten seine Aufmerksamkeit. Das schief hängende Ladenschild mit dem Namen DIE RÄCHERIN IM CAPE zeigte eine Superheldin, die mit gepanzertem Bikini, Handschuhen, Stiefeln und Umhang ausstaffiert war. Glitzernde Glasscherben füllten das große Schaufenster, hinter dem Comics im Wind flatterten.

Nachdem Hooper im Spiel ist, muss es der Comicshop sein, dachte Andy. *Das passt genau zu seinem Sinn für Humor.* Vorsichtig stieg er über die Trümmer des zerstörten Straßenbelags, aus dem die verbogenen, verrosteten Stäbe der Betonarmierung ragten.

Neben dem Eingang ließ er sich fallen und ging in Deckung. Durch das Training in Dutzenden von Veeyar-Spielszenarien hatte er sich Reflexe angeeignet, dank derer er Hunderte von simulierten Gefechten ›lebend‹ überstanden hatte. Den Tangler ausgestreckt vor sich haltend, wirbelte er um den Türrahmen herum.

In den langen Schatten, die den Raum füllten, war keinerlei Bewegung zu entdecken. Einzige Ausnahme waren die Ratten, die zwischen den auf dem Fußboden verstreuten Trümmern umherwuselten. Überall lagen Reste von Comics, Büchern und Zeitschriften, die von gierigen Zähnen zu Konfetti zerkaut worden waren. Das unheimliche Heulen des Windes, der durch die zerbrochenen Fenster strich, ließ das Gebäude noch verlassener erscheinen.

Etwas zittrig holte Andy tief Atem. *Hooper hat eine Menge Fantasie, das muss man ihm lassen,* versuchte er sich zu beruhigen, aber das unheimliche Gefühl ließ sich nicht so einfach beiseite schieben. *Und ich dachte, Matt würde bei diesem Szenario ausflippen.*

Da war es wieder, das knirschende Geräusch von vorhin. Diesmal kam es von oben.

»Matt?«, rief er über das Headset. Er richtete den Tangler auf die dunkle Treppe und setzte seinen Vormarsch fort. War Matt gefangen genommen worden?

Nach nur wenigen Schritten in den Raum hinein wurde Andy klar, dass er einen Fehler begangen hatte. Links hinter ihm rollten hinter den zerstörten Ausstellungstheken Steinbrocken über den Boden. Er fuhr herum, doch das schnelle Hämmern von Füßen auf dem Steinboden verriet ihm, dass er zu lange gewartet hatte.

Der Zombie stürzte sich geduckt und mit voller Geschwindigkeit auf ihn. Die Untote trug einen gepanzerten Bikini und einen Umhang, aber das war auch die einzige Ähnlichkeit mit der Frau auf dem Ladenschild. Zotteliges blondes Haar hing um ein Gesicht, das so ausgemergelt war, dass der Schädel durchschimmerte. In tiefen Höhlen saßen gelbliche Augen, und der Mund war im gierigen Schrei des Todes erstarrt. Sie stieß einen heulenden Klagelaut aus, der das ganze Gebäude erfüllte.

Andy erstarrte. Er wusste nicht recht, ob ihn der Schrei oder ihr Anblick mehr überraschte – gerechnet hatte er mit keinem von beiden. Der Zombie hatte ihn schon fast erreicht, als Matt vor Andy trat und ihn zur Seite stieß.

Andy stolperte rückwärts, hob den Tangler und schloss die Faust. Doch er stieß mit den Kniekehlen gegen einen Steinblock und stürzte flach auf den Rücken.

Matts Tangler feuerte zuerst. Er spie ein gepolstertes Netz aus, das sich um die kreischende Frau schlang und sie mit sich riss. Während sie durch die Luft flog, breitete sich das Netz aus und heftete sich schließlich an die gegenüberliegende Wand.

Die Gefangene heulte und versuchte, sich zu befreien, doch das Netz war unzerstörbar. Von oben nach unten fließende Elektrizität ließ die Fasern zitronengelb glühen. Als der Strom das untere Ende erreicht hatte, verwandelten sich Zombie und Netz in lavendelfarbenen Staub, der auf den Boden herabrieselte.

Lächelnd wandte sich Matt zu Andy um. »Eine Minute

später, und für dich wäre das Spiel zu Ende gewesen, Kumpel«, meinte er kopfschüttelnd.

Andy schlug auf den Tangler an seinem Handgelenk. »Ich glaube, das Ding hatte eine Fehlzündung oder so.«

»Aber nicht doch«, gab Matt lässig zurück, während seine braunen Augen den Raum absuchten. »Du hast es vermasselt.«

»Danke, dass du so rücksichtsvoll mit meinem Ego umgehst.«

Der große, sportliche Matt grinste. Noch nicht einmal sein braunes Haar schien in Unordnung geraten zu sein. »Wäre es dir lieber gewesen, ich hätte dich rausfliegen lassen? Dann hätte ich außerhalb der Veeyar Rücksicht auf deine Gefühle genommen.«

Andy hatte den Eindruck, dass das keineswegs der Fall gewesen wäre. Seine eigene Kämpfernatur sorgte dafür, dass auch seine Freunde mit vollem Einsatz spielten. Bei jemand anderem hätte Matt vielleicht Rücksicht genommen, aber bei Andy kannte er keine Gnade.

»Sehr freundlich.«

»Natürlich hätte ich zusehen können, wie du eine Abreibung bekommst. Für Hooper wäre es ein Fest gewesen, dass du so leicht zu erledigen bist.«

»Nein, danke. Ich bin bereit, das Spiel für ihn zu testen, aber ich habe keine Lust, zur Zielscheibe für Hohn und Spott zu werden.« Andy hatte erwartet, dass er sich dabei amüsieren würde. Hooper Lange war nicht nur ein guter Basketballspieler, sondern auch ein ausgezeichneter Spieleprogrammierer. Andy hatte an mehreren Szenarien mitgewirkt, die sich Hooper ausgedacht hatte.

»Gehen wir. Ich glaube, oben sind noch mehr.« Matt übernahm die Führung. Er hielt sich dicht an einer Wand, während er die mit Trümmern übersäten Stufen hinaufstieg.

Andy folgte ihm, wobei er den Tangler schussbereit hielt. Im Vergleich zu dem Raum unten war es im oberen Stock unglaublich dunkel. Kisten füllten das offene Zimmer.

»Hier hat Hooper die Beleuchtung wohl nicht richtig hingekriegt«, kommentierte Matt leise.

»Ja. Das soll wahrscheinlich unheimlich wirken.«

Matt lächelte ihn an. »Funktioniert es?«

»Nein«, log Andy. »Und bei dir?«

»Ich persönlich finde das kindisch.« Matt ging zuerst in den Raum hinein.

»He, nichts gegen meinen liebsten Zeitvertreib. Um solche Schießspiele wirklich schätzen zu können, braucht man eben die richtige Einstellung.«

Spiele wie die Simulation, in der sie sich befanden, wurden Schießspiele genannt, nach den PC- und Konsolenspielen, die dreißig Jahre zuvor so beliebt gewesen waren. Inzwischen bevorzugten die meisten Leute komplexere Spielwelten mit Rollenverteilung wie Sarxos, aber die simple Knallerei der Schießspiele diente vielen immer noch als angenehme Entspannung.

»›Zuckspiele‹ nennt man sie, weil es darauf ankommt, wie schnell der Finger am Abzug zuckt«, verbesserte Matt ihn gutmütig. »Durch das Spiel lernt man, schnell zu reagieren und jede Bedrohung, jeden Gegner sofort auszuschalten. Leute mit kurzer Aufmerksamkeitsspanne stehen auf so was.«

»Was willst du damit andeuten?«

Matt hatte keine Gelegenheit zu weiteren bissigen Bemerkungen, weil hinter dem Kistenstapel vor ihnen drei Zombies auftauchten. Einer von ihnen warf ein Metallfass, das Matt an der Brust traf und nach hinten schleuderte.

In aller Ruhe trat Andy vor und brachte den Tangler in Position. Er zielte und ballte die Faust dreimal in schneller Folge. Die glühenden Netze flogen durch die Luft, rissen die Zombies mit sich und verwandelten sie in lavendelfarbene Asche.

»Zuck, zuck, zuck.« Andy war höchst zufrieden damit, dass er seine Fähigkeiten unter Beweis stellen konnte. Er blies imaginären Rauch von der Mündung seines Tangler.

Matt schob das Metallfass von seiner Brust herunter. Im wirklichen Leben wäre er nach diesem Angriff im Krankenhaus gelandet, aber in der Veeyar bedeutete so etwas nur eine kleinere Unannehmlichkeit. »Nicht meine Art Spiel.«

»Aber du musst zugeben, es macht Spaß, Zombies zum Trocknen aufzuhängen.«

Matt konnte sein Grinsen nicht verbergen. »Na, eine gewisse primitive Befriedigung kann ich nicht leugnen.«

»Ja. Hooper hat da wirklich was Nettes am Laufen.«

»Wenn er nicht vorzeitig aufgibt.«

Andy nickte. Hooper neigte dazu, sich ablenken zu lassen und neue Projekte anzufangen, bevor er die alten abgeschlossen hatte. Die Veeyar förderte das noch, weil man eine Unmenge von Arbeit hinter einem praktischen kleinen Symbol verstecken und woanders ganz von vorn anfangen konnte.

»Die räumliche Gestaltung stimmt hier oben auch nicht«, nörgelte Matt.

Andy sah sich um. Sein Freund hatte Recht, das obere Stockwerk war viel größer als das untere. »Schon, aber

Hooper arbeitet gern mit solchen Mitteln. Er liest viel Heinlein. In einer von dessen Geschichten kommt ein Haus vor, das innen größer ist als außen. Das hat ihn wahrscheinlich beeinflusst.«

Mit schnellen Schritten übernahm Andy die Führung, wobei er mit dem Tangler alle potenziellen Zombie-Verstecke abdeckte. Selbst wenn Matt Flugsimulationen in der Veeyar simplen Schießspielen vorzog, kannte Andy niemand, den er in heiklen Situationen lieber an seiner Seite gehabt hätte. Sie waren ein gutes Team. Während Matt lange tüftelte und überlegte, gelang es Andy, mit seiner angeborenen Impulsivität und Ruhelosigkeit und seiner Fähigkeit zu unkonventionellem Denken ebenso viele Spielsituationen zu lösen wie Matt mit seiner sorgfältigen Planung.

Eine Klingel schrillte durch den Raum, der die Größe einer Lagerhalle besaß.

»Der Pausengong«, kommentierte Matt. »In fünf Minuten beginnt der Unterricht.«

Andy nickte widerwillig. Auf Unterricht hätte er heute gut verzichten können. Er rief die Spielkonsole auf, die in der Luft vor ihm erschien. Ohne sich um die beiden Zombies zu kümmern, die aus den Schatten brachen, betätigte er die Symbole für Speichern und Beenden.

»Wie findest du den Kurs für Strategische Analyse?«, erkundigte sich Matt, während die Spielumgebung um sie herum verschwand.

»Langweilig. Ständig werden Dinge durchgekaut, die schon passiert sind.«

»Ich dachte, es ginge um Schlachten und Kriege. Das klang interessant.«

»Reine Interpretation. Aufgepeppter Geschichtsunterricht. Du hättest den Kurs belegen sollen.«

»Keine Zeit, ich habe jetzt Physik. Gibt's Probleme mit Solomon?«

Andy setzte eine Unschuldsmiene auf, während er Matt einen Seitenblick zuwarf. Die Rivalität zwischen ihm und Solomon Weist war an der Bradford Academy geradezu legendär. »Nein, warum?«

»Eigentlich hatte ich gehofft, ihr beide hättet euch etwas beruhigt«, gab Matt zurück, während sein Bild verschwamm und sich immer mehr auflöste. »Wir sehen uns später.«

»Okay. Danke, dass du mir geholfen hast, das Spiel zu testen.« Damit loggte er sich aus.

Vom grellen Licht der an der Decke montierten Neonröhren geblendet, richtete sich Andy blinzelnd auf seinem Computer-Link-Stuhl im Raum für Strategische Analyse auf. Immer noch spürte er das leichte Summen, das jedes Aussteigen aus dem Netz begleitete. Er ließ das Datascript mit Hoopers Spiel vom Rechner auswerfen, steckte es in eine Plastikhülle und warf es in seine Tasche.

Her mit den Zombies, dachte er, während er sich im Klassenzimmer umsah. Nur wenige Stühle waren besetzt. Die anderen Schüler standen noch draußen im Gang und warteten auf den letzten Gong oder kamen aus anderen Kursräumen. *Ich will mehr Zombies – keine Vorträge, Berichte und gelehrte Spekulationen.*

Dann beschlich ihn ein leichtes Schuldgefühl. Dr. Eugene Dobbs, der Dozent, hatte seine Beziehungen spielen lassen, damit Andy den Kurs besuchen konnte. Andys Noten waren eher mittelmäßig, und er stand daher nicht auf der Liste für Sonderkurse. Aber Dr. Dobbs war klar, dass Andy seinen potenziellen Fähigkeiten nicht gerecht wurde. Bevor er Andy zuließ, hatte er ihm das ausführlich erläutert. Das war auch der Grund gewesen, warum er sich für Andy eingesetzt hatte.

Andy selbst war der Meinung, dass ihm die Schule wesentlich besser gefallen würde, wenn er seine Unterrichtsfächer selbst aussuchen könnte. Wenn er etwas finden könnte, dass ihn wirklich interessierte. Das war für ihn das größte Problem.

Bis jetzt wusste er nur, dass er zur Net Force gehen wollte, sobald er alt genug dafür war. Und ein Kurs über Strategische Analyse von einem Lehrer mit Dr. Dobbs' Erfahrung würde sich auf seiner College-Bewerbung sehr gut ausnehmen. Angesichts seiner Noten brachte ihn alles, was ihm den Zugang zu einem guten College ermöglichte, der Net Force einen Schritt näher.

Er hatte nur keine Lust zu warten. Er wollte sofort loslegen.

Bis zum zweiten Gong blieb ihm noch etwas Zeit, daher stemmte er sich aus seinem Stuhl und lief in die Halle hinaus. Er reihte sich in die kurze Schlange am Trinkwasserbrunnen ein, nahm einen Schluck und schlenderte langsam in Richtung Klassenzimmer zurück.

»Hallo, Andy. Hast du deinen Bericht für heute fertig?«

Als er sich umwandte, entdeckte er Megan O'Malley. Sie gehörte zu seinem engsten Freundeskreis und war wie er Net Force Explorer. »Tag, Megan. Zufällig ist der Bericht tatsächlich fertig. Warum?«

Megan O'Malley blies sich eine Strähne ihres kurzen braunen Haars aus dem Gesicht. Ihre haselnussbraunen Augen glänzten im Neonlicht des Gangs. Sie trug lässige Jeans und einen gelben Pullover. Außerdem hatte sie eine Büchertasche bei sich. Megan war nämlich ein eingefleischter Bücherwurm, der lieber echte Bücher las, als im Netz zu surfen.

Andy führte das darauf zurück, dass Megans Mutter Reporterin bei der *Washington Post* war und ihr Vater Kriminalromane schrieb. Für ihn selbst wäre es eine Strafe gewesen, stundenlang ruhig zu sitzen und ein Buch zu lesen. Da waren ihm die interaktiven Erlebnisse im Netz doch wesentlich lieber.

»Ich frage nur, weil in der Klasse Wetten abgeschlossen werden, ob du einen Bericht oder eine Entschuldigung vorlegen wirst.«

Andy war nicht beleidigt, er war geradezu stolz auf seinen Ruf. Die Sache war ein Witz. Auch wenn die Idee nicht auf seinem Mist gewachsen war, wäre sie ohne ihn gar nicht entstanden. »Hast du auch gewettet?«

Nach kurzem Zögern nickte sie. »Ja.«

»Gewonnen oder verloren?«

Sie grinste. »Verloren.«

»Tut mir Leid«, lachte Andy.

»Und wieso hast du deinen Bericht rechtzeitig fertig?«

»Wegen Dr. Dobbs.«

Megan nickte. »Ich habe gehört, er hat mit dir ein Gespräch unter vier Augen geführt, bevor du dich für den Kurs einschreiben durftest.«

»Allerdings.«

»Ich hoffe, du bist nicht beleidigt wegen der Wette.«

Andy hob die Brauen. Als Klassenclown hatte er gelernt, sich über Gesichtsausdruck und Körpersprache mitzuteilen.

»Es läuft noch eine Wette, da könnte ich meinen Verlust wieder reinholen.«

»Und um was geht es diesmal?«

Megan blickte ihm offen ins Gesicht. »Die Frage ist, ob dein Bericht was taugt.«

»Das ist bitter. Und wie hast du ...?«

»Auf nein.«

Andy schüttelte den Kopf. Inzwischen war der Gang fast leer, die meisten Schüler waren in ihren Klassenzimmern verschwunden. Bis jetzt hatte er Solomon Weist nicht gesehen. Vielleicht tauchte er ja gar nicht auf.

Dann meldete sich eine kultivierte Stimme mit einem falschen britischen Akzent zu Wort. »Sollte ich da den Gestank eines Schweins in der Luft bemerkt haben?«

Der Ärger strömte wie eine heiße Welle durch Andys Körper. Er fuhr herum. Wie er diese selbstzufriedene Überlegenheit hasste, die Solomon so gekonnt an den Tag legte. Mit wütendem Blick fixierte er den Jungen, der knapp außer Reichweite neben der Tür stand und ihn nicht ansah. Dass einige in der Nähe stehende Schüler die Bemerkung gehört hatten, trieb Andy noch mehr zur Weißglut.

2

»Ach, du bist es.« Solomon blickte Andy jetzt direkt an, während er mit seinem aufgesetzten Akzent weitersprach. »Vielleicht hast du deine Schuhe nicht richtig geputzt, bevor du diese ehrenwerte Einrichtung mit deiner Anwesenheit beehrt hast. Wahrscheinlich fallen einem solche ländlichen Düfte gar nicht mehr auf, wenn man den ganzen Tag darin herumwatet.«

Andy fühlte, wie ihm die Röte der Verlegenheit ins Gesicht stieg. Er hasste es, wenn ihm das passierte. Jeder, der ihn kannte, wusste, dass seine Mutter Tierärztin war. Sie hatte in Alexandria, Virginia, wo die beiden wohnten, eine eigene Klinik. Nach dem Tod seines Vaters hatte sie ihn allein großgezogen. Oft half er ihr vor und nach der Schule bei ihrer Arbeit. Diesmal war das zwar nicht der Fall gewesen, aber bei Solomons Anspielung knirschte er trotzdem unwillkürlich mit den Zähnen.

»Du könntest deine Schuhe im Gang stehen lassen«, empfahl Solomon. »Oder du überlässt sie dem Gärtnerkurs. Die könnten den Mist abkratzen und als Dünger verwenden.«

Andy trat einen Schritt auf ihn zu, doch Solomon rührte sich nicht von der Stelle. Er war größer und schwerer als Andy und fühlte sich offensichtlich nicht im Geringsten bedroht.

Überraschend trat Megan vor Andy und versperrte ihm den Weg. Sie war sehr sportlich und eine Meisterin verschiedener Kampfsportarten. Andy war klar, dass er an ihr nicht so leicht vorüberkommen würde.

»Vergiss es, Andy«, riet sie. »Du handelst dir damit bloß überflüssige Probleme ein.«

»Und zwar welche, denen du nicht gewachsen bist«, setzte Solomon mit breitem Grinsen hinzu.

»Megan, bitte geh zur Seite.« Andy konnte es kaum fassen, dass Solomon ihn direkt angegriffen hatte. Seit Beginn des Kurses für Strategische Analyse vor einigen Wochen waren sie sich aus dem Weg gegangen.

Andy gelang es nur mit Mühe, seine Wut im Zaum zu halten. Die schien in ihm häufig direkt unter der Oberfläche zu brodeln. Manchmal lag das an der Frustration, die Solomon und seinesgleichen in ihm auslösten, manchmal wurde sie aber auch durch ein Gefühl des Verlustes verursacht, das auf den Tod seines Vaters im Südafrikanischen Krieg zurückzuführen war. Seine Mutter hatte ihm geholfen, das zu verstehen.

Schon lag Andy eine schnelle Erwiderung auf den Lippen. Solomon bot hinreichend Angriffsfläche. Sein Vater war Berufssoldat in der US Army gewesen, bis er wegen Schwarzmarktgeschäften unehrenhaft entlassen wurde. Wenn Schüler der Bradford Academy Solomons aufgeblasenes Ego auf Normalgröße reduzieren wollten, wiesen sie ihn gern auf das Vorstrafenregister seines Vaters hin.

Solomon ging dann normalerweise von verbalen Mitteln zu körperlicher Gewalt über.

So wütend er auch sein mochte, Andy war trotz ihrer langen Feindschaft noch nie so tief gesunken. Niemals würde er etwas über Solomons Vater sagen, das war für ihn unter der Gürtellinie. Einen kräftigen Kinnhaken hätte er allerdings für durchaus angebracht gehalten.

»Megan«, drängte er erneut.

Sie rührte sich nicht von der Stelle.

»Mr Moore, Mr Weist«, bellte eine befehlsgewohnte Stimme, »hören Sie auf der Stelle damit auf!«

Ohne den Blick von Solomon zu wenden, presste Andy die Luft durch die Zähne. Solomon war für seine unfairen Schläge berüchtigt. Gewinnen war für ihn alles.

»Ja, Sir.« Damit trat Andy zurück und ließ die Arme locker herabhängen. Er »stand bequem« im militärischen Sinne, wie er es bei den Net Force Explorers gelernt hatte.

Vor der Tür blieb Dr. Eugene Dobbs stehen. Der Körper unter seinem beigefarbenen Anzug war ein wenig zu schwer, und er trug eine dicke Brille mit schwarzem Gestell. Dennoch wirkte er keineswegs weichlich. Kurzes blondes Haar, das an den Schläfen bereits leicht ergraut war, rahmte sein sauber rasiertes Gesicht ein.

Solomon hatte sich nicht von der Stelle gerührt.

»Mr Weist, wenn Sie der Aufforderung nicht umgehend nachkommen, reden wir beide im Büro des Konrektors weiter. Haben wir uns verstanden?«

Bevor er Lehrer wurde, war Dr. Dobbs Offizier gewesen. Später hatte er dem diplomatischen Corps angehört. Da die Informationen darüber der Geheimhaltung unterlagen, hatte Andy nicht herausfinden können, welche Aufgaben er genau wahrgenommen hatte. Auf jeden Fall war mit Dobbs nicht zu spaßen. Andy empfand für diesen Mann tiefen Respekt.

»Schon gut«, knurrte Solomon, während er Andy einen letzten vernichtenden Blick zuwarf. Dann wandte er sich ab und verschwand im Klassenzimmer.

Mit einer Handbewegung scheuchte Dr. Dobbs Megan und Andy ins Zimmer, ohne ein weiteres Wort über den Zwischenfall zu verlieren. Zweifellos war ihm die Feindschaft zwischen den beiden Jungen nicht verborgen geblieben.

Der letzte Gong schrillte durch den stillen Korridor. Andy lief es kalt über den Rücken, als der Lehrer seinen Platz auf dem Podium vorn im Klassenzimmer einnahm. Unwillkürlich warf er Solomon, der sich wie er selbst hinten im Saal niedergelassen hatte, einen Seitenblick zu.

Dieser hob nur provozierend die Brauen und grinste breit, als hätte er ein Geheimnis, das nur ihm selbst bekannt war.

Megan saß normalerweise vorn, aber diesmal hatte sie einen Platz neben Andy gewählt. »Ist ein Kampf mit ihm den Ärger wert, den du dafür bekommst?«

Andy stieß den Atem zwischen den Zähnen hervor. »Schon möglich.« Dennoch richtete er seine Aufmerksamkeit für den Augenblick auf Dr. Dobbs.

»Wenn Sie mir bitte in das Klassen-Veeyar folgen würden, damit wir mit den Berichten fortfahren können.« Dr. Dobbs stieg vom Podium und ging zu dem Computer-Link-Stuhl hinter seinem Schreibtisch.

Andy lehnte sich zurück, bis er das Summen der Implantate fühlte. Im nächsten Augenblick fand er sich im Klassen-Veeyar wieder, einer exakten Kopie ihres physischen Klassenzimmers.

Dr. Dobbs stand erneut kerzengerade neben dem Podium. »Wenn ich mich recht erinnere, waren wir gestern gerade bei Megan O'Malleys Präsentation angelangt, als die Stunde zu Ende war. Miss O'Malley, sind Sie vorbereitet?«

»Ja, Sir. Mein Thema ist der Spanisch-Amerikanische Krieg.«

»Oder, wie es unter Experten heißt, die Eroberung und Unterwerfung der letzten spanischen Besitzungen in der Neuen Welt durch das amerikanische Militär«, warf Solomon ein.

Andy rang um Beherrschung. Solomon wollte heute offenbar unbedingt eine Abreibung bekommen.

»Mr Weist, heben Sie sich Ihre Kommentare bis nach dem Ende des Referats auf.«

Solomon salutierte zackig.

Andy wusste, wie ungern Solomon in seiner eigenen Gestalt in der Veeyar erschien. Jeder an der Bradford Academy kannte den Cyberhybrid-Körper, den Solomon am liebsten verwendete. Aber während der Schulzeit war er mehr oder weniger dazu verdammt, wie er selbst auszusehen. Die einzigen Kurse, die Andy je genommen hatte, in denen Proxys erlaubt waren, waren Kunst, Theater und Rhetorik. Und auch dort blieb das die Ausnahme.

»Der Kubanische Unabhängigkeitskrieg brach 1895 aus«, begann Megan. Sofort veränderte sich die Veeyar entsprechend. Das Klassenzimmer wich einer Hafenstadt mit weißen Häusern und rotbraunen Ziegeldächern. Große Schiffe lagen entlang der Holzdocks vor Anker. Ihre Masten füllten den Hafen wie ein undurchdringlicher Wald. Die meisten hatten die spanische Flagge gesetzt.

Andy stand auf einem der niedrigen, grasbewachsenen Hügel oberhalb Havannas. In den Bäumen hinter ihm riefen die Vögel, und der Duft des Meeres stieg ihm in die Nase. Menschenstimmen, Ruder, die ins Wasser klatschten, Takelage, die gegen die Masten schlug, und hin und wieder ein Schleppkahn, der gegen den Rumpf eines Frachters stieß. *Da hat Megan ihre Hausaufgaben aber wirklich gemacht*, dachte Andy. Sogar die Karibiksonne fühlte er auf sich herunterbrennen.

»Der Unabhängigkeitskrieg war eine Fortsetzung des kubanischen Aufstands gegen die Herrschaft Spaniens.« Megan übernahm nun die Führung, und der Rest der Klasse folgte ihr. Allerdings täuschte die Programmierung: Ihre Reise war zeitlich komprimiert. Binnen weniger Minuten befanden sie sich tief im Herzen von Havanna, wo sie unbemerkt von den SIM-Bewohnern durch die Straßen gingen. »Der Aufstand dauerte von 1868 bis 1878. Spanien schlug jeglichen Widerstand nieder. Der Kommandant der Spanier, General Valeriano Weyler y Nicolau, richtete in allen größeren Städten Gefangenenlager ein, in denen die Rebellen eingesperrt wurden.«

Megan führte sie zu einem Lager mitten in der Stadt. Das Veeyar-Szenario um sie herum änderte sich entsprechend. Stacheldraht trennte die von uniformierten spanischen Soldaten bewachten Gefangenen von der übrigen Bevölkerung.

»Die Menschen in diesen Lagern starben an Hunger und Krankheiten«, erklärte Megan, während sie die Klasse durch den Stacheldrahtzaun hindurchführte. Wie Geister glitten sie durch die Maschen, ohne dass ihnen die scharfen Stacheln auch nur ein Haar gekrümmt hätten.

Um sie herum herrschten Tod und Krankheit. Andy fühlte, wie ihm übel wurde. Überall auf dem Boden und im Schutz der behelfsmäßigen Schuppen sah er Gefangene mit tief in den Höhlen liegenden, hoffnungslosen Augen.

»Tut mir Leid, dass die Bilder so drastisch sind«, entschuldigte sich Megan, »aber ich musste einfach zeigen, wie entsetzlich die Verhältnisse waren.«

»Wenn jemand damit ein Problem hat«, mischte sich Dr. Dobbs ein, »kann er oder sie sich jetzt ausloggen. Ich hole Sie dann später wieder herein.«

Andy blickte sich um, sah jedoch niemand aus der Veeyar verschwinden. Im Kurs für Strategische Analyse hatte sich die Elite der Bradford Academy zusammengefunden. Für einen Augenblick war er stolz darauf, dass er dazugehörte. Dann fiel ihm ein, dass auch Solomon es geschafft hatte – und zwar dank seiner Noten.

Megan setzte ihre Präsentation fort.

Während es um sie herum dunkel wurde, folgte Andy Megan auf das Kriegsschiff der Vereinigten Staaten, das nach Kuba entsandt worden war, um die amerikanischen Staatsbürger im Land zu schützen. Mitten in der Nacht explodierte die *U.S.S. Maine* draußen im Hafen. Die Klasse war noch an Bord.

Pyrotechnisch gesehen war es ein großartiges Erlebnis, aber Andy fühlte sich schlagartig ernüchtert, als Megan erklärte, wie die zweihundertsechzig Männer, die an jenem Tag ums Leben kamen, gestorben waren. In wilder Flucht rannte die Klasse durch das raucherfüllte, sinkende Schiff. Sie schafften gerade noch den Absprung und schwammen durch den Hafen zum Ufer. Dort standen sie frierend im kalten Wind.

»Spanien behauptete, ein Heizkessel oder ein Munitionsmagazin an Bord der *Maine* sei in die Luft geflogen.« In der Veeyar wurde es nun wieder hell, und ihre Kleider trockneten. »Dagegen waren die Vereinigten Staaten überzeugt davon, dass am Rumpf des Schiffes eine Unterwassermine angebracht worden war. Zwei Monate und vier Tage später, am 19. April, erkannten die USA die Unabhängigkeit Kubas an. Am 25. April verkündete Präsident William McKinley, der Krieg mit Spanien habe vier Tage zuvor begonnen.«

»Ja«, mischte sich Solomon ein, »und William Randolph Hearst sorgte für eine Menge Ärger, als er einen Brief des spanischen Botschafters an seinen Freund in Havanna abdruckte. Darin hieß es, die Absichten McKinleys seien ihm unbekannt.«

»Stimmt«, gab Megan zu. »Enrique Dupuy de Lomes Schreiben wurde kurz vor der Explosion der *Maine* auf der Titelseite von Hearsts *Journal* und von Joseph Pulitzers *World* abgedruckt. Mehrere Leute fragten sich ernsthaft, woher der Brief kam.«

»Hearst betrieb damals reinen Sensationsjournalismus«, gab Solomon zu bedenken. »Dem ging es nicht um Nachrichten. Es spricht einiges dafür, dass er für den Ausbruch des Kriegs mitverantwortlich war.«

»Mr Weist«, rief ihn Dr. Dobbs gereizt zur Ordnung.

Solomon setzte eine empörte Miene auf, doch es gelang ihm, den Mund zu halten.

Megans Präsentation führte Andy durch die Aushebung der spanischen und amerikanischen Soldaten. Einerseits fand er es amüsant, wie sich Solomon immer wieder vergeblich bemühte, die Aufmerksamkeit auf sich zu lenken, andererseits war er von Megans Arbeit überwältigt. Das war eine Eins plus. Sein eigener Bericht würde ihm dagegen nur eine passable Note einbringen. Das war auch in Ordnung so, aber jetzt, wo er sah, was Megan zustande gebracht hatte, wünschte er sich, er hätte sich ein wenig mehr Mühe gegeben.

Sie führte die Klasse durch den Rest des Krieges. Während der Seeschlacht in der Bucht von Manila standen sie an Bord eines Schiffes der spanischen Flotte und statteten dann dem Asiengeschwader von Commodore George Dewey einen Besuch ab. Sie waren auf der *Merrimac*, als diese im Hafen von Santiago unterging, versenkt von spanischen Kanonen, bevor die amerikanischen Streitkräfte den Hafen sperren konnten. Sie marschierten mit den amerikanischen Truppen, die in der Nähe von Santiago landeten, und schlugen sich schweißüberströmt, bei jedem Geräusch zusammenfahrend, durch den Dschungel bis nach Las Guasimas durch. Von dort aus ging es weiter nach El Caney, wo Megan ihnen die Bergrücken von San Juan Hill und Kettle Hill zeigte.

Nahezu unerträglich wurde die Spannung, als sie gemeinsam mit Lieutenant Colonel Theodore Roosevelt und seinen Rough Riders den Feind angriffen. Obwohl sie in Deckung gingen, verriet der weiße Rauch aus den Mündungen ihrer veralteten Gewehre ihre Position. Feindliches Feuer nagelte Andy und die übrigen Schüler an ihrem Standort fest. Dann sammelte Roosevelt die Rough Riders und Männer von anderen Einheiten um sich. Sie brachen im Schießpulverdampf durch das zerklüftete Gelände und errangen den berühmten Sieg von San Juan Hill.

Andy war völlig im Bann der Präsentation. Obwohl ihnen in der Veeyar nichts passieren konnte, rauschte das

Adrenalin durch seinen Körper. Mehrere Schüler, unter ihnen Andy, schlossen sich der kurzen Siegesfeier der amerikanischen Truppen an.

Andy versah seine Benutzeroberfläche mit der entsprechenden Markierung und lud den Bericht auf sein Datascript. Für die Prüfung musste er den Inhalt ohnehin kennen, aber er wollte die Arbeit noch einmal durchgehen, um sich näher mit anderen Ereignissen zu beschäftigen, die Megan nur gestreift hatte. Ganz gegen seine sonstige Art war er wirklich interessiert. Nur schade, dass das noch nicht der Fall gewesen war, als er seinen Bericht über die römische Besetzung der britischen Inseln geschrieben hatte.

Megan endete mit einer kurzen Darstellung der Seeschlacht zwischen der sich zurückziehenden Marine von Admiral Cervera und Commodore Schleys Geschwader. Binnen vier Stunden hatte die amerikanische Marine die spanische Flotte vernichtet. Am 17. Juli ergaben sich die Spanier. Kurz darauf wurde Puerto Rico eingenommen. Offizielles Kriegsende war der 12. August.

»Der Spanisch-Amerikanische Krieg brachte den Vereinigten Staaten mehrere wichtige Vorteile«, fasste Megan zusammen. »Zunächst einmal fielen die Philippinen, Guam und Puerto Rico an die USA. Zum anderen wurden die amerikanischen Streitkräfte zusammengeschmiedet. Der Bürgerkrieg hatte Norden und Süden gespalten. Zum ersten Mal seit dem Krieg von 1812 kämpften beide Seite an Seite.«

Vor Andys Augen lief ein abschließender Zusammenschnitt des Filmmaterials ab. Er folgte Megan durch die verschiedenen Szenen mit Ausschnitten, die die erläuterten Veränderungen illustrierten.

»Die amerikanische Marine wurde stärker«, sagte Megan. »Durch den Bau des Panamakanals wurde die Verbindung zwischen Atlantik und Pazifik hergestellt. Unterstützt von dem kubanischen Arzt Carlos J. Finlay, entdeckte Dr. Walter Reed, nach dem das medizinische Zentrum hier in Washington benannt ist, Erreger und Überträger des Gelbfiebers. Endlich wurden die Vereinigten Staaten von den übrigen Nationen als Weltmacht anerkannt.«

Die Veeyar fror ein und nahm wieder die Gestalt des Klassenzimmers an.

»Sehr gut, Megan«, lobte Dr. Dobbs. »Sie haben da wirklich einiges an Material zusammengetragen. Die anderen dürften in der nächsten Prüfung verschiedene Fragen zum Spanisch-Amerikanischen Krieg finden.«

Die Klasse stöhnte.

Lächelnd schüttelte Dr. Dobbs den Kopf. »Deswegen laden Sie ja die Berichte auf Ihre Rechner, meine Herrschaften. Wer ist der Nächste?« Erwartungsvoll blickte er die Schüler an.

Da ihm klar war, dass keiner freiwillig direkt nach Megan antreten würde, wollte sich Andy schon melden. Nachdem er nicht die Absicht hatte, sich weiter vorzubereiten, konnte er es ebenso gut gleich hinter sich bringen. Doch Dr. Dobbs kam ihm zuvor, bevor er die Hand heben konnte. »Okay, Solomon, nachdem Sie sich so eifrig zu Megans Bericht geäußert haben, können Sie jetzt Ihren Beitrag leisten.«

»Selbstverständlich, gern.«

Verblüfft sah sich Andy nach Solomon um. *Das stinkt gewaltig*, dachte er. *Wenn er nicht mit einer Sensation aufwarten könnte, würde Solomon seine Präsentation nie im Leben im Anschluss an einen solchen Bericht halten.*

»Wir gehen nur elf Jahre zurück, aber es wird euch gefallen.«

Sein Ton versprach nichts Gutes.

Das Veeyar-Klassenzimmer verwandelte sich in die Panoramaansicht einer nächtlichen Buschlandschaft. Dünne Wolkenfetzen legten sich vor den gelben Halbmond. In der Dunkelheit schlug Metall hart gegen Metall. Am Himmel peitschten Hubschrauberrotoren durch die Luft.

Zusammen mit dem Rest der Klasse fand sich Andy in einer Baumgruppe wieder. Britische Kommandosoldaten mit Tarnfarbe im Gesicht und in schwarzen Kampfanzügen rasten an ihnen vorüber, ohne sie zu beachten. Andy wurde übel, als er erkannte, wo sie sein mussten. Das erklärte auch, warum Solomon es vorhin darauf angelegt hatte, Andy zu provozieren.

»Wir schreiben das Jahr 2014. Das Szenario zeigt die letzten Tage des Südafrikanischen Krieges.«

Megan und ein paar andere wandten sich nach Andy um. Der setzte eine versteinerte Miene auf, wie immer, wenn er seine Gefühle und Gedanken nicht verraten wollte.

Über ihnen verlor ein Helikopter plötzlich an Höhe und nahm Kurs auf die Stellungen der britischen Kommandosoldaten. Entweder hatten die südafrikanischen Bodentruppen deren Positionen durchgegeben, oder der Pilot hatte sie auf dem FLIR entdeckt. Andy erhaschte einen Blick auf das vorwärtssehende Infrarotgerät unter dem Bauch des Huey, dann erhellten die doppelten, seitlich montierten Raketenwerfer die Nacht.

Donnernd bohrten sich die Raketen in die Erde, wobei sie Bäume, Buschwerk und Menschen gleichermaßen niedermähten. Es war ein entsetzliches Gemetzel.

Überall um sie herum öffneten sich qualmende Krater, von grauem Rauch und orangeroter Glut erfüllte Abszesse, zwischen denen zerfetzte Leichen lagen.

Der heiße Rückstoß der Explosion rollte über Andy hinweg. Er versuchte, cool zu bleiben, aber unwillkürlich erinnerte er sich an die Szenarien, die er sich ausgedacht hatte, nachdem ihm seine Mutter erzählt hatte, wie sein Vater ums Leben gekommen war. Später hatte sie ihm die vom Kongress verliehene Ehrenmedaille gegeben, die sein Dad posthum erhalten hatte. Sie lag immer noch in einer Schublade seines Schreibtischs zu Hause. Seit Jahren hatte er sie nicht mehr angesehen.

Nur wenige Meter über ihnen dröhnte der Helikopter. Kirschrote Leuchtspurmunition bohrte sich in den Dschungel, während gegnerisches Feuer Funken aus Metallhaut und Rotoren des Hubschraubers schlug.

»Programm beenden.« Dr. Dobbs' Stimme drang mühelos durch den Lärm der Explosionen und des Maschinengewehrfeuers. Sofort verschwand die Szene, und sie befanden sich wieder im Klassenzimmer. »Mr Weist, ich nehme an, Sie wollen einen Bericht vorlegen.«

»Ja, Sir.« Solomon war die Unschuld in Person.

»Und zwar ohne dramatische Einlagen.«

»Megan hatte auch Gefechtsszenen in ihrem Bericht«, wandte Solomon ein.

»Sie hatte aber etwas zu sagen.«

»Ich auch.«

»Dann tun Sie das.«

Andy war froh, dass die Veeyar-Präsentation vorüber war. Er hatte nicht geahnt, dass ihn die Konfrontation mit dem Krieg so mitnehmen würde. Vermutlich hatte genau das Solomon zur Auswahl seines Themas bewogen.

Solomon räusperte sich und bereitete sich offenkundig auf eine brillante Ansprache vor. Dass er Dr. Dobbs' Unterbrechung so gelassen hinnahm und nicht auf seinem Recht bestand, den Bericht ungehindert vorzutragen, war viel sagend. Solomon musste große Pläne haben. Eines war sicher: Andy sollte diese Präsentation nicht genießen.

3

»Ich habe Hearsts Veröffentlichung des De-Lome-Schreibens während Megans Präsentation erwähnt, um die Aussage meines Berichts zu unterstreichen«, erklärte Solomon.

»Anstatt sich auf Megans Material zu konzentrieren, kümmerten Sie sich also um Ihre eigenen Interessen«, stellte Dr. Dobbs fest.

Solomon blinzelte verlegen.

Aufgeflogen! Andy grinste.

Mühsam den Ärger, der sich auf seinem runden Gesicht malte, bezähmend, fuhr Solomon fort. »Ich wollte darauf hinweisen, dass ein Land, das einen Krieg gewinnt, die Ereignisse neu schreiben kann. Die Geschichte liegt in der Hand des Siegers.«

»Nicht besonders spannend«, kommentierte Dr. Dobbs, »aber ich will Ihnen einen gewissen Freiraum zugestehen.«

»Können wir uns jetzt wieder mit meinem Bericht beschäftigen?«

Dr. Dobbs wartete gerade lang genug, um Solomon ins

Gedächtnis zu rufen, dass es seine Klasse war. »Solch drastische Szenen möchte ich nicht mehr sehen.«

»Aber diese Gefechte illustrieren den ganzen Bericht«, wandte Solomon ein. »Sie haben Megan auch erlaubt, uns durch ein Todeslager zu führen, in dem die Leute verhungerten.«

»Weil es ihrem Bericht Gewicht und Anschaulichkeit verlieh. Es zeigte uns, wogegen die Kubaner kämpften. Dagegen sieht es so aus, als wären Ihre Bilder reiner Selbstzweck.«

Solomons Gesicht lief purpurrot an. Andy hätte am liebsten gejubelt, aber das hätte dem Fass wohl den Boden ausgeschlagen. Nur der Gedanke, dass er Dr. Dobbs von der Strafpredigt ablenken könnte, die er Solomon soeben verabreichte, hielt ihn zurück.

Stirnrunzelnd gab Solomon nach. »Okay, ich werde alle Szenen herausnehmen, gegen die Sie etwas einzuwenden haben könnten.«

»Noch so ein Massaker, und Ihr Bericht ist beendet. Sie bekommen von mir ein Ungenügend, und wir machen mit der nächsten Arbeit weiter.«

Das traf Solomon mit Sicherheit. Gute Noten waren ihm wichtig, das wusste Andy. Er kämpfte hart dafür, normalerweise mit Erfolg.

»Also gut.« Dr. Dobbs überließ Solomon erneut die Kontrolle über das Szenario, und dieser führte die Klasse zurück nach Südafrika.

Andy blinzelte. Erneut fand er sich im Dschungel wieder. Es war immer noch Nacht. Auf einer Lichtung im Busch vor ihnen lag ein kleines Dorf strohgedeckter Hütten auf Stelzen. Träge schimmerte ein Bach im Mondlicht. Lagerfeuer warfen Licht und Schatten auf vier südafrikanische Panzer, die unter den Bäumen standen.

»Das hier ist ein kleines Dorf nördlich von Mandelatown«, erläuterte Solomon. »Es hatte nie wirklich einen Namen, bis es die Vereinten Nationen Site 43 nannten.«

Andys Mund wurde trocken. Sein Vater war in Mandelatown gestorben, weit entfernt von diesem Ort, aber ihm war dennoch nicht wohl in seiner Haut. Nicht in Solomons Gegenwart.

»Einige von euch erinnern sich vielleicht, dass bei Site 43 eine biologische Waffe gezündet wurde, die mehr als fünftausend Menschen das Leben kostete. Die meisten von ihnen waren Zivilisten.«

Bestimmt würde Solomon das Ereignis zeigen, aber Andy fühlte sich gewappnet. Er kannte die Geschichte, weil er auf der Suche nach Informationen über seinen Vater über die künstlich ausgelöste Seuche gelesen hatte. Damals hatte er verstehen wollen, was seinen Vater bewogen hatte, nach Afrika zu gehen, anstatt zu Hause bei seiner Frau und seinem Sohn zu bleiben. Mittlerweile war ihm das egal, zumindest meistens.

Dr. Dobbs trat von einem Fuß auf den anderen. Der Klasse war bewusst, dass Bilder von den Opfern der Seuche das Aus für Solomons Bericht bedeuten würden.

Solomon zog eine Grimasse. Die Bilder um sie herum verschwammen, sodass jedem klar war, dass er die ursprüngliche Präsentation geändert hatte. Die Nacht wurde zum Tag. »Zunächst möchte ich jedoch einen kurzen geschichtlichen Überblick geben, damit ihr die Zusammenhänge versteht.«

Während die Klasse Solomon durch den Übergang folgte, erschien um sie herum eine gebirgige Landschaft. In allen Richtungen erstreckte sich ein zerklüftetes, hügeliges Gelände. Herden von Elefanten, schwarzen Gnus, Giraffen und Antilopen streiften durch das weite, von

Buschwerk und kurzen, struppigen Bäumen bedeckte Land. Im hohen Gras zu ihrer Linken lag ein Löwenrudel und wartete geduldig auf die Antilopenherde, die an ihm vorüber musste. Am Himmel darüber kreisten die Geier.

Einige Schüler kicherten. Witze reißend, holten sie Safari-Ausrüstung für die Veeyar hervor. Ein strenger Blick von Dr. Dobbs brachte sie zum Schweigen, aber die Safarikleidung blieb.

Andy überlegte kurz, ob er sich der Blödelei anschließen sollte, entschied sich aber dagegen. Dafür war das Thema zu heikel für ihn. Solomon hatte ihm mit Sicherheit eine Falle gestellt.

»Das ist Transvaal«, erläuterte dieser. »Hier befindet sich der Krüger-Nationalpark, doch ganz in der Nähe, in Witwatersrand, dem heutigen Gauteng, liegt auch das Zentrum der Goldminen.«

Die Gegend wurde immer bergiger. Sie standen in einer modernen Bergbauanlage. Bagger und riesige Lastwagen ratterten über die festgestampfte Erde. Andy fühlte, wie sich die Hitze über seinen ganzen Körper legte. Seine Haut war von Staub bedeckt. Solomon musste fast schreien, um den Lärm der Maschinen zu übertönen.

»Mehr als die Hälfte des gesamten Goldes weltweit wird in Südafrika gefördert. Eine weitere wichtige Produktionsstätte ist Pretoria.« Solomon führte sie ins Schmelzwerk, wo sie beobachteten, wie kleine Stapel Goldbarren unter den wachsamen Augen uniformierter Sicherheitsbeamter in riesige Lagerhäuser gebracht wurden. »Das war einer der Gründe, warum sich die Westmächte in den Bürgerkrieg einmischten, der 2009 in Südafrika ausbrach.«

»Es war eine friedenserhaltende Mission zum Schutz der Menschen«, protestierte Debbi Toth, eine schlanke

Brünette mit Stupsnase und einem Sinn für Mode, den sie von ihrer Mutter, einem Modell, geerbt hatte. Ihr Vater war mit den Marines in Südafrika gewesen, wie Andy wusste. »Bei dir klingt es, als hätten sie nur das Gold in die Finger bekommen wollen.«

Solomon verschränkte die Arme vor der Brust. »Dr. Dobbs, ich würde meine Präsentation gern ohne Unterbrechung zu Ende führen.«

Der Lehrer zögerte. »Ich verstehe Ihre persönlichen Gefühle, Miss Toth, aber Mr Weists Spekulationen sind nicht neu. Es steht ihm frei, sich über den Hintergrund des Konflikts eigene Gedanken zu machen.«

Offenkundig war Debbi mit dieser Entscheidung nicht einverstanden. Sie ging nach hinten, wo Andy saß. »Dem würde ich gern den Stecker rausziehen.«

»Nur wenn du damit seine lebenserhaltenden Systeme abschaltest«, witzelte Andy.

Sie lächelte ihn an – und ein Lächeln von Debbi Toth konnte Andys Stimmung ganz beträchtlich heben.

Er sah sich die Präsentation aufmerksam an. Die meisten seiner Mitschüler interessierten sich vermutlich vor allem für Reaktionen wie die von Debbie. Wer Solomon und seine Skrupellosigkeit kannte, wartete allerdings eher darauf, dass er endlich das Kaninchen aus dem Hut zog. Die Frage war nur, ob er das schaffte, bevor ihm Dr. Dobbs den Hut wegnahm.

»Gold war nicht der einzige Grund für das Engagement der Westmächte im Südafrikanischen Bürgerkrieg. Natürlich stand ihr Eingreifen unter dem politischen Schutz der Vereinten Nationen.« Damit ging Solomon weiter.

Widerstrebend folgte Andy ihm. Erneut veränderte sich die Umgebung und wurde zu einem sanften Abhang, der zu einem gewundenen Fluss führte. Zwischen Schatten spendenden Bäumen und Buschwerk standen Hütten am Ufer. Männer und Jungen fingen mit Speeren und Netzen von kleinen Kanus aus Fische.

»Wir befinden uns hier in der Nähe von Kimberley am Orange River, einem der beiden großen Flüsse Südafrikas. 1867 entdeckten die Buren, die nach dem niederländischen Wort für ›Bauer‹ benannt sind, dort Diamanten. Noch immer spielt Südafrika auf dem Diamantenmarkt eine wichtige Rolle. Die Entdeckung der Diamantenvorkommen von Kimberley führte schließlich zum Burenkrieg gegen die Briten, die die Kontrolle über Gold und Diamanten Südafrikas nicht abgeben wollten. Ihr wisst ja, es war das Zeitalter des Kolonialismus. Manche sind der Ansicht, diese Epoche wäre immer noch nicht vorüber.«

Als Solomon weiterging, wich das Dorf am Fluss einer Stadtlandschaft. Hochhäuser ragten in den Himmel, und asphaltierte Straßen teilten das Leben in ordentliche Vierecke auf. Das Zentrum war vom Verkehr verstopft.

»Südafrika ist seit langem geteilt. Zunächst gab es Rassenschranken, die Schwarz und Weiß trennten. Schon damals spielte allerdings auch die Klasse eine Rolle, Wohlstand und Bildung waren ebenfalls wichtige Faktoren. Dennoch blieb die Rasse das alles bestimmende Merkmal. Die Apartheid wurde zur offiziellen Politik erklärt, und die Schwarzen mussten sich mit Pässen ausweisen, wenn sie ihre so genannten Homelands verließen.«

Ungläubig starrte Andy auf die Kontrollpunkte rund um die Stadt. Bewaffnete Weiße in Uniform kontrollierten Schlangen schwarzer Männer und Frauen, die in die Stadt wollten. Manche von ihnen wurden abgewiesen, obwohl sie offenkundig Hilfe brauchten, die sie nur in der Stadt finden konnten.

Andys bester Freund war David Gray, der ihm geholfen hatte, bei den Explorers aufgenommen zu werden. Seit Andy denken konnte, waren sie befreundet gewesen, und er sah nicht den geringsten Grund, warum das anders hätte sein sollen. Die Hautfarbe war für sie beide kein Thema, aber ihm war klar, dass nicht jeder so dachte.

»Selbst im Jahre 2009 war Südafrika immer noch geteilt«, fuhr Solomon fort. »Allerdings hatte das nichts mehr mit der Rasse zu tun, sondern folgte dem überall bekannten Muster von Reich und Arm. In diesem Fall nannten sich die beiden Gruppen Nationalisten und Patrioten.« Er lächelte. »Wenn ihr im Wörterbuch nachseht, werdet ihr feststellen, dass es sich bei beiden Begriffen quasi um Synonyme handelt. Aber schließlich mussten die Medien sie ja irgendwie unterscheiden können.«

Unter Solomons Führung betraten sie einen großen Raum, in dem Männer im Anzug Aktienkurse brüllten. Riesige Totalisatoren bedeckten die Bildschirme in der Mitte des Raumes. Permanent wurden die Kurse angezeigt. Auf der Suche noch aktuellen Holo-Nachrichten für andere Fächer hatte Andy an der Wall Street ähnliche Bilder gesehen.

»Nach der Jahrtausendwende wurde der Handel für die nationalistische südafrikanische Regierung ein wichtiges Thema. Dabei war ihr der aufstrebende chinesische Markt lieber als die westlichen Länder. Es bestand die Gefahr, dass Diamanten und Gold in großen Mengen vom freien Markt verschwanden und damit den westlichen Industrieländern nicht mehr zur Verfügung standen. Das hätte verschiedene große Wirtschaftsräume ins Wanken gebracht.«

»Ich glaube nicht, dass das korrekt ist«, wandte Megan ein. »Meine Mutter war im Krieg als Reporterin für dieses

Thema zuständig. Der Verlust dieser Ressourcen wäre problematisch gewesen, aber die Welt hätte es überlebt.

»Nur mit Mühe«, sagte Solomon. »Und darf ich dich daran erinnern, dass das hier *meine* Präsentation ist.«

Widerstrebend nickte Megan.

»Das sind also die Hauptgründe, die ich für die Beteiligung von Amerikanern, Briten und anderen Europäern an diesem Konflikt sehe.« Während Solomon weiterging, wurde es um sie herum erneut dunkel.

Immer noch standen die Panzer ruhig unter den Bäumen, die das kleine Dorf nördlich von Mandelatown umgaben. Die Menschen schürten ihre Lagerfeuer, aßen und unterhielten sich. Der Mond schien nun hell und ungehindert auf sie herab.

»Damit sind wir wieder hier angelangt. Wir schreiben das Jahr 2014 und stehen kurz vor dem Ende des Krieges. Die USA und Europa unterstützen die Rebellen, die die Beziehungen zur westlichen Welt fortsetzen wollen – die südafrikanische Regierung gerät immer stärker unter Druck. Die Westmächte haben einfach stärkere, bessere und vor allem mehr Waffen.«

»Außerdem nutzten die Patrioten jede Gelegenheit, den Nationalisten eins überzubraten«, mischte sich Debbi ein. »Sie sorgten dafür, dass die Armen immer ärmer wurden.«

Verärgert schüttelte Solomon den Kopf, sprach jedoch einfach weiter. »Am 12. August 2014 brach dann in einer Gegend, die als Site 43 schaurige Berühmtheit erlangte, eine Seuche aus.«

Andy schluckte mühsam. Sein Vater war am Morgen des 13. August gestorben, nur wenige Stunden nach der Szene, die sich vor ihren Augen abspielte. Er zwang sich weiterzuatmen. *Warum hat Solomon diesen Krieg gewählt und warum einen Zeitpunkt, der so nah an Dads*

Tod liegt? Ist das sein Kaninchen? Will er mir eins auswischen?

»Innerhalb von zweiundsiebzig Stunden hatte sich die Seuche bis nach Mandelatown ausgebreitet und Tausende von Menschen das Leben gekostet. Die Seuche war unparteiisch, sie tötete Nationalisten und Patrioten gleichermaßen.«

»Dank der Amerikaner konnte die Epidemie aufgehalten werden«, protestierte Megan. »Ohne amerikanische Beteiligung wären noch viel mehr Menschen getötet worden.«

»Schon, aber es gab auch Spekulationen darüber, ob die Vereinigten Staaten nicht selbst die Bombe gezündet hatten.«

»Wenn ich mich recht erinnere, erwies sich die Waffe, von der Sie sprechen, als Überbleibsel aus der Zeit des Wettrüstens und war sowjetischen Ursprungs.« Dr. Dobbs rang hörbar um Beherrschung. »Man ging davon aus, dass eine Terrorgruppe aus dem Nahen Osten für den Anschlag verantwortlich war. Vermutlich hoffte sie, amerikanische und europäische Soldaten würden dabei massenhaft ums Leben kommen.«

»Das ist die offizielle Version«, stimmte Solomon zu, der unbeirrt lächelte.

Andys Magen krampfte sich zusammen. Offenbar hatte Solomon seine Bombe noch nicht hochgehen lassen. Hastig versuchte er, sich alles, was er wusste, über jene Zeit und die Ereignisse damals zu vergegenwärtigen. Trotzdem hatte er keine Ahnung, worauf Solomon hinauswollte.

»Die Existenz der Terroristen aus dem Nahen Osten wurde nie bewiesen, obwohl sich Westmächte und Nationalisten bei dieser Story einig waren.«

»Offenkundig sind Sie anderer Ansicht, Mr Weist«,

wies ihn Dr. Dobbs zurecht. »Sonst würden wir wohl nicht mitten in der Pampa stehen. Kommen Sie zum Punkt.«

»Mein Punkt ist, dass der Sieger die Geschichte neu schreibt.« Solomon schnippte effektvoll mit den Fingern.

Der nächste Übergang war so weich, dass Andy zuerst gar nicht wusste, warum sein Magen einen Satz machte. Dann stellte er fest, dass sich dank der Wunder der Veeyar die gesamte Klasse hinter dem Piloten eines Apache-Kampfhubschraubers drängte, der dicht über den Baumspitzen flog. Nur in der Veeyar war es möglich, dass sie alle auf der Rückbank Platz fanden und so die Geschehnisse aus nächster Nähe beobachten konnten.

Durch die Plexiglas-Nase des Hubschraubers beobachtete Andy, wie das Land unter ihnen wie ein großer, dunkler Ozean dahinglitt. Plötzlich flackerte in der Dunkelheit ein Feuerball auf, der in einem umgekehrten Kegel brennende Trümmer von sich schleuderte. Von seiner Ausbildung bei den Net Force Explorers wusste Andy, dass die Sprengladung absichtlich so geformt war, damit der tödliche Inhalt in die Luft geschleudert und vom Wind auf Mandelatown zugetrieben werden musste. *Und auf meinen Vater.*

»Basis, hier Falcon 12«, sagte der Pilot über Funk. »Ich habe nördlich meiner Position eine Explosion am Detonationsnullpunkt beobachtet. Soll ich mir die Sache aus der Nähe ansehen?«

»Bestätigt, Falcon 12. Wir sehen hier über Satellit gar nichts. Sie sind am Ball.«

»Roger, Basis. Falcon 12 übernimmt.« Der Pilot zog am Steuerknüppel, um den Kurs des Helikopters zu ändern, und raste auf das Explosionsgebiet zu.

Andy entspannte sich ein wenig. Das hier war Archivmaterial des Vorfalls. Die Szene war dutzende, wenn nicht hunderte Male in den Holo-Nachrichten gezeigt worden. Hier waren keine Überraschungen zu erwarten.

Lieutenant Joe Dawkins, der Pilot des Apache, war das erste offiziell gezählte amerikanische Opfer der biologischen Waffe gewesen. Bei seiner Rückkehr zur Basis hatte er zwanzig weitere Männer infiziert; einen Tag später war er gestorben, lange bevor die Ärzteteams herausfinden konnten, was geschehen war.

Solomon ließ den Film weiterlaufen. Nachdem sie sozusagen mit den Augen des Piloten den Zielbereich gesehen hatten, beendete er die Simulation.

»Schnee von gestern, Mr Weist«, bemängelte Dr. Dobbs, als sie alle wieder im Klassen-Veeyar standen. »Bei der Zeit, die Sie angeblich für die Recherche aufgewendet haben, hätte ich ehrlich gesagt mehr erwartet.«

»Das ist noch nicht alles.« Solomon schnippte mit den Fingern. Als sie erneut in die Simulation eintraten, befanden sie sich wieder im Dschungel bei Site 43. »Wie manche von euch vielleicht wissen, filmte die nationalistische Armee die Ankunft der biologischen Waffe an Site 43.« Jetzt sah er Andy direkt an. »Ich habe für euch dieses Ereignis nachgestellt.«

Angespannt beobachtete Andy das Geschehen. Unten rechts in seinem Gesichtsfeld erschien ein Bildschirm.

»Auf dem Bildschirm seht ihr das von der Besatzung des nationalistischen Panzers gefilmte Material. Meine Simulation basiert darauf.«

Lautlose Schatten glitten durch den Busch auf die Panzer zu. Ausrüstung, Waffen, aber auch ihre geschmeidigen Bewegungen verrieten Andy, dass es sich um Spezialkräfte der Amerikaner handeln musste. In Quantico hatte er Marines beobachtet, die sich ebenso bewegten.

Die nationalistische Panzerbesatzung trat in Aktion

und eröffnete das Feuer aus Maschinengewehren und Hauptkanone. Äste wurden abgerissen, und die Schüsse der großen Kanone entwurzelten ganze Bäume.

Die Spezialeinheiten erwiderten das Feuer und eliminierten die Panzerbesatzung.

»Mr Weist!«, unterbrach Dr. Dobbs. »Als ich sagte, keine billige Theatralik mehr, meinte ich das auch so.«

»Sehen Sie doch!« Solomons Ton, die Erregung in seiner Stimme ließen selbst Dr. Dobbs verstummen. Um ihn herum pfiff Leuchtmunition, doch das Sortierprogramm der Simulation verhinderte, dass sie seine Veeyar-Verkörperung berührten.

Mit den Blicken Solomons ausgestrecktem Finger folgend, entdeckte Andy den großen, unmarkierten Zweieinhalbtonner, der mit heulendem Motor durch den Busch pflügte. Kleine Bäume knickten vor seinem Stoßfänger um wie Streichhölzer. Auch das hatte zum offiziellen Filmmaterial gehört, daher war Andy nicht besonders überrascht.

»Erinnert ihr euch, dass ich sagte, der Sieger würde die Geschichte neu schreiben? Offiziell haben die südafrikanischen Nationalisten den Krieg vielleicht nicht verloren, aber sie konnten ihren Handel mit China nicht wie geplant betreiben. Die eigentlichen Gewinner waren die Westmächte.«

Andy beobachtete, wie Männer in Tarnuniform ohne Abzeichen in der Ferne von dem Lastwagen sprangen, eine Holzkiste entluden und über den Fluss in das Dorf stürmten. Einige Dorfbewohner versteckten sich in ihren Hütten, doch viele flohen in den Busch.

»Waffe vorbereiten!«, befahl einer der Soldaten.

»Ja, Sir!« Mit Stemmeisen wurde die Holzkiste geöffnet.

Der befehlshabende Offizier trug eine Art Helm und einen Schutzanzug. Da er zudem im Schatten stand, war sein Gesicht nicht zu erkennen. Sobald sie mit der Kiste fertig waren, schickte er seine Leute zurück zum Lastwagen. Sie verschwanden in der Ferne und ließen ihn allein zurück.

»Seht genau hin!« Das war Solomon.

Die Simulation lief jetzt in Zeitlupe.

Atemlos beobachtete Andy die Vorgänge. Ihm war klar, dass Solomon jetzt gleich sein Kaninchen hervorholen würde. Dr. Dobbs hatte ihm den Hut noch nicht weggenommen.

Eigentlich hätte das Gesicht des Offiziers im grellen grünen Licht der Instrumente der offenen Waffe zu erkennen sein müssen, doch irgendwie wurden nur seine Brust und das Visier seines Helms erleuchtet. Sobald er die Waffe geschärft hatte, rannte er auf den Lastwagen zu. Doch ein Soldat der Nationalisten, der sich irgendwo im Busch versteckt hatte, eröffnete das Feuer und hielt ihn für wertvolle Sekunden am Ufer des Flusses fest.

»Russische Technologie«, kommentierte Solomon. »Sie verwenden veraltete russische Technologie, damit man ihnen ihre Geschichte abnimmt. Aber diese Männer waren weder Russen noch Terroristen aus dem Nahen Osten.«

Den Kugeln ausweichend, eilte der befehlshabende Offizier über den Fluss. Um seine Stiefel spritzte das Wasser auf. Dann explodierte die todbringende Bombe und füllte die Simulation mit ihrem grellen, harten Licht. Ein Donnergrollen vibrierte durch Andys Körper. Mit schützend zusammengekniffenen Augen beobachtete er, wie von der Bombe eine Rauchwand aufstieg.

Die Schockwelle riss den Offizier von den Beinen.

»Diese Bombe wurde nicht von Terroristen aus dem Nahen Osten gezündet«, kommentierte Solomon.

Inzwischen war der Offizier wieder auf die Füße gekommen und versuchte zu fliehen. Doch es war zu spät. Die tödliche Wolke aus der biologischen Bombe hatte ihn bereits erfasst.

Verzweifelt überprüfte er seinen Schutzanzug auf Lecks.

»Das waren unsere Leute. Eine amerikanische Spezialeinheit auf einer verdeckten Operation.«

Offenkundig ergab sich der Offizier in sein Schicksal. Während die tödliche Wolke über ihn hinwegrollte, bedeutete er seinen Männern, ohne ihn zu ihrem unbekannten Ziel zu fahren. In der Ferne donnerte der Lastwagen in die dem Wind abgewandte Richtung davon, während er sich umwandte und das Dorf betrachtete. Bald, wenn die Seuche ihre Wirkung entfaltete, würde es sich in ein Leichenhaus verwandeln. In diesem Augenblick brach der Mond durch die vereinzelten Wolken und enthüllte endlich sein Gesicht. Solomon hielt die Simulation an, und auch der Bildschirm in der unteren rechten Ecke erstarrte.

Andy erkannte die Züge sofort. Wie eine Welle tobte der Schmerz durch seinen Körper.

»Das war der befehlshabende Offizier der Spezialeinheit«, fuhr Solomon fort. »Colonel Robert Moore, der am nächsten Tag die Ehrenmedaille dafür erhielt, dass er sich geopfert hatte, um ein Rangers-Bataillon der US Army zu retten, das bei Mandelatown von nationalistischen Truppen eingekesselt worden war.« Das Gesicht von Andys Vater über seiner Schulter, wandte er sich an die Klasse. »Was meint ihr: War Colonel Moore ein Held oder ein Verbrecher?«

4

»Was hat Andy getan?«, wollte Matt Hunter wissen, wobei er versuchte, sich Andys Gefühle vorzustellen. Er saß mit Megan O'Malley bei Cecil's Spaghetti. Das Lunchbüfett erfreute sich vor allem bei Schülern von Bradford großer Beliebtheit. Das Restaurant war gemütlich und roch nach frisch gebackenem Brot, Knoblauch und Spaghettisoße. Matt mochte das Lokal sehr.

Megan biss krachend in einen Karottenschnitz. »Was wird er wohl getan haben? Ausgeflippt ist er.« Sie verlieh ihren Worten mit den Überresten des Karottenschnitzes Nachdruck. »Es ging um seinen Vater, Matt, den Mann, der nicht aus dem Krieg zurückgekommen ist, jemanden, den er als kleines Kind verloren hat. Das Einzige, das ihm geblieben ist, ist dieses Heldenimage. Solomon hat das völlig zerlegt und hatte dann noch den Nerv, Dr. Dobbs zu fragen, ob er für seine Präsentation eine Eins bekommt.«

Matt schüttelte den Kopf. Mit einem ziemlich elenden Gefühl wickelte er Spaghetti auf seine Gabel. »Mich wundert nur, dass Andy ihm nicht an die Gurgel gegangen ist.«

»Nur weil er nicht wusste, wie er sich aus meinem Klammergriff befreien sollte.«

»Und wo ist Andy jetzt?«, erkundigte sich Madeline Green, besser bekannt als Maj, die ihre letzten Worte gehört hatte. Megan rutschte zur Seite, damit sie sich zu ihnen setzen konnte. Wie die anderen gehörte auch Maj zu den Net Force Explorers. Ihr braunes Haar fiel über die dünnen Träger ihres pfirsichfarbenen Sommerkleides. »Wolltest du nicht eigentlich mit ihm essen?«

Matt nickte. »Ja. Ich habe in der Schule nach ihm gesucht, ihn aber nicht gefunden. Da dachte ich, er wäre vielleicht schon hier.«

»Nach einem solchen Vorfall würde man doch denken, dass er mit jemand reden will«, meinte Maj.

»Nicht Andy«, sagte Matt. »Der ist der Ansicht, ein Indianer kennt keinen Schmerz. Wahrscheinlich würde er noch auf der Intensivstation coole Bemerkungen von sich geben. Wo hat Solomon sein neues Filmmaterial eigentlich her?«

»Das will er nicht verraten«, gab Megan zurück.

»Hat Dr. Dobbs ihn denn nicht gefragt?« Matt war überzeugt davon, dass ihr Lehrer das nicht durchgehen lassen würde.

»Solomon behauptete, das stünde in der Hardcopy, die er abgeben will, wenn die ganze Klasse ihre Dokumentation vorlegt.«

»Und warum nicht jetzt gleich?«

Megan schüttelte den Kopf. »Zu Dr. Dobbs hat er gesagt, er muss noch was fertig stellen.«

»Und das hat Dr. Dobbs durchgehen lassen?«

»Nein. Er hat ihm gesagt, die Präsentation sei ohne vollständiges Referenzmaterial nicht komplett.« Megan brachte es fertig, gleichzeitig zu essen und zu reden, ohne dass es unelegant gewirkt hätte.

»Da er ein Stipendium hat und immer so stolz auf seine Noten ist, hätte man denken sollen, Solomon würde klein beigeben«, meinte Matt.

»Hat er aber nicht. Stattdessen hat er Dr. Dobbs wissen lassen, sein Referenzmaterial würde bald genug an die Öffentlichkeit gelangen.«

»Sehr mysteriös.«

»Solomon liebt Geheimnistuerei«, warf Maj ein.

»Aber Solomon will bestimmt nicht seine Note aufs

Spiel setzen«, gab Matt zu bedenken. »Vor allem nicht bei Dr. Dobbs.«

»Ich weiß.« Megan runzelte die Stirn. »Deshalb müssen wir die Sache auch ernst nehmen.«

»Du meinst, wir sollen glauben, dass Andys Vater diese biologische Bombe gezündet hat?« Matt schüttelte den Kopf. »Nie im Leben. Meine Mutter ist in Südafrika Einsätze geflogen, das wisst ihr ja. Auch wenn sie Colonel Moore nicht kennen gelernt hat, wusste sie, dass er überall respektiert wurde. Er war ein Mann, der alles für sein Land gab.«

»Ich habe ja auch nicht gesagt, dass wir Solomons Geschichte glauben sollen«, meinte Megan, »sondern nur, dass wir sie ernst nehmen müssen. Wenn Solomon behauptet, er hat Unterlagen, dann wird er die auch vorlegen. So ist er eben. Aber es kann nicht schaden, sie sich gründlich anzusehen.«

Matt atmete erleichtert auf. »Tut mir Leid, das weiß ich ja eigentlich. Ich erinnere mich noch, wie wir zum ersten Mal im Geschichtsunterricht über den Krieg sprachen. Ich habe ein Referat über den Einsatz meiner Mutter gehalten und Bilder von ihr und dem Kampfjet gezeigt, den sie flog, die mir mein Vater gegeben hatte. Einige andere haben das Gleiche getan, aber nicht Andy. Er hat kein Wort darüber verloren, nicht mal, als der Lehrer die letzte Mission seines Vaters behandelt hat.«

Eine Weile herrschte Schweigen, sodass Matt es schon bereute, das Thema erwähnt zu haben.

»Wir müssen also rausfinden, woher Solomon seine Informationen hat«, sagte Maj schließlich. »Außerdem müssen wir Andy im Auge behalten. Entweder wird er versuchen, sich an Solomon zu rächen, oder er schluckt alles, bis er zusammenbricht.«

Wie immer hatte Maj in aller Ruhe den Kern des Problems getroffen. »Kein schlechter Plan«, meinte Matt. »Aber Andy und Solomon werden sozusagen magnetisch voneinander angezogen. Von den beiden wird sich keiner mit jemand anderem aussprechen.«

»Stimmt«, gab ihm Megan Recht. »Andy dürfte das kleinere Problem sein. Im Moment hat er nur zwei Fächer zusammen mit Solomon. Ich werde ihn in Strategischer Analyse im Auge behalten, und David kann Englische Literatur übernehmen. Wenn jemand Andy unter Kontrolle halten kann, dann David.«

»Ohne Klammergriff?«, erkundigte sich Matt.

Megan grinste ihn an. »Den werde ich ihm vorsichtshalber zeigen.«

»Damit bleibt noch Solomon«, stellte Maj fest. »Wirkte das HoloNet-Material realistisch?«

Megan nickte. »Allerdings. Ich habe es auf Datascript heruntergeladen. Wenn ich wieder in der Klasse bin, schicke ich es euch per E-Mail nach Hause. Vielleicht seht ihr was, das mir entgangen ist.«

Matt aß seine Spaghetti auf und schob den Teller beiseite. »Mir ist überhaupt nicht klar, warum Solomon und Andy ständig aufeinander losgehen. Beide sind clever. Solomons schulische Leistungen sind überragend, und er weiß viel. Allerdings ist er eine Nervensäge. Dagegen spielt Andy den Klassenclown, kümmert sich aber nicht so um seine Bücher wie Solomon. Man sollte doch meinen, die beiden würden sich verstehen, schließlich ziehen sich Gegensätze angeblich an.«

»Solomon bekommt gute Noten, weil er nicht Andys Gabe besitzt, Leute für sich zu gewinnen, und deshalb mehr arbeitet«, erklärte Maj. »Dagegen ist Andy so beliebt, dass er meint, er braucht sich nicht um seine Noten zu kümmern. Aber der wichtigste Unterschied sind die Väter.«

Matt lauschte aufmerksam. Was Maj da sagte, klang überzeugend. Bei den Net Force Explorers war sie vermutlich die Beste, wenn es darum ging, Menschen und Beziehungen zu verstehen.

»Andys Vater ist ein Held«, fuhr sie fort. »Und Solomons Vater ...« Sie brach ab.

»... nicht«, vollendete Megan den Satz. Es war kein Geheimnis, dass Solomons Vater seine Familie im Stich ließ, sobald sich die Gefängnistore von Leavenworth für ihn geöffnet hatten.

»Ich vermute, Solomon identifiziert sich auf irgendeine merkwürdige Weise mit Andy.« Maj nippte an ihrem Getränk. »Wahrscheinlich will er sein eigenes Selbstwertgefühl stärken, indem er Andy runterzieht.«

»Wenn ihm Andy nicht Paroli bietet.« Nach einem Blick auf die Uhr begann Matt, das Durcheinander auf dem Tisch aufzuräumen. »Übrigens beeilen wir uns besser, wenn wir nicht zu spät kommen wollen.«

Matt genoss den Weg von der Schule zur Bushaltestelle. Er fühlte sich immer besser, wenn er in Bewegung war. Am besten gefiel ihm das Fliegen, aber dazu würde er heute keine Gelegenheit haben. Für eine Weile hörte er dem Gespräch der Mädchen an seiner Seite zu, aber sie schienen sich nur über verschiedene Kampfsportarten zu unterhalten, sodass er schnell abschaltete.

Wie ferngesteuert, ging er durch die Autos auf dem Schülerparkplatz. Plötzlich hörte er Reifen auf dem Asphalt quietschen.

Er blickte auf. Die Regeln waren streng: Wenn jemand mit überhöhter Geschwindigkeit auf dem Parkplatz umherraste und erwischt wurde, fuhr der Betreffende nicht mehr lange mit dem Auto zur Schule.

Ein älterer Wagen, ein großer schwarzer Ford Transit, brach durch die letzte Reihe der parkenden Fahrzeuge. Das Vorderteil wankte leicht, als der Fahrer versuchte, das durch die Beschleunigung bedingte, vorübergehende Spiel in der Lenkung zu kompensieren. Der Wagen blieb auf Kurs und raste auf eine einsame Gestalt zu, die zwischen den Reihen der geparkten Autos stand.

Matt kannte Chris Potter, einen Schüler von Bradford, weil sie in einigen Fächern gemeinsam Unterricht hatten. Er war groß und schlaksig und hatte sein blondes Haar zu einer Irokesenfrisur geschnitten, die an den Enden in schillerndes Gelbgrün auslief. Vor Schreck erstarrt, blieb Chris so stehen, dass ihn das Auto unfehlbar treffen musste. Als selbst ernannter Streber lebte er nur für die Veeyar. Sport interessierte ihn ebenso wenig wie der Großteil der physischen Welt. Außerdem hätte er ohnehin keine Chance gehabt, selbst wenn er versucht hätte zu fliehen.

Mit einem Brennen im Magen warf sich Matt auf die Motorhaube des Dodge Durango vor ihm und glitt auf die andere Seite. Kaum hatte er wieder festen Boden unter den Füßen, da rannte er auch schon auf Chris zu ...

5

Der große Wagen hatte Chris Potter schon fast erreicht. In diesem Augenblick sah Matt, wie sich Megan aus der Fahrzeugreihe rechts von ihm löste. Ohne Zögern warf sie sich gegen Chris, sodass sie beide aus der Fahrtrichtung des Wagens geschleudert wurden.

Dann verlor Matt sie aus den Augen, denn das Auto hielt jetzt auf ihn zu. Das Brüllen des auf vollen Touren laufenden Motors dröhnte in seinen Ohren. Ihm war, als rief ihm Maj eine Warnung zu.

Mit einer Drehung warf er sich nach links in die nächste Wagenreihe. Er landete auf einer Motorhaube und schlitterte gegen die Windschutzscheibe.

Mit den Fingern krallte er sich in die Rille zwischen Motorhaube und Glas, wobei er sich so fest wie möglich gegen die Scheibe presste. Der schwarze Wagen rammte das geparkte Fahrzeug, schob es fast einen halben Meter weit und rutschte für einen Augenblick auf es hinauf. Dann löste er sich wieder.

Metall kreischte, als der Wagen vorbeifuhr. Der Aufprall hinterließ einen langen Riss an der Seite des Fahrzeugs. Das dürfte die Identifizierung erleichtern, dachte Matt. In der Hoffnung, sich das Kennzeichen merken zu können, sah er dem Wagen nach, aber das Nummernschild war entfernt worden.

»Matt!«, rief Maj.

»Alles in Ordnung«, meldete dieser. Schwer atmend kletterte er von dem parkenden Fahrzeug. Er landete zwischen Glasscherben, zerborstenem Keramik-Polymer und verzogenem Metall, dass vom vorderen Fahrzeugende abgerissen worden war.

Maj lief zu Megan, die versuchte, Chris auf die Beine zu helfen.

Wieder quietschte Gummi auf dem Asphalt.

Ungläubig beobachtete Matt, wie der schwarze Wagen ohne Rücksicht auf seine Reifen in einem Halbkreis wendete und zurückkam. Hinter der Windschutzscheibe entdeckte er zwei Schatten, den Fahrer und einen Passagier. Er rannte auf Megan, Maj und Chris zu.

»Lauft!«, befahl er. »Die kommen zurück!« Geduckt schlängelte er sich mit seinen Freunden zwischen den parkenden Autos hindurch. Dabei griff er in seine hintere Hosentasche und holte seine Brieftasche heraus. Er klappte sie auf, schaltete die von einer Folie geschützte Codekarte an und wählte im Menü die Telefonoption. Sofort rekonfigurierten sich die flexiblen Schaltkreise in dem harten Polymergehäuse zu einem Mobiltelefonmodul. Während Megan und Maj Chris mit sich zogen, gab er die Notrufnummer ein.

»Was ist los?«, wollte Chris wissen.

»Weiter!«, befahl Megan.

Die Verbindung kam in dem Moment zustande, als das Auto gegen die parkenden Fahrzeuge prallte, zwischen denen Chris und die Mädchen hindurchgelaufen waren. Matt war ihnen dicht auf den Fersen, als der Wagen neben ihm erbebte. Mit einem raschen Sprung brachte er sich in Sicherheit, bevor das Fahrzeug gegen das Auto daneben geschleudert wurde.

»Polizei«, meldete sich eine computerisierte Frauenstimme. »Bitte nennen Sie die Art des Notfalls.«

Matt versuchte, im Laufen mit der Einsatzzentrale zu sprechen. Während Maj von hinten schob, zog Megan Chris weiter. Mittlerweile hatte das schwarze Auto das Ende der Reihe erreicht. Matt ließ es nicht aus den Augen, weil er einen weiteren Versuch erwartete.

Stattdessen hielt der Fahrer auf das Tor zu und bretterte auf die belebte Straße hinaus. Als er die Fahrbahn überquerte, prallte er gegen ein anderes Auto, das außer Kontrolle auf die Gegenfahrbahn schleuderte. Hupen und das Quietschen von Reifen drangen von dort zu ihnen herüber. Dann folgte das dumpfe Knallen von mehreren Fahrzeugen, die aufeinander prallten.

Nachdem er sich endlich auf sein Telefonat konzentrieren konnte, schilderte Matt kurz die Ereignisse, beschrieb das schwarze Auto mit den fehlenden Nummernschildern und dem Blechschaden und erwähnte auch die beschädigten Fahrzeuge vor der Schule. Mittlerweile waren die Sicherheitsbeamten der Schule eingetroffen. Auch einige Schüler eilten herbei, um zu sehen, ob sie helfen konnten.

Matt klappte das Telefon zu und steckte seine Brieftasche weg. Dann warf er Chris einen Blick zu. »Hast du dich verletzt?«

»Hab mir das Knie aufgeschlagen.« Chris zog an seinem Hosenbein. Der Jeansstoff war blutdurchtränkt.

Megan inspizierte den Riss. Sie schob den Stoff zur Seite, um sich die Wunde genauer anzusehen. Dann seufzte sie erleichtert. »Das muss gesäubert werden, Matt, vielleicht auch genäht. Aber es sieht so aus, als wären es nur oberflächliche Verletzungen. Das kann warten, bis er mit der Polizei gesprochen hat.«

»Polizei?« Chris schüttelte den Kopf. »Keine Polizei, Mann. Die brauchen wir da wirklich nicht reinzuziehen.« Langsam wich er zurück.

Matt hielt ihn auf, indem er ihm die Hand auf die Schulter legte. »Die Typen in dem Wagen haben versucht, dich zu überfahren. Die Polizei wird wissen wollen, warum.«

»Warum?«, wiederholte Chris. »Mann, du denkst, ich weiß das?«

Matt versuchte, die Situation herunterzuspielen. »Sieh mal, Chris, die Polizei wird auf jeden Fall mit dir reden. Das heißt, dass sie sich dein Vorstrafenregister ansehen werden. Es ist schließlich kein Geheimnis, dass du dich des Öfteren in Rechner eingehackt und sie zerstört hast. Aber diesmal bist du das Opfer, nicht der Täter. Das ist ja wohl ein Unterschied.«

Chris Potter genoss in Bradford einen legendären Ruf. Mehrfach war die Net Force auf dem Campus erschienen, um ihm das Handwerk zu legen. Mark Gridley, der Sohn des Net-Force-Chefs Jay Gridley, hatte Matt von einigen Aktionen berichtet, für die Chris und seine Hackerfreunde verantwortlich zeichneten.

Bei seiner letzten Verhaftung hatte sich Chris jedoch selbst gestellt. Manchmal versuchten Unternehmen, lästigen Hackern mit illegalen Maßnahmen beizukommen. Ein französischer Softwareentwickler hatte ein Exekutions- und Säuberungskommando zusammengestellt, das Chris und seine Familie eliminieren sollte. Nur knapp war es der Net Force gelungen, sie zu retten.

Mit funkelnden Augen schüttelte Chris den Kopf. »Matt, ich schwöre dir, ich habe seit sieben Monaten nichts Illegales getan. Nicht seit diese Leute zu mir nach Hause gekommen sind. Meine Mutter haben sie so misshandelt, dass sie immer noch Krankengymnastik braucht.«

Matt klopfte ihm beruhigend auf die Schulter. »Das glaube ich dir ja, aber ich fürchte, unter diesen Umständen tut das sonst kaum jemand.« Erneut sah er sich die zerstörten Autos an. »Die hatten es definitiv auf dich abgesehen.«

»Aber dich haben sie doch auch gejagt«, wandte Chris ein, während er sich seine laufende Nase abwischte.

»Auf irgendwen hatte es der Fahrer abgesehen«, erklärte Maj, »das kannst du nicht leugnen. Und zuerst haben sie versucht, dich zu überfahren, Chris. Als sie dich verfehlten, haben sie es noch mal versucht.«

Matt nickte. »Ja, stimmt. Und eine ganze Menge Leute

wird wissen wollen, warum«, meinte er, während der erste Streifenwagen auf den Parkplatz der Bradford Academy einbog.

Nachdem er bei den uniformierten Beamten, die das Gelände mit Unterstützung der Sicherheitsleute der Bradford Academy absicherten, seine vorläufige Aussage gemacht hatte, holte Matt erneut sein Brieftaschentelefon hervor. Er klappte es auf und begann, die Nummer von Captain Winters, dem Verbindungsoffizier der Explorers bei der Net Force, einzugeben.

»Aufhören!«, blaffte der Sergeant mit dem massigen Brustkorb, der gerade aus dem zweiten Streifenwagen stieg. »Du musst alle Telefonate vorher mit mir abklären, Junge.« Der Beamte war groß, hatte graue Schläfen und einen grauen Schnurrbart.

»Das ist schon in Ordnung, Sergeant.« Matt drehte die Brieftasche so, dass sein Net Force Explorers-Ausweis zu sehen war. »Ich rufe nur Captain Winters von der Net Force an.«

Dem Messingschild über der linken Brusttasche zufolge hieß der Sergeant Lance Cooper. »Das entscheide immer noch ich.«

Matt hätte am liebsten protestiert, beugte sich jedoch der Autorität. »Ja, Sir, Sergeant Cooper. Dann werden Sie sicher auch Captain Winters erklären, warum ich ihn nicht angerufen habe. Als Verbindungsoffizier der Net Force Explorers will er grundsätzlich informiert werden, wenn seine Leute in Schwierigkeiten sind.«

Winters engagierte sich sehr für seine Explorers. Schließlich war er nicht nur Verbindungsoffizier, sondern hatte das gesamte Konzept entwickelt und in die Praxis umgesetzt.

»Mit deinem Captain Winters kannst du mich nicht beeindrucken.«

»Vielleicht gelingt *mir* das, Sergeant«, grollte eine tiefe Stimme.

Cooper trat zurück und gab seine aggressive Haltung auf. »Ja, Sir.«

Matt erkannte Martin Gray sofort. Davids Vater war Detective bei der Washingtoner Polizei. Er war so groß und muskulös, wie David es eines Tages sein würde, und seine Jacketts waren bestimmt drei bis vier Nummern größer als die des Streifenbeamten. Er hatte kurzes Haar und eine Haut wie Ebenholz. Seine Hose zeigte messerscharfe Bügelfalten – Davids Mutter Janice wollte, dass ihr Ehemann so gut wie möglich aussah.

»Gut.« Detective Gray blickte Matt an. »Ruf Winters an und frag ihn, ob es etwas gibt, das ich wissen sollte.«

Matt nickte. Dann übernahm Detective Gray Chris, um den sich bis jetzt ein Beamter in Uniform gekümmert hatte, und führte ihn zu dem unmarkierten Fahrzeug, in dem ein weiterer Mann in Zivil wartete. Matt gab die Nummer zu Ende ein. Das Telefon klingelte mehrfach.

»Dies ist der Anschluss von Captain James Winters«, meldete sich Winters' schroffe Stimme. »Ich bin nicht im Büro oder spreche auf der anderen Leitung. Hinterlassen Sie nach dem Signalton Ihren Namen und Ihre Telefonnummer, damit ich Sie zurückrufen kann.«

Matt war so überrascht, dass er fast den Signalton verpasst hätte. Bis jetzt hatte er noch nie den Anrufbeantworter in der Leitung gehabt, sonst hatten immer entweder Winters oder dessen Sekretärin abgehoben. Er hinterließ seinen Namen und seine Nummer und schilderte kurz den Vorfall.

»Was ist hier los?«

Als er sich umdrehte, stand David Gray neben ihm.

David war groß und schlank. Er trug Jeans und Karohemd und hatte sich die Haare für die Schwimmsaison abrasiert.

Hastig erzählte Matt seine Geschichte. Schon tauchte das erste Medienfahrzeug auf dem Parkplatz auf. *Ist wohl nicht viel los*, dachte er. Aber bei einer Elternschaft, die zur Elite von Washington zählte, war die Bradford Academy potenziell immer gut für eine Story.

»Das ergibt doch keinen Sinn«, meinte David, als Matt fertig war.

»Was? Dass jemand Chris erledigen will?« Matt atmete deutlich vernehmbar aus. »Erinnerst du dich nicht mehr an das Sicherheitsteam von dieser französischen Firma, das Brandbomben auf Chris' Haus warf, obwohl sich seine Familie darin befand?«

David nickte. »Schon, aber das war mitten in der Nacht, wo sie nicht mit Zeugen rechnen mussten. Sie wurden einzig und allein erwischt, weil sich Chris in ihre Rechner eingehackt hatte und wusste, dass sie auf ihn angesetzt waren. Nur so konnte die Net Force rechtzeitig ein Team entsenden, ein reiner Glücksfall. Meine Frage ist nach wie vor: warum am helllichten Tag in Bradford, wenn sie ganz einfach hätten herausfinden können, wo Chris wohnt, und ihn in aller Ruhe dort hätten erledigen können?«

»Vielleicht wollten sie ja Zeugen?«

»Und warum das?«

Schweigend dachten die beiden darüber nach.

Das Sicherheitspersonal und die Beamten arbeiteten so schnell wie möglich, weil sie vermeiden wollten, dass die Medien Schüler interviewten. Doch das erwies sich als vergebliche Liebesmüh, weil einige Schüler von sich aus zu den Reportern gingen.

»Um ein Exempel zu statuieren«, erklärte David schließlich.

»Und wen wollten sie damit beeindrucken?«

David grinste. »Das ist wohl der Kern des Problems, was? Chris kann es nicht gewesen sein, außer sie wollten ihn nur anfahren.«

»Und nicht ganz platt walzen, meinst du?« Matts Gedanken überschlugen sich, während er die Möglichkeiten durchging, die Davids Hypothese aufgeworfen hatte. Die Richtung gefiel ihm gar nicht.

»Vielleicht. War noch jemand bei ihm?«

»Nein.«

»Aber du, Maj und Megan, ihr wart nicht die einzigen Schüler auf dem Gelände?«

»Es war nach dem Mittagessen, da waren jede Menge Leute unterwegs.« *Allerdings nicht so viele wie jetzt*, dachte Matt angesichts der ständig wachsenden Menge. Auf den Dächern der Aufnahmewagen waren Kameras installiert worden, die die Bilder direkt an HoloNet und verschiedene Lokalsender übertrugen.

»Vielleicht wollten die jemand anderen beeindrucken«, schlug David vor. »Möglicherweise ging es auch um einen von Chris' Hackerfreunden.«

»Chris behauptet, er wäre sauber.«

»Würdest du das nicht auch sagen?«

Matt nickte. Hinter der Windschutzscheibe sah er Chris wild gestikulieren. Er fuchtelte protestierend mit den Armen, während Detective Gray ruhig und völlig unbeeindruckt wirkte. »Dein Vater ist doch bei der Mordkommission, oder? Hier hat es aber trotz all der Blechschäden keine Toten gegeben.«

»Stimmt. Vielleicht ist er hier, weil es sich um ein Gewaltverbrechen handelt. Aber du hast Recht – es ist merkwürdig.«

»Willst du noch was Merkwürdiges hören? Ich habe Captain Winters angerufen und bin bei seinem Anrufbeantworter gelandet.«

»Ich wusste gar nicht, dass er einen hat.«

»Ich auch nicht. Und er hat immer noch nicht zurückgerufen.«

»Das ist alles ziemlich auffällig, was?«

Matt nickte. Dann ging er, von David gefolgt, zu Megan und Maj, die von uniformierten Beamten verhört worden waren. Megan wirkte angespannt, während Maj in aller Ruhe die Menge studierte.

»Wisst ihr«, erklärte sie, »es ist durchaus möglich, dass sich der Fahrer unter die Leute gemischt hat.«

Matt horchte auf. »Wie kommst du darauf?« Er betrachtete die Menge mit ganz neuen Augen.

»Der Schurke kehrt immer an den Ort seines Verbrechens zurück«, bestätigte Megan. »Mein Vater hat das auch in seinen Kriminalromanen verwendet.«

»In der Realität ist es auch so«, sagte Maj. »Brandstifter und Terroristen kehren häufig an den Ort des Geschehens zurück, um die Wirkung ihrer Tat zu beobachten.«

»Stimmt.« David deutete auf einen Kameramann in der dunkelgrauen Jacke der Washingtoner Polizei. »Wenn so was passiert, lässt mein Vater immer sofort die Menge filmen. Wenn sich nicht gleich weitere Hinweise ergeben, sehen sie sich den Film an und überprüfen, wer direkt nach der Tat am Ort des Verbrechens war. Einige Fälle konnte er auf diese Weise lösen.«

»Aber hier trifft das wohl kaum zu.« Megan blickte die anderen an. »Oder doch?«

Mit dem Kopf deutete Matt auf Detective Gray und Chris. »Das kommt ganz darauf an, würde ich sagen.« Er suchte erneut mit den Blicken die Menge ab, wobei er das Gefühl hatte, unter Verfolgungswahn zu leiden. Dann fiel ihm ein schlanker Mann in Freizeitkleidung und mit Piloten-Sonnenbrille auf. Trotz seiner lässigen Bekleidung glänzten seine schwarzen Stiefel, als hätte er soeben an einer Parade teilgenommen.

Der Name des Mannes wollte und wollte ihm nicht einfallen. Unauffällig drehte er sich zu David um. »Du, ist das nicht ein Net-Force-Agent?«

»Wo?«

Als Matt wieder hinsah, war der Mann verschwunden. Er konnte es nicht fassen. »Gerade war er noch da. Das war jemand von der Net Force, den kenne ich.«

»Okay«, meinte David. »Aber normalerweise arbeiten die nicht allein. Wenn du einen entdeckt hast, heißt das, dass du mindestens einen übersehen hast, wenn nicht mehr.«

Matt war klar, dass das stimmte. Was ging hier vor? Er rief Captain Winters an und erhielt keinen Rückruf. Stattdessen tauchten Agenten der Net Force auf. Das ergab alles keinen Sinn.

Detective Gray stieg aus dem zivilen Fahrzeug und winkte Matt zu sich.

»Sieht so aus, als wollten die was von mir. Haltet nach Net-Force-Agenten Ausschau. Ich wüsste wirklich gern, was die hier tun.«

Die anderen versprachen es ihm. »Aber du findest ohnehin nur raus, was die hier wollen, wenn Captain Winters das Okay gibt«, gab Megan zu bedenken.

Auf dem Weg zu Detective Grays Wagen dachte Matt über die letzten Stunden nach. Solomons Attacke auf

Andy und dessen Vater und der Anschlag auf Chris Potter waren für sich allein genommen schon ungewöhnlich genug. Die Chancen, dass sich beides am gleichen Tag ereignete, waren verschwindend gering. Was ging in Bradford vor?

6

He, Mom, ist es deiner Meinung nach möglich, dass Dad die Mission geleitet hat, bei der die biologische Bombe in Südafrika gezündet wurde?

Allein bei dem Gedanken, dass er diese Frage stellen könnte, warf Andy seinem bleichen Spiegelbild im Fenster des Busses wütende Blicke zu. Unmöglich, sich mit ihr in aller Ruhe über dieses Thema zu unterhalten, dazu steckte zu viel Sprengstoff darin.

Unter keinen Umständen wollte er seine Mutter damit belasten.

Er hatte sich in seinem Sitz zusammengerollt und die Knie gegen den Vordersitz gestemmt. Der Platz neben ihm war frei, eine Seltenheit. Normalerweise saß auf der Heimfahrt immer jemand neben ihm, der seine neuesten Witze oder die amüsanten Geschichten hören wollte, die zum Teil tatsächlich passiert waren. Das wirkliche Leben konnte ziemlich komisch sein, man musste es nur aus der richtigen Perspektive sehen.

Heute jedoch schien jeder zu fühlen, dass er keine Gesellschaft wünschte. Vielleicht lag es auch an seinem finsteren Gesichtsausdruck.

Als der Bus an seiner Ecke in Alexandria, Virginia,

hielt, holte er seinen Rucksack aus dem Gepäckfach über sich und stieg wortlos aus. Kaum stand er auf der Straße, begann er zu laufen. Seine Schuhe klatschten auf dem Asphalt, während er den Gehweg entlangrannte.

Erst als er das kleine Haus erreicht hatte, das er mit seiner Mutter bewohnte, blieb er stehen. Er betrachtete die Taropflanzen im Garten, die sie gemeinsam gesetzt hatten, studierte eingehend das Springkraut, das scharlachrot über den Boden dazwischen kroch. Überall zwischen den Pflanzen standen Keramiktiere, die sie sich gegenseitig zum Geburtstag geschenkt hatten, solange er denken konnte.

Mit zehn hatte er das Rasenmähen übernommen. Plötzlich wurde ihm klar, dass sein Vater hier niemals den Rasen gemäht hatte. Erst hatte seine Mutter das erledigt, dann hatte sie den Job an Andy weitergegeben. Merkwürdig, dass ihm das noch nie aufgefallen war. Überall in der Straße der Moores hatten Väter den Rasen gemäht. Sobald ihre Söhne alt genug waren, übertrugen sie ihnen diese Aufgabe, um sie schließlich wieder selbst zu erledigen, wenn die Kinder aus dem Haus gingen.

Andy atmete flach. Bei all den Gefühlen, die sich in seinem Inneren aufgestaut hatten, war es ihm unmöglich, tief Luft zu holen. Mr Crewes von nebenan hatte ihm gezeigt, wie man am Rasenmäher einfache Reparaturen und Wartungsarbeiten durchführte, und so hatte ihr Gerät immer funktioniert. Das hätte mir eigentlich Dad beibringen sollen, dachte Andy verbittert. Und das ist nur eine von Dutzenden von Situationen, in denen ich ihn gebraucht hätte.

Aber er war nicht da gewesen, und Andy war trotzdem zurechtgekommen.

Er versuchte, den Gedanken zu verdrängen, weil er ihn

nicht weiterbrachte, aber das war gar nicht so leicht. Vor dem Türscanner sprach er ein paar Sätze ins Mikrofon. Nachdem ihn das System identifiziert hatte, öffnete sich die Tür, und er ging ins Haus.

Es war sein Heim, das einzige, an das er sich richtig erinnern konnte. Seine Mutter hatte es gekauft, als er fünf war. Bis dahin hatten sie in einer Wohnung für Angehörige des Militärs gewohnt. Es hatte eine Weile gedauert, bis sie nach dem Tod seines Vaters finanziell wieder auf die Beine gekommen waren.

Aus reiner Gewohnheit plünderte er den Kühlschrank, machte sich ein Sandwich mit Speck, Salat, Tomaten und Senf und griff sich eine Packung Saft. Danach ging er in den Anbau hinten im Garten und kümmerte sich um drei Igel, einen Golden Retriever, zwei Hängebauchschweine, eine Boa Constrictor, zwei Kurzkopfbeutelgleiter und eine Perserkatze, die seine Mutter mit nach Hause gebracht hatte, weil sie besondere Betreuung und Ruhe brauchten, was in ihrer Klinik nicht gewährleistet war.

Andy gab ihnen Futter und Wasser, wobei er anhand der Notizen seiner Mutter Verhalten und Zustand auf sichtbare Veränderungen überprüfte. Auch er machte sich dabei Notizen. Es war ein gutes Gefühl, etwas bewirken zu können. Er hatte keine Ahnung, wie oft er und seine Mutter sich in den vergangenen zwölf Jahren um Tiere gesorgt, ihretwegen Nächte durchwacht und schließlich ihre Genesung gefeiert hatten, aber ihm war klar, dass sie vielen das Leben gerettet hatten.

»Und was für ein Gefühl ist es, wenn man auf einmal keinen Helden mehr zum Vater hat?«, hörte er im Geiste Solomons spöttische Stimme.

Allein mit seinen Gedanken zu sein war offenbar

nicht ideal. Andy tätschelte den Hund ein letztes Mal, schaltete die Klimaanlage ein und ging in sein Zimmer. Jeder verfügbare Raum war mit Postern von Holos und Internetspielen bedeckt. Die Regale an der einen Wand waren voll von Modellautos, Flugzeugen, Raketen und Spielzeugfiguren. Immer war er auf der Suche nach dem perfekten Hobby gewesen. Auch wenn er es bis jetzt nicht gefunden hatte – jedes Interessensgebiet hatte ihm neue Munition für seine Gags und Witze geliefert.

Er ließ sich auf den Computer-Link-Stuhl vor dem kleinen Schreibtisch am Fußende seines Bettes fallen und schob das Datascript aus der Schule in das Laufwerk. Mit zurückgelehntem Kopf fühlte er, wie der Rechner summend Kontakt mit seinen Implantaten aufnahm. Dann fand er sich in seiner persönlichen Veeyar wieder. Auch seine Veeyars waren – je nach seiner aktuellen Interessenlage – immer wieder radikalen Veränderungen unterworfen.

Im Augenblick bevorzugte er ein spanisches Piratenschiff, eine Galeone aus dem 16. Jahrhundert, die über ein türkisblaues Meer rauschte, in dem sich Geschöpfe aus Legenden und Sagen tummelten. Weiße Segel strafften sich unter dem wolkenlosen blauen Himmel im Wind, und unter seinen Füßen spürte er das sanfte Rollen des Decks. Die Besatzung nahm ihn nur wahr, wenn er es wollte. So war er allein, ohne sich einsam zu fühlen.

Er ging nach hinten zum Achterschiff, wo sich das Ruder befand, und stellte sich neben den Kartentisch. »Menü aufrufen.«

Sofort erschienen auf der Karte des Ozeans, den er gegenwärtig bereiste, verschiedene Symbole. Zuerst probierte Andy es über das Internet, aber Mark Gridley war nicht online, was für ihn höchst ungewöhnlich war. Daher rief er ihn über seine Nummer zu Hause an.

In der Karte öffnete sich ein Fenster, das Mark zeigte, der an seinem Schreibtisch in Georgetown vor dem Videofon saß. Seine olivbraune Haut, das glatte schwarze Haar und die klaren Gesichtszüge verrieten seine thailändische Abstammung. In seinen mandelförmigen Augen lag ein warmer Glanz. Mit dreizehn war Mark der jüngste Net Force Explorer.

»Hallo, Andy.«

»Hi. Bist du beschäftigt?«

»Nicht besonders. Ich bereite mich darauf vor, eine neue Software zu testen, die Mom für die Net Force geschrieben hat. Es geht vor allem darum, das Verschlüsselungsprogramm auf Schwachstellen zu überprüfen. Bevor sie damit online gehen, wollen sie sicherstellen, dass es optimal gegen Hacker geschützt ist.«

Marks Vater war Jay Gridley, der Chef der Net Force, seine Mutter die leitende Computertechnikerin der Behörde. Kein Wunder, dass ihr einziger Sohn ein Computergenie war.

»Hast du eine Minute Zeit?«

»Für dich immer.« Mark warf ihm einen mitfühlenden Blick zu. »Ich habe von der Sache heute Morgen gehört. Muss ganz schön hart für dich gewesen sein.«

Dankbar für die kühlende Brise in seiner Veeyar nickte Andy. »Ich komme schon darüber hinweg. Deswegen rufe ich auch an.« Sein Herz pochte in der realen Welt so heftig, dass er es über die Veeyar-Signale hinweg spürte. »Ich möchte dich um einen Gefallen bitten.«

»Und der wäre?«

»Mir ist klar, dass die Anschuldigungen, die Solomon

gegen meinen Vater erhoben hat, unbegründet sein müssen.«

»Sonst hätte er wohl kaum die Ehrenmedaille erhalten.«

Nein, die hat er für seinen Tod bekommen. Besser gesagt, Mom hat sie bekommen. Andy behielt diesen Gedanken für sich. »Ich will beweisen, dass Solomon im Unrecht ist. Dafür brauche ich eine Kopie von der Akte meines Vaters.«

»Ich dachte, die hätte deine Mutter.«

Andy tigerte auf dem Deck seines Piratenschiffs auf und ab. »Sie hat nur das, was man ihr gegeben hat.«

»Und was steht da drin?«

»Nur die Geschichte, die ich immer gehört habe. Dass Dad bei der Rettung eines Rangers-Bataillons getötet wurde, das von den Nationalisten bei Mandelatown eingeschlossen worden war. Von der biologischen Bombe ist keine Rede. Ob mein Vater was damit zu tun hatte, wird überhaupt nicht erwähnt.«

Plötzlich wurde Mark klar, um was es ging. Er blickte nicht sehr glücklich drein.

Andy war selbst nicht recht wohl dabei, dass er Mark in diese Situation brachte. »Hör mal, ich setze dich ungern so unter Druck, aber ich brauche Hilfe. Schließlich muss ich das hier entkräften.« Er griff nach den Symbolen und rief Solomons Präsentation auf. Schweigend beobachtete er, wie das Licht das Gesicht seines Vaters enthüllte, während die biologische Waffe hochging.

»Hat Solomon gesagt, woher er das hat?«, erkundigte sich Mark, als die Szene zu Ende war.

»Nein. Angeblich stammt das Filmmaterial von der nationalistischen Panzerbesatzung.«

»Stimmt das?«

Andy zuckte die Achseln und begann erneut, auf und

ab zu gehen. Das Holz unter seinen Füßen fühlte sich echt an und klang auch so. »Wenn ja, hat noch nie jemand diese Version gesehen. Aber das ist nicht meine einzige Frage.«

»Du könntest den Film mit der offiziellen Version vergleichen. Geschwindigkeit, Bilder pro Sekunde, Objektivgröße, Entwicklungsverfahren.«

»Das habe ich schon.« Während die anderen zu Mittag aßen, hatte er das bereits überprüft. »Sieht so aus, als würde alles übereinstimmen.«

»Dann musst du dir überlegen, welche unkonventionellen Wege Solomon offen stehen.«

Andy blickte auf das türkisfarbene Meer hinaus, aus dem das Ungeheuer von Loch Ness auftauchte, nur um gleich darauf wieder in den Wassern zu verschwinden. »Solomon ist ein Hacker, einer der Besten in Bradford. Hast du eine Vorstellung, woher er seine Informationen haben könnte?«

»Nicht vom amerikanischen Militär. Dessen Archive werden von der Net Force überwacht, da hätte er keine Chance gehabt.

»Das habe ich mir auch schon überlegt. Wenn wir also unsere eigenen Militärarchive ausschließen können, wer bleibt dann noch übrig?«

»Die Südafrikaner.«

»Okay, nehmen wir mal an, die waren es. Warum sollten sie so brisantes Material horten, wenn sie damit die Intervention der Amerikaner und Europäer während des Krieges in Misskredit bringen könnten?«

»Keine Ahnung.«

»Erinnerst du dich, wie die Nationalisten den Vereinigten Staaten den Einsatz der Biobombe in die Schuhe schieben wollten?«

»Na klar, aber ihre Vorwürfe erwiesen sich als unhaltbar.«

»Dieser Film hätte den Beweis geliefert.«

»Die Frage ist also, warum sie ihn nicht benutzt haben.«

»Allerdings. Wenn sie ihn gehabt hätten, hätten sie ihn damals eingesetzt. Entweder handelt es sich also um eine Fälschung, wofür es keinen Hinweis gibt, oder jemand hat ihn ihnen weggenommen, bevor sie ihn verwenden konnten. Aber woher wusste Solomon das? Und wie hat er das Material aufgespürt?«

»Das herauszufinden dürfte nicht einfach sein, aber es ist machbar.«

»Vielleicht mit viel Zeit. Solomon hat sein Zeug mit Sicherheit versteckt. Selbst wenn es noch in seiner Veeyar ist, bräuchte ich viel Glück oder müsste wirklich brillant sein, um mich in sein System reinzuhacken. Im Augenblick würde ich mich weder auf das eine noch auf das andere verlassen.«

Mark zögerte. »Soll ich es versuchen?«

Andy war klar, dass der Gedanke seinem Freund nicht gefiel. Da er ein ausgezeichneter Entwickler war, hatte Mark viele Freunde unter den Hackern, aber er hielt sich lieber an das Gesetz. »Eigentlich hatte ich mehr an die Archive des Verteidigungsministeriums gedacht.«

Mark schüttelte den Kopf. »Selbst wenn ich wollte, käme ich da nicht rein. Die Net Force ist in diesem Internetbereich für die Sicherheit zuständig. Ohne Freigabe geht da gar nichts.«

»Ich dachte, bei all den Tests, die du durchführst, hättest du vielleicht eine Zugangsberechtigung.«

»Nein. Und selbst wenn, könnte ich sie nicht für so

was nutzen, Andy.« Mark runzelte mitfühlend die Stirn. »Tut mir Leid, ich hoffe, du bist nicht sauer.«

»Nein.« Andy seufzte. »Du hast ja Recht.« *Frustriert bin ich, aber nicht wütend.* »Wahrscheinlich bin ich zu ungeduldig. Die Antworten sind da, ich muss sie nur finden. Danke, dass du mir zugehört hast und nicht sauer bist, weil ich dich um diesen Gefallen gebeten habe.«

»Vielleicht kann ich es mit Solomons Computer versuchen«, bot Mark an. »Er ist zwar clever, aber ich habe schon eine Menge Systeme überlistet.«

»Noch nicht. Solomon würde wissen, wer dahinter steckt, selbst wenn ich es nicht selbst probiere. Damit wäre klar, dass er mich an meiner wunden Stelle getroffen hat. Das will ich ihm nicht zeigen, zumindest jetzt noch nicht.« Nachdem er sich noch einmal bei Mark bedankt hatte, verabschiedete er sich und blendete Mark aus seiner Veeyar aus.

Andy verließ das Achterschiff und stieg auf das Hauptdeck hinunter. Dort stand er an der Reling und beobachtete den gekrümmten Horizont, wobei er sich fragte, an welches Ufer das Meer brandete. Bis jetzt war er nie weit genug gekommen, um das herauszufinden.

Genauso wenig, wie er seinem Vater nahe gekommen war. Was, wenn ihn das Militär dazu gezwungen hatte? Vielleicht hatten sie ihn ja davon überzeugt, dass der Einsatz der Biobombe nötig war, um den Krieg zu beenden.

Wenige Tage nach dem Einsatz der biologischen Waffe war der Südafrikanische Krieg zu Ende gegangen. Für die Nationalisten war es unmöglich geworden, den Kampf fortzusetzen, während die Seuche das Land entvölkerte. Sie hatten sich den wirtschaftlichen Forderungen des Westens beugen müssen, waren aber an der Macht geblieben.

War das der Deal, den die Westmächte mit ihnen geschlossen hatten?, fragte sich Andy unwillkürlich. *Ihr behaltet eure angenehmen Regierungsjobs, und dafür verratet ihr niemand, dass die Biobombe von einer amerikanischen Spezialeinheit unter Dads Kommando gezündet wurde?*

Der Gedanke gefiel ihm gar nicht, aber er ließ sich nicht verdrängen. Am schlimmsten war, dass er vielleicht damit umgehen konnte, falls sich Solomons Geschichte als wahr erwies – aber was war mit seiner Mutter?

Der erste Maat des Schiffes, ein untersetzter Bursche, dessen zerknittertes Gesicht von einem feuerroten Bart eingerahmt wurde, tauchte neben Andy auf. »'tschuldigung, Capt'n Andy, aber es möchte Sie jemand sprechen.«

»Verbinden«, rief Andy.

Sofort öffnete sich neben ihm ein Fenster, das Ozean und Himmel teilweise überlagerte. Matt grinste ihn an. »Bitte an Bord gehen zu dürfen, Capt'n.«

»Komm rauf.« Andy kannte den Grund für Matts Besuch sehr genau und wünschte, er müsste sich jetzt nicht mit diesem Thema herumschlagen.

7

Tatsächlich wechselte Matt nur aus seinem eigenen Szenario in Andys Veeyar, aber in dessen System sah das so aus, als würde er mit den Händen nach dem Rahmen greifen, der ihn umgab, und sich hindurchziehen. Dann stand er auf dem Deck und sah sich um. »Ich glaube, ich war noch nicht hier, seit es bei dir so aussieht.«

»Ist neu.« Andy fasste sich so kurz wie möglich. Je weniger er redete, desto weniger Gelegenheit gab es, ihm Fragen zu stellen.

Matt drehte das Gesicht in die Brise und holte tief Atem. »Mir gefällt es. Wo geht es denn hin?«

Andy schüttelte den Kopf. »Nirgendwohin. Ich bin einfach nur unterwegs.« Matt Hunter war jemand, der immer wusste, was sein Ziel war, während Andy noch nie das Gefühl gehabt hatte, dass er unbedingt irgendwo sein musste.

»Ich dachte, wir könnten vielleicht noch mal Hoopers Zombie-Spiel testen.«

»Deswegen bist du hier?«

»Nicht nur.«

»Ich komme mit Solomon und dieser Geschichte schon klar.«

»Ich wollte nur nicht, dass du allein damit fertig werden musst, wenn du das nicht willst. Solomon war im Unrecht, Andy, selbst wenn die Geschichte stimmen sollte.«

Andy fuhr zu Matt herum und trat einen Schritt auf ihn zu. »Du glaubst also, die Sache ist wahr?« Seine Hände ballten sich zu Fäusten, und die ganze Wut, die sich seit dem Morgen in ihm aufgestaut hatte, drohte aus ihm herauszubrechen.

Matt blickte ihn gelassen an. »Nicht eine Sekunde lang. Dein Vater war ein guter Mann, Andy. Solomon redet Müll.«

Andy zitterte im Wirbelsturm der widerstreitenden Gefühle, die in ihm tobten. Er atmete tief aus. »Ich weiß, aber ich kann nicht einfach still dasitzen und ihn solche Dinge sagen lassen.«

»Und was willst du tun?«

Andy zuckte die Achseln. »Das überlege ich mir noch.«
»Das klingt, als hättest du deine Zweifel.«
»Was meinen Vater angeht?« Andy nickte. »Es ist merkwürdig. Bis heute Morgen hatte ich nicht die geringsten Zweifel daran, dass er ein Held war und es eben für wichtiger hielt, in Südafrika zu kämpfen, als bei mir und meiner Mutter zu bleiben.«
»Jetzt bist du ungerecht.«
»Ich weiß nicht, Matt. Wie würdest du dich denn fühlen, wenn deine Mutter nicht aus dem Krieg zurückgekommen wäre?«
»Keine Ahnung. Sie ist zurückgekommen.«
Andy schenkte seinem Freund ein schiefes Grinsen. »Na ja, eine Zeit lang bin ich damit einigermaßen zurechtgekommen. Bis das hier passierte. Du hast Solomons Material nicht gesehen.«
»Doch, habe ich, Megan hat mir eine Kopie gegeben. Die habe ich überflogen, bevor ich dich angerufen habe.«
»Was meinst du dazu?«
»Harte Sache.«
»Es sieht nicht aus wie eine Fälschung. Ich habe es mit anderen Aufnahmen aus Südafrika verglichen, die aus der gleichen Zeit stammen, auch mit dem offiziellen Material über den Vorfall. Auf den ersten Blick stimmt alles.«
»Das heißt nicht, dass es echt ist.«
»Ich weiß. Hat Megan dir gesagt, dass Solomon Dr. Dobbs nicht verraten wollte, woher er den Film hat?«
Matt nickte.
»Solomon hat das geplant. Er wird nicht ruhen, bis er sein Ziel erreicht hat. Ich muss mich fragen, was das für Mom bedeuten könnte.«
»Wovon redest du?«

»Stell dir vor, Dad hätte den Befehl erhalten, die Waffe zu zünden, Matt. Damit wurde schließlich der Krieg beendet.«

»Andy, jetzt hör mir mal zu. Wir reden hier von Amerika, wir sind in diesem Spiel die Guten.«

Andy nickte trübsinnig. »Ich wäre nur gern ganz sicher. Noch mehr Überraschungen kann ich nicht verkraften.«

»Was meinst du damit – noch mehr?«

»Ich bin nur erstaunt, dass es mir nach all diesen Jahren noch so viel bedeutet. Das sollte nicht so sein. Ich habe ihn nie gekannt, und ich werde ihn auch nie kennen.«

»Mensch, Andy, ich weiß wirklich nicht, was ich dazu sagen soll.«

Andy lächelte. »Mir kann man nichts sagen, Matt, das solltest du doch am besten wissen. Ich bin stur und muss alles selbst rausfinden. Deswegen gerate ich auch immer wieder in Schwierigkeiten.« Er legte eine Pause ein. »Du, ich muss dringend ein paar Hausaufgaben erledigen, die ich ständig vor mir herschiebe. Ehrlich. Nett von dir, dass du vorbeigeschaut hast, aber mit dieser Sache muss ich allein fertig werden.«

»Klar doch. Ich wollte nur, dass du weißt, dass du nicht allein bist.«

»Das weiß ich zu schätzen.« Andy verabschiedete sich und sah Matt nach, wie er in seine Veeyar zurückstieg. Als sich die Öffnung hinter ihm geschlossen hatte, ging Andy zum Achterschiff zurück und aktivierte erneut das Menü auf der Karte. Er betätigte ein Utility-Symbol und holte seine Präsentation für Strategische Analyse hervor. Nachdem er Megan am Vormittag in Aktion gesehen hatte, waren ihm einige Mittel eingefallen, mit denen er seine Präsentation aufpeppen konnte.

Er öffnete die Datei, in der er seine Hausaufgaben aufbewahrte, und kletterte durch die Öffnung. Auf der anderen Seite landete er auf einem grasbewachsenen Hügel, der sich über dem Irthing River in Großbritannien erhob. Er trug jetzt die lederne Rüstung eines römischen Infanteristen und hielt einen Speer in der Hand. An seiner Hüfte hing das fünfundvierzig Zentimeter lange Kurzschwert der römischen Soldaten, das *Gladius*.

Während er den Hang hinunterging, sah er den Männern beim Bau der Mauer zu. An diesem Punkt seiner Präsentation hatten die Erbauer des Hadrianswalls Carlisle in der Nähe der britischen Westküste erreicht, nicht weit von der Mündung des Irthing River in den Solway Firth entfernt. Der Wall war drei Meter breit, aus Stein erbaut und in regelmäßigen Abständen durch Kastelle gesichert. Im fertigen Zustand würde die Mauer, die das römisch besetzte Großbritannien vor den barbarischen Stämmen im Norden schützen sollte, von Ost nach West quer über die gesamte Insel reichen.

Als Andy seine Recherchen begonnen hatte, glaubte er noch, der Wall wäre von Sklaven erbaut worden. Stattdessen fand er heraus, dass die Soldaten selbst daran gearbeitet hatten. Damals bestand das römische Heer aus Freiwilligen aus dem gesamten Reich. Viele dieser Männer waren Steinmetze, Architekten und Zimmerleute. Sie waren an Bauarbeiten gewöhnt – die römische Armee hatte einen Großteil der Straßen, die sich kreuz und quer durch das Reich zogen, angelegt, aber auch Kastelle, Befestigungsanlagen und Regierungsgebäude in all den fernen Ländern errichtet, die die Römer besiedelt oder erobert hatten. Die Arbeit am Wall war auf jeden Fall angenehmer als herumzusitzen und auf Befehle zu warten.

Bei seinen Recherchen hatte sich Andy zu den Legionären gesetzt und sich mit ihnen unterhalten. Dabei hatte er viel über sie, ihr Leben und ihre Hoffnungen für die Zukunft erfahren. Die meisten von ihnen waren ganz normale Menschen, die auf ein Stück Land hofften. Nach fünfundzwanzig Jahren im Dienste Roms konnten die Soldaten aus der Armee ausscheiden und erhielten irgendwo an den Grenzen des Reiches einen Hof. Etwa die Hälfte von ihnen erlebte diesen Tag sogar.

Eine Zeit lang hatte sich Andy damit vergnügt, am Wall mitzubauen, aber mit dieser Erfahrung würde sich Dr. Dobbs nicht zufrieden geben.

Heute beobachtete er die Soldaten bei der Arbeit. Bürger der nahe gelegenen Stadt, die von dem Schutz des Walls profitierte, hatten sich ihnen angeschlossen. Die Tore im Wall lagen weit auseinander und wurden durch Kastelle geschützt, die rittlings auf der Mauer saßen.

Sonst war es Andy immer gelungen, sich abzulenken, indem er sich mit den Männern unterhielt, am Wall arbeitete oder mit dem Gladius trainierte. Heute interessierte ihn das alles nicht. Irritiert loggte er sich aus, ohne etwas an seinem Bericht zu verändern.

Die Nuss, die Solomon ihm zu knacken gegeben hatte, beschäftigte ihn so, dass für nichts anderes Raum blieb.

»Hey, was ist denn hier los?«

Als Andy, der auf dem Wohnzimmerboden saß, aufblickte, stand seine Mutter vor ihm. Sie war blond wie er und trug ihr Haar kurz. Durch die harte Arbeit in der Klinik, von der sie erst spät nach Hause kam, blieb sie fit. Außerdem achtete sie darauf, was sie aß. Ihre Arbeitskleidung bestand aus Jeans und einem Arbeitshemd. Darüber trug sie einen weißen Kittel. Mittlerweile war Andy ihr bereits über den Kopf gewachsen.

Er warf einen Blick auf die Fotoalben, Holowürfel, Flach- und Holofilme, die er im ganzen Haus zusammengesucht hatte. Vor ihm lag ein Fotoalbum, das die Hochzeit seiner Eltern zeigte.

»Privates Projekt«, teilte er ihr mit.

Sie sah sich die Bilder an. »Ich dachte, die magst du nicht.«

»Das habe ich nie gesagt«, protestierte er schuldbewusst. Manchmal holte seine Mutter sie an einem Wochenende hervor und betrachtete sie stundenlang. Dabei kannte sie sie vermutlich längst auswendig.

»Brauchtest du auch nicht. Jedes Mal, wenn ich sie mir ansehe, verlässt du wortlos den Raum, das ist für mich deutlich genug.«

Andy machte sich nicht die Mühe zu leugnen. Er mochte weder die Gefühle, die diese Bilder und Holos offenkundig in seiner Mutter weckten, noch die Emotionen, die dabei in ihm selbst aufstiegen. Sie hatte ihre Erinnerungen, die ihm vollständig fehlten. Auch wenn er Bilder sah, auf denen sein Vater ihn als kleinen Jungen im Arm hielt – erinnern konnte er sich nicht.

»Und wieso interessiert du dich heute dafür?«

»Ich weiß nicht«, erwiderte er schließlich. »Irgendwie habe ich das Gefühl, ich müsste meinen Vater kennen lernen.«

In den Augen seiner Mutter glitzerten Tränen. Obwohl er nicht direkt gelogen hatte, fühlte sich Andy ziemlich mies.

»Kann ich dir dabei helfen?«, fragte sie hoffnungsvoll.

»Klar.«

Seine Mutter ließ sich neben ihm nieder. »Wo willst du beginnen?«

Andy gab ihr das Album mit den Hochzeitsbildern. »Am Anfang.«

Sie lächelte ihn an, während eine einsame Träne ihre Wange hinunterlief. »Damit hat es nicht angefangen, Andy.« Sie stand auf, ging in ihr Zimmer und kam mit einem College-Jahrbuch zurück. Als sie es öffnete, fiel eine einzelne gelbe Nelke heraus, die jemand zwischen Wachspapier gepresst und in Plastik gewickelt hatte. Sie fing sie auf und hielt sie zärtlich in der Hand. »Damit hat es begonnen, Andy. Mit zwei jungen Menschen, die ihr ganzes Leben noch vor sich hatten.« Auf der Seite, die sie nun aufschlug, war ein Bild von jemand, der viel zu jung war, um sein Vater zu sein, ihm aber viel zu ähnlich sah, um es nicht zu sein.

»Was für ein Mensch war er? Ein guter?«

»Der Beste, Andy. Und lass dir niemals was anderes einreden.«

Was meinte sie damit? Andy wusste, dass es möglicherweise eine völlig harmlose Bemerkung gewesen war, aber Solomons Filmmaterial vergiftete seine Gedanken. *Weiß sie von der Biobombe? Hat sie das all die Jahre vor mir geheim gehalten?*

Als ihm klar wurde, dass dies möglich war, lief ihm ein eiskalter Schauer den Rücken hinunter.

Unterdessen schwebte Matt in seiner Veeyar zu Hause im Schneidersitz durch einen Sternenhimmel und überlegte. Zu sehen, wie sehr Andy wegen Solomons Vortrag litt, war kein Vergnügen gewesen.

Wenn er nur etwas für Andy hätte tun können, aber ihm fiel nichts Sinnvolles ein. Daher konzentrierte er sich auf den geheimnisvollen Angriff auf Chris Potter. Er streckte die Hand nach der vor ihm schwebenden Marmorplatte aus und berührte die einige Zentimeter hohe Netzverbindung, wobei er Mark Gridleys Adresse eingab.

Ein Fenster öffnete sich, und Mark erschien in einer silbernen Rüstung, die überall Kanten zu haben schien. Der Helm bestand aus einem riesigen, kristallinen Polyhedron, das ständig seine Gestalt zu verändern schien. Mark nannte diesen Anzug ›Crashsuit‹.

»Hallo«, begrüßte Matt ihn. »Bist du beschäftigt?«

»Ziemlich. Ich führe gerade einen Diagnoselauf bei einer von Mom entwickelten Software durch. Willst du mitkommen?«

Matt überlegte nur kurz. Sich mit den Sicherheitsprogrammen der Net Force zu messen war normalerweise selbst in der Testphase ein sinnloses Unterfangen, aber aufregend war es trotzdem. Manchmal hatte Mark Schwachstellen entdeckt, und einige Male war Matt sogar dabei gewesen, als sein Freund das Programm überlistete.

»Klar.« Matt kam hinter seiner Marmorplatte hervor und glitt durch das Fenster, wo er sich gemeinsam mit Mark im reinen Schwarz des Cyberspace wiederfand. Als er dort eintraf, trug er bereits einen Anzug wie Mark. In diesem Szenario bewegte er sich mithilfe von Lufttriebwerken, die in seinen Handschuhen, Stiefeln und am Rücken des Crashsuit angebracht waren.

Vor ihnen hing das Ziel, das wie ein mit Diamanten besetzter Möbiusstreifen aussah, der in einer endlosen Schleife immer wieder in sich selbst überging. Es funkelte und blinkte, gelegentlich flammte ein blauer Blitz auf.

»Dafür muss man nicht-euklidische Geometrie wirklich mögen«, meinte Mark über den Helmfunk.

»Was ist das?«

»Das wollte mir Mom nicht sagen. Keine Ahnung, ob es sich um ein normales Sicherheitsprogramm handelt oder um einen Trojaner, den sie gegen subversive Elemente im Netz einsetzen wollen. Es könnte sogar ein Schwarzes Loch im Wunderland sein.«

Bei diesen Schwarzen Löchern handelte es sich um Meisterwerke der Technik, das wusste Matt. Potenzielle Hacker wurden in ein System gesaugt, das eine Art interaktive Künstliche Intelligenz generierte. Diese beschäftigte den Eindringling, ohne dass er merkte, dass es sich um ein reines Fantasiegebilde handelte. Manche wurden ›Spiegel‹ genannt, weil sie den echten Sites, in die die Hacker eindringen wollten, glichen. Andere wurden als ›Weiße Kaninchen‹ bezeichnet und enthielten nur wirres Zeug, das keinerlei Sinn ergab. Natürlich konnte man sich immer ausloggen, aber Hacker waren häufig von den Herausforderungen der Schwarzen Löcher so fasziniert, dass sie warteten, bis es zu spät war.

»Fertig?«, fragte Mark.

Matt überprüfte die Steuerung des Anzugs. Der linke Handschuh enthielt die Instrumente für die Mobilitätskontrolle, der rechte die Angriffsprogramme, die Mark für den Lauf zusammengestellt hatte. »Ja.«

»Ich gehe zuerst.« Mark beschleunigte mit der Schubkraft seiner Stiefel und glitt auf den Kristallkörper zu. »Sehen wir uns die Sache an!«

8

Hinter Mark tauchte Matt in das kristalline Gebilde ein. Das Programm spuckte neongrüne Strahlen aus, die ihre Anzüge abtasteten.

»Einfache Identitätskontrolle«, meinte Mark.

»Damit werde ich fertig.« Matt aktivierte das Routineprogramm in seinem Anzug und beobachtete, wie dieser plötzlich ebenfalls kristalline Formen annahm. Vor ihm verfuhr Mark genauso. Die grünen Strahlen fuhren über sie hinweg, schlugen jedoch keinen Alarm.

»So weit, so gut«, kommentierte Mark, »aber das war nur der Anfang.« Er beschleunigte erneut. Sie hatten den Kristallkörper nun fast erreicht. »Ich habe vorhin mit Andy gesprochen.«

»Ich auch, aber das hat nicht viel gebracht.«

»Möglicherweise habe ich mehr erreicht.«

Aufmerksam hörte Matt sich an, was Mark über das Gespräch mit Andy zu berichten hatte. Dabei reichte die Aufmerksamkeit, die er den Windungen und Schleifen im Inneren des Programms widmete, gerade eben aus, um sein Überleben zu sichern. Da er als allgemeine Information getarnt war, die von der Abfrage von vorhin zurückgesandt wurde, musste er sich innerhalb des Datenstroms bewegen, der durch das Programm floss. Eine einzige Berührung, und seine dürftige Tarnung flog auf.

Plötzlich explodierten die Wände vor ihm zu einem Raketenhagel. Die Geschosse waren winzig, nicht länger als sein Finger, doch sie stellten die zweite Stufe der Sicherheitsvorkehrungen dar. Wer getroffen wurde, flog aus dem Programm.

Vor ihm legte Mark eine elegante Hechtrolle hin, wobei

er Programmsequenzen aussandte, die wie Laserstrahlen wirkten. Die anfliegenden Raketen platzten wie Seifenblasen: Marks Programm hatte sie davon überzeugt, dass die Jungen hierher gehörten. Der Kanal, durch den sie flogen, verengte sich plötzlich zu einem Flaschenhals.

»Erste Firewall voraus«, verkündete Mark. Ein violetter Lichtkegel bestrich die enge Öffnung.

Vor Matts Augen schloss sich die Lichtwand wie eine Iris. Wenn sie bei dieser Geschwindigkeit dagegen prallten, würden ihre Crashsuits zerschellen und sie selbst aus dem Programm geworfen werden. »Hast du mit Chris Potter gesprochen?«

»Nein.« Mark erhöhte die elektrische Leistung des violetten Lichts und fügte zwei kleine Raketen hinzu. Tatsächlich programmierte er Sequenzen, die dafür sorgten, dass die Firewall sie als Teil des normalen Datenstroms akzeptierte. »Das sind die in der Regierungs-NetWare am häufigsten verwendeten Servercodes, die sollten uns hier durchbringen. Wenn nicht, könnten wir an dieser Stelle rausfliegen.«

Matt bereitete sich innerlich darauf vor. Auch wenn man im Netz nicht ernsthaft verletzt werden konnte, wurde man doch gelegentlich kräftig durchgeschüttelt.

Plötzlich öffnete sich das violette Auge vor ihnen und ließ sie passieren. Direkt hinter ihnen schloss es sich wieder.

Vor Matt verschwand der Tunnel und wich einem Labyrinth von Cyberdarstellungen, das sich wie eine Stadtlandschaft vor ihnen ausbreitete. Allerdings kreisten darüber Unmengen von Kometen in sich überschneidenden Umlaufbahnen. Mehrere Gebäude besaßen Tentakel.

»Wenn sich dir die Gelegenheit bietet, bleib in der Nähe von Chris und seinen Kumpeln«, sagte Matt.

»Wir sind nicht gerade befreundet.«

»Ich weiß, aber ab und zu verbringt ihr doch Zeit miteinander. Haltet einfach Augen, Ohren und Browser offen. Nach diesem Angriff vor der Schule heute werde ich das Gefühl nicht los, dass uns noch mehr bevorsteht.«

»Ich habe gehört, die Polizei hat das Auto gefunden.«

»Stimmt.« Matt passte seine Geschwindigkeit an, sodass er nun direkt hinter Mark flog. »Niemand drin und alle Fingerabdrücke abgewischt. Der Wagen wurde weniger als eine Stunde vor der Attacke gestohlen.«

»Du meinst, die haben es nicht nur auf Chris abgesehen.«

»Er sagt, er ist sauber, und ich glaube ihm. Selbst wenn das nicht der Fall wäre, wir müssen wachsam bleiben.«

Mark schlängelte sich durch die Kometen, die ihn nur um Sekundenbruchteile verfehlten. »Hast du mit Captain Winters gesprochen?«

Nur mit Mühe gelang es Matt, Mark zu folgen. Einfacher wäre es gewesen, seinen eigenen Kurs zu berechnen und zu hoffen, dass er Glück hatte. Allerdings wusste er nicht so genau, was er tat. So etwas wie das Sicherheitsprogramm, in dessen Innerem sie steckten, hatte er noch nie gesehen.

»Kurz gesagt«, gab Matt zurück, »Captain Winters schien mir heute Nachmittag nicht besonders interessiert zu sein.«

»Wahrscheinlich arbeitet er gerade an einem Dutzend anderer Fälle.« Mit einer Hechtrolle wich Mark einem anfliegenden Kometen aus.

Matt sah ihn zu spät. Obwohl er verzweifelt an seinen Instrumenten fummelte, gelang es ihm nicht, dem Zusammenstoß auszuweichen. Der Komet prallte voll gegen ihn. Taumelnd beobachtete er, wie glühende Trümmer seines Crashsuits durch den Raum wirbelten.

»Ich sage dir Bescheid, wenn sich was ergibt«, versprach Mark. Seine Stimme verklang in der Ferne, als das Sicherheitssystem das Log-off-Verfahren initiierte, das Matt aus dem Netz werfen würde.

Das Programm beförderte ihn so gründlich hinaus, dass er sich auf seinem Computer-Link-Stuhl wiederfand, als er die Augen wieder öffnete. *Mann, ist das peinlich*, dachte er.

»Meine Güte, siehst du übel aus.«

In Strategischer Analyse ließ sich Andy auf den Computer-Link-Stuhl neben Megan fallen. Es war der Tag nach Solomons Präsentation. »Endlich mal jemand, der mein Selbstbewusstsein aufbaut. Danach suche ich schon den ganzen Vormittag.«

»Tut mir Leid. Spät ins Bett gekommen?«, fragte Megan, während der erste Gong ertönte und immer mehr Schüler ins Klassenzimmer strömten.

»Allerdings.« Andy und seine Mutter waren von den Alben und Geschichten so fasziniert gewesen, dass sie bis drei Uhr aufgeblieben waren. Er warf einen Blick auf den leeren Stuhl, auf dem Solomon normalerweise saß. Wenn er nicht hier war, was trieb er dann? Andys Magen rebellierte.

»Er ist da«, meinte Megan.

»Ich habe doch gar nicht gefragt.« Andy schob sein Klassenzimmer-Datascript in den Computer-Link-Stuhl.

»War auch nicht nötig. Ich habe den Ausdruck auf deinem Gesicht gesehen.« Megan legte ihr Datascript ein und prüfte die Systeme des Stuhls. »Die Sache macht dir echt zu schaffen. Vielleicht solltest du dich bei Dr. Dobbs beschweren und verlangen, dass er Solomon ein anderes Thema zuweist.«

Andy schüttelte den Kopf. »Und wie soll ich das begründen? Mit persönlichen Konflikten?«

»Die Geschichte stimmt nicht. Irgendwie hat er alles verdreht.«

»Weißt du das so genau?« Andys Frage klang brüsker, als er beabsichtigt hatte.

»Ja. Du hast doch den Militärbericht gesehen. Verrätern wird die Ehrenmedaille nicht verliehen.«

»Megan, ich habe versucht, mir Zugang zu den Militärakten meines Vaters zu verschaffen. Die sind aber gesperrt und liegen unter Dutzenden von Sicherheitsprogrammen vergraben. Das ist keine Routinesache. Einige Programme stammen von der Net Force. Ich muss mich fragen, wozu diese massiven Schutzmaßnahmen dienen.«

»Nationale Sicherheit. Terroristische Vereinigungen sollen nichts über Taktik, Waffen und Geheimdienste erfahren. Information ist eine Waffe, das weißt du. Vielleicht wollen sie auch die an der Operation beteiligten Personen schützen. Die befehlshabenden Offiziere und ihre Männer im Feld könnten Ziel der Rache von Splittergruppen werden, die sich nach der Unterzeichnung der Verträge von der Partei abgespalten haben. Das weißt du doch so gut wie ich, Andy.«

Andy zwang sich auszuatmen. Er hatte das Gefühl, jeden Augenblick zu explodieren. Wie er den Unterricht heute durchstehen sollte, war ihm ein Rätsel. »Ich weiß. Ich quäle mich nur nicht gern mit Zweifeln herum.«

»Er war dein Vater. Wieso zweifelst du an ihm?«

»Weil ich ihn nicht richtig gekannt habe.« Als sich ein paar Schüler nach ihnen umdrehten, wurde Andy klar, dass er lauter gesprochen hatte als beabsichtigt.

Megan schwieg einen Augenblick, während weitere Schüler in den Raum kamen. »Vielleicht solltest du mit Captain Winters darüber reden.«

»Daran habe ich auch schon gedacht, aber ich habe mich dagegen entschieden.«

»Warum?«

»Falls Winters anfängt herumzuschnüffeln und herausfindet, dass mein Vater diese Bombe wirklich gezündet hat, dann wäre das schlimmer als alles andere. Ich will auf keinen Fall, dass ausgerechnet er davon erfährt.«

»Tut mir Leid, Andy. Ich wünschte, ich könnte dir helfen zu glauben.«

»An was zu glauben?«

»Zunächst mal an deinen Vater. Alles andere ist zweitrangig.«

»Das dürfte etwas schwierig werden. Leider kann ich ihn nicht fragen.«

Direkt hinter Dr. Dobbs und kurz vor dem letzten Gong fegte Solomon in den Raum. Mit einem boshaften Grinsen an Andys Adresse ließ er sich auf seinen Computer-Link-Stuhl fallen.

»Mr Weist«, begann Dr. Dobbs, nachdem er das Programm zur Überprüfung der Anwesenheit gestartet hatte, »haben Sie die Bibliografie für Ihre Präsentation mitgebracht?«

»Nein, Sir, aber Sie bekommen sie rechtzeitig vor dem Termin, den Sie der Klasse gesetzt haben.«

»Wie Sie meinen, Mr Weist, aber ich weise Sie noch einmal darauf hin, dass die Arbeit ohne Quellenangabe mit ›Ungenügend‹ bewertet wird.«

Solomon nickte. »Sie wird vollständig sein.«

Dr. Dobbs sah Solomon streng an. Die meisten Schüler wären unter diesem Blick am liebsten im Erdboden versunken. »In Ihrer Präsentation gestern wurde nicht erwähnt, warum die Vereinigten Staaten die biologische Waffe hätten einsetzen sollen, wie Sie behaupten.«

Solomon schüttelte grinsend den Kopf. »Ich hätte nicht gedacht, dass ich das extra erwähnen muss.«

»Nur wenn Sie Wert auf eine gute Note legen.«

»Die Seuche sollte den Widerstand der Nationalisten brechen. Wäre ein Großteil der südafrikanischen Bevölkerung ums Leben gekommen, dann wäre das für die amerikanische Regierung unerheblich gewesen, weil sie ja ihr Ziel – den Zugriff auf Gold und Diamanten – erreicht hätte. Dieser Fall trat jedoch nicht ein. Stattdessen kam es zu Verhandlungen mit den südafrikanischen Nationalisten, wobei die Amerikaner drohten, das Mittel gegen die Seuche zurückzuhalten.«

»Das können Sie belegen?«

»Die Position der US-Regierung? Nein. Das ist eine Vermutung von mir.«

»Dann werden wir sie auch als solche betrachten.«

»Aber eine begründete Vermutung. Warum sonst hätten sie die Biobombe einsetzen sollen?«

»Genau das ist die Frage. Vielleicht haben Sie bei Ihren Recherchen ein paar Dinge übersehen.«

Bei dieser Feststellung überlief es Andy eiskalt. Bevor Dr. Dobbs Lehrer wurde, war er sowohl beim Militär als auch beim Diplomatischen Korps gewesen. Es gab sogar Gerüchte, dass er gelegentlich bei der Auswahl von Kandidaten für die Net Force involviert war. Wusste Dr. Dobbs etwas?

Bei dem Gedanken, dass jemand seinen Bericht für mangelhaft halten könnte, wurde Solomon kreidebleich. »Das Material reicht für eine Eins in diesem Kurs, Dr. Dobbs. Diesen Film habe ich als Erster entdeckt.«

»Und genau deswegen stellt sich eine weitere Frage, Mr Weist. Wenn die südafrikanischen Nationalisten dieses Material hatten, warum haben sie es dann 2014 nicht verwendet?«

Ein genüssliches Grinsen breitete sich langsam über Solomons Gesicht aus. »Ich habe nie gesagt, dass es sich in ihrem Besitz befand, Dr. Dobbs. Ich sagte nur, dass der Flachfilm von ihrer Panzerbesatzung bei Site 43 aufgenommen wurde.«

»Richtig.«

»Woher das Material stammt, werden Sie aus meiner Bibliografie erfahren, und nicht eine Minute eher.«

»Und nicht eine Minute nach Ablauf der Frist nächste Woche, Mr Weist.«

Andy lehnte sich auf seinem Stuhl zurück. Es fiel ihm schwer, ruhig zu bleiben, dazu war er zu verwirrt und verletzt. Außerdem sorgte er sich um seine Mutter. Woher konnte Solomon das Material nur haben? Wenn die südafrikanischen Nationalisten es nicht verwendet hatten, dann weil es sich nicht in ihrem Besitz befand. Nachdem es auch nicht vom Verteidigungsministerium stammen konnte, das von der Net Force überwacht wurde, stand er vor einem Rätsel.

Wo sollte er selbst sich Informationen besorgen? Er konnte nicht zulassen, dass Solomon seinen Vater diskreditierte. Vielleicht war dieser nie für ihn da gewesen, aber Andy wusste, dass seine Mutter ihn immer im Herzen trug. Was würde es für sie bedeuten, wenn sich das Material als authentisch erwies und sie von seinem Inhalt erfuhr?

»Mr Moore, ich hätte Sie gern einen Augenblick gesprochen.«

Andy drehte sich nach Dr. Dobbs um und scherte aus der Schlange der Schüler aus, die zur Tür drängten. Obwohl sie über die Computer-Link-Stühle überall hätten online gehen können, unabhängig davon, in welchem Zimmer sich der nächste Lehrer befand, hielt es die Schulleitung für sinnvoll, ihnen zwischen den Stunden ein wenig Bewegung zu verschaffen.

Solomon fing Andys Blick auf, doch Andy wandte sich ab, bevor er etwas sagen oder tun konnte.

Dr. Dobbs richtete seine Notizen für die nächste Stunde her. Sie waren sauber in Druckschrift auf Karteikarten vermerkt, die von einem Gummiband zusammengehalten wurden. Er erwiderte Andys Blick. »Wenn ich der Struktur, die ich für diesen Kurs vorgesehen habe, gerecht werden will, muss ich Mr Weist einen gewissen Freiraum lassen.«

»Ich verstehe.«

»Mir ist klar, wie schmerzhaft das für Sie sein muss. Deswegen wollte ich mit Ihnen sprechen.«

»Nicht nur für mich. Es geht um das Ansehen meines Vaters. Und wenn Solomon die Sache weiter aufbauscht, trifft es auch meine Mutter. Das werde ich nicht zulassen.«

»Mein Vorschlag wäre, Mr Weist eine Weile gewähren zu lassen. Er wird sich schließlich selbst ein Bein stellen.«

»Warum sind Sie sich da so sicher?« *Was weißt du, das ich nicht weiß?*

»Ich habe jahrelang für mein Land gearbeitet. Zuerst habe ich es durch meinen Einsatz beim Militär verteidigt, dann auf diplomatischer Ebene. Jetzt unterrichte ich die Jugend, auf deren Schultern das Schicksal dieser Nation ruhen wird, wenn ich nicht mehr bin. Ich gebe mein Leben für mein Land. Niemals werde ich glauben, dass wir uns der Scheußlichkeiten schuldig gemacht haben, die Mr Weist uns vorwirft. Sie wissen, was für ein Mann Ihr Vater war. Vertrauen Sie darauf.«

»Da genau liegt das Problem, Dr. Dobbs. Ich kenne meinen Vater nicht richtig.«

Das verschlug sogar Dr. Dobbs, der sonst immer eine Antwort wusste, die Sprache.

9

»He, kann ich dir Gesellschaft leisten? Oder willst du lieber allein sein?«

Andy saß an einem Tisch in der lärmenden Cafeteria der Bradford Academy. Vor ihm stand Mark. Eigentlich waren genug Plätze frei. Das Menü wurde im Netz veröffentlicht, sodass jeder rechtzeitig informiert war, wenn es wieder Fleisch von undefinierbarer Qualität gab, und einen Bogen um die Cafeteria machen konnte.

»Nein«, erwiderte Andy, obwohl er eigentlich keine Gesellschaft wünschte.

»Als ich dich gesehen habe, dachte ich, ich frage dich am besten selbst.« Mark stellte sein Tablett auf den Tisch und setzte sich auf die Bank.

»Was wolltest du fragen?«

»Wie du es schaffst, so ein langes Gesicht zu ziehen.« Mark stach einen Trinkhalm in seine Saftpackung und begann zu saugen.

»Übung. Die richtigen genetischen Voraussetzungen. Ein früheres Leben als Pferd.«

»Ich dachte, ich informiere dich kurz über das letzte

Treffen der Net Force Explorers.« Mit kurzen Worten erklärte Mark, dass Matt alle aufgefordert hatte, die Hackerkreise im Auge zu behalten – nur für den Fall, dass es weitere Anschläge gab. »Sieht dir gar nicht ähnlich, ein Treffen zu verpassen.«

»Ich werde das mit Matt klären.«

»Er ist nicht sauer, nur beunruhigt.«

»Um mich braucht er sich keine Sorgen zu machen, ich komme schon zurecht.«

»Wirklich?«

»Ja.« Mit großen Schlucken trank Andy die Milch aus der durchsichtigen Packung, wobei er mit einem der Brokkoliröschen auf seinem Teller spielte. »Vielleicht. Ehrlich gesagt, ich habe keine Ahnung. Ich habe das Treffen heute Morgen verpasst, weil ich auf keinen Fall Solomon im Gang begegnen wollte und ihm ständig ausweichen musste. Das ist alles meine Schuld.«

»Das stimmt doch nicht.«

»Wenn Solomon mich nicht so hassen würde, hätte er sich die Akte meines Vaters gar nicht so genau angesehen. Und er hätte dieses Zeug nicht gefunden, wenn ...«

»Wenn dein Vater das nicht getan hätte?« Mark schüttelte den Kopf. »Das hat er nicht. Dein Vater war ein Held.«

»Vielleicht. Aber er war auch der Mann, der nicht zu meiner Mutter zurückkam. Für mich beeinträchtigt das sein Heldentum gewaltig.« Ein paar Minuten lang aßen sie schweigend. Andy war klar, dass ihr mangelnder Appetit nicht nur an dem wenig ansprechenden Mahl lag.

»Wo hast du nach Informationen über deinen Vater gesucht?«, fragte Mark.

»Überall. HoloNet-Bericht, Hartkopien, Textdateien, alles, was mir einfiel. Ich bin die gesamten Informationen durchgegangen, die das Militär meiner Mutter gegeben hat. Es existiert zwar eine offizielle Story, aber ohne Details. Offenbar ist es unmöglich herauszufinden, was am 12. August 2014 wirklich geschah. Überall werde ich abgeblockt.«

»Eine Option hast du noch nicht genutzt.« Mark sprach leise, aber in dem allgemeinen Lärm, der in der Cafeteria herrschte, war das kaum nötig.

»Was?«

»Interpretierende Programmierung.«

Andy schüttelte den Kopf. »Du redest von diesen Sondierungsprogrammen, die fast das Niveau künstlicher Intelligenz erreichen sollen? Dieses interaktive Zeug für Top-Manager und Künstler?« Von dieser Software, die in der Lage war, die Rolle des Publikums zu übernehmen, den Advokaten des Teufels zu spielen oder eine zweite Meinung abzugeben, hatte er natürlich gehört. Ihre Fähigkeiten reichten fast an die von künstlicher Intelligenz heran. Sie lieferte Feedback, übte konstruktive Kritik und half sogar bei der Entscheidungsfindung, wobei sie sich auf die bisherige Arbeit des Individuums stützte.

»Nein. Ich rede von der Software, die die Firma National Treasures vertreibt. Die erstellen Simulationen, aber Simulationen der ganz besonderen Art. Von Leuten wie Benjamin Franklin, George Washington und anderen Berühmtheiten, die lange vor der Erfindung des Computers lebten.«

»Das ist ja nichts Besonderes. Ich kann jederzeit mit einer historischen Simulation von Benjamin Franklin plaudern und sogar mit ihm den Drachen steigen lassen, der ihm zu seiner einzigartigen Erfahrung verhalf. Möglicherweise finde ich dabei auch heraus, wer ihm das vorgeschlagen hat. Die Person führte mit Sicherheit nichts Gutes im Schilde.«

»Schon möglich.« Mark grinste. »Aber das ist nicht die Art Simulation, die ich meine. Solche Simulationen halten sich sklavisch an die vorgegebenen Persönlichkeitsmerkmale. Sie können nicht anachronistisch handeln oder etwas denken, das sie damals nicht wussten.«

»Ja und?« Andy überlegte verzweifelt, wie er Mark zu verstehen geben konnte, dass er diese Unterstützung weder brauchte noch wünschte. *Mit dieser Sache muss ich selbst fertig werden.*

»Mit der Software von National Treasures kannst du eine Simulation erstellen, die in deiner eigenen Zeit, in deinem eigenen Haus oder in deiner Schule spielt. Da die interaktive Programmierung von National Treasures fast so gut ist wie künstliche Intelligenz, kannst du zum Beispiel eine Simulation von Benjamin Franklin fragen, was sie von der Mondlandung 1969 hält. Und du bekommst tatsächlich eine Antwort. In diesen Simulationen hast du es zwar mit der betreffenden Person zu tun, aber sie weiß so viel über die heutige Welt und die aktuelle Lage wie du selbst beziehungsweise wie deine Programmierung.«

»Klingt faszinierend«, gab Andy kurz angebunden zurück. »Ich verstehe nur noch nicht, was das mit mir zu tun hat.«

»Du könntest eine Simulation deines Vaters erstellen. Die Datenbank hast du schon.«

Bei dem Gedanken spürte Andy ein unbehagliches Gefühl in der Magengegend. »Nein.«

»Andy, ich will dich ja nicht drängen, aber einer solchen Simulation könntest du all die Fragen stellen, die du an deinen Vater hast. Es wäre so, als würde er selbst antworten.«

»Aber es wird nicht mein Vater sein, und nur er weiß, was in jener Nacht wirklich geschah.«

»Andy, wenn du richtig vorgehst, wird es so sein, als wäre es dein Vater. Natürlich kann dir die Simulation nicht sagen, was er in der bewussten Nacht getan hat, weil du diese Information nicht einprogrammierst, aber du kannst mit ihr interagieren. Vielleicht lernst du so deinen Vater besser kennen und findest heraus, was für ein Mensch er wirklich war.«

Bei der Vorstellung wurde Andy immer noch übel. *Schlechte Idee. Mein ganzes Leben lang war ich wütend auf Dad.* »Hör mal, ich will meinen Vater gar nicht kennen lernen. Ich will nur Solomon das Handwerk legen, damit meine Mutter nicht darunter zu leiden hat. Sie hat schon genug durchgemacht.«

»Aber eine Simulation deines Vaters könnte dir genau dabei helfen.«

Andy warf einen Blick auf die Schüler um sich herum, die sich angeregt unterhielten und herumalberten. Kaum zu glauben, dass er in dieser Umgebung ein so absurdes Gespräch führte. »Mir fehlen die nötigen Informationen.«

»Aber vielleicht findest du durch die Auseinandersetzung mit dem Problem weitere Informationen.«

»Mark, mir gefällt die ganze Idee nicht. Zum einen finde ich sie irgendwie pervers, zum anderen weiß ich, dass ich so nicht die Antworten finde, die ich suche. Was soll das Ganze?«

»Es ist wirklich ein gutes Programm. Ich finde, du solltest zumindest darüber nachdenken.«

»Das werde ich.« Andy räumte sein Tablett ab und

stand auf. »Wahrscheinlich werde ich davon Albträume bekommen.«

»Tut mir Leid.«

Andy wusste, dass er Marks Gefühle verletzt hatte, und er hatte ein schlechtes Gewissen. »Komm schon, so war das nicht gemeint. Du wolltest mir helfen. Ist ja kein Verbrechen, wenn man ein guter Freund ist, oder?«

»Hoffentlich nicht.« Mark klang nicht überzeugt.

»Dann wäre ja alles klar. Wir sehen uns später. Falls du Matt vor mir siehst, sag ihm bitte, es tut mir Leid.« Damit trug Andy sein Tablett zur Schlange an der Theke, wobei er versuchte, Marks Vorschlag aus seinen Gedanken zu verbannen.

Am selben Nachmittag stieg Matt vor dem Einkaufszentrum aus dem Bus. Als er am Morgen Leif bei dem Treffen gesehen hatte, war ihm eingefallen, dass dessen Geburtstag kurz bevorstand. Und er wusste auch schon, was das ideale Geschenk für ihn war.

Durch die Menge schlendernd, sah er in die Fenster der Software-Geschäfte. Schade, dass er nicht mehr Zeit hatte herumzustöbern. Natürlich konnte er auch von zu Hause aus über das Internet einkaufen, aber das war nicht das Gleiche.

Im Netz konzentrierten sich die Verkäufer, die online arbeiteten, ausschließlich auf den Verkauf ihrer Ware. Wie bei jedem beliebigen Chatline-Host mussten sie sich gleichzeitig in verschiedene Richtungen orientieren. War das System überlastet, dann war es manchmal unmöglich, eine schnelle Antwort zu bekommen. Und ein trockener Demodurchlauf war vielleicht informativ, aber nicht besonders sozial.

Matt gefiel die Interaktion mit den anderen Leuten im

Geschäft, der Austausch von Ideen und Informationen. Meistens lernte er von den anderen Kunden ebenso viel wie von den Händlern.

An einem Stand neben dem Geschäft für Sportlerkarten kaufte er sich eine Limo. Nachdem er seine Universal-Kreditkarte durch den Scanner gezogen und so für das Getränk bezahlt hatte, ging er zu dem Geschäft mit den Karten und spähte durch das Schaufenster.

Ein Hobby, das er mit Leif gemeinsam hatte, war Baseball. Allerdings erwies sich Leif dabei gelegentlich mehr als Fanatiker denn als Fan.

Seiner Geduld, aber auch einem Quäntchen Glück verdankte Matt es, dass er vor einigen Wochen in das Geschäft gekommen war, als gerade eine Lieferung alter Karten eingetroffen war. Dabei war er auf eine Monte-Irvin-Baseballkarte von 1951 gestoßen.

Irvin hatte eine interessante Geschichte. Begonnen hatte er seine Laufbahn bei den Newark Eagles in der Negro National League. Dann bekam er die Chance, der erste Schwarze in der Major League zu werden, doch der Zweite Weltkrieg machte ihm einen Strich durch die Rechnung: Er wurde eingezogen. Stattdessen wurde Jackie Robinson der erste schwarze Spieler. Aber Irvin kehrte aus dem Krieg zurück und spielte ab 1948 für die New York Giants. Sein bestes Jahr in der Major League hatte er 1951 mit einem Schlagdurchschnitt von 0,312 und vierundzwanzig Homeruns.

An seinem Getränk nuckelnd, studierte er durch das Schaufenster die Wetten der Woche. Plötzlich spiegelten sich in der Scheibe zwei Männer, die sich direkt hinter ihn stellten. Bei ihm schrillten alle Alarmglocken, weil sie viel zu dicht an ihn herantraten.

Als er sich umdrehen wollte, ließ der eine der Männer

eine schwere Hand auf seine Schulter fallen. Dann zog er Matt zu sich, sodass dieser fast das Gleichgewicht verloren hätte. Etwas Kaltes, Zylinderförmiges bohrte sich in seine Seite.

»Spürst du das, Bürschchen?«, fragte der Mann mit rauer Stimme.

Bevor Matt sich rühren konnte, trat der zweite Typ von der anderen Seite dicht an ihn heran. »Ja«, gab Matt zurück, »ich spüre es.«

»Gut, dann weißt du ja, was Sache ist.« Um seine Worte zu unterstreichen, verstärkte der Unbekannte den Druck auf die verborgene Waffe. »Sei ein guter Junge. Wir wollen uns nur ein paar Minuten mit dir unterhalten. Wenn du brav bist, geschieht dir nichts.«

Davon war Matt nicht überzeugt, aber für den Augenblick konnte er nichts tun. Daher nickte er, wobei er fieberhaft nach einer Fluchtmöglichkeit Ausschau hielt.

10

»Wenn du mit uns mitgehst, passiert niemandem was«, sagte der Mann mit der Waffe.

Matt nickte. Er hatte Angst, geriet jedoch nicht in Panik. Die Ausbildung der Net Force Explorers deckte auch Situationen wie diese ab, genau wie sein Kampfsporttraining. Doch es war etwas anderes, wenn einen tatsächlich jemand mit der Waffe bedrohte.

»Du folgst meinem Freund«, befahl der Kerl. »Ich bin direkt hinter dir. Ich muss dir wohl nicht sagen, dass es ein schwerer Fehler wäre, Dummheiten zu versuchen.«

»Nein.« Matt starrte auf das Spiegelbild des Mannes, wobei er versuchte, ihn sich so genau wie möglich einzuprägen.

Er sah nicht so aus, als wäre mit ihm gut Kirschen essen. Das kantige Gesicht wurde von einem ungepflegten blonden Bart eingerahmt. Seine Augen waren hinter einer dunkelblauen Sonnenbrille verborgen. Dem Aussehen nach war er Anfang zwanzig. Er trug einen Mantel und schwarze Jeans.

Matt warf einen Blick auf seine Füße, die in abgetragenen Motorradstiefeln steckten. Aus den Kriminologiekursen, die er belegt hatte, wusste er, dass viele Verbrecher nach vollbrachter Tat vergaßen, die Schuhe zu wechseln. Die Net Force Explorers hatten zwar nach dem Unterricht darüber gelacht, aber gemerkt hatte er es sich doch.

Das durchscheinende Spiegelbild des anderen Mannes war nicht so gut zu erkennen, aber einige Details fielen Matt auf. Der Kerl schien Anfang vierzig zu sein und hatte schütteres Haar. Er war dünn, schmal und kleiner als Matt.

»Los.«

Matt folgte dem älteren Mann in einem Abstand von knapp zwei Metern. Verzweifelt blickte er sich im Einkaufszentrum um. Irgendjemand musste doch gemerkt haben, dass er mit Waffengewalt entführt wurde.

»Komm nicht auf dumme Gedanken«, warnte ihn der Jüngere der beiden. »Meine Pistole hat einen Schalldämpfer. Ich kann dir ein paar Kugeln verpassen und abhauen, bevor irgendwem was auffällt.«

Matt nickte und folgte dem Typen vor ihm durch eine Tür in den Gang, der zu den öffentlichen Toiletten führte. Der grau gestrichene Korridor war leer bis auf eine Frau mit einem Zwillingsbuggy. Sein Mund war wie ausgedörrt.

An der metallenen Doppeltür am Ende des Ganges hing ein Schild mit der Aufschrift KEIN AUSGANG. ZUTRITT FÜR UNBEFUGTE VERBOTEN. Der ältere Mann holte etwas aus seiner Tasche und presste es gegen das Schloss. Ein plötzliches pneumatisches Zischen füllte den Gang, dann schepperte Metall gegen Metall. Als der Mann von der Tür zurücktrat, sah Matt das saubere runde Loch, das er durch den Schließmechanismus gebohrt hatte. Auf dem Boden glitzerten winzige Metallspäne.

Der Ältere der beiden öffnete die Tür und trat in einen weiteren Gang. Auch hier setzten sich die grauen Wände fort, aber zu beiden Seiten des Flurs lag jeweils ein Büro. Nach sechs Metern endete der Korridor.

Hier ist also Schluss, dachte Matt verzweifelt.

Der Mann vor ihm wandte sich um und zog eine gebläute 9-mm-Pistole, die er, ohne zu zögern, auf Matts Gesicht richtete. »Keine plötzliche Bewegung, keine Dummheiten, sonst bist du tot.«

Matt nickte. Ihm fiel auf, dass eines der beiden kleinen Büros dem Sicherheitsdienst des Einkaufszentrums gehörte. Zumindest war das ein Hoffnungsschimmer.

»Gegen die Wand, Bürschchen.« Matt wurde grob herumgedreht und mit dem Gesicht zu seinen Kidnappern gegen die Wand gepresst. »Arme seitlich ausstrecken.«

Matt hob die Arme.

»Du bist wohl ein ganz Cooler, was?«, fragte der Jüngere.

»Nein«, gab Matt ehrlich zurück. Er wollte jedes Missverständnis vermeiden, damit sie nicht das Gefühl hatten, sie müssten ihn einschüchtern.

Der junge Mann lächelte. »Wir sind von Leuten engagiert worden, die ihr Eigentum zurückhaben möchten.«

»Wer ist das?«

»Das ist aber eine dumme Frage«, meinte der andere kopfschüttelnd. »Wenn sie wollten, dass du das weißt, hätten sie diesen Job auch selbst erledigen können.«

»Und woher soll ich wissen, was sie wiederhaben wollen?« Matt versuchte, so viele Informationen wie nur möglich zu sammeln. Falls er diese Begegnung überlebte, wollte er Captain Winters Material liefern können. Die Männer, die ihn geschnappt hatten, wirkten sehr professionell.

»Klugschwätzer.« Der junge Mann holte aus.

»Warte«, sagte der andere. »Vielleicht sind unsere Auftraggeber nicht die Einzigen, die er bestohlen hat. Dann wäre die Frage durchaus berechtigt.«

Matt entspannte sich ein wenig, aber das Atmen fiel ihm immer noch schwer. Er spielte auf Zeit, doch er hatte das Gefühl, dass ihm das nicht mehr lange gelingen würde.

»Unglücklicherweise für dich, Junge«, fuhr der Ältere fort, »steht es nicht in unserer Macht, dir diese Information zu liefern. Du wirst einfach alles zurückgeben müssen, was du in letzter Zeit geklaut hast.«

»Was ist in letzter Zeit? Letzte Woche? In den letzten beiden Wochen?« Verzweifelt suchte Matt nach einem Hinweis. Selbst der zeitliche Rahmen konnte hilfreich sein.

Der Ältere grinste. »Wohl schon eine Weile im Geschäft? Also gut. Das Paket, nach dem wir suchen, ist vor knapp einer Woche verschwunden.«

»Aber worum handelt es sich? Ich muss wissen, wonach Sie suchen.«

Der jüngere Mann explodierte. Mit flach ausgestreckten Händen stieß er Matt gegen die Brust. Dieser prallte gegen die Wand hinter ihm. Die Luft blieb ihm weg, und er schlug sich den Kopf so hart an, dass für einen Augenblick schwarze Punkte vor seinen Augen tanzten.

»Keine Spielchen«, warnte der Jüngere so dicht vor Matts Gesicht, dass sich das entsetzte Gesicht des Jungen in den blauen Gläsern der Sonnenbrille spiegelte. »Wir haben unsere Termine und lassen uns von dir nicht die Zeit stehlen.«

»Sie haben den Falschen erwischt«, protestierte Matt. »Ich habe keine Ahnung, wovon Sie reden.«

Der ältere Mann trat zwischen seinen Kumpan und Matt. »Wir haben den Richtigen. Matt Hunter, Sohn von Gordon Hunter und Lieutenant Colonel Marissa Hunter, früher Kampfpilotin und jetzt im Pentagon in beratender Funktion für das Kommando der US-Marine für Sondereinsätze tätig.«

Matt schluckte mühsam, wobei er verzweifelt versuchte, einen klaren Gedanken zu fassen. »Am Montag habt ihr Chris Potter gejagt, jetzt mich. Wie könnt ihr euch sicher sein, dass es diesmal der Richtige ist?« Seine Behauptung beruhte auf Vermutungen, war aber keineswegs unbegründet.

»Chris Potter war es nicht«, sagte der Ältere, »aber du schon. Der gute Chris ist berüchtigt dafür, dass er sich in Computer einhackt, aber du bist immerhin Net Force Explorer. Man hat uns gesagt, wir sollen dich holen. Und jetzt haben wir dich.«

»Keine Ahnung, wovon Sie reden. Ich habe mich nirgends reingehackt. Wenn Sie die Explorers kennen, müssten Sie wissen, dass die Net Force das nicht tolerieren würde.«

»Wir kennen die Net Force«, erklärte der Jüngere mit rauer Stimme. »Und wir wissen auch über dich Bescheid. Ein schlaues Bürschchen wie du könnte sich ein paar Fleißpunkte verdienen wollen, indem es in Dingen herumschnüffelt, die es nichts angehen. Das Problem ist nur, dass du diesmal das Falsche erwischt hast.«

Matt dachte darüber nach. *Also geht es um etwas, das die Net Force interessieren würde? Etwas, von dem die Net Force bis jetzt noch nichts weiß?*

»Sobald du's zurückgegeben hast, bist du raus.« Der Ältere sah ihm jetzt direkt in die Augen.

Verzweifelt suchte Matt nach einem Anhaltspunkt.

»Der hält uns hin«, sagte der Jüngere. »Ich schlage vor, ich bearbeite ihn ein wenig. Vielleicht hilft das seinem Gedächtnis auf die Sprünge.«

»Nein, habe ich gesagt.« Der Ältere trat erneut vor Matt. Diesmal wandte er ihm jedoch den Rücken zu. »Geben wir ihm noch eine Chance.«

Die Tatsache nutzend, dass die beiden so dicht beieinander standen, stürzte Matt plötzlich vor. Leicht vorgebeugt, löste er sich von der Wand und rammte dem Älteren beide Handflächen in den Rücken, sodass dieser gegen den Jüngeren geschleudert wurde. Beide flogen an die gegenüberliegende Wand, doch da rannte Matt schon, was seine Beine hergaben.

Mit klopfendem Herzen stampfte er laut mit den Füßen über den Betonboden, wobei er die Knie bewusst hob. Dann war er an der Tür. Er hechtete auf die andere Seite, für den Fall, dass sie das Feuer eröffneten. Er wurde nicht enttäuscht.

Die Kugeln schlugen durch die Metalltüren und gruben sich in die Decke, wo sie Löcher in die schalldämpfenden Fliesen schlugen und diese aus den Aluminiumfassungen rissen. Immer noch über den Boden rutschend, vergewisserte sich Matt, dass der Gang leer war, bevor er sich hochstemmte. Mit vollem Tempo raste er durch die Tür, die ins Einkaufszentrum führte. Dabei griff er mit einer Hand nach dem Rahmen, um sich festzuhalten, und wirbelte um die Ecke.

Besorgt blickten ihn die Passanten in seiner Nähe an. Einige wichen sofort zurück. Matt wandte sich nach rechts und sprintete auf der Suche nach Sicherheitspersonal den Weg entlang, auf dem er gekommen war.

Am Brezelstand fand er schließlich einen Wachmann, den er sich sofort schnappte. Der Mann versuchte, ihn zu beruhigen, doch die Worte sprudelten nur so aus Matt heraus. Als der Wachmann schließlich die Situation erfasst hatte, rief er seine Kollegen zu Hilfe.

Während er versuchte, wieder zu Atem zu kommen, beobachtete Matt, wie sie sich in der Nähe des Ganges sammelten. Sein Herz schlug heftig, aber er hatte sich im Griff. Er öffnete seine Brieftasche, konfigurierte das Telefon und gab Captain Winters' Nummer ein.

Auf dem Achterschiff seiner Galeone ging Andy sämtliche Dateien durch, die er über seinen Vater und den Südafrikanischen Krieg gefunden hatte. In der Veeyar wurden die Dokumente als Pergamente dargestellt, die auf hölzerne Spindeln gerollt waren. Es waren Hunderte, und sie standen in sauberen Reihen in einem geschnitzten Ständer, von dem Andy gar nicht gewusst hatte, dass es ihn auf dem Schiff gab.

»Capt'n Andy.«

Andy blickte zu seinem Ersten Maat auf. »Ja.«

»Eingehender Anruf. Der Seemann sagt, er heißt Dale Fisher.«

Dale Fisher hatte in Mandelatown zur Spezialeinheit seines Vaters gehört.

»Danke.« Andy berührte das Telefonsymbol. Auf dem Kartentisch öffnete sich ein Fenster, das den Blick auf ein wettergegerbtes Gesicht freigab, dessen tiefe Sonnenbräune die stechend blauen Augen noch stärker leuchten ließ. Das sandfarbene Haar war militärisch kurz geschnitten.

»Bist du Andy Moore?«

»Ja, Sir.« Bei diesem Ton war keine andere Antwort möglich.

Die durchdringenden blauen Augen richteten sich auf den Tisch, an dem Fisher saß. »Hier steht, du bist Colonel Moores Junge.«

»Ja, Sir.«

Fisher blickte ihn eindringlich an. »Das mit deinem Vater tut mir Leid, Junge.« Seinem Akzent nach stammte er aus dem tiefen Süden. Fisher lebte in Charleston, South Carolina, und war für einen privaten Sicherheitsdienst tätig.

»Danke.« Andy fühlte sich unbehaglich. Er hatte die Telefonnummern der Männer nachgesehen, auf die er bei seiner Suche nach der Wahrheit gestoßen war, und war bei einigen fündig geworden. Obwohl er sogar einstudiert hatte, was er sagen wollte, fiel ihm jetzt, wo er tatsächlich mit einem der Männer sprach, nichts mehr ein.

»Irgendwann wollte ich die Adresse von dir und deiner Mom herausfinden. Der Colonel war ein guter Mann, und ich wollte wissen, ob ich etwas für euch tun kann. Aber nach Kriegsende waren die Dinge ...« Er zuckte die Achseln. »Die Zeit glitt mir aus den Händen.«

»Ja, Sir. Ich habe gelesen, dass Sie verwundet wurden.«

Fisher nickte. »Eine Schrapnell-Explosion. Fast hätte ich mein Bein verloren, aber die Ärzte konnten es retten. Jetzt geht es mir nicht schlecht, aber die ersten Monate waren hart.« Er blickte Andy eindringlich an. »Dein Vater hat mir an jenem Tag in Mandelatown das Leben gerettet. Nahm mich auf den Rücken und setzte mich in einen Evakuierungshubschrauber für Verwundete. Ohne ihn hätte es mich erwischt. Männer wie deinen Dad gibt es heute nicht mehr.«

In seinen Worten lag eine tiefe Empfindung, die Andy mit Stolz erfüllte. Dann fühlte er sich plötzlich schuldig, weil er herausfinden musste, ob sein Vater mit einer Sache wie der Biobombe zu tun hatte. »Nein, Sir, das stimmt wohl.«

»Zu schade, dass du deinen Vater nicht kennen gelernt hast, Andy. Du hättest ihn sehr gemocht.«

Andy nickte. Seine Kehle war wie zugeschnürt. Er versuchte zu sprechen, fürchtete jedoch, nur ein Krächzen herauszubringen.

»Geht es deiner Mutter gut?«

»Ja, Sir.«

»Was ist mit dir?« Die Sorge auf Fishers Gesicht war nicht zu übersehen.

»Mir geht es gut, Sir. Danke. Ich wollte Sie um einen Gefallen bitten.«

»Was kann ich für dich tun?«

Andy atmete langsam aus. Er versuchte, seine Anspannung nicht zu zeigen. Obwohl Fisher aus dem Militärdienst ausgeschieden war, war er immer noch an militärische Vorschriften gebunden. »Ich brauche ein paar Informationen. Ich muss über Mandelatown Bescheid wissen.«

Fisher zögerte, das fiel Andy sofort auf. Seine hemdsärmelige Art war plötzlich verschwunden. »Was willst du wissen?«

»Alles, woran Sie sich erinnern.«

Als Fisher sich das Kinn kratzte, wurde sogar dieses Geräusch übertragen. »Das ist lange her.«

Offenbar würde Andy keine Antworten bekommen, wenn er nicht darauf bestand. »Ich glaube nicht, dass man so etwas vergisst«, meinte er daher energischer.

Fisher nickte. »Da hast du schon Recht.« Sein Blick schweifte in die Ferne. »Das meiste findest du in elektronischer Form in den Archiven der Medien. Und von der HoloNet-Site kannst du dir auch einiges herunterladen.«

»Das habe ich alles.«

»Die können sich bestimmt besser erinnern als ich«, witzelte Fisher, doch seinem Grinsen fehlte die Wärme.

Andy holte tief Luft und beschloss, nicht mehr um den heißen Brei herumzureden. »Ich muss wissen, was mein Vater mit der Biobombe zu tun hatte.«

Fishers Lider senkten sich, aber das joviale Lächeln lag immer noch auf seinem Gesicht. »Wie kommst du denn auf so etwas?«

Andy hatte keine Lust, näher auf Solomons Recherchen einzugehen. Es war etwas anderes, seinen Freunden von den Net Force Explorers davon zu berichten. Schlimm genug, dass die meisten Schüler der Bradford Academy davon gehört hatten, noch einmal würde er die Geschichte nicht durchkauen. »Ich dachte nur, ich rufe Sie an und erkundige mich. Da Sie meinen Vater kannten, habe ich geglaubt, Sie würden vielleicht mit mir darüber sprechen.«

Fisher schüttelte den Kopf. »Da gibt es nichts zu sagen.«

Andy hob herausfordernd das Kinn, senkte es jedoch

gleich wieder. Er akzeptierte die Antwort. »Ja, Sir. Tut mir Leid, dass ich Sie gestört habe. Vielen Dank für Ihre Zeit.«

»Warte.«

Andy starrte ihn an.

»Schau mal, Andy, über einige Dinge, die im Krieg geschahen, dürfen wir nicht sprechen. Viele Aktivitäten deines Vaters – und unserer Einheit – damals unterliegen immer noch der Geheimhaltung. Der Zugang zu diesen Informationen ist streng beschränkt.«

»Aber ich muss es wissen. Ich habe gehört, mein Vater wäre bei der Zündung der Biobombe beteiligt gewesen.«

»Völlig ausgeschlossen. Wer das sagt, lügt.«

»Mein Vater hatte nichts mit der Biobombe zu tun? Er war nicht in der Nähe von Site 43, als sie hochging?«

Fishers Kiefer spannten sich an, und seine Augen verengten sich zu Schlitzen. »Nein.«

Jetzt war Andy klar, dass der Mann log. Er war nicht sicher, ob er es tat, weil er sich an die militärischen Vorschriften hielt, oder um sich selbst zu schützen. Plötzlich begriff er, dass Solomons Entdeckung des Flachfilms von Site 43 Auswirkungen auf zahlreiche Menschen haben würde, die noch lebten und wahrscheinlich hofften, dass die Wahrheit nie herauskam. Schließlich war sie fast elf Jahre lang verborgen geblieben.

»Auf jeden Fall danke für Ihre Zeit.« Andy fühlte sich unbehaglich.

Fisher nickte kurz, atmete jedoch tief durch. »Diese Sache, die du da ausgegraben hast, Andy – überleg es dir gut, bevor du anfängst herumzutelefonieren.«

»Ich habe es mir gut überlegt, aber ich sehe keinen anderen Weg.«

»Schlafende Hunde und die Geister der Vergangenheit sollte man nicht wecken.«

»Ja, Sir. Ich werde es mir merken.«

»Ein Sturkopf. Wie dein Vater.« Fishers Stimme klang etwas weicher. »Aber wenn du nicht aufpasst, könnte dich deine Hartnäckigkeit in Schwierigkeiten bringen.«

Ist das eine Warnung? Andy wusste es nicht.

»Pass auf dich auf.« Damit beendete Fisher die Verbindung.

Andy stand vom Kartentisch auf und starrte auf das Meer hinaus. Doch diesmal fand er dort keine Erleichterung.

»Dad, mir geht es gut.« Matts Vater sah so besorgt aus, dass sich der Junge ganz elend fühlte.

Gordon Hunter sah seinen Sohn erneut an. Dann nickte er kurz. Sie standen in der Küche ihres Hauses, dem besten Platz für Familienkonferenzen. So groß die Hektik auch sein mochte, irgendwann trafen sich alle hier.

Matt nippte an seiner Milch. Sein Magen hatte sich immer noch nicht beruhigt, aber inzwischen lag das eher daran, dass sein Vater so besorgt war, als an den Ereignissen im Einkaufszentrum.

»Die Sicherheitsleute haben die Kidnapper also nicht gefunden?«, fragte sein Vater.

»Nein. Die Polizei glaubt, sie sind durch das Lüftungssystem entkommen.«

»Das beunruhigt mich wirklich. Hat es etwas mit deiner Tätigkeit bei den Net Force Explorers zu tun?«

Matt schüttelte den Kopf. »Nein. Die hatten es gar nicht auf mich abgesehen. Sie wollten mir nur Angst einjagen, damit ich anderen von ihnen erzähle.«

»Klingt ziemlich sinnlos.«

»Nicht, wenn sie nicht wissen, hinter wem sie eigentlich her sind.«

In diesem Moment klingelte das Telefon. Sein Vater nahm ab. Es war Matts Mutter, die wissen wollte, was los war. Matt nutzte die Gelegenheit und verschwand in seinem Zimmer. Captain Winters hatte nicht viel sagen können, als er ihn vom Einkaufszentrum aus angerufen hatte. Jetzt war die Gelegenheit, erneut Verbindung mit ihm aufzunehmen.

In seinem Zimmer ließ er sich auf den Computer-Link-Stuhl fallen, lehnte den Kopf zurück und schon war er unterwegs in die Veeyar. Einen Augenblick später schwebte er im Schneidersitz vor seiner schwarzen Marmortischplatte und rief Captain Winters an.

In dem Sternenhimmel um ihn herum öffnete sich ein Fenster, durch das er Winters und dessen Büro sah. »Matt, ich schaue mir gerade die vorläufigen Polizeiberichte über den Vorfall an. Sieht nicht sehr viel versprechend aus. Sie hoffen, dass vielleicht eine der Sicherheitskameras deine Entführung gefilmt hat.«

Zum ersten Mal hörte Matt das Wort Entführung in Verbindung mit dem Vorfall. Dadurch wirkte die Sache irgendwie viel bedrohlicher.

»Allerdings dürfen wir uns davon auch nicht allzu viel erhoffen. Die meisten Sicherheitskameras erfassen nur die inneren Gänge, und die Kameras draußen überwachen nur Ein- und Ausgänge.«

»Vielleicht wussten die Männer, wo die Kameras waren«, gab Matt zu bedenken. »Mir kamen sie vor wie Profis.«

»Das habe ich mir notiert.« Winters beugte sich über seinen großen Schreibtisch und überflog die vor ihm liegenden Berichte. »Namen hast du keine gehört?«

»Nein.«

»Und sie haben nicht gesagt, was sie wollen?«

»*Es*. Was auch immer *es* sein mag. Aber ich glaube, die wussten, dass ich es nicht habe.«

»Warum glaubst du das?«

Während er mit seinem Vater vom Einkaufszentrum nach Hause gefahren war, hatte Matt die ganze Zeit darüber nachgedacht. »Weil sie mich nicht durchsucht haben. Und sie haben mich nicht gefragt, ob ich es bei mir habe.«

»Das hätten sie eigentlich tun müssen.«

»Ja. Außerdem war meine Flucht viel zu einfach, geradezu geschenkt. Ihre Schüsse gingen viel zu hoch. Keine Ahnung, was sie getan hätten, wenn ich keinen Fluchtversuch unternommen hätte.«

»Vielleicht war das einer der Gründe, warum sie dich wählten, Matt. Sie gingen davon aus, dass du weißt, wie man sich in einer solchen Situation verhält.«

Matt nickte.

»Weißt du, um was es ging?«

»Nicht wirklich. Aber es hat mit dem Angriff auf Chris Potter vom Montag zu tun. Ich glaube, das sollte eine Botschaft an jemand sein. Die Verbindung zu Chris gaben die beiden zu. Profis wie die tun so etwas eigentlich nicht.«

»Außer sie wollten, dass du Bescheid weißt.«

»Ja, Sir. Sie setzen mich unter Druck. Selbst wenn ich

den Mund halte, wird man in der Schule von dem Vorfall erfahren. Viele Schüler von Bradford gehen nach dem Unterricht ins Einkaufszentrum. Einige haben mich gesehen, als ich mit den Sicherheitsleuten und der Polizei sprach, das weiß ich.«

»Die Nachricht wird sich also verbreiten wie ein Lauffeuer.« Winters klang nicht sehr glücklich.

»Captain Winter«, fragte Matt nach einer kurzen Pause, »geschieht in Bradford etwas, von dem ich wissen sollte?«

Winters blickte ihn eindringlich an. »Matt, wenn du etwas wissen müsstest, würde ich dich sofort informieren.«

Matt nickte. Es war ihm ein wenig unangenehm, dass er überhaupt gefragt hatte.

»Eines will dir jedoch sagen. Du und die anderen Net Force Explorers in Bradford solltet die Augen offen halten, und zwar sowohl in der Schule als auch außerhalb.«

»Also ist was im Gange.«

»Vielleicht. Wir besitzen noch nicht genügend Informationen. Sobald das der Fall ist, werden wir dich und die übrigen Explorers informieren. Mehr kann ich dir im Moment nicht verraten.«

»Also war der Mann, den ich am Montagnachmittag gesehen habe, tatsächlich ein Net-Force-Agent?«

Winters nickte. »Aber das ist nur für die Ohren der Explorers bestimmt. Ist das klar?«

»Kristallklar.«

»Ich bin froh, dass du in Sicherheit bist, Matt. Achte darauf, dass das auch so bleibt.«

»Werde ich. Wonach sollen wir in der Schule Ausschau halten?«

»Nach allem, was euch ungewöhnlich vorkommt. Informiert mich sofort, falls ihr auf etwas stoßt.«

Matt nickte.

»Ich habe einen anderen Anruf in der Leitung. Gute Nacht, Matt.«

»Gute Nacht, Sir.«

Winters verließ die Veeyar und ließ Matt im schwarzen Raum schwebend zurück. Aber er war nicht allein. Dutzende Fragen tanzten in seinem Kopf herum. *Was tut die Net Force in Bradford? Worauf wartet sie? Weitere Informationen?*

Bevor er den Gedanken weiterverfolgen konnte, hörte er das Piepsen eines eingehenden Anrufs. Er betätigte das Telefonsymbol. Ein Mann im Anzug erschien, der den Ausweis eines Detectives der Washingtoner Polizei in der Hand hielt.

»Matt Hunter?«

Matt nickte.

»Ich bin Detective Duran und bearbeite Ihren Bericht über die versuchte Entführung. Ich habe einige Fragen an Sie, aber die kann ich erst stellen, wenn ich das Einverständnis eines Elternteils oder eines Sorgeberechtigten habe.«

»Ich hole meinen Vater.« Matt loggte sich aus, um seinen Vater zu suchen. Noch mehr Fragen, die er eigentlich bereits beantwortet hatte – das klang nicht sehr viel versprechend.

Unterdessen hatte Andy versucht, weitere Männer zu kontaktieren, die mit seinem Vater gedient hatten. Dabei war er von Anfang an auf Schwierigkeiten gestoßen, und die Situation verschlechterte sich mit jedem weiteren Versuch. Duncan Richmond, der Erste, den er nach seinem Gespräch mit Fisher erreicht hatte, hatte sich kurz mit ihm unterhalten, aber völlig abgeblockt, als Andy

Site 43 erwähnte. Riley Taggert hatte eine volle Minute und zwölf Sekunden durchgehalten, bevor er sagte, er müsse jetzt einen anderen Anruf annehmen.

Anschließend hatte Andy nacheinander dreiundzwanzig andere Nummern versucht, wobei er entweder bei Anrufbeantwortern landete oder überhaupt keine Antwort erhielt. Er hinterließ Nachrichten, rechnete jedoch nicht mit Rückrufen.

Kein Zweifel, Fisher hatte die anderen gewarnt. Um seinen Ärger abzureagieren, lief er auf dem Deck des Piratenschiffes hin und her, doch es half nichts. Die Uhr tickte, während Solomon an seinem Plan arbeitete.

Er überlegte, ob er Captain Winters um Hilfe bitten sollte, aber ihm wurde sofort klar, dass das vergebliche Liebesmüh wäre. Am Ende gab es nur einen Weg, so wenig er ihm auch gefallen mochte. Er lief zum Achterschiff zurück und die Stufen hinauf. Unter seinen Füßen rollte das Schiff auf den Wellen.

Dann berührte er das Netzsymbol und verlangte Mark Gridley. Die Verbindung kam sofort zustande.

Im Crashsuit glitt Mark durch einen vielfarbigen Tunnel voller Windungen. Elegant nahm er die Kurven.

»Hallo, Andy.« Mark streckte den Arm aus und feuerte ein Dutzend violetter Salven ab, die, wie Andy wusste, Programmiercodes darstellten. Andy hatte Mark auf einigen seiner Testläufe begleitet, doch ihm fehlte die Geduld, jede kleine Programmzeile immer wieder zu testen.

»Hallo.« Andy holte tief Luft. »Hör mal, ich habe alles getan, was ich allein tun kann. Ich habe Dateien studiert, meine Mom belabert und mit jedem über meinen Vater geredet, der dazu bereit war. Trotzdem habe ich immer noch keine Antworten.«

»Heißt das, du willst die Software von National Treasures ausprobieren?«

Andy nickte stumm. Sein Magen fühlte sich an wie ein einziger Knoten. *Wie soll ich bloß mit meinem Vater reden?* Wenn das Programm so gut war, wie Mark sagte, würde er genau das tun müssen. *Und wenn es so hervorragend ist, wird es dann nicht eine Meinung über mich haben oder sich eine bilden? Was, wenn ich seinen Ansprüchen nicht gerecht werde?*

»Bin gleich da.« Mark beendete das laufende Programm, speicherte und hüpfte in Andys Veeyar. »Fertig für das Upload?«

»Ja.«

Mark drückte ein paar unbekannte Symbole. Sofort spürte Andy das leise Summen, das verriet, dass seine Veeyar synchron zu der von Mark gebootet wurde.

»Wenn du willst, zeige ich dir, wie du die Einstellungen vornimmst und anfängst.«

»Gern.« Andy legte nicht den geringsten Wert darauf, mit diesem Programm allein zu sein.

»Nein, er war kleiner«, korrigierte Matt das Bild, das die Polizeizeichnerin von den beiden Männern im Einkaufszentrum anfertigte. Die Darstellung war erstaunlich lebensecht, wie bei Statuen in einem Wachsfigurenkabinett. Als er sie aus reiner Neugier berührte, fühlten sie sich sogar an wie echte Körper.

Matt stand in einer der Veeyars, die die Washingtoner Polizei für Verhöre und Zeugenbefragungen verwendete. Der Raum glich einem grauen Würfel, den der kurze Besprechungstisch und ein halbes Dutzend Stühle fast vollständig füllten. Auf drei Seiten waren sie von nackten grauen Wänden umgeben, in der vierten Wand befand sich die Tür, durch die sie die Veeyar betreten hatten.

Die Zeichnerin hätte vom Alter her seine Mutter sein können. Das kurze weißblonde Haar stand stachelig ab, lange Silberohrringe reichten bis auf die Schultern. Rock und Pullover waren ebenso schwarz wie ihre Augen. Aber sie arbeitete schnell. Mit den Fingerspitzen befehligte sie unsichtbare Farb- und Tonpaletten – zumindest stellte sich Matt vor, dass sie so das Bild schuf und farbig gestaltete.

Im Augenblick stand sie vor dem älteren Entführer. Auf eine Berührung ihrer Hand verkürzte sich die Darstellung.

»So?«

»Ja.«

»Was ist mit seinem Gesicht?«

Matt beschrieb den Mann erneut. Es war erstaunlich, wie nah die Frau mit den langen Fingernägeln der Realität bereits gekommen war. »Die Ohren waren etwas größer und standen mehr ab, seine Augen saßen dichter beieinander. Das rechte schielte ein wenig.«

Die Zeichnerin berührte das Bild erneut. Farbsalven sprühten auf, wo ein Kontakt zustande kam. Die Ohren wurden größer und abstehender, die Augen rutschten zusammen. Schon schielte er mit dem einen. »Eher so?«

Matt ging um den Mann herum. Sogar die Kleidung hatte sie richtig getroffen, obwohl das ihrer Meinung nach nicht wichtig war. »Das ist er.«

Die Künstlerin nahm noch ein paar Feinarbeiten vor, dann trat sie lächelnd zurück. »Du hast ein gutes Auge für Details.«

Matt schüttelte den Kopf. »Ich kenne Leute, die Proxys aus dem Nichts zaubern, aber dabei handelt es sich entweder um Karikaturen, oder sie beruhen auf einer anderen Quelle. So was wie das hier habe ich noch nie gesehen.«

Sie sah ihn an. »Ich verstehe etwas von meiner Arbeit, und ich liebe sie. Nehmen wir uns jetzt den zweiten Mann noch einmal vor.« Sie drehte sich um und holte den Jüngeren in die Veeyar. Nach wenigen Minuten Feinabstimmung animierte sie die beiden Bilder, wobei sie Matt fragte, wie sich seine Entführer bewegten, wie sie Kopf und Arme hielten, ob sie sich oft umsahen oder sich auf ihren Gesprächspartner konzentrierten.

Es war unheimlich, die beiden Männer auf Befehl der Künstlerin in der Veeyar umherspazieren zu sehen wie kybernetische Puppen. Das waren tatsächlich die beiden Kerle, die ihn im Einkaufszentrum geschnappt hatten!

»Das ist wirklich erstaunlich.«

»Teils, teils. Deine Erinnerung an die beiden ist ausgezeichnet. Du beschreibst außerdem besser als die meisten Menschen. Viele potenzielle Zeugen rasten aus, wenn sie meine Figuren sehen, aber du nicht. Das ist ein weiterer Vorteil.«

Matt starrte die beiden Gestalten an und nickte. »Mir ist schon klar, wie das passieren kann.«

»Aber es ist unsere beste Chance, diese Männer zu identifizieren.« Sie starrte ihn aus ihren schwarzen Augen an. »Hier habe ich ein sehr gutes Gefühl. Viel Glück. Ich logge mich jetzt aus, aber ich hole Detective Duran für dich.« Sie verschwand in wirbelnden Regenbögen.

Matt grinste bei ihrem spektakulären Abgang. Irgendwie hatte er genau das von ihr erwartet. Er ging zu den Proxys und sah sie sich genauer an. Sie wirkten wie Zwillinge der beiden Entführer. Im Augenwinkel entdeckte er eine Bewegung. Atmeten sie etwa?

»Hallo.«

Mit einem Satz wich Matt von den Simulationen zurück und fuhr herum.

»Tut mir Leid.« Hinter ihm stand Detective Duran in einem makellosen braunen Anzug.

»Schon gut, ich bin nur ein wenig nervös.«

»Das kann ich gut verstehen.« Duran ging um die beiden Figuren herum und sah sie sich genau an. »Sie sagte, du hättest ein Auge fürs Detail. Da muss ich ihr Recht geben.«

»Danke«, meinte Matt unbehaglich.

»Dann sehen wir einmal, ob uns das weiter bringt. Computer, Identifikation der beiden Module in dieser Veeyar. Suche nach Übereinstimmung mit Gewaltverbrechern in inländischen und internationalen Datenbanken. Danach Erweiterung der Suche auf bekannte und vermutete Terroristen.«

»Zugriff läuft«, erwiderte eine kühle, mechanische Stimme.

»Dürfte nicht lange dauern«, meinte Duran.

Matt nickte. Schon bei seinem ersten Gespräch mit dem Detective hatte ihn Durans professionelle Höflichkeit beeindruckt. Duran wiederum wusste es offenbar zu schätzen, dass Matt bei den Net Force Explorers war.

»Zwei Treffer«, meldete der Computer kaum eine Minute später.

»Aufrufen.«

Sofort öffneten sich in der Veeyar zwei Fenster, die sich neben dem älteren Mann übereinander legten. Beide Bilder waren identisch, trugen jedoch verschiedene Namen. Der erste lautete auf Harry Cavendish aus New Jersey, der zweite war Liam McDouglas, angeblich mit Wohnsitz in Belfast, Irland. Cavendish war zugelassener

Bodyguard, McDouglas wurde verdächtigt, Terrorist mit Verbindungen zur Irisch-Republikanischen Armee zu sein.

Matt war die IRA aus dem Unterricht bekannt. Sie war für eine Reihe von Angriffen auf Großbritannien in der realen Welt, aber auch im Netz verantwortlich und blickte auf eine lange Geschichte der Gewalt zurück. Trotz der Wiedervereinigung von Nordirland und der Republik Irland gingen die Kämpfe zwischen den religiösen Parteien weiter.

Cavendish war auch kein Engel, wenn man der Computerstimme glauben wollte, die den Hintergrund der Männer erläuterte. Seit seiner Ankunft in den Vereinigten Staaten vor sieben Jahren hatte er dreimal fast seine Lizenz verloren, weil er tödliche Gewalt eingesetzt hatte.

»Nicht schlecht«, meinte Duran. »Das wird ja immer interessanter.«

»Der Bursche ist ein Auftragskiller.« Angesichts der Berichte lag dieser Schluss für Matt auf der Hand.

»Ja. Wahrscheinlich wurde der Boden in Irland zu heiß für ihn, deshalb hat er sich hier niedergelassen. Das wird ihm noch Leid tun. Bist du bereit, Anzeige zu erstatten, falls wir ihn finden?«

Matt nickte.

Einen Augenblick später meldete der Computer einen Treffer für den jüngeren Mann. Den Akten nach handelte es sich um Neal Tomlinson, einen irischen Staatsbürger, der drei Jahre zuvor in Paris erschossen worden war.

»Zumindest möchte er uns das glauben machen«, meinte Duran gequält. »Computer, neue Suchparameter. Überprüfung der Datenbanken für die Erteilung von Waffenscheinen. Beginn in New Jersey, Fortsetzung der Suche von der Ost- zur Westküste.«

Kaum eine Minute später wurde ein weiterer Treffer gemeldet. Beim Anblick des neuen Bildes wurde Matt klar, wie sehr es der Figur ähnelte, die die Polizeizeichnerin geschaffen hatte. Der Jüngere hieß Danny Luck und besaß in New York eine Lizenz als Privatdetektiv.

Duran lud die Information aus der Veeyar auf seinen Rechner in der Polizeidienststelle. »Vermutlich erweisen sich diese Adressen als Sackgasse«, meinte er zu Matt. »Aber wir überprüfen sie auf jeden Fall. Wenn wir sie finden, melden wir uns bei dir. Du musst allerdings persönlich ihre Identität bestätigen, wenn wir sie zu fassen bekommen.«

Matt nickte. Seine Gedanken befanden sich in wildem Aufruhr. *Was haben professionelle Killer in Bradford zu suchen?*

»Hast du irgendeine Vorstellung, wonach diese Burschen suchen?«

»Ich kann nur vermuten, dass sie es auf einen Hacker oder Computerspezialisten abgesehen haben. Nachdem sie sich erst Chris vorgenommen hatten, kamen sie zu mir. Ich würde sagen, die suchen auf jeden Fall nach jemand aus der Online-Subkultur.«

»Das denke ich auch.« Duran studierte die offenen Dateien. »Die Frage ist nur, wer sie angeheuert hat.«

Matt gab ihm im Stillen Recht. »Keine Ahnung.«

»In der Vergangenheit hat die Net Force häufig Informationen an lokale Strafverfolgungsbehörden weitergegeben. Wenn die zuständig sind, teilt die Net Force ihnen normalerweise alles mit, was für die Beamten vor Ort hilfreich sein könnte. Das gilt allerdings nicht, wenn es um ihre eigenen Aktionen geht. Da kann sie sehr verschlossen sein.«

Matt wusste, dass das stimmte. Captain Winters ließ

sich nicht gern in die Karten sehen, wenn es um Net-Force-Operationen ging.

»Falls du etwas herausfindest, das mir von Nutzen sein könnte, lass es mich bitte wissen. Detective Gray sagte, ich soll dich darum bitten.«

»Wenn ich kann.«

Duran nickte, und Matt loggte sich aus. Er saß zu Hause auf seinem Computer-Link-Stuhl und überlegte. An der Bradford Academy gab es sehr prominente Schüler, Kinder, deren Eltern auf politischem, wirtschaftlichem, militärischem und sogar religiösem Gebiet eine wichtige Rolle spielten. Jeder von ihnen konnte das Interesse von Leuten erwecken, die bereit waren, jemanden wie McDouglas und Tomlinson anzuheuern.

Aber Matts Eltern? Völlig ausgeschlossen. Wer also engagierte hier Gangster und warum? Wenn er das Motiv herausbekam, musste ihn das zu den Hintermännern führen.

12

»Alles in Ordnung?«

Andy sah Mark an und versuchte, normal zu klingen. »Ja, mir geht es gut.«

Sie standen in einer interaktiven Veeyar, die die National Treasures-Software so programmiert hatte, dass sie sich der Datenbank und Andys eigenen Befehlen entsprechend verhalten würde. Gegenwärtig bestand sie aus einem schlichten Würfel mit einer Konsole in der Mitte.

Gelegentlich flackerten Bilder über Wände, Boden und Decke. Andy erkannte viele davon wieder. Sie stammten aus den Akten, die er über seinen Vater zusammengestellt hatte. Es handelte sich um eine Kompilation von Flachfilmen, Holos und Militärberichten, auf die er Zugriff gehabt hatte – zahnärztliche Berichte, ärztliche Gutachten, psychologische Profile und Prüfungsergebnisse aus der gesamten militärischen Laufbahn von Colonel Robert Moore. Dann gab es noch Material, das von Männern stammte, die mit ihm gedient hatten, von Untergebenen und Vorgesetzten, sowie die persönlichen Bilder, Flachfilme und Holos seiner Mutter.

Andy hatte so gründlich gearbeitet, wie es ihm angesichts seiner begrenzten Ressourcen möglich war. Mark glaubte, das würde reichen. Schließlich musste man sich bei historischen Persönlichkeiten wie Franklin, Washington und Jefferson mit gestellten Porträts und Schriften von ihnen und über sie begnügen. Dennoch war es National Treasures gelungen, komplette interaktive Simulationen von ihnen zu erstellen.

Matt wandte sich von der Konsole ab, die vor ihm in der Luft hing. »Im Augenblick hast du nicht mehr. Wir können mit der Simulation jetzt online gehen, oder du gibst weiter neue Informationen ein, wenn du welche findest. Bist du bereit, mit ihm online zu gehen?«

Mit ihm? Andys Puls beschleunigte sich, und sein Mund wurde trocken. Es war beunruhigend, dass Mark über die Simulation sprach, als wäre sie Realität. »Packen wir's an.«

Mark berührte ein Symbol auf seiner Konsole, und die Instrumente vor ihm verschwanden. Er starrte auf das Zentrum der Veeyar.

Dort nahm ein schimmerndes Licht allmählich Gestalt

an. Die Veeyar pulsierte leicht. Andy hatte von Marks Computer eine unglaubliche Datenmenge auf seinen Rechner geladen, das größte Programm, das er je auf seinem System gehabt hatte. Mark hatte es seiner Mutter zu verdanken, dass er eine Betaversion des neuesten Programms testen durfte, das noch gar nicht auf dem Markt war. Das hätte er sich niemals leisten können, wenn er dafür hätte bezahlen müssen.

Eine verschwommene, gespenstisch weiße und vollkommen durchsichtige Gestalt erschien.

Als sich der Prozess fortsetzte, blieb Andy fast die Luft im Hals stecken. Vor ihm stand das Bild seines Vaters, das mit jedem Augenblick deutlicher wurde.

»Computer«, rief Mark. »Ausführung anhalten.«

Andy sah ihn an. »Was ist los?«

Mark deutete auf Andys Hände. »Du zitterst, Andy. Wenn dir das zu viel wird ...«

»Wird es nicht. Solomon hat einen gewaltigen Vorsprung. Ich muss unbedingt herausfinden, was er weiß, wenn ich was gegen ihn unternehmen will.«

Mark äußerte sich nicht.

»Computer«, rief Andy, »Ausführung fortsetzen und Unterprogramm Moore, Colonel Robert A., erstellen.«

Das Programm lief sofort wieder an und setzte die Verarbeitung fort. Langsam füllte sich die Simulation mit Farbe. Das kurz geschnittene Haar wurde schwarz, und die markanten Augenbrauen wölbten sich über leuchtend blauen Augen. Das Gesicht war kantig, und rechts vom Kinn zeigte sich eine kleine Narbe. Gesicht, Unterarme und Hände waren vom ständigen Aufenthalt unter freiem Himmel tief gebräunt. Er hatte einen Kampfanzug ohne Abzeichen an, und seine Uniform wirkte gepflegt und saß wie angegossen. Über die eine Schulter hing ein Kevlarhelm, über die andere ein M-16A4. Er trug einen Tornister und schien zu allem bereit.

Im nächsten Augenblick erwachte die Simulation aus ihrer Starre. Die Gestalt sah sich im Raum um, wobei sie alles in sich aufzunehmen schien. Dann konzentrierte sich ihr Blick auf Andy.

Andy erstarrte. Er fühlte sich, als stünde ein Elefant auf seiner Brust. Im Laufe der Jahre hat er viel Flachfilm- und Holomaterial über seinen Vater gesehen, das er während der letzten Tage besonders eingehend studiert hatte. Doch er konnte sich nicht erinnern, dass sein Vater ihn so direkt angesehen hätte.

Die Simulation lächelte ein wenig, als wäre sie schüchtern. »Hallo, Andrew.«

Nun war es um Andys Selbstbeherrschung geschehen. »O Mann!«, stieß er hervor. »Computer, Programm beenden.«

Im Handumdrehen war die Simulation verschwunden.

»Es weiß, wer ich bin«, sagte er ungläubig.

»Ich habe ihn so programmiert, dass er dich erkennt.«

Andy schüttelte den Kopf. »Diese Simulation ist kein Er, sondern eine Mischung aus Programmierung und Bildern. Das ist alles. Sie lebt nicht.«

Mark wartete einen Augenblick, bevor er mit sanfter Stimme sprach. »Er lebt nicht, und das weiß er auch. Aber er weiß auch, dass er kein Es ist, Andy. So darfst du dir ihn nicht vorstellen. Es handelt sich um ein Wesen, das fast so etwas wie künstliche Intelligenz besitzt. Wenn du das nicht berücksichtigst, könnte es Probleme mit der Programmierung geben.«

Andy öffnete ein Fenster und trat aus der Veeyar auf sein Piratenschiff hinaus. Als ihn die salzige Brise einhüllte, fühlte er sich sofort besser.

»Ich weiß, dass das hart für dich ist«, meinte Mark, der ihm gefolgt war. »Aber vielleicht ist es der einzige Weg, Antworten auf deine Fragen zu finden.«

»Ja.« Andy hielt die Reling fest umklammert, als wäre sie seine Verbindung zur realen Welt. *Das Ding ist nicht mein Vater. Völlig ausgeschlossen.* Er schauderte. Dabei war ihm so übel, dass sich sein Magen zusammenkrampfte.

Mark stand ruhig neben ihm. »Ich kann eine Weile hier bleiben. Dann bist du nicht allein, während du lernst, mit ihm zu interagieren.«

Andy schüttelte den Kopf. Zum Teil war es reine Sturheit, weil er niemanden brauchen wollte. Zum anderen wollte er einfach nicht, dass Mark ihn möglicherweise in einem Augenblick der Schwäche sah. Vor allem aber war er im Moment wütend auf Solomon. *Vielleicht sollte ich mit der Software von National Treasures eine Simulation von Solomons Dad erstellen und sie ihm in seine Veeyar stellen. Mal sehen, wie ihm das gefallen würde.*

Aber es wäre nicht das Gleiche, und Andy wusste das auch. Vielleicht mochte Solomon seinen Vater nicht, aber er kannte ihn. Daher ließ sich die Situation überhaupt nicht mit dem vergleichen, was Andy durchmachte.

»Nein«, erklärte er mit gepresster Stimme. »Damit muss ich allein fertig werden.«

»Okay.« Mark drängte ihn nicht.

»Schau mal«, fuhr Andy nach einer kurzen Pause fort, »ich weiß, dass du einiges zu erledigen hast. Warum überlässt du mich nicht einfach meinem Schicksal?«

»Willst du das?«

Andy wandte sich zu ihm um und zuckte die Achseln. »Es muss sein. Danke für deine Hilfe.«

»Kein Problem.« Mark nickte. »Du lässt es mich aber wissen, wenn du was brauchst?«

»Du stehst ganz oben auf meiner Liste.«

Mark stieg aus der Veeyar aus und ließ Andy allein zurück.

Als sich das Fenster hinter ihm schloss, holte Andy tief Luft und öffnete ein Fenster zu der Simulations-Veeyar. Der Würfel lag im Dunkeln. Andy trat ein. »Computer, Simulation erneut starten.«

Fast sofort erhellte sich der neutrale Raum, und die Simulation stand wieder vor Andy. Das Wesen – er – wartete geduldig.

»Weißt du, wer ich bin?«, fragte Andy.

Die Simulation nickte. »Mein Sohn, Andrew.«

»Nenn mich Andy.«

»Andy.«

»Weißt du, warum du hier bist?« Andy lief nervös auf und ab, während er versuchte, die Situation in den Griff zu bekommen. Wie sollte man mit einem toten Elternteil oder Freund umgehen, der nach langer Zeit plötzlich wieder zum Leben erwachte?

»Du hast ein Problem und hoffst, ich kann zu dessen Lösung beitragen. Wenn du es zulässt, kann ich dir helfen, Andy.«

»In Ordnung.« Andy überlegte verzweifelt, wie es weitergehen sollte, aber seine Gedanken drehten sich im Kreis. In der Schule fielen ihm ständig Witze ein, jeden Angriff, jede Stichelei parierte er sofort. Aber im Augenblick schien sein Gehirn völlig leergefegt zu sein.

»Wie soll ich dich nennen?«, fragte er.

Die Simulation blickte ihn offen an. Dann zuckte sie die Achseln. »›Dad‹ kommt wohl nicht infrage, sonst hättest du mich so genannt.«

Andy blickte prüfend in das Gesicht seines Simulations-Vaters. Wirkten seine Augen etwa verletzt? Eine eisige Hand legte sich um seinen Magen. Er nickte stumm. ›Dad‹ konnte er die Simulation wirklich nicht nennen, aber allein die Tatsache, dass sie redete wie ein Vater, verwirrte ihn völlig.

»Dann bliebe noch ›Colonel Moore‹, aber das gefällt mir nicht so gut. Wie wäre es mit ›Robert‹ oder ›Bob‹?«

Andy räusperte sich mühsam. »›Bob‹ ist in Ordnung.«

»Gut, dann also ›Bob‹.« Bob streckte die Hand aus.

Andy nahm sie. Sie fühlte sich wirklich echt an. Bobs Händedruck war stark und warm. Er hielt Andys Hand weder zu lange noch zu kurz, bevor er seinen Griff löste.

»Was brauchst du von mir?«

»Kannst du dich noch an den Südafrikanischen Krieg erinnern?« Andy wusste, dass Mark diese Information einprogrammiert hatte.

»Natürlich. Ich bin dort im Kampf gefallen.« Bob schien daran nichts Besonderes zu finden.

Hätte sich mein echter Vater auch so neutral angehört? Andy starrte die Simulation an und spürte einen Stich des Bedauerns. Natürlich wusste das Wesen – oder vielmehr er –, was mit ihm geschehen war. »Kannst du dich an die Biobombe erinnern, die bei Mandelatown gezündet wurde?«

»Selbstverständlich.«

Die Worte blieben für einen Augenblick in Andys Kehle stecken. »Hat mein Vater diese Bombe gezündet?«

Bob wandte für einen Moment den Blick ab und erstarrte. Sein Bild verschwamm, wie ein Fernsehsignal bei starker Interferenz. Es wackelte und zerfiel, setzte sich jedoch sofort wieder zusammen. Als er den Mund öffnete, klang seine Stimme blechern und mechanisch. »Warnung. Parameter für mögliche Interpolation überschritten. Frage zurücknehmen, neu formulieren oder neu definieren. Unterprogramm Bob könnte sonst beschädigt werden.«

Nachdem er Andys Veeyar verlassen hatte, traf Mark verspätet zu der Besprechung ein. Die Kontrollen zur aktuellen Veeyar zu passieren war ein Kinderspiel, da er die Passwörter kannte. Die Veeyar erinnerte an Frankensteins Labor. In der Mitte des Raumes lag auf einem erhöhten Tisch sogar ein zusammengestückeltes Ungeheuer. Gelbe Blitze zuckten über den dunklen Himmel über der gewölbten Glasdecke und verfehlten den daraus hervorragenden Stab nur um Haaresbreite.

Mark wusste nicht genau, wem das Frankenstein-Motiv für die Veeyar eingefallen war, aber er hatte es immer unheimlich gefunden. Dabei hatte er eigentlich keine Angst vor Monstern, vor allem nicht vor Zombies. Beunruhigend war es allerdings schon gewesen, als eines der Mitglieder des inoffiziellen Klubs die Programmierung so änderte, dass der Blitz einschlug und das Monster zum Leben erweckte.

Es war sowieso ein Wunder, dass in dieser Veeyar nicht mehr Streiche gespielt wurden. Schließlich waren alle Mitglieder Software- und Computer-Freaks. Von Entwicklern über Piraten bis zu Hackern, von Profis bis zu Amateuren, von gesetzestreuen Nutzern bis zu erklärten Outlaws, die noch nicht erwischt worden waren, war alles vertreten. Seit er Mitglied dieser erlesenen Gemeinschaft war, hatte sich deren Zusammensetzung stark verändert. Manche Leute verloren schlicht das Interesse, einige zerstritten sich mit anderen Mitgliedern, und manche wurden einer Straftat überführt.

Mindestens zwei waren Net-Force-Agenten, da war sich Mark sicher.

Im Moment befanden sich etwa dreißig Personen im Labor. Wie in allen guten Veeyars besaß das Schloss unabhängig von der Anzahl der Anwesenden immer die richtige Größe. Jeder trug ein Proxy.

Mark war als Thor, der nordische Sturmgott, verkleidet. Er sah aus wie ein Wikinger. Zu seiner Fellweste trug er eine Fellhose, die er in abgetragene, kniehohe Lederstiefel gesteckt hatte. Ein gehörnter Helm, ein feurig roter Bart und ein Kriegshammer vervollständigten das Bild.

»... wäre im Einkaufszentrum fast entführt worden«, sagte ein geflügeltes Mädchen gerade. Sie saß auf einem der Labortische vor einem Aufbau aus Teströhrchen und Kupferleitungen. Statt Haar fielen Federn ihren Rücken hinab.

»Wer?«, fragte ein Mann aus Marshmallows, der an einem der Särge lehnte, aus denen Victor Frankenstein seine Teile entnommen hatte.

»Matt Hunter«, fuhr das Vogelmädchen fort. »Ein Schüler von der Bradford Academy.«

Marks Herzschlag beschleunigte sich. Er schloss sich der Gruppe an. »Was war los?« Seit der Schule hatte er Matt nicht mehr gesehen.

In kurzen Worten schilderte das Vogelmädchen Mark Matts Beinahe-Entführung im Einkaufszentrum. »Warum interessiert dich das so? Kennst du ihn?«

Mark lächelte. Auf seinem Wikingergesicht wirkte das nicht gerade freundlich. »Die Frage ist unzulässig.« Eigentlich sollten die Teilnehmer völlig anonym bleiben. Natürlich funktionierte das nicht. Mark hatte bereits drei Schüler von Bradford identifiziert. Chris Potter, der schillernde Eismann, der an einer der rückwärtigen Wände lehnte, war einer davon.

Das Vogelmädchen lächelte. »Wenn du so interessiert bist, kennst du ihn bestimmt.«

»Vielleicht bin ich interessiert, weil ich nicht ebenfalls entführt werden will.«

»Da hat er Recht.« Eine Fee, nicht größer als Marks Hand, schoss von der Decke herab, wo sie auf einem der Balken gestanden hatte. Direkt über der Gruppe blieb sie in der Luft stehen, wobei goldener Staub von ihren Flügeln rieselte. »Ich habe gehört, jemand hat am Montag versucht, einen anderen Bradford-Schüler zu überfahren.«

»Warum?«, wollte der Marshmallow-Mann wissen.

Die Fee zuckte die Achseln. »Das weiß ich nicht. Aber der Bursche war als Hacker bekannt.«

Der schillernde Eismann hinten im Raum trat unruhig von einem Fuß auf den anderen.

»Jemand hat behauptet, Hunter wäre bei den Net Force Explorers.« Der Sprecher sah aus wie Captain Venn aus der Science Fiction-Sendung *Ultimate Frontier.*

»Wenn ihr mich fragt, klingt das nach einer Verschwörung«, warf das Vogelmädchen ein.

Sofort machte sich Paranoia breit. Nach Marks Meinung war die größte Angst des Hackers, aufzufallen. Paradoxerweise war seine zweitgrößte Angst, nicht aufzufallen. Aus diesem Grund gelang es Behörden wie der Net Force auch, sie zu erwischen.

»Du meinst, die hätten es auf Bradford abgesehen?«, meldete sich Chris aus dem Hintergrund. »Glaubst du das wirklich?«

Das Vogelmädchen sah ihn an. »Beunruhigt dich das, Ice? Normalerweise bist du doch immer soooo cool.«

Chris rutschte hin und her, sodass sein Körper das Licht der Laternen reflektierte, die den Raum erhellten. »Ich glaube nur ...«

In diesem Augenblick senkte sich Dunkelheit über den Raum, was für allgemeinen Aufruhr sorgte. Einige der älteren und vorsichtigeren Teilnehmer loggten sich instinktiv aus. Die Veeyar war mit Verteidigungseinrichtungen ausgestattet, die zwar nicht an die der Net Force oder der meisten Firmen heranreichten, aber sie war keineswegs schutzlos.

Noch bevor sich die Gestalten in der Mitte des Raumes formierten, wusste Mark, dass es sich um eine Invasion handelte.

13

Mühelos durchdrangen die Neuankömmlinge die Verteidigungsanlagen der Veeyar. Drei schimmernde Gestalten erschienen in der Mitte des Raums. Als sich der Nebel hob, sah Mark, dass es sich bei den Eindringlingen nicht um Menschen handelte, sondern um Chuggorths. Diese Außerirdischen waren in letzter Zeit durch eine japanische Serie im Holofernsehen sehr bekannt geworden.

Oh, Mann, das ist wirklich eine Begegnung aus nächster Nähe!, dachte Mark, während er sich anschickte auszusteigen.

Die ›Außerirdischen‹ schwärmten aus, wobei sie schlanke Stäbe schwangen, bei denen es sich offenkundig um Waffen handelte. Von Geschwüren zerfressene, eiförmige Köpfe saßen auf schmalen Schultern, und die Arme waren dünn wie Spaghetti. Purpurfarbene Tuniken reichten bis auf die vierzehigen Hufe hinab.

»Wir wollen es zurück«, forderte einer der Außerirdischen mit schriller Maschinenstimme. »Einer von euch hat etwas genommen, das ihm nicht gehört. Wenn es nicht zurückgegeben wird, werden alle darunter zu leiden haben. Das ist die letzte Warnung.« Ein violetter Strahl schoss aus dem Stab in seiner Hand und setzte das zusammengestückelte Monster auf dem Tisch in Brand.

Diese Aktion verriet Mark, dass sich die Eindringlinge nicht nur in die Veeyar eingeschlichen, sondern eingehackt hatten. Das hieß, sie kontrollierten die gesamte Umgebung. »Raus!«, brüllte er allen zu, die noch wie erstarrt die plötzliche Invasion beobachteten. »Sofort raus!«

Unverzüglich loggten sich die anderen aus, ein Proxy nach dem anderen verschwand.

Die Veeyar-Umgebung veränderte sich unter dem Einfluss der Interferenz von außen. Das Labor schmolz dahin und wich dem trostlosen Anblick der dahinterliegenden nächtlichen Stadtlandschaft, über der ein drückender schwarzer Himmel hing.

Die durch die Nacht schneidenden violetten Strahlen wirkten vor diesem Hintergrund noch furchtbarer. Weniger als ein Dutzend Leute war in der veränderten Veeyar zurückgeblieben. Zwei von ihnen verschwanden, während Mark die dunkle Straße hinuntersprintete und in einer Gasse in Deckung ging.

Schnell atmend, griff er in sein Festplattenlaufwerk und holte die erforderlichen Programme heraus. Mit dem ersten tarnte er seine Signatur im Netz.

Bei dem zweiten handelte es sich um eine Rückverfolgungs-Utility. In der realen Welt war das ein Meisterwerk der Programmierkunst. Er hatte Unmengen von Code geschrieben, mit dem sich im Netz der Ursprung nahezu jeden Programms aufspüren ließ. In der Veeyar nahm es die Gestalt einer leuchtenden grünen Kugel von der Größe eines Baseballs an, die in Marks Handfläche lag.

Als er um die Ecke spähte, sah Mark, wie sich ein Außerirdischer seiner Gasse näherte. Nur wenige Zentimeter von seinem Gesicht entfernt riss ein violetter Strahl Ziegel und Mörtel aus einer Hausecke. Hastig zog er sich zurück. Verdammt! Vielleicht hatten sie ihn mit einer Art Radar erfasst.

Er schoss aus der Gasse heraus. Wenn ihn einer der Strahlen traf, flog er mit Sicherheit aus der Veeyar und bekam keine Gelegenheit, sein Rückverfolgungsprogramm einzusetzen.

Eine Fähigkeit, die er auch in der realen Welt besaß, einsetzend, rollte er sich über den Boden. Es lohnte sich nicht, sein Proxy auf übermenschliche Geschwindigkeit, Fliegen oder Krabbeln an senkrechten Wänden umzuprogrammieren. Bis dahin hätte ihn der Außerirdische schon längst erreicht gehabt.

Stattdessen instruierte er sein Rückverfolgungsprogramm, sich an die nächste Person außer Mark zu hängen. Dann ließ er die baseballförmige Kugel beiläufig fallen und beobachtete, wie sie die Straße entlang auf den Außerirdischen zuschwebte.

Ein Hitzestrahl riss ein Loch in die Straße und bedeckte Mark mit Schutt. Mach schon, los! Häng dich dran! Der Rückverfolgungsball schlug gegen den Außerirdischen und fuhr grüne Schleimtentakel aus. Die konnte allerdings nur Mark sehen, weil er das so programmiert hatte.

Das Geschöpf richtete den Stab erneut auf Mark. Diesmal stand er ohne jede Deckung mitten auf der Straße, als der violette Strahl auf ihn zufuhr.

Ohne zu zögern, loggte er sich aus und landete abrupt wieder in seinem physischen Körper. Er sah sich in seinem Schlafzimmer um. Sein Atem ging schnell von all dem Adrenalin, das durch seinen Organismus jagte. Energisch zog er seinen Kopf für einen Augenblick aus der Implantatverbindung an seinem Computer, um sicherzugehen, dass er vollständig aus dem Netz heraus war. Dann ließ er ihn in die Mulde zurücksinken und schoss wieder ins Netz.

Problemlos kehrte er in den Bereich zurück, in dem sich die Veeyar befand, die durch eine kreiselnde Obsidianpyramide hoch über der übrigen Netz-Community symbolisiert wurde.

Aus sicherem Abstand aktivierte Mark das Rückverfolgungsprogramm, dessen Code so eng mit dem der Außerirdischen verflochten war wie die DNS mit der RNS. Wie eine Spinne, die ein Netz webt, spuckte das Programm einen einzelnen grünen Faden aus, der sich schnell über die Netzlandschaft schlängelte.

Aufgeregt legte Mark den Crashsuit an, den er sonst bei Tests trug, und beschleunigte. Er bewegte sich in geringer Höhe, damit ihn Firmen, denen er sich unterwegs näherte, nicht als Sicherheitsrisiko registrierten. Zweimal wurde er von anderen Sites angefunkt, doch es gelang ihm beide Male, die automatisierte Systemüberwachung zu beruhigen.

Wie eine Rakete schoss er durch den Cyberspace, wobei er bei der Verfolgung des dünnen grünen Fadens immer schneller wurde. Sie passierten den riesigen Com-Komplex von Washington und glitten in den offenen Raum hinaus. Das kühle Blau des Himmels wich dem tiefen Schwarz des Raumes. Der glitzernde Diamant mit den vielen Fassetten, der sich über ihm drehte, war ein Satellit in der Erdumlaufbahn, der wichtige Relaisfunktionen für Kommunikationszwecke wahrnahm.

Die Jagd durch seine Schaltkreise glich einer Fahrt auf einer Achterbahn, die von gleißenden Lichtern umgeben war. Speichermodule ähnelten kobaltblauen Türmen, und Datenströme in verschiedenen Farben woben ein Netz konstanter Aktivität. Mark ließ sich jedoch nicht abschütteln.

Komm schon, komm schon, versuchte er, sich selbst zu größerer Geschwindigkeit anzutreiben. Der Mann konnte sich jederzeit ausloggen. Dann wäre er nicht mehr aufzufinden. Der grüne Faden raste auf die europäische Kommunikationszentrale in Großbritannien zu.

Der Standort überraschte Mark, der den Ursprung der Computerverbindung in den Vereinigten Staaten vermutet hatte. Er landete in London, sauste durch die Schaltkreise der Relais, in denen er fast stecken geblieben wäre. Wie ein geölter Aal glitt er durch die Systeme und wand sich zwischen binärem Code hindurch, der ihn einordnen und ablegen wollte. In seiner Programmierung versteckt, folgte er dem hüpfenden grünen Faden.

Nachdem er die britische Kommunikationszentrale hinter sich gelassen hatte, nahm das Rückverfolgungsprogramm wieder Kurs auf den Weltraum, wo es sich durch die Kommunikations-Relais-Stationen über Europa und Asien arbeitete. Hier war er bereits früher gewesen, als er für seine Mutter und Captain Winters Eindringlinge aufgespürt hatte. Bei Wettbewerben, aber auch bei echten Anschlägen hatte er sein Können mit dem der Hacker gemessen und Cyber-Outlaws identifiziert, die im Netz wilderten.

In Deutschland ging er wieder zu Boden und raste durch die Relaistürme von Berlin. *Jetzt kann es nicht mehr weit sein*, sagte er sich selbst.

Durch das Festnetz verließ er Deutschland und wanderte in neu verlegten Leitungen durch Rumänien und andere osteuropäische Länder. Vermutlich war er in den Nahen Osten unterwegs – das war das einzig Sinnvolle, das ihm einfiel.

Das Rückverfolgungsprogramm raste in einer Schleife durch Osteuropa zurück und wandte sich dann nach Norden, tief ins Innere Russlands.

Eine Warnung piepste in Marks Kopf. »Rückverfolgungsprogramm deaktiviert«, meldete sein Computer emotionslos.

Nein! Mark konzentrierte sich auf den grünen Faden und versuchte verzweifelt, noch mehr zu beschleunigen, um mit dem Datenstrom Schritt zu halten. Doch es war unmöglich. Selbst bei diesem Tempo konnte er unmöglich die Fragmentierung des Signals kompensieren, die erfolgte, wenn sich das Ziel am anderen Ende ausloggte.

Er brach durch die russischen Systeme, wobei er mindestens drei Alarme auslöste. Von dort flog er wieder in Richtung Weltraum. Gerade als sich das kühle Blau des Himmels in das tiefe Dunkel des Raumes verwandelte, schoss der grüne Faden seines Rückverfolgungsprogramms an ihm vorüber und verblasste. Nun hatte er keine Spur mehr, die er verfolgen konnte.

Mark schaffte es nicht einmal durch die Kommunikations-Satellitenrelais über dem Pazifikblock. In seinem Kopf piepste eine weitere Warnung, die ihm mitteilte, dass er gefährlich nahe daran war, von einem Sicherheitsprogramm aufgespürt zu werden. Das war gar nicht gut.

Verärgert und frustriert gab er die Verfolgung auf. *Noch ein paar Minuten,* sagte er sich, *vielleicht nur eine, und ich hätte sie gehabt.*

Drei russische Sicherheitsprogramme, die von den Satellitenrelais über ihm abgeschossen worden waren, rasten durch das Netz wie Interkontinentalraketen. Die sich drehenden rot leuchtenden Spindeln zogen immer breiter werdende Kegel feuriger Glut hinter sich her – eine ziemlich grobschlächtige Darstellung.

Mark loggte sich aus, sodass ihn die Sicherheitsprogramme um Nanosekunden verfehlten. Er hatte keine Ahnung, wo er nun ansetzen sollte.

»Warnung!«, meldete der Computer erneut. »Die Frage geht über die sicheren Parameter hinaus. Unterprogramm Bob wird instabil.«

Besorgt starrte Andy auf die Simulation seines Vaters. Immer noch liefen Statikwellen durch das Hologramm, das an einigen Stellen verschwand, um sich mühselig zu rematerialisieren, wenn die Wellen weiterwanderten. Fasziniert betrachtete er den Ausdruck in Bobs Augen. Litt er etwa Schmerzen?

»Computer«, befahl Andy mit rauer Stimme, »Befragung beenden.« Was lief falsch? War es die Tatsache, dass er die Simulation eher verhörte, als mit ihr zu interagieren?

Die statische Ladung verschwand, und Bob erschien wieder. Er fuhr sich mit den Händen über den Körper, wobei ein verwunderter Ausdruck auf seinem Gesicht erschien. »Es wird wohl eine Weile dauern, bis ich mich daran gewöhnt habe«, meinte er.

Andy hörte das Beben in seiner Stimme und fühlte sich schuldig, aber auch verwirrt. Der echte Colonel Robert Moore hatte beschlossen, in Südafrika zu sterben, anstatt zu seiner Frau und seinem Sohn heimzukehren. *Dem schulde ich nichts*, dachte Andy. Er bemühte sich, sein Herz und seinen Willen zu stählen. *Und einer Simulation von ihm schulde ich erst recht nichts.*

»Tut mir Leid«, entschuldigte sich Bob. »Ich habe versucht, die Frage zu beantworten, aber es war mir nicht möglich. Dafür habe ich nicht genügend Informationen.«

Sein Ton klang so aufrichtig, dass sich Andy wieder schlecht fühlte. Das Gefühl verflog jedoch schnell, als er an seine Mutter dachte und daran, wie sie sich fühlen würde, wenn ihr Solomons Bericht zu Ohren kam.

»Warum hast du nicht genug Informationen?«, wollte Andy wissen.

Bob hob das Kinn, seine Augen verengten sich. »Und warum hast *du* sie nicht?«

Die Härte in der Stimme der Simulation überraschte Andy. Die Wut, die tief in seinem Inneren brodelte, stieg in ihm hoch. »Ich stelle hier die Fragen, nicht du.«

Bob schüttelte den Kopf. »Du kannst das Programm laufen lassen oder beenden, aber ich bin voll interaktiv, Sohn.«

»Nenn mich nicht so!«, zischte Andy.

Bob legte die Hände auf den Rücken. »Du kannst die Art unserer Beziehung neu definieren. Im Augenblick erkenne ich dich als meinen Sohn Andy, und ich weiß, dass ich meinem Sohn nicht erlauben würde, mich ohne Grund so anzufahren. Du hast keinen Grund. Auch ohne diese persönliche Beziehung bleibe ich interaktiv ...«

»Computer«, befahl Andy. »Art der Beziehung zwischen Unterprogramm Bob und mir neu definieren.«

»Tut mir Leid, dass du so fühlst, Sohn«, sagte Bob sanft. Sein Bedauern schien echt.

Fast wäre Andy schwach geworden. Wenn es doch nur einen anderen Weg gegeben hätte, mit der Situation fertig zu werden. Aber der existierte nicht. Die Vertraulichkeit, mit der ihn die Simulation behandelte, konnte er nicht ertragen.

»Anfrage: Wie soll die Art der Beziehung rekonfiguriert werden?«, fragte der Computer. »Aktuelle Hauptfunktion ist Interaktivität. Sie können unter folgenden Menüoptionen wählen: Diskussion mit gegensätzlicher Meinung, Auseinandersetzung im Kampf, Befragung ohne persönliche Beziehung für Nachforschungen.«

»Aktuellen interaktiven Modus beibehalten«, gab Andy zurück. »Kann die Beziehung neu definiert werden?«

»Die gegenwärtige Einstellung zeigt eine Vater-Sohn-Beziehung«, meldete der Computer. »Das wurde beim Programmstart so festgelegt. Möchten Sie das neu definieren?«

»Andy«, sagte Bob leise, ohne ihn aus den Augen zu lassen. »Ich wünschte, du würdest dir das noch einmal überlegen.«

Andys Kehle war wie zugeschnürt. Er schüttelte den Kopf. »Das kann ich nicht. Es funktioniert einfach nicht.«

»Du hast uns doch gar keine Chance gegeben.«

»Du und ich, wir hatten niemals eine Chance. Dafür hast du gesorgt, weil du lieber in Südafrika gestorben bist, als nach Hause zu kommen.« Zu seiner Überraschung spürte er heiße Tränen auf seinen Wangen. Das steigerte seine Wut noch.

»Dann gib uns jetzt eine Chance.«

»Warum?«

»Weil du jetzt die Möglichkeit dazu hast.«

»Hat Mark das in dich hineinprogrammiert?«

»Nein«, erwiderte die Simulation geduldig. »Eines der Kernmerkmale des Programms ist, dass der Charakter der dargestellten Persönlichkeit wiedergegeben wird. Die Simulationen sind auch auf emotionaler Ebene voll interaktiv.«

Andy schüttelte den Kopf. Hätte mein Vater so mit mir

gesprochen? Das war nicht sein Vater, Bob versuchte nur, auf die einzige Art, die er kannte, mit ihm Kontakt aufzunehmen.

»Mit der emotionalen Ebene kann ich nicht umgehen.«

»Dann wirst du dieses einzigartige Erlebnis nur eingeschränkt genießen können.«

»Was soll das heißen? Dass ich ohne Vater auskommen muss? Tut mir Leid, aber das ist für mich nichts Neues, Bob. Bis jetzt bin ich trotzdem prima zurechtgekommen.«

»Bist du sicher?«

Andy ignorierte die Frage. »Computer, aktuelle Beziehung zwischen Unterprogramm Bob und mir neu definieren. Bob soll mich als befehlshabenden Offizier betrachten.«

»Positiv«, bestätigte der Computer. »Wird ausgeführt.«

Bob stand sehr gerade in dem bernsteinfarbenen Nebel, der um ihn herumwirbelte. »Leb wohl, Sohn.«

Andy unterdrückte eine ärgerliche Bemerkung.

Der Nebel verschwand. Bob stand stramm, dann hob er den rechten Arm zu einem zackigen Gruß. »General, Colonel Robert Moore meldet sich zum Dienst.«

Zum Glück besaß Andy einige Erfahrung mit den Gepflogenheiten beim Militär. In den Kursen, die er bei den Explorers besucht hatte, durch Beobachtung von Captain Winters und den übrigen Net-Force-Agenten sowie aus den Erzählungen von Mitschülern, deren Eltern beim Militär waren, hatte er einiges gelernt. »Stehen Sie bequem, Colonel.«

»Danke, Sir.«

»Sie werden nun Bericht erstatten. Ich werde Ihnen Fragen über Ihre Dienstzeit stellen, vor allem über Ihre Beteiligung am Südafrikanischen Krieg.«

»Ich verstehe, Sir.«

Bei genauerem Hinsehen fielen Andy mehrere Veränderungen an der Simulation auf. Dieser Bob war zurückhaltender, seine Körpersprache wirkte angespannter. Zwar gab er sich immer noch selbstbewusst, aber definitiv nicht so offen. »Haben Sie im Jahre 2014 die Biobombe bei Mandelatown gezündet?«

Erneut setzte die statische Störung ein, und Bob verschwamm.

»Computer, Frage beenden«, fauchte Andy aufgebracht. »Warum wird das Programm ständig instabil?«

»Die Frage überschreitet die Parameter für exakte Antworten, die für Unterprogramm Bob festgelegt wurden«, erwiderte der Computer. »Es weiß nur, was Sie eingegeben haben. Vorschlag: Wenn Sie die Antwort auf die Frage kennen, geben Sie sie einfach ein. Bob wird dann entsprechend antworten.«

»Aber ich kenne die Antwort nicht«, gab Andy frustriert zurück.

Der Computer arbeitete einen Augenblick. »Schlussfolgerung: Ohne richtige Vorbereitung kann Unterprogramm Bob die Antwort nicht kennen.«

Diese Erwiderung gab Andy zu denken. *Interaktiv, hat Mark gesagt. Da die Simulation fast künstliche Intelligenz besitzt, kann sie Daten interpretieren und zu logischen Schlüssen kommen. Was sie nicht weiß, kann sie auch nicht beantworten.*

Er holte tief Luft und richtete seinen Blick auf Bob, der vor ihm strammstand. »Colonel, würden Sie jemals bewusst eine biologische Waffe einsetzen?«

»Nein, Sir«, erwiderte Bob, ohne zu zögern.

Bei diesen Worten fühlte sich Andy sofort besser. Trotz des Grolls, den er gegen seinen Vater hegte, hatte er nie geglaubt, dass dieser eine biologische Waffe gezündet hätte. »Könnten Sie sich eine Gelegenheit vorstellen, bei der Sie dies doch tun würden?«

»Ich kann mir keine vorstellen, Sir.«

»Sie haben nie daran gedacht, in Südafrika eine solche Bombe einzusetzen?«

»Sir«, Bob klang nun etwas irritiert, »entschuldigen Sie meine Wortwahl, aber diese Befragung ist absurd. Reine Spekulation. Die südafrikanischen Nationalisten haben keine Waffen dieser Art in ihrem Besitz.«

Aber das kann nicht stimmen. Es sei denn, es hätte wirklich ein Team nahöstlicher Terroristen gegeben, das sich in den Krieg einmischte. Andy fragte sich, ob er die Simulation mit in Dr. Dobbs' Kurs für Strategische Analyse nehmen sollte. Allerdings würde Solomon sie in der Luft zerreißen. Bob wurde ja schon bei der Frage, ob er die Biobombe benutzt hatte, instabil.

Andy beschloss, seine Rolle als Advokat des Teufels bis zum Ende auszuspielen. Schließlich erinnerte er sich daran, wie Atombomben gegen Japan eingesetzt worden waren, um das Ende des Zweiten Weltkriegs zu beschleunigen. Er sah Bob fest an. »Was, wenn man Ihnen den Befehl erteilen würde, die Biobombe zu benutzen, Colonel? Würden Sie es dann tun?«

Bob zögerte. »In diesem Fall, Sir, würde ich es tun, wenn es nötig wäre.«

Die Antwort traf Andy wie ein Hammer. Seine ganze Zuversicht war verschwunden, und die Ängste, die Solomon in ihm geweckt hatte, drohten die Oberhand zu gewinnen.

14

Matt wurde immer aufgeregter, als er Marks Geschichte über die Invasion der Außerirdischen in der Hacker-Veeyar hörte. Die Jungen schwebten in Matts Veeyar zu beiden Seiten des schwarzen Marmortisches.

»Hast du mit deinem Vater darüber gesprochen?«, fragte er, als Mark geendet hatte.

»Ja. Er sagte, er würde der Sache nachgehen. Aber ich habe noch mehr Neuigkeiten. Während ich mit Dad geredet habe, landeten in meiner E-Mail fast ein Dutzend neue Nachrichten. Seit Montag sind drei weitere Hacker auf dem Heimweg von Bradford angegriffen worden. Der Beschreibung nach handelt es sich bei den Tätern um die beiden Typen aus dem Einkaufszentrum.«

»Wann war das?«

»Einer wurde am Montagabend attackiert, einer am Dienstag, einer am Mittwoch.«

»Und die melden sich erst jetzt?«

»Junge, das sind Hacker, vergiss das nicht. Ihr Credo lautet: Rede mit niemand, gib nichts zu, verhalte dich möglichst unauffällig. Die haben sich bei mir auch nur gemeldet, weil sie von dem Angriff auf die Veeyar gehört hatten.«

Matt schnaubte frustriert. »Mich stört vor allem, dass sich Captain Winters weigert, was zu unternehmen.«

»Vielleicht tut er ja was. Wenn Captain Winters dich von Net-Force-Agenten beschatten lässt, erfährt du erst davon, wenn er selbst das will. Vergiss den Typen nicht, den du am Montag entdeckt hast.«

»Ich vergesse gar nichts.« Matt betrachtete die Weltraumlandschaft um sie herum und sah einem vorüberrasenden Kometen nach. »Aber Bradford ist unsere Schule. Wenn wir zu Net-Force-Agenten ausgebildet werden sollen, müssten wir Winters doch bei seinen Ermittlungen in Bradford unterstützen dürfen.«

»Es besteht immerhin die Möglichkeit, dass es keinen Zusammenhang gibt.«

»Glaubst du das?«

Mark grinste. »Nicht eine Sekunde. Die Typen, die es auf die Hacker abgesehen haben, wissen einfach zu viel über die Bradford Academy. Sie kannten dich, Chris und diese anderen Leute. Und sie wussten von der Hacker-Veeyar, in der auch Hacker von Bradford rumhängen.«

»Offenbar haben sie aber keine Ahnung, wer das Zeug hat, nach dem sie suchen.« Das war ein guter Hinweis, fand Matt. Hier konnte der Schlüssel liegen, der sie schließlich zu den Leuten führen würde, die den Hackern der Schule auflauerten. »Aber heute Nachmittag haben sie mir ein Team auf den Hals geschickt und gleichzeitig die Hacker-Veeyar überfallen. Die Jagd wird also intensiviert. Warum?«

»Dafür gibt es nur einen Grund. Die Zeit wird knapp.«

Matt nickte zustimmend. »Das heißt, wir stehen ebenfalls unter Zeitdruck.« Er seufzte. »Wenn Captain Winters hier in Bradford eine Operation laufen hat und uns nicht einweiht, finde ich das nicht in Ordnung. Wir haben es verdient, dass man uns hinzuzieht. Da ich im Einkaufszentrum überfallen wurde und von dem Anschlag auf die Hacker-Veeyar weiß, würde ich gern etwas aggressiver vorgehen als bisher.«

»Ich hätte da eine Idee. Ich kann versuchen, in das Sicherheitssystem von Bradford sekundäre Benutzerprogramme einzubauen. Vielleicht können wir so die Dinge auf dem Campus im Auge behalten.«

»Okay.« Matt war etwas unbehaglich zumute. Wenn sie bloß nicht erwischt wurden. Das Internet-basierte Sicherheitssystem der Schule zu manipulieren war ein Verstoß gegen die Schulregeln. »Aber außer uns beiden darf niemand davon erfahren.«

»Du brauchst nicht in die Sache hineingezogen zu werden. Ich kann das allein erledigen und dir dann sagen, wie es gelaufen ist.«

»Kommt nicht infrage. Wenn es Ärger gibt, stehen wir beide für die Sache gerade.«

»Okay. Dann gehe ich jetzt nach Hause, erledige ein paar Hausaufgaben und stelle die Utilities und Programme zusammen, die wir brauchen. Wir können die Uploads über die Hausaufgaben-Schnittstellen von Bradford laufen lassen, das dürfte also kein Problem sein.« Mark winkte Matt zum Abschied zu und verschwand.

Matt saß noch eine Weile schweigend da und überlegte, wie die einzelnen Ereignisse zusammenpassten. Aber es kam ihm vor wie bei einem Puzzle, bei dem man nur die inneren Teile hatte, während die Ränder fehlten. Er konnte sich das Gesamtbild einfach nicht vorstellen.

Im schwarzen Kampfanzug raste Andy hinter Bob durch den dunklen Dschungel Südafrikas. Es war der 13. August 2014. Bobs Einheit war unterwegs zur Rettung des Rangers-Bataillons der US Army, das bei Mandelatown eingekesselt war. Trotz seines schweren Tornisters lief der Colonel locker dahin.

Mit festem Griff umklammerte Andy das M-16A4 mit Zieloptik. Natürlich wusste er, dass es sich nur um eine Simulation handelte. Trotzdem war ihm unbehaglich zumute. Er hatte in Hunderten von Veeyar-Spielen Laser, Bazookas, Maschinengewehre, Schwerter, Messer und Bogen herumgeschleppt und damit andere Menschen, Zombies, Zauberer, Armeen, Drachen und Roboter bekämpft. Aber nie zuvor hatte er bei einer Simulation so sehr das Gefühl gehabt, wirklich eine Waffe in der Hand zu halten.

Die mattschwarze Oberfläche des Laufs und der anderen Metallteile hob sich überhaupt nicht von dem aus Keramik und Kunststoff gefertigten Schaft ab. In der Nacht war das Sturmgewehr so unsichtbar wie er selbst in seinem D-1B-Hightechkampfanzug von DuPont/Rockwell.

Hinter dem Unterholz, das zwei zusammengewachsene Bäume umgab, ging Bob in Deckung. Er schob den voll computerisierten und vernetzten Helm mit dem Head-up-Display nach hinten, die Kinnriemen hingen lose herab. Schwarze Tarnfarbe bedeckte die Flächen seines schweißüberströmten Gesichts.

»Wir sind nah dran.« Bob setzte den Helm wieder auf und konsultierte den digital unterstützten Informationsmodus seines Allzweck-Kampfvisiers. Ein Kommunikations-Satellitenrelais lieferte ihm direkte Informationen vom Kommando für strategische Operationen, das von einem Flugzeugträger draußen auf See aus arbeitete. »Wir dürften ihre Position fast erreicht haben.«

Andy überprüfte sein Display.

Eine Karte der Umgebung erschien. Das pulsierende Bild zeigte das felsige, zerklüftete Terrain unterhalb des Hangs, an dem sie sich aufhielten. Nur zwanzig Meter vor ihnen klaffte eine in der Dunkelheit kaum sichtbare, siebzig Meter tiefe Schlucht, durch die ein seichter Bach floss. Die Wände waren so steil, dass eine schnelle Überquerung unmöglich war.

Die nationalistischen Kräfte auf der anderen Seite des Abgrunds blockierten den taktischen Rückzug der Rangers. Weitere nationalistische Einheiten und Panzer waren unterwegs und würden die Position der Amerikaner in weniger als einer halben Stunde erreichen. Die Holzbrücke über die Schlucht war der einzige Fluchtweg.

Andy berührte die Navigationstastatur und stellte das Satellitenbild so ein, dass er die hellgelben Punkte, die die Nationalisten darstellten, und die hellblauen, die die Rangers verkörperten, sehen konnte.

Unterdessen erteilte Bob seinen Männern Befehle und wies ihnen die Positionen zu, die sie auf der anderen Seite der Schlucht einnehmen sollten. Sie reagierten umgehend und professionell. Sein Vater besaß wirklich Führungsqualitäten, das musste Andy ihm zugestehen. Die Spezialeinheit war brillant und schien bereit, dem Colonel überallhin zu folgen.

Andy sah Bob an, als dieser seine Vorhut über die Brücke schickte. »Sie wissen, dass Sie sterben werden, wenn Sie die Schlucht überqueren.«

»Ja, Sir.« Aufgrund der Programmänderung betrachtete Bob Andy immer noch als seinen befehlshabenden Offizier.

»Warum tun Sie es dann?«

Bob drehte sich in der Hocke, sodass er Andy direkt ins Gesicht sah. »Warum ich es jetzt tue? Oder damals?«

»Gibt es da einen Unterschied?«

»Ja, Sir.« Bob wies mit dem Kinn auf die Brücke. »Das ist der einzige Fluchtweg für die Rangers, Sir. Und nur mein Team kann ihnen die Zeit verschaffen, die sie brauchen, um sich zurückzuziehen, bevor sie von den Panzern der Nationalisten überrollt werden. Die machen keine Gefangenen.«

»Ich weiß.« Andy betrachtete die Holzbrücke, die leicht im Wind schwankte.

»Ich tue es jetzt, weil ich es in der Vergangenheit getan habe«, erklärte Bob. »Dadurch, dass Sie Zeuge der Ereignisse werden, erhalten Sie vielleicht klarere Antworten auf Ihre Fragen. In der Realität macht es allerdings keinen Unterschied. Wir können auch hier sitzen und zusehen, wie die Rangers zwischen den beiden nationalistischen Kräften aufgerieben werden. Die Software kann das extrapolieren, ohne allerdings genau bestimmen zu können, wer gestorben wäre und wer nicht.«

Andy schluckte mühsam. *Bevor ich mir das ansehen muss, halte ich lieber das Programm an*, dachte er.

»Zur Frage, warum ich es damals getan habe, muss ich sagen, dass ich es für meine Pflicht hielt. Das Militär ist mir wichtig.«

»Hat das mein Da...« Andy unterbrach sich selbst. »Hat das der echte Colonel Moore gedacht?«

»Das weiß ich nicht. Es handelt sich um meine Extrapolation auf Grundlage der Ereignisse und der Person, so wie meine Programmierung sie versteht.«

Das war keine echte Antwort. Andy versuchte es auf einem anderen Weg. »Haben Sie keine Angst?«

»Natürlich, Sir. Ein Soldat, der keine Furcht kennt, taugt nichts. Ein Soldat ohne Angst ist so schlecht wie ein Soldat, der seine Angst nicht im Griff hat. Keiner von ihnen kann dem Militär, seiner Einheit und seiner Mission wirklich von Nutzen sein. Der eine stirbt, und der andere ist handlungsunfähig.«

Andy zögerte. »Was ist mit Ihrer Frau? Glauben Sie, sie wird gern Witwe?«

Bob ließ sich Zeit mit seiner Antwort. »Sir, bei allem Respekt, aber ich glaube, diese Frage geht nur mich und Sandra etwas an.«

Andy nahm einen tiefen Zug der fauligen Dschungelluft. Er fühlte sich schuldig. Natürlich war das ein Bereich, der ihn eigentlich nichts anging, aber er konnte nicht anders. Die interaktive Software bot so viele Möglichkeiten, und er brauchte jede Antwort, die er bekommen konnte. »Beantworten Sie die Frage, Colonel.«

Einen Augenblick lang dachte Andy, Bob würde sich weigern. Dann presste sich Bobs Mund zu einem dünnen, harten Strich zusammen.

»Ja, Sir. Sandra und ich haben über die Möglichkeit gesprochen, dass ich in Erfüllung meiner Pflicht ums Leben kommen könnte. Das war einer der Gründe, warum ich meinte, sie sollte mich lieber nicht heiraten.«

Die Behauptung ärgerte Andy. *Das stimmt doch nicht!* Er stand auf und entfernte sich von Bob. »Computer, Veeyar anhalten!« Sofort wurde die Szene zweidimensional. Andy stand einsam außerhalb des Bildes.

Selbst Bob blieb zurück. »Computer, Bobs letzte Antwort überprüfen. Das kann nicht stimmen.«

»Nach den Informationen der für diese Veeyar zusammengestellten Datenbank«, gab der Computer zurück, »basiert die Antwort von Unterprogramm Bob auf Briefen an Ihre Mutter vor der Eheschließung. Diese Briefe erwähnen auch Gespräche, die die beiden über einen Zeitraum von mehreren Monaten führten. Moore, Colonel Robert A., scheint darin ein größeres Problem gesehen zu haben, während Moore, Sandra, geborene Creel, in dieser Hinsicht keine Bedenken äußerte.«

Bohrende Kopfschmerzen hämmerten ganz hinten in Andys Schädel. Er ging auf und ab, aber in der leeren Veeyar hatte er nicht das Gefühl, sich zu bewegen. Gemeinsam mit Mark hatte er die Briefe seines Vaters an seine Mutter in die Datenbank eingescannt, sie aber nicht gelesen. Er hatte es versucht, aber sie waren so persönlich, dass die Erfahrung für ihn zu schmerzlich gewesen war.

Erneut wandte er sich der erstarrten Szene zu. Am liebsten wäre ihm gewesen, wenn Bob sich getäuscht hätte. Dann hätte er das ganze Programm löschen und zu einem einzigen Irrtum erklären können. Aber Bob schien in vielerlei Hinsicht Recht zu haben.

»Programm ausführen«, befahl er.

Schlagartig explodierte das Flachfilmbild vor ihm. Er fand sich erneut im Dschungel wieder. In der Ferne hörte er Geschöpfe der Nacht, weit weg von der Spezialeinheit, die hier eingedrungen war. Die Luft war schwer von der trockenen Hitze. Auf seiner Haut spürte er eine leichte Brise.

»Aber Sandra wollte unbedingt heiraten«, fuhr Bob fort. »Sie sagte, sie kennt die Risiken und kann sie akzeptieren, wenn ich es kann. Was mich anging, so konnte ich mir ein Leben ohne sie nicht vorstellen. Vielleicht war ich egoistisch. Aber auch wenn wir zeitweise getrennt waren, so waren wir doch füreinander da, wenn meine Missionen vorbei waren.« Er sah auf die Brücke über die Schlucht. »Ich hätte nicht gedacht, dass es diesmal anders sein würde.«

»Aber das war es.«

»Ja, Sir.« Bob sah Andy an. »Gehen wir oder bleiben wir, Sir?«

15

Andy wusste, dass er keine Wahl hatte: Sie mussten über die Brücke. Wenn sich sein Vater dem Feind auf der anderen Seite stellen konnte, dann konnte er es auch. »Wir gehen.«

Bob gab den Befehl sofort weiter. In Gruppen brach die Spezialeinheit aus der Deckung und stürmte über die Brücke. Andy folgte dicht hinter Bob.

Minuten später trafen sie auf die ersten Nationalisten. Bob und sein Team erledigten sie ohne eigene Verluste. Andy sah wie gebannt zu, er schaffte es einfach nicht, die Veeyar zu verlassen. Menschen starben schweigend, voller Angst, und er wusste, dass er nach dieser Erfahrung Online-Spiele mit ganz neuen Augen sehen würde.

Das hier war die Welt seines Vaters, die Welt der Krieger. Sie war nicht annähernd so glanzvoll, wie die Holo-Sendungen sie darstellten. Obwohl er sich aus der eigentlichen Handlung heraushielt, fühlte Andy sich schuldbewusst. Schatten bewegten sich, bluteten, starben. Auch wenn er wusste, dass es sich um Simulationen handelte, konnte er sich der Wirkung nicht entziehen.

»Alles in Ordnung, Sir?«, fragte Bob, nachdem sie ihre Stellung gesichert hatten.

»Ja«, krächzte Andy, »mir geht es gut.« Mit den Blicken suchte er ihre Umgebung ab. Nicht eine der Leichen war zu sehen. Gern hätte er sich mit Bob von Mann zu Mann unterhalten, aber die Rolle des befehlshabenden Offiziers eignete sich nicht für offene Gespräche.

»Bis wir die Rangers hier raushaben, werden die Panzer in Schussweite sein«, stellte Bob fest.

Andy warf einen Blick auf sein Display. Die gelben Würfel, die für die vorrückenden nationalistischen Panzer standen, näherten sich der Schlucht in einem lockeren Halbkreis. Kleine gelbe Punkte repräsentierten die Infanterie zwischen der Panzerkavallerie. Die neonblau markierten Rangers vor ihnen waren in vollem Rückzug begriffen. Ihre letzte Munition hatten sie verbraucht, um sich durch den Ring der Nationalisten zu schlagen.

Bob sah ihn an. »Sie müssen sich das nicht ansehen, Sir. Sie können das Programm beenden oder es verlassen und einfach laufen lassen.«

»Nein, ich bleibe.« Ein Dröhnen in der Luft erregte Andys Aufmerksamkeit.

»Helikopter.« Bob aktivierte einen Kanal seines Funk-Headsets. Er befahl zwei Teams mit LAW-Granatwerfern, sich bereitzuhalten. »Aufklärungsflug der Nationalisten. Die Rangers haben die Maschine bereits angekündigt.«

Hilflos sah Andy zu. Am liebsten wäre er aus der Veeyar geflohen, aber es war ihm unmöglich.

Bob erteilte seinem Team die Manöverbefehle und leitete gleichzeitig den Rückzug der Rangers zur Brücke. Der Hubschrauber der Nationalisten raste auf sie zu. »Der Pilot weiß, dass sie zur Brücke wollen.«

Andy starrte auf die schlanke, wespenförmige Gestalt, die über ihnen durch die Luft schnitt. Aus militärischen Veeyar-Spielen wusste er genug, um zu erkennen, mit welchen Waffen der Helikopter ausgestattet war. »Der führt Raketen mit sich.«

»Ja, Sir.« Über Funk erteilte Bob dem Granatwerfer-Team den Einsatzbefehl.

Beide feuerten ihre 94-mm-Gefechtsköpfe ab, die in den Helikopter einschlugen. Der Kampfhubschrauber ging in Flammen und Rauch auf. Brennende Trümmer sausten in die Schlucht.

Die nächsten Minuten nahm Andy nur nebelhaft wahr. Sobald die Panzer der Nationalisten in Schussweite waren, gingen sie in Stellung und eröffneten das Feuer aus den Hauptkanonen. Diese Szene hatte er bereits in Holo-Net-Übertragungen gesehen.

Nachdem die Panzerkavallerie das Gebiet beschossen hatte, jagte die nationalistische Infanterie heran. Jeeps und schnelle Angriffsfahrzeuge rasten auf die amerikanischen Spezialeinheiten zu. Maschinengewehrfeuer peitschte über den Hang, Leuchtmunition erhellte die Nacht.

Trotz ihrer zahlenmäßigen Unterlegenheit gelang es der Spezialeinheit wie durch ein Wunder, ihre Stellung zu halten. Auf Bobs Befehl durchbrachen die Soldaten an mehreren Stellen mit Raketenangriffen und Sturmwaffen die Linien der vorrückenden Nationalisten. Außerdem überzogen sie das Schlachtfeld mit Rauch, der sowohl die normale Sicht einschränkte als auch die Infrarotgeräte behinderte.

Als sich die Frontlinie auflöste und zurückwich, sodass die Panzerkavallerie den Bergrücken erneut bestreichen konnte, zog Bob sein Team ab. In Staffelformation, damit sie sich auf dem Weg zur Kuppe gegenseitig decken konnten, zogen sie sich zurück.

Andy wandte sich zu Bob um. »Sie könnten jetzt gehen.«

Bob schüttelte den Kopf. »Nicht, bevor nicht der Letzte meiner Jungen die Brücke überquert hat.«

»Ihrer Jungen?« Eifersucht, Wut und Angst kochten in Andy zu einem explosiven Molotowcocktail hoch. »Sie haben zu Hause einen Sohn, der Sie niemals kennen lernen wird, wenn Sie hier sterben.«

»Dann werde ich mein Bestes tun, um nicht hier zu sterben«, erwiderte Bob gelassen. »Wenn Sie mich jetzt bitte entschuldigen, Sir, ich muss einen Rückzug befehlen.« In seiner Stimme lag stählerne Härte.

Andy trat zurück.

Die Spezialeinheit setzte ihren Rückzug weiter fort, obwohl der Beschuss durch die Panzer wieder eingesetzt hatte. Bob wartete, bis auch der Letzte seiner Männer die

Schlucht erreicht hatte, und ließ sich dann mit ihnen zurückfallen. Panzergeschosse schlugen gegen den Hang und schleuderten Felsen und Bäume hoch in die Luft. Staub erfüllte die Nachtluft.

Andy beobachtete, wie Bob der Gruppe befahl, die Brücke zu verminen. Der Plan war, sie zu sprengen, sobald sie auf der anderen Seite waren, um die Infanterie an der Verfolgung zu hindern. Andy überlief ein kalter, tödlicher Schauer, denn er wusste, was geschehen würde.

In aller Eile brachte das vierköpfige Spezialteam an den Brückenträgern Sprengstoff an. Aber sie waren nicht schnell genug für die nationalistische Einheit, die durch das Feuer ihrer eigenen Panzer gedeckt über den Westhang den Berg heraufkam.

»Vorsicht!«, schrie einer von Bobs Männern warnend. Er riss die Waffe hoch und eröffnete das Feuer.

Bob hob das Gewehr und unterstützte ihn. »Macht die Brücke fertig!« Er ging hinter einem der Brückenpfeiler in Deckung. Die Kugeln rissen lange Splitter aus dem Holz.

Andy stand hinter einem anderen Pfosten und beobachtete die Szene. Sein Magen hob sich, und seine Kehle war so zugeschnürt, dass er fast nicht atmen konnte. Kaum hatte die Spezialeinheit die Brücke fertig verkabelt, als auch schon die Nationalisten über die Kuppe stürmten.

Bob feuerte das M-16A4 leer und lud nach. Dann befahl er seinen Männern, die Brücke zu überqueren, wartete einen Augenblick, um ihren Rückzug zu decken, und lief ihnen nach.

Kugeln schlugen in die Brücke, Leuchtmunition erhellte die Nacht. Schützendes Feuer von der anderen Seite der Schlucht riss einige Lücken in die Reihen der anrückenden Nationalisten. Aber sie waren zu nah. Einer von Bobs Männer wurde getroffen und stürzte zu Boden.

Bob blieb stehen, warf sich den Mann über die Schulter und versuchte, auf die andere Seite zu sprinten. Auf halbem Weg rissen ihm die Kugeln der Nationalisten die Beine unter dem Körper weg.

Andy war wie betäubt, er hatte das Gefühl, der Schmerz lauerte irgendwo außerhalb seiner selbst auf ihn. »Computer, Programm anhalten«, befahl er.

Jede Bewegung erstarrte. In der Veeyar herrschte Totenstille. Die dreidimensionale Welt schrumpfte auf einen Flachfilm zusammen.

Andy starrte Bob an, der auf der Brücke lag. Dunkelrotes Blut ergoss sich über das Holz. Er ging auf ihn zu und blickte auf ihn herab. »Warum sind Sie geblieben?«

Das zweidimensionale Bild schimmerte, und Bob wurde erneut zur Holofigur, obwohl er immer noch am Boden lag. »Ich konnte nicht gehen, Sir. Warum sind Sie geblieben?«

»Das ist nicht dasselbe. Ich wusste, dass ich nicht sterben würde.«

Bob grinste schmerzlich. »Das glaubte ich auch, Sir.«

Heiße Tränen brannten in Andys Augen. »Haben Sie denn nicht einen Augenblick lang an Ihren Sohn gedacht?«

Bob wirkte leicht überrascht. »Jede Minute, Sir. Andy war immer in meinen Gedanken. Ich habe darum gekämpft, lebend zu ihm zurückzukommen. Ihn wiederzusehen, das wünschte ich mir mehr als alles andere. Wir hatten nie Zeit füreinander. Er ist noch so klein. Ich kann nur hoffen, er versteht es.«

Nein, das tue ich nicht! Es ist nicht fair! Andy zwang sich, den Blick abzuwenden. »Computer, Programm weiter ausführen.« Er stellte sich auf die Brücke.

Die nationalistischen Einheiten schwärmten auf die

Brücke und beschossen die Spezialeinheit. Sie kamen nicht weit. Der an der Brücke angebrachte Sprengstoff explodierte und machte Kleinholz aus ihr. Die Flammenwelle packte Andy wie eine plötzliche, heiße Böe. Er ließ sich von der Erschütterung aus der Veeyar und zurück in sein Zimmer schleudern, wobei ihn das Gefühl eines schmerzlichen Verlustes erfüllte.

Am nächsten Morgen wartete Andy im Gang vor der Klasse für Strategische Analyse. Er fühlte sich hohl und leer – richtig geschlafen hatte er nicht. Die wenigen Stunden war er von immer wiederkehrenden Albträumen von Südafrika heimgesucht worden. Aber deswegen pochte die Wut hinter seinen Schläfen dennoch mit unverminderter Gewalt.

Wie üblich kam Solomon fast zu spät zum Unterricht. Sein Blick fand Andy sofort.

Dieser löste sich von der Wand und schlängelte sich durch die wenigen Schüler, die ihn von Solomon trennten.

»Irgendwie habe ich das Gefühl, du möchtest mit mir sprechen«, sagte Solomon verschämt, aber mit einem hämischen Grinsen.

»Ich will wissen, woher der Film von meinem Vater stammt.« Andy versperrte ihm den Weg.

»Du meinst von dem ›Helden‹?« Solomon versuchte, ihn zu umgehen.

Mit einem weiteren raschen Schritt blockierte Andy ihn. Solomon war fünfundzwanzig bis dreißig Kilo schwerer als er und gebaut wie ein Gorilla, aber das war ihm egal. »Hier geht es um dich und mich. Dein Theater wird nicht wirken. Das Material ist gefälscht.«

»Na klar, und du kennst deinen Vater gut genug, um das zu beurteilen.«

»Das Militär kannte ihn.« Andy funkelte Solomon an.

»Die mögen Helden, im eigenen Interesse. Helden zu haben ist gut für sie. Tote Helden sind sogar noch besser.«

»Sag mir, woher das Material stammt.« Andy ballte die Fäuste.

Solomon streckte die Brust heraus. »Denkst du wirklich, du kannst es mit mir aufnehmen, du Würstchen? Glaubst du, du ähnelst deinem Vater so sehr, dass du dich mit mir messen kannst?« Er streckte beide Hände aus und schubste Andy weg.

Dieser wich einen Schritt zurück und wischte dann Solomons Arme mit der Hand beiseite. Nun geriet auch Solomon in Wut und schlug nach Andys Kopf. Nur dass Andy nicht mehr da war, wo Solomon ihn erwartete. Andy hatte sich geduckt und versetzte seinem Gegner einen Hieb in den Magen.

Solomon schrie vor Schmerz und Überraschung auf, ruderte aber immer noch mit den Händen. Dabei landete er einen Kinnhaken, der Andy ein paar Schritte rückwärts und auf die Knie schleuderte.

Er erholte sich sofort, stemmte sich in die Höhe und stürzte sich auf Solomon. Wut und Frustration gewannen nun endgültig die Oberhand. Mit dem Unterarm fing er einen weiteren Hieb von Solomon ab, dann traf ein kurzer Stoß Solomons Nase. Der Knorpel riss, dass das Blut nur so spritzte. Trotz seiner Verletzung warf sich Solomon mit wütendem Geschrei auf Andy. Er umklammerte ihn, sodass Andys Arme an seinen Körper gepresst wurden, und schleuderte ihn gegen die Wand neben der Klassenzimmertür.

Die Luft wurde aus Andys Lungen gepresst. Er stieß Solomon zweimal mit dem Kopf ins Gesicht und befreite sich dann aus dessen schlaffer werdendem Griff. Mit der Faust griff er in Solomons Hemd, schlang sein Bein um Solomons und warf den größeren Gegner zu Boden.

Auf ihm liegend, holte er mit der Faust aus, während Solomon versuchte, mit beiden Armen sein Gesicht zu schützen.

»Andy!«

Trotz seiner Wut erkannte Andy Megans Stimme. Bevor er sich umdrehen konnte, hatte sie sein Handgelenk gepackt. Mit einem Kampfgriff hielt sie seine Faust zurück und zog ihn von Solomon herunter.

Fluchend erhob sich Solomon vom Boden. Noch schwankend, bewegte er sich wieder auf Andy zu.

Megans Freundin Maj stellte sich mit erhobenen Händen vor ihn. »Nein.«

Blut lief Solomon über das Gesicht. »Er hat angefangen!«, brüllte er die Mädchen an.

»Lass mich los, Megan.« Andy wand sich in ihrem Griff.

Megan schüttelte den Kopf. »Nein, Andy. Du bist zu weit gegangen.«

»Solomon ist zu weit gegangen. Er hat mit allem angefangen.« Er zerrte an seinem Arm, gab aber schnell auf, weil es zu schmerzhaft war.

»Hör mal«, sagte Megan, ohne ihren Griff zu lockern, »du steckst ohnehin in Schwierigkeiten. Mach es nicht noch schlimmer.«

Andy versuchte, sich zu befreien, aber vergeblich. Megan wusste, was sie tat.

»Bitte lassen Sie ihn los, Miss O'Malley.« Dr. Dobbs trat durch die Menge und fixierte Andy mit den Augen.

Obwohl er es eigentlich nicht wollte, schob Andy seine Wut auf Solomon beiseite. Er atmete schwer, rang nach

Luft. Er hatte das Gefühl, als hätte jemand den Sauerstoff aus dem Gang gesaugt.

»Mr Moore, Mr Weist, begleiten Sie mich bitte ins Büro des Direktors«, befahl Dr. Dobbs. Sein Ton ließ keinen Widerspruch zu. Megan löste ihren Griff und trat zurück. Solomon presste die Finger gegen den Nasenrücken, offensichtlich wandte er diese Technik nicht zum ersten Mal an. Trotz seiner Schmerzen grinste er Andy boshaft an. »Das wird dir noch Leid tun. Nach der Schule habe ich ein Interview mit einem Reporter, der dafür sorgen wird, dass die Sache international bekannt wird. Wenn es dir so viel bedeutet, dass die Leute in Bradford über deinen Dad Bescheid wissen, wie wirst du dich dann erst fühlen, wenn die ganze Welt die Wahrheit erfährt?«

Andy wandte seinem Quälgeist den Rücken zu. Die ganze Befriedigung, die ihm die Prügelei verschafft hatte, war verflogen. Wenn Solomon nicht log, konnte er seine Mutter nicht schützen. Sie würde unweigerlich von dem Filmmaterial erfahren.

Matt und Mark gingen in Veeyar-Crashsuits durch die virtuelle Darstellung der Bradford Academy. Während er in die Gänge der Schule starrte, fühlte sich Matt wirklich unbehaglich. Trotz aller Sicherheitsvorkehrungen war es Mark gelungen, sie in die Veeyar einzuschleusen.

»Hier oben ist es.« Mark deutete auf das Büro des Direktors. Unter Umgehung des Sicherheitssystems führte er sie durch die Tür. In einem getrennten Raum kehrten sie sodann in das Sicherheitssystem zurück. Versetzt angebrachte Laserstrahlen, die vom Boden bis zur Decke reichten, symbolisierten die Firewall.

»Kommen wir da durch?« Matt hätte bei diesem Anblick fast der Mut verlassen. Allerdings hatte Mark die übrigen Abwehrmaßnahmen mühelos überwunden. Sein Freund war absolute Spitze, das wusste Matt.

»Kein Problem.« Mark wurde plötzlich flach und verwandelte sich in ein zweidimensionales Bild. Er grinste Matt an, streckte die Hand aus und berührte ihn.

Ein leichtes Kribbeln durchlief Matt vom Kopf bis zu den Füßen. Als er erst auf seine Hand und dann auf seinen restlichen Körper sah, stellte er fest, dass er ebenfalls nur noch zweidimensional war.

»Jetzt können wir einfach durchgehen.« Mark übernahm die Führung und glitt elegant zwischen den Lasern hindurch.

Matt folgte seinem Freund in den Computerraum.

Mark ließ sich vor dem System nieder. »Wow.«

»Was ist los?«

»Hier ist was neu.« Mark beugte sich über den Tisch. Bradford besaß ein höchst raffiniertes Computersystem, das an ein Dutzend Miniatur-Wolkenkratzer erinnerte. Jeder der Räume innerhalb der Gebäude war in verschiedene Funktionen unterteilt und erinnerte an eine überdimensionale Version der Labyrinthe, durch die sie in Biologie die Laborratten laufen ließen. In jedem Abteil blitzten Lichter in einem Rhythmus, den Matt nicht so recht durchschaute.

»Was ist neu?«

Mark deutete mit einem seiner zweidimensionalen Finger darauf, der wie eine Klinge wirkte. »Jemand hat diesen Computer schon manipuliert.«

Auch als Matt genauer hinsah, entdeckte er nur mit Mühe, was Mark meinte. Einige Räume der Darstellung waren zweischichtig, dünne Lagen transparenter Programmierung schufen in bestimmten Räumen neue Innenwände. Für den zufälligen Beobachter waren die Ergänzungen nicht sofort sichtbar.

»Jemand hat seine Programmierung direkt über den vorhandenen Programmcode gelegt. Scheint ein Raum in einem Raum zu sein. Siehst du es?«

»Ja. Aber wer war das?«

Mark schüttelte den Kopf. »Bei dieser meisterhaften Arbeit werde ich mir alle Nachforschungen verkneifen. Das ist Net-Force-Qualität vom Feinsten. Wenn mir ein Fehler unterläuft, weiß derjenige, der das hier installiert hat, sofort, dass wir hier sind. Ich kann nur versuchen, meine Programmierung mit einzubauen, damit wir ins System der Schule gelangen. Hoffen wir, dass uns der unbekannte Programmierer nicht findet.«

»Mach schon. Unsere Zeit ist knapp.«

Sofort streckte Mark die Hand aus und berührte die Präsentation an drei Stellen. Im Handumdrehen bildeten sich innerhalb der Räume neue Räume. Seine neuen Schichten waren allerdings nicht ganz so dünn und unauffällig wie diejenigen, die er Matt gezeigt hatte. Schweigend beobachtete Mark den Mikrokosmos, der Bradfords Computersystem im Netz verkörperte.

»Das sind meine besten Schnüfflerprogramme«, erklärte Mark. »Mit denen können wir uns von der Schule oder von zu Hause aus einloggen.«

Matt nickte. »Du sagtest, die anderen Programme hätten Net-Force-Qualität.«

»Klar. So wie die aussehen, würde ich tippen, dass es Schnittstellen zum System von Bradford gibt und dass die Net Force ihre Hand im Spiel hat.«

»Vielleicht ist sie ja involviert. Kannst du das irgendwie überprüfen?«

»Nicht ohne uns möglicherweise zu verraten. Sie

könnten darauf kommen, dass wir uns hier herumtreiben.

Matt seufzte. Es wäre gut gewesen zu wissen, ob Winters wirklich an dem Fall arbeitete. »Okay, am besten lassen wir für den Augenblick alles an Ort und Stelle und sehen zu, ob wir die Schnüffler überlisten können.«

»Das wäre allerdings am sichersten«, stimmte Mark zu.

»Wir sehen uns später. Gute Arbeit.«

»Danke.« Mark verschwand, er hatte sich ausgeloggt.

Während er immer noch versuchte, die Bedeutung des Zusatzprogramms zu verstehen, loggte sich Matt ebenfalls aus. Zeit, dass er in die Gänge kam. Schließlich hatte er einen hektischen Tag vor sich. Nach dieser Aufregung würde es ihm schwer fallen, sich auf die Schule zu konzentrieren.

Wer außer ihnen spionierte die Schule aus? Die Net Force? Oder die Leute, die *es* verloren hatten – was immer *es* sein mochte.

16

»Solomon? Ja. Als ich den das letzte Mal gesehen habe, kam er gerade aus dem Büro des Direktors. Der hat ihm wohl eine Strafpredigt gehalten.«

»Wann war das?«, fragte Andy ungeduldig. Das Echo des letzten Gongs, der das Ende des Schultags verkündete, hallte durch die Bradford Academy. Die Schüler, die sich in den Gängen drängten, redeten so laut, dass Andy kaum verstand, was der Junge sagte, mit dem er sich unterhielt.

»Vor zehn Minuten. Da ist er ...«

Andys Blick folgte dem ausgestreckten Finger, der sich auf ein Meer von Gesichtern richtete. Es dauerte einen Augenblick, aber dann entdeckte er Solomon in der Nähe der Bibliothek.

»Danke.« Ein Lächeln huschte über Andys Gesicht, als er das große weiße Pflaster an Solomons Nase sah. Der Direktor war nicht gerade begeistert gewesen von ihrer Auseinandersetzung, und Dr. Dobbs hatte deutlich gezeigt, dass er nichts davon hielt. Dennoch hatte Andy das Gefühl, dass sich sein Lehrer hinter verschlossenen Türen für ihn eingesetzt hatte. Immerhin war er – bis zur weiteren Überprüfung – immer noch in der Schule. Die meisten Schüler wären für mindestens drei Tage vom Unterricht ausgeschlossen worden. Wenn er sich nicht sehr täuschte, hatte Solomon nicht so viel Glück gehabt.

Er setzte sich in Bewegung, wobei er immer wieder einem Bekannten eine scherzhafte Bemerkung zuwarf oder ein Witzchen riss. Allerdings hielt er stets genügend Abstand von Solomon, damit dieser nichts davon mitbekam.

Solomon ging zur Bushaltestelle vor der Schule.

Andy, der ein inoffizielles Taxi hinter dem Bus auftauchen sah, schwenkte ab. Er winkte den Fahrer heran und sprang ins Auto. Es war in tiefem Burgunderrot gehalten, ein großer alter Dodge, der eine Aura von Luxus und Eleganz verbreitete.

»Wohin?« Im Rückspiegel sah sich der Fahrer nach Andy um. Er trug einen hellgrünen Turban und einen langen, lockigen Bart.

Andy deutete auf den Bus, der sich gerade in den Verkehrsstrom einreihte. »Folgen Sie dem Bus.«

»Die Zeile habe ich nicht mehr gehört, seit Kinofilme durch Holos ersetzt wurden«, meinte der Fahrer, nahm aber die Verfolgung auf. Gekonnt schlängelte er sich durch den Verkehr.

Fahrplanmäßig hielt der Bus an der 19th Street N. W. Vier Fahrzeuglängen dahinter fuhr der Taxifahrer an den Straßenrand. Solomon stieg aus und sah sich einen Augenblick um.

»Warten Sie hier«, wies Andy den Fahrer an, als der Bus weiterfuhr. Solomon drehte sich um und ging auf ein Restaurant namens Sam & Harry's zu. Hier hatte Andy ein paar Mal zu besonderen Anlässen mit seiner Mutter gegessen. Sam & Harry's war ein Luxusetablissement, in dem häufig Geschäfte abgeschlossen oder politische Angelegenheiten außerhalb des Kapitols diskutiert wurden.

Solomon betrat das Lokal. Daraufhin zog Andy seine Karte durch das Lesegerät, gab dem Fahrer ein Trinkgeld und stieg aus. Er war nervös. Auf keinen Fall ging Solomon in ein Restaurant dieser Klasse, nur weil er Lust auf einen Imbiss hatte.

Er hat es also ernst gemeint, er trifft tatsächlich jemand. Wut und Sorge ließen Andys Hände zittern.

»Einen Tisch für zwei«, wies er die Bedienung an.

Sie war jung und hübsch, blickte ihn jedoch zweifelnd an.

»Ich treffe hier meine Mutter«, erklärte er, bevor er seine Karte zum Nachweis der Gültigkeit durch das Lesegerät zog.

Nach flüchtiger Überprüfung gab ihm die Bedienung die Karte zurück und griff nach der Speisekarte. Sie führte ihn zu einem der kleinen runden Tische vorn im Lokal, aber Andy verlangte einen Tisch weiter hinten. Angeblich hatte sein Mutter darum gebeten.

Sam & Harry's war offen und freundlich gestaltet, ein heller Raum für elegante Mahlzeiten. Hinten im Restaurant gab es jedoch mit hohen Trennwänden abgeteilte Nischen, die mehr Abgeschiedenheit boten.

Zu einem solchen Tisch führte ihn die Kellnerin nun. Als sie gegangen war, sah er sich um. Solomon saß rechts von ihm an einem Tisch in der Mitte des Raumes. Andy setzte sich so, dass er durch eine der Trennwände vor direkten Blicken geschützt war. Wenn er sich vorbeugte, konnte er Solomon jedoch mit Leichtigkeit beobachten. Auch den Mann, der bei ihm war, sah er.

Selbst im Sitzen wirkte er groß. Sein Haar war an den Schläfen bereits ergraut, und sein eckiges Gesicht wirkte Vertrauen erweckend. Er trug einen perfekt sitzenden, dunklen Anzug. Offenbar freute er sich, Solomon zu sehen.

Das Gesicht kannte Andy. Irgendwo hatte er es gesehen, aber er konnte sich nicht erinnern, wo. So ungern er jemanden mit in diese Sache hineinzog, er musste wissen, woran er war. Daher holte er seine Brieftasche heraus und konfigurierte das Telefon. Dann gab er Matt Hunters Nummer ein. Hoffentlich war Matt zu Hause. Sein Brieftaschentelefon besaß nämlich auch eine Videofunktion, über die er Matt den Mann zeigen konnte.

Das Telefon klingelte und klingelte. Angesichts des angeregten Gesprächs, das Solomon zu führen schien, wurde Andy immer nervöser. Hören konnte er nichts, das verhinderten die Trennwände, und er wagte sich nicht näher heran.

Fast drei Dutzend Personen saßen an diesem Nachmittag im Lokal verteilt. Andy ordnete die meisten als Geschäftsleute und Politiker ein, die hier Vereinbarungen diskutierten. Niemand schenkte ihm, Solomon oder Solomons Gesprächspartner die geringste Aufmerksamkeit.

Das Telefon an seinem Ohr klingelte immer weiter.

Solomon saß Keith Donner gegenüber, einem Reporter von der *Washington Post*, den er wegen des Filmmaterials aus Südafrika kontaktiert hatte. Er fühlte sich toll.

Donner war einer der ganz Großen im Mediengeschäft. Viele Insider-Storys über Washington stammten aus seiner Feder. Als junger Mann war er Korrespondent im Südafrikanischen Krieg gewesen. Seinen Ruf hatte er dadurch begründet, dass er immer direkt von der Front, mitten aus dem Geschehen berichtet hatte. Zweimal war er verwundet worden.

Solomon genoss es, im Mittelpunkt der Aufmerksamkeit zu stehen. Vor allem, wenn es sich um diese Art Aufmerksamkeit handelte. Mehr konnte man vom Leben nicht erwarten.

Donner lächelte. »Was ist denn mit deiner Nase passiert?«

Solomon griff nach dem dicken Pflasterverband. Na gut, vielleicht war das Leben doch nicht hundertprozentig perfekt. »Ein Unfall.«

»An der Bradford Academy?«

»Ja.«

»Wollte dich jemand daran hindern, deine Verabredung mit mir einzuhalten? Wenn du dich nicht sicher fühlst, können wir die Sache auch anders organisieren.«

Solomon grinste. Vor seinen Augen tauchte die Vision eines palastartigen Hotels mit Zimmerservice auf. Aber er wollte nicht noch mehr Aufmerksamkeit erregen. Noch nicht. »Ja, jemand wollte mich daran hindern, die Geschichte zu erzählen. Aber von diesem Treffen weiß niemand. Es soll eine Überraschung werden.«

Eine Kellnerin erschien und brachte Donner einen Kaffee. Solomon bekam einen Fruchtcocktail, in dem ein Schirmchen steckte. Zufrieden nuckelte er an seinem Saft, wobei er versuchte, seine schmerzende Nase zu ignorieren. Nach Ansicht der Schulkrankenschwester war sie zwar gebrochen, musste jedoch nicht operativ gerichtet werden.

»Wer wollte dich aufhalten?«

»Andy Moore.«

»Colonel Moores Sohn?«

Solomon nickte.

»Warum sollte er das tun?«

»Ich sagte, ich würde mit der Geschichte über seinen Vater an die Öffentlichkeit gehen.«

Donner rührte Zucker in seinen Kaffee.

Wirklich bewundernswert, wie gelassen der Mann blieb. Dabei wusste Solomon, dass eine Story wie die seine eine Karriere begründen konnte.

»Konntest du eine Kopie des Materials besorgen?« Donner pustete auf seinen Kaffee und nippte daran.

»Nein.« Dass er den Film bereits besaß, hatte er Donner nicht gesagt. Grundsätzlich gab er nie Informationen preis, solange er nicht für sich selbst den optimalen Gegenwert herausgehandelt hatte. Außerdem wirkte seine Rolle noch geheimnisvoller, wenn er so tat, als hätte jemand anderer das Material. Das gab ihm das Gefühl, wichtig zu sein. Zudem musste er so nicht fürchten, dass die Reporter ihn hetzten, bevor er so weit war. Vielleicht hatte jemand bereits sein Haus durchsucht, aber das Datascript, auf dem alles war, bewahrte er nicht zu Hause auf. Er hatte immer noch seine Verstecke in der Schule.

Donner nickte. »Weiß du, Solomon, wenn wir mit dieser Story an die Öffentlichkeit gehen wollen, brauchen wir handfeste Beweise. Ich muss belegen können, dass Colonel Moore die Biobombe in Südafrika gezündet hat. Du musst mir unbedingt eine Kopie des Materials beschaffen.«

»Das werde ich.«

»Und wann?«

»Bald.« Früh genug. Es wird ein Genuss sein, Andy mit langem Gesicht in Bradford herumlaufen zu sehen, wenn die Geschichte durchsickert.

»Sieh dir das an.«

Matt, der in seiner Veeyar zu Hause saß, blickte zu Mark auf. Dieser starrte auf einen Bildschirm, der vor ihnen in der Luft hing. Die beiden sahen sich die Bänder des Sicherheitssystems an, die sie sich mithilfe von Marks Programmierkünsten aus dem Archiv besorgt hatten.

Die Schule wurde rund um die Uhr ohne Unterbrechung mit Kameras überwacht. Im Moment sahen sie eine Szene vom Abend, nach Schulschluss. Zwei Reinigungskräfte wischten den Boden und unterhielten sich dabei.

»Eine Putzkolonne?« Matts Stimme klang zweifelnd. Er und Mark hatten die Bänder vorgespult, in der Hoffnung, etwas Verdächtiges zu entdecken.

Mark, der wie Matt im Schneidersitz in der Luft schwebte, nickte. »Ja, aber lass dich von den Uniformen nicht täuschen. Die Burschen sind nicht, was sie zu sein scheinen.«

Matt sah genauer hin. »Wie kommst du darauf?«

»Pass gut auf. An dieser Stelle sieht man es meiner Meinung nach am besten.«

Zuerst war Matt nicht klar, was Mark meinte. Dann fiel ihm auf, wie sich die Männer bewegten. Obwohl sie nur den Hauptgang wischten, blieben sie immer in Sichtweite des anderen. Regelmäßig wie ein Uhrwerk tauchten die Mopps in die Eimer. Die Arbeit war gerecht aufgeteilt. Dann kam Mr Thomas, der Naturwissenschaften unterrichtete und manchmal im Labor bis spät Stunden für den nächsten Tag vorbereitete, aus der Tür zwischen den beiden.

Beide traten sofort in Aktion. Sie nahmen den Mann mit einem Manöver in die Zange, das sie offenbar perfekt beherrschten. Es war so diskret, dass der Lehrer nichts merkte. Die Mopps wurden dabei quer vor der Brust gehalten, sodass sie in Sekundenbruchteilen als Waffen eingesetzt werden konnten. Thomas winkte ihnen nur zu, worauf die beiden wortlos an ihre Arbeit zurückgingen.

»Das sind Net-Force-Agenten«, erklärte Mark, »oder so was Ähnliches.«

Matt nickte. So wie sie sich verhalten hatten, zweifelte er nicht daran. Außerdem arbeiteten Net-Force-Leute immer paarweise wie die beiden. Er atmete deutlich hörbar aus. »Also, irgendwas ist hier im Gange. Hast du ihre Identität überprüft?«

»Sofort.« Mark öffnete in der Veeyar zwei Fenster, in denen die Personalakten der beiden Reinigungskräfte erschienen.

»Lass mich raten. Nichts Auffälliges, bei keinem der beiden.«

»Du sagst es.«

»Wie lange arbeiten sie schon hier?«

»Den Unterlagen nach arbeiten sie auf Teilzeitbasis, je nach Bedarf. Insgesamt besteht die Verbindung zur Schule seit drei Jahren.«

Matt dachte darüber nach. »Nachdem so viele Schüler von Bradford Eltern haben, die in sensiblen Funktionen für die Regierung tätig sind, wäre es verständlich, wenn Winters sozusagen eine Reserve bereithält, die hier jederzeit nach dem Rechten sehen kann.«

Mark nickte.

»Ich habe auch was.« Matt deutete auf das Holo, das er sich angesehen hatte. Es zeigte ebenfalls einen Mann in der Uniform des Reinigungspersonals. Er war mittelgroß und durchschnittlich kräftig, hatte dunkle Haut und kurzes Haar. »Laut dieser Akte ist das Gordon Mbuta. Er gehört zur Nachtreinigung.«

»Ein nicht besonders häufiger Name«, meinte Mark. »Wo kommt er her?«

»Aus Alexandria. In Amerika geboren.«

»Okay. Ich bin verwirrt. Wir haben also Leute für die normale Reinigung und zusätzlich eine Nachtschicht?«

Matt nickte. »Stimmt. Tagsüber wird die leichte Arbeit, die Oberflächenreinigung erledigt. Die Nachtschicht übernimmt die Tiefenreinigung, bohnert die Böden, säubert die Lüftung und so Zeug.«

»Wieso ist dir Mbuta aufgefallen?«

»Sieh dir das an.« Matt ließ das Holo vorlaufen. »Das hier stammt vom Dienstag.«

In dem Holo zog Mbuta ein Bohnergerät für Gebäudereinigung in einen Gang. Nachdem er es eingesteckt hatte, nahm er die Griffe und schaltete es an. Ohne Vorwarnung machte das Gerät einen Satz, und die Polster fingen an, den Boden zu bearbeiten. Einen Augenblick lang wurde Mbuta herumgeworfen, dann rang er mit der mechanischen Bestie, bis er sie einigermaßen unter Kontrolle hatte. Er fluchte ausführlich, aber mit starkem Akzent.

»Mit Schimpfwörtern kennt er sich aber besser aus als mit der Maschine. Klingt, als wäre er Brite«, meinte Mark.

»Nicht ganz. Vielleicht ist er Südafrikaner, die sprechen ähnlich wie die Briten.«

»Möglicherweise hat er den Akzent von seinen Eltern.«

Matt nickte. »Ich habe mir seine Akten angesehen. Alles scheint zu stimmen. Trotzdem könnte sich eine Überprüfung lohnen. In seiner Akte heißt es nämlich, er wäre schon vier Jahre hier. Dafür hat er wirklich sehr wenig Ahnung von der Maschine.«

»Okay. Ich durchsuche das System und sehe, ob ich noch mehr herausfinde.«

Jetzt, wo die erste kritische Phase vorüber war, aktivierte Matt seine Telefonschnittstelle erneut. Normalerweise ließ er sie in der Veeyar zur Sicherheit an. Andererseits gab es auch Zeiten, in denen er nicht gestört werden wollte, wie zum Beispiel in diesem Fall. Doch jetzt, wo das Schlimmste hinter ihnen lag, stellte er das System so ein, dass ausschließlich dringende Anrufe weitergeleitet wurden.

Sofort klingelte es.

Matt berührte das Icon. Ein leeres Fenster öffnete sich.

»Hallo«, meldete sich Matt.

»Hallo, hier ist Andy. Wo warst du? Ich habe versucht, dich zu erreichen!« Bevor Matt antworten konnte, schnitt ihm Andy das Wort ab. »Ist ja auch egal. Du musst mir unbedingt einen Gefallen tun.«

»Klar doch. Was ist los?«

Andy seufzte. »Solomon unterhält sich hier im Restaurant mit einem Mann, den ich unbedingt identifizieren muss. Das Gesicht kenne ich, aber der Name fällt mir nicht ein. Ich dachte, vielleicht weißt du, wer das ist, oder du kannst eine Internet-Suche starten und es herausfinden.«

»Okay, aber du musst deine Videofunktion einschalten.«

»Schon passiert.«

Das Fenster in der Veeyar füllte sich mit Farbe und zeigte das Innere eines Restaurants. Die Ansicht verschob sich ein wenig, dann erschienen Solomon und sein Gesprächspartner.

Matt erkannte den Mann sofort. »Ja, den kenne ich.«

»Wer ist es?«

»Keith Donner. Der macht Reportagen für die *Washington Post*. Was will Solomon von ihm?«

»Ihm die ganze Geschichte erzählen, vermute ich«, erklärte Andy angewidert. »Damit hat er mir schon heute Morgen gedroht.«

Plötzlich entdeckte Matt zwei Männer, die sich von einem Tisch hinten im Lokal erhoben. Sie trugen Anzüge mit langen Jacketts. Als Matt ihre Gesichter sah, erkannte er McDouglas und Tomlinson, die irischen Terroristen, die ihn im Einkaufszentrum entführt hatten.

»Andy«, begann er, »diese Typen sind ...« Er hatte keine Zeit, den Satz zu Ende zu sprechen.

Im nächsten Augenblick rissen McDouglas und Tomlinson nämlich ihre Jacketts auf und zogen Mini-Uzis aus ihren Holstern. Donner hatte keine Chance. Die Kugeln trafen den Reporter, noch bevor er aufstehen konnte, und schleuderten ihn gegen die Trennwand. Solomon saß da wie auf dem Präsentierteller.

Weiter hinten sprangen drei Männer von ihren Plätzen auf und zogen ebenfalls Waffen. Matt wusste, dass Manager und Politiker häufig Leibwächter hatten, die ihnen entweder vom Justizministerium zugeteilt oder privat engagiert wurden. Einer der Männer schnappte sich einen vierten und schob ihn auf einen Hinterausgang zu. Die anderen beiden begannen zu schießen.

McDouglas und Tomlinson taumelten unter den einschlagenden Kugeln. Obwohl sie selbst verletzt waren, erwiderten sie das Feuer, wobei sie das gesamte Lokal unter Beschuss nahmen.

Eine der Kugeln musste das Telefon getroffen haben, denn in dem Fenster in Matts Veeyar wurde es dunkel und still.

»Andy!«, brüllte Matt.

Keine Antwort.

Matt wies den Computer an, den Anruf zurückzuverfolgen, und besorgte sich die Adresse des Restaurants. »Ich fahre hin«, erklärte er Mark. »Ruf du bitte Winters und die Polizei an, damit sie Verstärkung schicken. Du bleibst hier, falls wir eine Online-Verbindung brauchen.«

Mark nickte angespannt. »Pass auf dich auf!«

»Mache ich!« Doch schon, als er sich ausloggte und in die Schulbibliothek zurückkehrte, war Matt klar, dass die Schießerei im Restaurant längst vorbei sein würde, bis er dort ankam.

Und Andy schien mitten drin zu stecken.

17

Bei den ersten Schüssen war Andy unter dem Tisch in Deckung gegangen. Als die Detonationen nachließen, wurden Entsetzensschreie laut.

Er blieb auf dem Boden, die Wange gegen die kühlen Fliesen gepresst. Hilfe konnte er nicht holen, weil die Kugel eines Leibwächters sein Brieftaschentelefon getroffen und vom Tisch gefegt hatte.

Die beiden Männer, die Donner getötet hatten, richteten ihre Waffen nicht auf Solomon, wie Andy es erwartet hatte. Im Gegenteil, bei ihrem Schusswechsel mit den Leibwächtern sparten sie ihn ganz bewusst aus. Solomon schlang die Hände um seinen Kopf und kauerte sich in eine Ecke der Nische, in der sein Tisch stand. Auf der anderen Seite lag mit ausgestreckten Gliedern Donners Leiche.

Die Bodyguards taumelten unter dem Aufprall der Kugeln. Ihre Sakkos und Jacken mussten mit Kevlar verstärkt sein, sonst wären sie schon längst tot gewesen. Einer von ihnen war allerdings verletzt – eine hässliche Wunde am Oberschenkel. Er lag am Boden, doch der andere lud neu und wirbelte aus der Deckung hervor. Seine niedrig gezielten Schüssen rissen den Killern die Beine weg. Bevor sie sich wieder aufrappeln konnten, stürzte der Leibwächter vor und feuerte ihnen aus nächster Nähe ins Gesicht.

Seine harten Augen schweiften durch das Lokal, in dem plötzlich Totenstille herrschte. Dann zog er sich zu seinem Partner zurück. Er rollte eine Serviette zusammen und band sie mit einer anderen als primitiven Druckverband auf die Wunde. Dann half er dem Verwundeten auf die Beine. Dessen Arm über seiner Schulter haltend, verschwand auch er. Eine Blutspur markierte ihren Weg.

Andy war erschüttert. Er konnte es kaum glauben, dass sich dieses Gemetzel vor seinen Augen abgespielt hatte. Nun kroch er unter dem Tisch hervor, stemmte sich hoch und ging zu Solomon. »Alles in Ordnung?«

Völlig verängstigt blickte sich Solomon im Raum um. Seine Brust hob sich unter seinen zitternden, keuchenden Atemzügen. »Wo sind sie?«

»Weg.« Andy presste die Finger gegen Donners Kehle, aber ihm war klar, dass er seine Zeit verschwendete. Kein Puls. Am liebsten hätte er sich erbrochen. Er hatte gelernt, wie man in kritischen Situationen den Puls prüfte, aber noch nie hatte er einen Toten berührt. Sein Mund wurde plötzlich trocken. Im Hintergrund schrien Leute, doch irgendwie berührte ihn das kaum.

Vorsichtig näherte sich die Kellnerin, deren Gesicht vom Schock gezeichnet war. »Ist ... ist er ...«

»Ja.« Andys Blick schweifte über die zerfetzten Sitze und die von den Einschlägen der Kugeln gezeichneten Wände. Weiter hinten hatte es eine Reihe Topfpflanzen erwischt, Erde und Blätter bedeckten die Fliesen. Einige Fenster zur Straße waren von den Kugeln durchlöchert worden. »Rufen Sie die Polizei.«

»Das habe ich schon getan.«

Andere Gäste gesellten sich zu ihnen. Zwei weitere Personen waren angeschossen worden, lebten aber noch. Allerdings litten sie offenbar beträchtliche Schmerzen. Auf der Straße heulten Sirenen.

Solomon erhob sich von seinem Sitz. Andy versuchte, ihm den Weg zu versperren, doch der andere stieß ihn mit beiden Händen von sich und rannte zur Hintertür. Andy rutschte in Donners Blut aus und stürzte. Als er wieder aufstand, waren seine Handflächen rot gefärbt. Er lief auf den Ausgang zu und nahm die Verfolgung von Solomon auf. Draußen holte er ihn mühelos ein, doch Solomon begann zu rennen.

Andy beschleunigte und versperrte ihm den Weg.

Widerwillig hielt Solomon an. »Lass mich durch!« Er ballte die Fäuste. »Sonst mache ich Hackfleisch aus dir!«

Wo war die Wut geblieben, die am Vormittag in Andy gekocht hatte? Jetzt war die Gelegenheit, den Kampf fortzusetzen. Aber sein Zorn war verflogen. Vor seinem geistigen Auge sah er nur, wie Donner tot am Tisch lag.

»Du kannst jetzt nicht gehen. Die Polizei wird mit dir

reden wollen. Warum habe diese Männer Donner getötet?«

»Woher soll ich das wissen?« Solomon versuchte, wütend und empört dreinzublicken, wirkte aber nur verängstigt.

»Du weißt es.«

»Wer sagt, dass es diese Burschen nicht auf Donner abgesehen hatten?«

»Und warum haben sie dann dich nicht getötet?«

»Weil ich nicht ihr Ziel war.«

»Die haben da drinnen zwei andere Menschen angeschossen, aber bei dir waren sie extrem vorsichtig. Sie wollten dich lebend. Hinter dir waren sie her, Solomon. In was hast du dich reingeritten?«

»Wenn sie es auf mich abgesehen hatten, dann wegen deines Vaters. Wegen dieser schmutzigen kleinen Lüge, die sich die US-Regierung aus den Fingern gesaugt hat, um sich selbst zu schützen.«

»Wer war das?«

Solomon schüttelte den Kopf. »Selbst wenn ich sicher wäre, dass sie mich jagen, dir würde ich es nicht sagen.« Er trat einen Schritt auf Andy zu. »Und jetzt geh mir aus dem Weg. Ich muss hier verschwinden, bevor jemand ihren Job zu Ende bringt.«

»Wenn sie bereit waren, Donner deinetwegen zu töten, werden sie jetzt nicht aufgeben. Du wirst allein nicht sicher sein.« Überrascht stellte Andy fest, wie leer er sich fühlte.

»Zumindest befinde ich mich in vertrauenswürdiger Gesellschaft.«

Andy blickte Solomon an. Er würde nicht versuchen, ihn aufzuhalten, das war ohnehin sinnlos geworden. Jetzt, wo Donner deswegen getötet worden war, würde die Story über seinen Vater auf jeden Fall an die Öffentlichkeit gelangen. Er hob die Hände und zeigte Solomon die Blutflecken.

»Das ist Donners Blut, aber es sollte nicht an meinen Händen kleben, sondern an deinen.«

»Donner wusste, was er tat.« Damit ging Solomon an Andy vorüber.

Der versuchte nicht, ihn aufzuhalten. Die Polizei würde ihn schnell genug finden. Einen Augenblick lang sah er ihm nach, wie er in der Straße verschwand, wobei er immer wieder Blicke über seine Schulter warf.

Resigniert ging Andy zum Restaurant zurück. Dort trafen gerade die ersten Polizeieinheiten ein. Es war vorbei. Oder war das erst der Anfang?

Als Matt aus dem Taxi stieg, mit dem er zum Restaurant gefahren war, entdeckte er vor dem Gebäude Megan. Seit Andys Anruf waren weniger als zwölf Minuten vergangen.

»Was tust du denn hier?«, fragte er, als er sie erreicht hatte. Ein streng dreinblickender Polizeibeamter blockierte den Eingang.

»Mark hat mich angerufen.« Megan schlang die Arme um ihren Körper, als wäre ihr kalt. »Er dachte, es wäre vielleicht besser, wenn du nicht allein warten musst, bis Captain Winters eintrifft. Ich war hier in der Nähe beim Einkaufen.«

Matt sah durch die Fenster in das Restaurant, konnte aber nur Polizisten und Leute vom Rettungsdienst entdecken. »Ist er unterwegs?«

Megan nickte.

»Weißt du, ob mit Andy alles in Ordnung ist?« Diese Hilflosigkeit – das war für Matt das Schlimmste.

»Nein, niemand will mir was sagen.« Wütend funkelte Megan den Polizeibeamten an, der die Tür blockierte. »Ich habe jemand sagen hören, es hätte zwei oder drei Tote gegeben.«

Sofort dachte Matt an Solomon. Und Andy hätte bei einem Mord bestimmt nicht tatenlos zugesehen. Dass sein Telefon plötzlich nicht mehr übertragen hatte, konnte nur bedeuten, dass es von einer verirrten Kugel getroffen worden war. Vielleicht hatte sie auch Andy erwischt.

Auf der Straße quietschten Reifen.

Zuerst dachte Matt, es wäre Captain Winters, als er den luxuriösen Dodge in zweiter Reihe halten sah. Doch dann stieg ein dünner, grauhaariger Mann aus. Er trug einen gepflegten dunkelgrünen Anzug und rannte sofort zum Eingang des Restaurants. Dort öffnete er seine Brieftasche und hielt sie dem Polizeibeamten, der die Tür bewachte, unter die Nase.

»Ich bin Gerard Walker, Redakteur der *Washington Post*.«

»Tut mir Leid, Sir. Keine Reporter.« Der Beamte ließ sich nicht beeindrucken. »Wir sichern gerade den Tatort. Da darf niemand herein oder heraus.«

»Ich habe einen Mann da drin, einen Journalisten.«

Auf der Straße hupten Fahrzeuge, denen der Dodge den Weg versperrte.

»Entschuldigen Sie«, mischte sich Matt ein. »Sprechen Sie von Keith Donner?«

Walker beäugte ihn misstrauisch. »Gehst du auf die Bradford Academy?«

»Ja.«

»Bist du der Junge, mit dem er sich getroffen hat?«

»Nein. Ich bin gerade erst angekommen, aber ich weiß, dass auf Donner geschossen wurde, weil ich es selbst beobachtet habe. Soweit ich das beurteilen konnte, sah er ziemlich übel aus.«

Walkers Mund bildete einen grimmigen Strich. Er wirkte, als wäre er selbst getroffen worden.

»Du hast die Schießerei gesehen?«, fragte der Polizeibeamte.

Matt nickte.

»Aber du warst doch gar nicht im Gebäude.«

»Nein, Sir. Ich habe den Vorfall über ein Telefon mit Videofunktion verfolgt.«

Der Polizeibeamte klopfte an seinen mit Mikrofon ausgestatteten Funkkopfhörer und verlangte Detective Gray. Er berichtete diesem von Matt und Walker, lauschte auf die Antwort und bestätigte kurz. Dann sah er Matt an. »Du gehst rein.« Er deutete auf Walker. »Sie auch.«

»Ich bin aber mit einer Freundin hier.« Matt deutete auf Megan.

»Keine Freunde. Ich behalte sie für dich im Auge.«

Megan berührte Matt an der Schulter. »Das ist schon in Ordnung so. Einer von uns sollte ohnehin auf Captain Winters warten.«

Matt nickte. Sie hatte Recht. »Wenn ich was über Andy herausfinde, lasse ich es dich wissen.« Damit folgte er Walker ins Restaurant. Der charakteristische Gestank von Blut und Kordit hing in der Luft.

Irgendwo weinte jemand. Überall wurde geredet, aber die üblichen Hintergrundgeräusche von Küche und Service fehlten. Dadurch wirkte der Raum wie eine Höhle mit hallendem Echo.

»Wieso hast du Keith gesehen?«, wollte Walker wissen, der durch das Restaurant auf die Hinterzimmer zustrebte.

»Weil ich mich mit einem Freund hier im Restaurant unterhielt.«

»War das der, mit dem sich Keith getroffen hat?«

»Nein.« Vor ihm kümmerte sich ein Rettungsteam um eine Frau, die etwa im Alter seiner Mutter war. Ihre Bluse war aufgeschnitten, sodass ihre Seite frei lag. Das Team versuchte, die Blutung aus einer Wunde unterhalb der Rippen zum Stillstand zu bringen. Matt hielt die Verletzung nicht für lebensbedrohlich.

Walker blickte nach oben in die Ecken unter der Decke.

Matt war klar, dass der Redakteur nach Sicherheitskameras Ausschau hielt. Was war er doch für ein Trottel! Wenn er ein wenig nachgedacht hätte, hätte sich Mark in die Sicherheitsarchive des Restaurants einhacken und Aufnahmen von dem Vorfall besorgen können. Nachdem McDouglas und Tomlinson beteiligt waren, musste er etwas mit den Anschlägen von Bradford zu tun haben.

Walker näherte sich der Nische, in der Donner lag. Matt war sofort klar, dass der Reporter tot war. Seine Verletzungen befanden sich alle im Brustbereich, und kein Sanitäter kümmerte sich um ihn.

»Keith«, stieß Walker hervor.

Weder Andy noch Solomon waren irgendwo zu entdecken.

»Matt Hunter«, dröhnte eine tiefe Stimme.

Als Matt sich umdrehte, kam Detective Gray auf ihn zu. Der hochgewachsene Beamte wirkte nicht gerade glücklich.

»Und jetzt erzählst du mir, was hier vorgeht, und zwar ohne etwas auszulassen.« Eine schwere Hand legte sich auf Matts Schulter und führte ihn davon.

Gemeinsam gingen sie um den von der Schießerei betroffenen Bereich herum. Die Spurensicherung hatte ihre Flachfilm- und Holo-Aufnahmen nahezu abgeschlossen. Patronenhülsen, Waffen und Leichen blieben an Ort und Stelle liegen; sie würden später eingesammelt und identifiziert werden. Danach würde die Spurensicherung Veeyars des Tatorts anfertigen, die Polizei, Anwälte und sogar Geschworene bei Bedarf inspizieren konnten. Er selbst hatte als Net Force Explorer einige der FBI-Labore in Quantico besucht.

Matt erzählte alles. Schließlich entdeckte er zu seiner Erleichterung hinten im Raum Andy, der von einem uniformierten Beamten verhört wurde. Sein Gesicht wirkte blass und erschöpft, und sein Blick ging direkt durch Matt hindurch.

»Du weißt nicht, worüber sich dieser Solomon Weist mit dem Reporter unterhalten hat?«, fragte Gray, als Matt geendet hatte.

»Nein, Sir.« Das kam der Wahrheit so nah wie möglich. Andy glaubte, dass Solomon mit Donner über seinen Vater reden wollte, aber sicher war er nicht. Matt beschloss, die Sache nicht zu erwähnen, das sollte Andy tun.

»Ist dieser Weist ein Hacker?«

»Die Fähigkeiten dazu besitzt er, aber was er vorhatte, weiß ich nicht.«

Gray nickte und deutete auf eine Nische am Fenster. »Setz dich dahin. Ich rede später noch mit dir.«

Matt folgte der Anweisung. Er telefonierte mit Megan, um ihr zu sagen, dass es Andy gut ging. Dann beobachtete er die Techniker von der Spurensicherung bei der Arbeit. Die Leute waren kompetent, gründlich und kamen auch in dem Chaos um sie herum gut zurecht. Unwillkürlich sah er immer wieder zu den Leichen von McDouglas und Tomlinson. Gestern, am Donnerstag, waren sie noch am Leben gewesen und hatten ihn bedroht. Irgendwie konnte er es nicht glauben.

»Detective Gray«, rief einer der Männer, der unter dem Tisch arbeitete, an dem Donners Leiche lag.

Gray näherte sich ihm. »Ja?«

Der andere öffnete die durch einen Handschuh geschützte Hand, auf deren Fläche eine Vorrichtung lag, die nicht einmal die Größe eines Knopfes erreichte. Ein miniaturisiertes Sende-und Empfangsgerät! Matt war klar, was das bedeutete. Jemand musste es unter dem Tisch befestigt haben, um Donners Gespräch mit Solomon zu belauschen. Die Leute, die McDouglas und Tomlinson angeheuert hatten?

Gray ging neben den Leichen der irischen Terroristen in die Hocke und rief einen weiteren Experten von der Spurensicherung zu sich. Nach kurzer Diskussion holte dieser ein ähnliches Gerät aus McDouglas' Gehörgang.

»Haben die Donner belauscht?«, wollte Detective Gray wissen.

Der Techniker untersuchte den winzigen Apparat und schüttelte den Kopf. »Die haben andere Kanäle eingestellt. Ihre Schützen haben jemand anderen belauscht.«

Aber wen?, fragte sich Matt.

Unterdessen stand Solomon in einem Süßwarengeschäft, das dem Restaurant gegenüber lag. Von hier aus konnte er genau beobachten, was dort vor sich ging.

Sein Magen knurrte. Bevor Donner erschossen wurde, war er nicht zum Essen gekommen, und jetzt stand er mitten in einem Süßwarenladen und wagte es nicht, seine Geldkarte zu benutzen. Die Polizei musste seinen Namen kennen und würde alle elektronischen Daten im Zusammenhang damit überprüfen. Er wollte nicht, dass herauskam, dass er sie von der anderen Straßenseite aus beobachtet hatte.

Eigentlich hätte er verschwinden sollen, das war ihm klar. Aber er konnte es immer noch nicht fassen, dass Donner vor seinen Augen getötet worden war. Bei dem Gedanken zitterten ihm Hände und Knie. Die Mörder hatten sich in aller Ruhe vor ihm aufgebaut und ihn erschossen. Als wäre das gar nichts.

Außerhalb von Veeyars und Holos hatte Solomon noch nie so etwas gesehen. In seiner Kehle brannte es sauer, und für einen Augenblick dachte er, er müsste sich übergeben. Er schluckte mühsam.

Warum sollte jemand Donner umbringen wollen? *Doch wohl nicht meinetwegen, wegen dessen, was ich weiß. Deswegen bringt man doch niemand um, oder?* Plötzlich war er sich da nicht mehr so sicher.

Streifenbeamten versuchten, die Schaulustigen vor dem Restaurant zu vertreiben. Sie holten rot-weiß gestreifte Böcke aus ihren Autos, stellten sie auf und sicherten den Bereich mit gelbem Absperrband. Widerwillig wich die Menge zurück. Inzwischen parkten drei weitere Übertragungswagen in der gesperrten Straße, aus denen Journalisten sprangen.

Solomon konnte sich noch genau erinnern, wie es war, in die Mündung einer Waffe zu blicken. Das wollte er nicht noch einmal erleben. Mit der Hand berührte er seine gebrochene Nase. Andy kämpfte vielleicht gegen ihn, verprügelte ihn möglicherweise sogar, aber töten würde er ihn nie, da war sich Solomon ganz sicher.

Doch Leute wie die beiden Killer, die Donner erledigt hatten, fanden es völlig normal, jemanden umzubringen.

Plötzlich fiel ihm das Atmen schwer. Wie tief steckte er in der Sache drin? Was hatte er getan? Wer stand hinter den Anschlägen? Die amerikanische Regierung konnte es nicht sein. Die Net Force würde ihn vielleicht verhaften, aber sie würde ihm keine bezahlten Mörder auf den Hals hetzen.

Bliebe die südafrikanische Regierung.

Eiskalte Furcht lief ihm den Rücken hinunter und kribbelte in seinem Schädel. Ihn fröstelte so, dass seine Zähne schmerzten. Die südafrikanische Regierung wusste doch nicht, wer er war. Sonst hätte er bestimmt schon früher Ärger bekommen.

Aber vielleicht hatte sie seine Identität durch sein Treffen mit Donner herausgefunden.

Bei dieser Vorstellung begann er erneut zu zittern. *Es gibt einen Ausweg, es muss einen geben. Und ich bin schlau genug, ihn zu finden.*

Obwohl sich die Aufmerksamkeit der Menschen um ihn herum auf das Restaurant gegenüber zu konzentrieren schien, fühlte er sich plötzlich beobachtet. Er sah sich in dem Süßwarengeschäft um, aber niemand schien sich für ihn zu interessieren. Trotzdem wurde er das unbehagliche Gefühl nicht los.

Er verließ das Geschäft und trat auf eine Nebenstraße hinaus. Dort hielt er das erste Taxi an, das vorbeikam. Für eine Fahrt, die ihn aus dem unmittelbaren Umkreis des Verbrechens herausbrachte, besaß er genug Bargeld.

Doch selbst auf dem Rücksitz des Taxis fühlte er sich verfolgt. Obwohl er sich albern vorkam, drehte er sich um und warf einen Blick über seine Schulter.

Eine blaue Limousine löste sich vom Straßenrand und folgte dem Taxi. Auf den Vordersitzen saßen zwei Männer.

Solomon wurde schlagartig übel. Schwer atmend, drehte er sich wieder um. Also litt er nicht unter Verfolgungswahn: Sie waren ihm tatsächlich auf den Fersen!

18

»Würdest du mir bitte erklären, was du hier tust?«

Andy sah Detective Gray an, der im Moment eindeutig Detective und nicht Davids Vater war. Hätte er in den letzten Tagen und Minuten nicht so viel erlebt, wäre er vermutlich ziemlich eingeschüchtert gewesen.

»Ich wollte was essen.« Hoffentlich kam die Geschichte mit seinem Vater nicht heraus. Zumindest wollte er zuerst nach Hause und mit seiner Mutter darüber reden. Er verschwieg ja nicht wirklich etwas, zumindest nichts, das für die Aufklärung des Mordes von Bedeutung gewesen wäre.

»Hier?« Grays Stimme triefte nicht gerade vor Sarkasmus, aber die Ironie war nicht zu überhören.

»Ja.« Andy senkte den Blick.

Detective Gray warf einen Blick auf sein Aufnahmegerät, als wollte er sich vergewissern, dass sich der Chip in den paar Minuten, seit er Andy befragte, nicht auf wundersame Weise gefüllt hatte. Auch das war eindeutig sarkastisch gemeint. »Kommst du oft hierher?«

»Heute war ich hier. Das war wohl ein Fehler.«

»Weißt du, mit wem sich Donner unterhalten hat?«

»Mit Solomon Weist.«

»Und woher kennst du Weist?«

»Er geht in Bradford zur Schule. David hat ihn doch wahrscheinlich erwähnt.«

Wenn das der Fall war, verriet Detective Gray es durch keine Regung seines Gesichts. »Weißt du, worüber sie sprachen?«

»Viel Zeit hatten sie nicht. Diese Burschen fingen fast sofort an herumzuballern.« Die Leichen lagen immer noch im Restaurant, aber die Verwundeten hatte man abtransportiert und ins Krankenhaus gebracht.

»Martin.«

Detective Gray blickte seinen Partner an.

»Wir haben die Schützen, sie sind in der Notaufnahme aufgetaucht«, teilte der ihm mit. »Es handelt sich um die Leibwächter von Terrence Sullivan.«

»Das ist doch ein Lobbyist.«

»Stimmt. Sullivan sitzt in seiner Limousine auf dem Parkplatz – seine Männer schafften ihn raus, sobald die Schießerei begann. Er war zu einer geschäftlichen Besprechung hier. Als die Knallerei anfing, erledigten zwei von seinen Leibwächtern die Männer hier. Sie behaupten, sie hätten in Notwehr gehandelt. Sullivan und die Zeugen hier bestätigen das. Einer der Schützen wurde ziemlich schwer verletzt und ist unterwegs in den OP. Als er im Krankenhaus eintraf, war er jedoch bei Bewusstsein und konnte gegenüber einem Streifenbeamten eine kurze vorläufige Aussage machen. Offenbar stand es eine Weile auf der Kippe, ob er durchkommen würde. Der andere Mann ist unterwegs ins Polizeipräsidium und wird dort alles zu Protokoll geben.«

»Sag ihm, je eher, desto besser.« Detective Gray richtete seinen Blick erneut auf Andy. »Woher weißt du, dass Weist und Donner nicht viel Zeit zum Reden hatten?«

Blitzschnell überlegte Andy, was er sagen konnte, ohne zu verraten, dass er Solomon gefolgt war. »Solomon mag mich nicht besonders, daher behalte ich ihn möglichst im Auge.«

Detective Gray nickte und machte einen Vermerk in seinem Notepad, das Andy bereits hassen gelernt hatte.

Der Detective schrieb dort nämlich keine Antworten nieder, sondern Fragen. Andy war klar, dass ihm eine weitere Fragestunde bevorstand. Grays Neugier war mit Sicherheit noch nicht befriedigt.

»Ich glaube nicht, dass sich Donner mit einem Schüler von Bradford verabredet hat«, fuhr dieser nun fort. »Daher gehe ich davon aus, dass Weist das Treffen organisiert hat. Hast du irgendeine Vorstellung, worüber ein Reporter der *Washington Post* mit einem Schüler von Bradford reden könnte?«

»Vielleicht wollte er sich über das Essen in der Cafeteria beschweren. Es wäre nicht das erste Mal.«

Grays Augen verhärteten sich.

»Detective Gray.«

Andy erkannte Captain Winters' Stimme sofort. Der Verbindungsoffizier der Net Force Explorers kam durch das Restaurant auf sie zu, wobei er mit einem Blick die Szene in sich aufnahm. Andy wusste, dass Winters später in der Lage sein würde, die Situation genau zu beschreiben.

Gray erhob sich. »Captain Winters.« Obwohl die Männer befreundet waren, fiel Andy auf Anhieb die angespannte Stimmung auf, die im Augenblick zwischen beiden herrschte. »Ich wusste nicht, dass ein Polizeikordon für Sie kein Problem darstellt.«

»Ich glaube, unsere Interessen überschneiden sich hier.«

»Ich habe drei Leichen, eine versuchte Entführung und einen Mordversuch in fünf Tagen. Was haben Sie zu bieten?«

Winters ließ sich nicht beeindrucken. »Eine Zugangsberechtigung wegen Gefährdung der inneren Sicherheit.« Er ließ das einsickern. »Und einen Net Force Explorer, der fast zu Schaden gekommen wäre. Ich wollte nach ihm sehen.«

»Waren Sie zufällig in der Nähe?«

Winters lächelte. »Mark hat mich angerufen. Wenn ich in der Nähe gewesen wäre, wäre das hier nicht passiert.«

Gray nickte widerwillig. »Ich möchte nicht, dass die Kinder in diese Sache verwickelt werden.«

»Ich auch nicht.«

Gray blickte ihn erneut an. »Das sind sie doch nicht, oder?«

»Zumindest nicht auf meine Veranlassung. Nachdem Matt am Montag fast überfahren wurde und Ihr Entführungsopfer von gestern ist, muss man allerdings sagen, dass er durchaus mit der Sache zu tun hat.«

»Wie tief steckt er drin?«

»Das weiß ich nicht, aber ich werde ihn fragen.«

»Und Sie geben mir Bescheid?«

»Sie haben mein Wort darauf. Kann ich Andy mitnehmen? Er muss doch nicht noch länger hier bleiben.«

»Ich habe ihn gerade gefragt, warum sich Solomon Weist mit einem Reporter der *Washington Post* getroffen haben könnte.«

»Kann das nicht warten? Der Junge hat viel durchgemacht.«

»Lange kann es nicht warten, dafür gibt es zu viele Tote.«

»Wäre es nicht sinnvoller, Weist aufzuspüren und ihn zu fragen?«

Gray nickte, sah aber Andy an. »Wenn mir noch eine Frage einfällt, weiß ich ja, wo du wohnst. Wir gehen das Ganze noch einmal durch, wenn sich die Situation ein wenig beruhigt hat.«

»Ja, Sir.« Andy erhob sich. Flüchtig fragte er sich, wieso Captain Winters aufgetaucht war, aber im Grunde war ihm alles egal. Was sollte er nur seiner Mutter sagen?

»Kennst du Solomon Weist?«

Matt sah Gerard Walker an und nickte. Sie standen ziemlich weit hinten im Restaurant in der Nähe der Haupt-Servicestation. Hier überdeckte der Geruch von frisch aufgebrühtem Kaffee zumindest teilweise den Gestank von Schießpulver und Blut. »Er geht mit mir in Bradford zur Schule.«

Der Redakteur nickte, wobei er die Leute von der Spurensicherung beobachtete, die überall im Raum tätig waren. »Wenn ich die Polizeibeamten richtig verstanden habe, ist er verschwunden. Und er saß bei Keith, als dieser getötet wurde.« Sein scharfer Blick bohrte sich in Matt hinein.

Der sagte gar nichts. Seiner Erfahrung nach ersparte es einem viele Probleme, wenn man den Mund hielt.

»Du siehst aus wie ein kluger Junge. Wärst du daran interessiert, Weist aufzuspüren und mit ihm zu reden? Könntest du für mich herausfinden, ob er mit mir sprechen will?«

»Warum?«

»Ich bezahle dich dafür.«

Matt schüttelte den Kopf. »Ich glaube nicht.«

Die tiefen Linien in Walkers Gesicht zeugten von dem Verlust, den er erlitten hatte. »Sieh mal, Keith war für mich mehr als ein Reporter. Er war mein Freund, ein guter Freund. Wir haben viele Jahre zusammengearbeitet und gemeinsam viele Storys veröffentlicht. Einige davon erregten großes Aufsehen, andere waren eher unwichtig. Aber es waren unsere Reportagen. Ich weiß nicht, ob du das verstehst.«

»Ich meine schon.« Matt fühlte sich schuldig, weil er sein dürftiges Wissen nicht mit Walker teilte. Aber wenn er das tat, würde es noch mehr Probleme geben, und davon hatten sie ohnehin genug.

»Keith hat sein Leben für diese Story geopfert.«

Matt wusste, dass er gegenüber dem Redakteur im Vorteil war. »Welche Story?«, fragte er, nicht ohne eine Spur von schlechtem Gewissen.

Walker sah ihn nur an, sagte aber nichts.

»Wenn ich mit Weist reden soll, muss ich wissen, welche Fragen ich ihm zu stellen habe.«

»Da hast du Recht.« Walker schüttelte den Kopf. »In diesem Geschäft ist jeder auf Geheimhaltung bedacht. Woran Keith genau arbeitete, weiß ich nicht, aber es hatte etwas mit Südafrika zu tun.«

Bei der Erwähnung des Landes krampfte sich Matts Magen zusammen. Solomon hatte Andys Vater mit dem Einsatz der Biobombe in Verbindung gebracht. Was, wenn die Story tatsächlich stimmte? *Das kann nicht sein. Nicht Andys Vater.* »Was ist mit Südafrika?«

»Keith hatte herausgefunden, dass es während des Krieges eine Vertuschungsaktion gab. Zuerst glaubte er seiner Quelle nicht, schließlich handelte es sich nur um einen Jungen von der Bradford High School. Der Krieg war schon fast zu Ende, als der geboren wurde. An was hätte er sich also erinnern sollen? Aber dann begann Keith, einige Informationen des Jungen zu überprüfen. In Washington schlossen sich die Türen vor seiner Nase. Selbst Türen, die ihm wegen seiner Vergangenheit als Kriegsberichterstatter normalerweise offen standen. Niemand wollte etwas sagen.«

Das wusste Matt von Andys Nachforschungen. Wenn der Sohn oder die Tochter eines Soldaten Fragen stellte, half man ihnen weiter, selbst wenn es um Operationen ging, die der breiten Öffentlichkeit noch nicht zugänglich waren. Andy hatte niemand Unterstützung angeboten.

Walker zog eine Visitenkarte aus seiner Jackentasche. »Falls du etwas herausfindest: Hier ist meine persönliche Nummer zu Hause und im Büro. Ruf mich an.«

»Klar.« Matt nahm die Karte und steckte sie in seine Tasche. Dann warf er einen Blick auf Captain Winters, der Andy gerade von Detective Gray loseiste. Nachdem Solomons Identität bekannt war, würde ihn die Polizei ohne Probleme finden. Es tat ihm wirklich Leid für Andy. Alles würde herauskommen. Solomon würde vor nichts zurückschrecken, um seine eigene Haut zu retten.

Solomon kämpfte gegen die Panik, die die Oberhand zu gewinnen drohte. Wie gebannt starrte er in den Rückspiegel des Taxis und versuchte herauszufinden, ob ihnen die blaue Limousine immer noch folgte.

Er räusperte sich. »Ich habe meine Pläne geändert.« Zwar hatte er dem Fahrer seine echte Adresse gegeben, aber das beunruhigte ihn nicht weiter. Nachdem seine Verfolger mittlerweile wussten, wer er war, würden sie auch seine Adresse herausfinden. Also konnte er ohnehin nicht nach Hause.

»Wohin, Junge?«, fragte der Mann müde. Seinen Beruf schien der nicht gerade zu lieben.

»An der Ampel links, ich sage Ihnen dann rechtzeitig Bescheid.«

»Aber bitte wirklich rechtzeitig. Diese alte Gurke hat einen gewaltigen Bremsweg.«

»Keine Sorge.« Solomon sah sich die Gegend an. Für ihn war es ein Heimspiel, seine Verfolger konnten das Viertel nicht halb so gut kennen wie er.

Das Taxi erreichte die Ampel gerade, als diese auf Grün schaltete, und fuhr in die Kreuzung ein. Solomon drehte sich nach hinten um.

Die blaue Limousine bog ebenfalls nach links ab, wobei sie exakt die gleiche Distanz beibehielt.

Solomon lief der Schweiß über das Gesicht, das Atmen fiel ihm schwer. Aber sein Gehirn arbeitete blitzschnell. Leider war sein Körper nicht so flott wie sein Verstand. Auf jeden Fall kannte er die Gegend wie seine Westentasche, und er hatte hier auch schon des Öfteren rennen müssen, so schnell er konnte. Mit einem Blick überprüfte er den Stand des Taxameters. Schon 9,12 Dollar. Er holte einen Zehn-Dollar-Schein aus seiner Tasche und behielt ihn in der Hand.

Dann beugte er sich vor und löste den Sitzgurt. Der Alarm schrillte los.

»He!«, protestierte der Fahrer.

»Halten Sie hier.« Solomon deutete nach rechts auf einen kleinen Tante-Emma-Laden. Die Familie Tran, der das Geschäft gehörte, kannte er schon fast sein ganzes Leben lang.

Der Fahrer hielt so hastig, dass er gegen die Kante des Bürgersteigs prallte.

Solomon warf den Zehner durch den Schlitz in der Glasscheibe, die ihn vom Fahrer trennte. Dieser brachte noch einen sarkastischen Kommentar über das großzügige Trinkgeld an, dann war Solomon draußen.

Er raste über den Gehweg und lief die kurze Treppe zum Laden hinauf. Im Schaufenster unter der verblassten roten Markise spiegelte sich die blaue Limousine. Drei Männer stiegen aus und nahmen die Verfolgung auf.

Es war Freitag. Heute prüfte Mr Tran die Kisten mit frischem Obst und Gemüse, die er für das Wochenende besorgt hatte. Bei verderblichen Gütern war Mr Tran mit den Bestellungen vorsichtig. Das hatte er Solomon, der in den Ferien bei ihm arbeitete, wieder und wieder erklärt. Kein Abfall hieß mehr Gewinn, selbst wenn er für die häufigeren Lieferungen mehr bezahlen musste.

»Solomon!«, rief Mr Tran, als dieser an ihm vorüberschoss. »Hör sofort auf, in meinem Geschäft herumzurennen!«

»Hab's eilig. Tut mir Leid.« Solomon war bereits außer Atem. Ein Langstreckenläufer war er nie gewesen. Er sprintete durch das Geschäft, schlängelte sich durch die Gänge und raste auf das Hinterzimmer zu.

Von dort gingen drei Türen ab – die zur Toilette, die auf die Gasse hinaus und die zu dem Raum mit den Wachhunden. Solomon zog den Riegel zu dem Zimmer mit den Hunden zurück, öffnete die Tür leicht und schlug dagegen. Die Hunde bellten und sprangen los. Während Solomon durch die Tür zur Gasse glitt und sie hinter sich schloss, stürmten die Tiere in den Lagerraum.

Er wandte sich nach rechts und rannte die Gasse hinunter. Hoffentlich fehlten in dem Holzzaun von Mrs Condas Garten immer noch dieselben Bretter wie im vergangenen Sommer. Das Glück – oder Mrs Condas Trägheit – war auf seiner Seite. Die Bretter waren nicht ersetzt worden. Während die Hunde knurrten und Männer brüllten, schlüpfte er durch die Lücke. Dann knallten Schüsse.

Für einen Augenblick taten ihm die Tiere Leid, aber in diesem Fall hatte sein eigenes Überleben Vorrang. Er rannte durch den verwilderten Garten, wich der Wäscheleine zwischen den schiefen Pfosten aus und raste am Haus vorbei.

Außer Atem sprintete er über die nächste Seitenstraße

und lief zwei Blocks weiter. Als er den ›Pulpmaster‹ erreichte, tanzten schwarze Punkte vor seinen Augen. Vor hundert Jahren war das kleine Gebäude ein Wohnhaus mit zwei Schlafzimmern gewesen, aber seit einem Dutzend Jahren war es eine Buchhandlung. Zuerst hatte Mr Myers seine Bücher in der Garage aufbewahrt, aber da er sie zwei gegen eins eintauschte oder zum halben Preis zurücknahm, war sein Bücherbestand ständig gewachsen. Inzwischen war jeder Winkel des Hauses bis auf Mr Myers Schlafzimmer von Büchern überschwemmt.

Solomon rannte auf die offene Garage zu. Die Wände waren von Regalen bedeckt, die nach altem Papier stanken. Auch in der Mitte des Raumes standen selbst gebaute Regale. Keines von ihnen war so hoch, dass ein Mann sie nicht im Sitzen hätte erreichen können.

»Hallo, Solly.« Mr Myers rollte in seinem Rollstuhl aus der Dunkelheit zwischen den Stapeln hervor. Er war ein Bär von einem Mann mit achteckiger Brille und großen Händen. Im Südafrikanischen Krieg hatte er seine Beine verloren. Aber für Solomon war er in den letzten Jahren der Mann gewesen, der ihm die Welt der Bücher eröffnet hatte, ihn durch Science-Fiction- und Fantasy-Romane voller Eselsohren geführt hatte. »Wieder auf der Flucht?«

Außer Atem nickte Solomon. Während all dieser Jahre war Mr Myers auch sein Schutzengel gewesen. Mit seiner lauten Stimme und einem Axtstiel, den er für Leute bereithielt, die den Fehler begingen, ihn ausrauben zu wollen, hatte er alle Kinder verjagt, die Solomon verprügeln wollten.

»Geh ins Haus.« Mit geübter Hand nahm Mr Myers seinen Axtstiel von der Wand und legte ihn sich in den Schoß. »Im Kühlschrank ist noch O-Saft. Bedien dich. Wenn diese Burschen auftauchen, verscheuche ich sie.«

Er rollte ein Stück vor, sodass er direkt hinter dem Eingang zur Garage saß.

Solomon ging ins Haus, wobei er versuchte, sein pochendes Herz zu beruhigen. *O Mann,* dachte er, *wenn mich diese Typen erwischen, bringen Sie mich um.* Ungläubig schüttelte er den Kopf. Wegen eines blöden Krieges, der doch allen egal sein sollte.

In der überfüllten kleinen Küche nahm er sich ein Glas von dem Ablaufbrett neben dem Spülbecken, wobei er wohlweislich den Bücherregalen auswich. Mr Myers spülte sein Geschirr selbst ab, daher stand alles in Reichweite. Er füllte das Glas und versuchte, einen klaren Gedanken zu fassen.

Obwohl er fest entschlossen gewesen war, Andy Moore mit dieser Geschichte über seinen Vater zu vernichten, wusste er, dass er keine Wahl hatte. Aus welchem Grund auch immer, die Südafrikaner waren bereit, für die Dateien, die er sich besorgt hatte, zu töten. Er konnte nur hoffen, dass sie ihn in Ruhe ließen, wenn er sie zurückgab.

Andy ritt in der Veeyar mit seinem Piratenschiff auf den sanften Wellen des Ozeans und betrachtete den Sonnenuntergang. In der realen Welt war es bereits spät. Seine Mutter war zu Bett gegangen. Bis jetzt hatte er im Holo-Net nichts über Solomons Story gehört. Allerdings war Solomon selbst unauffindbar.

Seiner Mutter zu sagen, was los war, hatte Andy nicht übers Herz gebracht. Vor dem Schlafengehen hatte er zweimal angesetzt, aber er wusste einfach nicht, wie er es anstellen sollte.

In seiner Veeyar gab es ein Fenster zum HoloNet, das aus irgendeinem Grund virtuelle Piraten anzog. Auf Fässern saßen sie davor und beobachteten ihn. Er hatte den Ersten Maat so programmiert, dass er ihn sofort informierte, wenn etwas über Solomon oder Südafrika gesendet wurde.

Während er auf die Wölbung des Meeres starrte, versuchte Andy, sich einen Plan auszudenken. Nachdem Captain Winters sie abgeholt hatte, hatte er kurz mit Matt und Megan geredet, war jedoch nicht besonders gesprächig gewesen. Zum Glück hatten sie ihn in Ruhe gelassen.

Ein weiterer glücklicher Umstand war, dass Captain Winters offenbar nichts von dem Kampf zwischen ihm und Solomon wusste. Vielleicht hatte er auch andere Probleme. Auf jeden Fall war der Verbindungsoffizier der Net Force Explorers nicht so aufmerksam gewesen wie sonst. Das hatten zumindest Matt und Megan später behauptet. Andy selbst war nichts aufgefallen.

»Capt'n.«

Andy drehte sich zu seinem Ersten Maat um.

»Sie haben Besuch.«

Andy ging zurück zum Achterschiff und berührte das Internet-Symbol. Ein Fenster öffnete sich, das Mark in seinem Kybernetik-Crashsuit zeigte. Das Outfit wirkte gewagter denn je, denn die weichen Rundungen waren kantigen Flächen gewichen. Mark schwebte schwerelos in dem schwarzen Ozean, der das Netz erfüllte.

»Was gibt's?«, erkundigte sich Andy.

Mark grinste. »Ich will mich auf einer Party einschmuggeln. Kommst du mit?«

»Mir ist nicht nach Party. Vielleicht ein anderes Mal.«

»Ich glaube, dieser Ball würde dir gefallen, Aschenputtel.«

Marks flapsige Bemerkung ärgerte Andy. »Hör mal, mir ist wirklich nicht danach ...«

»... dir die südafrikanischen Archive anzusehen? Verstehe. Vielleicht ein anderes Mal.« Er salutierte und ließ sich davontreiben.

»Was? Moment mal! Komm sofort zurück!«

Mark drehte sich mit Unschuldsmiene zu ihm um.

»Wann hast du beschlossen, dir die Akten der Südafrikaner anzusehen?«

»Seit Matt und ich eine Spur entdeckt haben, die dorthin führen könnte.« Mit kurzen Worten berichtete Mark von dem Raumpfleger, den sie auf den ›geborgten‹ Videos aus den Archiven des Sicherheitssystems entdeckt hatten.

Obwohl Andy seit fast einer Woche nicht mehr richtig geschlafen hatte, gewann seine Aufregung die Oberhand. »Seit wann arbeitet ihr daran?«

»Seit heute.«

»Und warum habt ihr mir nichts gesagt?« Andy griff nach dem Fenster in seiner Veeyar und zog sich auf die andere Seite.

»Wann denn? Während deiner Prügelei mit Solomon? Während der Strafpredigt des Direktors? Oder während der Schießerei und des anschließenden Verhörs durch die Polizei?«

»Da hast du nicht Unrecht.«

»Außerdem wussten wir noch nicht mal, ob die Anschläge auf die Hacker was mit Solomons Aktivitäten zu tun hatten. Das wurde uns erst klar, als wir auf eine mögliche Verbindung nach Südafrika stießen. Wir können uns natürlich täuschen, aber nachdem ich ohnehin in der Gegend war, dachte ich, ich frage dich, ob du mitkommen willst.«

»Na klar doch.« Andy kletterte durch das Fenster in Marks Veeyar und stürzte sich ins Netz. Als er Marks ausgestreckten Handschuh berührte, sprühte ein winziger Funken. Wie eine Welle legte sich ein Crashsuit wie der, den Mark trug, über ihn und hüllte ihn ein. Andy tastete nach den Bedienelementen, die im linken Handschuh untergebracht waren. Im rechten befand sich das Programmierfeld für die integrierten Sicherheitsvorkehrungen und Programme. Nachdem er nicht das erste Mal mit Mark unterwegs war, kannte er den Crashsuit bereits.

»Wie willst du da reinkommen?«

»Wir klopfen einfach an.« Mark grinste. »Mir nach.« Er schoss davon.

Die Arme eng an den Körper gelegt, sauste Andy hinter ihm her. Unter ihm erhoben sich die Cybertürme von Wirtschaft, Regierung und religiösen Vereinigungen. Als Mark Kurs auf das BelTelComm-Gebäude im Zentrum von Washington nahm, wurde Andy klar, dass sie sich in elektronische Raketen verwandeln würden.

»Warum ist Matt nicht dabei?«, erkundigte er sich. »Das scheint doch genau die Art Aktion zu sein, bei der du ihn gern dabei hättest.«

»Ich bin hier«, drang Matts Stimme aus Andys Helm.

»Matt wird für uns anklopfen«, erklärte Mark.

Andy war Mark dicht auf den Fersen, als sie durch die BelTelComm-Zentrale rasten. Sobald sie das Labyrinth von Telefonleitungen erreichten, änderten sie abrupt ihren Kurs. Sie schossen nach oben, auf die Infrastruktur für Satellitenverbindungen zu, die in etwa zehn Kilometer Höhe begann. Wie oft sie durch die Leitungen zischten – Andy hätte es nicht sagen können. Er folgte einfach dem Pfad, den Mark ihnen bahnte. Um sie herum zischte und knallte es, als sich Mark mit seinem scharfkantigen Crashsuit durch die Schaltkreise arbeitete.

Dann hatten sie plötzlich freie Bahn. Schneller als je zuvor rasten sie über die rötlich-schwarz schimmernde Darstellung des Atlantiks. Vereinzelt leuchteten auf seiner Oberfläche helle Kegel: Satellitenverbindungen der Zentrale, die Schiffe mit Internetzugang auf See markierten. Um sie herum verschwamm die Welt im Nebel. In wenigen Sekunden hatten sie Südafrika erreicht.

19

Hätte Mark es ihm nicht gesagt, Andy wäre nicht darauf gekommen, dass sie bereits in Südafrika waren. Im Netz sah Mandelatown aus wie jede andere Großstadt. Sie passierten die südafrikanischen Kommunikationsrelais und sausten über das Modell der Stadt. Vor dem höchsten Gebäude hielten sie an.

»Sind das die Archive?«, wollte Andy wissen.

»Das Regierungsgebäude«, korrigierte Mark. »Die Archive sind da drin, das habe ich überprüft.«

»Gehen wir rein?«

»Wenn Matt anruft, werden wir es versuchen.«

»Versuchen?«

»Garantien gibt es keine. Im schlimmsten Fall fliegen wir auf und müssen uns ausloggen.«

»Wie will Matt uns da reinbringen?«

»Er wird die südafrikanische Regierung anrufen und behaupten, er wüsste, wo das Zeug ist, nach dem ihre Leute suchen.«

»Stimmt das?«

»Nein.« Mark starrte wie gebannt auf das Gebäude.

»Aber sie werden versuchen, den Anruf zurückzuverfolgen.«

»Von wo ruft er an?«

»Von einer öffentlichen Telefonzelle im Stadtzentrum. Selbst wenn es ihnen gelingt, den Anruf zurückzuverfolgen, hilft ihnen das nicht weiter.«

Andy überlegte kurz. »Du hast mir nicht gesagt, wie wir reinkommen«, meinte er dann.

»Wir reiten auf dem Datenstrom des Rückverfolgungsprogramms. Wenn wir uns als Teil der zurückfließenden Daten maskieren, müssten wir da eindringen können, ohne aufzufallen.«

»Leute«, rief Matt. »Seid ihr bereit?«

»Leg los«, sagte Mark. Er drehte sich zu Andy um. »Bleib bei mir, sonst kommst du da nie rein.«

Andy nickte. Er hörte, wie eine Telefonverbindung hergestellt wurde. Dann antwortete jemand aus den Büros der südafrikanischen Regierung. Matt zog sein Theater ab und verlangte den Zuständigen für die Amerika-Operation. Der Telefonist gab vor, nichts davon zu wissen, aber als Matt drohte aufzulegen, verband er ihn schnell weiter.

Aus dem südafrikanischen Kommunikationsrelais schoss ein elektrisch blauer Strahl auf das Regierungsgebäude zu.

»Das ist das Telefonsignal.« Mark flog zu dem Strahl. Dann deutete er auf eine formlose, dunkelblaue Masse, die aus dem Regierungsgebäude strömte und in dem elektrisch blauen Strahl kaum zu erkennen war. »Und hier kommt die Rückverfolgung.«

Das Programm zischte an Andy vorbei. Es beschleunigte so schnell, dass er es fast verpasst hätte.

»Ich bin dran«, meldete Mark. »Halt dich an mir fest.«

Andy betätigte die Steuerung in seinem linken Handschuh, die seinen Crashsuit an den von Mark anhängte.

»Wenn das Ding zurückkommt«, warnte Mark, »werden wir eingesaugt. Dann wird alles sehr schnell gehen.«

»Ich bin bereit.«

Das Rückverfolgungsprogramm war fast sofort wieder da. Seine Anziehungskraft schien zehnmal größer als alles, was Andy je erlebt hatte. Für einen Augenblick spürte er einen Anflug von Panik, als er merkte, dass er die Kontrolle über seine eigenen Bewegungen verlor. Instinktiv wollte er sich ausloggen, doch er behielt sich im Griff.

Beide Jungen fielen in die Telefonverbindung, die jetzt wie ein sechs Meter breiter Tunnel wirkte. Kurz über der Oberfläche des Rückverfolgungsprogramms hielten sie an, während der Rest des Netzes im Nebel verschwamm.

»Aufgepasst!«, warnte Mark. »Hier kommt das erste Sicherheitsprogramm!« Seine Hand schoss vor, und purpurfarbene Laserstrahlen brannten sich in die kleinen Gestalten, die auf sie zurasten.

Für Andy sah das Sicherheitsprogramm aus wie ein Schwarm metallisch glänzender Piranhas. Mit aufgerissenen Mäulern schnappten ihre gezackten Zähne nach blauen Lichtpunkten. Unter Einsatz der eingebauten Zielvorrichtungen des Crashsuits eröffnete er das Feuer. Sobald die Laserstrahlen die Piranhas berührten, lösten sie sich in stinkenden Rauch auf, der irgendwie in den Crashsuit einzudringen schien.

Es sah cool aus, aber bei der Programmierung ging es weniger um brutale Gewalt als um brillante Tarnung – Mark hatte nur diese Art der visuellen Darstellung für die elektronischen Ereignisse gewählt. Die Piranhas bedeuteten, dass das Sicherheitsprogramm des Computers ihre Anwesenheit im System für verdächtig hielt. Datenströme, die von den Laserstrahlen symbolisiert wurden, überzeugten den Computer davon, dass sie zum normalen Datenverkehr gehörten, Pakete normaler interner Kommunikation, die das Sicherheitsprogramm ohne Überprüfung durchlassen sollte. Bis jetzt schien es zu funktionieren.

»Wow«, meinte Mark anerkennend. »Das war interessant. Eine zweistufige Sicherheitsüberprüfung. Ich lade das alles runter, um es später zu untersuchen. So was habe ich noch nie gesehen. Wenn die Programmierung der Crashsuits nicht so gut wäre, hätte das übel ausgehen können.«

Andy wollte gar nicht wissen, wie übel. Außerdem war er noch nicht alle Piranhas los. Drei der kleinen Biester hatten sich an den Laserstrahlen vorbeigearbeitet und schlugen ihre Fänge in seinen Crashsuit.

»Abschütteln!«, brüllte Mark, während er selbst auf die metallischen Geschöpfe eindrosch, die sich an ihn gehängt hatten. »Die fressen sich durch den Anzug! Wenn ihnen das gelingt, sind wir draußen.«

Andy schlug nach den Piranhas, aber die hatten sich festgebissen. Er versuchte, sie loszureißen, doch ihre scharfen Metallflossen schnitten tief in seine Handschuhe. Dann kam er auf die Idee, einen der Fische zwischen seinen Händen zu zerklatschen. In der stahlharten Haut zeigten sich tiefe Risse. Er wiederholte den Vorgang bei den übrigen beiden Quälgeistern. Die Fische zerfielen in kleine Stücke, aber sein Crashsuit blieb von den Bissspuren gezeichnet.

Im Hintergrund hörte er, wie sich Matt mit einem Südafrikaner unterhielt. Ihre Stimmen klangen merkwürdig verzerrt.

»Vorsicht, Schutzgitter!«, rief Mark.

Andy griff nach den Bedienelementen in seinem rechten Handschuh. Als er aufsah, erschien direkt vor ihnen ein leuchtendes gelbes Viereck – eindeutig die zweite Verteidigungslinie. Hoffentlich wurde Marks Programmierung ihrer Aufgabe gerecht. Direkt bevor das Rückverfolgungsprogramm durch das Gitter rauschte, aktivierte Andy das entsprechende Symbol.

Als er gegen das Gitter prallte, spürte er ein Kribbeln und Vibrieren. Wenn Marks Programmierung nicht funktioniert hätte, hätte der Rechner sie als Eindringlinge erkannt, die Crashsuits hätten sich aufgelöst, und sie beide wären aus dem Netz geflogen. Stattdessen schienen sie in einer Wolke blutroter Atome zu explodieren, die durch winzige Löcher in dem Schutzgitter stoben. Hätte sich nur eines der Teilchen an der falschen Stelle befunden, hätten sie es nicht geschafft.

Die Piranhas, die immer noch an Marks Crashsuit hingen, implodierten mit lautem Knall. Dank der cleveren Programmierung hielt der Hostrechner die Piranhas für die Eindringlinge, nicht die Jungen. Deswegen hatte er sie ausgeschaltet – und das würde er auch mit Mark und Matt tun, wenn sich die Gelegenheit dazu bot.

Als sich Andy auf der anderen Seite neu formierte, befand sich Mark unmittelbar vor ihm. Sie hängten sich weiter an das Rückverfolgungsprogramm. Dann verschwand es, und für einen Augenblick fürchtete Andy, etwas wäre schief gelaufen. Im nächsten Moment verschwand die Welt um sie herum.

Blinzelnd stellte er fest, dass er auf festem Boden stand, in einem kleinen Büro.

»Wir sind drin«, meinte Mark neben ihm. »Los.« Er rannte zur Tür. »Leider sind wir nicht ganz dort, wo ich uns haben wollte.« Er berührte die Türklinke. Weißer Nebel wallte auf und formte ein Dämonengesicht. »Persönliche Sicherheitsmaßnahmen für das Büro.« Seine Stimme klang unbeeindruckt. Mit den Händen berührte er das Gesicht. Rubinrote Funken sprühten auf, und das Gesicht verschwand. Mark öffnete die Tür und ging durch.

Draußen im Gang beschwor Mark einen Plan des Gebäudes herauf. Wie war er bloß an den gekommen?

»Nicht mehr weit«, verkündete er. Die Führung übernehmend, sprintete er den Gang entlang.

Während er hinter Mark herlief, hörte Andy, wie Matt die Verbindung unterbrach. Plötzlich schrillten Sirenen durch den Korridor.

»Sie haben gemerkt, dass wir in Ihrem System sind«, kommentierte Mark. »Aber sie wissen nicht, wo. Noch nicht.« Am Ende des Ganges befand sich ein Aufzug, dessen Türen er gewaltsam öffnete. »Jetzt wissen sie es – also schnell!« Ohne zu zögern, ließ er sich in den leeren Schacht fallen, in dem die Kabine weit unter ihnen langsam nach oben rumpelte.

Andy folgte ihm. Mit dem Antrieb seines Crashsuits bremste er den Fall zwei Stockwerke tiefer ab. Die Aufzugtüren dort leuchteten. Auf Marks Berührung erlosch das Licht, und die Türen öffneten sich.

Sie liefen den nächsten Gang entlang und bogen bei der ersten Gelegenheit rechts ab. Bogentüren versperrten ihnen den Weg. Mark schlug die Hände von beiden Seiten gegen die elektronischen Schlösser, die sie sicherten. Blaues Feuer pulsierte durch seine Handschuhe, und über die Digitalanzeige liefen plötzlich ein Dutzend Zahlen.

Die Türen sprangen auf: Marks Programm hatte funktioniert.

Mark stürzte vor. Der Raum, in dem das Archiv untergebracht war, schien vollständig aus Obsidian zu bestehen und stand voller Tresortürme.

Bei ihrem Anblick wäre Andy fast verzweifelt. *Wie sollen wir hier auf die Schnelle was finden?*, dachte er.

Wortlos streckte Mark die Hand aus. Glühende rot und weiß gestreifte Dreiecke fielen aus seiner Handfläche und rasten durch die Luft. Unverzüglich stürzten sie sich auf die Archive und begannen mit der Suche.

»Sortierprogramm«, erklärte Mark. »Eines der besten, das ich je entworfen habe.«

Plötzlich flogen die Türen hinter ihnen mit einem Knall auf. Als Andy herumfuhr, entdeckte er eine monstiöse Gestalt, die den Eingang versperrte.

Sie schien fast drei Meter hoch und mindestens ebenso breit zu sein. Trotz der lederartigen Eidechsenhaut und der geschmeidigen Bewegungen handelte es sich unverkennbar um eine mechanische Konstruktion. Überall standen scharfe Flossen ab.

»Das ist aber wirklich hässlich«, hauchte Mark.

Und schnell war es auch. Mit einem Hieb seiner riesigen Tatze schleuderte es Mark durch die Luft. Grüne Funken sprühten, dann schien ein greller Blitz Marks Crashsuit einzuhüllen.

Nun richtete das Wesen seine glasigen Reptilienaugen auf Andy.

»Hol die Daten!«, befahl Mark, während er den Blitz mit seinen Handschuhen packte und sich losriss. Sobald der Strom unterbrochen war, verblasste das Licht.

Ein Blick auf die Archivtürme zeigte Andy, dass an zwei verschiedenen Türmen die Dreiecke des Sortierprogramms blinkten. Er sprang in die Luft. Das Antriebssystem des Crashsuit schaltete sich ein, und es gelang ihm gerade noch abzuheben, während die Klauen des Ungeheuers schon über die Panzerung seines Anzugs schrammten.

Mark wirbelte mit ausgestreckten Händen auf ihn zu.

Aus seinen Handschuhen sprangen Bänder in drei verschiedenen Grüntönen und wickelten sich um das Monster, konnten es aber nicht halten. Dafür war es zu groß und zu stark.

»Hol die Dateien!«, brüllte Mark. »Wir müssen hier raus! Die verfolgen unsere Signatur!«

Andy flog hinauf zu den beiden markierten Tresoren, stieß seine Hand in den ersten und aktivierte ein Upload-Programm. Sein rechter Arm schien sich in einen riesigen Saugrüssel zu verwandeln, der die Daten in den Crashsuit einspeiste. Eilig wiederholte er den Vorgang mit dem anderen Safe.

Dann zerbarst Marks Crashsuit im unerbittlichen Griff des Ungeheuer-Sicherheitsprogramms, und Mark verschwand. Nun wandte sich das Wesen Andy zu. Es sprang ein paar Meter in die Höhe, grub seine Klauen in die Seiten des Tresorturms und kletterte direkt auf ihn zu.

Gerade als es ihn erreichte, war der Kopiervorgang beendet. Erleichtert loggte Andy sich aus.

»Hinten im Raum ist ein Gerät, das du benutzen kannst.« Solomon bedankte sich bei dem Angestellten hinter der Theke und ging durch die Reihen der Computer-Link-Stühle, die die Cyberbar füllten. Die Bar war lang und schmal, und wurde fast vollständig von den Miet-Computerstühlen ausgefüllt. An den hohen Wänden prangten Spielfiguren, Symbole und Logos aus Neonröhren. Obwohl es nach Mitternacht war, waren fast alle Stühle besetzt.

Er ließ sich auf den Computer-Link-Stuhl fallen und zog seine Universal-Kreditkarte durch das Lesegerät. Anhand der Karte konnte man ihn zwar aufspüren, aber er hatte nicht die Absicht, lange online zu bleiben.

Sobald das Lesegerät die Systeme des Computer-Link-Stuhls aktiviert hatte, schob er das mitgebrachte Datascript in den Schlitz, lehnte den Kopf zurück und wartete, dass die Implantate booteten. Als er wieder einatmete, war er online. Er trug sein Cyberhybrid-Proxy, das gab seinem Selbstbewusstsein Auftrieb.

Die Veeyar, die er bei Mr Myers erstellt hatte, war einfach. Das Bild stammte aus einem alten Zeichentrickfilm. Er stand am Rand eines Cartoon-Canyons, die Farben leuchteten unter der ewigen Mittagssonne. Eine Straße führte zum Abgrund, wobei er nie verstanden hatte, warum jemand dort eine Straße bauen sollte.

Solomon deutete auf einen Kaktus in der Nähe, der sich sofort in eine Telefonzelle verwandelte. Er trat ein und gab die Nummer der südafrikanischen Regierung ein. Als eine höfliche Frauenstimme antwortete, verlangte er das Büro des Generals. Sie zögerte einen Augenblick, wohl um ihm zu verstehen zu geben, dass ein solcher Anruf nicht jeden Tag bei der Zentrale einging.

Während er auf das zerklüftete Gelände blickte, das ihn umgab, auf die Canyons, die sich in sauber gezeichneten Streifen durch die Mesa zogen, versuchte er, nicht an seine Angst zu denken. Schon einen öffentlichen Ort wie die Cyberbar aufzusuchen war fast zu viel für ihn gewesen. In der Ferne wirbelte eine Windhose über die Straße.

»Hallo«, meldete sich eine tiefe Stimme, deren Englisch eindeutig britisch gefärbt war.

»Sind Sie General Nkosi?« Solomon war klar, dass das nicht der Fall sein würde. Der südafrikanische Militärchef war mit Sicherheit nicht für jeden zu sprechen. Aber die Leute, mit denen er reden wollte, würden das Gespräch mithören. Er berührte das Telefon, und eine Uhr mit laufendem Sekundenzeiger erschien.

»Nein, tut mir Leid, der General ist beschäftigt. Ich bin Captain Mbeki. Kann ich Ihnen helfen?«

»Ich wollte mit dem General sprechen. Ich habe Informationen für ihn.«

»Würden Sie mir sagen, um was es geht?«

»Um die Vorgänge in Washington, D. C.« Solomon ließ die Uhr nicht aus den Augen. »Und wenn Sie mir noch weitere Fragen stellen, lege ich auf.«

»Ich übernehme das, Mbeki«, schaltete sich ein weiterer Mann ein. Seine Stimme war glatt, ohne Färbung und Akzent. Jemand, der sich, ohne aufzufallen, in verschiedenen Ländern und Regionen bewegen konnte. »Welche Informationen haben Sie für uns?«

»Mit wem spreche ich?«

»Mit jemand, der das Ohr des Generals hat. Also der Person, mit der Sie eigentlich reden wollten.«

Solomon grinste. Er kam sich vor wie bei einem Agentenspiel in seiner Veeyar. Und offenkundig war er ein erfolgreicher Spion. »Ja, genau das wollte ich.«

»Welche Informationen besitzen Sie?«

»Wir wissen doch beide, dass ich keine Informationen habe. Ich bin der Typ, den Ihre Leute hier suchen.«

»Erzählen Sie mehr.«

»Ich bin bereit, mit Ihnen eine Vereinbarung zu treffen.«

»Ich höre.«

»Ich habe mich in Ihre Systeme eingehackt, aber ich bin bereit zurückzugeben, was ich mir genommen hatte.«

»Dafür ist es vielleicht zu spät.«

Zu spät? Es kann nicht zu spät sein! Solomon wand sich innerlich. »Dann müsste ich mich an die Net Force wenden.«

»Warum haben Sie das noch nicht getan?«

»Weil sie nicht wissen, wer ich bin. Wenn ich mich melden würde, müsste ich meine Identität preisgeben. Falls Sie Ihr Eigentum zurückerhalten, werden Sie sich auf einen Deal mit mir einlassen, oder?«

»Vielleicht.«

Solomon starrte auf die Uhr. »Ich verschwende meine Zeit mit diesem Geplänkel, und Sie verschwenden Ihre Zeit damit, den Anruf zurückzuverfolgen. Selbst wenn Sie meinen Standort herausfinden, bin ich schon längst verschwunden, bis Ihre Leute hier sind.«

Eine kurze Pause folgte. »Also gut. Was bieten Sie uns an?«

»Lassen Sie mich die Dateien zurückgeben. Danach kann General Nkosi alle anweisen, mich zu vergessen.«

»Woher sollen wir wissen, dass Sie keine Kopie behalten?«

»Weil Ihre Leute das sehr schnell herausfinden würden. Ich will sie nicht wieder auf dem Hals haben.«

»In Ordnung. Schicken Sie uns die Dateien zurück, und wir lassen die Sache fallen.«

Solomons Stimmung hob sich gewaltig. »Das geht im Moment nicht.«

»Wann?« Die Stimme klang eindeutig verärgert.

Solomon hatte den Eindruck, der Mann ließ seine Gefühle bewusst durchklingen. »Dienstag. So lange brauche ich, um alles zu arrangieren.« Er wollte mehr Zeit, damit er sich verstecken und die Vorgänge aus sicherer Entfernung beobachten konnte. Außerdem war ihm nicht recht wohl dabei, sein einziges Druckmittel aus der Hand zu geben.

»Wann am Dienstag?«

»Dienstagnachmittag.«

»Wir freuen uns darauf, von Ihnen zu hören. Ich gebe Ihnen eine Nummer, die Sie kontaktieren können.«

Solomon tat so, als würde er die Nummer notieren, obwohl er nicht die Absicht hatte, sie zu verwenden. Die Leitung war wahrscheinlich mit Fallen und Rückverfolgungsprogrammen gespickt. Unter Umständen konnten sie damit sogar seinen Standort ermitteln, bevor er sich ausloggte.

»Wir geben Ihnen eine einmalige Gelegenheit. Nutzen Sie sie.« Damit hängte der Südafrikaner auf.

Verwirrt blickte Solomon auf den stummen Hörer. Unglaublich, dass der Kerl einfach aufgehängt hatte. Das gehörte doch zu *seiner* Rolle. Wenn man Leute erpresste, durften die nicht einfach auflegen. Im Gegenteil, sie hätten versuchen müssen, das Gespräch in die Länge zu ziehen. Wut stieg in ihm auf, wich aber sehr schnell kalter Angst. Offenbar waren die selbstbewusst genug dafür. Mehr war dazu nicht zu sagen.

Die Windhose, die er vorhin gesehen hatte, wirbelte vorüber. In ihrem Inneren entdeckte Solomon die vertraute Gestalt des Roadrunners, der auf den Abgrund zulief. Der Coyote, der ihn verfolgte, saß auf einer Feuer speienden Rakete. Schon streckte er die Hand nach dem Vogel aus, da hielt dieser abrupt am Rand des Canyons an. Die Rakete schoss darüber hinaus, begann zu stottern und ging über der Schlucht aus. Mit einem Blick tiefer Enttäuschung stürzte der Coyote in die Tiefe.

Am liebsten wäre Solomon in der Veeyar geblieben. Nicht in der Cartoon-Landschaft, aber irgendwo, wo es ihm gefiel. Das wäre allerdings ein schwerer Fehler gewesen, das war ihm klar. Mit Sicherheit hatte ihm der Mann ein Team auf den Hals gehetzt. Ihn persönlich in der Hand zu haben war besser als Verhandlungen.

Tief unter ihm prallte der Coyote auf die harte, sonnenverbrannte Erde.

Der Knall hallte über das stille Land. Solomon wusste, dass ihn leicht dasselbe Schicksal ereilen konnte. Für den Coyoten gab es immer einen neuen Trickfilm, nicht aber für Solomon. Müde und hungrig loggte er sich aus.

Angespannt warteten Andy, Matt und Mark in den Schatten der Baumgruppe bei Site 43. Nach ihrer Rückkehr in Andys Veeyar hatten sie die erbeuteten Dateien durchsucht, bis sie auf die richtige stießen.

Als er sah, wie eindeutig die Datei markiert war, sank Andys Mut. Schweigend luden er und seine Freunde sie in die Veeyar.

Nur wenige Minuten später kamen die Soldaten in Nachtschwarz in Sicht. Aus der Nähe waren ihre Waffen eindeutig als amerikanisch zu erkennen. Selbst jetzt gab Andy noch nicht völlig auf. Vergeblich versuchte er, mit den Blicken die nächtlichen Schatten zu durchdringen. Aber wahrscheinlich war ohnehin alles umsonst.

Es wird alles noch einmal geschehen, dachte er.

Die Ereignisse liefen ab wie gehabt. Die einsame Gestalt im Schutzanzug kroch zur Biobombe und stellte den Zeitzünder ein. Dann rannte sie über den Fluss zurück, wurde jedoch durch feindliches Feuer aufgehalten. Wieder explodierte die Bombe. Die Gestalt ging zu Boden und überprüfte verzweifelt ihren Anzug, als das tödliche Gas über sie hinwegrollte. Einen Augenblick später wurde das Gesicht hinter dem Visier sichtbar.

Andy erkannte seinen Vater sofort. Nach all der Zeit, die er mit Bob in der Veeyar verbracht hatte, waren ihm seine Züge noch vertrauter. »Er war es«, stellte er bitter fest. »Mein Vater hat die Biobombe gezündet. Solomon hatte Recht.«

»Etwas stimmt da nicht«, hielt Matt dagegen. »Wenn die südafrikanischen Nationalisten dieses Material hatten, warum setzten sie es dann nicht ein, um den Ausgang des Krieges zu beeinflussen?«

Andy war das mittlerweile völlig gleichgültig. »Das ist doch egal. Sie hatten es eben nicht. Vielleicht hatte Solomon Recht, und sie verwendeten es als Druckmittel, damit sie nach dem Krieg an der Macht bleiben konnten. Wichtig ist doch nur, dass mein Vater für den Tod all dieser Menschen verantwortlich war.« Seine Mutter fiel ihm ein.

»Die Nationalisten hätten das nie zurückgehalten«, wandte Matt ein. »Andy, ich sage dir, da stimmt was nicht. Wir übersehen hier was.«

Andy fuhr herum. Ärger und Frustration brachen aus ihm heraus. »Wir übersehen gar nichts! Es ist alles da! Ihr habt es doch selbst vor Augen gehabt und auch noch aus zwei verschiedenen Quellen.«

»Aus einer«, stellte Matt fest.

»Woher wollt ihr wissen, dass Solomon seine Version nicht von jemand anderem hat?«

»Und von wem bitte?«

»Das weiß ich nicht.« Andy beobachtete, wie die amerikanische Spezialeinheit durch den Dschungel floh. »Ist ja auch egal.«

»Ist es nicht. Gib deinen Vater nicht auf, Andy.«

Bevor er es verhindern konnte, liefern Andy Tränen über die Wangen. Er wurde noch wütender. »Verdammt, Matt, ich kann mich nicht mehr an die Hoffnung hängen, dass er unschuldig war. Siehst du nicht, wie dumm das ist? Er hat es getan. Er hat diese Leute auf dem Gewissen, alle. Und er selbst ist einen Tag später gestorben. Ich kann nicht hier sitzen und das leugnen.«

»Du weißt nicht, ob das stimmt.«

»Und du weißt nicht, ob es nicht stimmt.«

Matt sagte kein Wort. Er wechselte einen Blick mit Mark, aber der konnte ihm auch nicht helfen.

»Ich habe ihn nicht gekannt«, verkündete Andy, »und ihr auch nicht.« Um sie herum wirbelte der Seuchentod durch die Luft. »Vielleicht war das besser so.« Damit loggte er sich aus, bevor Matt noch etwas sagen konnte.

In seinem Zimmer stemmte er sich aus dem Computer-Link-Stuhl, ging zu seinem Bett und setzte sich mit dem Rücken an die Wand gelehnt darauf. Er schlang die Arme um seine Knie und legte den Kopf auf die Beine.

In der Stille seines Raumes betete er darum, dass er nur dieses eine Mal aufgeben konnte. Es war dumm zu glauben, dass sein Vater unschuldig war. Aber seine Mutter glaubte daran, also musste er weitermachen.

Denn an seine Mutter hatte Andy immer geglaubt.

Er war hin- und hergerissen. Es war eine Sache, wenn er selbst aufgab, aber wie konnte er das von seiner Mutter erwarten? Und wenn sie es tat, würde sie dann noch sie selbst sein?

20

Matt schob jeden Gedanken an Müdigkeit beiseite, während er durch den südafrikanischen Dschungel trabte. Es war fast sechs Uhr am Dienstagmorgen. Am Abend vorher war er um acht Uhr eingeschlafen, was eine Flut von

Fragen seitens seiner Mutter ausgelöst hatte, die fürchtete, er wäre krank.

Um drei Uhr war er aufgewacht und hatte nicht wieder einschlafen können. Er hatte sich auf den Computer-Link-Stuhl gesetzt. Zumindest konnte sich sein Körper dort weiter ausruhen, während sein Geist aktiv war.

Über das Wochenende hatten die Explorers Washington nach Solomon Weist abgekämmt, der immer noch unauffindbar war. David Gray zufolge suchte auch die Polizei nach ihm. Die Hacker von Bradford hatten sie ebenfalls befragt, aber das hatte sich als Sackgasse erwiesen.

Zumindest hatten sich in Bradford keine weiteren Anschläge ereignet.

Möglicherweise hatte das mit dem Tod von McDouglas und Tomlinson zu tun. Vielleicht hatten deren Auftraggeber niemand gefunden, den sie engagieren konnten, oder *es* war gefunden und zurückgegeben worden.

Dieser Gedankengang ließ Solomons Verschwinden noch interessanter erscheinen.

Matt ging der Film vom 12. August 2014 nicht aus dem Sinn. Andy war nicht gerade gesellig, und jeder Versuch, mit ihm über den Film zu sprechen, konnte einen Streit heraufbeschwören. Das tat Matt zwar Leid, aber er wusste, dass er nichts erzwingen konnte.

Stattdessen konzentrierte er sich auf das Filmmaterial, den einzigen Anhaltspunkt, den sie hatten. Megan und Maj gingen die Aufnahmen ebenfalls durch.

Mit dem Rest seines geheimen Einsatzteams lief er durch die Hitze. Seine Kampfuniform war schweißdurchtränkt und klebte auf seiner Haut. Er trug ein M-16 und lief direkt hinter Colonel Moore, mit dem er von dem Zweieinhalbtonner gesprungen war.

Matt hatte die Strecke mehr als ein Dutzend Male zurückgelegt. Der Film zeigte nicht, wie das Einsatzteam in das Gebiet gelangt war, aber er nahm an, dass ein Helikopter sie eingeflogen hatte.

Das erklärte allerdings nicht, wie das Team an den Zweieinhalbtonner gekommen war. Er hatte versucht, diese Spur weiterzuverfolgen, war aber zu keinem Ergebnis gelangt.

Erneut wurde die Kiste am Flussufer abgestellt und in aller Eile aufgestemmt. Matt war so müde, dass er die Diskrepanz seiner Erschöpfung zuschrieb, als sie ihm das erste Mal auffiel.

»Computer, aktuelles Programm anhalten. Dreidimensional bleiben.« Nachdem der Computer das Programm beendet hatte, sodass sich die Welt um ihn herum in ein Stillleben verwandelte, ging Matt zu der Kiste. Er hatte sich so auf Colonel Moore konzentriert, dass er den anderen Personen kaum Beachtung geschenkt hatte.

Zwei Männer standen mit Brecheisen in der Hand wie erstarrt neben der Kiste.

Einer arbeitete mit links, der andere mit rechts. Ihre Bewegungen waren vollkommen synchron.

Matt hatte Militäreinheiten gesehen, die diese Synchronisierung trainierten, aber eine solche Perfektion hatte keine erreicht. Die Gesichter der beiden waren nicht klar definiert. Außerdem wirkten sie so ähnlich, dass sie Brüder hätten sein können.

»Computer, Subjekte anhand militärischer und ziviler Aufzeichnungen identifizieren.« Während er ungeduldig wartete, betrachtete er die Gesichter der übrigen Männer. Auch diese zeigten fast identische Züge. Er versuchte, seine Aufregung im Zaum zu halten. Vielleicht war das Programm so eingestellt, dass es nach einem Standardmuster Personen reproduzierte, ohne so exakt vorzugehen wie bei Colonel Moore.

Aber das Programm beruhte schließlich auf dem Flachfilm. Die Männer mussten entweder echte Gesichtszüge gehabt haben oder gar keine, wenn die Kamera sie nicht identifizieren konnte. Das war bei der schwarzen Tarnfarbe auf den Gesichtern nämlich gar nicht so einfach.

»Keine Identifizierung möglich«, meldete der Computer.

Matt war nicht überrascht. Er prüfte die Zeit: 6 Uhr 20. Megan war inzwischen bestimmt auf, wenn vielleicht auch noch nicht online. Er rief sie an.

Beim fünften Klingeln hob sie ab, schaltete aber die Videofunktion nicht ein. »Matt? Wieso rufst du so früh an?«

»Ich bin schon seit Stunden auf. Du musst mir einen Gefallen tun.«

»Wenn es nicht ganz unmöglich ist.« Ihr Gähnen drang durch die Leitung.

»Ich brauche eine Kopie von dem Bericht, den Solomon Weist Dr. Dobbs übergeben hat.«

»Warum? Ich dachte, Mark, Andy und du habt das Original.«

»Schon.« Matt starrte auf die Schaufensterpuppen um ihn herum. »Das dachte ich auch. Aber ich muss was überprüfen.«

»Was hast du rausgefunden?« Megans Stimme klang aufgeregt.

»Du kannst es dir gern ansehen.«

»Gib mir eine Minute, damit ich mir die Zähne putzen, mich kämmen und mir was anziehen kann.«

»Du kannst doch ein Proxy benutzen. Ich hätte keine Ahnung, was du anhast oder nicht.«

»Du musst wirklich müde sein. Sonst würdest du dich nicht trauen, mir gegenüber eine anzügliche Bemerkung zu machen. Und außerdem müsstest du wissen, dass ich nicht aus dem Haus gehe, wenn ich nicht so gut wie möglich aussehe. Ich lade jetzt Solomons Bericht auf deinen Rechner.«

Aus Megans Minute wurden sieben. Als sie erschien, hatte Matt auch die zweite Datei laufen und für jede Version eine eigene Veeyar eingerichtet. Sein Verdacht hatte sich bestätigt.

»Was ist los?« Megan spähte mit verschränkten Armen hinter einem Busch hervor. »Hier ist es wirklich unheimlich.«

»Und es wird noch viel gespenstischer.« Zuerst zeigte Matt ihr die Datei, die Mark aus den südafrikanischen Archiven geholt hatte. Dabei wies er sie auf die Männer mit den ähnlichen Gesichtern hin, die nicht zu identifizieren waren. »Ihre Bewegungen sind mir aufgefallen.«

Megan zuckte die Achseln. »Na und? Viele Programme produzieren solches Zeug. Manchmal würden Details, die so wenig mit der eigentlichen Darstellung zu tun haben, nur stören.«

»Ja, das habe ich mir auch schon überlegt. Aber sieh dir das hier an.« Matt öffnete ein Fenster und stieg von einer Veeyar in die andere. »Das ist Solomons Version.« Er führte sie den Abhang hinunter, an dessen Fuß bewegungslos die Männer mit der Kiste standen.

»Die haben ja Gesichter.« Megan fiel der Unterschied sofort auf. Ihre Augen glänzten: Sie hatte verstanden. »Also hat Solomon die Dateien verändert?«

»Offenkundig. Denn wenn er die Kopie der Südafrikaner verwendet hätte, müssten die Männer gleich aussehen. Ich zeige dir noch was. Zähl die Männer an der Kiste.«

»Sieben.«

»Und jetzt sieh dir das hier an.« Matt führte sie zurück in die südafrikanische Version.

»Sechs. Das ist ja eine gewaltige Diskrepanz.«

Matt nickte. »Vor allem für jemanden wie Solomon, der im Grunde ein Pedant ist. Das hätte er niemals übersehen.«

»Was willst du damit sagen?«

Einen Augenblick lang biss sich Matt auf die Lippen, bevor er sich entschloss, seinen Verdacht laut auszusprechen. »Ich halte beide Versionen für falsch.«

Megan strich sich das Haar aus dem Gesicht und ging ein paar Schritte den Abhang hinunter. »Das ist eine gewagte Behauptung.«

»Ich habe noch was gefunden.« Matt öffnete ein Fenster und trat wieder in Solomons Version von Site 43. Megan folgte ihm. Er ging den Hügel hinauf, wobei er sich vom Fluss entfernte, und stellte sich neben einen der erstarrten Männer.

Der war dünn und drahtig, offenbar lateinamerikanischer Abstammung.

Matt berührte die dreidimensionale Gestalt. »Computer, identifizieren.«

»Das ist Sergeant Diego Royo, Angehöriger der geheimen Spezialeinheit von Colonel Robert Moore in Südafrika.«

Matt lächelte über Megans fragenden Blick. »Computer, was geschah mit Sergeant Diego Royo?«

»Sergeant Diego Royo fiel am 3. August 2014 im Südafrikanischen Krieg.«

Aus weit aufgerissenen Augen starrte Megan das Hologramm des Soldaten an. »Neun Tage vorher. Dann kann er also gar nicht dabei gewesen sein.«

»Richtig.«

»Vielleicht hat Solomon die Gesichter der anderen Männer retuschiert«, meinte Megan. »Dabei hat er sich an älterem Material orientiert und die Meldung von Royos Tod übersehen.«

»Das würde mir einleuchten, wenn da nicht die Diskrepanz bei der Anzahl der Männer an der Kiste wäre. Solomon hätte darauf geachtet, dass die Zahl exakt stimmt. Für einen solchen Fehler arbeitet er viel zu sorgfältig.«

»Und wie sind dann die Südafrikaner an ihre Version gekommen?«

Matt holte tief Atem. »Das ist alles Spekulation, aber mir ist nichts Besseres eingefallen. Ich nehme an, Solomon hat sich in die südafrikanischen Computer eingehackt und Dateien gestohlen, die mit den tatsächlichen Ereignissen bei Site 43 zu tun haben. Daraus hat er dann sein eigenes Szenario erstellt.«

»Warum?«

Matt zuckte die Achseln. »Er und Andy konnten sich noch nie ausstehen. Vermutlich wollte er Andy eins auswischen. Schließlich wurde nie geklärt, woher die Biobombe stammte. Das ist eines der großen Geheimnisse des Südafrikanischen Krieges.«

»Also hängt er die Sache Andys Vater an, der dort gefallen ist.« Megan schüttelte den Kopf. »Das ist wirklich gemein.«

»Du kennst doch Solomon. Hass ist die Kraft, die ihn treibt.«

Megan zog die Brauen zusammen. »Woher stammt dann die südafrikanische Version?«

»Ich nehme an, die haben sie selbst hergestellt. Sie wussten, dass sich jemand in ihre Archive eingehackt hatte. Vielleicht verdächtigten sie Solomon, vielleicht nur irgendjemand von Bradford.«

»Und was ist mit diesen Burschen, die hinter dir und den Hackern her waren?«

»Das passt genau ins Bild. Sie konnten Solomon nicht finden oder wussten nicht genau, nach wem sie suchten. Aber sie blieben im Umfeld der Schule und erfuhren so von Solomons Bericht. Vielleicht stammen ihre Informationen auch aus dem Gespräch zwischen Donner und Solomon.«

»Das Abhörgerät unter dem Tisch.«

Matt nickte. »Die Südafrikaner erstellten also ihre eigene Version davon, wie Andys Vater die Biobombe zündet.«

»Du denkst, die wollen Solomon haben, um sicherzugehen, dass die Versionen übereinstimmen.«

»Ich glaube, da steckt mehr dahinter. Ich glaube, die Südafrikaner wollen ihre Dateien zurück, weil Solomon Aufnahmen der tatsächlichen Geschehnisse hat.«

Megans Augen verengten sich. »Wenn das stimmt, ist Solomon in größter Gefahr. Vielleicht solltest du Captain Winters einweihen.«

Matt schüttelte den Kopf. »Jedes Mal, wenn ich mit ihm über die Lage an der Schule reden wollte, hat er mich abgewimmelt. Entweder glaubt Winters nicht, dass da was im Gang ist, oder er steckt mitten drin und kann nicht darüber sprechen. Auf jeden Fall habe ich das Gefühl, dass er uns nicht dabeihaben will.«

»Dabei könnten wir ihm am besten helfen.«

»Das meine ich auch.« Matt blickte auf die Uhr. »Es wird spät für uns beide, wenn wir rechtzeitig in der Schule sein wollen.«

»Und was tun wir jetzt?«

»Ich glaube, wir müssen Solomon finden. Und zwar vor den Südafrikanern.«

Andy ging nur an die Tür, weil das Klopfen nicht aufhörte. Er hatte bohrende Kopfschmerzen und überlegte ernsthaft, ob er zu Hause bleiben sollte. Als er jünger war, hatte er es gehasst, krank zu sein, weil er dann immer allein zu Hause bleiben musste. Wenn er krank war, ließ ihn seine Mutter nicht in die Tierklinik. Damals hatte er ohnehin viel zu viel Zeit allein verbracht.

Er stellte den Spion auf transparent. »Geh weg«, sagte er, als er Matt auf der Veranda sah.

»Andy, wir müssen reden.«

»Ich kann nicht reden.« Andy hustete in seine Hand. »Ich bin krank. Ansteckend. Vermutlich tödlich.«

»Mach die Tür auf. Ich gehe das Risiko ein.«

»In wenigen Minuten wird ein Quarantänezelt eintreffen. Das willst du doch sicherlich nicht erleben.« Andy stellte den Spion auf undurchsichtig.

»Komm schon. Wir haben nicht viel Zeit.«

Andy sah auf die Uhr. »Du kommst zu spät zur Schule.«

»Nicht, wenn wir uns beeilen. Du kannst mich genauso gut reinlassen, ich gehe nicht weg.«

Andy ergab sich in sein Schicksal und öffnete die Tür, allerdings nur einen Spalt breit. Er stellte sich so, dass er Matt den Weg versperrte. »Was ist los?«

»Wir müssen über den Film reden, den Solomon im Kurs für Strategische Analyse gezeigt hat.«

»Müssen wir nicht.« Andy rührte sich nicht von der Stelle.

»Also gut. Ich rede und du hörst zu. Hast du dir die südafrikanische Version gründlich angesehen?«

»Jetzt soll ich also doch reden, dabei habe ich mich nur bereit erklärt, dir zuzuhören. Eigentlich nicht mal das, wenn ich es recht bedenke.«

»Hast du sie dir angesehen?«

»Als ihr hier wart. Das war genug.«

»Nein, das war es nicht.« In aller Eile berichtete Matt von den Unstimmigkeiten, auf die er gestoßen war, und erklärte seine Theorie von den beiden verschiedenen Versionen.

Andy hörte ihm zu. Er wollte ihm ja gern glauben, aber er konnte es nicht. »Das ist viel zu weit hergeholt. Warum sollte die südafrikanische Regierung das mit der Biobombe überhaupt geheim halten wollen?«

»Das tut sie aber.«

»Hör mal, ich weiß es zu schätzen, dass du den weiten Weg hierher gekommen bist ...«

»Nur weil du nicht ans Telefon gehst.« Zum ersten Mal schien Matt aufgebracht.

Andy war es im Grunde egal. Im Augenblick interessierte ihn eigentlich gar nichts mehr. »Du verschwendest deine Zeit.«

Matt schüttelte den Kopf. »Mann, bist du stur.«

»Das ist ja wohl nichts Schlechtes.«

Matt blickte auf die Uhr. »Ich muss weg, sonst schaffe ich es nicht mehr.« Er entdeckte auf der Straße einen Bus und lief auf den Gehweg, um ihn aufzuhalten. »Sieh dir die südafrikanische Version genau an, Andy. Mehr verlange ich nicht. Du wirst feststellen, dass es sich um eine Fälschung handelt.«

In der Tür stehend, beobachtete Andy, wie Matt in den Bus stieg. Als er davonfuhr, setzte er sich, immer noch in der Schlafanzughose, auf die Schwelle und versuchte, das Gefühl der Einsamkeit zu verdrängen.

Matt, ich wünschte, ich könnte dir glauben. Ehrlich. Aber er fühlte sich so leer. Lange Zeit saß er in der offenen Tür und ließ den Straßenlärm ins Haus, als könnte das die Einsamkeit vertreiben. Schließlich stand er auf und schloss die Tür zur Welt.

Matt kam zu spät zur Schule. Das passierte ihm kaum einmal, und er konnte es nicht ausstehen. Während des Unterrichts wartete er ungeduldig darauf, dass er endlich mit jemand reden konnte, der mit Solomon Weist zu tun hatte. Freunde besaß Solomon keine. Trotz allem, was vorgefallen war, fühlte Matt fast so etwas wie Mitleid mit ihm.

Erst in der Mittagspause erzählte ihm Nathan Griff, einer der Verschlüsselungsexperten der Schule, von Lewis Winston.

»Du willst was über Solomon wissen?« Nathan war dünn wie eine Bohnenstange und hatte einen dicken braunen Haarschopf. »Frag Lewis Winston.«

»Warum?« Matt und Nathan gingen über den Parkplatz. Matt hatte mit den anderen Explorers gegessen, um sich über den Stand der Dinge zu informieren. Niemand hatte irgendetwas herausgefunden, und Solomon fehlte immer noch in der Schule.

»Weil Lewis eine Schwester hat, mit der Solomon vor zwei Jahren gehen wollte. Sie mochte ihn nicht, also lief nichts. Das ärgerte Solomon so, dass er sich in den Schulcomputer einhackte und ihre Abschlussnoten änderte. Er ließ sie in jedem Fach durchfallen. Das gab natürlich großen Ärger mit ihren Eltern. Lewis knöpfte sich Solomon vor und zwang ihn, alles wieder in Ordnung zu bringen. Danach hat sich Solomon nie wieder mit den beiden angelegt.«

»Wie hat Lewis das fertig gebracht?« Matt kannte Lewis Winston flüchtig.

Nathan zuckte die Achseln. »Das hat nie jemand herausgefunden.«

Andy stand mit Bob im Dschungel bei Site 43. Der Schmerz schnürte ihm die Brust zu. Eigentlich hatte er sich geschworen, sich die Qual, Bob zu beobachten, nie wieder anzutun. Aber das hatte er sich auch am Samstag, Sonntag und Montag geschworen.

Heute war Dienstag, und er war wieder mit Bob unterwegs. Wenn sich diesmal nichts Neues ergab, war das Matts Schuld. Er selbst hatte wirklich vorgehabt, mindestens einen Tag ohne Bob auszukommen.

Über das Wochenende hatte er andere Aspekte der Vergangenheit seines Vaters studiert. Er hatte mit ihm die Grundausbildung beim Militär absolviert, hatte Kurse der Offiziersschule mit ihm besucht und ihn auf Missionen begleitet, die nicht der Geheimhaltung unterlagen. Das waren nicht viele, und die meisten davon waren auch damals bereits der Öffentlichkeit zugänglich gewesen.

Alles deutete darauf hin, dass sein Vater genau der Mann war, in den sich seine Mutter verliebt hatte. Aber was seine eigenen Gefühle anging, gelang es ihm nicht, über seinen Schmerz hinauszusehen. Colonel Robert Moore war lieber für sein Land gestorben, als zu seiner Frau und seinem Sohn nach Hause zu kommen. Das war und blieb für Andy ein Rätsel.

»Computer«, befahl er, »Programm zwei Punkt null für Site 43 aufrufen.«

Das Gelände um sie herum schimmerte, als die Veeyar das andere Programm integrierte.

»Was tun wir hier, Sir?«, wollte Bob wissen.

»Wir versuchen zu verstehen, was vorgefallen ist.«

»Gehört das zu meiner Berichterstattung, Sir?«

»Ja«, gab Andy kurz angebunden zurück, während er den Blick über das Dorf und die nationalistischen Panzer schweifen ließ.

»Ich hatte nicht die Absicht, Ihre Gedankengänge zu stören, Sir.«

Als er zu der Holoverkörperung seines Vaters aufblickte, bekam Andy plötzlich ein schlechtes Gewissen. Das ganze Wochenende über hatte er Bob schikaniert, immer wieder nachgebohrt, welche Gründe er für seine Handlungen hatte. Dabei hatte Bob stets Ruhe bewahrt, ihn ›Sir‹ genannt und sich auch sonst sehr professionell gegeben. Er konnte es nicht mehr ertragen.

Wenn Matt Recht hat, war mein Verhalten völlig ungerechtfertigt.

»Computer, Parameter von Unterprogramm Bob für Persönlichkeit und Beziehung anpassen. Wieder als Vater und Sohn definieren. Ausführen.«

Ein Schimmer glitt über Bob hinweg.

»Hallo, Andy.« Bob wirkte entspannter und lebhafter.

»Hallo, Bob.«

Bob deutete mit dem Kopf auf den Busch hinter ihnen. »Willst du mir erklären, was wir hier tun?«

»Uns Filmmaterial von der Ankunft der Biobombe bei Site 43 ansehen. Erinnerst du dich daran?«

»Nein, davon weiß ich nur aus den Nachrichten.« Zu Bobs Programmierung gehörten die Medienberichte aus dem Krieg, auch diejenigen über die Bombe. Da keine persönlichen Erinnerungen verfügbar gewesen waren, wusste er natürlich auch nichts von der Rolle, die er dabei gespielt hatte.

»Sieh es dir an«, drängte Andy.

Das Team löste sich aus seiner Position und überquerte das Flussbett, wie immer. Dann wurde die Kiste geöffnet und die Bombe entschärft. Das Feuergefecht folgte, die Explosion, und Colonel Robert Moores Gesicht wurde enthüllt. Allerdings erhellte in dieser Version nicht der durch die Wolken brechende Mond die Szene, sondern ein Scheinwerfer von einem der Panzer.
Das hat Matt übersehen.
»Andy, da stimmt etwas nicht«, sagte Bob. »Das habe ich nicht getan.«
Andy blickte ihn an. »Aber das ist der Beweis dafür.«
»Nein«, protestierte Bob mit rauer Stimme. »Die Seuche hat fünftausend Männer, Frauen und Kinder getötet. Fast alle waren unschuldige Zivilisten. Das hätte ich nie über mich gebracht.«
Die Spezialeinheit verschwand im Busch. Andy und Bob blieben in der giftigen Wolke zurück, die auf sie keinerlei Wirkung hatte. »Aber das hier ist der Beweis«, wiederholte Andy.
»Warum sollte ich so etwas tun?«
»Weil es dir befohlen wurde. Du hast mir doch selbst gesagt, dass das der einzige Grund für dich wäre.«
»Ja, und gleichzeitig habe ich dir auch erklärt, dass die amerikanische Regierung, die Regierung des Landes, das ich mein Leben lang geliebt habe, mir niemals so etwas befehlen würde.«
»Und wenn doch? Wenn man dir befohlen hätte, die Biobombe zu zünden?«
»Das hätte sie niemals getan.«
»Was, wenn man dir einen gefälschten Befehl erteilt hätte?«
»Selbst bei geheimen Operationen gibt es Quellen, die wir zur Überprüfung heranziehen können. Wenn ich den

Verdacht gehabt hätte, dass etwas nicht stimmt, dann hätte ich es überprüft. Ein einziges Nein, Andy, und eine Mission wird abgebrochen. Was du da behauptest, ist einfach nicht möglich.«

»Wenn sie dir aber doch den Befehl erteilt hätten?«

»Dafür gab es keinen Grund. Wir waren dabei, den Krieg zu gewinnen.«

»Die Bombe beendete ihn früher. Sie sparte Zeit.«

»Aber sie rettete keine Menschenleben.«

»Vielleicht amerikanische Menschenleben oder das Leben der Soldaten, die die Westmächte in der Gegend im Einsatz hatten. Ihr Leben wurde durch das frühe Kriegsende verschont.«

»Das würden die nie tun.«

»Es war Krieg. Im Krieg ist alles erlaubt.«

»Nein, ist es nicht. Deswegen gibt es Regeln. Deswegen spielt die Ehre im Krieg so eine wichtige Rolle.«

»Ehre?« Andy hatte genug. Sein Vater hatte mit seiner egoistischen Entscheidung zu viel weggeworfen. »Deswegen hast du also auf dieser Brücke bei Mandelatown den Tod gewählt? Wegen der Ehre?«

Bob sah ihn mit den Augen seines Vaters an. »Ja, Andy, so war es.«

»Ehre für dich selbst, das ist ziemlich selbstsüchtig, findest du nicht?« Heiße Tränen fielen auf Andys Wangen. »Du hast diese Entscheidung getroffen, aber Mom und ich, wir hatten nichts zu sagen.«

»Dir wäre es lieber gewesen, wenn ich nach Hause gekommen wäre?«

»Ja.«

»In dem Bewusstsein, dass ich einige meiner Jungen sterben gelassen hätte?«

»So bist *du* gestorben!«, brüllte Andy. Dass es zwei

Versionen der Ereignisse bei Site 43 gab, von denen keine zu den Geschehnissen am Todestag seines Vaters passte, verwirrte ihn noch mehr.

»Und wie fühlten sich wohl die Männer unter meinem Befehl, Andy? Glaubst du, sie litten nicht darunter, dass ich ums Leben kam?«

Darauf wusste Andy keine Antwort.

»Wenn ich nach Hause gekommen wäre, wenn ich mich nur um mich selbst gekümmert hätte, was für ein Mann wäre ich dann gewesen? Im Schatten der Ehre lässt es sich nicht leben, Andy. Dafür ist er zu dünn und zu kalt. Wenn du leben willst, dann musst du deine Ehre bewahren. Nach diesem Motto habe ich gelebt, und so bin ich auch gestorben. Was willst du von mir?«

Andy rang nach Worten. »Ich will nur wissen, dass du an mich gedacht hast, dass ich dir wichtig war.«

»Ich habe an dich gedacht, Andy.« Bobs Augen glitzerten feucht. Er trat vor, legte die Arme um Andy und umarmte ihn. »Damals und jedes Mal, wenn ich diese Nacht wieder und wieder in der Veeyar erlebte, habe ich an dich gedacht.«

Zuerst sträubte sich Andy und versuchte, Distanz zu der Simulation zu bewahren, doch dann warf er seine Arme um Bob und drückte ihn fest. Bob tat ihm Leid, und er bedauerte die Dinge, die er ihn in der Veeyar hatte erleben lassen. Natürlich war Bob kein Mensch, aber in der Veeyar hatte er Gefühle wie ein menschliches Wesen.

Aber ihm war klar, dass Bob ihn umarmte, nicht sein Vater. Sanft löste er sich aus seinem Griff und trat zurück. »Ich weiß, dass du an mich gedacht hast, Bob, aber ich weiß immer noch nicht, ob mein Vater das getan hat.«

»Natürlich hat er das.« Obwohl Bob im Schatten stand, war der Schmerz in seinem Gesicht unverkennbar.

»Ich hoffe es. Computer, Unterprogramm Bob löschen.«

»Sind Sie sicher?«, fragte das System zurück.

Andy sah Bob an. Keiner von ihnen musste die Simulationen erneut durchleben. Es nahm sie beide zu sehr mit. Weitere Antworten würde er nicht finden. »Ich bin mir sicher.«

Die Veeyar schimmerte und begann, sich aufzulösen. Bob winkte. Andy loggte sich aus, bevor die Hologestalt verschwand. Er hätte es nicht ertragen, dabei zuzusehen.

21

»He, Lewis, warte mal«, rief Matt. Die Gänge von Bradford waren voller Schüler, die zu ihrer sechsten Stunde unterwegs waren. Noch zwei mehr, und der Schultag war zu Ende.

Matt stand unter Druck. Er war sich sicher, dass die Südafrikaner Solomons Haus durchsucht hatten. Falls sich die Dateien dort befunden hatten, waren sie jetzt weg. Aber es war durchaus denkbar, dass Solomon sie in der Schule versteckt hatte. Das ergab einen Sinn – Solomon arbeitete häufig mit den Computersystemen der Schule. Bestimmt hatte er seine Trophäen gern in Reichweite, sodass er sich immer wieder daran ergötzen konnte.

Lewis Winston drehte sich um. »Hallo, Matt.« Er war klein und athletisch gebaut, hatte blonde Locken und braune Augen.

»Ich muss dich was fragen.« Matt manövrierte sie an den Rand des Gangs, wo sie sich unterhalten konnten.

»Klar.«

»Ich habe heute herausgefunden, was Solomon Weist deiner Schwester angetan hat, indem er sich in den Schulcomputer eingehackt hat.«

Lewis blickte wütend drein. »Wer konnte da den Mund nicht halten? Die Geschichte ist uralt und geht niemanden was an. Ich will nicht, dass Tina weiter damit belästigt wird. Hat Solomon geplaudert?«

»Nein. Die Sache ist sehr wichtig. Der Junge, der mir davon erzählt hat, hat das unter dem Siegel der Verschwiegenheit getan. Von mir erfährt niemand was.«

»Ich hätte Solomon schon damals eins auf die Mütze geben sollen. Tina war völlig verzweifelt. Sie arbeitet nämlich wirklich hart für ihre Noten, und das wusste Solomon. Ihm war klar, dass sie und meine Eltern denken würden, sie hätte es vermasselt. Bis ich herausfand, was wirklich los war.«

»Und genau das muss ich auch unbedingt wissen«, sagte Matt. An ihnen vorbei strömten Schüler, die völlig mit ihrer eigenen Welt beschäftigt waren. »Wie hast du es herausgefunden? Und wie hast du ihn aufgehalten?«

»Zuerst habe ich gar nichts gemerkt. Ich dachte auch, Tina hätte es verhauen. Die Sache war so: Solomon wollte mit ihr ausgehen, aber sie gab ihm einen Korb. Dann verliebte sie sich in jemand anderen. Da wurde Solomon wirklich wütend. Außerdem hatte sie auf einmal nicht mehr viel Interesse an ihren Büchern, deswegen dachte auch jeder, sie wäre selbst schuld.«

»Aber du hast herausgefunden, dass das nicht stimmt.« Matt war sich bewusst, dass jeden Augenblick der Gong schrillen konnte. Dabei war er so dicht dran.

Lewis nickte. »Sobald ich Verdacht geschöpft hatte, dass Solomon dahinter steckte, fing ich an, ihn zu beschatten. Er ist wirklich ein hinterhältiger Bursche.«

»Ich weiß.«

»Ich hasse solche Typen. Auf jeden Fall war mir klar, dass es mich wahrscheinlich nicht weiterbringt, wenn ich ihn verdresche. Der weiß nämlich, wie man eine Tracht Prügel einsteckt und trotzdem stur bleibt. Ich glaube, der würde lieber sterben als nachzugeben.«

»In einer Minute kommt der Gong.«

»Ja. Auf jeden Fall wusste ich, dass ich ein Druckmittel gegen ihn brauche, wenn ich will, dass er mit seinen Machenschaften aufhört. Also folgte ich ihm weiter. Eines Tages ging er in den Heizungskeller der Schule. Natürlich wusste er nicht, dass ich ihn beobachtete. Als er rauskam, hatte er ein Datascript bei sich, das er nicht hatte, als er reinging.«

Mark nickte. Sein Herz schlug schneller.

»Also sah ich mich in dem Raum ein wenig um und fand sein Versteck.«

»Wo?«

»Oben in der Nordwand ist ein Lüftungsschlitz. Offenbar wurde das Lüftungssystem irgendwann umgebaut, denn dahinter befindet sich ein Seitenschacht, der nirgendwohin führt. Er geht nach etwa dreißig Zentimetern vom Hauptschacht ab und ist am anderen Ende versiegelt und damit geschützt. Dort fand ich das Datascript und ging die Dateien durch. Tinas echte Noten waren darauf, und ich kopierte sie. Dann legte ich das Datascript zurück und erzählte Solomon, ich hätte mich in den externen Back-up-Computer der Schule eingehackt – wobei das wahrscheinlich unmöglich ist, selbst wenn man das Ding findet – und wäre dabei auf die echten

Noten gestoßen. Ich drohte, zum Direktor zu gehen, wenn er die Sache nicht in Ordnung bringt.«
»Warum hast du das nicht sowieso getan?«
Lewis zuckte die Achseln. »Du weißt, was für ein Mistkerl Solomon ist. Hast du gehört, wie er Andy Moores Vater in den Schmutz gezogen hat?«
Matt nickte. Er erinnerte sich nur zu gut, wie Andy danach ausgesehen hatte.
»Es war besser, Solomon zappeln zu lassen. Er wusste, dass ich ihn jeden Augenblick auffliegen lassen kann. Ein gutes Gefühl, ihn sich winden zu sehen. Von mir und Tina hält er sich wohlweislich fern. Wenn ich ihn bei der Schulleitung melden würde, würde er sich an mir rächen wollen. So ist er eben. Aber jetzt bin ich ihm eine Nasenlänge voraus, und deswegen lässt er mich in Ruhe.«
»Danke, Lewis.« Matt wandte sich zum Gehen. Seine Gedanken rasten.
»He«, protestierte Lewis, »du hast mir gar nicht gesagt, warum du das alles wissen willst.«
»Erzähle ich dir später. Jetzt muss ich weg.« Schnell, aber ohne zu laufen, bewegte er sich durch die Gänge. Auf keinen Fall wollte er einen der Lehrer gegen sich aufbringen. Im letzten Moment erwischte er David Gray, der gerade den Unterrichtsraum für die sechste Stunde betrat. »Ich muss mir deinen Laptop borgen, du bekommst ihn nach der Schule zurück.«
Obwohl David einen Großteil seiner Arbeit von einem Computer-Link-Stuhl aus im Internet erledigte, programmierte er häufig während der Busfahrt zur Schule und zum Schwimmtraining. Während der Schwimmsaison trainierte er auch seine Programmierkenntnisse. Für jemanden, der an das Internet gewöhnt war, war der Lap-

top umständlich, aber Matt wusste, dass er für seine Zwecke reichen musste.

»Hast du was herausgefunden?«, fragte David, als er ihm den Computer übergab.

»Wenn ja, erfährst du es als Erster«, versprach Matt. Er verabschiedete sich und war beim letzten Gong schon unterwegs zum Heizungsraum.

Jetzt, am Nachmittag, war die Cyberbar nur spärlich besucht. Die meisten Gäste waren hart gesottene Online-Spieler, die sich im Netz herumtrieben. Solomon suchte sich hinten im Raum ein Gerät und fütterte es mit Bargeld, das er sich mit dem Verkauf von Hackerprogrammen an Bekannte verdient hatte.

Seine Programme waren das Geld wert, aber er verkaufte sie nur selten. Manchmal konnte die Net Force sie nämlich nicht nur bis zum Anwender, sondern auch bis zum Entwickler zurückverfolgen. Auf keinen Fall wollte er seinen Netzzugang verlieren. Veeyar und Internet boten ihm das einzige Leben, an dem er jemals interessiert gewesen war. Aber diesmal hatte er keine Wahl. Er brauchte das Geld.

In der Veeyar betätigte er das Telefonsymbol und gab die Nummer der südafrikanischen Regierung ein, die er beim letzten Mal benutzt hatte. Die Telefonistin hatte kaum geantwortet, da schaltete sich schon der Mann ein, mit dem er zuvor gesprochen hatte.

»Sie rufen nicht auf der angegebenen Leitung an.«

»Ich habe die Nummer verloren«, log Solomon. *Jemanden, der sich in Staatsgeheimnisse einhackt, wird er ja wohl nicht wegen Schlamperei runterputzen.* »Deswegen habe ich diese Nummer angerufen.«

»Wo sind die Dateien?«

Solomon holte tief Luft. »Wenn wir damit fertig sind, ist die Sache erledigt, stimmt's?«

»Einige hier meinen, Ihnen und Ihrer Familie sollte eine Lektion erteilt werden.«

»Das wäre ein großer Fehler. Ich habe keine Familie, an der mir was liegt. Sie würden nur Aufmerksamkeit erregen. Vergessen Sie nicht, dass ich bereits einmal in Ihre Systeme eingedrungen bin. Sie sind nicht die Net Force. Beim letzten Mal habe ich etwas an mich genommen, das ich verwenden wollte. Stellen Sie sich vor, ich wäre auf einem Zerstörungstrip. Selbst wenn Sie mich eliminieren, kann ich jede Menge unangenehme Überraschungen hinterlassen, die Sie so schnell nicht finden werden. In Ihren Computersystemen würde wochenlang Chaos herrschen. Wenn Sie sich mit mir anlegen, wird genau dieser Fall eintreten.«

»Ich mag keine Drohungen.«

Solomon fasste all seinen Mut zusammen. In der Veeyar fiel es ihm glücklicherweise leichter, sich zu kontrollieren. »Betrachten Sie es nicht als Drohung, sondern als Versprechen.«

»Dann werde ich Ihnen auch etwas versprechen«, erwiderte der Mann kalt. »Wenn diese Dateien jemals wieder auftauchen, werden wir Sie finden.«

Solomon war klar, dass der andere dem nichts hinzuzufügen hatte. »Dann sind wir uns also einig.«

»Ja.«

»Das Datascript mit den Dateien ist in der Schule. Im Heizungskeller.« Solomon beschrieb das Versteck genau.

»Gut. Ich schicke sofort jemand hin. Wenn er es nicht findet, verspreche ich Ihnen noch etwas. Mein Agent hat in Bradford eine Bombe deponiert, mit der er Ihre Schule und Ihre Klassenkameraden in die Luft jagen wird. Nur damit Ihnen, mein Freund, klar ist, dass Sie der Nächste sind. Ich frage Sie ein letztes Mal: Sind Sie ganz sicher, dass das Datascript dort ist?«

Solomons gesamtes Selbstbewusstsein fiel in sich zusammen. »Ja.«

Die ganzen Pläne, mit deren Umsetzung er in den letzten Tagen begonnen hatte, waren Makulatur – das Geld, das er durch den Verkauf der Programme erworben hatte, die Vorkehrungen, die er getroffen hatte, um Washington für eine Weile zu verlassen. Wenn die Bradford Academy in die Luft flog, würde die Polizei hinter ihm her sein. Und die Südafrikaner würden ihm ebenfalls auf den Fersen sein. Er würde allein sein, um sein Leben rennen müssen. Kein Gedanke mehr an die glänzende Zukunft, die er sich immer ausgemalt hatte. Es war nicht fair.

»Wie bitte?«, sagte der Mann. »Die Verbindung scheint nicht gut zu sein.«

»Ich sagte: ja. Es ist dort.«

»Versuchen Sie nicht, die Schule anzurufen, sonst wird die Bombe gezündet. Falls wir den Eindruck haben, dass die Schüler vorzeitig aufbrechen, fliegt das ganze Gebäude in die Luft.«

»Was, wenn sie heute eine Brandschutzübung haben?«, protestierte Solomon. »Das kommt hin und wieder vor. Darauf habe ich wirklich keinen Einfluss.«

»Das wäre bedauerlich, aber zumindest müssten sie nicht lange leiden. Mein Agent ist bereits unterwegs.« Damit unterbrach er die Verbindung.

Solomon loggte sich aus. Er zitterte vor Angst. Die Schule wagte er nicht anzurufen, das konnte alle das Leben kosten. Solange der südafrikanische Agent das Datascript am angegebenen Ort fand, war alles in Ordnung. Oder doch nicht?

Das Datascript war da. Darauf konzentrierte er sich. Dann verließ er die Cyberbar, nur für den Fall, dass sie den Anruf zurückverfolgt hatten.

Auf einem Klappstuhl stehend, spähte Matt in den Lüftungsschacht. Im Mund hielt er eine Penlight-Taschenlampe. Er hatte den Seitenschacht, von dem Lewis gesprochen hatte, gefunden, aber er war leer. Der Strahl der Taschenlampe fiel in die leere Höhlung. Um sicherzugehen, dass er nichts übersehen hatte, steckte er seinen Arm hinein. Sogar nach einem doppelten Boden suchte er.

Außer einer dünnen Staubschicht entdeckte er nichts.

Er wischte sich den Arm ab. Zumindest bedeutete der Staub, dass auch sonst niemand hier gewesen war. Er stieg von dem Klappstuhl und schaltete seine Taschenlampe aus. Dann sah er sich im Heizungskeller um.

Der riesige Heizkessel fasste bestimmt an die viertausend Liter heißes Wasser. Sogar am anderen Ende des Raumes spürte Matt noch die Hitze, die von ihm ausging, und hörte das Zischen des Gases, das die Flammen speiste.

Trotz seiner Frustration versuchte er, Ruhe zu bewahren. Aber wenn der Heizungskeller zu Solomons Lieblingsverstecken zählte, hatte er vielleicht nur einen anderen Platz gewählt.

Matt ging auf den Boden. Im Liegestütz spähte er unter den Heizkessel. Datascripts vertrugen sowohl Hitze als auch Kälte, und niemand würde gern seinen Arm unter den heißen Kessel stecken. Aber außer Staubflocken war nichts zu entdecken.

Quadratzentimeter für Quadratzentimeter suchte er nun den Fußboden ab, sah unter den in der Ecke gestapelten Klappstühlen und unter den Spinden nach. Er überprüfte den Schrank mit den Reinigungsmitteln, wobei er sogar einen Blick in die offenen Packungen warf. Die Decke bestand aus massivem Zement, da gab es also kein Versteck. Mithilfe des Klappstuhls untersuchte er die Lampenfassungen. Nichts.

Frustriert stellte er den Stuhl beiseite und überlegte verzweifelt, wo sich das Versteck noch befinden konnte. Dann entdeckte er hinter dem massigen Boiler die zehn Zentimeter dicke Haupt-Gasleitung. Daneben befand sich ein zusätzlicher Lichtschalter.

Der Schalter erregte seine Aufmerksamkeit. Die Verkleidung war nämlich aus Edelstahl, aber überall verkratzt. Er warf einen Blick auf den Schalter neben der Tür. Dort war die Abdeckung so gut wie neu, obwohl dieser wahrscheinlich viel öfter benutzt wurde.

Ein Gedanke kristallisierte sich heraus. Matt ging zu dem Schrank mit den Reinigungsmitteln zurück, wo er zuvor in der Werkzeugkiste einen Kreuzschlitzschraubenzieher gesehen hatte. Hinter den Boiler tretend, schraubte er in aller Eile die verkratzte Verkleidung ab. Schraubenzieher und Abdeckung steckte er in seine hintere Hosentasche.

»He ...« Als er mit der Taschenlampe in die Öffnung leuchtete, entdeckte er hinter schwarzen und weißen Elektrokabeln den fünf Zentimeter hohen Datascript-Würfel.

Mit dem Finger hebelte er ihn heraus und nahm ihn aus der Schutzhülle. Dann ging er zur Tür zurück und griff nach Davids Laptop. Er schaltete das Gerät an, legte das Datascript ein und rief die Dateien auf. Sie waren riesig.

Draußen scharrten Schritte auf dem Teppichboden der Treppe zum Heizungskeller.

Matt warf einen Blick auf die Uhr. Fast schon Zeit für

die siebente Stunde. Seit bald einer Stunde suchte er hier. Wahrscheinlich begannen die Putzkolonnen bereits mit ihrer Runde. Er sah auf, um seine Anwesenheit zu erklären.

Aber statt einer Reinigungskraft stand er dem Mann von der Nachtschicht gegenüber, der ihm und Mark auf dem Sicherheitsvideo aufgefallen war. Seine dunklen Augen blitzten auf – offenbar hatte er Mark erkannt. Als er die Hand aus der Tasche zog, hielt er eine 9-mm-Pistole auf Matts Brust gerichtet.

Nachdem er dem Lehrer den Zettel mit seiner Entschuldigung gegeben hatte, ließ sich Andy in der sechsten Stunde auf einen Stuhl hinter David fallen. In der Schule war es auf jeden Fall besser als zu Hause.

»Schön, dass du es einrichten konntest«, flüsterte David sarkastisch.

»Besser spät als nie. Ist Solomon heute hier?« Nachdem er die südafrikanische Version von Site 43 gesehen hatte, hatte Andy beschlossen, die Wahrheit aus Solomon herauszuprügeln – selbst wenn er dafür von der Schule flog.

David schüttelte den Kopf. »Wie vom Erdboden verschluckt. Das sieht ihm gar nicht ähnlich.«

Der Gong ertönte, und die Schüler sprangen wie auf Kommando auf.

»Was ist mit Matt?«

»Den habe ich zuletzt vor der Stunde gesehen, als er sich meinen Laptop geliehen hat.«

»Warum das?« Andy folgte David durch die sich drängenden Schüler auf den Gang hinaus.

»Das hat er mir nicht gesagt. Er meinte nur, er würde sich bei mir melden, falls er etwas herausfände.«

»Weißt du, was er nächste Stunde hat?« Andy wusste, dass David viel besser als er selbst wusste, wer sich wo aufhielt. Manchmal lernten Matt und David zusammen.

»Psychologie. Am Ende des Ganges. Lewis Winston hat den Kurs auch belegt. Bevor sich Matt meinen Laptop borgte, habe ich gesehen, wie er sich auf dem Korridor mit Lewis unterhalten hat. Wenn du Lewis findest, stößt du vielleicht auch auf Matt.«

Andy bedankte sich und lief davon. Mühelos schlängelte er sich durch die Menge. Als er zum Psychologie-Unterricht kam, war Matt nicht da. Das war völlig untypisch für ihn. Andy sah sich im Gang um und entdeckte Lewis. »He, Lewis, ich muss eine Minute mit dir reden.«

»Was?«, meinte Lewis, der neben einer hübschen Rothaarigen ging. »Ich bin gerade dabei, Nan zu ihrem Klassenzimmer zu bringen.«

Das ist aber eine diplomatische Abfuhr. Andy ließ sich nicht abwimmeln. »Es dauert nur eine Minute. Ich suche Matt.«

»Matt Hunter?«, fragte die Rothaarige. »Der war nicht in der letzten Stunde. Vielleicht ist er nach Hause gegangen.«

Ein warnendes Kribbeln überlief Andy. Er schüttelte den Kopf. Nicht, nachdem er sich Davids Laptop geliehen hat. Sein Blick bohrte sich in Lewis Augen. »Ich muss mit dir reden.«

»Ich bin beschäftigt.«

»Lewis, ich meine es ernst. Ich muss wissen, worüber du mit Matt geredet hast. Es ist wirklich wichtig.« Er stellte sich vor ihn.

Lewis wirkte nicht sehr glücklich.

»Sprich mit ihm«, sagte die Rothaarige. »Wir sehen uns nach der Schule.«

Lewis sah ihr nach. »Mensch, Andy ...«

»Ich besorge euch zwei Tickets für ein Holo für dieses Wochenende, als Ausgleich für die Minute, die ich dich brauche«, versprach dieser. »Aber jetzt sag mir, was du weißt.«

»Hast du das Datascript?«, fragte der Mann von der Putzkolonne, nachdem der Gong verstummt war.

Das Läuten war so unerwartet gekommen, dass Matt zusammenfuhr. »Ich habe keine Ahnung, wovon Sie sprechen.«

»Doch, das hast du. Du bist kein guter Lügner.« Er schwenkte die Pistole. »Setz den Laptop ab, dreh dich um und stell dich mit dem Gesicht zur Wand. Leg die Handflächen gegen die Mauer. Wenn nötig, werde ich von der Waffe Gebrauch machen.«

Da ihm keine Wahl blieb, kam Matt der Aufforderung nach. »Sie sind aus Südafrika, nicht wahr?«

»Ja. Und da du das weißt, dürfte dir auch klar sein, dass ich kein Problem damit hätte, dich zu töten.« Der Mann war ein Profi. Er hielt genügend Abstand, um einer eventuellen schnellen Bewegung von Matt ausweichen zu können, und die Pistole stets auf ihn gerichtet.

Ein Blick über die Schulter verriet Matt, dass der Mann sich die Dateien auf dem Bildschirm ansah, bevor er das Datascript aus dem Laptop nahm.

Der Mann steckte das Datascript in eine Schutzhülle und ließ es in seiner Tasche verschwinden. Dann stieß er den Laptop mit dem Fuß weg. »Wenn du dich von der Wand wegbewegst, erschieße ich dich und zerstöre das Datascript. Mit den Sicherheitsbeamten der Schule nehme ich es schon auf. Verstanden?«

»Ja.«

Der südafrikanische Agent ging zum Heizkessel. Dort nahm er etwas aus seinem Overall und griff hinter den Kessel. »Komm her, Junge, aber langsam.«

Mit erhobenen Händen wandte Matt sich um. Er suchte nach einer Gelegenheit zur Flucht, aber es bot sich keine. Der Südafrikaner war sehr vorsichtig.

»Sieh hinter den Kessel. Ich will, dass dir klar ist, um welchen Einsatz wir hier spielen.«

Schon auf den ersten Blick entdeckte Matt das rechteckige Gehäuse neben der Haupt-Gasleitung. Dem Aussehen nach handelte es sich um ein Hightech-Gerät. An der Oberseite befand sich ein Computeranschluss. Plötzlich leuchtete die digitale Anzeige auf. In schwarzen Ziffern auf grauem Untergrund erschien die Zahl 15:00, die sofort auf 14:59 umsprang. Ein Countdown hatte begonnen.

»Das ist Sprengstoff«, teilte der Südafrikaner Matt mit. »Zwei getrennte Ladungen. Zuerst eine kleinere, die die Leitung zerstört. Wenn sich der Raum mit Gas gefüllt hat, eine größere, die das Gas entzündet.« Sein Gesicht blieb völlig ausdruckslos. »Soweit ich gehört habe, dürfte diese Bombe das gesamte Gebäude dem Erdboden gleichmachen.«

»Das können Sie nicht tun«, protestierte Matt, als ihm klar wurde, welches Horrorszenario da drohte.

»Das habe ich bereits. Wenn ich nicht rechtzeitig vor dem Gebäude bin, geht die Bombe hoch. Stößt mir vor Ablauf der Zeit etwas zu, zündet das Team draußen die Bombe selbst. Ich habe eine Fernbedienung, mit der ich die Bombe jederzeit zünden kann, wenn die Dinge nicht so laufen, wie ich mir das vorstelle. Wenn der Knopf nicht ständig gedrückt wird, explodiert die Bombe, also auch, wenn ich verletzt oder getötet werde oder mir die

Fernbedienung aus der Hand rutscht. Das Gleiche gilt, wenn jemand versucht, den Sprengstoff von der Gasleitung zu entfernen.« Er legte eine Pause ein. »Es geht nur darum, dieses Datascript aus dem Gebäude heraus und zurück in mein Land zu schaffen oder es zu zerstören. Dazu müssen deine Freunde nicht sterben. Wir können die Bombe entschärfen, wenn du mit mir zusammenarbeitest.«

»Was soll ich tun?«

»Du, mein junger Freund, wirst mir helfen, das Gebäude zu verlassen, ohne dass mich jemand aufhält. Hast du das verstanden?«

Matt nickte entmutigt.

»Gut. Ich habe gehört, du bist ein kluges Kerlchen. Lass uns gehen, wir verschwenden die wenige Zeit, die deinen Schulkameraden noch bleibt.« Der Mann deutete mit der Pistole auf die Tür.

Da ihm keine Wahl blieb und er keine Zeit für lange Diskussionen hatte, ging Matt mit. Am Fuß der Treppe spürte er die Abdeckung des Lichtschalters in seiner hinteren Hosentasche. Er legte seine Hand darum, während er sich nach dem Geiselnehmer umsah.

»Weitergehen«, befahl dieser.

So langsam wie möglich ging Matt die mit Teppich ausgelegten Stufen hinauf. Oben angekommen, richtete der Mann seine Aufmerksamkeit auf die Schüler, die in den Gängen umherschwirrten und von einem Klassenzimmer ins nächste wechselten.

»Wenn du wegläufst«, warnte der Mann, »erschieße ich dich und jeden, der mir sonst noch in die Quere kommt. Das hast du dir dann selbst zuzuschreiben.«

»Ich werde nicht fliehen.« Matt wartete, bis der Mann neben ihm stand.

Der Südafrikaner stieß ihm die stumpfe Mündung der Pistole in die Seite, sodass die Waffe durch Matts Arm verdeckt wurde. »Selbst wenn du mir die Pistole abnehmen würdest, hätte ich immer noch die Bombe.« Er zeigte Matt die Fernbedienung in seiner Hand. »Los jetzt.«

Als sie weitergingen, ließ Matt die Abdeckung des Lichtschalters auf die Stufen fallen. Es war kein sehr auffälliger Hinweis, aber mehr konnte er nicht tun.

Andy eilte durch die Korridore, wich Leuten aus und bog dann in den Gang zum Heizungskeller ein. Oben auf den Stufen, die in den Keller führten, rutschte ihm plötzlich der Fuß weg. Er stürzte und fiel so hart auf die Stufen, dass ihm die Luft wegblieb.

Unter ihm schepperte es metallisch.

Stöhnend rappelte er sich auf und ging weiter die Treppe hinunter. Vor der Tür glitzerte etwas silbern. Er bückte sich und griff nach dem metallenen Rechteck. Es war die Abdeckung eines Lichtschalters.

Wie kommt denn das da hin? Er nahm es mit, im Heizungskeller konnte er das Ding immer noch wegwerfen. Zum Glück war die Tür nicht abgeschlossen. Wenn Matt schon eine Stunde weg war, musste er etwas gefunden haben.

»Matt?« Andy sah sich in dem leeren Raum um. »Matt?« Vielleicht war Matt ja schon wieder gegangen. Andy war drauf und dran umzukehren, als er in einer Ecke Davids Laptop entdeckte.

Den würde Matt nie hier lassen. Andy ging zu dem Computer und hob ihn vom Boden auf. Die Festplatte vibrierte, als das Gerät automatisch speicherte. Er öffnete es. Auf dem Bildschirm waren nur wirre Zeichen zu entdecken. *Außerdem hätte er es mit Sicherheit ausgeschaltet. Er weiß ja, wie David mit seinen Sachen ist.*

Verwirrt, aber überzeugt davon, dass etwas nicht stimmte, blickte sich Andy im Heizungskeller um. Wenn Matt nicht freiwillig gegangen war, dann hatte ihn jemand dazu gezwungen.

Er sah zu dem Lüftungsschacht, von dem Lewis erzählt hatte. Die Abdeckung zeigte Streifen, wo der Staub heruntergerieselt war. *Matt hatte Zeit, das Versteck auszuräumen und die Abdeckung wieder einzusetzen, hat es aber nicht geschafft, Davids Laptop mitzunehmen?*

Das ergab nicht den geringsten Sinn.

Noch einmal sah er sich die Lichtschalter-Abdeckung in seiner Hand an. Der Lichtschalter neben der Tür war komplett. Aber irgendwo muss das Ding ja herkommen. Langsam blickte er sich im Raum um, wobei er sich dicht an den Wänden hielt, um sie genauer überprüfen zu können.

Einen Augenblick später entdeckte er die Öffnung für den Lichtschalter. *Wenn es von da stammt, wieso ist Matt dann so überstürzt verschwunden?*

Um sich die Sache genauer anzusehen, ging er näher heran. Flimmernde digitale Zahlen stachen ihm ins Auge und lenkten seinen Blick auf den rechteckigen Kasten neben der Haupt-Gasleitung.

9:12.

O Mann, Matt. Wolltest du Hilfe holen? Andy verwarf den Gedanken sofort wieder. Matt hatte ein Brieftaschentelefon und hätte Winters angerufen. Inzwischen hätte es hier nur so gewimmelt von Net-Force-Agenten. Andy griff in seine Hosentasche und zog sein Telefon heraus. Gut, dass er sich am Samstag ein neues gekauft hatte, nachdem das alte die Schießerei vom Freitag nicht überlebt hatte. Er gab Winters Nummer ein und verlangte den Captain.

»Tut mir Leid«, erklärte seine Sekretärin wichtigtuerisch. »Captain Winters ist in einer Besprechung.«

Andy fuhr mit dem Finger über die Oberfläche der Bombe. Er bebte innerlich. »Dann holen Sie ihn da raus! Hier ist Andy Moore von den Net Force Explorers. Sagen Sie ihm, ich stehe vor einer Bombe, die an der Haupt-Gasleitung der Bradford Academy angebracht ist und in weniger als neun Minuten hochgeht! Ich brauche Hilfe!«

22

Als der zweite Gong ertönte, hatten sich die Gänge geleert. Matt hielt sich dicht bei dem südafrikanischen Agenten, dessen Pistolenlauf sich in seine Seite bohrte.

»Wenn mich jemand hier draußen sieht«, erklärte Matt, als sie den Schaukasten mit den Pokalen passierten und auf den westlichen Seitenausgang zugingen, »wird man mir Fragen stellen.«

»Du bist krank«, sagte der Südafrikaner. »Ich helfe dir nach draußen.« Die Pistole bohrte sich tiefer in seine Seite. »Und du benimmst dich besser so, dass man uns das glaubt.«

Matt suchte mit den Augen den leeren Gang ab. Er konnte nur hoffen, dass sie niemand aufhielt. »Was ist auf dem Datascript?«

»Das ist nicht deine Sache.«

»Es geht um Site 43, stimmt's? Jemand hat sich in die

Regierungsarchive eingehackt und herausgefunden, was wirklich geschah.«

»Halt den Mund.« Der Südafrikaner zeigte ihm die Fernbedienung.

»Was? Sie sprengen uns in die Luft, nur weil ich Fragen stelle?«

»Ruhe.«

Matt schüttelte den Kopf. »Nein. Sie wollen lebend hier rauskommen, sonst hätten sie uns schon unten im Keller in die Luft gejagt.« Er verstärkte den psychologischen Druck auf den Mann. Der Südafrikaner hatte mit Sicherheit ebenfalls Angst.

Jetzt blinzelte er hastig. Der Schweiß lief ihm über das Gesicht.

»Während sich die Hacker in den Archiven in Südafrika austobten, verfolgten Ihre Sicherheitsteams sie im Netz bis zur Bradford Academy zurück«, dachte Matt laut. Solomon musste von der Schule aus gearbeitet haben, sonst hätten sie seine Privatadresse herausgefunden. »Aber wer war der Schuldige? Das muss für Ihren Sicherheitschef ein Albtraum gewesen sein. Wie sollte er unter all den Schülern die betreffende Person aufspüren?«

Der Mann sagte nichts.

»Also fingen Sie letzte Woche mit den Hackern an«, fuhr Matt fort. »Allerdings setzten Sie nicht Ihre eigenen Leute ein, um nicht noch mehr Aufsehen zu erregen. Für die Drecksarbeit engagierten Sie McDouglas und Tomlinson.«

»Du hast doch keine Ahnung, wovon du redest«, behauptete der Mann, während er Matt um eine Ecke zerrte.

»McDouglas und Tomlinson waren aber nicht effizient genug. Selbst meine Entführung reichte nicht aus. Also überfiel das südafrikanische Einsatzteam die Hacker-

Veeyar, um den Druck auf den Dieb zu verstärken. Sie hatten rund um die Schule Sicherheitsteams im Einsatz. So erfuhren Sie auch von dem Treffen zwischen Solomon und Donner. Oder war es Donners plötzliches Interesse am Südafrikanischen Krieg? Wurden die Medien der Stadt ebenfalls überwacht? Oder wurden nur die entsprechenden Archive im Netz kontrolliert? Recherchierte Donner in den südafrikanischen Archiven?«

Der Mann antwortete nicht.

»Sie hatten einen Verdacht. Deshalb waren McDouglas und Tomlinson im Restaurant und brachten unter Donners Tisch ein Abhörgerät an.«

Unerwartet schleuderte der Südafrikaner Matt gegen die Wand. Im Gang war niemand, der sie hätte beobachten können.

»Du hältst jetzt die Klappe.« Der Mann hielt die Fernbedienung in der Hand. »Du hast deine Freunde gerade eine Menge Zeit gekostet.« Damit drückte er einen der Knöpfe. Entsetzt sah Matt, wie die Digitalanzeige von 8:13 auf 4:06 umsprang.

»Winters.«

»Captain, hier ist Andy Moore.« Andy ging näher an die Bombe an der Gasleitung heran. Eilig beschrieb er die Lage und fügte hinzu, warum er sich um Matt sorgte.

»Da hast du Recht«, meinte Winters, als Andy fertig war. »Matt wäre nie abgehauen, ohne anzurufen. Wir finden ihn.«

Andy fiel ein, dass Matt behauptet hatte, einige der Reinigungskräfte würden sich wie Net-Force-Agenten verhalten. »Sie haben Leute hier auf dem Campus?«

»Ja, und sie sind bereits informiert. Wie viel Zeit bleibt uns noch?«

»Acht Minuten, zweiunddreißig Sekunden.« Über das Telefon hörte Andy Winters Befehle bellen.

»Ein Team ist unterwegs. Ich habe seit Tagen ein Sicherheitsnetz auf dem Campus. Du verlässt jetzt sofort den Heizungsraum.«

»Bei allem Respekt, Captain, da oben ist es nicht viel sicherer. Und hier unten kann ich sicherstellen, dass niemand mit dem Ding herumspielt.«

Winters hatte offenbar keine Lust zu diskutieren. »In ein paar Minuten ist mein Team da.«

»Was ist mit der Evakuierung der Schule? Wir könnten alle herausschaffen.«

»Ich rufe die Schulleitung gleich an. Einer meiner Agenten bringt dem Direktor ein abhörsicheres Telefon. Wir kümmern uns darum.«

Plötzlich erstarrte die Digitalanzeige, verschwand und sprang dann auf 4:06. Andy versuchte, ruhig zu bleiben, während er Winters davon berichtete.

Der Captain klang resigniert. »Verschwinde da, Andy. Uns bleibt keine Zeit, Sprengstoffexperten zu schicken.«

»Sir, Sie können dieses Gebäude nicht in vier Minuten evakuieren und die Schüler so weit wegbringen, dass sie in Sicherheit sind.«

»Andy, nach dem, was gerade geschehen ist, können wir die Schule überhaupt nicht räumen, solange wir nicht wissen, ob Matts Entführer entkommen sind. Wenn sie eine Feuersirene hören, sprengen die unter Umständen das ganze Gebäude sofort in die Luft. Verschwinde da.«

Das hätte Andy gern getan. Auf keinen Fall wollte er sich im Heizungskeller aufhalten, wenn die Bombe hochging. Zumindest sagte er sich das. Aber er wusste, dass er nicht weg konnte. »Das geht nicht.«

»Du musst da raus, Junge.«

»Das kann ich nicht«, wiederholte Andy. 3:57. »Wenn es das Sprengstoffteam nicht bis hierher schafft, erklären Sie mir, was ich tun soll. Vielleicht kann ich die Bombe entschärfen.«

»Nein, das Risiko kann ich nicht eingehen.«

»Captain«, sagte Andy, »es ist die einzige Chance für die Menschen hier im Gebäude.«

Der südafrikanische Agent packte Matt am Hemd und zog ihn zu sich heran.

Am liebsten hätte Matt sich übergeben. Er konnte die Anzeige nicht mehr sehen. Wie viel Zeit bleibt uns noch? Er versuchte mitzuzählen, aber es war fast unmöglich, sich darauf und auf den Geiselnehmer gleichzeitig zu konzentrieren.

In dem stillen Gang hörte er nur ihre Schritte und das Pochen seines Herzens.

»Keine Schlaubergereien mehr«, warnte der Südafrikaner. »Du hast deine Freunde bereits vier Minuten ihres Lebens gekostet.«

Vier Minuten ihres Lebens? Als er die Worte analysierte, wurde Matt klar, dass der Mann die Bombe auf jeden Fall zünden würde. Es fiel ihm schwer, seine Panik im Griff zu halten. Plötzlich hatte er keine Vorstellung mehr, wie viel Zeit ihm noch blieb.

Er ging weiter, während sich die Pistole in seine Seite bohrte, und überlegte, was er tun konnte. Sie waren nur noch zehn bis zwanzig Meter vom Ausgang entfernt.

Aus dem Gang rechts von ihm kamen Schritte.

Matt entdeckte einen Mann von der Putzkolonne, den er sofort als einen der mutmaßlichen Net-Force-Agenten identifizierte.

»He, Kumpel«, rief der Agent. »Kennst du dich mit diesen Staubsaugern aus?« Mit dem Daumen deutete er über die Schulter in die Richtung, aus der er gekommen war. »Ich habe im Chemielabor einen, der nicht anspringt. Kannst du mir helfen?«

Der Südafrikaner sagte kein Wort. Er zerrte Matt nach vorn und hob die Pistole, um zu feuern.

»Kann ich das Ding einfach von der Wand reißen, damit es nicht mehr so dicht an der Gasleitung ist?«, fragte Andy. Soweit er sehen konnte, gab es keine Drähte, die die Sprengladung mit der Leitung verbanden.

»Nein«, gab Winters zurück. »Die Bombe ist vermutlich berührungsempfindlich. Sobald sie geschärft ist, kann sie nicht mehr bewegt werden.«

Andy sah zu, wie die digitalen Ziffern durch das Zählwerk liefen. Erbarmungslos verging die Zeit. »Sieht aus, als wäre hier vorn ein Computeranschluss.«

»Das stimmt sicher, aber ein Brieftaschentelefon hat dafür nicht die richtigen Verbindungen.«

Andy fiel Davids Laptop ein. Eilig holte er ihn. »Warten Sie einen Augenblick. Ich habe hier einen Laptop.«

»Andy, du musst da raus. Wir haben keine Zeit mehr.«

»Dann verschwenden Sie sie nicht.« Andy hätte am liebsten geschrien. Er klappte den Laptop auf und griff in das Fach unter der Tastatur. Dort befand sich eine Direktverbindung für Implantate. Er nahm sie heraus, schob ein Ende in die Buchse am Computer und setzte das andere auf die Implantate an seinem Hinterkopf.

»Ein Laptop wird nicht reichen«, meinte Winters.

3:17.

»Ich habe mein Brieftaschentelefon. Über das Laptop komme ich in die Veeyar, und über das Telefon geben Sie mir den nötigen Audio-Input. David hat eine solche Verbindung in seine Veeyar-Einstellungen integriert. Wir werden uns also gegenseitig hören können.«

»Andy ...«

»Captain Winters, uns bleibt nicht viel Zeit.«

»Sohn, wenn du die Bombe nicht entschärfen kannst, kommst du da nicht mehr raus.«

»Okay, dann heißt es alles oder nichts.« Andy gab sich lässig, aber sein Atem ging in zittrigen Stößen.

»Was soll ich deiner Mutter sagen?«

Für einen Augenblick wankte Andy. Er wusste, was es für seine Mutter bedeutet hatte, dass sein Vater im Krieg geblieben war. Was würde mit ihr geschehen, wenn ihm ebenfalls etwas zustieß? Nur weil er nicht aufgeben wollte? Sein Vater war Soldat im Dienste seines Landes gewesen und hatte ihr vor der Hochzeit erklärt, welche Opfer er unter Umständen bringen musste. Welches Recht hatte Andy, eine solche Entscheidung zu treffen, bevor sie überhaupt erfuhr, dass er dazu bereit war?

Eine Entscheidung über Leben und Tod.

Es war eine Entscheidung, die sie betraf und von der sie nicht einmal wusste, dass sie im Raum stand. Das war noch unfairer als der Tod seines Vaters. Angst und Verwirrung waren so stark, dass er zitterte.

Im Schatten der Ehre lässt es sich nicht leben, Andy.

Bobs Worte – wahrscheinlich waren es die Worte seines Vaters – kamen Andy in den Sinn. Er verdrängte seine Furcht, so gut er konnte, und schloss das Brieftaschentelefon an die Bombe an.

2:43.

»Sagen Sie ihr, dass ich sie liebe«, flüsterte er mit heiserer, brechender Stimme. »Und sagen Sie ihr, dass ich stolz auf meinen Vater bin. Dass ich ihn vielleicht nach all diesen Jahren endlich verstehe und hoffe, dass er stolz auf mich ist.«

Dann drückte er den Internetknopf auf dem Laptop. Sein Nacken brannte, als ihn die Implantate in den Cyberspace beförderten.

Als der Südafrikaner die Pistole vorstieß, packte Matt die Hand mit der Fernbedienung, legte seine Finger um die Faust des Mannes und zog. Damit setzte er sich schutzlos der Waffe aus, aber es gab keine andere Möglichkeit.

»Schusswaffe!«, brüllte er, wie er es bei den Explorers-Kursen gelernt hatte.

Der Schuss hallte durch den Gang, aber die Kugel grub sich in die Wand. Durch Matts Aktion war der Südafrikaner abgelenkt worden.

Verzweifelt klammerte sich Matt an die Hand.

Der Net-Force-Agent zog eine Pistole mit Schalldämpfer aus seinem Overall und ging automatisch in die Schießstellung der Profis, wobei er die Waffenhand mit der anderen stützte. Der Südafrikaner schrie und versuchte, Matt abzuschütteln. Dieser sank auf die Knie und zog den Mann mit sich. Hilflos sah er zu, wie der andere die Pistole auf sein Gesicht richtete. Plötzlich schien die Mündung riesig groß.

Dann erschienen zwei hellrote Punkte im Abstand von zwei Zentimetern direkt über dem Herzen auf dem Hemd des Südafrikaners. Die Pistole fiel aus seinen gefühllos gewordenen Fingern, während er rückwärts taumelte und stürzte.

»Alles in Ordnung?« Der Net-Force-Agent raste auf Matt zu.

»Ja.« Matt hielt verzweifelt die Hand umklammert. »Ich bin Matt Hunter. Ich bin ...«

»Ich weiß, wer und was du bist.« Der Agent legte eine Freisprechvorrichtung an. »Eagle, hier ist Bluebird One. Gefahr beseitigt.«

Matt sah ihn an, ohne seinen Griff um die erschlaffende Hand des Südafrikaners zu lockern. »Wenn der Druck auf den Knopf nachlässt, geht das Ding hoch.«

Der Agent nickte. »Kannst du das noch ein paar Minuten halten? Bis dahin ist so oder so alles vorbei.«

Matt nickte und versuchte, nicht daran zu denken, wie zittrig er sich fühlte und wie viel Kraft man brauchte, um die schlaffe Hand eines Toten zur Faust zu ballen.

Andy flitzte durch das Netz. Kaum hatte er die schlichte Veeyar in Davids Laptop erreicht, da wählte er sich auch schon in Marks Computer ein. Mark ließ für seine Freunde immer eine Tür offen, damit sie vorbeischauen oder sich bestimmte, von ihm entwickelte Programme ausleihen konnten.

Mit einem Griff in Marks Kabinett beliebter Programme holte Andy sich eines, mit dem er vertraut war. Im Handumdrehen hatte er den Crashsuit angelegt, den er bereits von ihrem Ausflug nach Südafrika kannte.

Er raste im Netz nach Bradford zurück und öffnete einen Kanal zur Nummer seines Brieftaschentelefons. »Captain Winters.«

»Ich bin da, Junge.«

»Ich sehe das digitale Zählwerk hier nicht, also weiß ich nicht, wie viel Zeit uns noch bleibt.« Andy flitzte durch die virtuelle Darstellung von Bradford in den Keller.

»Eine Minute zweiundfünfzig Sekunden. Andy, ich habe Lieutenant Scobie mit in der Leitung. Das ist unser bester Sprengstoffexperte.«

Andy untersuchte die Bombe. In der Veeyar wirkte sie

atemberaubend komplex. Die Sicherheitssperre erinnerte ihn an ein Spiegelkabinett.

»Hallo, Andy«, meldete sich Lieutenant Scobie. »Wir müssen schnell arbeiten. Meine Rekordzeit bei diesem Bombentyp beträgt achtunddreißig Sekunden. Viel Spielraum für Fehler bleibt uns also nicht.«

»Ja, Sir.«

»Du musst wissen, dass ich noch nie einen Mann verloren habe. Du wirst nicht der Erste sein.«

»Nein, Sir.«

»Fass die Bombe an. Wenn du vom Netz aus Kontakt aufnimmst, wirst du das Gefühl haben, eingesaugt zu werden.«

Andy folgte der Anweisung. Es war genau, wie der Lieutenant gesagt hatte.

»Das liegt daran, dass die Bombe im Netz ihre eigenen Veeyar-Systeme hat. Wenn das Bild scharf wird, wirst du vor dir ein Labyrinth sehen. Beschreib es mir.«

Andy starrte auf den würfelförmigen Irrgarten aus sich drehenden Spiegeln und beschrieb ihn, so gut es ging.

»Geh hinein. Hast du irgendwelche Tarnprogramme?«

»Geladen und aktiviert. Ich habe mir Zeug von Mark Gridleys Computer geliehen.«

»He, das klingt, als wären wir in guten Händen. Ab ins Labyrinth.«

Durch seinen Crashsuit geschützt, flog Andy los. Aus den Spiegeln um ihn herum sah ihm hundertfach sein eigenes Bild entgegen.

»Nicht so schnell. Versuch, keine Wände zu berühren.«

»Wie lange noch?«, wollte Andy wissen.

»Andy«, schaltete sich Winters ein, »wenn die Zeit um ist, wirst du das schon merken. Konzentrier dich auf deine Aufgabe.«

»Ja, Sir.«

»Welche Abzweigungen siehst du?«

»Kreuzung links und rechts.« Scobie dirigierte ihn erst nach rechts und dann nach links, rechts, oben und unten. Andy war unterwegs ins Herz des Labyrinths.

»Jetzt langsam«, sagte der Lieutenant nach der letzten Wendung. »Diese Stelle ist entscheidend, um herauszufinden, mit welcher Version wir es zu tun haben. Sag mir, was du siehst.«

Andy starrte nach vorn. »Vier Gänge.«

»Das bringt uns nicht weiter. Du suchst nach einem Tunnel, der zwei umgekehrte Spiegelbilder von dir zeigt.«

»Jeder von denen ist voller Spiegelbilder«, meinte Andy frustriert.

»Einer enthält genau diese zwei. Ich weiß, dass sie schwer zu erkennen sind.«

Angestrengt versuchte Andy, die Spiegelbilder zu erkennen. In seinem Hinterkopf schien eine Uhr zu ticken, und Bilder von seinem Vater, der mit der Brücke in die Luft gesprengt wurde, quälten ihn. »Der in der Mitte.«

»Gut.«

Andy flog los, doch kaum hatte er den Eingang passiert, da schrillte auch schon eine Sirene. »Ich habe den falschen genommen! Ich bin falsch!«

»Das ist schon in Ordnung, Andy. Dann ist es wohl der linke. Beeil dich, die Schleuse hat ein Identifikationsprogramm ausgeschickt. Wenn es dich ohne Passwort erwischt, meldet es das dem Hauptprogramm der Bombe.«

Andy raste weiter. »Vor mir sind noch mehr Tunnel.«

In aller Ruhe sagte ihm Scobie, wo und wann er abbiegen musste, aber hinter Andy tauchte ohne Vorwarnung eine purpurfarbene Sonne auf, die sich rasch näherte.

»Das Identifikationsprogramm ist mir auf den Fersen.«

»Halt dich bloß fern davon. Hast du ein Maskierungsprogramm?«

»Ja, ich bringe es online.« Andy löste das Maskierungsprogramm aus und beobachtete, wie der Crashsuit fast die Farbe des Identifikationsprogramms annahm. Gleichzeitig folgte er weiter den Anweisungen des Lieutenants.

Nach ein paar weiteren Abzweigungen hatte ihn das Identifikationsprogramm eingeholt. Ein starker elektrischer Strom lief durch ihn hindurch. Sofort drehte das Programm ab und kehrte auf dem Weg zurück, auf dem es gekommen war.

»Es ist nicht darauf hereingefallen, es weiß, dass ich ein Eindringling bin.«

Scobie behielt die Ruhe und gab ihm weiter durch, wo er abbiegen musste. Im nächsten Augenblick gingen die Lichter innerhalb des Labyrinths aus, und es wurde stockfinster. Andy prallte gegen das Ende der Sackgasse, in die er sich verirrt hatte. Sofort packte ihn etwas, das von Wänden und Boden auszugehen schien.

Mithilfe eines in den Crashsuit integrierten Programms schaltete Andy ein äußeres Licht an. Um ihn herum schlangen sich Lianen, die das Antiviren-Programm verkörperten, und versuchten, ihn festzuhalten.

»Wahrscheinlich ist das Säuberungsprogramm schon unterwegs«, meinte Scobie. »Du musst sofort da weg.«

Andy schnitt sich den Weg mit hellroten Flammen frei, die ein von Mark programmiertes Trojanisches Pferd verkörperten. Damit ließen sich die meisten Antiviren-Programme ausschalten. Die Lianen verbrannten zu schwarzer Asche.

Mit einem Luftsprung wandte sich Andy auf Scobies Anweisung nach links.

»Ich weiß jetzt, mit welchem Typ wir es zu tun haben«, erklärte der Lieutenant. »Wenn du es vor dem Säuberungsprogramm schaffst, ist die Sache gegessen.«

Scobies Instruktionen folgend, flog Andy durch das Labyrinth. Dabei entdeckte er hinter sich ein grelles Grün, das sich schnell näherte. Noch zwei Biegungen, dann öffnete sich das Labyrinth auf eine Miniaturgalaxie mit einer orangefarbenen und einer blauen Sonne.

»Was siehst du?«

Falls ihnen die Zeit davonlief, verriet Scobies Stimme nichts davon. Während Andy auf das Zentrum der Sonnen zuflog, beschrieb er ihm die Galaxie.

»Flieg durch die Sonnen. In ihrem Inneren aktivierst du jedes einzelne Virenprogramm, das dir zur Verfügung steht. Lass uns hoffen, dass das reicht.«

Auf halbem Weg holte ihn das Säuberungsprogramm ein. Das grüne Licht umhüllte ihn vollständig. Die Hitze war unglaublich. Vor seinen Augen begann das Programm seinen Crashsuit zu zerstören, indem es kleine Fetzen abriss, die sofort in Flammen aufgingen.

Andy schrie vor Schmerzen auf. Wenn er sich ausloggte, würde alles verschwinden, ohne bleibende Spuren zu hinterlassen. Aber wie viele Sekunden blieben ihm noch, bis die Bombe explodierte? Für eine Flucht war es zu spät.

Bis er das orange-blaue Doppelgestirn erreichte, hatte er sich selbst in einen glühenden Kometen verwandelt. Die orangefarbene Sonne füllte nun sein gesamtes Gesichtsfeld. Mit aller Kraft konzentrierte er sich darauf durchzuhalten, wobei er den Crashsuit beschwor, nicht auseinander zu fallen. Sein Visier schmolz, als er in das Herz der Sonne flog. Feuriges Plasma strömte herein und verbrannte seine Haut.

Er ließ jedes Virenprogramm los, auf das er im Crashsuit Zugriff hatte. Dann loggte er sich aus.

Schwer atmend, zitternd und voller Panik streifte Andy die Implantatkabel ab und blickte auf die Bombe.
00:18
00:17
00:16
00:15
...
Die Zahlen erstarrten.

»He«, rief Scobie über das Telefon, »du hast es geschafft, Meister!«

Andy war schweißüberströmt und fühlte sich, als wäre er einen Marathon gelaufen. Er richtete sich in den Kniestand auf. Er lebte noch. Sie alle lebten noch.

»Andy.«

Als er sich umdrehte, sah er, wie Matt in den Heizungsraum gerannt kam. Matt warf einen Blick auf die Bombe, stellte fest, dass der Zähler stand, und stieß einen Jubelschrei aus, dass es im Heizungskeller nur so hallte. Dann half er Andy auf die Beine, und die beiden umarmten sich mit aller Kraft.

»Schluss jetzt«, stieß Andy schließlich atemlos hervor. »Ich muss an meinen Ruf denken.«

»Komm mit«, sagte Matt. »Wir gehen nach oben und sehen der Net Force bei der Arbeit zu.« Er ging voran. Sie passierten ein Net-Force-Team in der Ausrüstung der Sprengstoffexperten, das eine bombensichere Kiste trug.

Einen Augenblick später standen sie an den großen Fenstern zur Hauptstraße und beobachteten, wie die Net-Force-Leute massenhaft in der Bradford Academy einfielen. Drei Kampfhubschrauber patrouillierten allein an dem Stückchen Himmel, das Andy sehen konnte, und der Parkplatz füllte sich mit schnellen Angriffsfahrzeugen.

»Meine Güte«, meinte Andy bei diesem Anblick, »da hat Winters aber kräftig hingelangt.«

Matt schüttelte den Kopf. »Wenn er das Ziel identifiziert hat, schlägt der Captain grundsätzlich mit voller Kraft zu.« Er warf Andy einen Blick zu. »Du bist ein gewaltiges Risiko eingegangen.«

Andy schüttelte den Kopf. »Ich musste es tun, sonst hätte ich mit mir selbst nicht leben können. Habe ich dir je von meinem Vater erzählt, Matt?«

»Nein.«

Ohne den Blick von den Männern zu wenden, die das Gelände absicherten, nickte Andy. »Dann tue ich es jetzt. Weißt du, er war nämlich ein richtiger Held.«

»Ja, das habe ich auch gehört«, erwiderte Matt.

Epilog

»Matts Schlussfolgerungen waren zum größten Teil richtig«, stellte Captain Winters fest.

Es war Mittwoch, und Andy saß in der Büro-Veeyar des Captains, um Bericht zu erstatten. »Sie meinen, die Südafrikaner wussten, wer die Biobombe wirklich gezündet hat?«

Winter nickte. »Heute um siebzehn Uhr wird auch die Öffentlichkeit davon erfahren. Die *Washington Post* veröffentlicht nämlich eine Erklärung.«

»Darüber, wer die Bombe gezündet hat?« Andy war von den Ereignissen der letzten Tage noch völlig erschöpft, und es fiel ihm schwer, sich zu konzentrieren.

»Ja.«

»Und wer war es?«

»Die südafrikanischen Nationalisten selbst.«

»Die haben diese Waffe gegen ihre eigenen Leute eingesetzt?« Andy konnte es nicht fassen. Allerdings passte es genau ins Bild. Warum sonst hätten die Südafrikaner so energisch auf strikter Geheimhaltung bestehen sollen?

»Ja. Aber auch gegen die Patrioten, das darfst du nicht vergessen.« Winters lehnte sich in seinem Stuhl zurück. »Es war Krieg, und sie wollten um jeden Preis gewinnen. Sie waren davon überzeugt, dass sich die Patrioten daraufhin von den Westmächten abwenden würden. Außerdem rechneten sie mit der Sympathie der internationalen Gemeinschaft.«

»Aber unser Militär wusste Bescheid.«

»Stimmt, wir wussten davon.«

»Warum haben wir nichts gesagt?«

»Weil es der einfachste Weg war, den Krieg zu beenden und unsere Ziele durchzusetzen, ohne weitere Menschenleben zu opfern. Die Nationalisten erklärten sich bereit, bei ihrer Wirtschaftspolitik den Willen der Mehrheit ihrer Bevölkerung zu berücksichtigen. Im Gegenzug sicherten wir ihnen zu, dass wir mit der Geschichte nicht an die Öffentlichkeit gehen würden.«

»Und was geschieht jetzt?«

Winters' Grinsen wirkte frostig. »Persönlich glaube ich, dass es auf der politischen Bühne Südafrikas ein paar neue Gesichter geben wird. Die Verantwortlichen werden nicht im Amt bleiben.«

»Ja, aber wird es nicht dem Ruf der Vereinigten Staaten schaden, wenn herauskommt, dass sie von der Lüge wussten?«

»Andy, das waren die Bedingungen des Waffenstillstands. Wir können nachweisen, dass wir dadurch zahlreiche Menschenleben gerettet haben. Uns kann das nichts anhaben. Kein Krieg ist gut, aber in diesem hier haben wir die richtigen Entscheidungen getroffen.«

Vermutlich hatte der Captain Recht. »Was ist mit meinem Vater? Warum versuchten die Südafrikaner, ihm die Schuld in die Schuhe zu schieben? Oder war es nur Solomon?«

Winters zögerte. »Dein Vater war an der Mission beteiligt, Andy. Mehr kann ich dir nicht sagen. Einige Geheimnisse behält das Militär nach wie vor für sich.«

Als es an jenem Abend an die Tür klopfte und Andy öffnete, stand er Solomon Weist gegenüber. Dessen geschwollene Nase war immer noch von einem weißen Pflasterverband bedeckt. Am Straßenrand wartete ein Taxi, und ihm schien nicht recht wohl in seiner Haut zu sein.

»Ich bin wohl der Letzte, den du hier erwartet hättest«, meinte er.

Andy nickte nur. Ihm fehlten die Worte. Solomons kindische Fehde mit ihm und sein verantwortungsloses Verhalten im Netz hätten um ein Haar die gesamte Schülerschaft von Bradford ausgelöscht.

»Ich bin nur gekommen, um dir das hier zu geben.« Solomon hielt ihm ein Datascript hin, aber Andy machte keine Anstalten, es zu nehmen.

»Es ist kein Friedensangebot«, erklärte Solomon. »Ich weiß, dass du mich wahrscheinlich bis in alle Ewigkeit hassen wirst. Es ist für dich, weil du es verdient hast.«

Andy machte immer noch keine Anstalten, den Würfel anzunehmen.

»Das ist eine Kopie aller Dateien, die ich den Südafrikanern geklaut habe. Eine Datei über deinen Vater ist auch dabei. Als ich heute HoloNet sah, fiel mir auf, dass die Geschichte deines Vaters immer noch nicht veröffentlicht wurde. Offenbar wollen sie sie zurückhalten.«

»Wenn das wieder ein Trick ist ...«, begann Andy.

»Nein, ich schwöre es.« Solomon blickte ihn an. »Andy, du hast gestern der gesamten Schule das Leben gerettet. Du bist ein Held, und Helden verdienen eine Belohnung.«

Andy fühlte sich unbehaglich. Ein Lob von Solomon ... das hatte es noch nie gegeben.

»Ich weiß nicht, ob sie dir von deinem Vater erzählt haben. Er war auf einer verdeckten Mission. Er und sein Team stoppten den Nachschub von Biobomben nach Südafrika. Die Nationalisten wollten sie nämlich gegen die Westmächte und die Patrioten einsetzen. Wenn dein Vater die Lieferanten nicht ausgeschaltet und die Diamanten beschlagnahmt hätte, mit denen die Nationalisten dafür bezahlt hatten, hätte es noch wesentlich mehr Tote gegeben. Vielleicht hätte sich die Seuche über ganz Afrika ausgebreitet. Dein Vater ist ein Held, und zwar ein noch größerer, als sie dir sagen. Die eine Bombe war bereits vor Ort, aber dein Vater und sein Team hielten alle anderen auf.«

Andy wusste nicht, was er sagen sollte. Er griff nach dem Datascript.

»Es ist alles hier drauf«, erklärte Solomon. »Du kannst es dir ansehen.«

Als er das Datascript in der Hand hielt, fühlte sich Andys Kehle wie zugeschnürt an. »Danke, Solomon. Die hatten mir nichts davon gesagt.«

Solomon nickte. »Dann bin ich froh, dass ich es dir erzählen konnte.« Er wandte sich zum Gehen.

»Übrigens, Solomon ...«, rief Andy ihm nach.

Solomon sah sich über die Schulter nach ihm um.

»Das mit deiner Nase tut mir Leid.«

Solomon grinste. »Ja, mir auch. Aber ich bin noch mal mit einem blauen Auge davongekommen. Zumindest will mich keiner mehr umbringen, wenigstens nicht auf internationaler Ebene. Die Net Force dürstet immer noch nach meinem Blut.«

»Morgen ist ein neuer Tag«, meinte Andy.

Lachend ging Solomon zum Taxi.

Andy sah ihm nach, wie er davonfuhr. Dann ging er zum Computer-Link-Stuhl in seinem Zimmer.

Am Donnerstagmorgen stand Andy auf einer Anhöhe auf dem Friedhof von Arlington. Er kannte das weiße Steinkreuz vor sich gut, wusste genau, welcher Name, Rang, Geburts- und Todestag in den Stein gemeißelt war.

Es war das erste Mal, dass er allein gekommen war.

Als er am Fuß des Grabes kniete, fühlte er, wie Emotionen in ihm aufstiegen, die ihn zu ersticken drohten. Er trug seinen besten Anzug, hatte sogar eine Krawatte angelegt.

Er berührte das Gras, das das Grab bedeckte, und fuhr sanft mit seinen Fingern hindurch. Die Leiche seines Vaters hatte nicht geborgen werden können, daher wusste Andy, dass er nicht wirklich hier lag. Aber es war der beste Ort, um ihn zu besuchen.

»Hallo, Dad«, sagte er mit rauer Stimme. »Ich bin heute

gekommen, weil Mom sagt, dass sie sich dir hier am nächsten fühlt. Das Gefühl wollte ich auch haben.«

Sanft blies der Wind über die Anhöhe und trocknete die Tränen auf seinen Wangen.

»Ich wünschte mir, die Dinge wären anders gewesen. Ich glaube, du weißt, was ich gestern getan habe. Als Mom das herausfand, wäre sie fast ausgeflippt. Aber eines weiß ich nun, Dad. Wenn ich dich wirklich kennen lernen will, muss ich nur mich selbst kennen lernen.« Er räusperte sich und wartete ein wenig, bis er seine Stimme wiedergefunden hatte. »Ich wollte dir nur sagen, wie sehr ich dich vermisse und wie sehr ich dich liebe.« Dann sah er auf die Uhr. »Heute ist ein Schultag, deswegen habe ich nicht viel Zeit, aber wir sprechen uns wieder. Bald.«

Andy stand auf und ging den Abhang hinunter. Irgendwie fühlte sich die Sonne auf seinem Gesicht jetzt wärmer an als noch vor wenigen Minuten.

Special Net Force –

Schwarze Schatten

*Wir möchten den folgenden Personen danken,
ohne deren Mitarbeit dieses Buch nicht entstanden
wäre: Bill McCay für seine Hilfe bei der Überarbeitung
des Manuskripts; Martin H. Greenberg, Larry Segriff,
Denise Little und John Helfers von Tekno Books;
Mitchell Rubenstein und Laurie Silvers von BIG
Entertainment; Tom Colgan von Penguin Putnam Inc.,
Robert Youdelman, Esq., Tom Mallon, Esq.; sowie
Robert Gottlieb von der William Morris Agency,
unserem Agenten und Freund. Wir sind ihnen allen
zu aufrichtigem Dank verpflichtet.*

1

»Die anderen sind schon alle da«, sagte Megan O'Malley zu Matt Hunter, als sie ihm die Haustür öffnete. Ihre braunen Augen blitzten, als wollte sie ihn beschuldigen. »Du bist fast zu spät dran.«

»Tut mir Leid«, entgegnete Matt verwundert. Doch nach kurzer Überlegung hakte er ein: »Also hör mal! Ist *Pünktlichkeit* schon nicht mehr gut genug? Versuchst du gerade, mir Schuldgefühle einzureden?«

»Du hast Recht. Jetzt bin ich an der Reihe, mich zu entschuldigen.« Trotz ihres Lächelns sah Megan ein wenig gestresst aus. »Ich wollte dich nicht so anfahren. Das liegt nur daran, dass ich im Wohnzimmer gerade einen regelrechten Zirkus betreibe. Wie kommt ihr eigentlich klar, wenn ihr bei David seid?«

»David vermeidet es, mehr als vier Leute gleichzeitig einzuladen«, erwiderte Matt. »Wenn seine jüngeren Brüder herumlaufen, passen bei ihm zu Hause auch nicht mehr Leute rein.«

Er warf einen Blick auf den Teller mit Häppchen, den Megan in der Hand hielt. Eigentlich hatte er ein wenig Hunger ... »Und außerdem versteht er unter einer Einladung, dass er für seine Gäste die Holovision einschaltet. Normalerweise gibt es nichts Essbares.«

»Wo du gerade von Holovision sprichst ... wir sollten wohl besser den Apparat anstellen«, sagte Megan mit einem Blick auf ihre Armbanduhr. »Das Programm müsste jeden Augenblick anfangen.«

Das Programm nannte sich *Persönlichkeiten in Washington* und war eine traditionsreiche und sehr angesehene regionale Nachrichtensendung. Im Rahmen dieser Sendung interviewten Reporter einige der interessanten, doch weniger bekannten Leute, die in der Hauptstadt lebten und arbeiteten. Grund für Megans Einladung an ihre Freunde war der heutige Gast der Sendung: Captain James Winters.

Captain Winters war Agent bei der Net Force. Diese spezielle Abteilung des FBI war für die polizeiliche Überwachung der Computernetze zuständig, die das ganze Land und letztendlich die ganze Welt umspannten. Neben seiner Qualifikation als erstklassiger Bundesagent fungierte er außerdem als Verbindungsmann zu den Net Force Explorer.

Matt war ein Net Force Explorer, ebenso wie Megan und alle anderen Jugendlichen, die erwartungsvoll in ihrem Wohnzimmer saßen. Matt, Megan, Catie Murray, Andy Moore, Maj Green, P. J. Farris, David Gray – viele von ihnen hatten sich bei den Treffen der Net Force Explorer kennen gelernt. Durch die gemeinsamen Erfahrungen waren sie zu Freunden geworden.

Für alle diese Jugendlichen waren die Net Force Explorer inzwischen wesentlich mehr als ein besonders auffälliger Computerklub. Sie hatten viel über Technologie gelernt – und über einander –, während sie gemeinsam einige ziemlich wilde Abenteuer erlebten.

Und der Mann, der immer für sie da gewesen war, selbst wenn sie manchmal über die Stränge schlugen, war

Captain Winters. Alle Kids freuten sich darüber, dass ihm nun ein paar Minuten öffentliche Anerkennung beschert wurden.

Andy winkte Matt vom Sofa aus zu und zeigte auf ein eingefallenes Sitzobjekt zu seinen Füßen. Das verschmitzte Grinsen auf Andys Gesicht war genauso typisch für ihn wie die ungekämmten blonden Locken. »Wer zuletzt kommt, kriegt den merkwürdigsten Platz«, verkündete er.

»Doch nicht merkwürdig«, protestierte Megan. »Das nennt sich ›retro‹.«

Andy schaute sie fragend an. »Und was soll das heißen?«

»Das ist ein Ausdruck aus den Neunzigerjahren des vorigen Jahrhunderts. Wahrscheinlich wurde dieser antike Bohnensacksessel etwa um diese Zeit hergestellt – wenn er nicht sogar aus den Sechzigerjahren stammt.«

»Ach so«, entgegnete Andy sarkastisch. »›Retro‹ bedeutet also ›alter Müll‹.« Grinsend drehte er sich wieder zu Matt. »Mach es dir auf dem Ding gemütlich.«

»Nein, nein, mach *du* es dir auf dem ›Ding‹ gemütlich«, sagte Megan zu Andy. »Du bist nur ein paar Minuten vor Matt gekommen – und hast dich auf meinen Platz auf der Couch gesetzt, als ich ihm die Tür aufgemacht habe.«

Mit großer Anstrengung versuchte Andy, einen gekränkten Eindruck zu erwecken. »Du bist die Gastgeberin – ich dachte, dir würde viel daran liegen, dass ich hier sitze.«

»Diese Möglichkeit hätte sogar bestanden, wenn du dich nicht über meinen Bohnensacksessel lustig gemacht hättest.« Megan gab das Tablett mit den Snacks an Catie weiter, griff nach Andys Arm, zog ihn vom Sofa und ließ sich selbst auf den frei gewordenen Platz fallen.

»Setz dich zu mir«, sagte Matt, während er in den Bohnensack sank. »Es sitzt sich erstaunlich bequem hier.«

»Wahrscheinlich hole ich mir irgendwelche Schimmelpilze«, nörgelte Andy und ließ sich hinunterfallen. Er warf einen Blick hinauf zu Megan. »Ganz schön frech«, murmelte er. »Glaubst du, dass Leif sich deshalb für sie interessiert?«

»Das wusste ich noch gar nicht«, entgegnete Matt mit einem erstaunten Blick zu Andy. Leif Anderson war ebenfalls ein Net Force Explorer, aber er wohnte die meiste Zeit in New York. Obwohl sein Vater einen Haufen Geld hatte, konnte Leif es sich nicht erlauben, an einem normalen Schultag nach Washington zu fliegen.

»He, nimmt jemand die Sendung für Leif auf?«, fragte Matt.

»Dafür ist gesorgt«, versicherte Megan. »Und jetzt ein wenig Ruhe bitte – es fängt an.«

Das Logo von HoloNews tauchte über dem Projektor von Megans Familiencomputer auf. Eine blecherne, vorfabrizierte Titelmelodie erklang, während von einer altmodischen Computergrafik Buchstaben geformt wurden: *Persönlichkeiten in Washington.*

Matt zuckte die Schultern. Kein besonders hoch entwickeltes Programm und zur besten Sendezeit wurde es auch nicht ausgestrahlt.

Ein junger Nachrichtensprecher grinste sie aus der holografischen Projektion an. »Heute ist Donnerstag, der 18. September 2025, und hier sind wir wieder mit den *Persönlichkeiten in Washington.* Ich bin Ihr Gastgeber und mein Name ist Jay-Jay McGuffin. Mein heutiger Gast arbeitet für eine weithin bekannte Polizeibehörde, hat jedoch trotzdem ein erstaunlich menschliches Gesicht.«

Die Kamera fuhr zurück und zeigte McGuffin, der in einem Sessel in Form einer übergroßen, ausgehöhlten Billardkugel saß. Ihm gegenüber befand sich Captain Winters in einem ähnlichen Sessel, in dem er sich offensichtlich nicht besonders wohl fühlte.

»Jay-Jay hat Recht«, scherzte Andy. »Winters hat *tatsächlich* ein erstaunlich menschliches Gesicht. Würdest du diese Dinger, in denen sie sitzen, auch als Retrosessel bezeichnen?«

»Sch!« Megan gab ihm einen Klaps auf den Kopf.

Matt hatte immer ein wenig Ehrfurcht vor dem Captain empfunden. Selbst in einem sportlichen Mantel und mit offenem Hemdkragen hatte der Mann etwas undefinierbar Militärisches an sich. Doch er lächelte mit eindeutig menschlicher Miene, als er zur Antwort ansetzte: »Danke, Jay-Jay. Es ist mir ein Vergnügen, bei Ihnen zu Gast zu sein.«

Jay-Jay McGuffin stellte in schneller Folge eine Reihe von Fragen, um klarzustellen, wer James Winters war. Dann kam die erste Fangfrage. »Bei den Marines standen Sie im Dienstgrad eines Colonels, jetzt bei der Net Force sind Sie Captain. Kommt das nicht einer Degradierung gleich?«

»Auf keinen Fall in Bezug auf die Bezahlung«, erwiderte Winters mit einem verschmitzten Lächeln. »Bei den Marines war ich dafür verantwortlich, knapp eintausend junge Männer in Kampfbereitschaft zu halten – und so viele wie möglich am Leben zu erhalten, wenn wir in kriegerische Auseinandersetzungen gerieten. Während meine neue Aufgabe auf ihre Weise ebenso wichtig, wenn nicht sogar wichtiger ist, so ist die Festnahme von Computerkriminellen für die Net Force glücklicherweise keine Tätigkeit, bei der es immer um Leben und Tod geht.« Er legte eine kleine Pause ein. »Insbesondere wenn Sie bedenken, worin meine Hauptaufgabe besteht.«

Matt war beeindruckt von der Eleganz, mit der Winters auf die Fragen einging. Doch schließlich gehörte der Umgang mit der Presse zu seinen Pflichten als Verbindungsmann. Auf jeden Fall war es ihm gerade gelungen, das Interview in die von ihm gewünschte Richtung zu lenken.

»Richtig«, sagte McGuffin. »Sie sind der nationale Koordinator für die Net Force Explorer. Warum erzählen Sie uns nicht ein wenig über diese Gruppe?«

Winters hatte viel zu berichten. Nach Matts Meinung machte der Captain seine Sache hervorragend. Allerdings war Jay-Jay McGuffin weniger beeindruckt. »Halten Sie es für angemessen, Jugendliche für eine Regierungsbehörde einzusetzen und sie auf diese Weise anzuwerben?«, fragte der Journalist.

»O Mann, der setzt dem Captain ja richtig zu«, beschwerte sich Andy. »Wenn *wir* Winters so nerven würden, hätte er uns schon längst die passende Antwort gegeben.«

In den Jahren bei den Marines hatte Winters reichlich Erfahrung gesammelt, wie man jemanden mit einem einzigen Blick oder mit wenigen ausgewählten Worten zusammenstauchte. Matt hatte die Spezialbehandlung einige Male genossen. Auch Andy und Leif hatten diese Technik des Captains bereits am eigenen Leib erfahren – und zwar öfter, als ihnen lieb gewesen war.

Im Augenblick hörte sich der Captain ausgenommen liebenswürdig an, während er erklärte, dass die Net Force Explorer als soziale und pädagogische Organisation fungierten. »Die Jugendlichen sind ausschließlich Zivilisten. Wir trainieren sie nicht als Polizisten. Auch haben sie keinerlei polizeiliche Vollmachten.«

Während der Captain sprach, fragte sich Matt, ob Winters wohl besonders an die Jugendlichen in diesem Raum dachte und an einige der Fälle, in die sie verwickelt gewesen waren. Wie er gerade erklärt hatte, besaßen die Net Force Explorer keine polizeilichen Vollmachten. Doch das hatte Matt und seine Freunde nicht davon abgehalten, ihren Mut und ihre Computerfähigkeiten gegen Spione, Kriminelle und Terroristen auf die Probe zu stellen.

»Ich persönlich wäre stolz darauf, an der Seite jedes Einzelnen der jungen Leute bei den Net Force Explorer zu dienen«, schloss Winters. »Es ist ein toller Haufen und ich bin wirklich stolz auf sie. Aber sie haben alle ihr eigenes Leben. Ich würde es mir niemals einfallen lassen, ihre Berufswahl in irgendeiner Weise beeinflussen zu wollen.«

»Vielleicht *ist* die Net Force für mich genau das Richtige«, sagte Andy.

»Das ist dein Traum?«, zog ihn Megan auf. »Für den Captain wäre es der reine Horror.«

Während ein Werbespot über Autos die Sendung unterbrach, ging Megan in die Küche, um Getränke zu holen. Matt stand auf, um ihr zu helfen.

»Es ist irgendwie schön, dass der Captain ein wenig Anerkennung für seine Arbeit erhält«, bemerkte er, als er ein Tablett voller Gläser anhob. Er grinste. »Ich wette, wir könnten Geld damit verdienen, wenn wir selbst gemachte Kopien von dieser Holo-Sendung unter die Leute brächten.«

Megan zuckte die Achseln. »Wer so wild darauf ist, die Sendung zu sehen, kann sie sich wahrscheinlich auf der örtlichen Site von HoloNet anschauen.«

»Vielleicht sollte man dafür ein wenig die Werbetrommel rühren. Bei einer entsprechenden Publikumsreaktion würden die Produzenten der Sendung merken, dass sie gute Arbeit geleistet haben.«

»Mir wäre es allerdings lieber, wenn nicht alles so verlogen wäre«, beschwerte sich Megan. »Wie bei der angeblich so provozierenden Frage, die dieser Jay-Jay gerade gestellt hat.« Sie verdrehte die Augen. »Als ob jemand mit dem Namen Jay-Jay Härte zeigen könnte!«

»Darüber macht David sich auch immer lustig«, bestätigte Matt.

»Glauben die Journalisten eigentlich, dass wir bescheuert sind?« Megan stellte weitere Gläser auf ein anderes Tablett. »Meinen sie, wir könnten ihre Nummer nicht durchschauen, wenn sie sich auf der Suche nach der Wahrheit immer wieder ihrem ewigen Kampf auf Leben und Tod widmen ... bei einem informellen Interview?«

»Ich nehme an, damit wird Werbung verkauft«, vermutete Matt.

»Und die Werbung gibt den Zuschauern Gelegenheit, auf die Toilette zu gehen.« Megan nahm ein Tablett. »Oder was Essbares aus der Küche zu holen.«

Sie kehrten ins Wohnzimmer zurück und verteilten die Gläser. Als sie sich gesetzt hatten, ging die Sendung weiter. Captain Winters spielte einige Hologramme ab, die ein paar Net Force Explorer aus der Umgebung in Aktion zeigten.

»He!« P. J. Farris streckte den Arm aus. »Das ist die Vorführung, die wir zu den Seniorenzentren mitgenommen haben, bei der Informationsreihe über Netzbetrug und ältere Leute.«

Johlender Beifall brach im Raum los. »Ist das der Hund von einer alten Lady?«, krähte Catie.

»Nein, das sind die Haare von Moore!«, kicherte Maj.

Schützend fuhr sich Andy mit der Hand durch seine wilde Mähne. »Niemand hat mir gesagt, dass dabei gefilmt wird!«, beschwerte er sich. »Das ist nicht fair!«

David kicherte. »Willkommen in der wundervollen Welt der Holonachrichten.«

Dann ging die Sendung ihrem Ende entgegen. Jay-Jay McGuffin schüttelte Winters die Hand. »Herzlichen Dank, Captain. Sie sind ein sehr professioneller Gesprächspartner.«

Winters antwortete mit leisem Dank auf das zweideutige Kompliment.

Doch der Journalist leitete keine fröhliche Verabschiedung ein. Stattdessen schaute er seinen Gast mit einem Lächeln an, das Matt als unangenehm gerissen empfand.

»Allerdings frage ich mich«, fuhr Jay-Jay fort, »ob Sie ebenso cool und konzentriert gewesen wären, wenn Sie vor der Sendung erfahren hätten, dass Stefano Alcista, auch Steve der Bulle genannt, heute auf Bewährung entlassen wurde. Alcista gehört zum organisierten Verbrechen und wurde wegen Verschwörung und Mord angeklagt. Wurde bei der Autobombenexplosion nicht Ihre Frau getötet?«

Zum ersten Mal hatte James Winters keine Antwort parat. Schockiert schwieg er.

Doch in Megans Wohnzimmer konnte von Schweigen keine Rede sein.

»Habe ich richtig gehört?«, rief P. J. mit lauter Stimme.

»Was für ein billiger Mist ...«, stieß David hervor.

»Ich wusste nicht mal, dass Captain Winters verheiratet war«, sagte Megan.

Auch Matt hatte noch nie davon gehört. Aber er war wesentlich perplexer über etwas, das er noch nie *gesehen* hatte. In der holografischen Projektion wurde der immer noch schweigende James Winters in Nahaufnahme gezeigt. Er kämpfte um die Kontrolle seiner Gefühle, versuchte, sein Gesicht in eine undurchdringliche Maske zu verwandeln.

Doch es gelang ihm nicht.

Matt konnte den Blick nicht von ihm abwenden. Es war wie bei einem schrecklichen Autounfall – fürchterlich, aber hypnotisierend.

Da war das Gesicht, das er auf Dutzenden von Treffen der Net Force Explorer gesehen hatte. Doch jetzt sah Matt es zum ersten Mal von grimmiger, tödlicher – möglicherweise sogar mörderischer – Wut verzerrt.

2

Megan sprang auf und rief dem Familiencomputer einen Befehl zu. Wie eine zerspringende Seifenblase verschwand das Holografenbild mit dem zornigen Gesicht von James Winters.

Ich dachte, sie nehmen die Sendung für Leif auf, ging es Matt durch den Kopf. Aber jetzt war offensichtlich nicht der richtige Moment, um sie darauf anzusprechen.

»Das reicht, wir müssen uns das wirklich nicht weiter anschauen«, stieß Megan wütend hervor. »Auch von der grinsenden Visage dieses Journalisten habe ich genug.«

»Ich werde sofort bei HoloNews anrufen und sehen, ob ich nicht dafür sorgen kann, dass dieser Typ gefeuert wird.« Die Stimme von Maj Green überschlug sich fast, ihr Gesicht war knallrot.

Schon kramte sie in ihrer Tasche und zog ihre Brieftasche hervor. Sie blätterte durch Ausweise, Monatskarten für öffentliche Verkehrsmittel und Kreditkarten, bis sie zu einer silbrig glänzenden Oberfläche gelangte. Das war die Folientastatur, die als Kontrollzentrum direkt in die Brieftasche eingebaut war. In robustes Plastik eingebettete, versteckte Schaltkreise konnten auf verschiedene Weise betrieben werden.

Mit kurzen, zornigen Gesten gab Maj den Code ein, um die Brieftasche in ein Telefon zu verwandeln. Ihre Finger durchliefen eine weitere Schlüsselnummer. Dann starrte sie auf die Anzeige.

»Die Nummer der Sendeanstalt ist 555-1100«, verkündete sie und starrte nacheinander jede einzelne Person im Raum an. »Was ist los? Bin ich zu schnell für euch? Wo stecken eure Handys, Leute? Wir müssen dafür sorgen, dass dieser Typ rausgeworfen wird!«

»Ich weiß nicht, ob ich *so* weit gehen will«, erwiderte David Gray langsam, während er seine Brieftasche herauskramte. »Aber die Frage war grausam – und grob. Diese Art von Überfalljournalismus brauchen wir nicht. Genau das werde ich ihnen deutlich zu verstehen geben.«

»Diese Idioten von der Presse überlegen keinen Augenblick. Sie sind immer nur hinter den heißesten Sachen her«, beschwerte sich Andy. Ebenso wie David zog auch er seine Brieftasche hervor und begann zu wählen.

»Idioten von der Presse ist die richtige Bezeichnung«, erhitzte sich Catie. »Die Reporter der Massenmedien machen das jetzt schon wie lange? Seit achtzig Jahren? Und sie stellen immer noch die dümmsten Fragen. In der Schule musste ich einen Bericht schreiben über die ersten Raumfahrtmissionen. Die Ausschnitte von den Flügen, die ich mir angesehen habe, waren erstaunlich. Da kamen diese Clowns, schoben der Frau eines Astronauten das Mikrofon unter die Nase und fragten: ›Wie würden Sie sich fühlen, wenn die Rakete abstürzt?‹ Also bitte! Und dann waren sie auch noch überrascht, als die arme Frau sich die Augen ausheulte!«

Sie holte ihre Brieftasche heraus. »Wie war die Nummer noch mal?«, fragte sie.

Nach wenigen Augenblicken hatten alle Net Force Explorer ihre Telefone gezückt und riefen bei der örtlichen Sendezentrale an. Diverse Erklärungen gingen ihnen durch den Kopf. Doch in der Mehrzahl erhielten sie Besetztzeichen.

»Wahrscheinlich überladen wir den hiesigen Knotenpunkt«, seufzte Megan und schaltete ihr Gerät aus.

»Vielleicht sollten einige von uns warten und sehen, ob die anderen dann besser durchkommen«, schlug Matt vor.

»Lassen wir den Leuten den Vortritt, die wirklich begierig darauf sind, mit denen zu sprechen«, bemerkte David mit einem Blick auf Maj. »Einige könnten auch andere Net Force Explorer anrufen. Wir wollen doch mal sehen, ob wir nicht Anrufe aus dem gesamten Stadtgebiet veranlassen können.«

Verbissen entschieden sich Maj und Andy dafür, es weiterhin bei HoloNews zu versuchen. David schaltete sein Gerät auf Telefonbuch um und verkündete laut diverse Telefonnummern. Matt und Megan wählten diese Nummern und kontaktierten andere Net Force Explorer mit der Bitte, die Nachricht zu verbreiten.

Als Matt sich auf den Heimweg machte, hatten die Jugendlichen eine neue, ständig wachsende und sehr zornige Bürgerbewegung in Gang gesetzt.

Während er die Abendnachrichten anschaute, hoffte

Matt, dass kein Bericht über die Entlassung von Stefano dem Bullen gezeigt werden würde. Zwar erwartete er nicht, dass die beunruhigende Reaktion von James Winters noch einmal zu sehen wäre, wenn diese Berichte in den Nachrichten auftauchten. Ihm persönlich würde es nichts ausmachen, doch er vermutete, dass Bilder von der Entlassung dieses Gangsters den Captain empfindlich treffen würden. Matt hoffte, dass Captain Winters dieser Schmerz erspart bliebe.

Die üblichen turbulenten Ereignisse auf dem Balkan retteten ihn. Nach einem besonders hässlichen Bombenanschlag in einer Stadt auf der anderen Seite der Grenze flog die NATO Luftangriffe gegen Terroristenverstecke in der Karpatischen Allianz. Die Nachrichten waren voll von militärischen Lagebesprechungen, Gebrüll bei einer UNO-Versammlung und Straßendemonstrationen. Zumindest für den heutigen Abend konzentrierte sich die Aufmerksamkeit von HoloNews und seinen Zuschauern auf Ereignisse, die Tausende von Kilometern von dem Ort entfernt waren, an dem ein lokaler Gangsterboss in die Freiheit spazierte. *Gott sei Dank*, dachte Matt, als die Sportnachrichten begannen.

Leif Anderson zuckte zusammen, als er sich in die virtuelle Realität einklinkte. *Es wird Zeit, die Laser an meinem Computer-Link-Sessel neu einzustellen*, dachte er, während er den Schmerz und die Statikeffekte im Kopf ertrug.

Wie bei fast jedem Menschen über fünf Lebensjahre waren auch bei Leif spezielle Schaltkreise um den Schädel herum implantiert worden, um ihm eine direkte Schnittstelle zu Computern zu ermöglichen. Doch durch einen brutalen Angriff von Cybervandalen während eines Baseballspiels war Leifs neuronale Empfindlichkeit bei virtuellen Übertragungen erheblich verstärkt worden – beinahe so sehr, dass für ihn solche Übertragungen unmöglich geworden wären. Wenn nicht alle Komponenten des Prozesses – von den Lasern, die Informationen zwischen seinem Kopf und den Computern übermittelten, über die neuronalen Empfänger, die direkt unterhalb seines rechten Ohrs implantiert worden waren, bis hin zum Computer selbst – exakt eingestellt waren, fühlte sich Leifs Kopf beim Eintritt in die virtuelle Realität an, als würde jemand versuchen, ihm das Gehirn direkt durch die Schädeldecke herauszureißen.

Nach einem tiefen Atemzug öffnete Leif die Augen, um die Computerrealität zu empfinden, die er besuchte, während sein Körper zu Hause in New York geruhsam ausgestreckt war. Oft hatte er schon gedacht, dass die monatlichen nationalen Treffen der Net Force Explorer wesentlich farbiger wären, wenn die Mitglieder den Raum für diese Treffen gestalten würden. Auf jeden Fall war der lokale Knotenpunkt der Net Force Explorer absolut sehenswert.

Doch stattdessen fanden die nationalen Versammlungen normalerweise in einem von der Regierung zur Verfügung gestellten virtuellen Raum statt, der für praktische Zwecke und nicht zur Schau gebaut worden war. Die Wände dehnten sich wie die Hülle eines Ballons, aber sie wurden nicht von Luftmolekülen nach außen gedrückt. Die wachsende Zahl der Net Force Explorer, die sich hier einloggten, sorgte dafür, dass der virtuelle Raum immer mehr wuchs, um ihnen allen Platz zu gewähren.

Normalerweise traf Leif erst knapp vor Beginn der Zusammenkünfte ein. Theoretisch ›bewegte‹ er sich wie alle Reisenden im Cyberspace mit Lichtgeschwindigkeit –

oder zumindest so schnell, wie es die Verarbeitungsgeschwindigkeit der Netzserver erlaubte. Deshalb wurde er auf dem Weg zum Treffen nicht aufgehalten. Einzig das Auffinden und Zusammenführen all der Leute, die er sehen wollte, dauerte eine Weile. Am Abend eines Treffens kam er gern mit gerade ausreichender Zeit an, um seine Freunde ausfindig zu machen, bevor zur Tagesordnung übergegangen wurde.

Am heutigen Abend war es Matt Hunter, der den roten Wuschelkopf von Leif zuerst entdeckte.

»Wie geht es denn so in New York?«, fragte Matt, nachdem er durch die Menge schlüpfte, um sich neben Leif zu stellen. Er zögerte einen Augenblick. »Hat Megan dir eigentlich eine Kopie vom Interview mit dem Captain gegeben?«

»Nein, hat sie nicht«, sagte Leif betont. »Ich habe ein paar Anrufe und einen Haufen E-Mails zu diesem Thema bekommen, und zwar von so ziemlich allen Leuten, die ich kenne. Aber als ich Megan fragte, ob ich mir die Sendung mal ansehen kann, reagierte sie, als hätte ich sie nach einem Porno gefragt.«

Matt zuckte die Schultern. »Na ja, Megan und eine Reihe anderer Leute, einschließlich Captain Winters, haben sich ziemlich über die Sendung aufgeregt.«

»Aufregung ist wohl nicht ganz das richtige Wort«, berichtete Leif. »Ich habe dann die Sendezentrale von Holo-News angerufen. Als ich bei der Vermittlung um eine Kopie bat, kam ich mir vor, als hätte ich auf massive Weise gegen die Sicherheitsvorschriften verstoßen.«

Matt musste lachen. »Wir haben uns organisiert, um unserer Meinung – vielleicht wäre ›Missfallen‹ das bessere Wort – bezüglich der Sendung Ausdruck zu verleihen.« Mit unterschwelligem Grinsen sah er Leif in die Augen.

»Die vom Sender haben allen Grund, bei Anrufen wegen des Interviews erst mal zusammenzuzucken.«

Leif nickte. »Besonders bei Anrufern, die sich etwas jünger anhören.« Leif warf Matt einen langen Blick zu. »Normalerweise hätte ich David ausgequetscht, was hinter dieser Geschichte mit dem Interview steckt. Aber als ich versuchte, ihn zu erreichen, sagte er, dass er zu beschäftigt ist, um mit mir zu sprechen. Ich nehme an, er hat einen großen Anteil an der ›Missfallenskampagne‹. Kannst *du* mir sagen, was eigentlich los war?«

Schnell berichtete Matt von den näheren Umständen des Interviews. »Bis kurz vor Schluss war es das übliche Gelaber. ›Was für eine nette Jugendgruppe Sie hier haben, Captain Winters‹ und so. Dann schaltete der Journalist plötzlich auf Angriff um.«

Einen Augenblick zögerte Matt. »Der Typ war wohl von der Art genervt, wie Winters ihn behandelte, denn er machte irgendeinen sarkastischen Kommentar darüber, wie cool der Captain war. Dann kam er darauf zu sprechen, dass Stefano Alcista, auch Steve der Bulle genannt, am selben Tag auf Bewährung aus dem Gefängnis entlassen wurde.«

Angewidert fuhr Matt fort. »Von diesem Moment ab hat sich die Szene regelrecht in meinem Gedächtnis eingegraben. Der Reporter sagte: ›Alcista gehört zum organisierten Verbrechen und wurde wegen Verschwörung und Mord angeklagt. Wurde bei der Autobombenexplosion nicht Ihre Frau getötet?‹«

»Ehrlich?!«, stieß Leif hervor.

Matt nickte. »Der Typ kann von Glück sagen, dass Blicke nicht töten. Sonst hätte er als verbrannter Flecken auf dem Teppich sein Ende gefunden. Captain Winters sah echt Furcht erregend aus. Ich kenne den Mann jetzt seit Jahren und habe ihn *noch nie* so erlebt.« Etwas leiser sprach Matt weiter. »Es war schlimmer als Furcht erregend, Leif. Winters sah aus, als würde er Muskel für Muskel um die Kontrolle seines Gesichtsausdrucks kämpfen. Aber seine Augen ...« Er schüttelte den Kopf. »Ich möchte nicht, dass jemals irgendjemand so wütend auf mich wird, vor allen Dingen nicht, wenn dieser Jemand so gefährlich aussieht wie Captain Winters in diesem Augenblick.«

Schweigend schüttelte Leif den Kopf. »Also gab es tatsächlich eine Frau Winters? Scheint fast unmöglich, so was zu glauben.«

»Man sagt, es wären die *Sergeants* bei den Marines, die aus Sporen wachsen«, versuchte Matt zu scherzen. »Nicht die Offiziere.«

Kommentarlos überging Leif den Einwurf von Matt. »Eigentlich habe ich mir den Captain immer anders vorgestellt. Ich weiß nicht so recht ... Eben als *den Captain*, ein perfekt geschnitztes Kunstwerk. Er und eine Frau – irgendwie hört sich das komisch an. Als ob man sagen würde, *der Denker* wäre verheiratet.« Hilflos gestikulierte er. »Außerdem sehe ich Captain Winters immer bei der Arbeit. Es ist schwierig, sich ihn beim Faulenzen vorzustellen, und erst recht dabei, wie er sein Leben mit jemandem teilt.«

»Vielleicht ist er ein solches Arbeitstier geworden, nachdem er seine Frau verloren hat«, warf Matt ein.

Nachdenklich schaute Leif ihn an. »Da könntest du Recht haben. Und dieser Alcista soll was mit ihrem Tod zu tun haben?«

Matts Miene wurde immer besorgter. »Leif – du denkst doch nicht ...?«

Das ist das Dumme dran, wenn man für seine Streiche

und Tricks bekannt ist, dachte Leif. *Alle erwarten, dass du gleich loslegst und dir was Cleveres einfallen lässt.*

Erleichtert registrierte er, dass Matt von anderen Mitgliedern der Gruppe unterbrochen wurde, die sie in diesem Augenblick umringten. Doch die Erleichterung war nur von kurzer Dauer.

»Hier ist der Typ, den wir brauchen!«, rief Maj Green in ihrer direkten Art. »Leif fällt bestimmt was ein, damit es dem Nachrichtenfritzen noch Leid tut, dass er jemals geboren wurde.«

»Was für ein wundervoller Gedanke – zwei Ungerechtigkeiten, um zu Gerechtigkeit zu gelangen. Das hat sogar Tradition.« Aus den Worten von David Gray klang Entrüstung, als wäre diese Diskussion schon seit geraumer Zeit im Gange.

»Willst du die andere Wange hinhalten, Gray?«, entgegnete Maj. »Wahrscheinlich würde es damit enden, dass dir jemand eine reinhaut.«

Gerade überlegte Leif, wie er die beiden Freunde ein wenig beruhigen könnte, als alle von einer neuerlichen Unterbrechung abgelenkt wurden.

Eine der virtuellen Wände in dieser Ecke vom Cyberspace der Regierung wich plötzlich zurück, um einem kleinen Podium Platz zu schaffen. Dort stand Captain James Winters und schaute auf die Net Force Explorer. Wenn Leif gedacht hatte, dass aus Davids Worten Entrüstung klang, so schien Winters erst recht aufgebracht und entrüstet zu sein – und voll unterdrückter Wut.

Dank eines der kleinen Wunder der virtuellen Realität übertönte die Stimme des Captains alle anderen Unterhaltungen, fast so, als würde er über eine hochprofessionelle Verstärkeranlage sprechen.

»Vor dem offiziellen Beginn dieses Zusammentreffens«, begann Winters, »möchte ich ein paar Worte über mein Erscheinen in der Holovision sagen – oder besser über die Reaktion darauf. Diese Geschichte ist völlig aus dem Ruder gelaufen.«

Von den jungen Net Force Explorer kam protestierendes Gemurmel, doch Winters sprach einfach weiter. »Nachdem eine Unmenge an Spam- und Hassmails eingegangen sind, hat HoloNews vorläufig die E-Mail-Adresse von Mr McGuffin deaktiviert. Und ich habe verschiedene Male eigenhändig die Privatadresse von Mr McGuffin vom Netz der Net Force Explorer gelöscht – sogar auf Knotenpunkten von Abteilungen außerhalb Washingtons. Hiermit gebe ich euch einen Befehl«, sagte er und stieß in einer kurzen, emphatischen Geste mit dem Finger in die Luft. »Lasst es mich so deutlich wie möglich ausdrücken: Hört auf mit den Versuchen, Jay-Jay McGuffin zu bestrafen.«

»Er hat Ihnen einen ganz gemeinen Streich gespielt!«, rief eine zornige Stimme in der Menge.

»Vielleicht. Aber er hat seine Arbeit getan – wenn auch schlecht, da muss ich euch beipflichten. Doch schließlich wusste ich, dass ich in eine Falle gehen könnte, als ich mich zu diesem Interview bereit erklärte. Das gehört einfach dazu, wenn man mit der Presse zu tun hat. Sie wollen Quote, was bedeutet, dass die Sendungen – sogar die oberflächlichen Talkshows – Spannung und Aufregung bieten müssen.«

Winters atmete tief durch. »Auf jeden Fall würde ich es als einen persönlichen Gefallen ansehen, wenn ihr Mr McGuffin in Ruhe lasst.«

Seine Stimme wurde grimmiger. »Was Stefano Alcista angeht, so befinden sich seine Unterlagen in den Archiven der Vollzugsbehörden noch immer unter Verschluss.

Ich erwarte von euch, dass ihr diese Tatsache respektiert. Es verstößt gegen das Gesetz, irgendwelche Veränderungen an diesen Archiven vorzunehmen, und ich weiß, dass ihr das nicht vergessen werdet. Außerdem bin ich davon überzeugt, dass niemand von euch so *dumm* ist, sich mit einem professionellen Kriminellen und bekannten Mafiamitglied anzulegen. Am Ende hättet ihr wesentlich größere Sorgen als meine Reaktion auf die Fragen eines übereifrigen Reporters.«

Leif starrte Winters an. Dessen Gesicht wurde plötzlich hart und eckig, als wäre das Fleisch auf den Knochen seines Schädels straff gezogen worden. Wo immer Winters in diesem Augenblick in Gedanken geweilt hatte – es war eine Welt, die Leif hoffte, nie kennen lernen zu müssen.

»Es liegt mir viel daran, dass niemand von euch gefährdet wird.«

Winters schüttelte den Kopf ein wenig, als wollte er diesen Gedanken in die Flucht jagen. Auch seine Stimme klang verändert, als er jetzt neu ansetzte. »Nachdem wir diese Angelegenheit hinter uns gebracht haben, möchte ich euch bei der nationalen Versammlung der Net Force Explorer am 7. Oktober des Jahres 2025 willkommen heißen.« Damit war das Treffen offiziell eröffnet. Von diesem Punkt an wurde alles aufgezeichnet. Der Captain war offensichtlich entschlossen, so schnell wie möglich wieder zur Normalität zurückzufinden, sowohl für sich selbst als auch für die Net Force Explorer.

Leif warf einen Blick in die Runde. Alle waren still, während der Captain über verschiedene Themen sprach. Allem Anschein nach war dies ein typisches Treffen – die übliche Abfolge der Punkte auf der Tagesordnung.

Doch als der Gastredner vorgestellt wurde, fiel Leif die

Spannung auf, die immer noch in der Luft hing. Er musste an einen alten Ausspruch seines Vaters denken: »Man konnte die Atmosphäre im Raum mit dem Messer schneiden.« Im Augenblick wäre in Anbetracht des Stressniveaus in diesem Raum ein Meißel oder ein Hochleistungslaser sicherlich das bessere Werkzeug. Trotz der Bitten des Captains war klar, dass diese Angelegenheit noch nicht zu Ende war – weit entfernt davon. Leif konnte nur hoffen, dass nichts Schreckliches geschah, bevor sie schließlich völlig abgeschlossen war.

3

Einige Tage später saß Leif neben seinem Vater im Wohnzimmer und sah sich in der Holovision der Familie eine Aufzeichnung des inzwischen berüchtigten Interviews mit Winters bis zum Ende an.

»Ich kann verstehen, dass Captain Winters sich vor der Kamera so aufgeregt hat«, sagte Magnus Anderson. »Im Rahmen dieser Sendung und bei dem vorgeblichen Grund für das Interview war das ein ziemlicher Schlag unter die Gürtellinie, selbst für einen Möchtegern-Nachrichtenjäger. Der Captain hat recht gut darauf reagiert, bis auf den einen, unkontrollierten Augenblick.«

»Glücklicherweise konnte ich mir endlich selbst ansehen, wo die ganze Aufregung herrührte.« Leif warf seinem Vater einen Blick zu. »Dank der mysteriösen Entwendung dieses Materials aus der Festung HoloNews. Hoffentlich gab es deswegen kein Problem.«

Magnus Anderson zuckte die Schultern. Leif hatte den

Eindruck, dass sein Vater leicht verlegen wurde, was ihm seltsam erschien. Normalerweise hatte sein Vater keinerlei Scheu, seinen Reichtum oder seine Stellung einzusetzen, wenn er das Gefühl hatte, dass der Zweck die Mittel rechtfertigte.

»Dafür war nur ein kleines, freundschaftliches Gespräch notwendig. Und ein, äh, Hinweis auf alte Zeiten«, sagte sein Vater. »Deborah Rockwell, die Leiterin des Senders in Washington ...« Er zögerte. »Früher war sie Live-Reporterin und ich kannte sie recht gut.«

Beim Tonfall der Stimme seines Vaters hob Leif die Augenbrauen. »Du *kanntest* sie?«

Eine ungemütliche Pause folgte.

»Das war vor vielen Jahren, bevor ich deine Mutter kennen lernte«, sagte Magnus Anderson schließlich. »Wir waren eine Weile zusammen.«

»Jetzt wird mir alles klar.« Leif lachte. »Du hast eine ehemalige Freundin wegen der Kopie angehauen!«

»Woraus du vielleicht etwas lernen könntest«, erwiderte sein Vater, immer noch ein wenig verlegen. »Wenn du eine Beziehung zu einer Person beendest, solltest du versuchen, es so zu gestalten, dass sie dir freundschaftlich verbunden bleibt, statt sie zu deiner Feindin zu machen.«

Jetzt war Leif an der Reihe, verlegen zu werden. Seine letzte Beziehung war reichlich verworren gewesen und der Schluss dementsprechend chaotisch. Die fragliche junge Dame war zwar hübsch, doch als verzogenes Einzelkind war sie es viel zu sehr gewöhnt gewesen, ihren Willen durchzusetzen und immer genau das zu erreichen, was sie wollte. Als Leif dies schließlich herausgefunden hatte, war es zu spät, um sich einfach aus dem Staub zu machen. Und als er endgültig die Nase voll hatte, jede ihrer verrückten Launen zu ertragen, und den Versuch unternahm, elegant auf Distanz zu gehen, kam es zu dramatischen Szenen. Sowohl die verwöhnte junge Dame als auch ihre Eltern waren immer noch hinter seinem Skalp her.

Glücklicherweise wechselte sein Vater das Thema. »Wie viel Aufregung hat diese Geschichte hervorgerufen?«, fragte er und deutete mit der Hand auf die Holoprojektion, wo jetzt Jay-Jay McGuffin mit dem nächsten Gast zu sehen war. Der Reporter schien immer noch enttäuscht zu sein, dass seine letzte Frage Winters nicht ausreichend verstört hatte, um aus der Rolle zu fallen.

Allerdings war sich McGuffin zu diesem Zeitpunkt kaum darüber im Klaren gewesen, was er mit seinem Holzhammerstil erreicht hatte. Hätte er auch nur die leiseste Vorstellung von den Konsequenzen seines Vorgehens gehabt, wäre von seinem Gesicht statt der Enttäuschung sicherlich große Nervosität abzulesen gewesen.

»Aufregung?«, fragte Leif. »Ach, ungefähr so viel, als ob dieses Genie mit dem Gesicht in einem Hornissennest gelandet wäre. Die Explorer, die das Interview sahen, riefen noch während der Sendung diejenigen an, die ihr Gerät nicht eingeschaltet hatten. Am Abend wussten alle Abteilungen der Net Force Explorer im ganzen Land von McGuffins dreckigem Trick. Na ja, und viele beschlossen, Winters zu rächen.«

»Und was für Stiche hat er abbekommen?«, wollte Magnus Anderson wissen.

»Beim letzten Nachzählen gab es etwa viertausendfünfhundert falsche Abonnements auf seinen Namen. Er hatte sich bei verschiedenen Newsgroups eingetragen und sein Name stand mit einem Mal auf diversen Mailing-Listen«, antwortete Leif. »Plötzlich bekam er Rezepte für Rhabarberkuchen, Bettelbriefe von allen nur denkbaren Wohltätigkeitsvereinen der Welt und Informationen von der *Gesellschaft der flachen Erde*. Entomologisten im Netz hielten ihn auf dem Laufenden über die letzten Neuigkeiten in der Insektenforschung, einschließlich detaillierter Szenarien über das Privatleben der Fruchtfliegen. Meine Lieblingsnummer war der Typ, der ihn als Freiwilligen bei den Organisationen für historische Simulationen eintrug. Sie waren ziemlich überrascht über das Registrierungsformular von Jay-Jay. Nicht allzu viele Leute schreiben sich ein, um bei jedem Einklinken ins Netz virtuell von Mongolenhorden massakriert zu werden.«

Schweigend schüttelte sein Vater den Kopf.

»Also bitte, zumindest musst du dem Jungen, der mit dieser Geschichte ankam, Originalität zugestehen«, sagte Leif. »Ich glaube, McGuffin war nicht so schlau, wie er dachte. Jedenfalls nicht, als er darauf verfiel, in aller Öffentlichkeit einen Mann zu beleidigen, der ein paar tausend potenzielle Hacker zu Freunden hat.«

»Insbesondere da besagte Freunde größtenteils unter siebzehn sind«, fügte Magnus Anderson trocken hinzu. Lange schaute er seinem Sohn in die Augen. »Und du hast dich überhaupt nicht eingemischt?«

Leif konnte den skeptischen Tonfall seines Vaters nachvollziehen. Schließlich war es noch nicht allzu lange her, dass er in große Schwierigkeiten geraten war, weil er sich als Hacker in den Privatarchiven der *Washington Post* betätigt hatte, um einem Freund von den Net Force Explorer zu helfen. Technisch gesehen war das nicht illegal gewesen. Leif hatte sich die Zugangscodes besorgt. Doch nach Ansicht seiner Eltern war er eindeutig zu weit gegangen. Und Leif hatte dafür in großem Stil gebüßt.

»Ich habe keinen Finger krumm gemacht«, berichtete

Leif seinem Vater. Dabei versuchte er, so tugendhaft wie möglich auszusehen. »In letzter Zeit habe ich gelernt, dass man besser erst genau hinschaut, bevor man losspringt.«

Allerdings erwähnte Leif nicht, dass er am Abend des Beginns der Kampagne gegen McGuffin ausgegangen war. Oder die Tatsache, dass, als er schließlich seine E-Mails überprüfte, alle besseren Tricks der Cyberrache bereits eingesetzt worden waren.

»Was ist denn mit diesem anderen Herrn?«, fragte Magnus Anderson. »Dem Gangster – Alcista?«

»Die Net Force Explorer sind nicht blöd. Sogar wir wissen, dass der Kerl eine Nummer zu groß für uns ist. Außerdem hat uns Winters persönlich gebeten, die Geschichte ruhen zu lassen. Schluss mit den Scherzen an die Adresse von McGuffin und absolut keinen Kontakt zu Alcista.«

Leifs Vater nickte. »Wie heißt es noch? ›Überlass ihn dem Himmel.‹«

»Shakespeare«, sagte Leif. »Und es muss heißen: ›Überlass *sie* dem Himmel.‹ Das sagt der Geist im Ersten Akt von *Hamlet*.«

Magnus Anderson warf seinem Sohn einen dieser besonderen Blicke zu. »Na ja, anscheinend lernst du zwischendurch doch etwas, während du dafür sorgst, dass deine Mutter und ich graue Haare bekommen.«

Darauf fiel Leif keine Antwort ein. Glücklicherweise gab es auch eine Ablenkung. »Mein Brieftaschen-Telefon klingelt«, sagte er und griff in die Hosentasche.

Es dauerte nur einen Augenblick, bis er die Schaltkreise der Brieftasche umgeschaltet hatte. Leif hielt das Folientelefon ans Ohr. »Hallo? Matt! Was hast du ...?«

Weiter kam er nicht. Regungslos blieb Leif einen langen Augenblick sitzen und hörte zu. Mit jedem Wort, das er vernahm, wurde sein Gesichtsausdruck grimmiger.

»Ja. Ich glaube nicht, dass es schon bis in die Nachrichten hier in New York vorgedrungen ist. Danke, dass du mir Bescheid gesagt hast.« Er seufzte. »Vielleicht bedeutet dies das Ende des ganzen Unsinns. Jedenfalls können wir das nur hoffen.«

Leif verabschiedete sich von Matt Hunter und beendete die Verbindung.

Sorgfältig studierte Magnus Anderson das Gesicht seines Sohnes. »Gibt es ein Problem?«, fragte er.

»Sieht aus, als hätte jemand beschlossen, sowohl Shakespeare als auch Captain Winters zu ignorieren«, erwiderte Leif. »Laut Mitteilungen der HoloNews in Washington stieg Steve der Bulle Alcista heute am frühen Abend in seinen Wagen – und dann flog das Auto zusammen mit ihm in die Luft. Von ihm ist nichts mehr übrig.«

Wahrscheinlich kann man nicht immer Glück haben, dachte Matt Hunter zwei Tage später, als er zu Hause vor dem Holosystem saß. Die Entlassung von Steve dem Bullen war in einem Wirbel heißer Nachrichten unbeachtet geblieben. Aber der Mord an Alcista geschah an einem Tag ohne besondere Neuigkeiten. Leif hatte ihn angerufen und ihm mitgeteilt, dass Alcistas Tod inzwischen auch in den New Yorker Nachrichten aufgetaucht und sogar zum Hauptthema einiger Nachrichtensendungen geworden war. Inzwischen war die Meldung im ganzen Land verbreitet worden.

Selbst jetzt bestand noch großes Interesse an der Geschichte. Die wichtigste Nachrichtensendung von HoloNews, *Rund um die Uhr*, hatte einen speziellen Bericht über die neue Mafia gebracht. Verschiedene Journalisten präsentierten Reportagen über die Bosse. Diese neuen Herren waren aus den Verbrecherfamilien der alten Schule hervorgegangen und kannten sich gut mit Computern aus. Dementsprechend versuchten sie, das kriminelle Potenzial des Netzes auszunutzen. In diesen Reportagen wurde Steve der Bulle als ein Typ vorgestellt, der eigentlich einen Rückfall in die Zeit vor dem Netz bedeutete, denn er war zu schnell mit dem Finger am Abzug, um im neuen Reich der Kriminalität Erfolg zu haben.

Dann erschien Tori Rush. Sie war die neueste Anwerbung im Team des Nachrichtenmagazins und erst seit wenigen Jahren im Geschäft. Die kleine Blondine sah aus wie die jüngere Schwester von Miss America – die *sexy* jüngere Schwester von Miss America.

Doch im Augenblick machte sie gar keinen aufreizenden Eindruck. Ihre Reportage war ein Bericht über den Bombenanschlag auf Alcistas Wagen. Und sie stellte die im Augenblick vorherrschende Theorie der Polizei infrage, dass der Mord an Alcista ein Anschlag des organisierten Verbrechens war. Tori hatte sich ausgiebig informiert – ihre Nachforschungen reichten zurück zu dem Fall, der den Gangsterboss diesmal hinter Gitter gebracht hatte: die computergesteuerte Plünderung eines Unternehmens.

Außer den Hintergrundinformationen über den Fall selbst hatte sie viel Bildmaterial darüber zusammengetragen, wie Alcista vorgeblich versucht hatte, zwei Agents der Net Force zu töten, die den Fall untersuchten. Alcista oder einer seiner Gefolgsleute hatte angeblich die Wagen der Agents mit Autobomben versehen.

Aus den leicht geschürzten Lippen von Tori Rush wurde ein harter, dünner Strich, als sie auf ›engagierte Reporterin‹ umschaltete. »Die Beschuldigungen, dass Alcista die Explosivstoffe in die Autos einbaute, wurden letztendlich niemals vor einem Gericht bewiesen, doch die Bomben explodierten zweifellos. Einer der Agents der Net Force verlor bei diesem Anschlag seine Ehefrau.« Auf dem Hologrammbild erschien ein Foto – ein jüngerer James Winters mit einer hübschen dunkelhaarigen Frau am Arm.

»Am Montagmorgen, dem 19. April 2021, wollte Cynthia Winters ausnahmsweise mit dem Wagen ihres Mannes fahren. Die mit der Zündung verbundene Bombe tötete sie augenblicklich. Seit dem schrecklichen Vorfall sind inzwischen mehr als vier Jahre vergangen. Doch man kann mit absoluter Sicherheit davon ausgehen, dass der Captain der Net Force, James Winters, die Tat nicht vergessen hat, wie aus diesem kürzlich aufgenommenen Interview deutlich wird.«

Matt überlief ein eiskalter Schauer, als eine ihm allzu bekannte Szene ablief. Jay-Jay McGuffin fragte Captain Winters, was er dabei empfinde, dass Steve der Bulle Alcista aus dem Gefängnis entlassen wurde. Jetzt kam die Großaufnahme und wurde beim Bild des wutverzerrten Gesichts des Captains eingefroren.

Dann wurde die erschreckende Nahaufnahme von James Winters ersetzt durch das Bild von Tori Rush, die tiefernst in die Kamera schaute.

»Unabhängig von der neuen Mafia«, sagte sie, »scheint es wohl angebracht, sich daran zu erinnern, dass sich unter den Feinden von Stefano Alcista nicht nur Kriminelle befinden.«

Hier endete die Reportage von Tori Rush und ein Werbespot begann. Aber Matt Hunter schaute immer noch wie betäubt auf das Hologerät.

Ich habe Tori Rush immer für ziemlich heiß gehalten, dachte er. *Das ist vorbei. Wenn sie dem Captain so was antun kann, ist sie kalt.* Wieder lief ihm ein Schauer über den Rücken. *Kalt wie Eis.*

Während sie mit dem Netz verbunden wurde, blinzelte Megan O'Malley. Schließlich öffnete sie die Augen und erblickte die virtuelle Versammlungshalle der Net Force Explorer. Es waren mehr Leute als sonst gekommen. Deshalb dauerte es eine Weile, bis sie ihre Freunde gefunden hatte. Und als es ihr endlich gelungen war, konnte ihr niemand – nicht einmal Mark Gridley – erklären, warum zu einem speziellen nationalen Treffen aufgerufen worden war.

Punkt acht Uhr wich eine der Wände ein wenig zurück und machte Platz für das kleine Podium, auf dem James Winters stand. Doch er war nicht allein.

»Vater!«, entfuhr es Mark Gridley. Jay Gridley, der Direktor der Net Force, stand neben ihm. Hinter ihnen befanden sich zwei weitere Männer – Fremde.

»Willkommen bei dieser außerordentlichen Versammlung der Net Force Explorer.« Captain Winters durchlief das übliche Ritual zur offiziellen Eröffnung. Dann zögerte er. »Ich halte es für besser, das Wort jetzt an den Chef zu übergeben«, sagte er.

Jay Gridley trat vor. »Captain Winters hat diese Zusammenkunft angeregt und mich um meine Teilnahme gebeten, damit ihr als Erste über diese Situation informiert werdet – und die Informationen direkt aus der Quelle erhaltet, ohne Übertreibungen oder Verdrehungen.«

»Was für eine Situation?«, zischte Megan zu Mark Gridley hinüber. »Was für Informationen?«

Als einzige Antwort bekam sie ein erstauntes Schulterzucken.

»Gestern Abend wurden bei der Ausstrahlung eines Nachrichtenmagazins bestimmte Fragen über einen unserer Agents aufgeworfen«, fuhr Gridley fort. »Persönlich halte ich diese Fragen nicht für relevant, doch im Interesse der Behörde bin ich der Ansicht, dass es umfassende Antworten darauf geben sollte. Also habe ich Hank Steadman, den Leiter unserer Abteilung für innere Angelegenheiten, gebeten, eine Untersuchung bezüglich dieses Agent durchzuführen.«

»Der Henker Hank – ich habe gehört, dass die normalen Agents ihn so nennen«, hörte Megan jemanden in der Menge murmeln. »Er ist der Chef der Schnüffelabteilung.«

Der ältere der beiden anderen Männer auf dem virtuellen Podium trat vor. »Meine Leute werden versuchen, ihre Arbeit so schnell und unaufdringlich wie möglich zu erledigen«, sagte Steadman. »Aber es gehört zu den offiziellen Vorgehensweisen bei der Net Force, dass für die Dauer der Untersuchungen der betreffende Agent, in diesem Fall Captain James Winters, vom Dienst suspendiert wird.«

Bei dieser Ankündigung brach ein Sturm von Protestgemurmel unter den versammelten Net Force Explorer los. Auf dem Podium trat Captain Winters wieder vor und erhob seine Stimme: »Mir ist klar, dass dies hart ist für euch, ebenso wie es hart für mich selbst ist. Und eure Loyalität geht mir ans Herz. Aber Vorschriften sind Vorschriften und ich kann kaum von euch verlangen, dass ihr euch daran haltet, wenn ich es nicht selbst tue. Deshalb müssen die Dinge so laufen«, sagte er, »während Captain Steadman seine notwendigen, routinemäßigen und hoffentlich schnellen Investigationen durchführt.«

Jay Gridley nickte bestimmt.

Doch Megan fiel auf, dass der ›Henker Hank‹ Steadman nicht ganz so zustimmend nickte.

Dann ergriff Jay Gridley wieder das Wort. »Seht es so, als ob Captain Winters endlich einmal Gelegenheit findet, Urlaub zu machen. Wir alle wissen, wie hart er arbeitet. Ein wenig Ruhe wird ihm gut tun. Während der Abwesenheit von Captain Winters wird Agent Len Dorpff der Verbindungsmann zu den Net Force Explorer sein.«

Nun wandte Megan ihre Aufmerksamkeit dem vierten Mann auf dem Podium zu. Im Vergleich zu den anderen Männern sah Agent Dorpff wie ein Jugendlicher aus. In der Tat machten einige der Kids in der Menge vor dem Podium einen älteren Eindruck. Dorpff hatte ein eifriges, unbeholfenes Gesicht. Voller Sommersprossen. Am schlimmsten war, zumindest in Megans Augen, dass er abstehende Ohren hatte.

»Agent?«, murmelte David Gray verächtlich, während er den Mann betrachtete. »Dem Alter nach hat er wahrscheinlich das College noch nicht abgeschlossen, ganz zu schweigen von der FBI-Akademie. Mir scheint, die Net Force hat ihn aus dem hintersten Winkel hervorgeholt.«

»Sieht so aus«, stimmte Leif Anderson ihm zu. »Zu Gridleys Verteidigung muss man sagen, dass er keine Zeit bei der Auswahl hatte. Außerdem ist es ja nur eine vorübergehende Ernennung. Wahrscheinlich wollte er keine allzu tüchtige Person auf diesen Zeitjob hieven.«

Dorpff trat nach vorn und machte einen Schritt zur Mitte, wie ein Kadett, der zu seinem Jahrgang sprechen will. »Männer«, begann er. Dann brach er ab. Sein Gesicht lief dunkelrot an, während er einen Blick ins Publikum riskierte. Etwa die Hälfte der Jugendlichen dort unten – vielleicht sogar mehr – waren Mädchen. Und Megan war nicht das einzige Mädchen, das über die gedankenlose Begrüßung entrüstet war.

»Leute«, änderte Dorpff hastig seine Einleitung. »Junge – Leute.«

Was für ein Idiot, dachte Megan.

Schließlich fand der junge Agent zu seiner vorbereiteten Rede zurück. Wie ein Ertrinkender nach dem Rettungsring griff er nach seinen Stichwortnotizen. »Für diesen Auftrag werde ich mir ein Paar sehr große Stiefel anziehen müssen, doch Captain Winters war so freundlich, mir eine kurze Einführung zu gewähre ...«

»Hat offensichtlich nicht ausgereicht«, tönte eine weibliche Stimme so laut, dass Dorpff wieder errötete.

»Ich hoffe, uns wird eine gute Zusammenarbeit gelingen, damit während der Abwesenheit des Captains die Dinge weiterlaufen.« Dorpffs Worte wurden in verzweifelter Hast hervorgestoßen.

Megan sah ihre Freunde an, die genauso verwirrt und unglücklich schienen wie sie selbst. Es war ihr egal, wie alt Dorpff war oder wie er aussah, solange er dem Job gewachsen war. Doch Megan hatte nicht das Gefühl, dass dieser Mann ausreichend kompetent war. Er war bereits dreimal abgestürzt – bevor er noch richtig angefangen hatte.

Wir müssen was unternehmen, dachte sie. *Mit diesem Clown an der Spitze werden die Explorer keine einzige Woche überstehen!*

4

Nach der überraschenden Zusammenkunft der Net Force Explorer traf sich die Truppe, die Megan in Gedanken gern als die ›Neun von Washington‹ bezeichnete, zu einem Gespräch. Der virtuelle Arbeitsraum von Matt Hunter war so überfüllt, wie es das Wohnzimmer der Familie O'Malley während der Übertragung des Interviews von James Winters gewesen war. Allerdings musste sich dank der Wunder der Netztechnologie niemand darüber Sorgen machen, ob eine Sitzgelegenheit vorhanden sein würde. Megan, Andy Moore, Maj Green, David Gray, Catie Murray, Daniel Sanchez und Mark Gridley schwebten zwischen Wolken und Sternen um die fußlose Marmorplattform, die Matt im Augenblick als Schreibtisch benutzte.

Die Mitglieder der Gruppe, die nicht in Washington wohnten, stießen kurz darauf zu ihnen. Leif befand sich in New York, aber er tauchte ziemlich bald virtuell in Matts Arbeitsraum auf und rieb sich die beiden Seiten seines Kopfes, während er einen Platz in der Menge fand. P. J. Farris war in Texas bei seinem Vater. Er traf als Letzter ein. Zu seinem Outfit gehörten Stiefel, kariertes Hemd und Blue Jeans, wie er sie oft auf der Ranch seiner Familie trug.

Obwohl eigentlich Matt die Freunde hierher eingeladen hatte, konnte Megan sich nicht zurückhalten. »Ich kann mir nicht vorstellen, dass irgendjemand hier mit dem Einfaltspinsel zufrieden ist, den sie uns als Ersatz für den Captain vorgestellt haben«, sagte sie.

»Das kannst du laut sagen«, knurrte Maj. »Weshalb haben sie jemanden geholt, der noch so feucht hinter den

Ohren ist? Nach der Art, wie er sich heute Morgen schon beim Mundaufmachen in den Fuß geschossen hat, muss man sich fragen, wie er sich wohl auf dem Schießstand verhält.«

Megan war nicht zu Scherzen aufgelegt. Sie sprach direkt an, was ihr auf dem Herzen lag. »Wir müssen etwas unternehmen, um Captain Winters aus dem Schlamassel zu bekommen und Agent Dorpff dorthin zurückzuschicken, wo er hergekommen ist.«

»Es ist doch nur für kurze Zeit«, gab Matt zu bedenken.

»Ach ja?«, entgegnete Megan. »Warum hat denn dann niemand erwähnt, wie lange diese ›kurze Zeit‹ dauern wird? Wenn das eine rasche Untersuchung sein sollte, hätte uns dann nicht jemand einen ungefähren Termin für ihren Abschluss genannt? Und obwohl Winters versuchte, die Angelegenheit als nervendes Standardvorgehen herunterzuspielen, ist mir aufgefallen, dass ›Henker Hank‹ Steadman nicht ein einziges Mal lächelte. Während der gesamten Veranstaltung machte er einen todernsten Eindruck.«

»Megan, wenn man dir zuhört, sollte man glauben, dass Winters in Kürze gefeuert wird«, protestierte Mark Gridley. »Mein Vater würde nie ...«

Megan schnitt ihm das Wort ab. »Vor einer Woche hättest du mir gesagt, dass dein Vater den Captain niemals vom Dienst suspendieren würde.«

Mark öffnete den Mund, dann schloss er ihn wieder.

»Was schlägst du denn vor, Megan?«, wollte Andy wissen. »Denkst du daran, böse Mails an Jay Gridley zu verschicken? Das wäre irgendwie cool – der Versuch, den Chef der Net Force mit Mails einzuschüchtern ...«

»Allzu lange würde das nicht klappen«, unterbrach ihn David in seiner vernünftigen Art. »Nach etwa fünfzehn

Minuten würden wahrscheinlich die Herren vom FBI an deine Tür klopfen.«

»Ich glaube nicht, dass das der richtige Weg ...«, begann Matt.

»Dann sollen wir also wie Statuen herumsitzen, während Captain Winters gekreuzigt wird?«, wollte Megan wissen. Sie konterte Marks Argumente, noch bevor er weitersprechen konnte. »Und versuch nicht, mir weiszumachen, wie sehr er unter Schutz steht. Im gleichen Moment, als Tori Rush die Geschichte brachte, wurde daraus eine politische Angelegenheit. Und wir alle wissen genau, wie in dieser Stadt Politik gemacht wird.«

»Okay, schon gut. Was können wir tun?«, fragte Leif Anderson sarkastisch. »Sollen wir die Terrorangriffe von – wie heißt er noch gleich – von diesem Typen McGuffin beenden und uns ganz dieser Nachrichtenmieze widmen?«

Darauf hatte Megan keine Antwort parat, doch Matt sprang ein. »Jetzt hör aber mal auf!«, rief er. »Der Captain hat uns ausdrücklich darum gebeten, McGuffin in Ruhe zu lassen. Wenn wir irgendwas mit Reportern einer großen Sendeanstalt anstellen, werden wir für Captain Winters die Sache nur verschlimmern.«

»Aber irgendwas müssen wir doch unternehmen«, sagte Daniel Sanchez. »Vielleicht könnt ihr es euch erlauben, einen Erwachsenen abzuschreiben, der an uns glaubt – der zuhört und zu helfen versucht. *Ich* nicht.«

Megan sah zu diesem unerwarteten Verbündeten hinüber. Sie wusste, dass die Situation bei Daniel zu Hause ziemlich schwierig war, viel schwieriger als bei allen anderen Freunden in dieser Gruppe. Aber er hatte Recht. Die meisten Jugendlichen in diesem Raum konnten sich im Ernstfall auf ihre Eltern verlassen, einige auch auf ihre Lehrer. Doch nur wenige Kids hatten so viele Erwachsene zur Unterstützung in schwierigen Situationen, dass sie sich den Verlust eines von ihnen leisten konnten.

Sogar Matt war nach Daniels Worten verstummt. Nachdem er eine Weile nachgedacht hatte, deutete sich der Ansatz einer Idee an. »Vielleicht können wir etwas tun, um zu zeigen, dass wir hundertprozentig hinter Captain Winters stehen«, schlug er vor. »Sogar der Captain könnte sich nicht darüber beschweren, wenn wir unserer Meinung über ihn Ausdruck verleihen – solange wir uns nicht andere Zielscheiben aussuchen.«

»Das hört sich gut an, aber es wird nicht allzu viel nützen«, meinte Leif. »Die Zentrale von HoloNews ist in New York«, fuhr er fort. »Vielleicht kann ich da mal herumstöbern und sehen, was gespielt wird.«

»Ich will auch helfen«, kam unerwartet ein Beitrag von Mark Gridley. »Ich könnte versuchen, bei meinem Vater in die Archive zu gelangen und herauszufinden, wie die Untersuchungen laufen.«

»Bist du dir sicher, dass du das tun willst?« Der Gesichtsausdruck von David Gray war ernst, als er auf den Jungen hinabschaute, den alle ›Spritzer‹ nannten.

Doch der Jüngere nickte nur. »Ja, ja, ich weiß. Spionieren beim Chef der Net Force. Steht wahrscheinlich ziemlich oben auf der Liste der Dinge, die als ›wenig intelligent‹ gelten.« Plötzlich straffte sich Marks rundes, gebräuntes Gesicht. »Aber selbst wenn ich erwischt werde, was kann mein Vater schon machen? Insbesondere wenn ich ihm sage, warum ich es getan habe. Ich bin mir ziemlich sicher, das gibt keine Probleme, solange wir nicht irgendwas Unschönes anstellen.«

Megan warf einen Blick in die Runde ihrer Freunde. Für einen Augenblick war sie so von Gefühlen überwältigt, dass ihre Stimme versagte. Sie räusperte sich. »Trotzdem wird das nicht ausreichen«, sagte sie schließlich. »Keine dieser Aktionen wird irgendetwas bewirken. Ich habe mich über den Henker Hank informiert. Er war beim FBI, bis er vor etwa einem Jahr zur Net Force versetzt wurde. Offensichtlich war einer der Direktoren beim FBI damals der Meinung, dass die inneren Angelegenheiten bei der Net Force etwas straffer organisiert werden sollten. Ihr wisst schon, wie das ist. Leute, die mit Computern arbeiten, sehen den Regierungstypen nie zugeknöpft genug aus. Oder, was noch wahrscheinlicher ist, das FBI wollte den Typen einfach loswerden. Jay Gridley hat schon versucht, ihn woanders hin versetzen zu lassen, doch der Mann hat gute Verbindungen. Seine Anstellung hat politische Gründe, deshalb ist es so schwer, ihn an die Seite zu schieben. Auf jeden Fall ist dieser Typ noch nie Feldagent gewesen, auch nicht beim FBI. Er war immer spezialisiert auf innere Sicherheit und Investigationen. Seine Theorie lautet, dass niemand saubere Hände hat. Und vielleicht hat er da Recht. Man kann kaum draußen als Feldagent arbeiten und immer hundertprozentig nach Vorschrift vorgehen.«

Die Freunde schwiegen. Doch sie las in ihren Gesichtern, dass sie diese Dinge bereits gehört oder zumindest befürchtet hatten. Wie oft waren sie schließlich schon eingesprungen, weil der Net Force offiziell die Hände gebunden waren? Wenn sie auch wussten, dass Captain Winters unschuldig war, konnte er doch ernsthafte Probleme bekommen, wenn die Abteilung für innere Angelegenheiten eine Hexenjagd beschloss.

»Wenn sich Steadman um deinen Fall kümmert, kannst du von Glück sagen, wenn du am Ende entweder gedemütigt oder mit einer zerstörten Berufslaufbahn dastehst. Wenn du kein Glück hast, landest du hinter Gittern. Und bei so einem Aufsehen erregenden Fall wird er bis an die äußersten Grenzen gehen.«

»So weit können wir dir folgen«, sagte Leif. »Aber wie können wir helfen?«

Sie blinzelte, in der Hoffnung, die Tränen zu verbergen, die ihr plötzlich in die Augen stiegen. »Glaubst du, diese Kleinigkeiten, die wir vorhaben, werden irgendwas nützen?«

Megan erlaubte sich keine Zeit, um auf eine Antwort zu warten. Während sie noch ihre Frustration und ihre Angst hinunterwürgte, brach sie die Verbindung ab und verschwand aus Matts Arbeitsraum.

Sekunden später schwebte Matt mit offenem Mund in seinem virtuellen Arbeitsraum und starrte auf die Stelle, wo Megan gestanden hatte.

»Na ja«, bemerkte Leif, »das war ein bisschen aufregender als die meisten unserer Treffen nach den Versammlungen.«

»Sogar aufregender als die meisten Versammlungen, bei denen ich gewesen bin«, stimmte Mark ihm zu. Umständlich schaute er auf die virtuelle Uhr an seinem Handgelenk. »Vielleicht sollte ich mich auch auf den Weg machen.«

»Wirst du wirklich tun, was du gesagt hast?«, fragte Andy Moore.

Beleidigt warf Mark ihm einen schnellen Blick zu. »Natürlich.« Damit verschwand auch er.

Marks Abgang schien die Tür für alle übrigen Mitglieder zu öffnen. Einige, darunter David Gray, entschuldigten sich, als sie gingen. Matt sagte nicht viel, während sie sich nacheinander verabschiedeten. Was gab es auch noch zu sagen nach Megans Krise?

Bald war Matts virtuelles Heiligtum leer, bis auf ihn selbst und Leif Anderson.

»Ich dachte, du hast es eilig, sofort mit der Untersuchung von Tori Rush zu beginnen.« Es gelang Matt nicht, die Bitterkeit in seiner Stimme zu unterdrücken. »Vielleicht entdeckst du, dass sie Aktmodell war, bevor sie als Nachrichtensprecherin anfing. Dann haben wir wenigstens ein paar interessante Bilder, die wir uns ansehen können – selbst wenn sie Captain Winters fertig machen.«

»Ich glaube kaum, dass wir Tori Rush so einfach in den Griff bekommen werden«, meinte Leif. »Im besten Fall hoffe ich, dass sie sich alle ihre Andeutungen aus den Fingern gesogen hat.«

»Aber das hat dich nicht davon abgehalten, Megan vorhin ein wenig zu unterstützen.«

Leif hob nur die Augenbrauen. »Klar. Und du hast ja gesehen, wie sehr sie mir dafür gedankt hat.« Er seufzte. »Egal, was wir tun, ich weiß, dass Megan alles daran setzen wird, dem Captain zu helfen. So lange sie der Meinung ist, dass wir ihr dabei behilflich sind, hält sie wenigstens den Kontakt aufrecht. Und das ist ein Vorteil. Wir können sie nicht da draußen als scharfe Handgranate rumlaufen lassen.«

Ein Schauer lief Matt über den Rücken. »Okay. Da hast du Recht.« Besorgt sah er Leif in die Augen. »Aber du warst auch beim letzten Treffen – dem letzten regulären Treffen, als Captain Winters uns gebeten hat, auf Abstand zu gehen.«

»Er hat uns gebeten, zu McGuffin auf Abstand zu gehen und uns nicht mit Steve Alcista einzulassen.« Leif breitete die Hände aus, ein Bild der Unschuld. »Und ich *werde* mich an diese Bitten halten. Ich werde keinem der beiden Herren nahe kommen. Und du auch nicht.«

Matt musste lachen. »Wenn einmal der Zeitpunkt kommt, dass du dich für einen Beruf entscheiden musst, solltest du wirklich überlegen, ob du nicht Rechtsanwalt wirst.« Er schüttelte den Kopf. »Meine irische Großmutter nennt das *Rechtsverdreher*.«

Mit zusammengepressten Lippen lächelte Leif ihn an. »Diese Möglichkeit besteht«, sagte er. »Hast du irgendeinen Vorschlag, was wir als Gruppe unternehmen könnten, um Winters zu zeigen, wie sehr wir ihn immer noch mögen?«

»Nichts Definitives – oder Hilfreiches«, gab Matt zu. »Eine kleine Demonstration mit ein paar Pappschildern wäre sicherlich eher idiotisch als ermunternd. Und wo würden wir so was veranstalten? Vor dem Gebäude von HoloNews hier in Washington? Vor dem Firmenhauptsitz in New York?« Mit etwas Anstrengung gelang ihm ein säuerliches Lächeln. »Oder vielleicht vor dem Büro von Jay Gridley?«

»Besser vor dem Büro von Henker Hank Steadman«, entgegnete Leif mit einem ironischen Grinsen. »Dem würden die Berichterstattungen in den Medien sicher besonders gut gefallen.« Doch dann wurde er ernst. »Ich möchte wetten, dass nicht nur die Kids von hier helfen wollen. Wir brauchen etwas auf nationaler Ebene – etwas über das Netz.«

»Glaubst du, ich kann David davon überzeugen, sich als Hacker zu betätigen und eine unterstützende Mitteilung auf alle amerikanischen Telefonrechnungen zu setzen?«, schlug Matt vor.

Leif lachte. »Vielleicht ein wenig extrem, aber du bist auf dem richtigen Weg.«

Das humorvolle Leuchten in Matts Augen verblasste. »Als ich das gestern Abend mit ansehen musste – es war, als ob uns mitgeteilt würde, dass Captain Winters irgendeine schreckliche Krankheit hat. Ich möchte ihm eigentlich nur eine riesige Karte schicken mit dem Wunsch der baldigen Genesung.«

»Warum tust du das nicht?«, fragte Leif. »Entwirf eine Bittschrift oder so was Ähnliches und sende sie an alle Net Force Explorer im ganzen Land. Es wäre den Versuch wert, alle Mitglieder unterschreiben zu lassen.« Er zuckte die Achseln. »Das dürfte nicht allzu schwer sein. Denk nur daran, wie schnell ihr etwas in Bewegung gesetzt habt, als ihr die Trommeln gerührt habt, um Jay-Jay McGuffin zu rösten.«

Langsam nickte Matt. »Da ist was dran. Nicht gerade eine Bittschrift, aber eine Unterstützungserklärung von allen Net Force Explorer. Einzeln und als Gruppe.«

Leif zuckte die Schulter. »Ich würde unterschreiben.«

Matt sah ihn an. »Um die Wahrheit zu sagen, das überrascht mich irgendwie. Der Captain hat *dich* einige Male geröstet. Er traut dir nur so weit über den Weg, wie er dich werfen kann.«

Auf Leifs Gesicht war kein Lächeln zu entdecken, als er sich vornüber beugte. »Hör zu, ich mag Captain Winters wirklich. Vielleicht liegt es an diesem Misstrauen, an diesem ewigen Hin und Her, wenn wir miteinander reden. Dafür respektiere ich ihn. Außerdem hat er normalerweise Recht. Fast immer plane ich *wirklich* gerade irgendwas, wenn er meint, ich würde was aushecken. Oder vielleicht ist es auch noch mehr. Erinnerst du dich, was Daniel gesagt hat? Dass er Winters mag, weil der Captain an ihn glaubt? Schön, du musst in diesem Leben an irgendetwas glauben. Ich persönlich glaube an James Winters.«

Ein wenig verlegen schaute Leif ihn an, als hätte er

gerade etwas gesagt, das er nicht hätte sagen sollen. »Tu mir den Gefallen und erzähl das nicht herum, okay? Es würde meinen Ruf als cooler, zynischer Playboy in Ausbildung empfindlich stören.«

»Klar«, murmelte Matt, während sein Freund sich schließlich aus seinem Raum klickte. »Dieser Ruf passt perfekt zu dir.«

Matts Projekt mit der ›riesigen Karte‹ hatte wesentlich mehr Erfolg, als er erwartet hatte. Alle regionalen Gruppen beteiligten sich enthusiastisch, sobald er zu ihnen Kontakt aufnahm. Für die Unterstützungserklärung regnete es Unterschriften. Selbst Jugendliche, die in letzter Zeit nicht zu den Zusammenkünften erschienen waren – einschließlich einiger Leute, die sich im Krankenhaus befanden –, beteiligten sich und unterschrieben, um Captain Winters zu helfen. In wenigen Tagen hatte Matt die Unterschriften von sämtlichen eingetragenen Net Force Explorer.

Das war die gute Seite. Dann fiel ihm auf, dass er diese Unterschriften irgendwie organisieren und sie an die Net Force und James Winters weitervermitteln musste. Durch Vergleich von Namen und Mitgliederdaten gelang es ihm, die Unterschriften nach regionalen Gruppen zu sortieren. Nachdem er die grafische Darstellung in den Griff bekommen hatte, stellte sich das Problem der Auslieferung.

Das Büro von Jay Gridley war einfach. Nach einem Telefonanruf bei Mark hatte er die entsprechende Netzadresse. Aber Captain Winters war wesentlich komplizierter. Da der Captain vom Dienst suspendiert war, schien es unwahrscheinlich, dass er die an sein Büro gerichteten E-Mails überprüfen würde. Und als Matt schließlich eine persönliche Netzadresse für einen J. Winters ausfindig gemacht hatte, die ihm viel versprechend erschien, bekam er keine Reaktion. Auch unter der privaten Telefonnummer des Captains erhielt er keine Antwort.

Darüber war Matt nicht gerade überrascht. Seit der Reportage von Tori Rush hatte es einen ständig wachsenden Medienzirkus bezüglich der Bombenanschläge gegeben, sowohl über den jüngsten Anschlag wie auch über die Autobomben älteren Datums. Und im Zentrum dieser Zirkusveranstaltung stand der so genannte Mordfall Alcista-Winters. Da ihn die Reporter andauernd um Kommentare und Antworten auf ihre Fragen baten, hatte der Captain wahrscheinlich gute Gründe, nicht ans Telefon zu gehen.

Matt konnte Winters nicht Bescheid geben, dass eine spezielle Mitteilung der Explorer unterwegs war. Und das bedeutete, dass er sich nicht darauf verlassen konnte, die Nachricht elektronisch ans Ziel zu bringen.

Nein, er würde auf eine Papierversion oder ein Datascript zurückgreifen und die Post persönlich überbringen müssen. Er verbrachte einen ganzen Tag damit, das Dokument zu überarbeiten. Dabei entschied er sich schließlich, wie die endgültige Version aussehen sollte. Dann spürte er einen Druckereiservice auf, wo das Dokument ausgedruckt werden konnte. Es war zu umfangreich für sein System zu Hause. Er wollte, dass sowohl die Erklärung als auch die Unterschriften farbig auf einem Blatt Papier erschienen. Das bedeutete, dass er eine Firma finden musste, die noch Drucker mit Papierrollen benutzte.

David Gray half ihm bei der Suche und am Ende fand Matt einen Betrieb, der alles nach Wunsch erledigen konnte. Ein paar Stunden später verließ er den Laden mit dem Resultat seiner Bemühungen – einer sehr sperrigen Papierrolle – unter dem Arm. Nachdem er den U-Bahnhof am Stadtrand verlassen hatte, nahm er ein Taxi und gab dem Fahrer die Privatadresse von James Winters. Als er den Fahrpreis hörte, zuckte er zusammen. Diese Art der persönlichen Überbringung kostete nicht nur viel Zeit, sondern auch einen Haufen Geld. Doch Captain Winters war es wert. Außerdem konnte er auf die Hilfe von Leif zählen, wenn die Kosten zu hoch wurden.

Auf dem Weg zum Haus des Captains hatte er aus dem Fenster geschaut. Es war eine wohlhabende Gegend, mit geräumigen, weit auseinander stehenden Häusern. Vor und hinter den Häusern gab es ausgedehnte Gärten. In einigen dieser Gärten spielten kleine Kinder. Matt fuhr an einem kleinen Mädchen auf einem Fahrrad vorbei. Unter einem über einer Garage angebrachten Korb trainierten ein paar Jungen Basketball.

Matt wunderte sich. In Wirklichkeit hatte er nie weiter darüber nachgedacht, wie der Captain außerhalb der Arbeit lebte. Vielleicht lag es am militärischen Auftreten von Winters. Doch irgendwie assoziierte Matt seinen Mentor mit Büroräumen oder Kasernen, nicht aber mit Vorstadtidylle.

Als er schließlich an der richtigen Adresse angekommen war, fand er wider Erwarten ein schiefergedecktes Kolonialhaus vor, das an einen recht großen Park grenzte. Dies war tatsächlich das Haus von Captain Winters, daran ließen auch die auf der anderen Straßenseite stehenden Pressefahrzeuge keinen Zweifel aufkommen. In der Einfahrt parkten ein paar irgendwie offiziell aussehende Vans. Und auch James Winters stand in der Einfahrt, mit Captain Hank Steadman von der Abteilung für innere Angelegenheiten der Net Force.

Beide drehten sich misstrauisch zur Straße, als das Taxi vor dem Haus anhielt.

Wahrscheinlich erwarten sie, dass irgendein idiotischer Reporter herausspringt, dachte Matt. Wieder hätte er lieber vorher die Gelegenheit gehabt, sich telefonisch anzumelden. Auf keinen Fall wollte er mitten in die Untersuchungen hineinplatzen.

Aber Captain Winters lächelte, als Matt aus dem Taxi stieg. »Matt!«, rief er überrascht. Dann wandte er sich an Steadman. »Dies ist einer von meinen Net Force Explorer, Matt Hunter. Was führt dich her, Matt?«

Steadman entschuldigte sich und ging auf die Garage zu, während Matt den Ausdruck überreichte. Winters las die Unterstützungserklärung mit dem üblichen ruhigen und ernsthaften Gesichtsausdruck. Doch Matt glaubte, einen feuchten Schimmer in seinen Augen entdecken zu können, als er den Anfang des Dokuments entrollte, um den Beginn der Liste der in drei säuberlichen Reihen aufgeführten Unterschriften zu sehen. Dann wog er die Rolle in der Hand, um sich eine Vorstellung davon zu machen, wie außerordentlich lang die Liste war.

»Jeder im Augenblick eingetragene Net Force Explorer hat unterschrieben«, sagte Matt stolz, »wie auch ein paar Kids, die inzwischen nicht mehr dabei sind, entweder weil sie das Programm abgeschlossen oder weil sie inzwischen andere Interessen haben.«

»Matt ...« Winters musste sich räuspern, bevor er weitersprechen konnte. »Herzlichen Dank. Das hätte zu keinem besseren Zeitpunkt kommen können. Es ist keine angenehme Erfahrung, wenn die eigenen Kollegen gerade einen Hausdurchsuchungsbefehl ausführen.«

»Sie haben ein schönes Haus«, bemerkte Matt.

Winters warf ihm einen Blick zu. Um seine Lippen spielte die Andeutung eines Lächelns. »Was? Hattest du eine Höhle erwartet? Oder vielleicht einen Bunker? Was für eine Enttäuschung! Der Captain lebt in einem Haus!« Winters zuckte die Schultern. »Ich versuche, es in Schuss zu halten. Und ich *weiß*, dass es sauber ist.«

Matt spürte augenblicklich, dass sich Winters nicht auf seine Hausputztalente bezog.

Henker Hank Steadman kam aus der Garage zurück und schirmte mit der Hand die Augen gegen die Sonne ab. »Captain«, sagte er auf formelle Weise, »Sie haben uns mitgeteilt, dass Sie Ihre Werkstatt dort hinten seit einiger Zeit nicht mehr benutzt haben.«

»Das letzte Mal vor Monaten«, erwiderte Winters. »Im Sommer habe ich ein wenig Holz zurechtgeschnitten, um hinten auf der Veranda was zu reparieren.«

Kurz und fast ironisch nickte Steadman ihm zu. »Wenn das so ist, können Sie erklären, warum keinerlei Staub auf den Werkzeugen dort drinnen liegt?« Mit scharfer Stimme fuhr er fort: »Und warum wir Spuren von Plastiksprengstoff auf Ihrer Werkbank gefunden haben?«

5

Matt trat in das Büro von Captain Winters – immer noch hieß es in seinen Gedanken so – und schüttelte Agent Dorpff die Hand.

»Matt Hunter?« Der Agent mit dem jugendlichen Aussehen lächelte. »Schön, dass ich endlich ein paar der Jungs in der Organisation kennen lerne. Und ein paar der Mädels«, fügte er hastig hinzu. Offensichtlich erinnerte er sich an seinen blamablen ersten Auftritt. »Captain Winters hat dich namentlich erwähnt als Teil des

›örtlichen Organisationskaders‹, wie er sich ausdrückte«, fuhr Dorpff fort.

»Wirklich?«, fragte Matt ein wenig geschmeichelt.

Agent Dorpff nickte. »Es scheint, dass der Captain Recht hatte«, sagte er. »Wenn man sich überlegt, was für eine tolle Arbeit du bei der Unterschriftensammlung geleistet hast. Antworten aus dem ganzen Land in weniger als einer Woche!«

Verlegen zuckte er die Achseln, als Matt ihn überrascht ansah. »He, das gehört zu meinem Job. Ich muss mitbekommen, was im Verbund der Net Force Explorer passiert.«

Dorpff machte einen besorgten Eindruck. »Hoffentlich haben dich die Vorgänge beim Abgeben des Dokuments nicht allzu sehr bedrückt.«

Jetzt konnte sich Matt nicht beherrschen. »Wie haben Sie ...«

Als Antwort kam ein weiteres Achselzucken. »Vielleicht bin ich ja der Typ vom untersten Ende der Behördenhierarchie, doch sogar mir dringen bestimmte Dinge an die Ohren«, erklärte Dorpff.

»Und dies hier gehört auch zu Ihrem Job?«, fragte Matt. »Bedrückte Teenager zu trösten?«

»Wahrscheinlich steht das auch irgendwo in der Beschreibung dieser Stelle«, sagte Dorpff. »Aber wenn ich auch gerade erst anfange, bin ich doch nicht so dumm zu glauben, dass ihr Captain Winters vergessen werdet.« Einen Augenblick zögerte er. »Ihr solltet aber wissen, dass ich da bin ... wenn ihr mich braucht.«

»Für den Fall, dass meine arme Psyche Schaden erlitten hat?«, fragte Matt. »Dabei habe ich lediglich einen Haufen Laborfritzen in der Garage des Captains herumlaufen sehen.«

»Dann hast du also tatsächlich die Werkstatt zu Gesicht bekommen?«, fragte Dorpff.

»Von der Garagentür«, erwiderte Matt. »Sie sah sauber aus.«

»Sauber wie eine Trillerpfeife, wie man mir berichtete.« Der junge Agent runzelte die Stirn. »Ich habe mich schon immer gefragt, warum irgendjemand eine Trillerpfeife als besonders sauber ansieht. Sicher ist sie doch meistens voller Spucke und Bakterien ...«

Matt ließ ihn nicht das Thema wechseln. »Vielleicht hat Winters die eifrigste Putzfrau der Welt.«

»Eine misstrauische Seele würde eher an einen Versuch denken, Beweismittel zu zerstören«, antwortete Dorpff. »Trotzdem haben die Laborfritzen Spuren von Semtec gefunden. Das ist ein guter, altmodischer Plastiksprengstoff, der bei Militärmunition noch teilweise eingesetzt wird. Und aufgrund der Identifikationschemikalien in dem Zeug wurde es mit einem Stoff in Verbindung gebracht, der bei einem der alten Fälle des Captains benutzt wurde.« Dorpff zuckte die Schultern. »Man hört ja manchmal von Leuten, die ihre Arbeit mit nach Hause nehmen, aber trotzdem ...«

»Sehr witzig«, bemerkte Matt.

»Hier ist etwas nicht so Witziges«, fuhr der junge Agent fort. »Die gleichen Identifikationschemikalien wurden in der Bombe gefunden, mit der man Stefano Alcista in die Luft gejagt hat.«

Matts Blick wurde starr, als hätte Dorpff ihn gerade in den Magen geboxt.

»Der Captain sagte, dass er seit Monaten nicht in der Werkstatt war«, sagte Matt schließlich. »Und da ich weiß, wie beschäftigt er mit seiner Arbeit ist, glaube ich ihm aufs Wort. Es gab Zeiten, als die Kids ihn spät am Abend im Büro angerufen haben oder sogar am Wochenende und sie haben ihn immer erreicht ...«

»Aber merkwürdigerweise war er den größten Teil des Nachmittags vor dem Bombenanschlag auf Alcista nicht im Büro«, unterbrach Dorpff ihn auf fast zärtliche Weise. »Er behauptete, er habe einen Anruf bekommen, dass er einen Informanten treffen solle – der dann allerdings nicht erschien. Doch kein Anruf dieser Art wurde aufgezeichnet. Captain Winters verließ das Büro um vierzehn Uhr und kam erst um sechzehn Uhr fünfundvierzig zurück. Weniger als eine Stunde später beschließt Steve der Bulle, eine Autofahrt zu unternehmen, und ... bummm!«

»*So* lange war er auch nicht weg«, argumentierte Matt verzweifelt. »In einigen Firmen würde das als lange Mittagspause durchgehen.«

Dorpff nickte. »Und Straßeninformanten haben eine ziemlich elastische Vorstellung von Zeit – wenn sie überhaupt auftauchen. Aber hier wurde kein einziger Anruf aufgezeichnet, weder zum Bürotelefon des Captains noch zu seinem Folientelefon.«

Lange schaute der Agent Matt in die Augen. »Hast du schon mal was von der Verbrechenstheorie MGM gehört?«

»*Wovon*?«, fragte Matt. Er erwartete irgendein bizarres psychologisches Gespinst über Mutterfixierungen, doch es fiel ihm ehrlich gesagt noch schwerer, sich Winters mit einer Mutter zu denken als mit einer Ehefrau. Emotional war der Captain so reif und erwachsen, dass es schwierig war, sich ihn als sabbernden Säugling vorzustellen.

»Das ist eine alte Abkürzung für die wichtigsten Elemente bei der Untersuchung eines Verbrechens«, erklärte Dorpff. »Motiv, Gelegenheit und Mittel. M-G-M. Lass für einen Augenblick einmal deine Gefühle für Captain Winters außer Acht und überleg dir, wie genau diese Elemente in diesem Fall zusammenpassen.«

Er zählte einen Finger ab. »Motiv – das ist ziemlich offensichtlich. Es wird davon ausgegangen, dass Alcista hinter dem Tod der Ehefrau von Captain Winters steckt. Und die halbe Welt hat den Ausschnitt aus dem Nachrichtenmagazin gesehen, wo sein Gesicht gezeigt wird, als er hörte, dass Alcista entlassen wurde. Ich glaube, wir können das Motiv für gegeben ansehen.«

Mit steifem Hals nickte Matt.

Dorpff hielt einen zweiten Finger hoch. »Gelegenheit. Winters verlässt sein Büro für mehrere Stunden – an dem Tag, an dem Alcista stirbt. Der Captain hat keinen zufrieden stellenden Grund für sein Verschwinden. Und genau der Teil der Geschichte, den wir überprüfen *könnten* – der Telefonanruf des Informanten –, lässt sich nicht verifizieren.«

»Ich wette, diverse Leute waren nicht in ihrem Büro«, sagte Matt. »Und der Anruf könnte statt über die direkte Leitung auf dem Schreibtisch von Winters über eine andere Leitung hereingekommen und zu ihm durchgestellt worden sein. Das passiert andauernd. Wird so was auch überprüft?«

»Richtig, aber wir können nicht ignorieren, dass der Captain die Gelegenheit hatte, das Verbrechen zu begehen. Damit kommen wir wieder auf MGM zurück«, erklärte Dorpff. »In diesem Augenblick sind wir nur an den Leuten interessiert, die ein Motiv hatten, Alcista zu verletzen.«

Zögernd hob er nun den dritten Finger. »Schließlich – die Mittel. Steve der Bulle wurde von einer mit Semtec hergestellten Bombe ins Jenseits befördert. Spuren vom gleichen Typ Semtec werden in der Heimwerkstatt von Captain Winters gefunden.«

Wieder zögerte der junge Agent. »Wahrscheinlich sollte ich es dir nicht sagen, aber zweifellos wird es in Kürze doch durchsickern. Die Abteilung für innere Angelegenheiten hat eine Netzsuche nach verdächtigen Vorkommnissen in der Nähe des Hauses von Captain Winters durchgeführt. Dabei sind sie auf einen Polizeibericht aus dem Nachbarort gestoßen. Irgendjemand hatte sich über eine Explosion in einem Wäldchen beschwert, zwei Tage bevor Alcista das Zeitliche segnete. Als Steadmans Techniker an der Stelle nachsahen, entdeckten sie einen Krater – und die Überreste einer Semtec-Bombe. Eine Art Probelauf, könnte man sagen. Technische Probleme aus dem Weg räumen. Und die Bombe hatte tatsächlich echte Probleme. Große Fragmente blieben zurück, die nicht in die Luft gegangen waren. Die Jungs vom Labor glauben, sie können Fingerabdrücke sicherstellen ...«

Dorpff brach ab und streifte Matt mit einem Blick, der wohl Mitleid andeuten sollte. »Ich weiß, dass du Captain Winters bewunderst, Matt. Du und die anderen Net Force Explorer habt euch hundertprozentig loyal ihm gegenüber verhalten. Ihr seid alle darüber entrüstet, was mit eurem Freund und Mentor geschieht.«

Als sich der Agent über den Schreibtisch von Captain Winters beugte, zeichneten sich Schmerz und Ernsthaftigkeit in seinem jugendlichen Gesicht ab. »Ich habe den Mann nicht gekannt – wir hatten nur eine kurze Besprechung, als er mir das Nötigste zu den Net Force Explorer berichtete. Aber es war offensichtlich, dass er sehr viel von euch hielt.«

Dorpff holte tief Luft und atmete seufzend wieder aus. »Es liegen eindeutige Indizien gegen Captain Winters vor.

Vielleicht wäre es besser für beide Seiten, wenn ihr zumindest die Möglichkeit in Betracht ziehen würdet, dass er schuldig im Sinne der Anklage sein könnte.«

»Ist es denn zu glauben?«, wütete Matt. Seine Umrisse erschienen und verschwanden aus Leif Andersons Gesichtsfeld, während Matt vor seinem Holo-Aufzeichnungsgerät hin und her lief. »Dieser Idiot mit seinen Eselsohren wollte mir schonend beibringen, dass Captain Winters schuldig ist! In einem Fall, der völlig ... völlig ...« Auf der Suche nach dem passenden Wort brach er ab.

»... aus Indizien konstruiert ist?«, schlug Leif vor.

»Nichtssagenden Indizien wäre wohl eine bessere Beschreibung«, erwiderte Matt aufgebracht. »Also wirklich, angeblich ist der Captain ein Spitzenagent der Net Force, richtig? Allem Anschein nach war er ein legendärer Feldagent – einer der besten. Aber er muss sein Gehirn irgendwo tief vergraben haben, während er dieses Verbrechen plante, das er begangen haben soll.«

»Man sollte meinen, der Captain wüsste über solche Dinge wie Motiv, Gelegenheit und Mittel recht gut Bescheid«, stimmte Leif zu. »Dorpff ist nicht intelligent genug, so was selbst zu erfinden. Also müssen sie es auf der Polizeiakademie unterrichten.«

»Obwohl er weiß, wie die Net Force bei Investigationen vorgeht, soll der Captain eine Bombe in der eigenen Garage gebaut haben, wo man mit Sicherheit irgendwelche Spuren sicherstellen wird«, sagte Matt wütend. »Und dann begibt er sich in den nächsten Ort und testet die Bombe, denn natürlich hat er völlig vergessen, dass man über das Netz nach verdächtigen Verbindungen forschen kann. Schließlich verlässt er in aller Öffentlichkeit das Büro, um die neue, verbesserte Bombe an Alcistas Auto anzubringen – und macht sich nicht die Mühe, sich ein anständiges Alibi zu verschaffen.«

»Wenn du es so darstellst, hört es sich ziemlich lächerlich an«, bemerkte Leif. »Aber erinnere dich mal an den Ausdruck auf dem Gesicht des Captains. Könntest *du* so zornig sein und immer noch klar denken?«

»Ich glaube, dazu wäre jeder Agent der Net Force in der Lage. Mit Sicherheit würde es dem Captain gelingen. Zumindest hätte er einsehen müssen, dass sein Erscheinen in der Sendung ihm mit großen Buchstaben das Wort ›MOTIV‹ auf die Stirn geschrieben hat.«

»Also lässt sich deine Theorie wie folgt zusammenfassen: Wenn Winters diesen Kerl getötet hätte, wäre er dabei intelligenter vorgegangen«, sagte Leif schließlich.

»Genau«, erwiderte Matt. Als ihm dämmerte, was er gerade gesagt hatte, begann er, sich die Stirn zu reiben. »Aber wenn ich schon dich überzeugen muss ...«

»Nein, ich verstehe deine Logik«, unterbrach ihn Leif. »Und ich bin der gleichen Meinung.«

»Dann bist du wahrscheinlich der Einzige.« Matt vermied es, seinem Freund in die Augen zu sehen. »Jedenfalls ist es mir nicht gelungen, Agent Dorpff zu überzeugen. Von Spritzer habe ich auch schlechte Nachrichten. Mark sagt, es hat den Anschein, als wäre bei ihm zu Hause jemand gestorben. Beide Eltern sind schrecklich gekränkt und weigern sich, mit ihm über die Situation von Winters zu sprechen.«

Leif nickte. »Mit Sicherheit hört Jay Gridley viele solcher Diskussionen bei der Arbeit«, sagte er. »Winters schien mir immer ziemlich beliebt unter seinen Kollegen zu sein. In letzter Zeit habe ich bemerkt, dass Gridleys Erklärungen an die Presse immer vorsichtiger geworden sind.«

»Du meinst, er hält sich bedeckt«, giftete Matt. »Dieses Mal hat Megan den Nagel auf den Kopf getroffen. Sie sagte, sobald das Bild des Captains durch alle Nachrichten gegangen ist, wurde daraus ein politischer Fall. Es muss schon verdammt schlecht aussehen, wenn Jay Gridley seine Worte so sorgfältig wählt.«

Einen Augenblick lang schwieg er, dann schaute er Leif an. »Scheint, als ob es hier um wesentlich mehr geht als um Unterstützungserklärungen. Winters steckt tief im Schlamassel.«

»Ah, jetzt kapiere ich«, sagte Leif. »Die Dinge laufen aus dem Ruder, also gehst du zu deinem Kumpel mit der Trickkiste, um zu sehen, ob ihm nicht irgendwas einfällt. Was denn? Etwas Cleveres? Etwas Verschlagenes? Sicherlich etwas, das Captain Winters niemals gutheißen würde – wenn er davon erführe.«

»Leif, wir müssen irgendwas unternehmen«, sagte Matt leise. »Diese Indizien ... ich bin überzeugt, dass irgendjemand dem Captain was anhängen will.«

»Da könntest du Recht haben. Ich werde sehen, was ich tun kann«, erwiderte Leif schroff. »Bis demnächst.«

Als die holografische Verbindung abgebrochen wurde, grinste Leif verschwörerisch das Aufnahmegerät an. Er wollte Matt noch nichts sagen, für den Fall, dass es nicht klappte.

Aber er hatte bereits etwas ausgeheckt.

Der verrauchte Raum vibrierte im gleichen Rhythmus wie der Bass der stampfenden Rockmusik der Band.

Leif atmete tief durch – und hustete. Der Laden nannte sich Club Retro und war im Augenblick eine der heißesten Adressen in New York. Über den Grund war er sich nicht klar. Die virtuelle Realität hatte eine Welt geschaffen, in der man sich auf einer Computerimplantatscouch niederließ und sich in jede beliebige Figur verwandeln und überall hinreisen konnte. Also war es ganz natürlich, dass alle, die etwas auf sich hielten, im realen Leben in diesen schmuddeligen Keller gingen.

Allerdings war Leif der Meinung, dass es hier unten heiß und ziemlich stickig war. Der Bass mit seinem dumpfen Stakkato ließ seinen Körper wie unter Schlägen zusammenzucken. *Könnte dieser Lärm die implantierten Schaltkreise von meinem Schädel lösen?*, dachte er.

An der Decke blitzten verschiedene Scheinwerfer auf und über der Menge zuckten farbige Laserstrahlen. Es sah genauso aus wie eine Holosendung von den alten Klubs aus den Neunzigerjahren des vorigen Jahrhunderts. Natürlich *sollte* der Club Retro so aussehen. Im Licht der unvorhersehbaren Beleuchtung wirbelten die Tänzer über die Tanzfläche. Dabei strahlten ihre Körper in einer Art eisblauem Widerschein.

Es würde nicht leicht sein, die Person zu finden, nach der er suchte.

Doch Leif hatte Glück. Er fand Alexis de Courcy am Fuß der ungewöhnlichen silbrigen Treppe, die zur Tanzfläche hinunterführte. Alexis war genauso groß wie Leif. Aber er war einige Jahre älter, ganz zu schweigen von den sorgfältig gestylten Haaren und den tief gebräunten, perfekten Gesichtszügen. Oft redete Alexis von den großen Zeiten des ›Eurotrash‹ und des ›Jet Set‹ und grundsätzlich trug er die ausgefallensten Klamotten, fuhr die heißesten Autos – und spezialisierte sich auf die wildesten Abenteuer. Als er Leif entdeckte, nahm Alexis einen Schluck aus einem Glas, von dem Rauch aufzusteigen schien. Dann grinste er.

»*Mon ami*«, begann der Franzose, »für diese Geschichte bist du mir was schuldig.«

»Solange mein Vater die Kreditkarten nicht sperrt«, erwiderte Leif, »kein Problem.«

»Du wirst dafür auf verschiedene Weisen bezahlen«, entgegnete Alexis. »Ich habe die perfekte Connection für dich ausfindig gemacht. Aber sie ist – wie sagte man noch früher? Ach ja. ›Arbeitsintensiv‹.«

»Solange sie Praktikantin bei HoloNews ist«, sagte Leif.

»Oh, die junge Dame ist all das und mehr«, antwortete Alexis. »Dir steht ein interessanter Abend bevor.«

»Hast du auch nicht zu dick aufgetragen?«, fragte Leif. Plötzlich überkam ihn eine gewisse Nervosität, während er Alexis durch den Klub folgte.

»In Wirklichkeit habe ich erstaunlich viel Wahres erzählt«, erwiderte Alexis. »Dein Vater ist reich und er ist Schwede. Nur ein paar Kleinigkeiten stimmen nicht ganz. Sie glaubt, du kommst auch aus Schweden und bist hier in der Großstadt, um dich zu vergnügen. Sie denkt, dein Name ist Leif Magnusson – das fand ich ziemlich gelungen. Entspricht ja auch mehr oder weniger der Wahrheit. Und natürlich geht sie davon aus, dass du etwas älter bist. Mit ›irgendeinem Jungen von der Highschool‹ würde die junge Dame auf keinen Fall gesehen werden wollen.«

Der gelangweilte Tonfall von Alexis ließ Leif vermuten, dass sein Freund die Zielperson des heutigen Abends nachahmte.

Alexis deutete mit dem Kopf nach vorn. »Da ist sie auch schon.«

Das Mädchen war klein und rundlich und nach dem aktuellen Stil für modebewusste junge Frauen angezogen – etwas, das unter der Bezeichnung ›adrettes böses

Mädchen‹ lief. Ein tief ausgeschnittener, riesiger Sweater verdeckte fast völlig den winzigen Faltenrock. Die wilde Mähne roter Locken erschien noch wilder, während sie beim Tanzen den Kopf hin und her schleuderte.

Als die Musik aufhörte, winkte Alexis sie zu sich. »Bodie, das ist der Freund, von dem ich dir erzählt habe. Leif Magnusson, Bodie Fuhrman.«

Leif schüttelte ihre sehr warme Hand. »Es ist mir ein Vergnügen«, sagte er mit vollendeter europäischer Eleganz und einem leichten schwedischen Akzent. »Habe ich richtig gehört? Bodie?«

»Eine Abkürzung von Boadicea, die antike Königin, die fast die Römer von der britischen Insel verjagt hätte.« Offensichtlich hatte Bodie Fuhrman diese Erklärung schon viele Male abgegeben. »Meine Mutter entschied sich, alle ihre Töchter nach großen Frauen der Geschichte zu nennen. Auf der Glücksskala liege ich etwa zwischen meiner großen Schwester Nefertiti und dem Nesthäkchen, Marie Curie Fuhrman.«

»Wie charmant«, bestätigte Leif.

»Ja, Bodie der Body, das bin ich.« Das Mädchen bewegte sich im Rhythmus zum nächsten Lied. Die Andeutung war klar. Sie gehörte nicht unbedingt zu den schüchternsten jungen Frauen.

»Leider ist meine Familie wesentlich konservativer«, sagte Leif. »Jetzt hat man mir erlaubt, an der Universität ein Jahr Pause zu machen, um zu reisen und etwas über das Geschäft meines Vaters zu erfahren.«

»Das würde ich auch gern tun«, erwiderte Bodie. »Ich schufte mich auf der Columbia University zu Tode und mache außerdem ein Praktikum bei HoloNews.«

»Hört sich nach interessanter Arbeit an.« Leif war sich nicht sicher, ob er sofort auf weitere Details drängen oder erst etwas mehr Zeit damit verbringen sollte, dem Mädchen zu schmeicheln.

»Das habe ich auch gedacht, als ich da angefangen habe«, entgegnete Bodie. »Aber trotz aller Informationsmöglichkeiten hat es sich wohl immer noch nicht bis zu HoloNews herumgesprochen, dass die Sklaverei abgeschafft wurde. Und ich muss für die schlimmste Sklaventreiberin von allen arbeiten – für die Nachrichtengöttin Tori Rush.«

6

Leif tanzte mit Bodie Fuhrman und genoss jede ihrer Bewegungen. Sie war eine energiegeladene, fast rücksichtslose Tänzerin, eine junge Frau, die sich so bewegte, wie es *ihr* gefiel. Mehrere Male musste Leif ausweichen, um einem wirbelnden Arm oder einer schwingenden Hüfte auszuweichen.

Als der Song zu Ende war, war Bodies Gesicht leicht gerötet und ihre smaragdgrünen Augen strahlten. »Wild und verrückt«, das sagen alle von mir.« Sie kicherte.

»Dann muss ich mich wohl mehr anstrengen«, erwiderte Leif mit einem Lächeln.

Ein paar wilde Tänze später beschloss Bodie, dass sie jetzt einen Drink nötig hatte. Leif bestellte ein Mineralwasser. Bodie ließ sich eine dieser dampfenden, rauchenden Mischungen zubereiten, die auch Alexis getrunken hatte.

Zeit zum Angriff, dachte Leif. »Du arbeitest also für die berühmte Tori Rush«, sagte er.

»Ich weiß nicht, wie berühmt sie in Schweden ist«, entgegnete Bodie, während sie eine Rauchwolke ausstieß. »Aber hier ist sie eine ziemlich große Nummer. Frag sie selbst! Ihren eigenen Worten zufolge ist sie eine regelrechte Nachrichtendiva.« Der Ausdruck in Bodies Augen verhärtete sich, während sie ihn aufmerksam über den Rand ihres Glases beobachtete. »Du bist doch nicht etwa einer dieser unterbelichteten Typen, die sie für eine heiße Nummer halten?«

»Ich stehe nicht auf Blondinen«, log Leif. »Persönlich ziehe ich eine Frau vor, die wie eine Frau aussieht.« Er lächelte. »Am liebsten mit roten Haaren.« Er deutete auf seinen eigenen Haarschopf. »Weißt du, dann gibt es wenigstens keine Unstimmigkeiten.«

Bodies Augenbrauen hoben sich in ihrem runden, ausdrucksstarken Gesicht. »Schon komisch, mir gefallen Rothaarige auch recht gut. Wir müssen sehen, was sich da machen lässt.«

»Genau«, erwiderte Leif. Interessant war das schon, doch eigentlich war er deswegen nicht hergekommen. Es war an der Zeit, ein bisschen nachzubohren. »Entschuldige meine Zudringlichkeit, aber mir scheint, dass du Miss Rush nicht besonders magst.«

»Das kannst du laut sagen«, antwortete Bodie. »Ein Semester als ihre persönliche Dienerin hat so ziemlich meinem Wunsch nach einer Karriere in der Nachrichtenbranche ein Ende bereitet.«

»So schlimm?«

»Schlimmer«, versicherte sie. »Ich hatte diese idealistische Vorstellung, wie Journalismus funktioniert. Weißt du, diese ganze Geschichte vom vierten Stand.«

Leif musste verwirrt geschaut haben, denn sie fuhr fort: »Du weißt doch, die Presse als ›vierter Stand‹. Als

Europäer kennst du dich doch aus mit den drei Ständen, nicht wahr? Die drei Stände waren die Grundlage der feudalen Gesellschaft – die ›spirituellen Herren‹ oder auch die Kirche, die ›zeitlichen Herren‹ oder der Adel und die Bourgeoisie oder das gemeine Volk.«

In der Tat hatte Leif von diesen Dingen im Geschichtsunterricht gehört. Sobald wie möglich hatte er sie jedoch vergessen, wie so viele andere Dinge, die er in der Schule lernte und für überflüssig hielt. Wer hätte vermutet, dass er einmal eine derartige Information benötigen könnte? Aber jetzt nickte er. Er erinnerte sich an genügend Einzelheiten, um den Schein wahren zu können.

»Und als vor ein paar hundert Jahren die Presse zu einer immer größeren gesellschaftlichen Macht wurde, bezeichnete man den Journalismus scherzhaft als eine neue politische Kraft – den vierten Stand. Dann stellte sich heraus, dass dies durchaus kein Scherz war. Bis zum Ende des zwanzigsten Jahrhunderts hatten Zeitungen und Fernsehen tatsächlich mitgeholfen, einen amerikanischen Präsidenten abzusetzen und einen anderen in die gleiche Gefahr zu bringen. Selbst heute, wenn sie mal besonders ernsthaft sein wollen, finden die Medienleute Gefallen daran, über ihre besondere Verantwortung gegenüber der Öffentlichkeit zu sprechen. ›Die Nachrichten bestimmen die Vorgänge‹ – das sagen sie, als ob es was Gutes wäre.«

»Aber du hast inzwischen deine Zweifel«, warf Leif ein.

»Um es milde auszudrücken«, entgegnete Bodie. »Bei HoloNews habe ich niemanden entdeckt, der Idealismus an den Tag legte. Bei denen geht es um Profite, schlimmer als bei den meisten Firmen, die man in den Holosendungen sieht. Denk dir dazu noch einen Haufen hinterlistiger Tricks, die direkt von Hollywood erfunden sein könnten.«

Sie schüttelte den Kopf. »Ich musste erleben, wie wichtige und ernste Reportagen, von mir und von allen anderen Mitarbeitern, zur Seite geschoben wurden, um Platz zu schaffen für die Berichterstattung darüber, wie irgendein dummer Schauspieler mit heruntergelassener Hose erwischt wurde. Andere Beiträge von mir wurden abgeheftet – also ignoriert –, weil sie der großen Tori Rush nicht ins Konzept passten. Und selbst wenn ich einmal eine heiße Story in die Finger bekam, irgendwas für die Schlagzeilen, dann war ich nur ein Handlanger, ein Zuarbeiter der allerletzten Kategorie. Nachdem ich die ganze Plackerei bei der Ausarbeitung eines Berichts geleistet hatte, bekam regelmäßig die Nachrichtendiva die Lorbeeren dafür. Niemand beim Sender erfuhr jemals, wie Tori an die Informationen gelangte.«

Ihre vollen Lippen zuckten. »Es war so schlimm, dass mir schlecht dabei wurde. Mit Sicherheit ist es ihr gelungen, alle meine hohen Ideale bezüglich der freien Presse, die für die Demokratie einsteht, ganz und gar aus meinem Kopf zu hämmern. Ein Typ namens A. J. Liebling sagte: ›Eine freie Presse ist nur denjenigen garantiert, die ein Presseorgan besitzen.‹ Und er hatte Recht.«

»Ist Tori Rush wirklich so übel?«, fragte Leif und hoffte auf ein wenig Tratsch.

»Sie würde dir das Messer in den Rücken rammen, nur um zu einer günstigen Sendezeit auf dem Bildschirm zu erscheinen«, erwiderte Bodie. »Ich weiß, was alles zur Berichterstattung gehört. Es würde mir nicht allzu viel ausmachen, wenn sie meine ganze Arbeit als auf ihrem Mist gewachsen ausgibt, und mir außerdem ihre gesamte eigene Arbeit aufhalst. Doch dann schickte sie mich noch mit ihrer dreckigen Wäsche und ihren Einkäufen los, ließ mich das Essen für sie besorgen und ihre Rechnungen bezahlen.«

»Aber wenn du den Großteil ihrer Arbeit und ihre persönlichen Dinge erledigt hast, was hat *sie* denn dann noch getan?«

Vorsichtig schaute Bodie sich um. Dann nahm ihre Stimme einen verschwörerischen Klang an. Zwar konnte sie in Anbetracht der im Hintergrund laut aufheulenden Musik nicht flüstern – wer hätte das schon gekonnt? Doch sie senkte die Stimme und ging mit ihren Lippen näher an Leifs Ohr. »Sie arbeitet an einer eigenen Sendung.«

Überrascht schaute Leif ihr in die Augen. »Aber sie hat doch gerade erst als das ›frische neue Gesicht‹ bei *Rund um die Uhr* angefangen. Sie ist doch erst ein paar Jahre dabei. Ist sie denn wirklich so ein Star, dass der Sender da mitmachen würde?«

»Sie glaubt, sie hat die Alterspyramide auf ihrer Seite«, sagte Bodie. »Es gab eine Zeit, in der selbst die besten Journalisten – oder Journalistinnen – zehn Jahre an der Spitze brauchten, bevor ihnen jemand die Gelegenheit gab, ihre eigene Talkshow herauszubringen. Sie mussten sich unter den Mitarbeitern einer Reportagesendung besonders hervortun, nur um eine dieser Firlefanzsendungen zu übernehmen, die morgens um sechs anfangen. Sonntags mussten sie bei Podiumsdiskussionen kritische Fragen stellen. Doch die kleine Tori ist nicht sonderlich an richtiger Arbeit interessiert, eher an den Highlights der Medienarbeit. Sie glaubt, sie kann ihre Masche als Amerikas Liebling ausnutzen, um jetzt sofort die Dinge zu erreichen, nach denen ihr Herz begehrt – Geld und Ruhm.«

Regelrecht angeekelt schaute Bodie ihn an. »Sie verbringt mehr Zeit am Telefon mit ihrem Agenten, um das neueste Ultimatum an den Sender auszufeilen, als damit, die Quellen für ihre Berichte zu checken, selbst für diejenigen, die sie geklaut hat. Ist dir nicht aufgefallen, dass in letzter Zeit alle von ihr vorgetragenen Nachrichten aus größeren Skandalen bestanden? Beschuldigungen, die in die Schlagzeilen kommen, selbst wenn sie nicht zu beweisen sind? Das liegt daran, weil sie solche Sachen ohne Aufwand vorbringen kann. Sie hat eine Quelle, von der selbst der Sender nichts weiß. Und diese Geschichten garantieren ihr viel Aufmerksamkeit in der Öffentlichkeit, während sie sich den Geschäftsverhandlungen für ihre eigene Sendung widmet. Und weißt du was? Sie will die Sendung *Rush-Hour* nennen.«

Leif zuckte die Schultern. »Hat sich ja hohe Ziele gesteckt«, bemerkte er.

»Aber auf dem Weg dorthin ist sie bereit, sich in die tiefsten Niederungen zu begeben.« Einen Augenblick zögerte Bodie, dann zuckte sie die Achseln. »Eigentlich sollte ich nicht darüber sprechen ...«

Leif lehnte sich ein wenig näher zu ihr hinüber, doch sie verkrampfte sich wieder.

»Ach so«, sagte er, »das ist also – wie nennt ihr das noch – der Köder?«

Getroffen schluckte sie den Rest ihres Drinks herunter und starrte ihn an. »Im Unterschied zu anderen Quellen leiste ich ganze Arbeit. Bald wird der Bericht sowieso veröffentlicht werden und ich werde darin zitiert. Tori, die große Nachrichtendiva, hat ihre eigenen Privatdetektive angeheuert, um Dreck für sie auszugraben. Echt kritische Berichterstattung, nicht wahr?«

»Detektive?«, fragte Leif ungläubig.

»Ganz im Ernst, Sherlock. Außer bei ihrem Agenten ruft die kleine Tori hauptsächlich die hauptberuflichen Schnüffler bei I-on Investigations an. Angeblich wurde sie von ihnen mit ›Hintergrundberichten‹ versorgt.« Verächtlich schürzte Bodie die Lippen. »Ihre Hoheit hat sie ein wenig aufgepäppelt und als Nachrichten verlesen. Hat sich nicht mal die Mühe gemacht, die Fakten zu überprüfen oder die Berichte mit anderen Quellen gegenzuchecken. Das weiß ich genau. Schließlich durfte ich die Skripts verfassen, während sie die Lorbeeren für ihren ›kritischen Journalismus‹ bekam.«

»Hört sich ziemlich ... unverantwortlich an«, bemerkte Leif in der Hoffnung, noch mehr zu hören.

»Aber so wird gespielt, wenn man Dreck aufwirbelt. Tori wollte und brauchte einen anständigen Skandal, um bei den Bonzen der Sendeanstalt Punkte zu sammeln. Die Geschichte von dem Baseballspieler aus dem Weltmeisterteam mit drei Ehefrauen und drei kompletten Familien? Die ist auf der Basis eines Berichts von I-on gemacht worden, wobei das Drehbuch von mir ist. Auf die gleiche Weise wurde die Story von dem Firmenpräsidenten gestrickt, der beschuldigt wurde, die Besitztümer des Unternehmens zu plündern.«

Daran konnte Leif sich erinnern. Sein Vater hatte sich beschwert, dass der Bericht ein unschönes Sandwich war – ein klein wenig Wahrheit, locker verpackt zwischen zwei dicken Schichten Quatsch. Die eigentlichen Geschäfte, denen der Firmenchef zugestimmt hatte, bewegten sich völlig im Rahmen der Vernunft und der Legalität. Doch durch hysterische Berichterstattung waren sie in ein schlechtes Licht geraten, mit den üblichen schädlichen Resultaten für den Unternehmensführer. Als es ihm schließlich gelang, seine Unschuld zu beweisen, hörte schon niemand mehr zu und der Schaden an seiner Karriere und am Ruf des Unternehmens war geschehen.

»Im Augenblick ist Tori überzeugt, dass sie einen dicken Fisch an der Angel hat, mit dieser Geschichte über den Typen von der Net Force, der den Gangster umgebracht hat«, unterbrach Bodie Leifs Gedanken. »Da sind sämtliche Zutaten drin – unschuldige Mordopfer, Mafiabosse und der große Bösewicht. Den größten Teil dieser Woche hat sie mit Telefonaten mit ihrer Verbindungsperson bei I-on verbracht und geschrien, dass man ihr weitere dreckige Details beschaffen soll.«

»Und wenn es keinen Dreck gibt?«, fragte Leif.

»Sei nicht so naiv«, fuhr ihn Bodie an. »Niemand ist ein solcher Heiliger, dass er nicht *irgendetwas* verbrochen hat. Diesen Winters kannst du vergessen. Wenn Tori einmal fertig ist, wird die Öffentlichkeit danach schreien, den armen Kerl zu hängen.«

»Schade, dass man so was nicht mit Miss Rush anstellen kann.« Leif musste sich beherrschen, damit sein Tonfall weiterhin locker blieb.

»Oh, keine Angst, sie kriegt ihr Fett«, versicherte Bodie. »Seit heute Morgen bin ich aus dem Praktikantenprogramm von HoloNews ausgeschieden. Dies hier könnte man als Abschlussfeier bezeichnen. Für meine Rache habe ich schon gesorgt. Mit ein wenig Glück bleibt *Rush-Hour* im Verkehr stecken, dank eines langen Gesprächs, dass ich heute Nachmittag mit Arthur Wellman hatte.«

»Arthur Wellman?« Leif runzelte die Stirn. »Wer ist das denn?«

»Lediglich der Gründer und Chefredakteur von *Wellmans fünfter Stand*«, erklärte Bodie. »Er ist toll. Sollte ich doch beim Journalismus bleiben, möchte ich bei ihm arbeiten.«

»Über die drei Stände weiß ich Bescheid und den vierten hast du mir erklärt«, sagte Leif. »Aber was ist nun dieser fünfte Stand?«

Bodie grinste. »Professor Wellman hat an der Georgetown University jahrelang Ethik des Journalismus gelehrt. Über die Jahre musste er zusehen, wie die Medien immer mächtiger wurden. Sicherlich kennst du das alte Sprichwort – ›Macht macht korrupt.‹«

Leif nickte. »Das hat der Duke of Wellington gesagt. ›Macht macht korrupt. Totale Macht macht total korrupt.‹«

»Die großen Medienkonglomerate – wie zum Beispiel HoloNews – kommen der absoluten Macht ziemlich nah. Und sie neigen dazu, sie gnadenlos auszunutzen. Früher haben sich die Leute beschwert, dass die Berichterstattungen der Nachrichtensender tendenziös waren und die politischen Meinungen der Reporter widerspiegelten. Aber jetzt gibt es eine Reihe großer Unternehmen – wie das Wolfe Network –, bei denen der Besitzer die Nachrichten so zusammenschustert, dass sie mit seinen persönlichen Ideen oder mit den Vorstellungen seiner wichtigsten Sponsoren im Einklang stehen. Es gibt Nachrichtenorganisationen, die niemals zugeben würden, dass ihre Berichterstattung unschuldige Menschen ruiniert hat, wenn den Opfern nicht vor Gericht Recht gegeben wird. Und wie viele Leute können sich einen langwierigen Prozess leisten? Wenn sich irgendjemand über diese Art von Missbrauch beschwert, hüllen sich die Giganten der Medienbranche in die Fahne der Nation und schreien nach der Pressefreiheit.«

Leif nickte. »Aber ich habe gehört, dass es journalistische Zeitschriften gibt, in denen solche Fehler diskutiert werden ...«

»Ich *bitte* dich, Leif«, entgegnete Bodie. »Diese Schriften werden von den journalistischen Fakultäten veröffentlicht. Wie weit werden Journalistikstudenten diejenigen Unternehmen angreifen, von denen sie angestellt werden möchten? Und selbst dann: Diese Artikel werden sowieso nur von hochintelligenten Forschern gelesen. Das ist so ähnlich wie bei Gesetzesbroschüren oder medizinischen Fachzeitschriften. Von diesen wissenschaftlichen Veröffentlichungen hören normale Leute nur dann irgendwas, wenn die Berichte von den Massenmedien aufgegriffen werden.«

»Aber all diese Informationen kann man im Netz abrufen ...«

»Natürlich, wenn du eine anständige Suchmaschine hast«, gab Bodie zurück. »Und genügend Interesse, um dich auf die Suche zu machen. Bevor du loslegen kannst, solltest du außerdem ausreichend Fachwissen zum jeweiligen Thema mitbringen. Dann brauchst du noch einen großen Kanal, damit dir überhaupt irgendjemand zuhört.«

»Würden die Sendeanstalten nicht dafür sorgen?«, fragte Leif. »Man sollte glauben, dass sie Fehler der Konkurrenz als wichtige Meldungen einstufen.«

»Das gehört zum Machtproblem der Medien«, erwiderte Bodie. »Es scheint eine Verschwörung des Stillschweigens zu geben – vielleicht ist es auch ein Abkommen unter ›Gentlemen‹. Mit Ausnahme von einigen seltenen Vorfällen – normalerweise wenn ein Konkurrent von einem anderen riesigen Unternehmen verklagt und vom Gericht dazu verurteilt wird, eine saftige Strafe zu zahlen – bringen die Sendeanstalten solche Geschichten überhaupt nicht.«

Bodie warf ihre wilden roten Locken zurück, doch ihr zynisches Lächeln wurde hoffnungsvoll. »Professor Wellman hat vor, mit dem *Fünften Stand* etwas daran zu ändern. In Kürze werden die Vorbereitungen für die erste Nummer des Magazins abgeschlossen sein. Es wird ein normales Nachrichtenmagazin werden, für die breite Öffentlichkeit, mit Werbung und allem, was dazugehört.«

Leif freute sich über Bodies Hoffnungen und teilte sie sogar, doch eine leise Stimme in seinem Hinterkopf stellte eine unangenehme Frage. *Und wo wird der Professor Werbung machen? Bei denselben Mediengiganten, die er untersuchen möchte?*

Wenn er ehrlich war, so bezweifelte Leif, dass *Der fünfte Stand* noch existieren würde, wenn Bodie ihre erste richtige Stelle antreten würde. Aber er hielt den Mund. Sie hatte ihm wesentlich mehr erzählt, als er je erwartet hatte.

Offensichtlich war Bodie ebenfalls der Meinung, dass sie jetzt genug geredet hatten. »Genug der tiefgründigen Fragen«, sagte sie. »Heute Abend werde ich meine Flucht von HoloNews und Tori Rush feiern. Und du wirst mir dabei helfen, nicht wahr, mein reicher Junge?«

Sie zeigte Leif einen Mund voller kleiner, scharfer Zähne mit einem Lächeln, das regelrecht Fleisch fressende Züge hatte.

Jetzt weiß ich endlich, wie eine Menschenfresserin aussieht, dachte Leif, während Bodie ihn zurück auf die Tanzfläche zerrte.

Was ich nicht alles tue, um die Wahrheit herauszufinden ...

Am nächsten Morgen kam Leif nur in langsamen Schüben aus dem Bett. Alle Körperteile schienen zu knarren, sobald er sie mit seinem Gewicht belastete. Soweit er sich erinnern konnte, war es das schlimmste Aufwachen seit langer Zeit. Nur bei zwei Dingen war er sich völlig sicher. Bodie Fuhrman nahm das Feiern ernst und sie hatte eine absolut Angst einflößende Menge an animalischer Vitalität.

Leif benötigte eine Dusche, ein ausgiebiges Frühstück und diverse Tassen starken Kaffee, bevor er sich fit genug fühlte, um mit Megan O'Malley Kontakt aufzunehmen.

Nach einem einzigen Blick auf sein Holobild fragte sie ihn schelmisch: »Na, hast du einen netten Abend verbracht?«

Leif schüttelte den Kopf, doch augenblicklich bereute er es. »Da willst du bestimmt nicht hin«, sagte er. »Das kannst du mir glauben. Aber ich habe ein paar Dinge herausgefunden.«

Schnell ging er die Informationen durch, die er von Bodie Fuhrman erhalten hatte. Megan sah beeindruckt aus – vielleicht war der Abend *doch* den Aufwand wert gewesen.

»Ich werde sehen, ob ich noch etwas mehr über I-on Investigations herausfinde«, fügte er hinzu. »Vielleicht kannst du dich in der Zwischenzeit über dieses neue Magazin – *Der fünfte Stand* – schlau machen. Wenn dieser Wellman Professor an der Georgetown University ist, dann sitzt er wahrscheinlich in Washington.«

»Ich konzentriere mich lieber auf Tori Rush«, erwiderte Megan.

»Gerade haben wir die Spitze unserer Fingernägel zwischen die Steine der Wand geschoben, gegen die wir mit den Köpfen angerannt sind«, sagte Leif. »Willst du unbedingt diese im ganzen Lande berühmte Journalistin darauf aufmerksam machen, dass wir wissen, was sie treibt? Wenn es was ist, das sie leugnen will, dann werden alle Beweise sofort verschwinden.«

»Und wie stellst du dir vor, dass ich an diese Leute

vom Nachrichtenmagazin herankomme?«, wollte Megan wissen.

»Ich bin sicher, dass dir da was einfallen wird«, antwortete Leif. »Vielleicht gehst du einfach als Net Force Explorer hin und erzählst davon, was für Sorgen du dir darüber machst, wie die Rush den Captain zerlegt. Sag ihnen, du bist auf der Suche nach einer fairen Darstellung in der Presse. Das hat sogar den Vorteil, das es absolut der Wahrheit entspricht.« Wellman & Co. sollten nicht bemerken, dass Bodie Fuhrman ihr Wissen über die Geschichte hatte durchsickern lassen. Das war auch der Hauptgrund dafür, dass der Kontakt lieber von Washington als von New York aufgenommen werden sollte. Abgesehen von Leifs Wunsch, seine Quelle geheim und in Sicherheit zu halten, konnte Bodie in Zukunft noch nützlich sein.

Nachdem er einige weitere Ideen mit Megan diskutiert hatte, holte er sich noch eine Tasse Kaffee. Ja, Bodie könnte tatsächlich noch nützlich sein. Falls er sie überlebte –

Ohne Schwierigkeiten fand Megan einen Netzadresseneintrag für *Der fünfte Stand* im Großraum Washington. Als sie über das Holofon dort anrief, wurde sie zu ihrem Erstaunen direkt mit Professor Arthur Wellman verbunden. Er sah so aus, wie sich ein für die Rollenbesetzung verantwortlicher Hollywood-Direktor einen Professor vorstellen möchte. Wellman war untersetzt und Büschel weißer Haare umgaben einen großen kahlen Fleck auf seinem Schädel. Er hatte einen sorgfältig gestutzten weißen Schnurrbart und von der Pfeife auf seinem Schreibtisch stiegen dünne Rauchfahnen auf.

Der Professor begrüßte sie mit einem überraschend jugendlichen Lächeln. »Sind Sie verblüfft, dass Sie direkt mit dem großen Meister sprechen, statt mit einer Empfangsdame?«, fragte er amüsiert. »Bis jetzt ist das hier nicht gerade ein multinationales Konglomerat. Deshalb haben wir noch keine Empfangsdamen. Außerdem interessiert es mich persönlich, wer mit uns Kontakt aufnimmt.«

»Also gut, mir liegt daran, mit jemandem zu sprechen, der es mit den Großen im Mediengeschäft aufnehmen will«, sagte Megan in aller Ehrlichkeit. »Die anderen Magazine, die bei meiner Netzsuche auftauchten, schienen mir alle zu ...« Sie suchte nach dem richtigen Wort.

»... traditionell?«, schlug Wellman vor.

»Das kommt der Sache ziemlich nahe, obwohl ich dieses Wort nicht gerade von einem Professor erwartet hätte«, erwiderte sie. »Ich bin bei den Net Force Explorer und betrachte mich selbst als gute Freundin von Captain James Winters. Bis vor nicht allzu langer Zeit war er ziemlich unbekannt, ein ganz normaler Mensch, aber wahrscheinlich haben Sie in den letzten Tagen von ihm gehört.«

Jetzt schien Wellman weniger amüsiert zu sein. Seine blassblauen Augen sahen sie scharf an. »Ob es Ihnen gefällt oder nicht, er ist zu einer bekannten Persönlichkeit in den Nachrichtensendungen geworden.«

»Eher eine Zielscheibe«, antwortete Megan. »Und die Dame, die das Feuer auf ihn eröffnet hat, heißt Tori Rush.«

»Also möchten Sie, dass wir sie unter die Lupe nehmen?«

Mir scheint, dass Wellman nicht umsonst Professor ist, dachte Megan. *Jedenfalls ist er mit Sicherheit kein Dummkopf.*

»Eigentlich habe ich nur ein oder zwei Fragen. Wie hat

sie es geschafft, so viel Schmutz um Captain Winters aufzuwirbeln? Es war alles längst Geschichte und laut offizieller Geschichtsschreibung war der Captain damals ein Held und kein Krimineller. Niemand sonst kam mit diesen Sachen an, bis sie die anderen Presseleute auf diese angebliche Spur brachte. Wer erledigt diese Wühlarbeiten für sie?« Megan wusste, dass sie recht viel riskierte, doch sie hoffte, dass das Resultat es wert war.

»Ist jemand zu Ihnen gekommen?«, fragte Wellman mit einem gewissen Eifer.

Megan schüttelte den Kopf. »Manchmal hört man ... bestimmte Dinge.«

Wieder fixierten sie die scharfen blauen Augen des Professors. »Unter Anbetracht der Seite, auf der Sie angeblich stehen, glaube ich kaum, dass Sie solche Gerüchte von HoloNews gehört haben. Und ich weiß genau, dass Sie von meiner Redaktion nichts erfahren haben.«

Für einen Augenblick schaute er vom holografischen Aufnahmegerät weg. »Wie erfrischend. Sie scheinen ja tatsächlich die Person zu sein, für die Sie sich ausgeben. Megan O'Malley ...« Wellman ratterte ihre Adresse, ihr Alter und diverse andere Informationen über sie herunter.

»Wie haben Sie ...«, fragte Megan ein wenig überrascht.

Wellman wandte den Blick von dem nicht gezeigten Display ab, von dem er offensichtlich abgelesen hatte. »*Der fünfte Stand* ist doch schließlich im Nachrichtengeschäft«, erklärte er. »Da Sie keine besonderen Vorsichtsmaßnahmen bei der Kontaktaufnahme ergriffen haben, war es ziemlich einfach – und völlig legal –, Sie zu identifizieren. Ähnlich wie die Anrufererkennung vor einer Generation.«

Wieder lächelte er, allerdings mit einer leicht grimmigen Note. »Zu Beginn dieses Anrufs haben Sie sich vorgestellt. Vielleicht ist Ihnen gar nicht bewusst, wie viele scheinbar private Informationen aus öffentlichen Quellen zugänglich sind.«

»Das ist es aber nicht, was mit Captain Winters geschehen ist«, gab Megan zurück. Sie entschied sich, alles auf eine Karte zu setzen. »Ich habe gehört, dass Tori Rush Privatdetektive angestellt hat, die ihm nachschnüffeln sollten. Dabei sind sie nicht gerade zimperlich vorgegangen.«

»Und ich würde nur allzu gern wissen, wo Sie solche Gerüchte gehört haben«, erwiderte Wellman.

Megan grinste. »Ich muss meine Quellen schützen – sagen das nicht alle Presseleute?«

»Und bei diesem Spiel müsste ich für meinen Teil antworten ›Kein Kommentar‹«, entgegnete Wellman.

»Auch nicht inoffiziell und vertraulich?«, schlug Megan vor.

Langsam schüttelte Wellman den Kopf. »So etwas existiert in der Medienbranche nicht. Doch ich bin mir sicher, dass Ihnen das klar ist.«

In diesem Augenblick ließ Megan ihre Rolle als Reporterin fallen. »Professor, ich versuche lediglich, einem unschuldigen Mann zu helfen, dessen Leben gerade ruiniert werden soll.«

»Es gibt viel Beweismaterial gegen ihn, wie ich gehört habe.«

»Vielleicht höre ich mich wie ein dummes Schulmädchen an, wenn ich Ihnen das Folgende sage«, entgegnete Megan. »Aber ich kenne Captain Winters. Solange sie keinen unverdächtigen Zeugen finden, der mit eigenen Augen gesehen hat, wie er Stefano Alcista in die Luft gejagt hat, werde ich diesen Anschuldigungen keinerlei Glauben schenken. Soweit ich es beurteilen kann, haben sie bisher nichts als Indizien. Ich weiß, dass er es nicht getan hat.«

»Glauben Sie, dass die Indizien gefälscht sind?«, fragte Wellman.

»Schlimmer noch, ich glaube, dass dem Captain absichtlich etwas angehängt werden soll. Ich kenne die Gründe nicht, aber sie sind dabei, ihn einzusargen«, erwiderte Megan zornig. »Und Tori Rush scheint diejenige zu sein, die den Deckel zunagelt.«

»Interessant.« Lange schaute Professor Wellman schweigend in Megans Augen. »Wir wollen mal eine hypothetische Situation annehmen«, sagte er plötzlich. »Was ist die am schnellsten wachsende Spezialisierung im Mediengeschäft in den letzten fünfzig Jahren gewesen?«

»Auslandskorrespondent?«, schlug Megan vor.

»Keine schlechte Antwort.« Der Professor nickte. »Die globale Wirtschaft hat auf nicht immer positive Weise ihren Einfluss auf die Sendeanstalten ausgeübt. Ausländische Zuschauer haben Programmdirektoren dazu gebracht, mehr internationale Nachrichten ins Programm aufzunehmen. Das ist gut. Aber Konkurrenz aus dem Ausland bedeutet mehr Kampf um die Zuschauer hier und im Ausland. Das hat vor mehr als dreißig Jahren angefangen, als britische Programmdirektoren die ersten Nachrichten über Satelliten in die Vereinigten Staaten übermittelten. Inzwischen kämpfen die meisten europäischen Länder und einige Staaten des pazifischen Raums um ihren Anteil am Weltmarkt der Nachrichten. Das hat sich auf die Qualität der Nachrichten ausgewirkt.«

»Auf welche Weise?«, wollte Megan wissen.

»Nach der Politik sind Skandale die am einfachsten zu verkaufenden Nachrichten – sowohl in diesem Land wie auch in der übrigen Welt. Denken Sie nur an die weltweite Obsession mit den Skandalen der Mitglieder der britischen Königsfamilie in den letzten fünfzig Jahren. Obwohl diese Leute für das Leben der meisten Menschen äußerst unwichtig sind, interessieren wir uns alle für sie. Diese Sorte Nachrichten hört man überall, also kann man ihr nicht entkommen.« Wellman lächelte sie schräg an. »Die meisten Nachrichten sprechen verschiedene Menschen auf unterschiedliche Weise an. Lokalnachrichten beispielsweise erscheinen selten außerhalb der entsprechenden Region. Wirtschaftsnachrichten haben ebenfalls einen beschränkten, allerdings internationalen Zuschauerkreis – Investoren, die es sich leisten können, groß einzusteigen. Aber bestimmte Nachrichten erreichen so ziemlich alle Menschen, egal wo sie leben – und dazu gehören saftige Skandale. Sie haben alle den kleinsten gemeinsamen Nenner der Menschheit – Sex, Geld, Mord. Was mich zu meiner ursprünglichen Frage zurückführt: Was ist die am schnellsten wachsende Spezialisierung im Mediengeschäft?«

Megan gab sich geschlagen. »Was?«

»Als Experte vor laufende Kameras zu treten. Wenn irgendwo ein Krieg ausbricht, holen die Sendeanstalten ehemalige Generäle herbei, um die Strategie zu erklären. Wenn es Finanzkrisen gibt, versuchen Wirtschaftswissenschaftler, sie ins rechte Licht zu rücken. Anwälte gehören zur Berichterstattung über wichtige Prozesse. Wenn ein Serienmörder festgenommen oder irgendein schreckliches Verbrechen begangen wird, erscheinen wie von magischer Hand ganze Heerscharen von Psychologen im HoloNet.«

Professor Wellman zuckte die Achseln. »In Anbetracht dieses Einflusses von Spezialisten auf die Nachrichten – und denken Sie daran, wir spielen hier nur eine Hypothese durch – müssen wir eine Frage stellen. Wie lange könnte es dauern, bis jemand von außen Investigationsspezialisten herbeiholt, um den nachforschenden Reportern zu helfen – oder um sie zu ersetzen? Vielleicht stehen wir jetzt vor den Resultaten genau dieser Entwicklung.«

7

Leif saß am Frühstückstisch und runzelte die Stirn. Er hatte sich freiwillig bereit erklärt, mehr über I-on Investigations herauszufinden. Aber seine Suche im Netz hatte herzlich wenig zum Vorschein gebracht – nur ein paar vereinzelte Artikel über einen neuen Chef und die Ausweitung der geschäftlichen Aktivitäten.

Genau, dachte Leif. *Sie sind ins Showbusiness gegangen.*

Sein Vater schüttete sich eine Tasse Kaffee ein. »Du bist ja heute total in Gedanken versunken«, bemerkte Magnus Anderson.

»Allerdings ohne besondere Resultate«, erwiderte Leif. Dann fiel ihm plötzlich etwas ein. »Vater, als du damals mit Deborah Rockwell ausgegangen bist, hat sie da jemals über ihre Arbeit gesprochen?«

»Schon wieder dieses Thema?« Magnus zuckte die Schultern. »Meistens hielt sie sich ziemlich bedeckt, was ihre Projekte anging. Warum?«

»Was würde sie deiner Meinung nach von einer Journalistin halten, die Privatdetektive anstellt, um Material für eine Story auszugraben, an der sie gerade arbeitet – und die dann diese Informationen nicht einmal überprüft, bevor sie darauf basierende Nachrichten in die Öffentlichkeit trägt?«

»Ich könnte mir denken, dass Deborah die Kompetenz dieser Journalistin anzweifeln müsste«, entgegnete Marcus langsam. »Die Sendeanstalten haben ihre eigenen Leute – Forschungspersonal, Faktenprüfer und so weiter –, um den Hintergrund für die Berichte der Journalisten zu illustrieren. Aber am Ende liegt die Verantwortung beim Journalisten – er oder sie trifft die Entscheidungen bei der Berichterstattung. Assistenten von außerhalb anzustellen scheint mir keine gute Entscheidung für einen Reporter zu sein. Solche Informationen nicht zu überprüfen halte ich für beruflichen Selbstmord.«

»Dann ist Tori Rush dabei, sich beruflich umzubringen«, erwiderte Leif. »Anscheinend arbeitet sie mit einer Firma namens I-on Investigations zusammen, um Captain Winters fertig zu machen. Ich dachte mir, dass es vielleicht eine gute Idee wäre, diese Leute genauer unter die Lupe zu nehmen ...«

»Du und ein paar tausend deiner Freunde von den Net Force Explorer, davon bin ich überzeugt«, antwortete sein Vater lachend.

Leif nickte. »Vielleicht. Doch der weniger lustige Teil dabei ist, dass meine Freunde glauben, ich wüsste, was ich tue. Manchmal stimmt das auch – doch dieses Mal gleitet mir die Sache aus den Händen. Deswegen bekomme ich es mit der Angst. Wahrscheinlich ist diese Angelegenheit sehr wichtig, Vater. Die Karriere von Captain Winters, vielleicht sogar seine Freiheit, könnten davon abhängen, was wir herausfinden. Aber meine Suche im Netz war bisher völlig erfolglos.«

»Vielleicht hat das damit zu tun, dass du kein professioneller Forscher bist«, erwiderte Magnus sanft. »Du hast einige Quellen, auf die vielleicht sogar Leute in den Forschungsabteilungen der großen Medienanstalten neidisch wären. Aber bei diesem Job scheint mir ein massives Vorgehen angebracht. Glücklicherweise glaube ich, dass wir das im Hause regeln können.«

Leif wusste, dass sein Vater nicht von einer Lösung innerhalb der vier Wände der Familie sprach. Vielmehr bezog er sich auf die Firma, die er gegründet hatte – Anderson Investment Multinational. Es war ein großes und sehr ertragreiches Unternehmen, spezialisiert auf Anlageberatung, das Paradies eines Investoren, mit Ressourcen zu Nachforschungen, von denen Leif nicht einmal träumen konnte. Was er gehofft hatte, war eingetreten – sein Vater hatte sich der Angelegenheit angenommen.

Jetzt, dachte Leif, *ist es nur noch eine Frage der Zeit, bis die Unschuld von Captain Winters bewiesen ist.*

Zwei Tage später besuchte Leif den Firmensitz seines Vaters in der Hoffnung, dass dieser Erfolg gehabt hatte und dass für Captain Winters alle Sorgen vorbei waren. Leif wurde in ein Besprechungszimmer geführt, wo Magnus Anderson ihn an der Tür traf. Am Tisch in der Mitte des Raumes saß eine attraktive Frau.

»Anna Westering, dies ist mein Sohn Leif«, stellte Magnus vor. Als die Frau von ihrem Platz am großen, glänzenden Walnusstisch aufstand, sah sie neben der hünenhaften Gestalt von Magnus Anderson recht zierlich aus. Doch als sie Leif die Hand schüttelte, bemerkte er den festen Griff – und ein paar eigenartige Schwielen.

»Kommt das vom Karate, Miss Westering, oder praktizieren Sie eine eher esoterische Kampfsportart?«, fragte er.

»Was für eine Beobachtungsgabe du hast«, erwiderte sie lächelnd. »Du hast Recht. Das kommt von Karate.«

Leif zuckte die Achseln. »Von den Net Force Explorer wird erwartet, dass sie in Bezug auf Selbstverteidigung ein wenig Bescheid wissen. Ich habe festgestellt, dass viele der Marines-Ausbilder, die zu Gast sind, ähnliche Schwielen an den Händen haben.«

Anna Westering legte den Kopf auf die Seite, dann schaute sie zu Magnus herüber. »In Ihrem Sohn steckt mehr, als man auf den ersten Blick bemerkt. Hier haben wir echtes Potenzial vor uns.«

Siehst du, Vater? Das habe ich dir doch immer schon gesagt, dachte Leif, war aber so klug, den Mund zu halten.

»Miss Westering ist die neue Leiterin der Sicherheitsabteilung der Firma«, erklärte Magnus.

Überrascht warf Leif ihr einen Blick zu. Der alte Thor Hedvig, ehemaliger Leiter der Security, war gerade in Pension gegangen. Er war etwa so groß wie Leifs Vater gewesen. Ursprünglich war er Fahrer und Leibwächter in Personalunion gewesen und dann im Laufe der Zeit in der Firmenhierarchie aufgestiegen, während Anderson Investments gewachsen war.

»Ich habe Anna gebeten, sich I-on Investigations einmal näher anzusehen«, fuhr Magnus fort.

»Und das habe ich getan«, erklärte Anna. »Natürlich setzen wir hier bei Anderson Investments keine Agenturen von außerhalb für unsere Nachforschungen ein. Wir ziehen es vor, langjährige Angestellte damit zu beauftragen – Leute, die mit unserem Unternehmen und mit unseren Bedürfnissen vertraut sind.« Anna Westering zuckte die Achseln. »Außerdem besteht bei ihnen wesentlich weniger Neigung dazu, über Dinge zu reden, über die sie unserer Meinung nach nicht reden sollten. Klar, manchmal müssen wir ein paar Außenagenten anstellen, beispielsweise bei besonderen Technologien oder unter dringenden Umständen.«

Sie meint Hacker und Unternehmensspione, dachte Leif. Laut fragte er: »Sehen Sie ein Problem bei Agenturen wie I-on?«

»Von meinem Standpunkt aus muss ich das bejahen«, erwiderte Westering. »Ich habe natürlich nichts dagegen, was sie tun. Schließlich gehe ich sehr ähnlichen Aktivitäten nach. Bei Läden wie I-on liegt das Problem meiner Ansicht nach im Bereich der Sicherheit. Es ist undenkbar, die Loyalität einer Detektivagentur zu erreichen, wie das bei den Angestellten eines großen Unternehmens möglich ist. Und man kann eine Agentur nicht so gründlich überprüfen, wie man das mit einem einzelnen Agenten kann. Für eine effiziente Überprüfung sind einfach zu viele Leute mit einer Organisation wie I-on verknüpft.«

»Und was können die besser als ein recherchierender Reporter?«

Anna Westering deutete ein Lächeln an. »Reporter werden dazu ausgebildet, Nachforschungen anzustellen und ihre Entdeckungen der Öffentlichkeit auf eine interessante Weise zu berichten. Ein echter Profi im Bereich des Sicherheitswesens oder der Investigation stellt seine Nachforschungen an und berichtet, doch dieser Bericht geht ausschließlich an die Person, die für die Investigation bezahlt. Und dieser Käufer kümmert sich nicht um Beurteilungen oder Einschaltquoten, sondern nur um Ergebnisse. Bei journalistischen Nachforschungen kann auf

Schwarze Schatten

öffentlich zugängliche Daten zugegriffen werden. Wenn der Journalist ein wenig Hackerbegabung hat, wird er wissen, wie er in einige eher private Datenbanken eindringt. Privatdetektive – zumindest die qualifizierteren unter ihnen – kennen wesentlich mehr Möglichkeiten zur Informationsbeschaffung als ein typischer Reporter oder Forscher. Natürlich sind viele dieser Möglichkeiten weder öffentlich noch legal, aber Detektive haben normalerweise Beziehungen, die ihnen das besorgen, was sie zur Erledigung eines Jobs benötigen.«

Sie breitete die Hände aus. »Ich werde dir ein Beispiel von einem typischen HoloNet-Krimi geben. Wie oft siehst du dabei den Helden, einen Detektiv, an den örtlichen Netzknotenpunkt kommen. Dort behauptet er, er sei von der Polizei, und findet den Namen heraus, der zu einer bestimmten Telefonnummer gehört. Ich garantiere dir, Leif, dieser spezielle Trick funktioniert im richtigen Leben mit Sicherheit nicht. Aber es gibt veröffentlichte Datenbanken – nationale und internationale Listen –, die Telefonnummern und die dazu gehörigen Informationen auf eine Weise darstellen, dass man eine Computersuche durchführen kann. Man geht in diese Datenbanken, meldet eine Suche basierend auf der Telefonnummer an und erhält den Namen und die Adresse der Person, die diese Telefonnummer besitzt. Der Normalbürger auf der Straße weiß ohne Nachforschungen nicht, wie er an diese Informationen gelangen kann. Jemand, der sich auf Investigationen spezialisiert hat, sei es nun ein Reporter oder ein Privatdetektiv, weiß es nicht nur, sondern er hat eine solche Datenbank selbst zur Hand. Und das fällt unter legale Nachforschung. Ich überlasse das Bild von den illegalen Möglichkeiten, zu denen die meisten Detektive Zugang haben, deiner Fantasie – dein Vater hat mir versichert, dass es eine sehr fruchtbare Fantasie ist. Ich möchte ein so viel versprechendes Talent nicht verderben.«

»Also war Tori Rush in der Lage, mit derartigen Tricks so viele Informationen über den Captain in so kurzer Zeit zusammenzutragen«, sagte Leif. »Dabei ist es nur simples Infosammeln auf einer größeren Skala.«

Westering nickte. »Genau. Wahrscheinlich wendet sie die gleichen Methoden an, die auch die kleineren Privatdetekteien einsetzen, die ihre Dienste überall im Netz anbieten, wenn man Freunde oder Geliebte wiederfinden will. Wenn sie über ein paar grundlegende Daten verfügen – wie zum Beispiel den Namen, das Geburtsdatum, die Nummer der Sozialversicherung –, dann können sie sämtliche öffentliche Datenbanken auf Landes- und auf Bundesebene durchforsten. Aber es gibt wesentlich umfangreichere und bessere Daten, die privat von Einzelpersonen oder Firmen kontrolliert werden. Erfolgreiche Detektive wissen, wie sie dieses geheime Meer von Informationen anzapfen, unabhängig von der Zustimmung der Kontrollinstanzen dieser Datenbanken.«

Leif konnte sich nicht zurückhalten. »Und dann spionieren sie im Privatleben der Menschen herum!«

Schweigend sah Westering ihn eine Weile an. »Du bist sehr schnell mit deinem Urteil, obwohl du nach Informationen aus dem gleichen Meer verlangst.« Ihr Blick forderte ihn heraus. »Gibt es einen so großen Unterschied zur Arbeit der Net Force? Oder zu deinen eigenen Aktivitäten, wenn du irgendetwas über irgendwen erfahren willst? Nur zu deiner Information, ich habe die gleiche Art Arbeit für Interpol gemacht, bevor ich in die private Wirtschaft gegangen bin.«

»Vielleicht können Sie uns sagen, was Sie dieses Mal

herausgefunden haben«, warf Magnus Anderson ein. Er versuchte, jede Art von Streit zu vermeiden.

Anna Westering nickte. »Die Basisdaten sind ziemlich simpel. I-on Investigations hat vor etwa sieben Jahren angefangen. In der Branche wird so was ein ›Bullenladen‹ genannt, weil die Firma von verschiedenen Polizisten gegründet wurde, als sie sich zur Ruhe setzten.« Sie zuckte die Achseln. »Das kommt ziemlich häufig vor. In den meisten Bundesstaaten wird verlangt, dass jemand, der sich um eine Lizenz als Privatdetektiv bewirbt, vorherige Erfahrung auf diesem Gebiet mitbringt. Natürlich sind Polizeikommissare in den grundlegenden Investigationstechniken ausgebildet ... obwohl sie vielleicht bei den neuesten Methoden nicht immer auf dem Laufenden sind.«

»Außerdem erwarten ehemalige Polizisten normalerweise, aufgrund ihrer früheren Anstellung einen Haufen Arbeit zu bekommen. Doch das ist nicht immer der Fall. Bei I-on klappte es beispielsweise nicht. Die Firma war eindeutig in einer Krise, bis sie aufgekauft wurde.«

»Dass sie gekauft wurde, weiß ich«, sagte Leif. »Das stand im Netz unter den gewerblichen Nachrichten.«

Magnus Anderson schaute interessiert. »Was für Leute kaufen denn eine von Krisen geschüttelte Detektei?«

»Ausländische Investoren, Sir«, erwiderte Anna.

Leif stellte fest, dass die Frau seinem Vater erheblich mehr Respekt zollte als ihm. Sein Vater hatte sich diesen Respekt wohl hart erarbeitet – und ihn mit Sicherheit auch verdient. »Woher kommen sie denn?«, fragte Leif.

»Das habe ich bisher noch nicht ganz herausgefunden.« Sie runzelte die Stirn. Offensichtlich störte es sie, dass ihre Nachforschungen noch keine definitiven Resultate hervorgebracht hatten. »Der neue Direktor ist ein gewisser Marcus Kovacs. Der Name hört sich ungarisch an, doch seine Vorgeschichte ...«

»... verliert sich in einem der Kriege auf dem Balkan, möchte ich wetten«, beendete Magnus Anderson den Satz für sie. »Es gibt recht viele Leute mit dieser Art von nebulöser Vergangenheit. Einige dieser Vergangenheiten stimmen sogar.«

Wieder nickte Westering, jetzt ein wenig vorsichtiger. »I-on hat wesentlich mehr Geschäfte getätigt und mehr Gewinn erwirtschaftet, seit die neuen Manager da sind. Viele neue Leute wurden eingestellt – Hacker. Und sie haben inzwischen einen gewissen ... Ruf.«

»Was für einen Ruf?«, fragten Leif und Magnus Anderson wie aus einem Mund.

Unglücklich zuckte Anna Westering die Schultern. »Mein Vater hatte einen Satz, den er immer im Scherz gebrauchte: ›Du lügst und ich beschwöre deine Lüge dann.‹ Es wird behauptet, dass die Leute bei I-on diesen Spruch ernst nehmen – und dass sie noch einen Schritt weiter gehen. Jemand lügt, dann beschwören sie die Lüge nicht nur, sondern besorgen sogar die Beweise, um die Geschichte zu untermauern.«

»*Was* hat sie gesagt?«, fragte Megan, nachdem Leif seinen Bericht vorgetragen hatte. Zusammen mit den übrigen Freunden aus Washington schwebten sie wieder in Matt Hunters virtuellem Arbeitsraum und tauschten Neuigkeiten aus – und ihre Einstellung dazu.

»Einfach fantastisch«, fuhr sie fort. »Da haben wir Journalisten, die glauben, sie verteidigen die Demokratie, während sie ihre eigenen Regeln umstoßen – und Detektive, deren Erfolg auf Lügen und Betrug basiert.«

»›*Quis custodiet ipso custodes?*‹«, zitierte David Gray.

»Wenn das über Hausmeister ist, will ich es nicht übersetzt haben«, scherzte Andy Moore.

Matt und Andy hatten kürzlich ihre Schule davor bewahrt, von einem Spion in die Luft gejagt zu werden, indem sie sich als Hausmeister ausgegeben hatten. Doch unter diesen Umständen fand Megan die Anspielung nicht sonderlich witzig. Sie lenkte die Unterhaltung wieder auf das eigentliche Thema zurück.

»Das bedeutet ›Wer bewacht die Wächter?‹«, erklärte sie.

»Wohl eher ›Wer behält diese Aufpasser im Auge?‹«, warf Leif ein. »In der ursprünglichen Quelle machte der römische Dichter Juvenal einen Scherz darüber, wie man die Treue der Ehefrauen garantieren könne.«

Jetzt starrten ihn Megan und alle anderen Freunde im Raum mit großen Augen an.

Leif zuckte die Achseln. »Wieder so ein Ergebnis einer teuren, aber im Großen und Ganzen sinnlosen Erziehung«, bemerkte er.

»Zurück zum Thema«, sagte Megan. »Wie bringt uns diese neue Information weiter?«

»Sie bringt uns einen Haufen Fragen«, sagte Matt.

»Wie zum Beispiel?«, rief Megan herausfordernd.

»Wie zum Beispiel«, erwiderte Leif, »falls Tori Rush die Firma I-on Investigations damit beauftragt hat, Beweismaterial gegen Captain Winters zusammenzustellen – warum hat sie das getan? Was hat sie gegen den Captain?«

»*Falls* sie den Auftrag gegeben hat?« Megan starrte Leif giftig an. »Was soll das denn heißen? Fängst du auch schon an zu glauben, dass Captain Winters ein Verbrecher ist?«

»Ich glaube, dass es zwei Möglichkeiten gibt. Entweder ist der Captain das Opfer der fürchterlichsten Reihe von

Zufällen in der Geschichte der Menschheit oder es will ihm irgendjemand etwas anhängen«, entgegnete Leif kühl. »Wenn wir uns mal an dieses Zeug über ›Motiv, Gelegenheit und Mittel‹ halten, das Matt von Dorpff verabreicht wurde, wo stehen wir dann?«

»Wir haben ein Unternehmen, das laut Gerüchten falsche Beweismittel herbeischafft.« Matt hielt einen Finger hoch. »Damit haben wir die Mittel, denke ich.«

»Und es lagen Tage zwischen dem tödlichen Anschlag auf Alcista und der Durchsuchung des Hauses vom Captain durch die Abteilung für innere Angelegenheiten«, warf Maj Green ein. »Das muss man doch als ausreichende Gelegenheit bezeichnen.«

»Aber wir haben immer noch kein Motiv«, sagte Leif. »Die anderen Typen, die sie unter die Lupe nahm, hatten zumindest irgendwas, das die Aufmerksamkeit von Tori Rush erregte. Der Sportler hatte einen Haufen Ehefrauen. Der Manager jonglierte mit dem Geld seiner Firma. Doch Winters ist lediglich im Fernsehen aufgetreten und dort fertig gemacht worden.«

»Vielleicht ist die kleine Rush mit Jay-Jay McGuffin befreundet«, schlug Andy vor.

»Das hört sich fast nach einem ernsten Hinweis an«, kommentierte David mit gespieltem Erstaunen.

»Ich habe nicht daran gedacht, danach zu fragen«, gab Leif zu. »Es scheint, ich muss die Leute noch mal darauf ansprechen.«

»Ich werde es noch mal beim *Fünften Stand* versuchen«, sagte Megan. »Wenn meinem neuen Freund Professor Wellman keine mögliche Verbindung zwischen Rush und McGuffin einfällt, kennt er zumindest eine ganze Menge Leute, die er fragen kann.«

Einen Augenblick lang überlegte sie. »Ich werde ihn

auch wegen des Rufes von I-on Investigations fragen. Darüber sollte er eigentlich Bescheid wissen, wenn er einen Bericht darüber macht, wie eng sie mit Tori Rush zusammenarbeiten.« Megan zuckte die Schultern. »Wird mal ganz interessant sein, was er über diesen Mister Kovacs und die Leute, die diese Firma gekauft haben, herausgefunden hat.« Sie grinste Leif an. »Dann werden wir ja vielleicht sehen, ob es den Presseschnüfflern gelingt, die Detektive von Anderson Investments Multinational zu übertreffen. Das könnte zumindest deinen Vater interessieren.«

»Ihr vergesst alle ein wichtiges Detail«, meldete sich David Gray. »Diese so genannte Testexplosion, die von den Mitarbeitern von Henker Hank Steadman bei ihrer Netzsuche entdeckt wurde.«

Er warf einen ernsten Blick auf die anderen im Raum schwebenden Jugendlichen. »Die Explosion ist passiert, nachdem Tori Rush zum ersten Mal das Gesicht von Captain Winters überall verbreitet hat – aber vor dem Mord an Alcista.«

»Zufall«, versuchte Maj abzuwiegeln. Doch sie klang verunsichert.

»Der Sprengstoff hatte dieselben chemischen Identifizierungssubstanzen wie das Zeug, das die Techniker der Abteilung für innere Angelegenheiten in der Werkstatt vom Captain gefunden haben – und wie die Bombe, die Alcista ins Jenseits beförderte.« Davids Stimme war unerbittlich. »Das ist ein verdammt großer Zufall. Je mehr ich darüber nachdenke, desto mehr Angst bekomme ich bei diesem Gedanken.«

Der ruhige, kühle David Gray hat nie Angst, dachte Megan. *Zumindest spricht er nie darüber. Jetzt kriege ich Angst.*

Aber sie verstand, warum diese plötzliche Einsicht ihn beunruhigte. Ihr ging es genauso.

Seit sie das allererste Mal von dem Anschlag auf Alcista gehört hatte, war es für sie selbstverständlich, dass es sich um einen Mord des organisierten Verbrechens handelte, den nachträglich jemand so gedreht hatte, um Captain Winters anzugreifen.

Aber wenn die Spuren der falschen Beweise vor dem eigentlichen Anschlag gelegt wurden, bedeutete das, dass derjenige, der James Winters etwas anhängen wollte, auch Stefano Alcista in die Luft gejagt hatte.

Nur ein verdammt krankes Hirn würde sogar einen Mord begehen, um über einen Skandal berichten zu können.

»Die Leute von der inneren Abteilung haben den Bericht über diese Bombe über eine Netzsuche gefunden«, bemerkte Matt. »Was wäre denn, wenn jemand das Datum verändert hätte – oder sogar den Bericht ins Netz gestellt hätte, nachdem er einen Krater und eine Bombe vorgetäuscht hat?«

»Was wäre wenn und vielleicht«, murmelte Leif. »Wir reden hier schließlich über die Net Force. Sie sollten in der Lage sein herauszufinden, ob jemand an diesen Daten herumgepfuscht hat. Wir können die Beweise nicht einfach aus der Welt wünschen. Sonst haben wir überhaupt keine soliden Fakten, mit denen wir arbeiten können.«

Wir haben einen soliden Fakt, du schlauer Mister Anderson, sagte sich Megan im Stillen. *Wir wissen, dass Captain Winters unschuldig ist.*

Zumindest ich weiß das, fügte sie hinzu.

8

Nach der kalten Dusche, die Davids konkrete Befürchtung Megan verpasst hatte, schien der Anruf beim *Fünften Stand* fast sinnlos.

Aber ansonsten fällt mir nicht ein, wie ich dem Captain helfen könnte, dachte sie. Sie setzte sich an ihren Computer und gab den Befehl zur holografischen Verbindung. Wieder wurde sie auf schnellstem Wege direkt mit dem Herausgeber des Nachrichtenmagazins verbunden.

Professor Wellman zeigte keinerlei Überraschung, als er Megan auf der anderen Seite der holografischen Verbindung entdeckte. Doch von Enthusiasmus konnte allerdings auch keine Rede sein.

»Noch mehr hypothetische Fragen, Miss O'Malley?«

»Nur einfache, ganz normale Fragen«, erwiderte Megan. »Einige Leute, mit denen ich gesprochen habe, erzählten mir interessante Dinge über I-on Investigations. Es scheint, die gehen ziemlich kreativ mit Beweismaterial um. Wie von Zauberhand taucht immer etwas auf, um eine Geschichte zu untermauern, die ihre Kunden gerade an den Mann bringen wollen.«

Wellman nickte, doch sein Gesichtsausdruck war immer noch nicht ermutigend. »Wenn das wahr ist«, entgegnete er, »sind sie bisher jedenfalls noch nicht dabei erwischt worden. Sonst wäre ihnen die Lizenz abgenommen worden. Das könnte auch nur Verleumdung von Leuten der gegnerischen Parteien sein, die irgendwelche Prozesse verloren haben.«

Also weiß er genau, wovon ich rede, dachte Megan, *aber wahrscheinlich kann er es nicht beweisen.*

»Meine zweite Frage konzentriert sich mehr auf das Motiv – warum sollte irgendjemand versuchen, James Winters in Schwierigkeiten zu bringen? Kaum jemand außerhalb der Net Force – und der Net Force Explorer – kannte den Captain, bevor er in *Persönlichkeiten in Washington* auftrat. Am Schluss der Sendung überraschte ihn der Moderator mit dieser hinterhältigen Frage, die zu der Reaktion führte, die später von allen Zuschauern in *Rund um die Uhr* gesehen wurde. Nach der Sendung bekam der Reporter, Jay-Jay McGuffin, ziemlichen Krach mit den Net Force Explorer. Überall im ganzen Land wollten die Kids ihn in Stücke reißen.«

»Sie konstruieren einen Fall, in dem der junge McGuffin sich an Captain Winters rächt«, sagte Wellman mit ernster Professorenstimme.

»Es würde mich interessieren, ob er Beziehungen zu irgendwelchen hohen Tieren der Sendeanstalt hat«, erwiderte Megan. »Vielleicht jemandem bei *Rund um die Uhr.*«

»Jemandem wie Tori Rush«, beendete Wellman den Satz für sie. Er hörte sich nicht nur wie ein Lehrer an, sondern ließ durchblicken, dass der Lehrer wenig Gefallen an der Antwort der Schülerin fand.

»Tori Rush hat in regionalen Filialen von HoloNews in den Bundesstaaten im Westen angefangen«, sagte Wellman. »Sie hat noch nie in Washington gearbeitet, während McGuffin ausschließlich in der Gegend um die Hauptstadt tätig war. So weit wir herausfinden konnten, gibt es keine Verbindung – weder freundschaftlicher noch sonstiger Art – zwischen den beiden.«

»Wo hat sie dann die Sequenz mit Winters her?«, fragte Megan frustriert. »Sie kann doch nicht sämtliche Ausgaben aller regionalen Nachrichtensendungen durchsuchen –«

»Eine interessante Frage«, erwiderte Wellman. »Darauf habe ich bisher noch keine Antwort gefunden.«

Das erinnerte Megan an die Antworten, die Anna Westering nicht erhalten hatte. »Wissen Sie irgendwas über die ausländischen Investoren, die I-on Investigations aufgekauft haben? Es hört sich merkwürdig an, Geld in eine lädierte Detektei zu stecken.«

»I-on ist außerordentlich profitabel, seit das neue Management die Firma leitet«, erklärte Wellman.

Klar, dachte Megan. *Zum Spaß und zum Geldverdienen Lügengeschichten erfinden. Damit lässt sich mit Sicherheit mehr kassieren als mit der Jagd auf fremdgehende Ehefrauen.*

»Und was ist mit dem neuen Chef?«, fragte sie.

»Ach ja, der undurchsichtige Mr Kovacs.« Wellman konnte sich ein Lächeln nicht verkneifen. »Über ihn liegen sehr wenige Informationen vor – und diese wenigen Unterlagen sind vom Krieg beeinträchtigt. Das Dorf, in dem er angeblich geboren wurde, existiert nicht mehr. Seine Schulzeugnisse wurden zerstört, als eine Rakete vom Weg abkam. Es gibt ein paar Universitätsunterlagen von einem Marcus Kovacs, aber er scheint über Jahre verschwunden zu sein. Und er war nicht besonders zuvorkommend, als wir ihn interviewt haben.«

»*Der fünfte Stand* ist tatsächlich losgezogen und hat ihm Fragen gestellt?«, fragte Megan. »Wird ihn das nicht warnen, dass ein Bericht über seine Beziehung zu Tori Rush vorbereitet wird?«

»Nein«, entgegnete Wellman. »Er dachte, wir machen ein Porträt für ein kleines Magazin der Geschäftswelt über ihn.«

Megan starrte ihn an. »Nach all den Dingen, die Sie

darüber gesagt haben, wie Journalisten ihre Macht missbrauchen – tun Sie nicht genau dasselbe?«

»Es wird in der Tat ein Porträt im besagten Magazin erscheinen«, erwiderte Wellman steif. »Aber wir können die Informationen ebenfalls nutzen.«

»Sie haben ihn angelogen.«

»Das war ein strategischer Schachzug.« Das rosafarbene Gesicht des Professors rötete sich noch mehr. »Wir müssen der Realität ins Gesicht sehen. Kovacs hätte uns im gleichen Augenblick vor die Tür gesetzt, wenn er erfahren hätte, dass wir von seiner Arbeit für Tori Rush wissen. Dann hätte er sich auf den Datenschutz seiner Kunden berufen und wir hätten wahrscheinlich nicht einmal allgemeine Dinge über seine Firma erfahren. Auf diese Weise hat *Der fünfte Stand* genauere Informationen über I-on und Bilder von Kovacs erhalten – obwohl er so kamerascheu ist – und das *Small Business Magazin* hat ebenfalls seinen Bericht bekommen.«

»Sie haben Fotos von Kovacs?«, fragte Megan.

»Ein paar.« Wieder erschien der Anflug eines Lächelns auf dem Gesicht des Professors. »Er hat unserem Fotografen gesagt, er sei ein sehr beschäftigter Mann.«

»Könnte ich ein Bild sehen?«, bat Megan. *Lerne deinen Feind kennen*, dachte sie.

Wellman wühlte auf seinem Schreibtisch und zog einen Stapel mit Papierbildern hervor. »Wahrscheinlich werden wir dieses Foto für unseren Bericht auswählen«, sagte er, während er eines der Bilder hochhielt.

Marcus Kovacs war ein außergewöhnlich behaarter Mann. Ein dichter Vollbart bedeckte die untere Gesichtspartie und ging in eine ziemlich unmoderne, üppige Frisur über, die bis an den Kragen reichte. Sowohl sein Bart als auch seine Mähne waren dunkel mit grauen Tupfern.

»Man könnte ihn eher für einen Dichter halten als für einen Privatdetektiv«, kommentierte Megan. »Für einen Firmenchef schon gar nicht.«

Unsichtbar für das Aufnahmegerät tanzten ihre Finger über die Computertastatur und gaben den Befehl, das Bild auf dem holografischen Schirm zu speichern. Jetzt hatte sie ebenfalls ein Bild von Kovacs.

Wellman zeigte ihr eine Reihe von Fotos. Auf einem Bild war Kovacs wegen einer Frage des Interviewers offensichtlich tief in Gedanken und fuhr sich mit der Hand durch die Löwenmähne. Dabei ließ er erkennen, dass sich zumindest ein Ohr hinter all den Haaren versteckte. Beim nächsten Foto befand sich seine Hand wieder unten und bewegte sich auf die Kamera zu. Das dritte Bild zeigte nur noch das Innere seiner Hand.

»Das war das Ende unserer Fotositzung«, sagte Wellman trocken. »Es scheint, dass Mr Kovacs auch das Temperament eines Dichters hat. Ausgebildet ist er allerdings als Finanzfachmann. Zumindest hat er das unserem Interviewer gesagt. Er ist von der Käufergruppe angestellt worden, um die Firma wieder auf die Beine zu bringen, wahrscheinlich mit der Absicht, sie später zu verkaufen. Aber er hat bewiesen, dass er ein kompetenter Manager ist. Denn er spielt nicht nur mit den Bilanzen, sondern fährt tatsächlich riesige Profite ein, obwohl bisher immer nur Verluste geschrieben wurden.«

Indem er die ursprüngliche Aufgabe der Firma verriet und anfing, Beweismittel zu fälschen, dachte Megan.

»Zum Abschluss noch zwei Fragen«, sagte sie. »Wann wird Ihr Bericht veröffentlicht – und warum erzählen Sie mir das alles?«

»Sie haben eine erfrischend direkte Art, Miss O'Malley – und Ihr Wesen zeugt von einer geradezu rührenden Unschuld, wenn ich das so sagen darf.« Professor Wellman nahm die Brille ab und putzte sie mit einem kleinen Lappen. Doch ohne die Gläser schienen seine Augen Megan noch schärfer zu fixieren.

»Meine liebe junge Frau, Sie sind eine Informationsquelle bei einer Aufsehen erregenden Berichterstattung«, sagte Wellman. »Wenn diese Geschichte sich entwickelt, könnte sich *Der fünfte Stand* irgendwann einmal an Sie wenden, um über die Reaktion eines der Schützlinge von Captain Winters zu berichten. Wir haben bereits versucht, mit dem Captain direkt in Verbindung zu treten. Doch im Augenblick ist er nicht zu erreichen. Jedenfalls hoffe ich, dass Sie sich an unsere großzügigen Antworten auf Ihre Fragen erinnern, wenn wir mal Informationen von Ihnen benötigen. *Quid pro quo*, sehen Sie.«

Ich sehe nur, dass ich bei diesem Fall dauernd über Latein stolpere, dachte Megan grimmig. *Und alles andere kommt mir spanisch vor.*

»Zu Ihrer ersten Frage: Der Bericht über Rush und I-on soll in zwei Wochen veröffentlicht werden.« Wellman runzelte die Stirn. »Da wir uns mit Unternehmen der Medienbranche auseinander setzen, müssen wir uns vergewissern, dass unsere Fakten absolut wahr sind, bevor wir sie veröffentlichen. Mir scheint, dass wir diese Gründlichkeit noch bereuen werden. Denn die Dinge entwickeln sich wesentlich schneller, als mir lieb ist. Statt mit einer Enthüllung endet vielleicht alles damit, dass wir nur als Fußnote in einer viel größeren Medienhektik erscheinen.«

»Und das bedeutet?«, fragte Megan. Fast fürchtete sie sich vor seiner Antwort.

Wellman bemühte sich um einen sanften Tonfall, doch seine Worte trafen Megan wie brutale Schläge. »Das bedeutet, dass unsere Stimme im allgemeinen Wirrwarr wohl untergehen wird, wenn Captain Winters erst einmal offiziell des Mordes an Stefano Alcista angeklagt wird.«

Als Leif den Anruf von Megan O'Malley annahm, überrannte sie ihn in einem Sturm besorgter Wut. Vereinzelt konnte er auch einige wichtige Informationsbruchstücke ausmachen.

»Also bitte, was weiß denn schon ein pensionierter Journalismusprofessor über die Gesetze?«, sagte er in dem Versuch, ihre Stimmung zu verbessern. Doch er musste zugeben, dass die Worte sogar in seinen Ohren einen schalen Klang hatten.

Etwa eine Stunde später erhielt Leif eine Nachricht in der virtuellen Mail, in der ein weiteres außerordentliches Zusammentreffen der Net Force Explorer für den nächsten Tag angekündigt wurde. Nach Megans Anruf ließ diese Mail nichts Gutes ahnen.

»Vielleicht weiß dieser Professor tatsächlich etwas«, murmelte Leif grimmig. »Wahrscheinlich trommeln sie uns jetzt zusammen, damit wir nicht so hart getroffen werden, wenn der Bericht von Steadman herauskommt.« Jetzt wünschte er, dass ihm niemand den Spitznamen des Leiters der Abteilung für innere Angelegenheiten verraten hätte. ›Henker Hank‹ hörte sich inzwischen gar nicht mehr lustig an.

An diesem Abend rührte Leif das Essen kaum an.

»Fühlst du dich nicht gut?«, fragte seine Mutter.

»Nur ein bisschen nachdenklich«, erwiderte Leif. Heute Abend kam wieder *Rund um die Uhr*. Vielleicht hatte Captain Winters – und die Net Force Explorer – Glück. Vielleicht fand Tori Rush eine neue Zielscheibe.

Natürlich war dieser Traum von Anfang an zum Scheitern verurteilt. Tori Rush verbrachte die erste Hälfte der Sendung damit, die Resultate der bisher unveröffentlichten Untersuchung der Abteilung für innere Angelegenheiten der Net Force lauthals zu verkünden.

Was für eine Überraschung, dass diese Dinge ausgerechnet zu ihr durchgesickert sind, dachte Leif kalt. *Ich frage mich nur, ob die Nachrichtendiva Tori den Bericht durch eigene Verbindungen recherchiert hat oder ob es einem Hacker von I-on gelungen ist, die Informationen aus den Computern der Net Force zu fischen – und das auch noch rechtzeitig für die Abendsendung.*

Wenn die merkwürdigen Detektive sich als Hacker betätigt hatten, um an den Report zu gelangen, konnten sie gesetzlich belangt werden. Eine solche illegale Handlung gäbe eine hübsche Einleitung ab zu der Enthüllung, dass Tori – die angeblich so reine und unbefleckte Journalistin – Privatdetektive anstellte, damit sie für sie die Drecksarbeit erledigten. Das könnte sogar als Knüller überall in den Medien gebracht werden.

Das einzige Problem dabei war, dass es zur Entlastung von James Winters absolut nichts beitrug. Wie Matt Hunter von Agent Dorpff bereits gehört hatte, war von der Abteilung für innere Angelegenheiten ein belastender, wenn auch nur auf Indizien gestützter Fall gegen Captain Winters zusammengestellt worden. Inzwischen wusste die ganze Welt, dass Winters ein Motiv hatte, Stefano den Bullen zu töten. Augenscheinlich hatte er auch Gelegenheit dazu gehabt – und er besaß kein Alibi. Spuren der Identifizierungschemikalien der Bombe, die Alcistas Fahrzeug und ihn selbst in die Luft gejagt hatte, waren in der Garagenwerkstatt des Captains entdeckt worden.

Aber der übelste Teil war die Testbombe. Einerseits ließ

sie Winters als kaltblütigen Killer erscheinen, der sorgfältig den Sprengsatz abgestimmt hatte, um dabei das beste – oder sollte man sagen das schlimmste? – Resultat zu erreichen. David hatte bereits darauf hingewiesen. Die Existenz einer Testexplosion vor dem Mord an Alcista und vor der landesweiten Verbreitung der Geschichte in allen Medien machte es unwahrscheinlich, dass irgendjemand, der die diversen Berichte gesehen hatte, Winters nachträglich den Mord anzuhängen versuchte. Also würde es wenig nützen, Tori Rush zu beschuldigen, dass sie Privatdetektive bezahlte, die Beweismittel auf Bestellung besorgten.

Es sei denn, dachte Leif, *die Person, die versucht hat, Winters den Mord anzuhängen, war dieselbe, die Alcista umgebracht hat. Man könnte sie oder ihn X, den geheimnisvollen Mörder, nennen. Wer könnte das sein? Ein gerissener professioneller Killer des organisierten Verbrechens? Ein ehemaliger Spion, der zum Mörder geworden ist?* Das führte zu nichts oder vielmehr führte es in zu viele verschiedene Richtungen zur gleichen Zeit. *Versuch es mal mit dem Motiv – warum sollte irgendjemand das tun, was getan worden ist?*

War der Captain vom tatsächlichen Mörder kaltblütig als passender Sündenbock ausgewählt worden? Das könnte hinkommen. Mal angenommen, einer von Alcistas früheren Partnern wollte vermeiden, dass er seine Geschäfte wieder aufnahm. Es wäre ziemlich bequem, die Sache James Winters in die Schuhe zu schieben. Außerdem wäre es wahrscheinlich eine Genugtuung. Zweifellos hatte Winters im Laufe seiner Karriere eine Reihe von Gangstern hinter Schloss und Riegel gebracht. Vielleicht war es die Rache eines dieser Herren.

Es musste sich nicht mal um einen professionellen

Killer handeln, überlegte Leif. Wahrscheinlich gab es recht viele andere Leute, die sich nicht gerade gefreut hatten, als Steve der Bulle wieder frei herumlief. Schließlich brüstete sich der Typ damit, anderen Menschen die Beine zu brechen oder sie umzubringen. Jeder von denen, die seine Geschäftsmethoden überlebt hatten – oder auf Rache bedachte Familienangehörige oder Freunde von denen, die nicht mehr lebten –, hätte Alcista aus offensichtlichen Gründen beseitigen wollen. Und nachdem einmal dank Jay-Jay McGuffin das wutentbrannte Gesicht von Winters in Washington auf allen Holobildschirmen gezeigt worden war, hätte ihn jeder beschuldigen können.

Wenn jemand, der geplant hatte, Alcista umzubringen, Jay-Jays Interview gesehen hatte, dann hätte er James Winters als Sündenbock auf einem silbernen Tablett serviert bekommen wie die Antwort auf ein Gebet.

Mit aller Kraft umklammerte Leif die Armstützen und versuchte, seine konfusen Gedanken unter Kontrolle zu bekommen.

Es wird Zeit, mit diesem Mist hier aufzuhören, sagte er sich. *Diese Ideen bekommen immer mehr Ähnlichkeit mit den Seifenopern aus dem Nachmittagsprogramm der Holovision.* Keine von ihnen deutete auf einen Investigationsansatz, um den Captain zu entlasten.

Rachefeldzüge aus persönlichen oder geschäftlichen Gründen waren vielleicht interessant, doch sie reduzierten in diesem Fall nicht die Vielfalt der möglichen Mörder. Im Gegenteil, dadurch kamen eher noch mehr Kandidaten hinzu. Leif bezweifelte, dass er oder seine Freunde von den Net Force Explorer eine solche Menge von Verdächtigen überprüfen könnten. Für eine Arbeit wie diese waren die Talente und Ressourcen einer bundesweiten Polizeieinheit gefragt, die sich auf die Suche nach dem Mörder konzentrierte.

Wie die Net Force, dachte Leif bitter. *Unglücklicherweise hat die Net Force bereits einen passenden Verdächtigen – Captain James Winters.*

9

Matt klinkte sich frühzeitig für das spezielle Treffen der Net Force Explorer ein. Am heutigen Abend wollte er so nah wie möglich am Podium sein, obwohl der Grund für die Zusammenkunft des Abends wirklich keine Überraschung mehr war.

Als er in die virtuelle Halle schaute, war er erstaunt, wie viele Leute die gleiche Idee gehabt hatten. Eine ziemlich große Meute empfing Matt, als er eintraf. Und die Meute hatte keine gute Laune. Die Kids knurrten auch deshalb, weil selbst die Betreuer heute wenig von ihrer sonst so höflichen und lockeren Art spüren ließen.

»Nette Gruppe«, kommentierte Andy Moore, als er schließlich den Haufen aus Washington erreichte. Nachdem er auf dem Weg zu Matt, Leif, Megan und den anderen gerade noch einer Rauferei aus dem Wege gegangen war, standen seine Haare noch wilder als normalerweise in alle Richtungen ab.

»Wenn man sich freut, will man allen diese Freude mitteilen«, sagte Leif bitter. »Ich möchte gern wissen, wen sie aufs Podium schicken, um diese wundervollen Nachrichten zu versüßen.«

»Hoffentlich nicht Steadman«, murmelte David Gray.

»Zum Glück ist das Treffen virtuell. Wenn Steadman auftaucht, werden die Kids wohl die Bühne stürmen.«

Genau so ein Gefühl habe ich auch bei dieser Veranstaltung, schoss es Matt durch den Kopf. *Ein Lynchmob. Nur gibt es einen kleinen Unterschied: Captain Winters wird gelyncht und wir sind nicht in der Lage, irgendetwas dagegen zu unternehmen.*

Als schließlich der Zeitpunkt für den Anfang der Versammlung gekommen war, waren so ziemlich alle gegenwärtigen Explorer – und vielleicht einige ehemalige – in dem Raum erschienen und warteten auf die offizielle Erklärung. Matt fühlte sich ein bisschen klaustrophobisch. Obwohl die Wände des Raums elastisch waren, drängte die gesamte Menge in Richtung Podium vor. Jugendliche schoben sich nach vorn, stießen andere Leute mit den Ellbogen an, während sie sich unbewusst immer näher bewegten. Im Gegenzug wurden sie von anderen Ellbogen angestoßen, bis sie kaum noch ihre Arme bewegen konnten. Matt stand so dicht hinter einem Mädchen, dass es ihm unangenehm war.

Es ist nur eine Simulation, sagte er sich immer wieder. *Nur eine Simulation.* Trotzdem störte ihn der heiße Atem von Andy Moore in seinem Nacken.

Als die Klaustrophobie sich gerade voll ausbreiten wollte, verspürte er ein schwaches Piepen von seiner Armbanduhr. *Es geht los*, dachte er erleichtert. *Wenigstens werden wir jetzt erfahren, was gespielt wird.*

Aber das virtuelle Podium erschien nicht. Niemand eröffnete die Versammlung. Weder Agent Dorpff noch irgendein anderer Vertreter der Behörde erschien, um den nächsten Schritt im Fall Winters zu erläutern. Ein paar Minuten vergingen.

Dann verwandelte sich die dumpfe Stille, die den

Raum in Erwartung des Beginns der Versammlung erfüllt hatte, in einen konfusen Ausbruch schierer Wut. Noch Augenblicke zuvor war die Menge unzufrieden gewesen, doch jetzt wurde sie aggressiv.

»Was zum Teufel ist hier eigentlich los?«, gellte eine schrille Stimme durch den Lärm. »Sieht aus wie die Krönung der Inkompetenz. Plötzlich kann die Net Force nicht mehr die Daten in den eigenen Computern schützen. Und jetzt kriegen sie es nicht mal mehr hin, ein Treffen pünktlich zu beginnen!«

Als schließlich das virtuelle Podium erschien, ließ der Lärm nach. Doch sofort erhob sich drohend ein unterschwelliges Brummen, als die Jugendlichen entdeckten, dass nur Len Dorpff vor ihnen stand. Es kamen jedoch keine Zwischenrufe – noch nicht. Das Geräusch der Menge hörte sich an wie ein leises Grollen. Instinktiv stellten sich Matts Nackenhaare auf.

Dorpff trat mit einer Miene nach vorn, als hätte ihn gerade ein eiskalter Regen erwischt. »Willkommen bei dieser speziellen Zusammenkunft der Net Force Explorer.« Er gebrauchte die traditionellen Worte zur Eröffnung einer Versammlung. Das machte nur noch deutlicher, dass Captain Winters nicht hier war.

»Ich möchte mich für die Verspätung entschuldigen. Wahrscheinlich war es nicht sehr angenehm für euch, doch es war leider nicht zu ändern. Eigentlich hätte Jay Gridley kommen sollen, um erklären zu helfen, wie diese, äh ...«

»... Situation«, rief eine Stimme von irgendwo in der Menge.

Dorpff ignorierte den Zwischenrufer und fuhr hastig fort. »Leider musste er zu einer Pressekonferenz und ist bisher nicht eingetroffen ...«

»Also hätten wir mehr erfahren, wenn wir uns zu Hause vor den Bildschirm gesetzt und HoloNews geschaut hätten«, sagte eine weibliche Stimme.

Matt erkannte die Stimme, die gerade unterbrochen hatte. Sie gehörte zu Megan O'Malley. Megan sprach laut genug, um im halben virtuellen Raum verstanden zu werden.

»Um es noch einmal zu sagen, ich bedaure die Änderung der Pläne, die Verspätung, alles«, fuhr Dorpff fort.

Ich möchte wetten, dass er vor allen Dingen bedauert, hier ganz allein stehen zu müssen, dachte Matt.

Aber Dorpff sprach stur weiter. »Also sieht es so aus, als ob ich allein versuchen muss, euch die Dinge zu erklären.«

»Wir warten«, rief jemand in der Menge. »Ist der Quatsch, den wir gestern Abend in *Rund um die Uhr* gesehen haben, ein verdammter Haufen Lügen aus dem tatsächlichen Bericht oder nur ein verdammter Haufen Lügen, den sich der Sender ausgedacht hat?«

»Die nicht genehmigte Veröffentlichung der Ergebnisse von Captain Steadmans Untersuchungen war unglücklich und beunruhigend, das weiß ich.« Dorpff legte bei der Wortwahl die größte Sorgfalt an den Tag, aber Matt merkte bereits, dass die Anstrengungen des jungen Agent umsonst sein würden.

»Ja oder nein?« Die Worte waren laut genug, dass die Leute, die dem Lautsprecher am nächsten standen, zusammenzuckten. »Stimmt die Behauptung von Tori Rush oder hat Steadman was anderes herausgefunden?«

Dorpff wurde in die Ecke gedrängt. Er sah aus wie ein Nagetier in Gefangenschaft, während er schweigend dastand und sich weigerte, eine Antwort zu geben. Schließlich ging er doch auf den Zuruf ein. »Die gesendete Berichterstattung war nur eine kurze Zusammenfassung des Reports und wurde auf ziemlich sensationslüsterne Weise vorgetragen.« Der junge Agent zögerte. »Aber im Allgemeinen muss ich die Frage bejahen – es waren die Resultate der Untersuchung, die von der Abteilung für innere Angelegenheiten durchgeführt wurde.«

Ein leises Aufstöhnen folgte, als ob alle im Saal gleichzeitig einen Messerstich erhalten hätten. Auch Matt empfand dieses Gefühl, obwohl er geglaubt hatte, auf die schlechten Nachrichten vorbereitet gewesen zu sein.

Eine Sekunde später brach im Saal die Hölle los.

»Bei Steadman muss ein Schaltkreis durchgebrannt sein, wenn er glaubt, er kann den Captain einfach so abschießen!«, rief jemand.

»Der Schleimer hat sich so daran gewöhnt, irgendwelche Ratten auszuräuchern, dass er schon gar nicht mehr fair sein kann«, kam eine andere Stimme.

»Aber diesmal wird er seine Lektion lernen«, drohte eine dritte Stimme. »Wenn ein paar tausend Leute ihre Wut an ihm auslassen.«

»Genau! Lasst uns Steadman mit Hassmails zuschütten.«

Andere stimmten in den Chor ein.

Dorpff sah, dass die Versammlung seiner Kontrolle entglitt. »Das könnt ihr doch nicht ernst meinen!«, rief er. »Das verstößt gegen das Gesetz.«

»Einen ehrlichen Mann in den Ruin treiben wohl auch. Sie setzen Winters vor die Tür. Wer wird uns dann aufhalten?«, wollte ein anderer Explorer wissen. »Werden Sie uns alle festnehmen?«

Im ganzen Saal hallte das Echo der wütenden Schreie der jungen Leute wider.

»Wenn man sich den Lärm hier anhört, kann der Kerl

von Glück sagen, wenn ihm nicht das Haus angezündet wird.« Andy wollte eine witzige Bemerkung machen, doch Matt spürte den Ernst in den Drohungen der Kids. Wenn auch nur einige ihre Versprechungen wahr machten, konnte Steadman sich glücklich schätzen, wenn er am Ende noch einen Computer hatte – und irgendwelches elektronisches Gerät, was dazugehörte. Die Stimmung im Raum war nicht gut. Nein, wirklich nicht.

Jetzt wurde Dorpff wütend. »Ihr wollt Gesetze brechen, die bei der Net Force sehr ernst genommen werden«, sagte er. »Glaubt nur nicht, dass euch euer Geschrei aus der Menge tarnen wird. Wenn irgendetwas geschieht, wird sich Captain Steadman die Computeraufzeichnung dieser Versammlung genau ansehen. Seine Techniker werden euch aufspüren, und wenn es Monate dauert!«

Das war so ziemlich das Schlimmste, was er hätte sagen können.

»Dann werden sie viel zu tun bekommen«, feuerte einer der zornigen Jungs zurück, »denn wir alle wollen dem Henker Hank ein wenig von seiner eigenen Medizin verpassen!« Zustimmendes Gemurmel ging durch die Menge.

Agent Dorpff starrte verloren in den Saal wie ein Mann, der seine Karriere den Bach hinuntergehen sah.

Dann geschah etwas Erstaunliches. Eine neue Stimme brüllte mit voller Lautstärke: »Ist es das, was Captain Winters uns beigebracht hat?«

Verblüfft drehte Matt sich um. Das war David Gray!

David gab nicht auf. »Die beiden wichtigsten Dinge, die ich vom Captain gelernt habe, waren sein Respekt vor Menschen – und sein Respekt vor dem Gesetz. Deshalb weiß ich, dass er unschuldig ist.«

Er starrte in die Menge. »Ich weiß wirklich nicht, was

ihr so gelernt habt, dass ihr unseren Verbindungsagenten anschreit, dass ihr einen Offizier der Net Force angreifen wollt – und noch dazu über das *Netz*!«

Seine Worte mussten etwas bewirkt haben, denn der lärmende Mob verstummte allmählich.

Mit etwas milderer Stimme fuhr David fort. »Ich verstehe nicht, wie eure großen Pläne dem Captain in irgendeiner Weise helfen sollen. Und selbst wenn ihr ihm auf diese Weise helfen würdet, selbst wenn ihr seine Unschuld beweisen würdet, wie wird er sich fühlen, wenn er erfährt, dass ihr dafür gegen das Gesetz verstoßen habt?«

Jetzt schwiegen die anderen Net Force Explorer und schauten verlegen zu Boden.

»Der Captain würde es nicht gern sehen, wenn wir uns so verhalten – also sollten wir ihm die Ehre erweisen und zuhören, was Agent Dorpff zu sagen hat.«

Dorpff ergriff das Wort. »Ich kann verstehen, dass sich die Gemüter erhitzen. Sicherlich will ich nicht glauben ...« Er brach ab, als ob er befürchtete, dass die Stimmung erneut umkippen könnte. »Aber die Beweise sind kaum zu widerlegen.«

»Wie sollen wir das glauben?«, fragte eine bittere Stimme. »Alles, was die Net Force Explorer gehört haben, ist die Zusammenfassung der Resultate einer Untersuchung, die von den Leuten von der Abteilung für innere Angelegenheiten durchgeführt wurde – vorgetragen von einer Reporterin, die jedem Skandal hinterherläuft. Niemand sagt uns, was genau in dem Bericht drinsteht.«

»Ich habe den Bericht gesehen ...«, begann Dorpff. Dann hielt er inne. »Ich kann unmöglich von der Abteilung für innere Angelegenheiten verlangen, den Report an alle zu verteilen. Wir können ihn hier auch nicht in allen Details durchgehen. Beides wäre unfair Captain Winters gegenüber. Aber ich glaube, dass jemand mit der Genehmigung von Winters und der Unterstützung der Abteilung für innere Angelegenheiten die wichtigsten Einzelheiten einem Vertreter der Net Force Explorer erklären könnte.«

Der junge Agent ließ seinen Blick über die Menge schweifen. Dann hielt er inne und zeigte auf ... Matt.

»Ich weiß, dass Captain Winters viel von Matt Hunter hält«, sagte Dorpff. »Außerdem lebt er im Großraum Washington, was die Organisation eines solchen Treffens erleichtern würde.«

Dann erst schien er den Umfang und die Bedeutung seines Versprechens zu begreifen. »Vorausgesetzt, es gelingt mir, von Captain Steadman die Zustimmung zu erhalten.«

Matt ging die Korridore im Zentralgebäude der Net Force entlang. Heute schlug er einen anderen Weg ein als bei bisherigen Gelegenheiten. Aber heute war sein Ziel auch nicht das Büro von Captain Winters – oder besser, wie die Dinge sich im Augenblick entwickelten, das ehemalige Büro von Captain Winters.

Nein, an diesem Nachmittag befand er sich auf dem Weg in die Höhle des Henkers Hank Steadman.

Die Büroräume der Abteilung für innere Angelegenheiten waren nicht viel anders als die Büros der anderen Agents der Net Force, die Matt schon gesehen hatte.

Was hast du erwartet?, fragte er sich. *Daumenschrauben? Eine Folterkammer?*

Abgesehen von der Tatsache, dass es keinen Ausblick nach draußen und kein virtuelles Fenster gab, war Steadmans Büro mit allen anderen Büroräumen identisch.

Mit einem sarkastischen Grinsen sprang Henker Hank von seinem Schreibtisch auf.

»Ich kann immer noch nicht fassen, dass ich bei dieser Geschichte zugestimmt habe«, grollte er mit verächtlicher Stimme. »Ich kann es kaum glauben, dass Dorpff so etwas überhaupt vorgeschlagen hat. Kommt direkt von der Polizeiakademie und wird nicht einmal mit einem Haufen Jugendlicher fertig – lässt sich von ihnen weich klopfen.«

»Agent Dorpff hat verhindert, dass es zu einer Welle virtueller und öffentlicher Sabotage kam.« *Mit großzügiger Hilfe von David*, fügte Matt in Gedanken hinzu. »Ich bin mir sicher, dass Sie gehört haben, was mit Jay-Jay McGuffin geschehen ist.«

»Es wäre sicherlich ein Unterschied, diesen Blödsinn bei einem Agent der Net Force zu versuchen.« Steadman schaute Matt an und lächelte. Es war kein angenehmes Lächeln. »Und nachdem du dir einige Dinge angesehen hast, die wir zusammengestellt haben, bist du vielleicht nicht mehr so enthusiastisch, was Winters angeht.«

Er stellte Matt einem Techniker vor, der sie in ein hervorragend ausgerüstetes Labor führte.

»Zeigen Sie ihm die spektografische Analyse der Explosionsrückstände«, befahl Steadman.

Ein anderer Techniker hastete zu einem Computer.

Sieht aus, als ob Steadman die Zügel straff in der Hand hat, dachte Matt. *Vielleicht ein bisschen zu straff.*

Nach einigen schnellen Befehlen tauchte eine holografische Darstellung auf. Auf dem Bild sah man verschiedene Lichtstreifen. »Das obere Bild ist eine Spektografie von den Rückständen der Überreste von Stefano Alcistas Wagen. Es zeigt die chemische Zusammensetzung des Sprengstoffs, der Steve den Bullen in die Luft gejagt hat.«

Steadman deutete auf einige verschmierte Streifen. »Diese hier repräsentieren die Identifikationschemikalien zur Kennzeichnung einer bestimmten Menge Semtec, die kurz nach dem Mord an James Winters' Ehefrau hergestellt wurde.«

Wieder ein Befehl, dann erschien ein ähnliches Bild unter dem ersten. »Dies ist eine Spektografie von den Rückständen, die wir in der Werkstatt von Winters gefunden haben.«

Matt hatte sich noch nie für ein besonderes Genie in Naturwissenschaften gehalten, doch sogar ihm fielen die gleichen Lichtverschmierungen auf.

»Die gleichen Identifikationschemikalien«, stellte Steadman fest.

Auf seinen Befehl hin erschien eine dritte Spektografie. »Die stammt aus dem Bombenkrater in der Ortschaft in der Nähe von Winters' Haus«, verkündete Steadman mit seidiger Stimme. »Achte ...«

»Ich habe Augen im Kopf«, erwiderte Matt angespannt.

»Sollen wir uns jetzt dem so genannten Alibi deines Freundes zuwenden?«, fragte der Henker Hank.

»Captain Winters sagte, er wurde von einem Spitzel kontaktiert ...«, begann Matt.

»Also, wenn das stimmt, dann muss es auf telepathischem Weg geschehen sein«, warf Steadman sarkastisch ein. »Zeigen Sie uns die Unterlagen«, befahl er seinen Technikern. »Hier ist der Nutzungsbericht für den entsprechenden Schaltkreis der örtlichen Telefongesellschaft. Zur kritischen Zeit ergingen keine Anrufe an den Schaltkreisbereich, zu dem das Bürotelefon von Winters gehört. Und nur für den Fall, dass du fragen solltest, auch auf seinem Brieftaschentelefon ist er nicht angerufen worden.«

Jetzt tauchten andere Zahlen auf. Steadman deutete mit dem Finger. »Hier ist das Logbuch der Net Force, zur Sicherheit in unseren eigenen Computern versiegelt. Siehst du irgendwelche Telefoneingänge für das Büro des Captains?«

»Eines habe ich im Kontakt mit der Net Force gelernt: An Aufzeichnungen kann man herumpfuschen – man kann sie sogar komplett löschen«, erwiderte Matt störrisch.

»Richtig«, entgegnete Steadman gehässig. »Und irgendein Pimpf könnte die Unabhängigkeitserklärung der Vereinigten Staaten stehlen – das wäre etwa genauso leicht. Zugegeben, es besteht die Möglichkeit, dass sich jemand bei der Telefongesellschaft übers Netz einhackt. Aber bei unseren Telefonlogbüchern sprechen wir von der Sicherheitsorganisation der Net Force. Wenn es irgendjemandem gelingen würde, sich auf diese Weise in unsere Systeme zu hacken, würde ich den Betreffenden auf der Stelle als Experten einstellen.«

Er lachte und gab eine Reihe von neuen Befehlen. »Hier kommt der Gnadenstoß. Wir haben diese Fragmente von Fingerabdrücken auf einigen Bruchstücken am Krater gefunden.« Er wartete eine Sekunde. »Auf der Testbombe von Winters.«

»Sie können nicht ...«, begann Matt.

»Doch«, unterbrach ihn Steadman. »Und hier ist der Grund dafür.«

Es erschien das Bild von einigen verbogenen Stücken aus Metall und Plastik. Einen Augenblick später sprangen schwache Zeichnungen ins Blickfeld, Kreise und Kurven – Teile von Fingerabdrücken.

»Dies ist eine Kopie von den Fingerabdrücken von James Winters aus seinen Regierungsunterlagen.« Die Erklärung war überflüssig. Der Name des Captains stand oben auf dem Formular.

»So, und jetzt schau dir das hier an.« Steadman konnte sich ein hämisches Grinsen nicht verkneifen.

Plötzlich leuchteten die Fragmente der Abdrücke auf den Bombenresten knallrot auf. Sie bewegten sich von ihrer Position, drehten sich in der Luft und senkten sich auf die Fingerabdrücke in den offiziellen Unterlagen von Winters. Die Fragmente kamen direkt über den Kopien der Unterlagen zum Stillstand. An einer Übereinstimmung konnte kein Zweifel bestehen.

»Persönlich würde ich sagen, dass dies der gravierendste Faktor bei diesem Fall ist«, sagte Steadman.

»Aber Fingerabdrücke können doch schon seit mehr als dreißig Jahren abgenommen und übertragen werden«, argumentierte Matt verzweifelt.

»Und wer hätte das tun sollen? Böse Agenten aus der zwölften Dimension?« Offensichtlich gefiel es Steadman nicht, wenn jemand seine Entdeckungen infrage stellte.

»Jeder, der in der Lage ist, einen anständigen Einbruch durchzuziehen«, entgegnete Matt. »Doch eigentlich benötigt man nicht allzu viel kriminelle Intelligenz, um in die Garage von Captain Winters einzubrechen. Schließlich verbringt er – oder verbrachte er – den größten Teil seiner Zeit hier in seinem Büro.«

»Mit Ausnahme des Nachmittags, an dem Stefano Alcista umgebracht wurde«, unterstrich Steadman.

Matt zwang sich, mit ruhiger Stimme zu sprechen. »Sie haben einen beachtlichen Fall zusammengestellt, doch dabei wird eine Tatsache übersehen.«

»Und die wäre?«

»James Winters ist Agent der Net Force. Doch Ihrer Meinung nach hat er bei der Durchführung dieses Mordes eine Reihe von Fehlern gemacht, die selbst der blutigste Amateur hätte vermeiden können. Zum Beispiel: Wenn Sie jemanden in die Luft jagen wollen, warum bauen Sie die Bombe in Ihrem eigenen Haus und testen sie in der Nachbarschaft, wo es mit Sicherheit irgendjemandem auffällt?«

Steadman zuckte die Achseln. »Wahrscheinlich war es der geeignetste Ort, den Winters auf die Schnelle finden konnte.«

»Ach, richtig. Winters musste alles auf die Schnelle erledigen. Doch andererseits glauben Sie, dass er diesen Anschlag seit vier Jahren plante. Damals hätte er das Semtec doch besorgen müssen – als seine Frau umgebracht wurde, nicht wahr?«

Steadman runzelte nur die Stirn.

»Was noch wichtiger ist, Winters hat kein Alibi. Denken Sie mal darüber nach – er ist Agent der Net Force und steht kurz davor, ein schweres Verbrechen zu begehen. Man möchte glauben, er wäre in der Lage, irgendeine Aufzeichnung zu fälschen und in die Computer einzugeben, um sich selbst zu decken.«

»Vielleicht fehlte ihm die Zeit dazu«, schlug Steadman vor.

»Er hatte mehrere Tage Zeit, bevor Sie Ihre Untersuchung auch nur angefangen haben«, antwortete Matt. »Man sollte wirklich meinen, er hätte sich mit solchen Details in den Tagen nach der Tat beschäftigt, wenn ihm vorher die Zeit dazu gefehlt hätte.«

»Unter Umständen machte er sich Sorgen, dass er Alarm auslösen könnte, wenn er Beweise fälscht. Warum sollte er jemanden auf sich aufmerksam machen?«

»Klar, wie logisch«, bemerkte Matt sarkastisch. »Zumindest für Ihre Fallkonstruktion. Doch der Captain bleibt bei seiner Geschichte von diesem Telefonanruf – mir erscheint das wie die Aussage eines Unschuldigen ...«

»... der zufällig seine Fingerabdrücke überall auf der Testbombe hinterließ«, schnitt ihm Steadman das Wort ab.

»Genau!« Matt nickte. »Captain Winters hätte gewusst, dass er beim Bauen der Bomben für den Test und für den Anschlag Gummihandschuhe tragen muss. Investigationstechniken gehörten zu seiner Ausbildung. Er weiß, wie viele Details die Labortechniker aus den Überresten eines Sprengsatzes herauslesen können. Und als die erste Bombe nicht richtig funktionierte, hätte er wirklich all diese Stücke herumliegen lassen, damit Ihre Leute sie finden? Nach den uns vorliegenden Informationen könnten diese Überreste absichtlich dort hingebracht worden sein ...«

»Wir wissen, dass die Bombe dort explodiert ist.« Mit einer Handbewegung schloss Steadman seine Assistenten ein. »Bei der Explosion ist ein Baum umgestürzt. Wir mussten einen Kran holen, um ihn aus dem Weg zu räumen – und wir haben Spuren unter dem Stamm gefunden.« Er schob sein Gesicht dicht an Matts heran. »Die Explosion war echt, die Sprengstoffspuren sind echt, die Fingerabdrücke sind echt.«

Er trat einen Schritt zurück und versuchte allem Anschein nach, einen vernünftigen Eindruck zu machen. »Ich weiß, dass du viel von Winters hältst. Aber offensichtlich hat er Fehler gemacht. Wenn man glaubt, dass man über den Gesetzen steht, ist das vielleicht unvermeidlich.«

Matt presste die Kiefer aufeinander. *Na*, dachte er, *Sie müssen das ja wissen ...*

10

Die virtuelle Nachricht hing in holografischer Projektion über Leifs Computersystem. Es war nur eine Adresse im Netz, mit der folgenden Mitteilung: »Treffen um halb neun.«

Leif schaute lange auf die flimmernden Buchstaben, doch er konnte nichts Neues entdecken – zum Beispiel, wer ihm diese anonyme Mail geschickt hatte. Er könnte sich auf die Suche nach dem Ursprung der Nachricht machen, aber wahrscheinlich würde er damit vor dem Zeitpunkt des Treffens nicht fertig werden.

Könnte es mit seinen Versuchen zu tun haben, Captain Winters' Unschuld zu beweisen? Vielleicht war es irgendeine finstere Gestalt, wie der Typ, der den Watergateskandal ausgelöst hatte. Wie hatte er sich noch genannt? Deep Voice? Nein, Deep Throat.

Aber sollte er hingehen? Es könnte der Feind ohne Gesicht sein, der alles daransetzte, den Captain ins Unglück zu stürzen ...

Angewidert schüttelte Leif den Kopf. Offensichtlich drehte er bei dieser Geschichte allmählich durch, wenn er schon auf solche Gedanken kam.

Natürlich würde er zu dem Treffen gehen! Er musste herausfinden, wer hinter der Mitteilung steckte – selbst wenn es nur ein dummer Scherz war.

Mit ein paar Schritten erreichte Leif seinen Computer-Link-Sessel. Er ließ sich in die bequeme Polsterung sinken, doch seine Muskeln waren ein wenig angespannt. In der letzten Zeit geschah das regelmäßig, wenn er sich darauf vorbereitete, sich ins Netz einzuklinken. Leif hatte einen Schock an den Nerven erlitten, die den in seinen

Kopf implantierten Schaltkreis umgaben. Immer wenn er im Sessel diese Schaltkreise synchronisierte, verspürte er noch einen leichten Schmerz.

Er biss die Zähne zusammen und kämpfte sich durch das Rauschen im Kopf und die Schmerzen, die jetzt immer beim Übergang ins Netz auftraten. Dann öffnete er die Augen und vor ihm erschien sein virtueller Arbeitsplatz. Er saß auf einem Sofa im dänischen Stil in einem holzverkleideten Raum. Durch ein großes Fenster sah er, wie sich ein blassblauer Himmel über grüne Felder wölbte.

Aber der virtuelle Ausblick interessierte ihn im Augenblick nicht. Leif stand auf und wandte sich der rückwärtigen Wand zu. In einem komplizierten Muster verliefen dort diverse Regale. In einem wirklichen Haus wäre diese Anordnung vielleicht als Kuriositätenkabinett bezeichnet worden. Aber das Spezielle an ihr war, dass sie sich über die gesamte Wand vom Boden bis zur Decke erstreckte und von oben bis unten mit Icons gefüllt war.

Leif hätte seinem Implantat befehlen können, ihn direkt zum Treffpunkt zu befördern. Doch er hielt es für ratsamer, sich zunächst mit ein paar Programmen zu bewaffnen. Er wählte eine kleine Figur, die wie ein Blitz aussah – das Programmicon für Kommunikationsprotokolle. Dann nahm er sich eine andere Figur, die aussah wie ein Mann in einem Kapuzenmantel. Und nach kurzer Überlegung griff er noch nach einer dritten Figur – einem besonders hässlichen chinesischen Dämonen.

Doch als er sie berührte, löste sie sich nicht. Stattdessen öffnete sich ein kompletter Teil der Regalwand – eine Geheimtür, hinter der sich, in die Wand eingelassen, eine weitere Ansammlung von Regalen verbarg. Diese Icons repräsentierten Programme, die Leif nicht ausleihen, verlieren und in einigen Fällen auch nicht finden wollte.

Wieder zögerte er vor seinem versammelten Arsenal und nahm schließlich ein Programmicon, das aussah wie ein kleines Messer.

Nachdem er die äußere Regaltür wieder geschlossen hatte, steckte er das Messerprogramm in die Tasche und hielt die beiden anderen Icons in den Händen. Dann streckte er die Hand mit dem Blitz nach vorn und dachte an die Netzadresse, die er erhalten hatte.

Einen Augenblick später flog er durch ein Paradies aus Neon – oder durch einen Albtraum, je nach Einstellung des Betrachters. Virtuelle Konstrukte in grellen Farben machten sich gegenseitig den Rang der besten Show im Cyberspace streitig. Zum Teil war es wie eine Schaubude, zum Teil wie ein Kaleidoskop. Egal wie sehr sich einige Leute darüber beschwerten, es war ein unvermeidlicher Bestandteil des modernen Lebens.

Er flog weiter und verließ die Netzzentren mit ihrem intensiven Verkehr. Allmählich erreichte er, was er als die ›Vorstädte‹ bezeichnete – Sites, die von weniger bedeutenden Unternehmen eingerichtet worden waren, oder Konstrukte, die es noch kleineren Firmen oder Einzelpersonen ermöglichten, sich im Netz darzustellen. Einige Hacker, die Leif kannte, arbeiteten mit solchen Adressen und wechselten ständig ihre billigen und anonymen virtuellen Büros.

Könnte einer von ihnen sich ein neues Hauptquartier eingerichtet haben? Leif versuchte, sich an seine jüngsten, mit der Kreditkarte getätigten Ausgaben zu erinnern. Wenn ein professioneller Hacker Informationen für ihn hatte, würde es nicht billig werden. Er hasste es, seinen Kreditrahmen zu überziehen. Dann würde es nur unnötige Fragen von seinen Eltern geben.

Doch Leif raste weiter in die öden Außenbezirke des

Netzes hinein. Hier draußen kümmerte sich niemand um elegante Äußerlichkeiten. Die Fassaden waren alle gleich: niedrige, einfache Zweckbauten, die Lagerhäusern glichen und sich in Richtung auf den virtuellen Horizont endlos fortsetzten wie Chips auf einer Schaltkreisplatte – oder wie Mausoleen auf einem Friedhof. Dies war die Tiefenzone – die Heimat der toten oder zumindest sehr tief unten archivierten Daten.

Leif kannte ein paar Leute, die sich in diese inaktiven Speicher hineinhackten. Dann löschten sie wertlose Aufzeichnungen, um virtuelle Partyräume zu schaffen oder geheime Rendezvous-Sites – oder Orte, an denen sie Leute in die Falle lockten, die ihre Nasen in die falschen Geheimnisse steckten.

Dies war die virtuelle Entsprechung zum Betreten einer dunklen Gasse. Und obwohl es alle möglichen Einrichtungen gab, um vor Verletzungen in der virtuellen Realität zu schützen, so war doch Leif ein lebendes, leidendes Beispiel dafür, dass Spezialisten existierten, die diese Einrichtungen mit den entsprechenden Programmen umgehen konnten.

Leif schaute auf das Icon in der anderen Hand und aktivierte es. Der Hacker, von dem er es gekauft hatte, bezeichnete das Programm als Computerversion einer Tarnkappe, die den Träger unsichtbar machte. Viele Leute surften mit Proxys im Netz – Masken, die ihre wahre Identität verbargen. Dieses Programm ging noch einen Schritt weiter und verwandelte Leif in einen kleinen, unsichtbaren Mann, indem es sämtliche Indizien seiner Gegenwart ausblendete. Er hatte es bereits ein paar Mal bei Partys und ähnlichen Gelegenheiten ausprobiert und es schien recht gut zu funktionieren.

Heute würde die Anwendung eher nützlich als amüsant sein. Er wollte herausfinden, wer auf ihn wartete, bevor er selbst gesehen wurde. Und er wollte wissen, welche virtuellen Trümpfe diese mysteriöse Person verbarg.

Dort war die Adresse. In einer Spirale landete Leif auf dem Gebäude – dann glitt er durch das Dach nach unten.

Innen befand sich ein scheinbar ungenutzter, großer, hallender Raum von der Größe des virtuellen Saales, in dem sich die Net Force Explorer zu ihren Zusammenkünften trafen. Doch nur eine einzige Person war zu sehen, ein hübsches Mädchen mit kastanienfarbenen Haaren und braunen Augen. Megan O'Malley.

Leif stellte den Unsichtbarkeitsschild ab und holte das Messericon hervor. Dieses kleine Instrument würde mit Sicherheit allerlei Netzprogramme durcheinander bringen. Leif hoffte, damit eventuelle Fallen zu entschärfen – und wenn nötig den Angreifern einen schmerzhaften Denkzettel zu verpassen.

»Hoffentlich warst du es wirklich selbst, die mich hierher bestellt hat«, sagte er zu Megan. »Sonst stecken wir beide im Schlamassel.«

Bei seinem plötzlichen Auftauchen fuhr Megan fast aus ihrer virtuellen Haut.

»Musste das sein?«, fauchte sie ihn an. Nachdem sie tief Luft geholt hatte, sagte sie: »Was immer du in der anderen Hand versteckt hast, du kannst es jetzt wegstecken. Ich bin's wirklich.«

Leif entspannte sich ein wenig. »Hübsch hast du es hier.«

»Ich ... habe den Ort erst vor kurzer Zeit entdeckt«, entgegnete Megan. »Offensichtlich sollte er zur Datenspeicherung eingesetzt werden, doch er wurde nie genutzt.« Einen Augenblick lang zögerte sie. »Ich dachte, es wäre die richtige Umgebung für ein privates Gespräch.«

»Über was?«

»Was glaubst du wohl? Das Wetter?«, schnaubte sie. Dann schüttelte sie den Kopf. »Wir haben gesehen, dass die offiziellen Stellen beschlossen haben, Captain Winters fertig zu machen. Und die Leute, die ihm helfen wollen ... also ich finde, sie konzentrieren sich entweder zu sehr auf irgendwelche Rachepläne, um irgendwas Sinnvolles zu unternehmen, oder es sind Leute wie Matt Hunter.«

»Manchmal ein bisschen zu artig, wenn es in ihrem eigenen Interesse ist?«, fragte Leif.

»Er meint es ja gut, aber es ist irgendwie wie diese Sache mit der Unterschriftensammlung, die er organisiert hat. Sehr hübsch, aber nicht allzu wirksam. Er wird nicht weit genug gehen.«

»Und außerdem wird er von den herrschenden Mächten als Vertrauensperson behandelt«, fuhr Leif fort. »Wenn man Dorpff als herrschende Macht bezeichnen kann.«

Mit grimmigem Gesicht nickte Megan. »Matt wird sich sehr viel Mühe geben, aber er wird sich haargenau an die Regeln halten. Und er wird wahrscheinlich alles daransetzen, Gegenbeweise dafür zu finden, dass dem Captain die ganze Geschichte angedichtet werden soll.«

»Richtig. Aber versteh mich nicht falsch«, erwiderte Leif. »Ich bewundere die geradlinige Art von Matt. Häufig kommt er ziemlich weit damit.«

»Aber in diesem Fall wird er damit nichts erreichen«, wiederholte Megan. »Deshalb sind wir jetzt dran.«

»Was heißt das?«

Sie beugte sich zu Leif. »Wir müssen das tun, was getan werden muss. Es ist ja nicht so, als ob wir so was noch nie gemacht hätten. Und beim letzten Mal hatten wir nicht mal einen so guten Grund.«

»Aber wir sind auch fast aus den Net Force Explorer

rausgeworfen worden, wegen dieser ... außergewöhnlichen Initiative«, erinnerte sich Leif.

Megan schaute ihm in die Augen. »Ja, ja. Und darüber machst du dir wahnsinnige Sorgen, wenn ich mir ansehe, was du seitdem so angestellt hast. Du lässt dich doch nicht von ein paar idiotischen Regeln einschränken.« Ihr Gesicht zuckte. »Ich frage mich immer noch, wie du an all die Informationen über HoloNews und Tori Rush gekommen bist. Wahrscheinlich hast du mit irgendeiner plappernden Angestellten geflirtet. Was musstest du dafür machen? Ein paar Mal mit ihr tanzen? Ihr Drinks spendieren? Was sonst noch?«

Leif spürte, wie ihm die Röte ins Gesicht stieg. Manchmal war ihm Megan regelrecht unheimlich. Oder hatte sie ihm irgendwie nachspioniert? Auf jeden Fall bekam er Schuldgefühle wegen ihr. Megan wusste mit Sicherheit, dass er sie sehr attraktiv fand. Nutzte sie diesen Umstand aus, um ihn zu dieser Aktion zu drängen?

Er atmete tief durch. »Okay, dann können also Menschen mit guten Absichten manchmal die Linie überschreiten, wenn sie fest an etwas glauben. Nach dieser Logik könntest du auch eine andere Frage stellen. Warum konnte Winters nicht gegen die Regeln verstoßen und Alcista beseitigen?«

Megan sah aus, als hätte er ihr ins Gesicht geschlagen. »Wenn du so darüber denkst ...«, begann sie.

»Ich denke *nicht* so darüber«, griff Leif ihre Worte auf. »Ich dehne die Möglichkeiten der Gesetze etwas aus, gehe auf dünnes Eis, riskiere Kopf und Kragen ... aber ich weiß, dass es so was wie Richtig und Falsch gibt. Und auf meine Weise versuche ich, diese Linie nicht zu überschreiten, sondern auf der richtigen Seite zu bleiben. Außerdem ist auch James Winters einer von der richtigen Sorte.« Wieder holte er tief Luft. »Ich weiß hundertprozentig, dass er unschuldig ist. Wenn er Alcista aus dem Weg haben wollte, hätte er es auf dem rechtlichen Weg versucht, nicht mit Semtec. Natürlich werde ich dir helfen. Wie die Dinge aussehen, werden wir etwas weiter gehen müssen als Leute wie Matt oder David.«

Leif zeigte mit dem Finger auf Megan. »Aber wir haben hoffentlich beide ein paar nützliche Dinge bei unserem letzten kleinen Abenteuer gelernt. Wir dürfen einander nichts vormachen. Das hier ist kein Job für den einsamen Cowboy. Der Kerl hinter dieser Geschichte ist ein Killer, dem es außerdem nichts ausmacht, die Tat einem Unschuldigen anzuhängen. Wenn wir nicht aufpassen, könnte es ziemlich gefährlich für uns werden. Wir müssen in Kontakt bleiben. Und wir sollten einander unterstützen – was die Informationen angeht und wenn nötig auch körperlich.«

Zwar stand Megan der Widerspruchsgeist ins Gesicht geschrieben, doch sie nickte.

»Schön«, sagte Leif. »Dann erzähl mir mal deine neuesten Geheimnisse. Anschließend werde ich dir meine Neuigkeiten berichten.«

Matt marschierte in seinem Zimmer auf und ab, ging auf den Computer zu, wandte sich wieder ab. Er hatte sein Bestes gegeben, um die Verdachtsmomente der Abteilung für innere Angelegenheiten gegen Captain Winters infrage zu stellen, aber es war, als ob er mit dem Kopf gegen eine Wand hämmern würde. Zwar konnte er Einwürfe und Widersprüche vorbringen, doch in Anbetracht der handfesten Beweisindizien und der angeblichen Fakten, die Steadman zusammengestellt hatte, war alles nur heiße Luft.

Natürlich hätte jemand in die Garage von Captain

Winters einbrechen und Spuren von Plastiksprengstoff auf seiner Werkbank hinterlassen können. Einem kompetenten Hacker würde es vielleicht gelingen, in die Computer der Net Force zu gelangen und die Einträge der durchgeführten Telefongespräche zu fälschen. Und es bestünde sogar die Möglichkeit, dass sich jemand die Fingerabdrücke von Captain Winters besorgt, sie kopiert und auf den Fragmenten der Testbombe platziert hatte. Sobald man die Möglichkeit für auch nur den kleinsten Fälscherjob zuließ, ließ man alle zu. Aber wenn man diese verbrecherischen Aktivitäten nicht beweisen konnte, hatte man nur eine Theorie. Heiße Luft.

Zur Vernebelung der Angelegenheit könnte ein gewitzter Anwalt vielleicht diese heiße Luft vor Gericht nutzen. Matt erinnerte sich an einen ziemlich berüchtigten Mordfall in Hollywood, bei dem ein Filmstar aus der Zeit des Flachfilms – ein ehemaliger Sportler – auf diese Weise trotz Mordanklage freigesprochen worden war. Doch seine Karriere – und sein Leben – waren daraufhin für immer ruiniert.

Das konnte sich Matt für Captain Winters nicht wünschen.

Es muss einen Weg geben, die Fallinterpretation der Abteilung für innere Angelegenheiten zu durchlöchern, sagte er sich. *Wo können wir anfangen?* Könnten sie die Nachbarschaft des Captains durchforsten und nachfragen, ob in den letzten vier Wochen irgendwelche verdächtigen Gestalten dort aufgetaucht waren?

Vielleicht sollten sie sich auf die so genannte Testbombe konzentrieren. Alle Leute, die in der Nähe der Explosionsstelle lebten, ansprechen, um herauszufinden, ob sie die Explosion gehört hatten und ob sie sich an irgendwelche brauchbaren Einzelheiten erinnerten ...

Leise fluchte Matt vor sich hin. Inzwischen waren Wochen vergangen. Würden sich die Leute nach so langer Zeit an Einzelheiten erinnern? Und wenn es ihnen gelingen würde, was er bezweifelte, würden sich potenzielle Zeugen auf ihre verschwommenen Erinnerungen verlassen? Oder würden sie einfach das akzeptieren, was ihnen die Medien bereits berichtet hatten, und es wiederholen?

Während er sich mit den Fingern durch die Haare fuhr, bis er wie eine fürchterliche moderne Skulptur aussah, marschierte Matt weiter hin und her. Vielleicht sollten sie wieder ganz am Anfang ansetzen und jemanden mit einem Motiv ausfindig machen, sowohl für den Mord wie auch für die konstruierten Beweise gegen den Captain.

Ganz vorn auf der Liste stand immer noch Tori Rush. Sie hatte Interesse an einem saftigen Skandal. Der Angriff auf die Ehrlichkeit und die Integrität der Net Force garantierten ihr einen Haufen Aufmerksamkeit, vielleicht sogar eine Beförderung. Aber trotzdem – einen unschuldigen Mann eines Mordes zu bezichtigen, nur um ein eigenes Nachrichtenmagazin zu erhalten ... Matt konnte sich kaum vorstellen, dass so was ein Motiv für einen Mord sein könnte.

Bestand die Möglichkeit, dass es ein persönliches Motiv in diesem Durcheinander gab? Irgendjemand, der Captain Winters aus irgendeinem Grund hasste? Ihn so sehr hasste, dass er einen Mord beging und dann versuchte, ihn Winters anzuhängen? Natürlich war es theoretisch möglich. Um zu entdecken, ob jemand in dieses Schema passte, müsste man wahrscheinlich Einsicht in die Unterlagen der Net Force erlangen. Dann könnte man vielleicht herausfinden, wen der Captain ins Gefängnis gebracht hatte. Wahrscheinlich würden aber weder Steadman noch Dorpff mit dieser Information herausrücken wollen.

Wenn man über Hacker daran gelangte, war das illegal. Allerdings kannte er einige Net Force Explorer, denen so was wahrscheinlich gelingen würde.

Wütend stopfte Matt die Hände in die Taschen. Solch ein Vorgehen war illegal. Wahrscheinlich würde jemand geschnappt und ins Gefängnis gesteckt werden. Dafür wollte er nicht die Verantwortung tragen.

Allem Anschein nach gab es nur eine einzige Person, die wütend genug auf den Captain war, um zu versuchen, ihm einen Mord anzuhängen. Unglücklicherweise schien Stefano Alcista nicht der Typ für subtile Rachefeldzüge zu sein – und mit Sicherheit nicht der Typ, der sich selbst in die Luft jagte.

Es sei denn ... vielleicht hatte der Mafiaboss seinen Tod nur vorgetäuscht! Das würde Steve dem Bullen die Gelegenheit geben, sich völlig aus dem Geschäft zurückzuziehen. Gleichzeitig würde er die Schuld an seinem Tod dem Mann in die Schuhe schieben, der ihn ins Gefängnis gebracht hatte. Schließlich hatte Alcista mal vorgehabt, Winters in die Luft zu jagen. Wieso nicht sein Leben ruinieren, statt ihn zu töten?

Vielleicht war es nicht mal ein vorgetäuschter Tod, dachte Matt. *Wir sollten uns einmal die ärztlichen Unterlagen von Alcista ansehen. Vielleicht war er krank, hatte nicht mehr lange zu leben ...*

Mit einem Kopfschütteln versuchte er, solche lächerlichen Gedanken zu vertreiben. Diese Art von brillanter Schlussfolgerung tauchte normalerweise am Ende von lahmen Krimis auf.

Dann kann ich es gleich auf die kleinen grünen Wesen schieben, die versuchen, den Captain unglaubwürdig er-

scheinen zu lassen, weil er eine ihrer fliegenden Untertassen gesehen hat.

Was er brauchte – was jeder auf der Seite des Captains brauchte – war ein handfester Beweis, dass Winters sich niemals in der Nähe von Alcistas Wagen aufgehalten hatte, insbesondere nicht zu dem Zeitpunkt, den Steadman und seine Leute annahmen.

Erneut dachte Matt über die Geschichte des Captains nach. Er war von einem alten V-Mann angerufen worden, der ihn persönlich treffen wollte. Wie konnte das bewiesen werden? Den Informanten zur Rede stellen? Doch der Anruf musste nicht notwendigerweise vom wirklichen V-Mann gemacht worden sein. Es hätte eine am Computer konstruierte Tonaufnahme sein können, um Winters für den kritischen Zeitraum aus seinem Büro zu locken.

Wenn die Archive stimmten, stand der Captain an der Ecke von G Street und Wilson Avenue und wartete darauf, dass sein Kontaktmann auftauchte. Vielleicht könnte er das irgendwie beweisen?

Eine Sekunde lang hatte Matt die entmutigende Vision, wie er an der besagten Ecke stand und allen Passanten ein Bild von Winters zeigte und sie fragte, ob sie sich daran erinnerten, ihn vor zwei Wochen an derselben Ecke gesehen zu haben.

Dann hatte er einen Einfall. Es könnte tatsächlich einen Zeugen mit untrüglichem Gedächtnis geben – und der Fähigkeit zu beweisen, dass der Captain dort war, wo er vorgab, gewesen zu sein. Ein unerschütterlicher Zeuge, dessen Zeugnis wahrhaft mechanische Präzision hätte. Die Ecke Wilson und G befand sich mitten im Stadtzentrum und viele Gebäude in der Umgebung wurden zumindest zeitweise von Sicherheitskameras überwacht.

In den alten Tagen der Videoüberwachung wären die Videobänder wahrscheinlich inzwischen ausgewechselt worden. Aber digitale Kameras lagerten ihre Bilder direkt im Computerspeicher. Möglicherweise, aber auch nur vielleicht, befand sich irgendwo in einem Computer im Stadtzentrum ein gespeichertes Bild von einem genervt herumstehenden Captain Winters mit einem hübschen Zeit- und Datumseintrag dabei.

Natürlich wären Hackeraktivitäten auch bei solchen Computern keine legale Angelegenheit ...

Augenblicklich wandte sich Matt seinem Computersystem zu und gab hastig einige Befehle, bevor ihn unter Umständen der Mut verließ. Doch irgendwie erschien ihm dieses Vorgehen nicht ganz so schlimm wie der Versuch, in gesicherten Archiven der Net Force herumzuwühlen.

Außerdem, sagte er sich, *kannst du nicht einfach herumhängen und nur wegen ein paar blöder Regeln nichts tun, während du etwas unternehmen könntest, das unter Umständen echte Hilfe bringt ...*

Nachdem Matt Hunter die ganze Nacht im Netz verbracht hatte, fühlte er sich mehr tot als lebendig und räkelte sich müde auf dem Computer-Link-Sofa. Wahrscheinlich wäre Steine schleppen auf dem Bau körperlich anstrengender. Aber während sein Körper hier gelegen hatte und gelegentlich mit Muskelreizen versorgt worden war, damit er nicht völlig abschlaffte, hatte sich Matt der Nerven aufreibenden Beschäftigung gewidmet, mit diversen

Tricks Daten aus verschiedenen Computersystemen herauszukitzeln.

Vom ersten Kontakt bis zum unversehrten Ausklinken hatte er eine Reihe von Sicherheitsprogrammen und auch eine Hand voll lebender Systemmanager überlisten müssen. Matt fühlte sich schlaffer als ein Putzlappen, den jemand ausgewrungen und zum Trocknen aufgehängt hatte. Er fragte sich, ob er die nötige Kraft aufbringen würde, um aufzustehen, ins Badezimmer zu gehen und sich mit kaltem Wasser das Gesicht zu waschen.

Am schlimmsten war jedoch, dass alle seine Bemühungen umsonst gewesen waren. Zuerst hatte Matt im Telefonbuch nachgesehen und alle Adressen überprüft, von denen die fragliche Straßenecke eingesehen werden konnte. Dann hatte er nachgeforscht, welche der dort ansässigen Firmen mit Überwachungskameras ausgerüstet waren. Schließlich musste er sich in die Systeme der entsprechenden Gebäude hacken und sich das Bildmaterial für den fraglichen Tag ansehen.

Das Resultat? Nicht eine einzige Kamera filmte exakt die Ecke G Street und Wilson Avenue. Einige Meter weiter hier, ein halber Block entfernt dort. Wenn es wirklich einen Winkel gab, aus dem eventuell ein wartender James Winters an dieser Ecke zu sehen war, so hatte er ihn nicht gefunden. Das war irgendwie merkwürdig. Er hätte gewettet, dass es unmöglich wäre, in diesem Stadtbezirk einen nicht überwachten Quadratzentimeter zu finden.

Stöhnend versuchte Matt aufzustehen.

Das habe ich nun davon, dass ich gegen das Gesetz verstoßen habe, dachte er.

Bald musste er in die Schule. Wahrscheinlich würde er wie ein Zombie in den Fluren der Bradford Academy herumstolpern –

Tot ... Wieder schloss Matt die Augen. Es lohnte sich nicht, jetzt noch ins Bett zu gehen. Er würde einfach hier liegen bleiben und noch etwa eine Stunde lang dösen –

In diesem Augenblick beschloss seine Brieftasche, ihn aus der Hosentasche anzugreifen.

Matt blinzelte und versuchte, sein müdes Gehirn zum Funktionieren zu bringen. Ach so – das Brieftaschentelefon vibrierte ...

Er fischte die Brieftasche heraus, suchte die Folientastatur und schaltete auf Telefonformat.

»Hallo?« Seine Stimme glich eher einem Aufstöhnen.

»Matt?« Selbst unter Anbetracht der technischen Grenzen des Folientelefons hörte sich die Stimme in der Leitung unglaublich dünn und blechern an. Erst nach einer Weile schaltete Matt.

»Spritzer?« Blinzelnd warf Matt einen Blick auf die Uhr und zuckte erschreckt zurück. »Weißt du eigentlich, wie viel Uhr es ist? Wieso bist du schon auf?«

»Also – hm – ich habe bis jetzt gehackt«, gestand Mark Gridley.

Komisch, ich weiß, wie sich das anfühlt, dachte Matt.

Schnell sprach Mark weiter. »Tut mir Leid. Ich weiß, dass es sich ein bisschen eigenartig anhört. Ich bin immer noch im Netz. Habe mir gedacht, dass es auf diesem Weg ruhiger ist, als wenn ich mich ausklinke und auf dem normalen Telefon anrufe.«

Da hatte er wohl Recht. Die Videofone klingelten nicht gerade diskret. Und Mütter und Väter, die davon vor Tagesanbruch geweckt wurden, waren selten begeistert. Matts Eltern würden sich kaum über die Entdeckung freuen, dass er die ganze Nacht im Netz verbracht hatte. Spritzer würde wahrscheinlich noch schlimmer als Matt dran sein. Schließlich war er vier Jahre jünger – und sein Vater war der Chef der Net Force.

Mark plapperte immer noch. »Wenn ich auf dem Haustelefon angerufen hätte, wären wahrscheinlich alle im Haus wach geworden. Deshalb habe ich gebetet und es auf deinem Folientelefon versucht. Bin eigentlich ziemlich überrascht, dass ich dich erreicht habe.«

In einer vernünftigen Welt hätte ich im Bett gelegen und geschlafen und das Folientelefon hätte sanft auf meiner Kommode vor sich hingebrummt, dachte Matt. Laut sagte er: »Aber jetzt hast du mich erreicht. Was war denn so wichtig, dass du mich vor Sonnenaufgang wecken wolltest?«

»Ich konnte die Dateien nicht kopieren, als ich mich da hereingehackt hatte. Deshalb wollte ich dir davon berichten, solange es noch frisch in meinem Gedächtnis ist. Es geht um Captain Winters. Ich hatte das Gefühl, dass beim Bericht der Abteilung für innere Angelegenheiten irgendwas zurückgehalten wurde. Also habe ich einige von den Zugangscodes meines Vaters benutzt und bin in die Computer der Net Force gegangen ... hallo?«

Endlich dachte Matt daran, die Luft, die er gerade eingesaugt hatte, wieder auszuatmen. »*Was hast du gemacht?*«, fragte er mit erstickter Stimme. *Und ich bin hier wegen einer kleinen, harmlosen Hackerei ins Schwitzen gekommen,* dachte er.

»Was ich gefunden habe – es ist nicht aus dem Bericht der Abteilung für innere Angelegenheiten, sondern aus der Zeit davor – der Zeit des ersten Bombenanschlags.« Jetzt atmete Mark tief durch. »Bei dem die Frau des Captains getötet wurde.«

Je länger Mark sprach, desto größer wurden Matts Augen. Er drehte sich herum, gab seinem Computer einen

Befehl und begann, die von Spritzer erzählte Geschichte aufzuzeichnen. Von dem Jungen konnte er noch viel lernen ...

Offen gestanden war Megan genervt, an diesem neuerlichen Treffen der Gruppe in Washington teilnehmen zu müssen. Zuhören und zuschauen, wie ihre Freunde darüber diskutierten, was getan werden sollte, empfand sie als Zeitverschwendung. Außerdem zerredeten sie kostbare Zeit, in der sie mit Leif Anderson Informationen hätte austauschen können. In der letzten Nacht hatten sie ihren Pakt mit dem Entschluss besiegelt, sich an diesem Abend im Netz zu treffen, um alle Details der Informationen zu besprechen, die sie ausgegraben hatten.

»Tut mir Leid, dass ich euch wieder hierher gezerrt habe«, begrüßte Matt die Freunde.

»Du hörst dich an wie Dorpff«, murmelte Megan.

»Spritzer – ich meine, Mark – hat letzte Nacht was entdeckt«, fuhr Matt fort. »Damit übergebe ich ihm das Wort.«

»Wenn es denn sein muss«, scherzte Andy Moore aus dem leeren Raum, in dem er schwebte.

Normalerweise war Mark Gridley ziemlich redselig, manchmal sogar vorlaut. Doch an diesem Abend zeigte er sich außergewöhnlich zurückhaltend. »Ich dachte, beim Bericht der Abteilung für innere Angelegenheiten gibt es Teile, zu denen wir bisher keinen Zugang hatten. Also bin ich reingegangen ...«

»Wo rein?«, fragte David.

»Was glaubst du denn?«, entfuhr es Megan.

David hielt den Mund, doch er machte ein besorgtes Gesicht.

»In dem Bericht stand nichts Brauchbares, aber es gab

dort andere Unterlagen, auf die sie sich bezogen, um ihre Funde zu stützen – Daten aus der Zeit, als Mrs Winters umgebracht wurde.« Mark holte tief Luft. »Versiegelte Prozessprotokolle, interne Memos und die Resultate eines Disziplinarverfahrens der Net Force.«

»Wen betraf das Verfahren?«, fragte Megan. Plötzlich überlief sie ein kalter Schauer. »Der Captain hat doch damals nichts Verrücktes getan, oder?«

»Captain Winters und sein Partner, der ›eiserne‹ Mike Steele, untersuchten damals ein Mafiaunternehmen, das angeblich kleinen Firmen im Bereich der Informationstechnologie Hilfestellung anbot. Doch in Wirklichkeit wurden diese Firmen regelrecht gemolken. Wenn die Besitzer den Braten rochen und den Vertrag kündigen wollten, kümmerte sich Alcista um die Angelegenheit und ihnen wurden die Beine gebrochen. Oder es passierten schlimmere Dinge.« Mark sah angegriffen aus. »Es scheint, dass Alcista Gefallen daran fand, bei den Außeneinsätzen dabei zu sein, um seinen Knochenbrechern zu zeigen, wie es gemacht wurde. Winters und Steele hatten Material zusammengetragen, um zu beweisen, dass Alcista nicht nur als Boss einer kriminellen Organisation fungierte, sondern auch eigenhändig verschiedene Opfer ins Krankenhaus befördert hatte. Irgendwie bekam Alcista von den Nachforschungen Wind und beschloss, ihnen ein Ende zu bereiten, indem er die beiden Agents beseitigte. Sowohl an Winters' Wagen als auch am Fahrzeug von Steele wurden Sprengsätze angebracht.«

Er schüttelte den Kopf. »Anscheinend hatte Mrs Winters einen Arzttermin früh am Morgen und ihr eigenes Auto sprang nicht an. Sie setzte sich ans Lenkrad des Wagens ihres Mannes und ... Wir wissen, was dann geschah. Steele konnte rechtzeitig gewarnt werden, deshalb stieg er an jenem Tag gar nicht erst in sein Auto. Dabei konnte er von Glück reden, wenn man bedenkt, was für eine Bombe die Leute von der Net Force fanden. Das Problem war allerdings, dass die Net Force trotz massiver Nachforschungen Stefano Alcista nicht mit dem Bombenanschlag in Verbindung bringen konnte.«

»Das wissen wir doch alles schon«, warf Megan ungeduldig ein. »Deshalb ist Alcista auch nur wegen Betrug und Erpressung verurteilt worden.«

Aber Mark schüttelte den Kopf. »In den Gerichtsunterlagen stand was anderes. Alcista sollte des Mordes angeklagt werden.«

»Wie das denn?«, wollte P. J. Farris wissen.

»Als die Net Force im Zusammenhang mit den Bombenanschlägen Alcista nichts beweisen konnte, tauchte der eiserne Mike mit Indizien auf, die zeigten, dass bestimmte Daten von Alcistas Computer gelöscht worden waren. Allerdings waren sie nicht völlig zerstört worden. Nachdem sie von den Technikern der Net Force wieder hergestellt worden waren, belasteten sie Alcista schwer.«

Megan runzelte die Stirn. »Aber wieso ...«

»Sie waren nicht echt«, sagte Mark Gridley. »Steele bekam den Spitznamen ›eiserner Mike‹ nicht wegen seiner Körperstärke, sondern weil die Kollegen scherzten, er bestehe zum Teil aus Maschinen. Er war ein Spezialist, der es fast schaffte, einen Computer auf Befehl zum Männchenmachen und zum Bellen zu bringen.«

Er schüttelte den Kopf. »Es hat mich sehr beeindruckt, wie er die falschen Beweise angebracht hat. Ein scheinbar unschuldiger Telefonanruf platzierte ein bösartiges Programm, das verschiedene belastende Nummern anwählte und dann diese Register löschte. Habt ihr kapiert?«

Megan nickte. »Aber die Spuren würden bleiben, wenn

jemand konkret danach suchte. Und es würde aussehen, als ob Alcista versucht hätte, die Register zu löschen, die seine Schuld bewiesen hätten.«

»Die Staatsanwälte waren drauf und dran, Alcista für den Rest seines Leben ins Gefängnis zu stecken ...« Mark zögerte. »Bis Captain Winters herausfand, dass die Beweise gefälscht waren. Da ist er mit der Geschichte zu meinem Vater gegangen.«

In der virtuellen nächtlichen Landschaft herrschte Stille, während die dort schwebenden Net Force Explorer in tiefe Nachdenklichkeit versanken.

»Aber ... aber ...« Daniel Sanchez war so erregt, dass sein Protest halb gestottert hervorgebracht wurde. »Alcista war doch *schuldig*. Als er die Beweise anzweifelte, hat Winters praktisch den Mörder seiner Frau in die Freiheit entlassen.«

Mark nickte. »Genau das ist auch passiert. Zuerst fiel die Mordanklage in sich zusammen, dann nutzten Alcistas Anwälte die Gunst der Stunde und handelten ein bescheidenes Strafmaß für die bewiesenen Vorwürfe der Anklage aus.«

»Damit wird auch klar, warum die Gerichtsunterlagen versiegelt blieben«, sagte Leif leise. »Niemand hatte Interesse daran, den Grund für die Änderung des Urteils öffentlich bekannt werden zu lassen.«

»Also bekommt ein Killer statt lebenslänglich ein paar Jährchen in einem netten, kleinen Landgefängnis«, bemerkte Megan bitter. »Fast wie ein Klaps auf die Finger ...«

»Was ist mit Steele passiert?«, wollte Andy wissen.

»Das war das Disziplinarverfahren«, entgegnete Mark. »Ziemlich klarer Fall. Steele hatte die wichtigste Aufgabe seines Berufs ins Gegenteil verkehrt – und damit den Grund für die Existenz der Net Force infrage gestellt. Er wurde vom Dienst suspendiert, doch bevor es zu einer Anklage kam, verschwand er. Anscheinend war er ein Bootsfanatiker. Er ist auf seine Jacht gestiegen und Richtung Süden gesegelt.«

Spritzer zuckte die Achseln. »Ungefähr einen Monat später ist das Boot mit Steele an Bord irgendwo in der Karibik in die Luft geflogen. Es gab einige interne Memos bei der Net Force, in denen diskutiert wurde, ob es ein Unfall war oder ob es mit Absicht geschehen ist.« Er schüttelte den Kopf. »Anscheinend hatte er vielen Leuten erzählt, dass er am liebsten ein Wikingerbegräbnis hätte – auf einem brennenden Boot in den Sonnenuntergang segeln.«

»Scheint, dass sein Wunsch in Erfüllung gegangen ist«, sagte Andy. »Selbst wenn er ihn sich selbst erfüllen musste.«

»Vergiss doch diesen ganzen Kram«, rief Matt aufgeregt. »Kapierst du das denn nicht? Diese ganze Episode beweist doch, dass Captain Winters unschuldig ist! Er hatte die Gelegenheit, Alcista zu erledigen, sogar ohne sich dabei die Finger schmutzig zu machen. Warum soll er ihn dann mit einer Bombe hochgehen lassen, nachdem der Typ aus dem Gefängnis entlassen wurde?«

»Jetzt sieh dir die Sache mal aus Steadmans Perspektive an«, warf Leif ein. »Winters vollbringt diese wahnsinnig noble Tat und sein ärgster Feind bekommt eine Strafe, als ob er auf die Straße gespuckt hätte, während er in Wirklichkeit jemanden umgebracht hat. Ein paar Jahre vergehen. Während dieser Zeit brütet Winters darüber, wie unfair die ganze Geschichte gelaufen ist. Dann kommt Alcista aus dem Knast – und Winters macht sich daran, selbst für eine gerechte Strafe zu sorgen, egal wie verspätet sie auch kommen mag.«

Megan kämpfte gegen einen Kälteschauer, während sie ihren angeblichen Verbündeten anstarrte.

Leif zuckte die Achseln. »Wenn man sie nur lange genug verdreht, kann man alle Fakten dem Standpunkt anpassen, zu dem man sich einmal entschieden hat. In unseren Augen beweisen die Handlungen des Captains seine Unschuld. Für Steadman waren es weitere Beweise seiner Schuld.«

»Wird die ganze Sache nicht einer Jury zur Entscheidung vorgelegt?«, fragte Matt hartnäckig. »Die Dinge, die Mark herausgefunden hat, zeigen Winters in einem völlig anderen Licht als das Bild, das von den Medien in die Köpfen aller Zuschauer gehämmert wird.«

»Willst du wirklich, dass es so weit kommt? Ich nicht. Und was willst du mit unserem jetzigen Wissen anstellen?«, fuhr Leif ihn an. »Die Nachricht unter allen Konkurrenten von HoloNews verbreiten? Sie würde als wildes Gerücht belächelt werden. Wir haben keinerlei Unterlagen, die wir irgendjemandem zeigen könnten.«

Traurig nickte Mark. »Es ist mir nicht gelungen, irgendwas herunterzuladen. Dann hätte ich von hier bis ans Ende der Welt Alarmsignale ausgelöst. Schon das Hineingelangen war schwierig genug.«

Mit ruhiger Stimme fuhr Leif fort: »Außerdem ist dies keine Neuigkeit für die einzige Person, auf die es letztlich ankommt. Captain Winters hat das alles selbst erlebt. Seine Anwälte könnten alle Unterlagen, die Mark entdeckt hat, für den Prozess anfordern. Vielleicht könnten sie sogar vor Gericht den Antrag stellen, die versiegelten Dokumente von der ausgehandelten Verurteilung von Alcista freizugeben.« Er zögerte einen Augenblick. »Falls er das will.«

»Falls?«, rief Megan. »FALLS? Meinst du nicht *wenn*

oder *wann*? Wovon redest du eigentlich, Anderson? Für den Captain ist das die Karte mit der Aufschrift ›Sie kommen aus dem Gefängnis frei‹.«

Verständnislos starrte sie auf Matt, dessen Gesicht plötzlich einen fahlen Ausdruck bekommen hatte. Von allen Kids im Raum hatte Matt wahrscheinlich die größte Ähnlichkeit mit James Winters. Warum war er dann nicht zufrieden? Was störte ihn an dieser Information, die den Captain entlasten würde?

»Wenn er sie einsetzt«, sagte Matt mit düsterer Stimme. »Wir reden hier von einem Mann, der lieber den Mörder seiner Frau laufen lässt, als den Ruf der Integrität der Net Force zu ruinieren. Glaubst du, er wird das Ansehen der Behörde jetzt beschmutzen, nur um *sich selbst* zu entlasten?«

12

Nachdem Marks Neuigkeit wie ein Blitz eingeschlagen hatte – und nachdem die Kids erkannt hatten, dass auch diese Nachricht ihrer Sache wenig nützte –, klinkten sich die meisten Net Force Explorer allmählich aus. Einige blieben noch, um die Angelegenheit ein wenig zu bereden, doch es war klar, dass sie nicht richtig bei der Sache waren.

Zu diesen Leuten gehörte Leif Anderson nicht. Irgendwas war bei diesem Treffen gesagt worden, das jetzt in seinem Kopf rumorte. Er spürte, dass er dicht vor einer Erleuchtung stand – doch er konnte nicht sagen, welcher Art diese Erleuchtung war.

Auf Verdacht ließ er sich durch den sternenübersäten Himmel von Matt Hunters virtuellem Arbeitsplatz zu der Stelle treiben, an der Megan O'Malley wie ein sehr hübscher Ballon schwebte.

»Na, das ging ja viel schneller als ich erwartet hatte«, sagte er leise.

Mit trauriger Miene nickte sie. Dann schärfte sich ihr Blick. »Du siehst aus, als ob du gerade was ausbrütest«, bemerkte sie.

»Ich weiß nicht genau, was es ist«, gab er zu. »Aber ich könnte deine Hilfe gebrauchen, um es herauszufinden. Sollen wir uns immer noch treffen?«

Sie nickte.

»*Chez vous* oder *chez moi?*«

»Lieber bei dir«, erwiderte sie.

Jetzt nickte Leif zustimmend. Megans Arbeitsraum war beeindruckend, ein virtuelles Amphitheater auf einem der Jupitermonde. Aber wegen seiner enormen Ausmaße war es nicht gerade der beste Ort für ein vertrauliches Gespräch.

Leif streckte eine Hand aus und Megan ergriff sie. Einen Augenblick später befanden sie sich im Wohnzimmer des isländischen Blockhauses, das er sich im Cyberspace konstruiert hatte. Leif ließ sich auf das Sofa fallen, das trotz des eckigen, modernistischen Aussehens erstaunlich bequem war. Megan setzte sich zu ihm.

»Oh!«, sagte sie nach einem Blick aus dem riesigen Fenster. »Du lässt hier ja einen richtigen Tag-Nacht-Zyklus laufen.« Sie wandte sich ihm wieder zu. »Aber im Moment ist doch kein Vollmond, oder?«

Er zuckte die Schultern. »Mir gefällt der Vollmond.«

»Gut für romantische Stimmung«, sagte sie sarkastisch.

»Vielleicht später. Wir wollten doch Informationen austauschen, weißt du noch?«

Lächelnd schaute Megan ihm in die Augen. »Ich zeige dir meins, wenn du mir deins zeigst.«

Irgendwie wollte er sich nicht nerven lassen, obwohl Megan sich mit ihren Spielchen so aufführte, als ob dies eine Art Rendezvous wäre. Vielleicht wurde ihm auch nur bewusst, mit wie wenig er noch feilschen konnte.

»Eigentlich weißt du schon fast alles, was ich herausgefunden habe«, gab er zu. »Ich habe dir nur noch nicht erzählt, von wem ich die Sachen erfahren habe.«

Megan sah ihn skeptisch an. »Wer ist sie denn und warum sollte mich das interessieren?«

»Sie heißt Bodie – das steht für Boadicea – Fuhrman«, erklärte Leif mit resignierter Stimme. »Bis vor kurzem hat sie als Praktikantin bei HoloNews für Tori Rush gearbeitet. Zufällig habe ich sie an dem Abend nach ihrer Kündigung kennen gelernt.«

»Und am nächsten Morgen sahst du aus, als wärst du von einem Lastwagen überfahren worden, wenn ich mich nicht täusche«, entgegnete Megan. »Treibt sie viel Sport? Ich meine Ringkämpfe oder so?«

Leif schüttelte den Kopf. »Eigentlich war sie nur wild entschlossen, mal richtig zu feiern.« Für einen Augenblick überlegte er. »Alle haben sich so dafür interessiert, was Tori Rush unternahm – Privatdetektive anheuern, um Geschichten für sie auszugraben –, dass sie völlig übersehen haben, *warum* sie den ganzen Aufwand veranstaltet.«

»Das ist eine alte Geschichte«, erwiderte Megan. »Sie will befördert werden.«

»Sie will ihre eigene Sendung«, korrigierte Leif sie. »Hat sogar schon einen Namen dafür – *Rush-Hour.*«

Megan verzog die Nase. »Niedlich, aber ein bisschen zu mächtig«, kommentierte sie. »Miss Rush bewirbt sich nicht gerade für den Titel des kleinsten Egos der Welt.«

»Das ist bei den meisten Leuten im Showbusiness nicht anders«, stimmte ihr Leif zu. »Und heutzutage gehören die Fernsehnachrichten auch in diese Kategorie. Zumindest gilt das für die Leute, die vor der Kamera agieren.«

»Und deine neue Freundin Bodie – war sie auch so eine aufgeblasene Persönlichkeit?«

»Eher eine frustrierte Idealistin«, erwiderte Leif. »Sie hofft auf einen Job beim *Fünften Stand*, wenn sie die Uni hinter sich hat.«

»Ach so, du hast schon alle ihre Hoffnungen und Träume mit ihr besprochen«, sagte Megan.

Leif spürte, wie ihm die Röte ins Gesicht stieg. Megan machte es ihm nicht gerade leicht. »Ich dachte, du könntest dich jetzt mal um Miss Fuhrman kümmern.«

»Hast du schon genug von ihr?«

»Wahrscheinlich reagiert sie auf dich anders als auf mich«, erwiderte Leif.

»Da bin ich mir sicher«, entgegnete Megan trocken.

»Du kannst sie genauso ansprechen, wie du es mit Wellman beim *Fünften Stand* gemacht hast«, fuhr Leif hartnäckig fort. »Die loyale Frau von den Net Force Explorer beim Versuch, dem Captain zu helfen.«

»Und wie bin ich auf die durchtrainierte Bodie gekommen?«

»Du gehst eine Liste von Leuten durch, die bei Holo-News gekündigt haben«, schlug Leif vor. »Vor allen Dingen Leute, die was mit *Rund um die Uhr* zu tun hatten.«

»Das könnte klappen«, gab Megan zu. »Auf jeden Fall ist es einen Versuch wert.« Sie schaute Leif in die Augen. »Sonst hast du mir nichts verschwiegen?«

»Ein wenig später am Abend erwähnte Bodie die Kontaktperson von Tori Rush bei I-on Investigations. Ein Typ namens Kovacs.«

Plötzlich beugte sich Megan auf der Couch nach vorn. Aufgeregt blitzten ihre Augen. »Marcus Kovacs? Das ist der Obermacker in der Firma – angeblich mehr ein Finanzfachmann als ein Detektiv.« Sie runzelte die Stirn. »Wieso redet Tori Rush denn mit ihm statt mit dem Kerl, der den Dreck ausgräbt?«

»Kundenpflege«, schlug Leif vor. »Vielleicht will er sichergehen, dass seine berühmte Klientin glücklich und zufrieden ist. Oder er will jemanden im Auge behalten, der ihm einen unangenehmen Gerichtsprozess an den Hals hängen könnte.«

»Ich glaube nicht, dass er Vertrauen erweckt«, erwiderte Megan in kritischem Tonfall. »Der sieht noch nicht mal wie ein Privatdetektiv aus.«

»Und wie viele Detektive hast du schon vor dir gesehen – mal abgesehen von Holo-Krimis?«, fragte Leif. Dann beugte er sich zu Megan hinüber und fixierte sie. »Moment mal! Hast du Kovacs tatsächlich zu Gesicht bekommen?«

Megan nickte. »Während ich mit Wellman sprach, ordnete er gerade Papierkopien von Bildern, die er eventuell für seinen Bericht über Tori und I-on gebrauchen kann.« Sie grinste. »Zufällig habe ich sie auf meinem Computersystem gespeichert.«

Für einen Augenblick saß sie schweigend auf dem Sofa und verständigte sich mit ihren Implantatschaltkreisen. Als sie sich wieder zu Leif umdrehte, hielt sie einen Stapel Papierbilder in den Händen.

»Hier ist der mysteriöse Mr Kovacs auf drei Bildern – oder besser zweieinhalb«, verbesserte sie sich, während sie die Fotos sichtete. »Es sei denn, du zählst seine Handfläche mit. Angeblich ist er sehr kamerascheu.«

Leif nahm den Stoß und schaute sich die Bilder an. »Es scheint ihm finanziell ganz gut zu gehen«, murmelte er mit einem Blick auf den Schnitt der exklusiven Anzugjacke des Mannes. Markantes Zentrum des Gesichts bildete eine Adlernase, die wie eine Zielvorrichtung für die dunkelbraunen, fast schwarzen Augen wirkte. Was den Rest des Gesichts anging ... »Vielleicht sollte man noch betonen, dass er ziemlich behaart ist«, sagte er.

»Sehr behaart«, stimmte ihm Megan zu. Dabei tippte sie mit dem Finger auf die pechschwarze Mähne mit grauen Tupfern. »Wann haben Geschäftsleute wohl zum letzten Mal ihre Haare so lang wachsen lassen?«

»Es gab doch damals diese Pferdeschwanzmode, als wir noch Kinder waren.« Leif runzelte die Stirn und schaute sich das nächste Foto an. »Aber das war der Hit für die kreativen Typen – Modedesigner, Bosse von Filmstudios in Hollywood, PR-Genies.«

»Anwälte auch, meine ich«, fügte Megan hinzu.

»Vielleicht in Holo-Filmen«, erwiderte Leif angewidert. »Ich kann mich noch erinnern, wie mein Vater immer sagte, dass er mit diesen ›Pferdeschwanzbubis‹ niemals Geschäfte machen würde. Er sagte zu mir: ›Trau niemandem, der sich sklavisch der Mode unterwirft – es bedeutet, dass er nicht unabhängig denken kann.‹«

»Na gut, vielleicht ist Mr Kovacs ja ein Original.« Megan grinste. »Heutzutage läuft jedenfalls niemand mit einer langen Mähne herum – es sei denn, das ist die neueste Masche aus Europa.«

»Nicht dass ich wüsste.« Leif schaute auf das zweite Bild, auf dem Kovacs gedankenverloren die Haare zurückgebürstet hatte. Dann kam das dritte Foto, auf dem die Handfläche von Kovacs fast die gesamte Bildfläche einnahm.

Was hat er zu verbergen? Nachdenklich schaute Leif auf das Bild.

Dann kristallisierte sich allmählich die Idee heraus, die seit geraumer Zeit in seinem Kopf rumorte. Man nehme das Zeug, das er über I-on Investigations gehört hatte, vermenge es mit den Dingen, die Spritzer vor einer Weile gesagt hatte ...

»Computer«, befahl er plötzlich, »Netzsuche in öffentlichen Datenbanken, Schwerpunkt Nachrichtensendungen. Bilder von Michael Steele, ehemaliger Spezialagent der Net Force. Zeitrahmen –« Er wandte sich an Megan. »Wann ist die Frau des Captains umgebracht worden?«

»Am 21. Juli 2021«, entgegnete Megan verblüfft.

»Zeitrahmen dritte und vierte Juliwoche 2021«, schloss Leif. »Ausführen.«

»Suche wird ausgeführt«, antwortete eine sinnliche weibliche Stimme.

Megan verdrehte die Augen. »Sogar dein Computer muss sexy sein.«

»Es ist eindeutig bewiesen«, erwiderte Leif steif, »dass Männer weibliche Stimmen wesentlich besser wahrnehmen.«

»Es sei denn, sie sagen was, das die Männer nicht hören wollen«, konterte Megan.

Schweigend ließen sie einige lange Minuten verstreichen. Leif hatte mit einer gewissen Wartezeit gerechnet – seine Suchmaschine musste sich wahrscheinlich durch tote Datenspeicher wühlen, um vier Jahre alte Nachrichtensendungen auszugraben. Aber wegen der gereizten Stimmung schien das Warten kein Ende zu nehmen.

»Also gut«, sagte Megan schließlich. »Ich beiße an. Was soll das? Was willst du mit der Suche erreichen?«

»Es ist ziemlich weit hergeholt«, musste Leif zugeben. »Wir haben hier den Chef einer Detektei, der davon lebt, Beweismittel zu erfinden. Vor vier Jahren gab es einen Agent bei der Net Force, der wegen des Einsatzes gefälschter Beweismittel gefeuert wurde. Siehst du eine Verbindung?«

»Kommt mir aber sehr schwammig vor«, erwiderte Megan. »Schließlich ist eine dieser Personen bereits tot.«

»Tot gemeldet«, korrigierte Leif. »Es wird angenommen, dass er ein Wikingerbegräbnis auf hoher See hatte. Was würde in einem solchen Fall zur Identifizierung übrig bleiben?« Er runzelte die Stirn. »Viele Dinge in der Vergangenheit von Marcus Kovacs können ebenfalls nicht überprüft werden. Also bin ich neugierig geworden, wie unsere beiden geheimnisvollen Männer aussehen, wenn man sie gegenüberstellt.«

»Was du nicht sagst.«

Bevor sie Gelegenheit hatte, ihren Kommentar zu seiner Idee abzugeben, erklang die aufreizende Stimme aus dem Computer. »Suche abgeschlossen. Achtzehn Treffer.«

»Lass sie doch mal ›Oh, Baby‹ sagen«, schlug Megan vor. »Nur ein einziges Mal.«

Beflissen überhörte Leif ihre Bemerkung und betrachtete das erste Foto, das sie von Marcus Kovacs gespeichert hatte. »Computer, sind bei den Bildern Dreiviertelansichten des Gesichts?«

»Drei Treffer«, antwortete der Computer.

»Bitte zeigen. Format fünfundzwanzig mal dreißig Zentimeter«, befahl Leif.

Drei Porträts erschienen vor ihnen, die anscheinend

unbemerkt aufgenommen worden waren. Auf allen Schnappschüssen war derselbe Mann mit grimmigen Gesichtszügen zu sehen, dessen Haar so kurz geschnitten war, dass es wie sandiger Flaum auf seinem Schädel aussah. Im Kontrast dazu waren die Augenbrauen von Mike Steele lang und buschig und erstreckten sich als durchgezogene Linie dunkler Haare über seiner gebrochenen Nase.

Megan gab einen wilden Laut von sich, der irgendwo zwischen einer Vogelstimme und einem Nebelhorn lag. »Aaaarrrrkkk! Das war ein Schlag ins Wasser, mein Süßer. Solltest du dir tatsächlich Hoffnungen auf Ähnlichkeiten mit Marcus Kovacs gemacht haben, dann kannst du sie definitiv begraben!«

13

Megan unterbrach die Telefonverbindung und streckte ihrem Computer die Zunge heraus. Vielleicht hätte sie Leif Anderson und seine Idee nicht ganz so herzlos verhöhnen sollen. In den seitdem vergangenen zwei Tagen hatte sie auch nicht das kleinste bisschen Glück gehabt.

Leif hatte bei ihrem Gelächter nur die Schultern gezuckt und eine Kopie des Zettels heruntergeladen, den Bodie Fuhrman ihm gegeben hatte – ihren Namen und ihre Nummer, mit einer Vorwahl von New York.

Megan starrte auf die ausgedruckte Papierkopie auf ihrem Schreibtisch. Name und Nummern waren halb in Druckbuchstaben, halb kursiv, in einer runden, energischen und äußerst femininen Handschrift. Es könnte schlimmer sein. Zumindest hatte Bodie kein kleines Herz als I-Punkt über ihren Namen gemalt.

Inzwischen hatte sie herausgefunden, dass es eine Telefonnummer in einem Studentenwohnheim der Columbia University war. In den letzten Tagen hatte sie mit ihren Anrufen nicht viel Erfolg gehabt. Eher erschien es ihr wie ein Versteckspiel. Bei ihren Anrufen hatte sie bei den Mitbewohnern Nachrichten für Bodie hinterlassen. Doch Bodie hatte nie zurückgerufen.

Was war mit diesen Leuten los? Megan überlegte. Vergaßen sie, die Nachrichten weiterzugeben? Megan hatte zwei ältere Brüder, die unter der gleichen Manie litten. Oder gab es ein schwarzes Loch in Bodies Computerspeicher, in dem Rückrufnachrichten spurlos verschwanden? Vielleicht hinterließen die Mitbewohner nur einen Papierzettel, der dann von einem der Haustiere verschlungen wurde.

Oder bestand die Möglichkeit, dass Bodie ihr ganz einfach aus dem Weg ging?

Was auch der Grund sein mochte, Megans Geduld näherte sich dem Ende, als sie schließlich doch noch die scheinbar so scheue Studentin zu fassen bekam.

Auf dem Projektionsbild erschien eine kleine Rothaarige mit rundem Gesicht in einem eng anliegenden lilafarbenen Sweater, die sie fragend anschaute. »Ach ja«, sagte Bodie schließlich. »Du bist die Kleine, die schon ein paar Mal aus Washington angerufen hat.«

Die Kleine? Genervt registrierte Megan die herablassende Art des älteren Mädchens. *Ich bin genauso alt wie Leif. Und ihn hast du wohl kaum ›Kleiner‹ genannt.*

Natürlich konnte sie darüber kein Wort verlieren, sonst hätte sie Bodies Aufmerksamkeit auf ihre Verbindung zu Anderson gelenkt. Stattdessen stellte Megan sich als Angehörige der Net Force Explorer vor, die versuche, Captain Winters zu helfen.

»Ach, du meinst den Typen, der den Gangster gekillt hat? Ich kann mir kaum vorstellen, dass jemand mit dem schönen Namen Steve der Bulle nicht seine verdiente Strafe erhalten hat«, erwiderte Bodie. »Aber in unserem Land gibt es diese Kleinigkeit namens faire Gerichtsverhandlung. Du musst in der Lage sein, die Schuld des Kerls vor Gericht zu beweisen, bevor du ihn bestrafen kannst. Außerdem können eigenhändig vorgenommene Hinrichtungen manchmal unschuldige Passanten in Mitleidenschaft ziehen.«

»Meine Freunde und ich glauben nicht, dass der Captain irgendjemanden getötet hat«, begann Megan.

»Wie bitte – er soll unschuldig sein?«, spottete Bodie. »Du hörst dich an wie die Nachbarn in fast allen monströsen Mordfällen. ›Er war so ein netter, ruhiger Mann‹«, fuhr sie mit betont hysterischer Stimme fort. »›Hat auch immer seinen Rasen ordentlich gemäht.‹« Bodie verzog das Gesicht. »Klar. Bis er eines Tages die halbe Familie umgemäht hat ... oder in diesem Fall ...«

»Wir sind der Meinung, deine frühere Chefin will ihm was anhängen«, unterbrach Megan ihren Redefluss.

Na bitte, zumindest war Bodie das Lachen vergangen. Plötzlich horchte das Mädchen in der holografischen Darstellung auf. »Was willst du damit sagen?«

»Tori Rush versucht schon seit geraumer Zeit, sich in eine Hauptattraktion zu verwandeln. In den letzten Monaten hat sie einen Skandal nach dem anderen an die Öffentlichkeit getragen. Die Frage ist, hat sie ihren Schnüffelhunden befohlen, jemanden von der Net Force mit Dreck zu besudeln? Oder sind sie zu ihr gekommen und haben ihr den Kopf von Captain Winters auf einem silbernen Tablett angeboten? Und wie weit ist I-on Investigations eigentlich gegangen, um diese Geschichte auf die Beine zu stellen?«

Bodie Fuhrmans grüne Augen blitzten, doch ihre Stimme war ziemlich nüchtern, als sie antwortete. »Es wäre mit Sicherheit nicht angemessen, wenn ich dazu einen Kommentar abgeben würde. Außerdem weiß ich sowieso nichts über diese Angelegenheit.«

Megan hätte am liebsten in das Holobild gegriffen und das andere Mädchen an den Schultern gerüttelt. Hier standen das Leben und die Freiheit eines Mannes auf dem Spiel. Und Bodie ging mit der ganzen Situation um, als würde sie sich zum Interview in irgendeiner dummen Talkshow befinden.

Interview ... Plötzlich verstand Megan, was gespielt wurde. Die Erklärung dafür, warum es so schwierig gewesen war, Bodie aufzutreiben. Warum sie versucht hatte, Megan abwechselnd mit Kälte und dann mit Hochnäsigkeit vor den Kopf zu stoßen. Warum sie mit den Worten spielte, statt auf Megans Fragen zu antworten.

Offensichtlich hatte Bodie mit Professor Arthur Wellman gesprochen. Die Studentin versuchte, sich so weit wie möglich bedeckt zu halten, bis ihre große Story über Tori Rush im *Fünften Stand* veröffentlicht wurde.

Der werde ich es zeigen, dachte Megan wutentbrannt. *Ich werde ihr noch das feiste Gesicht platt hauen.*

Dann ließ sie ihrem Ärger freien Lauf, erwähnte den Namen von Professor Wellman, drängte das andere Mädchen in die Enge – mit dem Resultat, dass Bodie ihr mit lauter Stimme einen Haufen wenig kreativer Flüche an den Kopf warf und sich anschließend ausklinkte.

Was für eine dumme Ziege, dachte Megan. *Wie kann Leif die nur ertragen?*

Während sie noch böse auf ihr Computersystem starrte, erklang das Signal für einen Anrufer. Sie drückte die Antworttaste und erhaschte einen Blick auf einen roten Haarschopf, während die Bildresolution sich einstellte. Einen Augenblick lang dachte sie, Bodie Fuhrman hätte sie zu einer zweiten Runde angerufen.

Stattdessen meldete sich Leif Anderson.

»Es ist mir endlich gelungen, mit deiner Angebeteten zu sprechen«, verkündete Megan unheilvoll. »Was mir dazu einfällt ist eigentlich nur die Hoffnung, dass du die letzte Zeit mit konstruktiveren Dingen verbracht hast als ich.«

Leif zuckte die Schultern. »Das kann ich nicht gerade behaupten. Ich spiele immer noch mit den Fotos herum, die du mir gegeben hast.«

Megan verdrehte die Augen. »Willst du immer noch beweisen, dass zwei Typen, die den Oscar für die größtmögliche Unähnlichkeit gewinnen könnten, eigentlich ein und dieselbe Person sind? Du verschwendest ...«

»Bist du dir sicher?«, fragte er. »Klink dich ein und komm in meinen Arbeitsraum. Du musst dir unbedingt was ansehen.«

Leise fluchend fiel Megan in ihren Computer-Link-Sessel und überließ ihren implantierten Schaltkreisen die Kontrolle. Einen Augenblick später öffnete sie im Wohnzimmer von Leifs virtuellem Traumhaus die Augen.

Statt wie gewöhnlich auf einem der Stühle herumzuhängen, stand Leif im Raum und schaute sie an. Alles an ihm – sein Gesichtsausdruck, seine Haltung – wies auf die Begeisterung über das hin, was er ihr jetzt zeigen wollte.

Megan hoffte, dass er weder ihr noch sich selbst etwas vormachte.

Nun gab Leif dem Computer einen Befehl. In glimmernden Buchstaben erschienen auf beiden Seiten von ihm zwei Titel: ›Marcus Kovacs‹ und ›Michael Steele‹. Darauf tauchten unter den Namen zwei Listen auf.

MARCUS KOVACS	MICHAEL STEELE
Haare: schwarz/lang	Haare: sandfarben/kurz
Augenbrauen: dünn	Augenbrauen: buschig
Nase: Adlernase	Nase: gebrochen
Augen: braun	Augen: blau
Alter: Mitte vierzig	Alter: Mitte vierzig
Körperbau: untersetzt	Körperbau: untersetzt
Anzuggröße: 54	Anzuggröße: 54
Linkshänder	Linkshänder
Blutgruppe: AB-	Blutgruppe: AB-

Nach einem kurzen Blick wandte Megan sich von der Liste ab. »Sehr hübsch«, bemerkte sie. »Machst du jetzt auch eine Aufstellung von uns beiden? Wir haben ungefähr genauso viel gemeinsam.«

»Das würde ich nicht sagen«, entgegnete Leif. »Schau mal genauer hin. Die ersten vier Punkte auf der Liste – die Äußerlichkeiten – könnten kaum unterschiedlicher sein. Aber eben diese Dinge sind auch am leichtesten auf künstliche Weise zu verändern. Haare färben, Augenbrauen zupfen, Schönheitschirurgie und Kontaktlinsen ...«

»Augenbrauen zupfen?« Ungläubig schaute Megan ihn an.

»Ach ja, Mädchen tun so was ja nicht«, erwiderte Leif ironisch. »Zumindest weiß ich von einem männlichen Hollywoodstar, der sich immer die Augenbrauen zupfen lassen musste, weil er sonst aussah wie der Wolfsmann persönlich.« Er zeigte auf den unteren Teil der Liste. »Die

Sachen hier unten – die grundlegenden Dinge – kann man nicht so leicht ändern. Und diese Eigenschaften der beiden Herren stimmen haargenau überein.«

Megan starrte Leif an. Dieses Mal war er mit Sicherheit völlig durchgeknallt. »Wie viele Männer in diesem Land tragen Größe 54? Und auf der ganzen Welt? Und selbst wenn AB negativ ziemlich selten ist, in Anbetracht der gesamten amerikanischen Bevölkerung sind Millionen von Menschen mit dieser Blutgruppe gesegnet. Das sind ziemlich viele Leute.«

»Das ist mir klar«, antwortete Leif. »Die Liste ist nur das Grundgerüst.«

Erstaunt schaute sie ihn an. »Für was?«

»Mit Hilfe deiner Bilder und derjenigen, die ich über die Suchmaschine gefunden habe – und noch ein paar Holobildern, die ich aufgetrieben habe –, habe ich dann diese hier geschaffen.«

Die beiden Listen verschwanden. Jetzt wurde Leif von zwei Männern flankiert – Marcus Kovacs und Michael Steele.

»Was ...«, begann Megan.

»Dreidimensionale Simulationen«, unterbrach sie Leif befriedigt. »In Lebensgröße, damit eventuelle Ähnlichkeiten deutlicher werden. Wusstest du übrigens, dass Kovacs und Steele genau gleich groß sind und die gleiche Schuhgröße haben?«

»Erzähl ruhig weiter, Sherlock«, erwiderte Megan resigniert. »Zum Glück tragen sie Klamotten, also nehme ich an, dass du keine übereinstimmenden Muttermale auf ihren Hintern gefunden hast.«

»Solche Bilder kannst du haufenweise im Netz finden, wenn sie dich interessieren.« Leif grinste. »Aber sicherlich nicht von einem dieser beiden Herren.«

»Gott sei Dank«, murmelte Megan.

Leif gab einen weiteren Befehl und seine neuen Freunde drehten sich ein wenig, um sich im Profil vorzustellen. »Schwierig zu sagen wegen des Vollbarts von Kovacs, aber ich glaube, beide haben die gleiche Gesichtsform und das gleiche Kinn.«

»Zumindest möchtest du das gern glauben.« Megan versuchte, bei ihrer Wortwahl ein wenig Vorsicht walten zu lassen. Es war nicht einfach: Worte wie *lächerlich*, *dumm* und *blöd* kamen ihr nur allzu leicht über die Lippen. »Leif, du willst jemanden finden, der hinter dieser ganzen *merde* mit Captain Winters steckt. Man könnte sogar sagen, dass du dir verzweifelt Mühe dabei gibst. Mir geht es genauso. Wenn du mich nicht überzeugen kannst, obwohl ich größtes Interesse an Unschuldsbeweisen für den Captain habe, wie willst du erst Matt oder David oder sagen wir Steadman überzeugen?«

»Moment, ich will dir noch was zeigen«, sagte Leif. »Erinnerst du dich, wie verdreht sich Kovacs auf dem letzten Bild verhält? Das Foto, wo er die Hand vor die Kamera hält?«

Plötzlich stieg ein Hoffnungsfunke in ihr auf. »Fingerabdrücke?«

Leif schüttelte den Kopf. »Nur die Linien der Handfläche – die stimmen allerdings überein. Aber erinnerst du dich, was Kovacs auf dem Bild davor tut?«

»Er streicht seine Haare zurück ...«

»... sodass man sein Ohr sehen kann.« Leif murmelte noch ein Kommando. Beide Simulationen drehten sich so, dass sie nach links schauten. »Von der Kamera wurde diese Seite erfasst.« Er griff dem simulierten Kovacs in die Haare und zog die dichte, leicht ergraute Mähne zurück, sodass sein linkes Ohr sichtbar wurde. Wieder ein Kommando und die Simulation von Mike Steele verschwand.

Nein, Moment mal, bemerkte Megan, *sie war nicht verschwunden.* Sie war über das Abbild von Kovacs gelegt worden. Das Endresultat war überraschend. Die Konturen der Stirn der beiden Männer waren identisch, mit Ausnahme der unterschiedlichen Augenbrauen. Die Nasen waren verschieden, aber die Lippen waren gleich, soweit sie dies trotz des Bartes erkennen konnte.

»Worauf soll ich achten?«, fragte sie.

»Die Ohren«, erwiderte Leif aufgeregt. »Angeblich sind sie der am schwierigsten zu manipulierende Teil des menschlichen Körpers.«

Angestrengt starrte Megan auf die übereinander gelegten Hologramme. Zu ihrer Überraschung stimmten die Ohren der beiden Männer vollkommen miteinander überein.

»Zwar haben wir keine identischen Muttermale auf dem Hintern, doch finde ich es auch so ziemlich überzeugend.« Selbstbewusst lächelte er sie an.

Megan musste zugeben, dass Leif mit den beiden Abbildungen an derselben Stelle im Raum eine gute Vorstellung gegeben hatte. Wo ihre Formen sich unterschieden, waren die Konturen verschwommen und ungenau. Beispielsweise umgab der Bart von Kovacs als ein grauer Flaum das genauso geisterhafte Kinn von Michael Steele.

Die Stirn und die Lippen – und die Augenhöhlen, wie sie jetzt bemerkte – sahen so klar aus, als ob eine wirkliche Person vor ihr stehen würde.

Dann wandte Megan ihre Aufmerksamkeit wieder den Ohren zu. Sie waren ziemlich groß, standen aber nicht ab wie zum Beispiel bei Agent Dorpff.

Der obere Rand der Ohren lief ein wenig spitz zu. Der

von der Haut umspannte Knorpel mit seinen Wölbungen und Furchen, ja sogar das fleischige Ohrläppchen unten hatte den Anschein eines wirklichen Körperteils. Keine Spur von geisterhaften oder verschwommenen Bildern deutete auf Unterschiede hin. Selbst bei eingehender Begutachtung konnte sie nichts entdecken.

Megan hatte ein komisches Gefühl, während sie die Ohren einer Person untersuchte, bei der es sich nur um eine Simulation handelte. Immerhin konnte sich das Abbild von Kovacs/Steele nicht jeden Augenblick umdrehen und ›Buh!‹ rufen.

Das hoffe ich zumindest, dachte sie, *wenn Leif sich seiner Gesundheit noch länger erfreuen will.*

»Wahnsinnig«, sagte sie schließlich und wandte sich zu Leif. »Sie scheinen sogar die gleiche Menge Ohrenschmalz zu haben.«

Dann wurde sie ernst. »Ich habe keine Ahnung, wie groß die Wahrscheinlichkeit ist, dass zwei Menschen identische Ohren haben. Aber ich nehme an, dass es die Zahl der Verdächtigen weit mehr einschränkt als Schuhgröße oder Blutgruppe. Und du sagst, es ist fast unmöglich, ein Ohr zu manipulieren? Wo hast du das denn her?«

Jetzt schaute Leif nicht mehr ganz so selbstbewusst. »Das habe ich in einem alten Flachfilm gehört – oder war es in einer Fernsehsendung?«

Megan seufzte. »Mal sehen, ob du dafür auch ein paar wissenschaftliche Argumente auftreiben kannst. Dann laden wir Matt Hunter ein, sich dein Wachsmuseum mal anzusehen.«

14

Leif drehte den Kopf von einem seiner Freunde zum anderen. Sie saßen in seinem virtuellen Wohnzimmer.

Megan sah aus, als ob ihr Zweifel an den mysteriösen Ähnlichkeiten zwischen Marcus Kovacs und dem eisernen Mike Steele gekommen wären.

Und Matt Hunter benahm sich, als wäre Leif ein Einbrecher und nicht ein freundlicher Besucher über das Netz.

Matt musste Leifs überraschten Blick bemerkt haben. »Meine Eltern glauben, dass ich Hausaufgaben mache«, sagte er. »Bei den vielen Aktionen, die ich unternommen habe, um dem Captain zu helfen, bin ich bei einigen Tests so richtig auf die Nase gefallen.«

Leif und Megan nickten düster. Auch ihre Noten hatten unter den durchwachten Nächten im Netz, den endlosen Telefonaten und den Lagebesprechungen gelitten.

»Ich weiß, wovon du redest«, erwiderte Megan. »Meine Eltern sind auch schon misstrauisch geworden. Wenn sich nicht ziemlich schnell irgendwo ein Lichtblick auftut, wird dies hier mein vorläufig letzter Versuch gewesen sein, dem Captain zu helfen. Ich muss was wegen meiner Noten unternehmen, sonst darf ich so lange zu Hause bleiben, bis ich Rente kriege.«

Mit unglücklicher Miene nickte Matt. »Geht mir genauso. Also los, was habt ihr beiden herausgefunden?«

»Sag es ihm, Leif«, antwortete Megan.

Leif warf ihr einen Blick zu. Ja, sie bekam eindeutig kalte Füße. Am Abend zuvor hatte er sie nur zur Hälfte überzeugt und jetzt leckte ihre Zuversicht wie eine Sprudelflasche nach einem Treffer mit einer Schrotladung.

Obwohl er ihr den Abschnitt im FBI-Lehrbuch gezeigt hatte, in dem die Ohrform als ein äußerst wichtiges Identifizierungsindiz dargestellt wurde, das auch vor Gericht als Beweis zugelassen wurde. Die Bedeutung der Ohrform bei der Identifizierung getarnter Verbrecher war der Grund dafür, warum den Leuten auf Suchplakaten bei den im Profil aufgenommenen Fotos die Haare zurückgehalten wurden. Die Behörden wollten diese Details registrieren. Zwar hatte Megan davon gehört und gelesen, doch offensichtlich fiel es ihr schwer, es zu glauben.

Dann begann Leif seine Zirkusshow mit dem Aufruf der Liste der Ähnlichkeiten.

Außerdem hatte Megan Recht behalten. Es erwies sich noch schwieriger, Matt zu überzeugen als sie selbst.

»Verstehe ich dich richtig?«, fragte Matt ungläubig. »Ich soll dir glauben, dass diese beiden Leute ein und derselbe Typ sind? Mit anderen Worten, dass Marcus Kovacs der eiserne Mike Steele ist?«

»Dazu lass mich noch was sagen«, entgegnete Leif seinem skeptischen Freund. »Nach den Unterlagen ist Marcus Kovacs angeblich ein Buchhaltungsspezialist – mein Vater nennt so was ›Erbsenzähler‹. Trotzdem hat er durchschlagenden Erfolg als Chef einer Privatdetektei. Das hört sich mehr nach einem Job für Mike Steele an, der früher bei der Net Force war und in den Spezialeinrichtungen der FBI-Akademie in Quantico ausgebildet wurde.«

»›Früher‹ ist wohl der richtige Ausdruck«, gab Matt zurück. »Mike Steele ist tot, kannst du dich noch erinnern? Er hatte ein Wikingerbegräbnis.«

»Berichtigung. Mike Steele wurde auf einer Insel unten in der Karibik für tot erklärt, weil die Leute gesehen hatten, dass sein Boot in Flammen stand und unterging. Niemand hat ihn tatsächlich sterben sehen. Ich habe mir die Geschichte bei der Versicherungsgesellschaft angesehen. Die Jungs dort erwähnten, dass diese Gegend beliebt ist bei Typen, die vorgeben wollen, dass sie über den Jordan gegangen sind, damit sie die Prämie für ihre Lebensversicherung kassieren können. Das Wasser ist warm genug und es gibt viele andere Inseln in der Nähe. Also ist es ein Leichtes für eine ›Leiche‹, kurz mal eben zu einem anderen Boot zu schwimmen, das irgendwo geduldig wartet. Wenn der eiserne Mike verschwinden wollte, dann hat er sich dafür den idealen Ort ausgesucht.«

»Und was ist mit Marcus Kovacs? Willst du mir weismachen, dass sein ganzes Leben erfunden ist und nur auf dem Papier besteht? Er hat eine gültige Geburtsurkunde. Hat niemand gesehen, wie er geboren wurde?«

»Da hättest du sicher Schwierigkeiten, wenn du nach Zeugen suchen würdest«, entgegnete Leif. »Das Dorf, in dem Kovacs angeblich geboren wurde, ist während des Feldzuges am Sava-Fluss von beiden Kriegsparteien überfallen worden. Es gibt kein Rathaus mehr – es wurde dem Erdboden gleichgemacht; keine Kirche ... und eigentlich überhaupt keine Unterlagen. Papierkopien von den Überresten der Ausweise der Flüchtlinge wurden an die Zentralregierung geschickt, als eine neue Datenbank erstellt wurde. Viele Dinge mussten von den Behörden auf Treu und Glauben eingetragen werden.«

»Demnach ist Kovacs also Teil der Einbildung eines Computers?«

Leif schüttelte den Kopf. »Er könnte eine reale Person gewesen sein, die in dieser Geisterstadt geboren wurde und später zur Universität ging. Er hätte genau das richtige Alter gehabt, um in dem Krieg zu kämpfen, der den Freistaat hervorbrachte. Aber viele Leute fielen in diesem Krieg, insbesondere bei Tausenden von Guerillaüberfällen. Auch darüber gibt es auf beiden Seiten nur wenige Unterlagen.«

Er sah Matt an. »Tatsache ist, dass beide bis heute nicht allzu viele Aufzeichnungen besitzen. Die Karpatische Allianz unterliegt einem massiven Handelsembargo, deshalb bekommt sie keine anständigen Computer. Und der Freistaat ist zu arm, um sich die neuesten Geräte leisten zu können – ganz zu schweigen von der Sicherheitssoftware, um sie zu schützen.«

Leif nutzte Matts Überraschung aus. »Mit der entsprechenden Kenntnis der Landessprache könnte sich ein guter Hacker dort leicht in die Regierungscomputer einschleichen und einen kompletten Lebenslauf einfügen. Besser noch, ein Leben in Bruchstücken und Fragmenten wie das von fast allen anderen Leuten dort drüben auch.«

Matts Widerstand war immer noch nicht gebrochen. Leif konnte es seinem Gesicht ansehen.

»Denk daran«, fügte er hinzu, »Steele hat den Spitznamen eiserner Mike bekommen, weil die Kollegen ihn damit aufzogen, dass er eine halbe Maschine war. Er war Spezialist und es gehörte zu seinen Aufgaben, in Computersysteme einzudringen und Informationen für die guten Jungs herauszufischen. Für ihn wäre es ein Leichtes gewesen, alles Notwendige in die alten Kisten einzufügen, die sie auf dem Balkan benutzen.«

Mit dem Finger zeigte er auf seinen Freund. »Und das würde auch erklären, wieso dieser Erbsenzähler plötzlich so viel Erfolg bei Computeruntersuchungen hat. Was noch wichtiger ist: Weshalb ist Mike Steele bei der Net Force herausgeflogen?«

»Fälschung von Beweismitteln«, gab Matt zu.

»Und womit verdienen die Leute bei I-on Investigations das große Geld?«

»Mit falschen Beweismitteln«, sagte Megan.

»Und es gibt noch etwas. Marcus Kovacs wird von seinen Freunden und Bekannten Marc genannt.«

»Ja und?«, fragte Matt.

»Marc ... Mike. Hört sich verdammt ähnlich an, meint ihr nicht? Für einen Mann, der sich einen neuen Namen zulegt, ist das sicherlich eine Erleichterung. Deshalb wählen auch die meisten Leute im Rahmen des Zeugenschutzprogramms ähnlich lautende Namen oder die gleichen Anfangsbuchstaben.«

»Dann funktioniert deine Analogie aber nicht mehr«, warf Matt ein. »Mike Steele – Marc Kovacs? Wo soll denn da die Verbindung sein?«

Leif zuckte die Achseln. »Im Englischen wird es nicht besonders deutlich. Doch Kovacs ist ein ungarischer Name. Im Ungarischen bedeutet das ›Schmied‹, Smith.«

»Toll«, sagte Megan. »Smith ist in Amerika der am häufigsten angegebene Name auf den Meldeformularen der Motels.«

»Du hast es immer noch nicht begriffen«, entgegnete Leif. »Ein Schmied ist jemand, der mit Eisen und mit Stahl arbeitet. Und Steele bedeutet ›Stahl‹.«

Seine Freunde starrten ihn lange an, bis Matt schließlich das Schweigen unterbrach. »Ziemlich clever, Leif. Aber du hängst diesem Typen – oder diesen Typen – eine Menge Wenn und Aber an die Ohren.«

»Die Grundlage dafür steht im Lehrbuch des FBI«, erwiderte Leif zögernd. »Und ich führe nur verschiedene Möglichkeiten auf. Es gibt genügend professionelle Detektive in der Welt – einige von ihnen werden wohl ehrlich sein. Ihre Aufgabe ist es, meine Vermutungen zu beweisen oder zu widerlegen.«

»Ihre Aufgabe?«, fragte Megan.

»Wir sind nicht die Juniorenabteilung der Net Force«, erklärte Leif. »Wir haben keine Polizeivollmachten. Wir schnüffeln nur herum und stellen Fragen. Und irgendwie habe ich das Gefühl, dass es klüger – und wahrscheinlich auch gesünder – wäre, wenn wir richtige Profis auf Marcus Kovacs ansetzen würden.«

»Glaubst du, was wir hier haben, reicht aus, um Steadman und die Abteilung für innere Angelegenheiten umzustimmen?« Matts Stimme klang ungläubig.

»Nein«, gab Leif zu. »Aber ein ehrlicher Privatdetektiv unter der Anleitung des Anwalts von Captain Winters könnte durchaus etwas nützen. Zumindest bietet meine Theorie einen möglichen Ansatz für die Verteidigung bei einem Gerichtsverfahren. Das ist schon besser als die bisherigen Antworten des Captains, die sich hauptsächlich auf Unschuldsbeteuerungen beschränken.«

Er schaute Matt in die Augen. »Captain Winters ist unschuldig. So viel wissen wir. Deshalb ist uns auch klar, dass ihm ein Profi was anhängen will. Du hast es versucht, aber du hast es nicht geschafft, an den Indizien der Abteilung für innere Angelegenheiten zu rütteln.«

»Ich habe dem Captain nicht helfen können«, gab Matt zu.

»Aber mit dieser Information könnte ein Anwalt den Fall so darstellen, dass deutlich wird, was für ein abgekartetes Spiel hier läuft«, sagte Leif. »Bis hin zu einem gut ausgebildeten Profi, der Motiv und Gelegenheit hatte. Alcista starb als Bestrafung dafür, dass er versucht hatte, Steele in die Luft zu jagen. Winters könnte die Sache angehängt worden sein, weil er Steele verraten hat, als dieser die Beweismittel gegen Alcista türkte.«

»Dieses ganze Gerede über Anwälte ist ja nett, aber wir

wissen noch nicht einmal, wer den Captain in dieser Angelegenheit vertritt«, warf Megan ein.

»Stewart Laird«, antwortete Leif ohne zu zögern. »Das ist einer der Partner in der Kanzlei Mitchell, Liddy und Laird, spezialisiert auf Strafverfahren –«

»Man sollte meinen, dass es andere Wege gibt, darauf hinzuweisen«, unterbrach ihn Megan. »So erscheinen die Anwälte in ziemlich schrägem Licht.«

Leif grinste. »Da hast du allerdings Recht.« Dann wurde er ernst. »Die Kanzlei ist klein. Das sind nicht solche Machthändler wie einige der großen Kanzleien in Washington. Aber sie kennen sich aus. Und genau solche Leute braucht Winters im Moment. Zuerst hatte ich befürchtet, ihn würde irgendein Rechtsverdreher vertreten. Oder womöglich der Typ, der sich um die Hypothek seines Hauses kümmert.«

»Wie hast du den Namen des Anwalts herausgefunden?«, wollte Megan wissen. »In den Fernsehnachrichten und in den Printmedien habe ich keinerlei Hinweis auf seinen Namen oder den Namen der Kanzlei entdeckt.«

Leif gab seinem Computer einen schnellen Befehl. Augenblicklich verwandelte sich das Ende des Wohnzimmers in ein großes Büro voller Leute. Eine hübsche Frau mit kastanienbraunen Haaren saß hinter einem Schreibtisch im Vordergrund. »Hallo, mein Name ist Tracey McGonigle?«, sagte sie. Durch den für Kalifornien typischen Aufwärtsdrall am Ende des Satzes hörte es sich wie eine Frage an. »Ich arbeite für FaxNews International? Wir würden gern den Anwalt erreichen, der James Winters vertritt?«

Mit drohendem Blick wandte Megan sich an Leif. »Diese ... diese Tante sieht aus wie eine ältere Version von *mir*! Gott sei Dank ist ihr Tonfall anders als meiner.«

»Ich bin davon ausgegangen, dass eine Anwaltskanzlei nicht unbedingt auf einen Teenager eingeht«, entgegnete Leif. »Aber wenn die Person ein bisschen älter ist und für irgendein unbekanntes Nachrichtenmagazin arbeitet ...«

»Hast du etwa ein Simulationsprogramm, dass uns alle älter aussehen lässt?«, fragte Megan.

Doch Matt ließ sich nicht ablenken. »Du hast dieses Programm auf sämtliche Kanzleien im Großraum Washington angesetzt?«

»Was für eine linke Nummer!« Megan schüttelte ungläubig den Kopf.

»Eine *Strategie*«, korrigierte Leif sie. »Ich habe in den Vororten von Maryland und im Zentrum von Washington angefangen, denn ich habe mir gedacht, dass Winters am ehesten an diesen Orten einen Anwalt aufsuchen würde. Die meisten Kanzleien teilten Miss McGonigle entweder mit, dass sie nichts mit dem Fall zu tun haben, oder sie ließen sie gleich abblitzen. Die Telefonistin bei Mitchell, Liddy und Laird erklärte der jungen Tracey, dass Mr Laird zu diesem Zeitpunkt keinen Kommentar abgeben wolle.«

»Ich verstehe«, erwiderte Megan. »Ich frage dich lieber nicht, ob du dich für eine solche Vorgehensweise nicht schämst. Denn die Antwort darauf kenne ich schon. Zumindest ist es sicherer, bei den Anwälten herumzuschnüffeln als bei Kovacs oder Steele.«

»Wir müssen dem Anwalt von Captain Winters von unseren Entdeckungen berichten«, sagte Leif. »Ich habe herausgefunden, welchen der Partner wir anrufen müssen.« Er wandte sich an Matt. »Aber vielleicht solltest du besser mit ihm reden.«

»Wieso?«, fragte Matt misstrauisch.

»Na, *ich* kann es nicht tun, denn sie würden sofort denken, dass ich mich als Tracey McGonigle ausgegeben habe«, knurrte Megan. »Es ist schwierig, bei einem Haufen von Anwälten einen guten Ruf zu bewahren, wenn sie konkrete Beweise dafür haben, dass ich linke Nummern drehe.«

Leif schüttelte den Kopf. *Das wird sie mir nie vergeben*, dachte er.

Laut sagte er zu Matt: »Weil du einen guten Ruf bei der Net Force genießt ... und bei Captain Winters.« Nach einem ironischen Blick auf Megan fuhr er fort. »Du hast gehört, was Miss O'Malley gesagt hat. Wenn Winters diese Dinge von mir vorgetragen bekommt, lässt er mich wahrscheinlich nicht mal ausreden. Doch bei dir hört er sich bestimmt die ganze Geschichte bis zu Ende an. Gib es zu – das bedeutet eine eindeutige Verbesserung, verglichen mit einer Unschuldsbeteuerung ohne den Hauch eines Alibis.«

»Klar«, erwiderte Matt ein wenig bitter. »Du willst, dass ich die Geschichte an Captain Winters und seinen Anwalt weitergebe, weil alle denken, dass ich ein braver Junge bin.«

»Mir liegt daran, weil bei dir zumindest eine recht gute Chance besteht, dass dir jemand Glauben schenkt«, unterstrich Leif. »Wenn dieser Laird zu Dorpff Kontakt aufnimmt, dann wird Dorpff dich empfehlen. Über mich weiß er nichts.« Er zögerte. »Und sollte er doch etwas wissen, ist es bestimmt nichts Lobenswertes.«

»Also willst du diesen Anwalt mit meinem guten Ruf linken«, begann Matt.

»Linken kann man das nicht nennen – es ist die beste Hoffnung für Captain Winters. Ich möchte, dass Laird alles zu hören bekommt, was wir ausgegraben haben«, erwiderte Leif wütend. »Ich weiß nicht, was Winters ihm erzählt hat. Aber für mich ist aufgrund der Berichte in den Medien offensichtlich, dass die Kanzlei keine besonders energische Verteidigungsstrategie hat. Nur aus der Sicht der Anklage gibt es einen regelrechten Wirbelsturm von Meldungen über diesen Fall. Die Jungs bei HoloNews geben sich alle Mühe, sich wenigstens fair *anzuhören*. Im Zusammenhang mit Winters sprechen sie von einem ›des Mordes Beschuldigten‹, gegen den ›ermittelt wird‹. Doch zwischen den Zeilen steht immer, dass er es getan hat.«

Er beherrschte sich, um nicht vor seinen Freunden voller Frustration loszuschreien. »So wie die Dinge im Augenblick stehen, wird Captain Winters vor Gericht gestellt werden, es sei denn, diesem Anwalt gelingt im letzten Moment noch ein Wunder. Wahrscheinlich wird er verurteilt werden. Wir wissen, dass er unschuldig ist. Wir müssen was unternehmen.«

»Du hast Recht«, sagte Matt. »Du kannst auf deinen Strohmann zählen.«

Am nächsten Morgen während der großen Pause rief Matt bei der Nummer an, die Leif ihm gegeben hatte. »Mitchell, Liddy und Laird«, verkündete eine weibliche Stimme über sein Brieftaschentelefon.

»Mein Name ist Matthew Hunter.« Er musste sich anstrengen, damit seine Stimme nicht am Ende des Satzes in die Höhe ging wie bei Leifs fiktiver Tracey McGonigle. »Ich gehöre zu den Net Force Explorer und habe erfahren, dass Mr Laird den Verbindungsmann für die Net Force Explorer, Captain James Winters, vertritt. Seit einiger Zeit versuchen wir, dem Captain zu helfen. Dabei haben wir einige Dinge herausgefunden, die Mr Laird interessieren könnten.«

Die Stimme der Telefonistin klang nicht sehr ermutigend. »Leider ist Mr Laird im Augenblick sehr beschäftigt ...«

»Ich erwarte nicht, dass Mr Laird ohne Anmeldung mit mir spricht«, sagte Matt. »Doch er könnte sich bei Agent Len Dorpff und seinem Mandanten, Captain Winters, nach mir erkundigen. Ich bin sicher, dass er dann seine Meinung ändern wird.« Matt gab ihr die Nummer vom ehemaligen Büro von Captain Winters. Dort würde Dorpff zu erreichen sein. Er nahm an, dass der Anwalt die Privatnummer von Captain Winters besaß. »Ich werde am Nachmittag noch einmal anrufen. Vielleicht möchte Mr Laird dann mit mir sprechen.«

»Mr Hunter!« Zumindest hatte Matt bei der Telefonistin für einen Funken menschlicher Überraschung gesorgt. »Warten Sie!« Doch Matt wiederholte lediglich die Nummer von Dorpff, um sicherzugehen, dass sie richtig aufgenommen wurde.

Dann brach er die Verbindung ab.

Als er sich schließlich von der Schule auf den Weg nach Hause machte, waren seinen Handflächen vor Nervosität schweißnass. Wohl zum fünfzigsten Mal auf dem Nachhauseweg berührte er das Datascript, das Leif Anderson erstellt hatte. Matt war sich nicht sicher, ob er ausreichend Mut besaß, um die wilde Theorie seines Freundes weiterzugeben ...

An Matts Ecke hielt der Bus an und er stieg aus. Während er die Tür aufschloss, klingelte das Telefon. Vater und Mutter waren bei der Arbeit. Matt stürzte in den Flur zum nächsten Holo-Empfangsgerät.

Er stellte die Verbindung her und auf dem Schirm des Systems wurde ein Gesicht scharf gestellt – das schmale Gesicht eines Fremden. Ein Mann mit ernsten Augen schaute Matt eine Weile an. »Matt Hunter?«, fragte der Mann schließlich.

Matt nickte.

»Ich heiße Stewart Laird. Mir wurde gesagt, dass Sie am heutigen Morgen im Zusammenhang mit dem Fall James Winters in meinem Büro angerufen haben.«

»Ich vertrete eine Gruppe von Net Force Explorer ...«, begann Matt.

Laird nickte. »Das habe ich von Agent Dorpff gehört – und von meinem Mandanten. Captain Winters lobte Sie in den höchsten Tönen.« Der Anwalt runzelte die Stirn, dann sprach er weiter. »Es war das erste Mal, dass er sich überhaupt äußerte, seitdem er mich beauftragt hat, ihn zu vertreten.«

Als Laird sich räusperte und wieder zögerte, bemerkte Matt allmählich, dass der Anwalt sich in seiner Haut nicht wohl fühlte.

Mich würde interessieren, ob er auch schwitzt, dachte er.

»Ich habe Sie angerufen, weil ich hören will, was Sie mir zu sagen haben. Aber zuerst möchte ich Sie um einen Gefallen bitten«, sagte Laird schließlich. »Mr Winters – so bezeichnet er sich selbst seit einiger Zeit – hat sich fast in seinem Haus verbarrikadiert. Mit einem Filtersystem blockt er die meisten Telefongespräche ab. Mir wäre es lieb, wenn Sie ihn besuchen würden.«

»Ich weiß nicht.« Jetzt zögerte Matt. »Als ich das letzte Mal dort war ...«

Er verstummte.

Stewart Laird nickte. »Ich weiß, was bei Ihrem letzten Besuch geschehen ist. Aber ich weiß auch, dass James Winters tatsächlich auflebte, als er von Ihnen sprach. So habe ich ihn nicht erlebt, seit der Bericht der Abteilung für innere Angelegenheiten veröffentlicht wurde.«

Laird gab sich große Mühe, sein Pokergesicht beizubehalten, doch Matt konnte an seinen Augen sehen, wie besorgt er war. »Einige Leute glauben, dass zu einer guten Verteidigung nur ein tüchtiger Anwalt gehört, der den Fall entsprechend vorträgt. Ihr Freund Mr Winters sollte es eigentlich besser wissen. Ein apathischer Mandant kann einen Fall genauso oder sogar schlimmer sabotieren als ein unfähiger Verteidiger.«

Laird schaute ihm in die Augen. »Ich bin *nicht* unfähig. Im Gegenteil, ich stehe in dem Ruf, meinen Beruf hervorragend auszuüben. Wenn Sie der Verteidigung von James Winters helfen wollen, gehen Sie ihn besuchen. Meine Kanzlei wird Ihnen einen Wagen schicken.«

Jetzt warf Laird ihm einen Blick zu, den Matt fast als bittend bezeichnet hätte. »Ich habe Mandanten gehabt, die unschuldig waren, und solche, die schuldig waren. Ich glaube, ich kenne den Unterschied. Es – berührt mich, wenn ich sehe, wie ein unschuldiger Mann den letzten Funken Hoffnung verliert.«

15

Kaum hatte Matt den Zettel zu Ende geschrieben, auf dem er seinen Eltern mitteilte, wo er hinfuhr, als auch schon die glänzende Limousine von der Anwaltskanzlei vor seinem Haus anhielt. Bevor er sich noch richtig darüber klar geworden war, auf was er sich eingelassen hatte, saß er hinten in dem Dodge und war auf dem Weg nach Maryland, wo James Winters wohnte.

Der Vorteil der frühen Stunde war, dass sie nicht in den Berufsverkehr kamen. Doch der Nachteil dabei war, dass Matt mit jeder Minute dieser zügigen Fahrt der persönlichen Begegnung mit dem Captain schnell näher rückte. Er war sich nicht sicher, was ihn an seinem Ziel erwartete. Aber es würde wohl kaum ein angenehmer Anblick sein, denn Stewart Laird schien ihm nicht der Mann zu sein, der leicht zu erschüttern war.

Natürlich hatte die Reaktion von James Winters auf die Entwicklungen in dem Mordfall bei seinem Anwalt Besorgnis hervorgerufen.

Nicht Captain Winters, sondern Mr Winters, dachte Matt. *Das muss ein schlechtes Zeichen sein.*

Schließlich unterbrach der Fahrer das angespannte Schweigen. »Bist du ein Zeuge oder so etwas?«, fragte er.

»Was?« Völlig in Gedanken versunken hatte Matt die Frage kaum vernommen.

»Ich fragte, ob du ein Zeuge oder so was bist«, wiederholte der Fahrer. »Normalerweise fahren wir die Leute nach Hause, die bis spät abends im Büro arbeiten. Manchmal müssen wir auch irgendwas ausliefern oder es gibt Notfälle in der Familie. Da ich alle Kinder der Partner kenne, kommst du dafür nicht infrage. Du siehst aus, als ob du kurz vorm Explodieren bist da hinten. Also habe ich mir gedacht, dass du vielleicht ein Überraschungszeuge bist, den die Kanzlei für einen wichtigen Fall im Verborgenen bereithält.«

Eine verrückte Minute lang verspürte Matt den Wunsch, auf diese Geschichte einzugehen. Wahrscheinlich könnte er irgendeine Story erfinden. Schließlich wurden bei ihm zu Hause ständig Gerichtsdramen in der Holovision geschaut. Es würde ihn ablenken von ...

Doch damit waren seine Gedanken genau wieder bei

dem Problem angelangt, dem er sich bei seiner Ankunft stellen musste.

»Ein Freund von mir ist in Schwierigkeiten«, erwiderte er endlich. »Man hat mich gebeten, mit ihm zu sprechen, damit er sich ein wenig beruhigt.«

»Ja, ja, die jungen Leute heutzutage, geraten dauernd in irgendwelche komischen Sachen. Meiner Meinung nach ist das Netz daran schuld. Als ich noch ein Kind war, hatten wir nur das Fernsehen und das Kino. Ihr lacht ja vielleicht über die alten ›Flachfilme‹, aber das war noch *richtige* Unterhaltung. Damals hatten wir nie Probleme –«

Genau, dachte Matt. *Damals hatte Washington die meisten Morde pro Kopf im ganzen Land.*

Er ließ den Fahrer weiterreden. Dieser ging davon aus, dass Matt einen anderen Teenager besuchte, bis sie schließlich in der Umgebung von Winters' Haus ankamen.

»Also wirklich«, sagte der Fahrer. »Ganz schön betucht hier. Aber ist das nicht immer so?« Er war an der Adresse angelangt. »Ich werde auf dich warten, bis du fertig bist.« Der Mann zwinkerte ihm verschwörerisch zu. »Bloß keine Eile. Geht alles auf die Rechnung der Kanzlei.«

Matt holte tief Luft und ging den Zufahrtsweg hinauf. Als er das letzte Mal hier gewesen war – vor knapp zwei Wochen –, hatten unzählige Techniker der Abteilung für innere Angelegenheiten das Haus von Winters unsicher gemacht. Jetzt sah es ausgestorben aus. Der Rasen war zu lang und hätte längst gemäht werden müssen und in den Blumenbeeten musste das Unkraut gejätet werden.

Wahrscheinlich kommt der Captain gar nicht nach draußen, um sich darum zu kümmern, dachte Matt.

Mr Winters, korrigierte er sich.

Außerdem würde er sich kaum dafür begeistern, den Rasen zu mähen, irgendetwas anzustreichen oder auch nur den Müll vor die Tür zu bringen, wenn ihn dabei Leute anstarrten, als ob er ein Tier im Zoo wäre. Oder schlimmer noch, wenn sie ihm ununterbrochen Mikrofone unter die Nase schoben und ihm dumme Fragen stellten.

Offensichtlich hatte Winters die Kamerateams vor seinem Haus enttäuscht, da er ihnen keinerlei Gelegenheit zu Dokumentationen für die Holovision gegeben hatte. Zumindest waren die Kleinbusse der Sendeanstalten jetzt verschwunden und bemühten sich an anderen Orten um die neuesten Ereignisse. Plötzlich fiel Matt ein altes Sprichwort ein: »Der Finger bewegt sich und schreibt; nachdem er geschrieben hat, bewegt er sich weiter.«

Nur könnte in diesem Fall der Spruch etwas anders lauten: »Die Presse ruiniert ein Leben; nachdem sie es ruiniert hat, macht sie woanders weiter.«

Was würde er drinnen im Haus vorfinden?

Matt erreichte die Tür und drückte auf die Klingel. Keine Reaktion. Er hätte sich denken können, dass es nicht ganz so leicht sein würde. Wie viele Reporter, Kamerateams, Fotografen und neugierige Idioten hatten auf diese Klingel gedrückt, seit Winters in *Persönlichkeiten in Washington* aufgetreten war?

Eigentlich war Matt überrascht, dass er von drinnen ein leises Läuten hörte. Wenn er selbst schon so viel belästigt worden wäre, hätte er sicherlich die Klingel abgestellt.

Natürlich bestand auch die Möglichkeit, dass er das Läuten des Telefons hörte –

Matt wartete eine Minute. Kein Klingeln. Dann drückte er auf den Knopf und hörte das leise Geräusch. Okay, zumindest stand er nicht einfach wie ein Idiot hier draußen herum.

Oder doch. Denn wieder kam keine Reaktion von Winters.

Matt versuchte es mit einigen kurzen Klingelzeichen. Dann hatte er die Nase voll. Er streckte den Daumen aus und hielt den Knopf fest. Das leise Geräusch ununterbrochenen Läutens schien sich seinen Arm hinaufzubewegen.

Eine winzige Bewegung am Fenster erregte seine Aufmerksamkeit. An den geschlossenen Vorhängen hatte sich etwas gerührt. Jemand warf einen Blick nach draußen.

Matt ließ die Klingel los und einen Augenblick später öffnete sich die Tür. Da stand James Winters und starrte ihn an.

Gut, zumindest rasiert sich der Captain noch, dachte Matt. Er hatte die wildesten Vorstellungen gehabt, wie sich Winters in einen typischen Einsiedler verwandelt hätte – mit langen Haaren, Bart und wilden, rotumränderten Augen.

Doch das Gesicht von James Winters war schmaler geworden, die Haut straffte sich stärker über den Knochen seines Schädels. Man sah einige neue Falten um die Augen und an den Augenbrauen. Voller Überraschung betrachtete er seinen Besucher.

»Matt!« Winters' Stimme hatte einen merkwürdigen, eingerosteten Klang.

Kein Wunder, stellte Matt fest. Wenn er im Haus blieb und weder an die Tür ging noch das Telefon abnahm – mit wem sollte er sprechen, außer mit sich selbst?

Und das wäre auch keine gute Sache.

Jetzt erinnerte Winters sich an die Regeln der Höflichkeit. »Komm rein!«, lud er ihn ein. »Tut mir Leid, dass es so lange gedauert hat. Als ich das letzte Mal an die Tür gegangen bin, stand da so ein Idiot mit einer Kamera und einem Autogrammbuch. Bezeichnete sich als Mordfan. Ich konnte der Versuchung kaum widerstehen, ihm am eigenen Leib ein Beispiel vorzuführen.«

Die Züge des Captains wurden bitter. »Meiner Meinung nach würde das auch keinen Unterschied mehr machen, wenn dieses Trauerspiel einmal vor Gericht kommt.«

Sie gingen ins Wohnzimmer. Überrascht stellte Matt fest, dass das Computersystem entfernt worden war. Doch warum sollte ihn das überraschen? Dadurch gab es keine Anrufe und keine Nachrichten. Allerdings bedeutete es natürlich auch den Verzicht auf Unterhaltung und Forschungsmöglichkeiten. Wenn Winters sich auf irgendeine Weise auf seine Gerichtsverhandlung vorbereitete, so tat er es jedenfalls nicht hier.

Doch man sah durchaus, dass das Haus bewohnt war. Bücher lagen verstreut auf verschiedenen Möbelstücken, einige von ihnen aufgeschlagen mit dem Rücken nach oben. Matts Mutter hätte sich fürchterlich aufgeregt. »Davon gehen die Buchbindungen kaputt«, klagte sie. »Diese Dinge werden wir nicht ewig haben, deshalb sollten wir sie nicht mutwillig zerstören.«

Dann entdeckte Matt etwas Bekanntes auf dem Sofa. Es handelte sich um eine große, zylindrische Papierrolle – die Unterstützungserklärung für Winters, die er ihm selbst übergeben hatte, mit den Unterschriften von allen Net Force Explorer. Er erinnerte sich, wie umständlich es gewesen war, die sperrige Rolle hierher zu befördern. Jetzt lag sie offen, lose und ein wenig zerknittert auf der Couch, als ob man sie viele Male aufgerollt und gelesen hätte.

Matt fühlte, wie sich sein Gesicht erwärmte.

Winters kam hinzu und folgte seinem Blick. »Schaust du dir die Reliquie an?«, fragte er.

»Die Reliquie?«, wunderte sich Matt.

»Ein Fossil aus längst vergangenen Tagen, als mir die Leute noch glaubten, wenn ich etwas sagte.«

»Wir glauben Ihnen immer noch«, erwiderte Matt. »Alle Net Force Explorer glauben Ihnen, Captain.«

»Mister«, korrigierte ihn Winters. »›Captain‹ ist ein Dienstgrad bei der Net Force. Noch so eine Reliquie.« Er schüttelte den Kopf. »Diese vielen Jahre im Beruf – und dann löst sich innerhalb einer Woche alles in Luft auf. Leute, für die man sein Leben riskiert hat und mit denen man gemeinsam gekämpft hat, kennen dich plötzlich nicht mehr ...«

»Ich habe mit Spritzer gesprochen – äh, Mark Gridley. Sein Vater glaubt auch an Sie. Er kann es nur nicht in der Öffentlichkeit verkünden ...«

»Ja, ich weiß, politische Überlegungen. Davon gibt es eine Menge in Washington. Sicherlich habe ich eine persönliche Nachricht von ihm irgendwo auf der Mailbox.«

Es waren nicht mal die Worte, die Matt erschauern ließen – obwohl sie ziemlich beunruhigend waren. Doch wesentlich beunruhigender war der leere, verlorene Blick in Winters' Augen, während er sprach.

Das war nicht der James Winters, den Matt kannte – manchmal streng, manchmal scharfzüngig, mit Humor und einem außerordentlichen Verantwortungsgefühl den jungen Leuten gegenüber, die ihm anvertraut waren.

Hier stand ein Mann, den man durch den Schlamm gezogen und dann getreten hatte, während er am Boden lag. Er war verletzt, das war deutlich zu erkennen.

Matt spürte, dass Winters ihn anschaute. »Also, das ist

ja ein merkwürdiges Zusammentreffen. Heute früh rief mich mein Anwalt an. Er versuchte es so lange, bis ich ans Telefon ging. Dann fragte Rechtsanwalt Laird mich über einen gewissen Matthew Hunter aus. Kaum kommt der Nachmittag, steht derselbe Matthew Hunter bei mir auf der Schwelle. Zufall? Das glaube ich nicht.«

Captain Winters antwortete auf Matts Miene mit einem schrägen Lächeln. »Bis jetzt kann ich immer noch zwei und zwei zusammenzählen und zu einem Ergebnis kommen, Matt. Außerdem kannst du Laird ausrichten, dass er mir bloß nicht mit einer Rechnung von deinem Taxi kommen soll. Worunter kann er das auflisten? ›Den Mandanten aufmuntern‹?«

Sorgsam entfernte Winters die Rolle von der Couch, legte sie auf den Kaffeetisch und ließ sich in die Kissen sinken. »Setz dich. Ich freue mich wirklich, dich zu sehen. Aber da sich Laird noch vor ein paar Stunden nach dir erkundigt hat, muss ich annehmen, dass er nicht nach dir gesucht hat. Das bedeutet, dass du zu ihm gegangen bist. Und wenn wir noch einen Schritt weiter gehen, bedeutet das, dass du als respektabler Repräsentant für diejenigen auftrittst, die herausgefunden haben, dass ich von Mitchell, Liddy und Laird vertreten werde. Wer steckt also dahinter, Matt? Der geschickte Mr Anderson oder die ungeduldige Miss O'Malley?«

Matt musste ein Grinsen verbergen. Offensichtlich war bei Captain Winters trotz der Ereignisse das detektivische Talent nicht abhanden gekommen.

»Leider könnte es kaum schlimmer kommen«, antwortete er. »Beide stecken dahinter, mit der hilfreichen Unterstützung der meisten bekannten Gesichter der Gruppe aus Washington.«

Als jetzt ein Grinsen aufblitzte, war einen Augenblick

Schwarze Schatten

lang die Gegenwart des alten Captain Winters zu spüren. »Das hätte ich mir denken können«, erwiderte er.

Sorgfältig wählte Matt seine Worte. »Wir haben uns bemüht, Ihnen zu helfen.«

Matt erzählte von einigen Dingen, die sie versucht hatten: Leifs intensivem Kontakt zu HoloNews, Megans Gespräche mit dem *Fünften Stand* und seiner eigenen Anstrengung, das Alibi von Winters zu stützen, wozu er die Archive der Überwachungskameras durchschnüffelt hatte.

Der Gesichtsausdruck des Captains wurde noch ernster, als er davon hörte. »Agent Dorpff muss noch eine Menge darüber lernen, wie er seine Truppen unter Kontrolle zu halten hat«, sagte Winters. »Oder erfahre ich erst jetzt, wie sehr ich im Laufe der Jahre versagt habe?«

»Warten Sie, es kommt noch mehr.« Matt ließ nicht locker. »Die Dinge, die wir über den ersten Alcista-Fall entdeckt haben, die aber nie in den Nachrichten aufgetaucht sind.«

»Das bedeutet, dass diese Entdeckungen aus Dateien der Net Force kommen«, murmelte Winters. »Dadurch könnte ein gewisser junger Hacker in ernsthafte Schwierigkeiten geraten, wenn seine Eltern und die Net Force jemals dahinterkommen.«

Winters zeigte wieder seine gewohnte Strenge, während er Matt ernst in die Augen schaute.

»Bei diesem Hacker glaube ich kaum, dass er jemals entdeckt wird, Sir«, erwiderte Matt.

»Ihr habt euch ja ziemlich intensiv mit meinen Privatangelegenheiten beschäftigt, wie es scheint.« Fragend schaute Captain Winters zu Matt. Doch dann schien etwas in ihm ineinander zu fallen.

Schlaff sanken seine Schultern herunter. »Aber ihr

kennt immer noch nicht die ganze Geschichte«, fuhr er fort. »Es gibt Einzelheiten, die selbst bei der Net Force niemals registriert wurden. Doch jetzt kann ich dir alles erzählen, wenn du möchtest. Wahrscheinlich hat mich die Zeit, die ich eingeschlossen hier verbracht habe, zum Sprechen animiert.«

Winters ließ sich gegen die Rückenlehne der Couch zurückfallen, doch die angespannten Muskeln straften die lässige Haltung Lügen. »Vor vier Jahren waren mein brillanter Partner und ich auf der heißen Spur eines Mistkerls, der Computerdienstleistungen anbot und dann seinen Zugang dazu benutzte, Geschäftsideen und sonstige wertvolle Informationen seiner Kunden zu stehlen. Fast hatten wir ihn schon, es fehlte nur noch wenig. An einem grauen Aprilmorgen sprang der Wagen meiner Frau nicht an, deshalb lieh sie sich mein Auto.«

»Um zum Arzt zu fahren«, warf Matt ein.

Winters sah ihn an. Sein Gesicht war so hart – und grau – wie Stein. »Genauer gesagt wollte sie zu unserem Gynäkologen. Wir erwarteten ein Baby ... Unser Sohn wäre ...«

Er brach ab. Geschockt schwieg Matt. Captain Winters hatte nicht nur einen Verlust zu beklagen, sondern zwei – seine Frau und das ungeborene Kind. Matt konnte sich nicht einmal annähernd vorstellen, wie er sich gefühlt haben musste.

»Mike Steele sollte der Taufpate werden. Er hatte uns sogar schon ein Geschenk für das Baby gegeben. Cynthia – meine Frau – hatte ihn ausgeschimpft und ihm gesagt, dass so etwas Unglück bringt ...«

Winters fuhr sich mit der Hand über das Gesicht, doch zumindest schien er etwas ruhiger geworden zu sein, als er Matt wieder in die Augen sah. »Ich kann verstehen, warum Mike so gehandelt hat. Es war nicht nur wegen der Bombe, die Alcista an seinem Wagen angebracht hatte. Doch als ich die Wahrheit herausfand über die Beweise, die er angeblich entdeckt hatte, konnte ich den Prozess nicht so weiterlaufen lassen. Ich musste meinen besten Freund verraten. Und den Mörder meiner Frau laufen lassen. Die teuren Anwälte von Alcista traten auf den Plan. Als sie ihre Arbeit getan hatten, wurde Steve der Bulle zu einer Strafe verurteilt, die mehr einem Urlaub von knapp vier Jahren Dauer als einer Gefängnisstrafe ähnelte. Und mir blieb nur dieses riesige Loch an der Stelle, wo einmal mein Leben gewesen war.«

Langsam wurde der Gesichtsausdruck des Captains weicher, während er seinen jungen Zuhörer betrachtete. »Dann hatte ich ein wenig Glück. Jay Gridley bat mich auf ein Gespräch in sein Büro. Ich teilte ihm mit, dass ich als Feldagent ausgebrannt war, aber kein Schreibtischhengst in der Verwaltung sein wollte. Da erwiderte er, dass er jemanden für einen besonderen Posten brauchte und dass er dabei an mich gedacht hätte. So wurde ich zum Verbindungsmann für die Net Force Explorer.«

Matt räusperte sich. »Wir hatten schon immer den Verdacht, dass es für Sie mehr als nur ein Job war.«

Winters nickte. »Es war ein Rettungsanker in schrecklichen Zeiten. Ihr wart so jung, so enthusiastisch, so ... inspiriert.«

»Sie meinen ›außer Kontrolle‹, oder?«

»Kann schon sein.«

Matt schien seinen Mentor mit völlig neuen Augen zu sehen. Jetzt verstand er, warum der Captain so streng war, wenn die Net Force Explorer es bei den Fällen, in die sie verwickelt gewesen waren, mit den Gesetzen nicht so ernst nahmen. Auf sehr reale Weise behandelte er sie wie seine Familie. Vielleicht waren sie seine Familie, die einzige Familie, die er besaß.

Überraschend scheu lächelte der Captain ihm zu. »Es ist wie bei dem Mann in dem alten Buch. Ich hatte nicht ein Kind – ich hatte tausende.«

Dann verschwand sein Lächeln. »Doch jetzt habe ich das auch noch verloren. Fast kann ich darüber lachen, wie sich die Dinge entwickelt haben ... fast. Kurz bevor dieser Schlamassel begann, fragte mich die Net Force, ob ich wieder zurück in den aktiven Vollzeitdienst wollte. Ich habe das Angebot abgelehnt, weil ich bei meiner Arbeit sehr zufrieden war. Jetzt bin ich bei der Net Force am Ende, selbst wenn ich durch irgendein Wunder von der Anklage freigesprochen werde, die sie gegen mich vorbereiten. Das bedeutet, dass ich auch mit den Net Force Explorer am Ende bin.«

Langsam gewann James Winters wieder Kontrolle über sein Gesicht und verwandelte sich erneut in den apathischen Fremden, der die Tür geöffnet hatte. »Ich glaube, ich fühle mich verraten.« Er seufzte. »Wie man austeilt, so wird einem gegeben. Ich kann mich immer noch an den Blick in den Augen von Mike erinnern, als ihm aufging, wer ihn verraten hatte. Jetzt kann ich ihn besser verstehen.«

Seine Lippen verzogen sich zu einem schwachen Lächeln. »Weißt du, wenn irgendjemand diese Nummer mit mir hätte veranstalten können, dann der eiserne Mike Steele – natürlich lebt er nicht mehr. Doch er ist die einzige Person, bei der es einen Sinn ergeben würde, wenn er dafür verantwortlich wäre.«

Fast wie von selbst griffen Matts Finger nach der Tasche, in der das Datascrip von Leif Anderson steckte.

»Was ...« Matt musste sich räuspern, um die Worte hervorzubringen. »Was wäre, wenn Mike Steele noch leben würde?«

»Er ist in der Karibik auf seinem Boot umgekommen.« Winters schüttelte den Kopf. »Mike liebte seine Boote. Häufig habe ich ihn damit aufgezogen, dass er deshalb noch unverheiratet war – er konnte sich nicht ein Boot leisten und außerdem noch eine Familie. Das Geschenk für das Baby, das er uns gegeben hat, war eine eigens angefertigte Rassel aus massivem Silber in Form eines Ankers.«

»Können wir vielleicht in einen Raum gehen, in dem noch ein funktionierendes Computersystem steht?«, unterbrach Matt den Strom der Erinnerung. »Leif hat eine Datei zusammengestellt, die Sie sich meiner Meinung nach ansehen sollten.«

Nachdem er kurz erklärt hatte, wer Marcus Kovacs war und warum er für das Leben von James Winters Bedeutung hatte, führte Matt die Bildershow von Leif Anderson vor. Zuerst schüttelte Winters ungläubig den Kopf. Aber im Laufe der enthusiastischen Ausführungen von Leif nahm das Gesicht von Winters allmählich einen anderen Ausdruck an. Als die Datei beendet war, blickte der energische Agent der Net Force, den Matt so gut kannte, aus den Augen von James Winters.

»Leifs Theorie ist keineswegs wasserdicht«, sagte Captain Winters. »Es könnten nur fromme Wünsche sein. Auf der anderen Seite ist es die erste schlüssige Erklärung für diesen Albtraum, den ich augenblicklich erlebe. Und ich habe mir wirklich das Gehirn zermartert auf der Suche nach Gründen, die irgendwie Sinn machten.«

Mit ausholenden, energischen Bewegungen nahm Winters das Datascrip aus dem Abspielgerät des Systems. Dann rief er das Holofon auf, um im Büro von Mitchell,

Liddy und Laird anzurufen. Stewart Laird war noch bei der Arbeit.

»Bleiben Sie, wo Sie sind«, forderte Winters seinen Anwalt auf. »Wir werden den Wagen, mit dem Sie Matt hierher geschickt haben, ein wenig umleiten. Ich möchte Ihnen etwas zeigen, dass die Net Force Explorer entdeckt haben.«

»Was?«, fragte Stewart Laird mit entgeistertem Blick. Offensichtlich gelang es ihm nicht, der plötzlichen Veränderung im Verhalten seines Mandanten Glauben zu schenken.

»Es wird besser sein, wenn Sie es sich persönlich ansehen, statt darüber am Telefon zu reden«, entgegnete Winters.

Matt vermutete noch einen tieferen, taktischen Grund für den persönlichen Besuch. Wer auch immer Winters den Mord anhängen wollte, würde bestimmt das Telefon seines Opfers abhören.

Winters musste über den Gesichtsausdruck seines Anwalts lächeln. »Und machen Sie nicht so ein Gesicht! Eigentlich wollte ich gegen die Kosten protestieren, die Sie aufgewendet haben, um Matt zu mir zu schicken. Aber auf diese Weise werden daraus legitime Geschäftskosten.«

16

Als zwei Personen auf sein Auto zukamen, zeigte sich die Überraschung des Fahrers bereits von weitem. Noch überraschter – und zweifelnd – schaute er, als James Winters ihm den neuen Zielort mitteilte.

»Wir fahren zum Büro von Mitchell, Liddy und Laird«, verkündete der Captain. Als er den Blick des Fahrers bemerkte, fügte er hinzu: »Erkundigen Sie sich bei Ihrer Zentrale. Und lassen Sie im Zweifel bei Mr Laird nachfragen.«

Selbst nachdem die Bestätigung durchgegeben wurde, warf der Fahrer seinen beiden Fahrgästen weiterhin kritische Blicke im Rückspiegel zu. Es konnte sich nicht nur um die Änderung der Route handeln – das war nicht besonders ungewöhnlich. Nein, wahrscheinlich hatte der Fahrer aufgrund der vielen Berichte in den Medien das Gefühl, dass er das Gesicht von Winters schon einmal gesehen hatte. Oder er hatte den Captain sogar erkannt. Doch wenn dem so sein sollte, machte er keinerlei Bemerkung dazu.

Keiner sprach. Matt war so froh, dass Winters die erschreckend apathische Haltung abgeschüttelt hatte, die er noch während des Besuchs feststellen musste – und so schockiert über die Dinge, die der Captain ihm berichtet hatte –, dass ihm nichts mehr einfiel, was noch zu sagen wäre. Was Winters anging, so schien der Captain regelrecht ungeduldig zu sein, vor seinen Anwalt zu treten und eine Verteidigungsstrategie zu entwickeln.

Da der Fahrer sie immer noch im Rückspiegel beobachtete, hatte Matt den Verdacht, dass er tatsächlich Winters als den unfreiwilligen Star so vieler Nachrichtenmeldungen der jüngeren Zeit identifiziert hatte. Allerdings verwandelte sich das argwöhnische Schweigen des Chauffeurs in ein breites Lächeln, als der Captain ihm vor den Büroräumen von Mitchell, Liddy und Laird im Stadtzentrum ein großzügiges Trinkgeld überreichte.

Matt und Winters marschierten durch eine beeindruckende Empfangshalle und fuhren mit dem Lift nach oben. Auf dem gesamten Weg hielt der Captain das Datascrip von Leif Anderson in den Händen und tippte immer wieder mit dem Zeigefinger dagegen.

Steward Laird musste wohl genauso ungeduldig gewesen sein. Als sie angekündigt wurden, kam er fast in den Vorraum geflogen und schob sie umgehend in sein Privatbüro. »Was haben Sie entdeckt?«, fragte er.

»Wir haben Informationen – und möglicherweise die Beschreibung – eines Mannes, der über ausreichend Gründe und Mittel verfügt, um mich in den Schlamassel zu befördern, in dem ich mich befinde«, erwiderte Winters in aller Deutlichkeit. »Und dafür können wir diesem jungen Mann und seinen Freunden danken.«

Er berichtete Laird von dem ursprünglichen Fall Alcista – ohne den Grund zu erwähnen, warum Cynthia Winters den Wagen benutzen wollte. Dann sprach er von dem Nachspiel und erklärte, wie sein Partner Beweismittel fabriziert hatte, um Alcista für immer ins Gefängnis zu schicken – und wie Winters die Sache entdeckt und Alarm geschlagen hatte.

»Das ist mir alles klar«, warf Laird ein. »Michael Steele wurde gefeuert und starb kurze Zeit später.«

»Vielleicht«, korrigierte ihn Winters. »Schauen Sie sich diese Datei an und sagen Sie mir dann, was Sie davon halten.«

Nachdem er Leifs enthüllende Vorführung verfolgt und gehört hatte, wie I-on Investigations solch fantastische Gewinne erreichte, ging Laird zum Telefon. »Wir haben einen Privatdetektiv als freien Mitarbeiter – ein etwas gewissenhafterer Detektiv als diejenigen, von denen ich gerade gehört habe. Ich möchte, dass er sich diese Dinge ansieht und dann Marcus Kovacs unter die Lupe nimmt. Bis jetzt reicht es noch nicht aus, um eine Jury zu überzeugen, aber es handelt sich meiner Meinung nach mit Sicherheit um einen viel versprechenden Ansatz für weitere Nachforschungen.«

Das Gespräch des Anwalts mit dem Privatdetektiv war kurz und prägnant. Dabei forderte Laird ihn auf, eine gründliche Überprüfung von Marcus Kovacs und I-on Investigations vorzunehmen.

Winters unterbrach ihn. »Sie wissen nicht, wie sicher diese Leitung ist«, sagte er, nachdem er die Hand über das Holo-Mikrofon gelegt hatte. »Ich würde davon abraten, diese Datei elektronisch zu übermitteln oder auf irgendeinem vernetzten Computer zu installieren. Gebrauchen Sie dafür ausschließlich allein stehende Rechner. Kopieren Sie die fertige Datei und lassen Sie sie persönlich überbringen.«

Zuerst sah ihn Laird ungläubig an. »Unsere Leitungen werden regelmäßig –«

»Denken Sie daran, mit wem wir es zu tun haben«, warnte Winters.

Lairds Gesichtsausdruck änderte sich schlagartig, als er sich an die Schwierigkeiten erinnerte, in denen Winters steckte. Er nickte und beendete den Anruf. »Da Sie jetzt wissen, wer Ihnen diese Dinge angetan hat – können Sie sich auch vorstellen, wie er es angestellt hat?«, fragte er.

Grimmig nickte Captain Winters. »Mike Steele war Spezialist bei der Net Force. Seine Aufgabe bestand darin herauszufinden, wie die Gangster in die Computer eindringen konnten. Deshalb kannte er sich mit Computern hervorragend aus.« Dann zögerte er und sein Gesichtsausdruck wurde noch grimmiger. »Außerdem wusste er so genau mit dem Computersystem der Net Force Bescheid, dass ihn jeder Hacker draußen darum beneidet hätte.«

Plötzlich musste Matt an die zynischen Worte von Henker Hank Steadman denken. *Wenn es irgendjemandem gelingen würde, sich auf diese Weise in unsere Systeme zu hacken, würde ich den Betreffenden auf der Stelle als Experten einstellen.*

Das war genau die Beschreibung von Mike Steeles Job. Allmählich kam bei Matt Hoffnung auf. Vielleicht, nur ganz vielleicht, tauchten an dem anscheinend so wasserdichten Fall der Abteilung für innere Angelegenheiten allmählich erste Lecks auf.

Winters schüttelte den Kopf. »Mike erledigte seine Arbeit hervorragend. Wenn es sich darum handelte, Beweismittel zu fälschen, hat er eine Art aufgeblasenes Sandwich zubereitet, bei dem sich die falschen Daten zwischen einigen Scheiben Wahrheit verbargen. Damit wurde fast jede Kontrolle getäuscht.«

Matt dachte zurück an die Unterlagen, auf die Mark Gridley gestoßen war – die Geschichte, wie Steele falsche Beweise bei Alcista abgeladen hatte. Mit einem scheinbar harmlosen Telefonanruf hatte der Agent heimlich ein Programm im System des Gangsters platziert. Von diesem Programm waren die belastenden Anrufe ausgegangen, dann waren die Register gelöscht worden – aber nicht so gründlich, dass die Techniker von der Net Force nicht ihre Spuren fanden.

»Bevor diese, äh, Scheiße losging, haben Sie da irgendwelche merkwürdigen Anrufe im Büro bekommen?«, fragte er Winters.

Der Captain runzelte die Stirn. »Wo du davon sprichst, ich hatte ein paar Tage vor Alcistas Tod eine falsche Verbindung. Ein Telemarketing-Anruf, bei dem man versuchte, mir einen besonders günstigen Sarg zu verkaufen. Es kostete mich einige Mühe, den Verkäufer zu unterbrechen und ihn davon zu überzeugen, dass er mit einem Büro verbunden war und nicht mit einem Privathaushalt – und außerdem noch mit einem Büro der Net Force.«

»Was heißt einige Mühe?«, fragte Matt. »Hatten Sie diesen Typen lange genug in der Leitung, dass im Hintergrund ein Programm übertragen werden konnte?«

Prüfend schaute Winters ihn an. »Genau wie Mike es mit Steve dem Bullen gemacht hat.« Er dachte eine Sekunde lang nach. »Vielleicht. Und wenn bei dieser Gelegenheit ein Programm installiert wurde, würde das ein paar Dinge erklären. Wenn im System der Net Force ein solches Programm lief, dann könnte der Anruf, den ich angeblich von einem Informanten bekam, vor Ort produziert worden sein. Ich bin natürlich davon ausgegangen, dass der Anruf von außerhalb kam, weil er von meinem Informanten war – zumindest schien es so.«

Jetzt nickte Laird. »Aber wenn dieser Anruf über den internen Computer der Net Force lief, kann es logischerweise keine Registrierung des Anrufs bei der Telefongesellschaft geben.«

»Und auch nicht bei der Behörde«, fuhr Winters fort. »Es wäre lediglich ein interner Vorgang.« Er zog eine Grimasse. »Wie ich Steele kenne, können wir dabei von einem gelöschten internen Vorgang ausgehen.«

»Aber wäre er völlig und für immer verschwunden?«, fragte Laird. »Ich könnte einen Durchsuchungsbefehl besorgen und das System checken lassen.«

Winters schüttelte den Kopf. »Meiner Meinung nach wäre es besser, die Geschichte als internes Sicherheitsproblem zu präsentieren. Jay Gridley wird veranlassen, dass seine Techniker mit feinsten Methoden das System durchkämmen. Wenn es etwas zu finden gibt, dann werden sie es aufspüren.«

Doch aus den Worten des Captains klangen Zweifel und Matt konnte ihn verstehen. Vermutlich hatte sich das von Mike Steele benutzte Programm selbst gelöscht, nachdem es die Aufzeichnung des angeblichen Anrufs ausgelöscht hatte. Und angesichts der bereits vergangenen Wochen seit der Tat – wer wusste schon, wie viele Daten inzwischen auf den Speichern gelagert worden waren, wo einmal das Trojanische Pferd installiert war?

Dennoch bestand hier eine Möglichkeit – eine Chance, die Indizienlast zu erschüttern, die sich um den Captain zu winden schien wie ein hungriger Python.

Auf Lairds System kam ein Telefonat an. Überrascht begrüßte er den Anrufer. »Das war aber schnelle Arbeit«, bemerkte er. »Sie haben doch kaum die Datei erhalten.«

Das System des Anwalts gehörte zu den teuren Modellen, die Exklusivbilder und -ton boten, sodass selbst Leute in den Besuchersesseln des Büros nichts mitbekamen.

Lairds neu gewonnene Zuversicht schien plötzlich erschüttert. »Es sieht so aus, als ob die Sache mit Kovacs und Steele einen Haken hat. Als Erstes hat sich mein Detektiv Dateien mit den Fingerabdrücken besorgt – die von Steele von der Net Force und die von Kovacs von der örtlichen Zulassungsbehörde. Sie stimmen nicht nur nicht in Details überein, sondern sind völlig unterschiedlich.«

Winters ließ sich in keiner Weise erschüttern. »Natürlich nicht«, entgegnete er. »Steele war ein Spezialist – ein Meisterhacker. Wenn er verschwinden wollte, hätte er sich zuerst um seine Fingerabdrücke gekümmert. Und leider hatte er den entsprechenden Zugang und die Kenntnisse, um sie zu verändern – sowohl dort als auch im gesamten amerikanischen Bundessystem.«

Matt nickte. »Das Chaos fängt mit den Computern der

Net Force an, die wir bereits als undicht einstufen müssen.«

Laird wandte sich wieder seinem Computerdisplay zu, das aus Matts Perspektive aussah wie eine graue Sturmwolke.

»Machen Sie weiter«, befahl der Anwalt.

»Und sagen Sie den Leuten, dass sie nicht noch mal hier anrufen sollen«, unterbrach ihn Winters. »Noch wissen wir nicht, ob diese Leitung sicher ist.«

Wenn nicht, dann weiß Kovacs-Steele bereits, dass wir ihm auf der Spur sind, stellte Matt fest. *Das könnte ein Problem sein.*

Stewart Laird gab die Anweisung weiter und brach die Verbindung ab. Sein Gesicht ließ erahnen, dass er sich im Geiste bereits um die nächsten Schritte sorgte. Die Vorstellung, dass er eine echte Verteidigung übernehmen und nicht nur auf zeitweise geistige Umnachtung plädieren könnte, schien den Anwalt mit neuer Energie zu erfüllen.

»Ich würde gern eine Pressekonferenz einberufen«, sagte Laird. »Ob Sie wollen oder nicht, Ihr Prozess läuft bereits vor dem Gericht der öffentlichen Meinung. Es wäre doch nett, auf so etwas hinzuweisen – und wenn zur Abwechslung diese so genannten Journalisten einander zerfleischen, statt andauernd über uns herzufallen.«

Winters schaute ihn zweifelnd an. »Wenn Sie den Namen von Kovacs erwähnen, wird ihn das nur warnen.«

»Ich werde in allgemeinen Worten sprechen«, versprach Laird. »Wie wäre es, wenn ich die Berichterstattung von *Rund um die Uhr* angreife – ich könnte sie als schlampig bezeichnen und sagen, dass die Fakten überhaupt nicht überprüft wurden.« Er dachte einen Augenblick lang nach.

»Was meinen Sie hierzu? Sie verbreiten verleumderische Unwahrheiten, deren Hintergründe von den Mitarbeitern der Sendeanstalt weder recherchiert noch überarbeitet wurden. Daraufhin müssten sich eigentlich die anderen Reporter näher für HoloNews interessieren und in der Folge eine interne Untersuchung durch die Anwälte der Sendeanstalt auslösen.«

»Ich glaube, Kovacs müsste blind sein, wenn ihm dann nicht dämmert, dass wir ihm auf der Spur sind.« Mit säuerlichem Gesicht klopfte Winters auf das Aufnahmegerät von Lairds Bürosystem. »Soweit wir wissen, könnte er bereits jetzt zuhören.« Dann grinste er Laird an. »Ja, ich weiß, ich höre mich paranoid an, aber das gehört schließlich zu meinem Beruf.« Ernst fuhr er fort: »Okay, gehen Sie an die Presse, ohne Kovacs zu erwähnen. Wir wollen den Baum einmal schütteln und sehen, was herunterfällt. In der Zwischenzeit schicken Sie eine Kopie der von den Kids zusammengestellten Datei an die Net Force. Direkt an Jay Gridley, nicht an die Abteilung für innere Angelegenheiten. Ich traue Steadman nicht über den Weg. Er könnte sie einfach unter den Tisch fallen lassen. Bei Jay bin ich mir ziemlich sicher, dass er zumindest eine Sicherheitsüberprüfung der Computer anordnen wird. Und vielleicht, wenn wir Glück haben, wird er sich diesen Herrn Marcus Kovacs einmal aus der Nähe ansehen.«

Laird nickte. »Je mehr Hebel wir bewegen, umso besser«, sagte er. Dann warf er einen Blick auf seine Armbanduhr. »Okay. Ich kann eine Pressekonferenz am Morgen arrangieren, noch vor den Mittagsnachrichten.« Er zögerte einen Augenblick. »Ich glaube, Sie müssen nicht dabei sein.«

Winters sah aus wie ein Mann, der gerade vom Tod

durch ein Erschießungskommando begnadigt worden war. »Ich bin sicher, dass Sie das Richtige sagen werden.«

»Dann wollen wir mal«, erwiderte Stewart Laird mit einem leichten Kopfnicken. »Die andere Seite hat uns schon zu lange mit Dreck beworfen. Allmählich sollten wir einen Teil davon zurückbefördern.«

Es war ein ungewöhnlich hektischer Tag im Haus O'Malley. Der Vater und die Mutter von Megan waren beide freie Autoren. Normalerweise konnten sie sich deshalb ihre Arbeitszeit nach Belieben einteilen. Doch bei beiden Eltern nahten die Abgabetermine für ihre Bücher. Seit sie von der Schule gekommen war, saß auch Megan vor dem Computer, um die Arbeit aufzuholen, die sie vernachlässigt hatte, während sie versucht hatte, Captain Winters zu helfen.

Ich werde Matt Hunter nicht anrufen, befahl sie sich selbst. Die Worte liefen durch ihren Kopf wie ein Mantra, während sie sich durch die gesamte Pflichtlektüre für das Fach Weltgeschichte kämpfte.

Doch im Augenblick war Megan mehr an aktuelleren Ereignissen interessiert – zum Beispiel wie der Anwalt von Winters auf die von Leif zusammengestellte Datei reagiert hatte. Aber ihre Eltern achteten im Moment sehr darauf, dass sie ihre Schularbeiten erledigte. Und um die Wahrheit zu sagen, die Bradford Academy war recht anspruchsvoll. Man konnte es sich nicht leisten, zu weit zurückzufallen. Megans größtes Opfer hatte darin bestanden, das Haussystem so zu programmieren, dass alle Anrufer eine Ansage zu hören bekamen und die Nachrichten in der Mailbox gespeichert wurden.

Heute sollte spät zu Abend gegessen werden. Ihr Bruder Sean versuchte zu kochen und füllte alsbald die Küche mit beißendem Qualm. Schließlich wartete die Familie O'Malley auf ins Haus bestelltes Essen, während überall gründlich gelüftet wurde.

Eins folgte dem anderen, deshalb kam Megan erst bei den Spätnachrichten dazu, sich wieder mit der Außenwelt zu befassen.

»Ich glaube, du solltest dir das mal ansehen«, sagte ihr Vater, als er den Kopf zur Zimmertür hineinsteckte.

Sie folgte ihm ins Wohnzimmer. Die Nachrichtensprecherin von der Perfektion eines Models machte einen äußerst ernsten Eindruck. Sie saß vor einem Hintergrund mit der Aufschrift MORD BEI DER NET FORCE?

»Eine überraschende Gegenattacke kam heute vom Anwalt, der Captain James Winters von der Net Force vertritt. Rechtsanwalt Stewart Laird betonte nicht nur die Unschuld seines Mandanten im Fall des tödlichen Bombenattentats auf eine Persönlichkeit des organisierten Verbrechens – Steve der Bulle Alcista –, sondern beschuldigte die Presse der ungenauen und regelrecht falschen Berichterstattung bei dieser Story. Laird bezog sich dabei insbesondere auf HoloNews ...«

Jetzt erschien das Bild eines glattrasierten Mannes mit beginnender Glatze, der in einem komplett ausgetäfelten Raum stand. »Anführer bei diesem blutrünstigen Angriff, bei diesem Beispiel für Schundjournalismus, war die Sendung *Rund um die Uhr*. Ich weiß nicht, wie ein angeblich angesehenes Nachrichtenmagazin diese so genannten Fakten an die Öffentlichkeit tragen konnte. Die Informationen sind offensichtlich nicht überprüft worden und stammen allem Anschein nach nicht einmal von Mitarbeitern der Sendeanstalt.«

Megan stieß die Faust in die Luft. »Endlich!«, rief sie. Was immer auch sonst geschehen war, zumindest hatte

Leifs Datei offensichtlich neues Leben in die Verteidigung des Captains gepumpt.

Das Bild des Rechtsanwalts verschwand. Dann tauchte ein anderes ihr bekanntes Gesicht auf. Plötzlich sah Megan die runden Gesichtszüge von Professor Arthur Wellman vor sich.

Die Stimme der Nachrichtensprecherin stellte die Verbindung her. »Unterstützung für die Behauptungen von Laird kam vom Medienanalytiker und Verleger Arthur Wellman.«

Wellman saß an seinem voll gepackten Schreibtisch und hielt eine ausgegangene Pfeife in den Händen. »Unglücklicherweise werden Exzesse der Medien nur dann näher untersucht, wenn es um besonders sensationelle Fälle geht. Deshalb musste es erst einen Skandal bei der Net Force geben, um eine unverantwortliche, ja möglicherweise sogar unethische Berichterstattung ans Licht zu bringen. *Der fünfte Stand* wird die Beweise in einer Sonderausgabe vorlegen ...«

»Schaut euch das an! Was für ein schlauer Fuchs mit seinen roten Backen!«, stieß Megan hervor. »Er nützt den Fall des Captains dafür aus, um für sein eigenes schäbiges Nachrichtenmagazin ein wenig Gratiswerbung zu machen!«

»Schön, aber er scheint der gleichen Meinung zu sein wie der Anwalt von Winters«, bemerkte Mrs O'Malley. Mit zusammengekniffenen Augen versuchte sie, den gewählten Kanal zu erkennen. »Wenn man sich den Tonfall gegenüber HoloNews anhört, scheint dies ein anderer Sender zu sein.«

Das Gesicht von Wellman verschwand und erneut erschien die Nachrichtensprecherin. Jetzt befand sich ein neuer Hintergrund hinter ihrem Kopf – die stilisierte

Andeutung eines Autos, das gegen das Firmenlogo von HoloNews prallte.

»Auf jeden Fall wird es schwieriger werden, Beweise für diese Beschuldigungen zu finden. Wir erhalten gerade die Meldung, dass die Starsprecherin von HoloNews, Tori Rush, Moderatorin der Sendung *Rund um die Uhr*, von einem Auto überfahren und getötet wurde. Der Verursacher des Unfalls beging Fahrerflucht. Live von der Universitätsklinik George Washington berichtet Liz Fortrell ...«

Megan starrte vor sich hin, vom Schock gezeichnet.

17

Ungläubig stöhnte Matt auf, kniff die Augen zusammen und umklammerte sein Kissen. Das Zimmer war abgedunkelt – die Rollos hatte er sorgfältig geschlossen. Es war Samstag. Er hatte keine Schule und keine sonstigen Pläne, außer der Absicht, mit so viel Schlaf wie möglich einen Ausgleich für die schlaflosen Nächte und die Aufregung des gestrigen Tages zu schaffen.

Bevor er ins Bett gegangen war, hatte er am Vorabend dem Haussystem befohlen, in seinem Zimmer kein Telefon läuten zu lassen. Wenn ihn jemand anrief, lief der Anrufbeantworter und nahm die Nachrichten für ihn auf. Keiner würde gestört werden, insbesondere nicht Matt.

Warum also steckte sein Vater dann den Kopf zur Tür herein, schaute in den abgedunkelten Raum und rief ihm zu, dass David Gray ihn sprechen wolle?

Wieder stöhnte Matt, dann stieg er aus dem Bett und taumelte durch das Zimmer, um das Licht einzuschalten.

Er klinkte die Computerkomponenten wieder in das Haussystem ein. Auf dem Display erschien das holografische Bild von David Gray, abscheulich sauber und frisch für diese Zeit ...

Mark sah auf die Uhr. Hm. Fast Mittag.

»Alles klar bei dir?«, fragte David. »Du bist doch nicht etwa krank oder so etwas?«

»Ich schlafe noch«, erwiderte Matt. Dabei versuchte er, etwas Leben in sein Gesicht zu reiben. »Bin gestern Abend früh ins Bett gegangen. Habe mich aus dem System ausgeklinkt ...«

»Deshalb versuche ich seit einer Stunde, dich zu erreichen!«, antwortete David ein wenig genervt. »Schließlich habe ich deinen Vater angerufen. Du musst aber wirklich ganz früh schlafen gegangen sein – noch vor den Spätnachrichten.« Er zögerte einen Moment. »Tori Rush ist tot. Überfahren worden, vom Fahrer keine Spur.«

Augenblicklich riss Matt die Augen auf. »Wie bitte?«, rief er.

»Tori Rush war auf dem Weg nach Washington – ›aus unbekannten Gründen‹, laut HoloNews. Ich glaube, wir können uns die Gründe für ihren Besuch denken. Kann mir kaum vorstellen, dass ihre Bosse besonders glücklich waren über die gestrige Pressekonferenz. Auf jeden Fall kam sie durch einen Hinterausgang aus der hiesigen HoloNews-Filiale – wohl in der Absicht, Reportern aus dem Weg zu gehen, die ihr unangenehme Fragen über ihre Informationsquellen stellen wollten. Jetzt werden wir hierauf keine Antworten mehr bekommen. Als sie die E Street überquerte, wurde sie von einem vorbeifahrenden Auto umgerissen.«

»Kommt das von den örtlichen Sendeanstalten oder hast du nähere Informationen?«

Davids Vater war Kommissar der Mordkommission bei der Polizei in Washington.

»Einiges davon steht in der Zeitung, aber meine Quellen haben mir noch ein wenig mehr verraten.« Mehr wollte David nicht preisgeben. »Mein Vater hat die grundlegenden Informationen von der polizeilichen Untersuchung der Leiche am Unfallort und einen Haufen widersprüchlicher Berichte von Augenzeugen. Sie schlenderte, sie rannte, sie wurde von einem Auto erfasst, von einem Lkw, von einem Bus. Zumindest glaubt mein Vater, dass er Mord durch fliegende Untertassen ausschließen kann.«

»Mord.« Es war ein hässliches Wort, dass in Matts Kehle stecken bleiben wollte.

David nickte. »In Anbetracht der Umstände scheint ein Unfall extrem unwahrscheinlich zu sein.«

»Geht dein Vater deshalb die Untersuchung energischer an?«

»Mein Vater nimmt jeden Fall sehr ernst«, entgegnete David. »Aus seinen Worten ging hervor, dass er bei dieser Angelegenheit noch ganz am Anfang steht. Aber ich habe ein paar Dinge gehört, die ich euch mitteilen sollte. Mein Vater hat mit einigen wichtigen Leuten bei Holo-News gesprochen. Einhellig betonten sie, dass kein Geld der Sendeanstalt dafür eingesetzt wurde, um ›unangemessene Unterstützung bei Nachforschungen‹ zu bezahlen, wie sie sich ausdrückten.«

»Was für eine Riesenüberraschung«, murmelte Matt. »Hätten sie das tatsächlich erfahren?«

»Mein Vater glaubt schon. Selbst eine Nachrichtendiva kann nicht mit großen Geldsummen um sich werfen, ohne den Erbsenzählern des Senders zu erklären, was mit diesen Geldern gemacht wird. Und ein kurzer Blick auf die Kontoauszüge der jüngst verstorbenen Miss Rush zeigt keine Schecks oder Überweisungen an I-on Investigations.«

»Verdammter Mist!«, rief Matt wütend.

»Andererseits gab es in den vergangenen Monaten regelmäßige Bargeldabbuchungen. Große Summen verschwanden von ihrem Konto – und zwar immer genau vor jedem neuen Skandal, den sie in *Rund um die Uhr* an die Öffentlichkeit brachte.«

Matt runzelte die Stirn. »Dann haben wir also jetzt ein paar brauchbare Fakten, um das Gerücht zu stützen, dass Tori Rush für ihre Informationen Geld bezahlte. Aber wir können immer noch nicht mit handfesten Beweisen aufwarten, was die eigentlichen Akteure der schmutzigen Geschichte angeht. Genauso wenig wissen wir, wer das Geld bekam.«

Matt schaute David leicht genervt in die Augen. »Und es sieht so aus, als ob Leute, die Bescheid wissen, plötzlich tödliche Unfälle erleiden. Sollten wir irgendwas unternehmen wegen der Praktikantin in New York?«

»Vielleicht, aber ich werde Leif anrufen. Mein Vater ist hier bei der Polizei, nicht in New York«, erklärte David. »Außerdem glaube ich, dass unser bärtiger Detektiv einen Damm mit zu vielen undichten Stellen retten will. Wenn der *Fünfte Stand* herauskommt, wird Marcus Kovacs – oder wer auch immer – herausfinden, wie es sich anfühlt, wenn man im Rampenlicht des öffentlichen Interesses steht. Und er wird nichts dagegen tun können.«

Megan O'Malley konnte es kaum glauben, als sie die Abendnachrichten sah. Immer mehr Studenten versammelten sich vor einem teilweise zerstörten Gebäude auf dem Campus der Columbia University, während ein

Reporter von HoloNews sich mit einer Fachanalyse zum Thema Bomben zu Wort meldete.

»Bisher liegen keine Beweise vor, dass es sich bei diesem Anschlag um das Werk von Terroristen handelt oder um irgendeinen schrecklichen persönlichen Gewaltakt. Zersplitternde Fenster ließen Glas auf die Studenten herabregnen, die sich auf dem Weg in die Vorlesungen befanden. Eine Forschungsbibliothek wurde zerstört, ebenso die Räume des emeritierten Professors Arthur Wellman ...«

Megan schluckte. Die Außenwand in einem der oberen Stockwerke war komplett weggesprengt worden. Sie glaubte, den Raum wiederzuerkennen, auf den jetzt ein leichter Regen niederging. Der große Schreibtisch, an dem Arthur Wellman während ihrer holografischen Plaudereien gesessen hatte, war verkohlt und lag umgestürzt auf der Seite. Die Kamera zoomte näher und schwenkte an der zerstörten Außenwand entlang nach oben, während der Reporter von den Rettungsbemühungen und der Zahl der getöteten Menschen berichtete. Als prominentestes Opfer wurde der Name von Wellman zuerst genannt.

Jetzt stellte sich die Holokamera auf etwas scharf, das neben dem Schreibtisch auf dem Boden lag – eine in zwei Teile zerbrochene Pfeife. Regentropfen ließen das glatt durchtrennte Holz matt glänzen. Da der Bericht von HoloNews kam, wurden weder *Der fünfte Stand* noch die Verbindung des Magazins zum immer größer werdenden Skandal um Tori Rush erwähnt.

Megan stellte fest, dass sie Tränen des Schmerzes und der Wut zurückhielt, als sie dem Computer befahl, andere Meldungen zu diesem Thema zu suchen, um herauszufinden, wonach sie suchte. Mit Mühe gelang es ihr, die Stimme zu kontrollieren.

Das holografische Bild sprang zu einem der anderen Nachrichtensender, bei dem die Schadenfreude der Reporter offensichtlich war, trotz der geschockten Kommentare zum Bombenanschlag und zu den Auswirkungen auf den Fall Tori Rush.

»Die einzige Zusammenstellung von Dateien für die in Vorbereitung befindliche erste Auflage von Wellmans neuem Nachrichtenmagazin *Der fünfte Stand* befand sich im Computersystem des verstorbenen Professors.« Die dünne Journalistin gab sich große Mühe, ihre perfekten blonden Haare mit einem Regenschirm zu schützen, während sie in ein Mikrofon sprach. »Noch gestern hatte Wellman angekündigt, dass sein Magazin Details über das unprofessionelle Verhalten der Nachrichtensprecherin Tori Rush von HoloNews aufdecken werde. Rush selbst verstarb kürzlich bei einem merkwürdigen Unfall mit Fahrerflucht, als sie den Fragen der Reporter zur Ethik ihrer Untersuchungsmethoden aus dem Weg gehen wollte. Gerüchte besagten, dass sie Privatdetektive bezahlte, um illegale Nachforschungen im Zusammenhang mit verschiedenen, weithin beachteten Berichterstattungen im Netz anzustellen. Doch nach dieser mysteriösen Explosion fehlen den Reportern – und der Öffentlichkeit insgesamt – konkrete Fakten, um diese Beschuldigungen zu beweisen oder zu widerlegen. Und nur wenn sich die Daten wieder herstellen ließen, wozu viele Fachleute und vielleicht Monate an Arbeit benötigt würden, könnten eventuell einige klärende Hinweise ans Licht gelangen.

Hat der journalistische Ehrgeiz von Tori Rush eine komplette Sendeanstalt in das schmutzige Geschäft der Nachrichtenfabrikation gezogen? Es scheint, dass sie sich auf endgültige Weise allen künftigen Kommentaren entzogen hat. Oder wurde sie zu diesem Vorgehen gezwungen? Rebecca Rostenkovsky, live vom Campus der Columbia University. Jetzt zurück zu Ihnen, Arlen.«

Gerüchte, Beschuldigungen, dachte Megan angewidert. *Das reicht aus für das Niveau der Sensationsjournalisten. Und für die Zuschauer, die so etwas schlucken sollen. Aber wir werden am Ende vielleicht nichts mehr in den Händen haben, um Marcus Kovacs vor Gericht zu bringen.*

Sie stellte fest, dass Kovacs in keinem der Berichte über den Fall Rush namentlich genannt worden war. *Klar. Er ist der Präsident einer erfolgreichen Firma und hat zahlreiche Anwälte, die für ihn arbeiten. Die Medienleute passen gut auf bei ihm. Im Gegensatz dazu wird ein öffentlicher Angestellter wie der Captain behandelt wie eine Fliege von einer Dampfwalze.*

Megan wischte sich mit dem Handrücken die Tränen von den Wangen. Selbst wenn es genug Beweise geben würde, um Kovacs vor Gericht zu stellen, könnten seine geliebten Anwälte wahrscheinlich über Monate um die eigentlichen Dinge herumtanzen. Sicherlich lange genug, um das Kurzzeitgedächtnis der Nachrichtensendungen zu überdauern. Vielleicht lange genug, um ihm einen neuen Fluchtweg zu ermöglichen.

So wie nach dem Mord von Alcista an der Frau des Captains, dachte Megan. *Es geht alles wieder von vorn los.*

In ihren Überlegungen tauchte plötzlich ein neuer Gedanke auf, der sie frösteln ließ. Bei Tori Rush war entdeckt worden, dass sie Detektive eingesetzt hatte. Doch bevor sie der Welt mitteilen konnte, welche Detektive sie bezahlt hatte, war sie gestorben. Arthur Wellman hatte den Kopf erhoben – und war in die Luft gejagt worden.

Wer könnte sonst noch wegen der Verwicklung in die Angelegenheiten von Marcus Kovacs Zielscheibe sein? Bodie Fuhrman? Leif? Matt Hunter?

Stirnrunzelnd schaltete Megan die Systeme vom Unterhaltungsmodus auf Kommunikation um. Sie musste dringend eine Reihe von Leuten anrufen.

Matt Hunter ging die stille Vorortstraße zum Haus von James Winters entlang. Kurz nach dem Mittagessen hatte er die Einladung erhalten – direkt nach einer fast hysterischen Nachricht von Megan O'Malley.

Zumindest hatte sie sich zuerst hysterisch angehört. Matt verlangsamte den Schritt und begann, sorgfältig die Straße zu beobachten, während ihm Megans Warnung allmählich immer deutlicher bewusst wurde. Es gab keinen Zweifel, dass Kovacs oder Steele oder wie immer er sich nannte ein äußerst kaltblütiger Typ war, der keinen Augenblick zögerte, wenn es darum ging, einen Mord zu begehen oder ihm besonders genehme ›Unfälle‹ herbeizuführen.

Plötzlich hatte Matt die Vorstellung, wie er bei Winters die Klingel drückte und das ganze Haus in die Luft flog. Fast konnte er die Schlagzeilen lesen: SCHÜLER STIRBT BEI BOMBENSELBSTMORD SEINES MENTORS.

Wer würde beweisen können, dass die Bombe von außerhalb installiert worden war, wenn so etwas geschehen würde?

Einen langen Augenblick stand er vor der Tür, bevor er schließlich auf den Klingelknopf drückte. Selbst dann kniff er dabei unwillkürlich die Augen zu.

Die Tür wurde geöffnet und Captain Winters stand vor ihm. »Ist dir was ins Auge geflogen, Matt?«

Verlegen zwinkerte Matt noch einige Male. »Ja«, log

er. »Aber ich glaube, jetzt ist es raus.« Mit fragendem Blick drehte er sich zum Captain.

»Freut mich, dass du kommen konntest.« Winters führte ihn ins Wohnzimmer. »Als ich neulich mit dir geredet habe, schien sich der Nebel zwischen meinen Ohren etwas zu lichten.« Der Captain grinste ihn über die Schulter an. »Ich hoffe, dass es heute genauso läuft.« Winters wies auf einen Platz auf dem Sofa. »Tut mir Leid, dass du wieder so weit rauskommen musstest. Aber solange diese Geschichte nicht vorbei ist, kann ich nicht davon ausgehen, dass irgendeine Verbindung über das Netz sicher ist – und dazu gehören auch die Verbindungen zur Net Force selbst.« Er zögerte. »Was kann ich dir anbieten? Ein Mineralwasser?«

Matt bedankte sich. Ein wenig verwirrt verfolgte er, wie James Winters um den heißen Brei herumredete.

Winters setzte sich. »Ich wollte mit jemandem über die neuen Verwicklungen in dem Fall sprechen. Dann ist mir aufgefallen, dass es im Augenblick keine allzu große Auswahl von Leuten gibt, mit denen ich sprechen kann. Meine Freunde beim Militär wissen nur, was sie in den Nachrichtensendungen hören. Und was meine Kollegen bei der Net Force angeht, denen sind anderweitig die Hände gebunden.«

Also wendet er sich an einen Highschool-Schüler, um seine Gedanken loszuwerden, dachte Matt. *Ich weiß nicht, ob das witzig oder traurig ist.* »Ich werde mir die größte Mühe geben, Captain«, versprach er.

»Bis jetzt hat mir das sehr geholfen«, antwortete Winters. »Mein Anwalt und ich haben uns die Köpfe heiß geredet seit dem Tod von Tori Rush. Dabei ging es darum, ob wir den Namen Marcus Kovacs in unserer Pressekonferenz erwähnen sollten oder nicht, obwohl wir keine

Beweise dafür haben, was er angestellt hat – oder wer er ist. Laird will erst ausreichende Unterlagen haben, bevor er jemanden beschuldigt. Er glaubt, dann ist unsere Glaubwürdigkeit vor der Presse größer.«

»Und Sie?«, fragte Matt.

»Volldampf voraus! Scheiß auf die Torpedos!«, gab Winters zu. »Wenn Kovacs im Rampenlicht steht, wird es schwierig für ihn werden, irgendetwas zu unternehmen.« Der Captain verzog das Gesicht zu einer Grimasse. »Das kannst du mir glauben, das weiß ich. Alles selbst erlebt.«

»Ich weiß nicht«, erwiderte Matt. »Tori Rush stand mitten im Rampenlicht. Und sogar Professor Wellman hat nicht gerade im Dunkeln gearbeitet. Trotzdem wurde dadurch nicht verhindert, was ihnen zugestoßen ist.«

Die Gesichtszüge von Winters wurden noch grimmiger. »Wir bleiben in einem Spiel hängen, das wir nicht gewinnen können. Laird will nicht, dass ich den Namen Kovacs erwähne, bevor wir Beweise haben. Aber Kovacs beseitigt alle, die beweisen können, was er getan hat.«

»Schade, dass wir keinen handfesten Beweis in den Händen haben, sondern nur Behauptungen«, sagte Matt.

Winters starrte den jungen Explorer an. »Einen handfesten Beweis«, wiederholte er. »Irgendein Indiz, dass Kovacs etwas zu verbergen hat. Irgendein Beweis dafür, dass er in Wirklichkeit Mike Steele ist!«

Der Captain sprang auf. »Entschuldige mich mal einen Augenblick«, sagte er und ging durch den Raum zu einem Wandschrank gegenüber dem Bildfenster. Er kniete nieder und zog eine der Schubladen aus dem Unterteil des großen Holzschranks.

Sogar von seinem Platz auf dem Sofa aus stellte Matt einen leicht muffigen Geruch fest. Es war, als ob diese Schubladen eine Ewigkeit nicht geöffnet worden waren.

Vorsichtig suchte Winters in der Schublade herum, schüttelte den Kopf und schob sie wieder zu. Dann ging er zur anderen Seite, einer anderen Schublade. Sorgfältig fuhr er mit der Hand an der Rückseite der Lade entlang, als suchte er etwas.

»Jetzt habe ich es!«, rief er. Dann schloss er die Schublade und erhob sich.

An ein paar Schnüren baumelte ein kleines Wildledersäckchen von seiner Hand herunter.

Mit merkwürdigem Gesichtsausdruck kam Winters zur Couch zurück. »Mike Steele war ein hartnäckiger Junggeselle«, sagte er fast zärtlich. »Das war seine Art, ein Geschenk einzupacken. Er hat es aus der Schachtel des Juweliers herausgenommen und in dem Säckchen gelassen. Glücklicherweise steht der Name des Juweliers darauf.«

»Ich glaube kaum ...«, begann Matt.

»Das ist das Geschenk für das Baby, das Mike uns gegeben hat.« Mit umsichtigen Bewegungen löste Winters den Knoten in den Schnüren und öffnete das Säckchen. Ein silbernes Objekt in der Form eines Schiffsankers glänzte ihnen daraus entgegen.

»Es ist einzigartig, wahnsinnig teuer. Aber Mike war Junggeselle und liebte Boote.« Dann verflüchtigten sich die liebevollen Erinnerungen aus dem Gedächtnis von Winters. »Dieses Mal könnte er allerdings dabei untergehen. Dieser Gegenstand kann zurückverfolgt werden. Der Laden, wo er es anfertigen ließ, besteht immer noch. Und sie werden Unterlagen haben.«

»Ich bin mir immer noch nicht ...«, begann Matt erneut.

Winters fiel ihm ins Wort. »Fingerabdrücke! Ich weiß, wie Juweliere arbeiten. Sie polieren jedes Stück, bevor es der Kunde erhält. Maximal wird es hier die Fingerabdrücke von vier Personen geben. Meine eigenen Abdrücke, die von meiner Frau, die vom Juwelier ... und die von Mike Steele.«

»Nach vier Jahren?«, fragte Matt ungläubig.

»Die Rassel ist in der ganzen Zeit nicht angerührt worden«, entgegnete Winters. »Wir haben sie hinten in die Schublade gelegt ...« Er atmete tief. »Seitdem habe ich sie nie wieder angesehen. Aber sie hat sich gut gehalten. Nicht angelaufen. Und das FBI hat die Technologie, um Fingerabdrücke zum Vorschein zu bringen, auch wenn sie vor noch viel längerer Zeit auf irgendwelchen Objekten hinterlassen wurden. Vielleicht haben wir wenig Glück und erhalten nur einen Teil eines Abdrucks. Eine Babyrassel ist nicht gerade das größte Ding der Welt und wir haben wahrscheinlich die Fingerabdrücke jeweils der anderen verschmiert, als wir sie bewundert haben.«

Sein brennender Blick traf Matt. »Doch selbst mit nur einem Bruchstück eines Fingerabdrucks hiervon möchte ich wetten, dass wir eine Übereinstimmung mit den Abdrücken von Marcus Kovacs feststellen werden, die er beim Antrag auf seine Detektivlizenz hinterlegen musste.«

Ein gefährliches Lächeln überzog das Gesicht von Winters. »Und warum sollte unser ungarischer Freund das Babygeschenk eines angeblich toten Agents der Net Force angefasst haben?«

18

Misstrauisch schaute Leif Anderson nach rechts und nach links, als er das luxuriöse Gebäude verließ, in dem er wohnte. Wie die meisten New Yorker hätte er sich normalerweise nichts dabei gedacht, zwischen zwei Kreuzungen über die Straße zu laufen, wenn er dabei einige Schritte auf dem Weg zum Supermarkt einsparte, wo er seine Gelüste nach Pfefferminz-Schoko-Eis stillen konnte.

Doch das war vor Megans warnendem Anruf gewesen. Jetzt war Leif außerhalb des Hauses immer ein wenig in Sorge, dass ihn jemand über den Haufen fahren könnte.

Irgendwann, dachte er, *werde ich dieses Mädchen noch erdrosseln. Wenn ich so lange lebe.*

Seine Aufmerksamkeit war so auf den Verkehr konzentriert, dass ihm fast die Person entging, die aus dem düsteren Hintereingang eines Gebäudes der Nachbarschaft auf ihn zustürzte. Nur aus den Augenwinkeln bemerkte Leif die Andeutung einer Bewegung.

Dennoch machte sich jetzt sein Selbstverteidigungstraining bei der Net Force bemerkbar. Und in Anbetracht seiner angespannten Nerven war es keine Überraschung, dass er dem alten Motto folgte: »Die beste Verteidigung ist ein energischer Angriff.«

Mit einem Schwung warf Leif sich herum, setzte zum Schlag an ...

... und merkte, dass es sich bei dem ›Angreifer‹ um Bodie Fuhrman handelte.

Sie zuckte so heftig zurück, dass sie fast auf den Bürgersteig fiel, obwohl er seinen Schlag im letzten Augenblick abgebremst hatte.

»Was hast du denn vor?«, kreischte Bodie.

»Das sollte ich dich fragen«, erwiderte Leif und starrte sie an. Ehrlich gesagt sah Bodie fürchterlich aus. Ihre normalerweise wilden roten Locken klebten auf einer Seite des Kopfes, ihre Kleider waren dreckig – sie sah aus, als hätte sie seit Tagen weder geschlafen noch in einen Spiegel geschaut.

Plötzlich wurde sie sich ihres Aussehens bewusst und strich sich über die verschmutzten Kleider. »Ich bin nicht mehr ins Wohnheim zurückgegangen«, erklärte sie mit erstickter Stimme. »Über das Wochenende war ich bei einem Freund in Westchester. Dann habe ich gehört, was mit Professor Wellman geschehen ist. Und als ich meinen Anrufbeantworter abhörte, waren da diese merkwürdigen Nachrichten –«

Leif verdrehte die Augen. »Megan O'Malley!« Irgendwann würde er sie wirklich erschießen!

»Das Mädchen aus Washington? Vergiss es!«, entgegnete Bodie. »Nein, es waren Anrufe, wo immer kurz darauf aufgelegt wurde. Irgendjemand wollte herausfinden, ob ich im Wohnheim war oder nicht!«

In ihren grünen Augen war die Angst deutlich zu erkennen. »Sie müssen entdeckt haben, dass ich bei dem Artikel für den *Fünften Stand* mitgeholfen habe. Jetzt versuchen sie, mich zum Schweigen zu bringen – genau wie den Professor und Tori. Du musst mir helfen!«

»Ich?«, wiederholte Leif überrascht.

»Ja, du, Mr Aufreißer.« Bodie wurde zwischen Wut und Angst hin und her gerissen, doch die Angst siegte. »Dieses Mädchen, Meg. Sie ...«

»Megan«, verbesserte Leif.

»Egal«, erwiderte Bodie irritiert. »Sie erzählte, dass ihr beide bei den Net Force Explorer seid und versucht, diesem Captain Winters zu helfen. Dann habe ich mit Alexis De Courcy gesprochen, der mir erklärte, dass du gar nicht Leif Magnusson heißt, sondern Leif Anderson.«

Sie war über Leifs Lügen und Schnüffeleien tatsächlich entrüstet. Doch offensichtlich war sie in diesem Moment bereit, darüber hinwegzusehen.

»Hör zu, ich laufe schon den ganzen Tag auf der Straße herum und versuche, dich ausfindig zu machen! Du hast doch Zugang zur Net Force. Du musst mir unbedingt helfen!«

Bodie suchte die fast menschenleere Straße mit den Augen ab. »Ich dachte, sie hätten dir wenigstens einen Leibwächter gegeben oder so etwas.«

»Mir nicht, ich bin nicht so wichtig, wie du es wohl bald sein wirst.«

Mit einem Seufzer nahm Leif Bodies Arm und zog sie in sein Gebäude. *Meine Eltern werden ihre Freude haben*, dachte er. *Vielleicht können wir Anna Westering mit dem Fall beauftragen ...*

Jay Gridley öffnete die Haustür und begrüßte Matt Hunter. »Ich habe gerade von Captain Winters gehört, was du und die anderen Net Force Explorer für ihn getan haben«, sagte der Chef der Net Force zu ihm. »Ich weiß nicht so recht, ob ich euren Methoden zustimmen kann, aber eure Initiative und eure Resultate haben mich wirklich beeindruckt. Es ist euch jedenfalls gelungen, meine Leute von der Abteilung für innere Angelegenheiten wie Idioten aussehen zu lassen.«

»Die Abteilung für innere Angelegenheiten hat die Aufgabe, die Schuld bestimmter Leute zu beweisen«, sagte Matt. »Wir hatten allen Grund, das Gegenteil zu unternehmen.«

Er folgte seinem Gastgeber ins Haus, durch das Wohnzimmer und den Flur bis zu dem Raum, der gleichzeitig das Heimbüro und die Höhle von Jay Gridley war. Während sie den Flur entlanggingen, steckte Mark Gridley den Kopf aus seinem Zimmer. In seinen Augen stand die Neugierde geschrieben – und ein wenig Beunruhigung, wie Matt bemerkte.

»Tut mir Leid, Mark«, sagte Jay Gridley zu Spritzer. »Heute muss es leider ein sehr privates Gespräch bleiben.«

Diese wenigen Worte sorgten dafür, dass sich Marks Nervosität fast verdreifachte.

Er denkt, sein Vater wird davon erfahren, wie er sich in die Dateien der Net Force gehackt hat! Matt ging ein Licht auf. Sowohl er selbst als auch James Winters waren der Meinung gewesen, dass es nicht nötig war, von diesem Teil der Nachforschungen der Net Force Explorer zu berichten. Aber es war unmöglich, Mark davon in Kenntnis zu setzen – nicht, solange sein Vater direkt neben Matt stand.

Matt versuchte, den ängstlichen Blick von Mark zu ignorieren und trat in die Höhle ein. Es war ein kleiner Raum voller Bücherregale mit bequemen Stühlen und einer Ausrüstung an Techno-Spielzeugen, bei deren Anblick jedem Kid, das einen Computer bedienen konnte, das Wasser im Mund zusammenlaufen würde. Heutzutage waren die meisten Computerkomponenten ziemlich unauffällig gebaut. Man sah das Display – entweder einen Hologramm-Projektor oder einen Bildschirm – und vielleicht eine Tastatur. Beim Computer von Jay Gridley waren die Innereien auf einem großen Holztisch ausgebreitet, denn einige Komponenten waren Spezialanfertigungen in kleinen schwarzen Kisten. Diese technologischen Prototypen waren über normale Kanäle noch gar nicht erhältlich.

Matt war so damit beschäftigt, alle Neuigkeiten des Systems zu identifizieren, dass er James Winters erst bemerkte, als sich der Captain von seinem Stuhl erhob.

Mit hochrotem Gesicht schüttelte Matt ihm die Hand. Jay Gridley hatte gesagt, dass er mit dem Captain gesprochen habe. Es war nur nicht in Matts tumben Schädel gegangen, wo und wann sie dieses Gespräch geführt hatten.

Eigenartigerweise stellte Matt fest, dass der Boss der Net Force genauso verlegen aussah, wie Matt sich fühlte.

»Ich muss mich bei Ihnen entschuldigen, James«, stieß Gridley schließlich hervor. »Es ist schon schlimm genug, dass Sie so beschämend behandelt wurden, aber noch schlimmer ist, dass ich auch Schuld daran hatte. Als diese Geschichte mit Alcista losging, hätte ich HoloNews, Tori Rush und Hank Steadman sagen müssen, sie sollen mich in Ruhe lassen.«

»Klar«, erwiderte Winters trocken. »Es hätte lediglich bedeutet, den Ruf der Net Force in der Öffentlichkeit zu ruinieren, die Beziehungen zu den Kongressabgeordneten zu schädigen, die unsere Budgets bewilligen, und möglicherweise Ihre Kontrolle der Behörde aufs Spiel zu setzen.«

»Ich leite eine sehr wichtige und angesehene Behörde. Angeblich bin ich ein mächtiger Mann, zumindest höre ich das andauernd in der Presse.« Gridley seufzte. »Ich fühle mich, als ob ich Ihnen die kalte Schulter gezeigt hätte.«

»Sie haben eine schwierige Situation so bewältigt, wie es Ihre Leute vorgeschlagen haben«, erwiderte Winters mit fester Stimme. »Ich kann nicht gerade behaupten, dass es mir Spaß gemacht hat, aber wenn es mit einer anderen Person geschehen wäre, hätte ich Ihnen wahrscheinlich geraten, auf die gleiche Weise vorzugehen – maßvolle Unterstützung andeuten und dann abwarten, wie sich die Dinge entwickeln.«

»Ich muss sagen, mir ist lieber, dass sich die Dinge auf

diese Weise entwickeln«, gab Gridley zu. »Zumindest was Sie angeht. Diese Morde machen mir jedoch Sorgen –«

»Mir auch«, sagte Winters. »Und wir sind immer noch nicht aus dem Gröbsten heraus. Bei mir wird das erst der Fall sein, wenn wir beweisen können, dass Marcus Kovacs tatsächlich Mike Steele ist und dass er ein Motiv hatte für den Bombenanschlag auf Alcista und alles andere, was in diesem Zusammenhang geschehen ist. Es wäre zu schön, wenn wir ihn mit diesen jüngsten Morden in Verbindung bringen könnten.«

Er seufzte. »Und selbst wenn uns das gelingt, wird es immer noch Leute bei der Presse geben, die uns eine Vertuschaktion vorwerfen werden.«

Grimmig schaute Gridley ihm in die Augen. »Die Vertuschaktion ist vor vier Jahren passiert, als wir mit den gefälschten Beweisen von Steele und den Gründen für Alcistas ausgehandeltes Strafmaß nicht an die Öffentlichkeit gegangen sind.«

»Versiegelung der Gerichtsunterlagen.« Winters zuckte die Achseln. »Das gehörte zu den Abmachungen.«

»Abmachungen, die ich auf Anraten meiner Leute getroffen habe, damit das Bild der Net Force in der Öffentlichkeit nicht lädiert wird.« Gridley lehnte sich an ein Bücherregal. »Wenn wir heute zurückschauen, haben wir ein kleines, dreckiges Geheimnis eingegraben – und es ist ein großer, dreckiger Baum daraus gewachsen. Ich werde erst zufrieden sein, wenn er samt Wurzeln herausgezogen wird. Wir sind, glaube ich, auf dem richtigen Weg. Die Labortechniker haben mir versprochen, dass ich die kompletten Resultate ihrer Arbeit an den Fingerabdrücken bis zum Morgen auf dem Tisch habe. Und selbst wenn wir Kovacs und Steele nicht direkt miteinander verbinden können, so hat die Studentin in New York ...«

»Bodie Fuhrman«, fiel Matt ein.

Gridley nickte. »Hübscher Name. Auf jeden Fall sitzt sie im Augenblick bei der New Yorker Polizei und unseren Agents vor Ort und packt so richtig aus. Wir haben mehr als genug Gründe, Mr Kovacs im Zusammenhang mit seinen detektivischen Bemühungen für Tori Rush zu befragen – und auch, was seine Beteiligung am Ableben von Miss Rush und Professor Wellman angeht.«

Der Boss der Net Force machte ein grimmiges Gesicht. »Wir übernehmen die komplette Strafverfolgung in dieser Angelegenheit. Es geht nicht nur um die Sache mit Alcista, den Mord an Wellman und die Zerstörung der Büros vom *Fünften Stand*. Es geht um einen von uns.«

Sowohl Winters als auch Matt nickten schweigend.

Die Sache wird tatsächlich gelaufen sein, wenn die Net Force den Job übernimmt, überlegte Matt. *Wenn sie anfängt, wirklich alle Register zu ziehen, dann werden die Verbindungen zwischen dem so genannten Marcus Kovacs und den Verbrechen zwangsläufig ans Tageslicht kommen.*

»Wenn alles klappt, sollten wir morgen Nachmittag etwas unternehmen können«, sagte Jay Gridley energisch. Er wandte sich an Matt. »Doch bis die Resultate in die Presse gelangen, muss ich dich bitten, weiterhin Stillschweigen zu bewahren.«

»Erwarten wir denn noch mehr Feuerwerke von Mike-Marc?« Winters machte einen angegriffenen Eindruck, trotz der absichtlich moderaten Bezeichnung, die er für Mord gebrauchte. »Ich glaube, er ist ausgerastet, als er sah, dass die Geschichte platzen würde, die er mir anhängen wollte.«

»Ich will nur keine vorzeitigen Warnungen, die ihn zur Flucht bewegen könnten«, erwiderte Gridley nüchtern.

»Mike Steele wird nicht noch einmal wiederkommen und uns heimsuchen.« Wieder sah er zu Matt hinüber. »Okay?«

»Habe verstanden, Sir«, entgegnete Matt. Die Stimmung in dem kleinen Raum schien jetzt etwas gelassener zu werden. Beide Männer schienen sich in der Gegenwart des anderen wohl zu fühlen. Matt hatte den Eindruck, dass der Zeitpunkt zum Verschwinden gekommen war.

»Ich glaube, ich mache mich mal auf den Weg nach Hause«, sagte er.

Jay Gridley nickte. Auf seinem Gesicht breitete sich die Andeutung eines Lächelns aus. »Eines weiß ich genau: Sobald du diese Tür von draußen schließt, steht dir ein Fragenbombardement bevor, wie es auch bei Holo-News nicht schlimmer sein kann. Denk daran, was wir gerade besprochen haben. Niemand – nicht einmal Mark – darf erfahren, was morgen geschehen wird.«

»Sie können sich auf mich verlassen«, entgegnete Matt. »Kovacs wird von keinem einzigen Net Force Explorer ein Wort der Warnung vernehmen.«

Megan O'Malley saß vor ihrem Computer und runzelte die Stirn. Ein Teil von ihr war nicht ganz einverstanden mit dem, was sie jetzt vorhatte. Trotzdem hatte sie ihre Entscheidung getroffen.

»Computer«, befahl sie. »Netzverbindung. Nur Stimme – keine holografische Projektion. Stimmfilterprogramm, Alternative ›Krächzstimme‹. Verbindung über die folgenden Knotenpunkte legen ...«

Dann rasselte sie eine Liste der am häufigsten besuchten Sites im Netz herunter und warf ab und zu noch ein paar Ausweichprogramme mit Zufallszugang dazwischen. Am Ende hatte sie ein derart ausgiebiges Spurenlöschmanöver durchlaufen, wie sie es noch nie für nötig befunden hatte.

Sie gönnte sich ein kleines Lächeln. Zumindest hiervon verstand sie ein wenig. Die Sicherheitsabriegelungen um I-on Investigations und Marcus Kovacs selbst waren gegen ihre Hackerversuche resistent geblieben. Sie hatte überlegt, ob sie Spritzer zu Rat ziehen sollte – er könnte sie hineinschleusen, um das Haussystem oder die Firmencomputer von Kovacs auf den Kopf zu stellen. Doch letztendlich wollte sie niemanden in einen persönlichen Rachefeldzug hineinziehen.

Sie wusste nicht, was schlimmer war – zuzusehen, wie ein Freund und Mentor von einem Phantomfeind zerstört wurde, oder zu wissen, wer für diese Taten verantwortlich war, doch hilflos dabeistehen zu müssen, wie er nicht nur den rechtlichen Konsequenzen aus dem Weg ging, sondern der Gerechtigkeit auch noch die Zunge herausstreckte.

Doch eines wusste sie – sie würde nicht länger untätig bleiben.

Sie musste etwas unternehmen!

Megan nannte ihrem Computer die private Kommunikationscodenummer für Marcus Kovacs. Das war die einzige nützliche Information gewesen, die sie bei ihrer Hackerei aufgetrieben hatte. Selbst bei der Geschwindigkeit ihres Computers gab es eine kleine Verzögerung, während das Signal kreuz und quer durch das Netz geschickt wurde, einschließlich zu Sites in anderen Ländern.

Aha! Jetzt kam das *Blip* zur Ankündung, dass die Verbindung hergestellt worden war!

»Hallo«, meldete sich eine verschlafene Stimme. Megan hatte sich eine Zeit ausgesucht, zu der die meisten normalen Leute tief und fest schliefen.

Die Stimme wurde wacher. »Warum gibt es kein Übertragungsbild? Irgendein Problem?«

»Ich weiß, wer Sie wirklich sind.« Megan flüsterte die Worte, doch sie wurden ihr fast aus den Ohren gewaschen von der verstärkten Stimme, die ihren Satz wiedergab. Wie in der Beschreibung angekündigt, hatte diese Stimme die heisere, krächzende Tonlage eines alten Mannes.

»Glauben Sie nur nicht, Sie wären jetzt aus dem Schneider, nur weil Sie all diese Leute umgebracht haben«, fuhr sie fort. »Mir scheint, Sie haben das Unvermeidliche lediglich verschoben. Aber ich bin nicht von der geduldigen Sorte. Deshalb habe ich mir eine Seite aus dem alten Rezeptbuch vom eisernen Mike Steele vorgenommen. Wenn man keine Beweise hat, um Leute zu beschuldigen, dann fabriziert man einfach welche und hängt sie ihnen an.«

»Was ...?« Jetzt hatte die Stimme von Kovacs einen scharfen Klang. Offensichtlich war er inzwischen hellwach. Und das Beste war, Megan entdeckte Anzeichen von Erschrecken in seiner Stimme. Sie musste zum Schluss kommen.

»Sie können suchen, so lange Sie wollen. Sie werden nie herausfinden, wo sich diese kleine Information versteckt. Aber irgendwo wird sie vor sich hin ticken und auf den richtigen Augenblick warten, um ihr Leben zu ruinieren.«

Sie unterbrach die Verbindung und ging aus dem Netz. Dabei benutzte sie eine andere Sequenz von Ausklinkadressen, um alle Möglichkeiten der Entdeckung zunichte zu machen.

Der Computer beendete sein Programm und stellte sich automatisch aus. Megan ließ sich in die Kissen ihres

Computer-Link-Sofas zurückfallen. Sie fühlte sich ausgelaugt – und ein wenig lächerlich.

Es wäre fantastisch, wenn sie tatsächlich tun könnte, was sie angedroht hatte. Doch sie wusste nicht, wie man so etwas anstellte. Es war nicht nur illegal, es war wohl auch undurchführbar. Schließlich war es ihr noch nicht mal gelungen, sich in den Computer dieses Kerls hineinzuhacken.

Sie seufzte und massierte sich die Stirn. Aber selbst wenn ihr Vorgehen kaum mehr war als ein komplexer Telefonstreich – Marcus Kovacs oder vielmehr Mike Steele wusste jetzt, dass der Boden unter seinen Füßen heiß geworden war. Zwar hatte ihn noch niemand bei den Morden erwischt und auch den Ruf von James Winters hatte er ungestraft ruiniert, doch wusste er nun, dass ihm jemand auf der Spur war.

Zumindest war es von nun an um seinen Frieden geschehen.

19

Am nächsten Nachmittag nach der letzten Unterrichtsstunde kam Matt aus dem Seiteneingang der Bradford Academy. Er wollte sich auf den Weg zum Bus machen, doch als er zum Parkplatz schaute, entdeckte er ein bekanntes Gesicht.

Captain Winters stand neben einem Wagen, der mit Sicherheit zu den getarnten Fahrzeugen der Net Force gehörte. Zwei Agents saßen auf den Vordersitzen des wartenden Dodge-Geländewagens.

»Matt!«, rief der Captain. »Ich habe mir gedacht, dass wir dich hier erwischen.«

»Was ist denn los, Captain?«

»Diese Herren sind gerade auf dem Weg zu I-on Investigations, um mit Marcus Kovacs zu plaudern – und um ihn mitzunehmen.«

»Also hat es geklappt mit den Fingerabdrücken?«

»Diverse Fragmente waren noch auf der Silberrassel zu erkennen«, bestätigte Winters. »Erstaunlicherweise haben sie keinerlei Ähnlichkeit mit den im Archiv vorhandenen Abdrücken von Mike Steele. Aber sie stimmen haargenau überein mit den Fingerabdrücken von Marcus Kovacs, die bei den Zulassungsbehörden hinterlegt wurden. Das ist ziemlich merkwürdig, denn angeblich war Mr Kovacs noch auf dem Balkan, als ich das Silberteil geschenkt bekam. Es gibt keinen Nachweis von irgendeinem Besuch der Vereinigten Staaten vor seiner Ankunft, um I-on zu übernehmen. Und diese Babyrassel hat die USA nie verlassen.«

Jetzt sah Winters wieder ganz aus wie ein Agent der Net Force – jeder Zoll ein Jäger. »Damit haben wir ein paar ziemlich verzwickte Fragen für ihn. Dazu kommt, was die kleine Fuhrman uns über die Aktivitäten von I-on berichtet hat. Wir haben jedenfalls genug, um ihn ein wenig unter Druck zu setzen.«

Winters hielt einen Augenblick inne. »Also, um genau zu sein, nicht wir. Die Herren im Auto werden sich darum kümmern. Denn ich bin viel zu sehr in den Fall verwickelt, um irgendwelche Untersuchungen zu übernehmen. Außerdem bin ich immer noch vom Dienst suspendiert.«

Eine Wolke schien über die Gesichtszüge des Captains zu ziehen, doch dann lächelte er. »Auf der anderen Seite hat Jay Gridley dir und mir die Gelegenheit verschafft, bei diesem Ausflug dabei zu sein – als Beobachter, könnte man sagen. Zweifellos hat der Mann einen Sinn für Gerechtigkeit. Im Augenblick hat keiner von uns beiden irgendwelche polizeilichen Vollmachten. Aber Jay war der Meinung, wir würden sicherlich gern beim Abschluss einer Untersuchung zuschauen, zu der wir beide so viel beigetragen und für die wir so viele Opfer gebracht haben.«

Damit hatte Gridley sicherlich Recht, stimmte Matt in Gedanken zu.

Er warf einen Blick auf die beiden athletisch gebauten Männer im Geländewagen. »Und die haben nichts dagegen?«

»Wir werden ja keine Action mitmachen. Wir sind nur Zuschauer.« Winters deutete auf ein anderes Auto, das in der Nähe stand. »Das ist mein Wagen«, sagte er. »Wir werden ihnen einfach folgen, an irgendeiner unauffälligen Stelle parken und zusehen, wie der so genannte Mr Kovacs abgeführt wird. Ich habe nicht vor, zu winken oder sonst irgendwie auf mich aufmerksam zu machen. Ich will diesen Fall nur bis zum Ende mitverfolgen. Und ich hatte mir gedacht, dass du auch gern dabei sein würdest.«

Matt grinste. »Wie kann ich da Nein sagen?«, fragte er.

Der Captain stellte ihm die beiden Agents der Net Force im Fahrzeug der Behörde vor – Grandelli und Murray. Grandelli hatte ein Gesicht, das eher auf Irland als auf Italien schließen ließ, mit groben Zügen und der Andeutung eines Grinsens um die Mundwinkel. Murray hatte eine Art Kindergesicht, das er mit einem grimmigen Blick zu kompensieren suchte. Er sah aus, als ob er sich seelisch darauf vorbereitete, eine feindliche Festung zu stürmen und alle Bewohner zur Strecke zu bringen.

Sie machen den Eindruck, als wären sie von Hollywood für das typische Paar guter Bulle/böser Bulle ausgesucht worden, dachte Matt. Das war die Vernehmungstechnik, bei der einer der Fragesteller sein Bestes tat, um den Verdächtigen zu terrorisieren, während der andere Beamte versuchte, ihn mit freundlicher Güte aufzuweichen. Diesen beiden Agents gelang so etwas wahrscheinlich im Schlaf.

Murray sah nicht besonders erfreut aus und beschränkte seinen Gruß auf ein Nicken und ein Grunzen.

Doch Grandelli war gesprächiger, als sie einander die Hand gaben. Er warf Winters einen herausfordernden Blick zu. »Nach allem, was dieser Typ mit Ihnen veranstaltet hat, sind Sie sicher, dass Sie einfach nur zuschauen wollen, während er bekommt, was er verdient?«

Winters schüttelte den Kopf. »Ich will absolut nichts tun, was unserem Freund – oder einem cleveren Anwalt – die Gelegenheit geben könnte, sich aus dem Fall herauszuwinden, den wir mühsam zusammengesetzt haben. Wenn das bedeutet, dass ich bei seiner Festnahme bestenfalls Teil des Publikums sein darf, dann ist das nicht zu ändern. Nach den Ereignissen der letzten Wochen bin ich schon heilfroh, wenn mein alter Kumpel endlich einmal durch die Mangel gedreht wird.«

»Okay«, erwiderte Grandelli. »Dann wollen wir mal.«

Winters ging Matt voran zu seinem Wagen, während die Agents von der Net Force den Motor anließen. Als er anfuhr, befanden sie sich an der Ausfahrt des Parkplatzes. Der Captain schloss schnell zu ihnen auf und folgte ihnen in lockerem Abstand zum Potomac und über die Brücke nach Reston, Virginia.

In Reston war um die Jahrhundertwende viel gebaut worden und es gab dort inzwischen eine bescheidene Ansammlung von Bürohochhäusern, genau in der richtigen Entfernung von der Hauptstadt Washington.

I-on Investigations nahm ein Stockwerk in einem fünfzehnstöckigen Gebäude ein, das sich ganz in der Nähe vom *Newseum* befand, einem Museum für Druck- und Sendemedien.

Das finde ich auf bizarre Weise passend, dachte Matt. *Auf ihre schräge Art haben sie irgendwie auch Pressegeschichte gemacht.*

Die Agents der Net Force nutzten ihren Status und parkten neben einem Feuerhydranten direkt vor dem Eingang des Gebäudes. Doch Matt bemerkte, dass Murray zumindest so vorsichtig war, das Dienstsiegel der Net Force deutlich sichtbar an der Windschutzscheibe anzubringen.

Es gibt wohl kaum eine größere Blamage, als einen Kriminellen zum Verhör abzuholen und dann festzustellen, dass der eigene Wagen abgeschleppt wurde, dachte Matt.

Captain Winters musste ein wenig im Kreis fahren, bis er schließlich einen ›normalen‹ Parkplatz auf der gegenüber liegenden Straßenseite fand. Als er und Matt schließlich standen, waren die Agents Murray und Grandelli bereits im Gebäude verschwunden.

Matt bemerkte, dass Winters leicht geduckt hinter dem Steuerrad saß und nacheinander alle Personen auf der Straße mit prüfendem Blick erfasste. »Rechnen Sie mit Problemen?«, fragte er.

»Ich würde eher sagen, ich bereite mich auf das Unerwartete vor«, erwiderte der Captain. »Als ich das erste Mal einen wichtigen Manager im Gebäude seiner Firma einkassieren wollte, wurden mein Partner und ich von seiner Empfangsdame aufgehalten, während der große Macker über die Treppe verschwand.«

»Was würden Sie denn tun, wenn Sie Marcus Kovacs zur Tür herausrennen sehen würden?«, fragte Matt.

»Ihn aufhalten«, entgegnete Winters kurz.

Wenn Matt die Art und Weise richtig interpretierte, wie Winters mit den Fingern das Lenkrad umkrallte, konnte dies nur eines bedeuten – ihn umfahren.

Dann beschloss Matt, dass jetzt wohl nicht der richtige Zeitpunkt für Plaudereien war. Nachdem sie einige lange Minuten schweigend verbracht hatten, stieß Winters schließlich hervor: »Was brauchen die denn so lange?«

Im gleichen Augenblick schob sich Agent Grandelli durch die Drehtür nach draußen ... allein.

Mit forschen Schritten ging er zum Geländewagen, öffnete die Tür und sprach kurz in das Mikrofon, das unter dem Armaturenbrett befestigt war. Dann ließ er seinen Blick auf der Suche nach dem Wagen des Captains über die Straße schweifen. Als er Winters entdeckt hatte, eilte er über die Straße.

Der Captain hatte bereits seine Fensterscheibe heruntergelassen. »Probleme?«, fragte er.

»Bin mir nicht sicher«, gab Grandelli zu. »Wir sind an der Firmenempfangsdame vorbeimarschiert, doch die Sekretärin von Kovacs erzählte uns, er habe am frühen Morgen angerufen, um ihr zu sagen, dass er ein paar Privatangelegenheiten erledigen müsse. Das Büro von Kovacs war leer und er schien wirklich nicht anwesend zu sein. Die Manager rennen herum wie die sprichwörtlichen kopflosen Hühner. Heute sollten ein paar sehr wichtige Besprechungen mit Kunden stattfinden und es ist offensichtlich, dass ihnen ohne die Gegenwart des großen Mannes nichts gelingt.«

»Und jetzt?«, fragte Winters.

»Ich habe Murray oben gelassen, damit keine Warnanrufe gemacht werden – so was kann er gut«, erwiderte Grandelli. »Dann habe ich über die Zentrale ein anderes Team zum Haus von Kovacs beordert. Mal sehen, ob wir ihn da erwischen.« Der Agent zögerte einen Augenblick. »Wir sahen bei ihm keine Fluchtgefahr. Er konnte nicht wissen, dass dies passieren würde.«

Matt bemerkte, dass ihn zwei Augenpaare ansahen. »Also bitte«, sagte er. »Aus meinem Mund ist kein einziger Laut gekommen.«

»In Ordnung«, erwiderte Grandelli ein wenig verlegen. »Also – ich gehe mal besser wieder ans Funkgerät.«

Wieder saßen Matt und der Captain schweigend im Auto. Jetzt war die Stille noch angespannter als zu dem Zeitpunkt, als sie darauf gewartet hatten, dass Kovacs abgeführt würde.

Während er auf dem Sitz hin und her rutschte, schielte Matt auf seine Armbanduhr. Er hatte den Eindruck, als ob der Tag bald zu Ende ginge. Stattdessen waren lediglich einige Minuten vergangen, seit Grandelli mit ihnen gesprochen hatte.

Matt sah, dass der Agent sich in seinem Wagen befand und wieder ins Mikrofon sprach. Als Grandelli ausstieg, kam er langsam über die Straße zu ihnen. Dabei runzelte er verwirrt die Stirn.

»In seinem wunderhübschen Anwesen am Watergate war Mr K. nicht anzutreffen«, berichtete er. »Um die Wahrheit zu sagen – niemand scheint den leisesten Schimmer zu haben, wo zum Teufel er stecken könnte.«

»Hallo, Leute!«, rief Megan O'Malley, als sie zur Tür hereinkam. »Bin wieder zu Hause!«

Da ihre beiden Eltern Freiberufler waren, konnte sie sich normalerweise darauf verlassen, dass ein Elternteil oder auch beide zu Hause waren, wenn sie von der Schule kam. Einer oder zwei ihrer Brüder könnten auch auftauchen, wenn ihr Unterricht schon zu Ende war.

Deshalb war es merkwürdig, dass sie keinerlei Antwort erhielt. Es bestand die Möglichkeit, dass Mutter und Vater irgendwo etwas nachschlagen mussten, obwohl die Hausbibliothek eine erstaunliche Vielfalt an Möglichkeiten bot. Als sie das letzte Mal zugeschaut hatte, war ihr Vater gleichzeitig mit äußerst diversen Nachforschungen beschäftigt gewesen – Immigration um 1890, die Suffragettenbewegung zur Erlangung des Frauenwahlrechts, Geister und die Eroberung Siziliens durch die Normannen um 1080. Am meisten verblüffte sie dabei die Tatsache, dass alle diese Dinge zu einem einzigen Buch gehörten.

Also war niemand zu Hause? Die Stille war fast unheimlich.

Trotzdem war die ganze Situation eigenartig. Draußen war es warm und die Klimaanlage des Hauses war voll aufgedreht. Ihre Eltern hätten sie mit Sicherheit heruntergeschaltet, wenn sie das Haus auch nur für kurze Zeit verlassen hätten, das wusste Megan. Sie beschloss, in der Küche nachzusehen.

»Mutter?«, rief sie zögernd. Ihre Stimme kam mit einem merkwürdigen Echo zurück.

»Wo steckt ihr denn alle ...« Mit offenem Mund brach sie mitten im Satz ab. Ihre Mutter lag auf dem Fußboden. Die Schulbücher fielen Megan aus der Hand und landeten mit einem lauten Knall auf den Fliesen. Sie stürzte in die Küche und fiel auf die Knie.

Gott sei Dank, sie atmet.

Kein Blut, dachte Megan. Keine Verletzungen oder irgendwelche Verbrennungen oder blaue Flecken. Es war fast, als hätte sich ihre Mutter vorsichtig auf den Boden gelegt und die Beine angewinkelt, um dann in aller Ruhe einzuschlafen.

»Mutter?« Sanft schüttelte Megan ihre Schulter. »Mutter!«

Ihre Mutter wachte nicht auf.

Megans Herz pochte so heftig, dass sie sonst nichts mehr hörte. Sie atmete tief durch und zwang sich zur Ruhe, während sie am Hals ihrer Mutter nach dem Puls fühlte. Kräftig und regelmäßig. Sie musste Hilfe rufen.

Auf Verdacht lief sie aus der Küche heraus und den Flur hinunter zu dem Raum, den ihr Vater als Büro nutzte. Als sie dort eintrat, hörte sie ein leises Piepen. Sekunden später taumelte Megan zurück und hielt sich am Türrahmen fest. Ihren Vater brauchte sie nicht zu suchen – er hing schlaff in seinem Computersessel. Nicht einfach im Netz, in der virtuellen Realität, sondern eindeutig völlig bewusstlos. Das Geräusch, das sie gehört hatte, war eine Reaktion der Maschine, weil er mit seinen Händen verschiedene Kontrolltasten des Computers gleichzeitig niedergedrückt hielt.

Megans Herz hämmerte wie nach einem Fünfzig-Meter-Sprint und ihre Atemzüge waren kurz und flach. Als sie das Büro ihres Vaters verließ, entdeckte sie einen ihrer älteren Brüder auf der Schwelle zu seinem Zimmer – bewusstlos auf dem Boden ausgestreckt.

Was tun?

Drei Familienmitglieder waren ohnmächtig geworden. Das sah nicht aus wie die Reaktion auf einen verdorbenen Thunfischsalat. Megan machte einen Schritt in Richtung Küche. Sollte sie damit anfangen, ihre Mutter nach draußen zu ziehen? Sollte sie ins Wohnzimmer gehen und den Notdienst anrufen?

Nein auf beide Fragen, entschied sie. Wenn es sich um

ein Gasleck oder um Kohlenmonoxid handelte, atmete sie das Zeug selbst ein. Als Erstes musste sie nach draußen gelangen, dann Hilfe rufen.

Noch während sie ins Wohnzimmer rannte, wühlte sie in ihrer Schultertasche nach dem Brieftaschentelefon. Der Boden schien mit jedem Schritt schwammiger zu werden. Entweder das oder ihre Beine fühlten sich immer mehr wie Gummi an.

Schlechtes Zeichen, dachte Megan. *Das bedeutet, dass mich das, was hier drinnen ist, allmählich auch erwischt.*

Ihre Finger fanden schließlich die Brieftasche, aber es schien ihnen nicht zu gelingen, den Personalausweis und die anderen Dinge an die Seite zu schieben.

Sollte sich immer noch im Telefonmodus befinden, dachte Megan verschwommen. Wen hatte sie zuletzt angerufen? Richtig. Leif. Sie hatte ihn gewarnt, dass ... wie hieß er noch gleich ... hinter ihm her sein könnte. Komische Idee. Was war noch mal der Notruf?

Die Finger in der Tasche schienen nicht mehr zu ihr zu gehören. Sie fummelten an der Folientastatur herum. Worauf sollte sie drücken? Was machte sie hier eigentlich?

In diesem Augenblick entdeckte sie die Person, die auf sie zukam. Es war ein Mann in einer dunkelblauen Hose und einer dazu passenden Jacke mit hochgezogenem Reißverschluss. Könnte Sportkleidung sein, aber auch eine Art Uniform für Lieferanten.

Dann fiel ihr die Gasmaske auf, die sein Gesicht bedeckte.

Megan wusste, dass sie nur eine einzige Chance hatte. Sie warf ihr Bein hoch und trat nach dem maskierten Eindringling. Gleichzeitig presste sie blindlings die obere Tastenreihe des Folientelefons.

Etwa zum fünften Mal in den letzten Minuten fiel Megan auf, dass irgendwas nicht stimmt. Sie hatte sich bei der Entfernung völlig verkalkuliert, die ihr Kick zurücklegen sollte. Ihr Fuß befand sich noch nicht mal in der Nähe von dem Kerl mit der Gasmaske, als es Zeit wurde, ihn zurückzuziehen.

Und ... es schien ihr nicht zu gelingen, das Gleichgewicht wiederzuerlangen. Wie in Zeitlupe segelte sie durch die Luft. Nein, jetzt fiel sie. Aber nein, der Raum musste sich drehen. Kam jetzt der Boden oder die Decke auf sie zu?

Sie versuchte, ihre Arme und Beine so vor sich zu halten, dass sie den Aufprall ... wo auch immer ... auffangen konnten. Dann wollte sie sich abrollen, um wieder auf die Beine zu kommen.

Aber Megan kam gar nicht dazu, den Aufprall wahrzunehmen. Sie fühlte noch, dass ihre Arme herunterhingen, ihr Kopf zur Seite fiel, als wären alle Knochen aus ihrem Körper entfernt worden.

Merkwürdigerweise schien die Welt eine Sekunde lang wieder klar vor ihr aufzutauchen.

Es ist der Fußboden, dachte sie, als sie den Teppich aus nächster Nähe vor sich sah.

Dann wurde alles schwarz vor ihren Augen.

20

Als Megan endlich aus der Ohnmacht erwachte, wusste sie nicht, wie viel Zeit inzwischen vergangen war. Langsam verwandelte sich die Schwärze in ein verschwommenes Grau, bis sie die Augen öffnete. Sie befand sich in einem schwach beleuchteten Raum, auf einem sehr schmalen, ziemlich harten Bett. Hinter ihr krümmte sich die Wand und die Decke schien sehr niedrig zu sein. Allzu weit konnte Megan ihre neue Umgebung nicht erforschen, denn ein Handgelenk war mit Handschellen am Rande des Bettes befestigt.

Eigentlich waren die Handschellen nicht nötig. Megan fühlte sich, als ob die gesamte Kraft aus ihren Muskeln gewichen wäre. Und die leiseste Bewegung verursachte ein Hämmern in ihrem Kopf, während gleichzeitig der Raum anfing, sich Schwindel erregend zu drehen. Das Schlimmste war, dass der Raum sich von ganz allein zu bewegen schien. Dabei gab er ein fürchterliches, platschendes Geräusch von sich. Genau in diesem Augenblick wurde der Raum plötzlich in die Höhe gehoben. Megans gesamter Mageninhalt kam hoch.

Jetzt wusste sie, warum neben ihrem Kissen eine Schüssel stand. Mit äußerster Anstrengung zwang sie ihren Körper zu einer Bewegung – sie brachte den Kopf bis über den Rand der Pritsche, um sich auf den Teppichboden zu übergeben.

Leider war es kein besonders teurer Teppich. Dieser rebellische Gedanke schien dafür zu sorgen, dass ein wenig Licht in Megans pochendes Gehirn fiel. Die Qualität der Bodenbedeckung lag irgendwo zwischen dem Material, das in viel genutzten Büros eingesetzt wurde, und Kunstrasen.

»Das war aber nicht besonders freundlich.« Die sanfte Stimme, die aus dem Dämmerlicht kam, hörte sich ziemlich enttäuscht an.

»Entführt zu werden finde ich auch nicht besonders freundlich«, erwiderte Megan mit brüchiger Stimme. Im Halbdunkel gelang es ihr schließlich, eine Silhouette vor der Wand zu entdecken. Dann wurde das Licht eingeschaltet und Megan ließ sich auf das Kissen zurückfallen. Dabei hatte sie das Gefühl, als würde ihr jemand einen riesigen Nagel in den Kopf hämmern.

»Das sollte sich bald geben«, beruhigte sie die sanfte Stimme.

Megan blinzelte nach vorn. Der Einzige, von dem sie annahm, dass er sie entführen könnte, war Marc Kovacs – Mike Steele. Aber der Kerl mit der Gasmaske hatte nicht Kovacs' wilde Mähne aus grauschwarzem Haar gehabt. Seine Haare waren kurz geschnitten wie bei Geschäftsleuten und auch die Haarfarbe war ein unauffälliges Mausbraun gewesen.

Natürlich hatte Steele Haarfarbe und Länge der Haare verändert, um sich in Kovacs zu verwandeln. Eines war sicher: Ihr Entführer wollte nicht, dass sie irgendwelche Änderungen zu sehen bekam, die er an seinem Gesicht vorgenommen hatte. Er trug eine dieser Gesichtsmasken für die schlimmsten Wintertage, mit Löchern für Mund und Augen und einer Art Schnabel für die Nase. Man bezeichnete sie auch als Skimützen. Das Ding musste fast unerträglich heiß sein in der warmen Kabine dieses Bootes ...

He! Sie hatte begriffen, wo sie sich befand!

Das Hüpfen des Bootes auf dem Wasser – und der Geruch der Bescherung, die sie auf dem Teppich hinterlassen hatte – verursachten eine neue Welle der Übelkeit. Megan biss die Zähne zusammen und stöhnte.

»Es scheint, dass du nicht besonders seetüchtig bist«, sagte ihr Entführer. »Jetzt schon seekrank, obwohl wir den Pier noch gar nicht verlassen haben.«

»Wohl eher die Nachwirkungen von dem Gas, das Sie mir verabreicht haben«, giftete Megan zurück.

Gas! Plötzlich erinnerte sie sich an ihre Mutter, ihren Vater und ihren Bruder auf dem Fußboden, ohnmächtig dahingestreckt. »Was für ein Zeug haben Sie bei uns zu Hause benutzt?«, wollte Megan wissen. »Meine Familie –«

»Denen sollte es längst wieder gut gehen«, beruhigte sie der Entführer. »Das Gas wurde auf eine Weise entwickelt, dass es langsam zu wirken beginnt und die Personen allmählich schläfrig werden. Häufig rollen sich die Leute noch in einer bequemen Position zusammen. Du bist allerdings rücklings auf dem Boden gelandet. Wahrscheinlich wirst du ein paar blaue Flecken an allen möglichen Stellen haben – doch das ist bald egal.«

Als sie ihn anstarrte, brach er ab. Schließlich fuhr er fort: »Auf jeden Fall habe ich die Fenster geöffnet, damit sich das Zeug verflüchtigte«, sagte er sanft. »Deine Angehörigen sollten, wenn sie aufgewacht sind, keine Nachwirkungen spüren.«

Abgesehen davon, dass ihre Tochter verschwunden ist, dachte Megan düster.

Sie starrte den Mann mit der Maske feindselig an. Unterhalb der Nase waren durch die Mundöffnung Spuren eines bräunlichen Schnurrbarts zu erkennen. Einen Backenbart schien der Mann nicht mehr zu tragen.

»Du hast mich vor ein interessantes Problem gestellt«, sagte der Mann. Sie beschloss, ihn Mike Steele zu nennen.

»Ihre Subtilität überrascht mich«, entgegnete sie scharf. »Normalerweise neigen Sie doch dazu, Ihre Probleme in die Luft zu sprengen.«

Der Maskierte nickte. »Aber in diesem Fall musste ich zuerst mit dir sprechen. Ich muss herausfinden, was für Informationen über mich du versteckt hast – und wo.«

Ein wenig zu spät stellte Megan fest, dass selbst die

besten Ausweichmanöver eines Amateurhackers nicht ausreichten, um einen ehemaligen Profi der Net Force zum Narren zu halten.

Obwohl sie dem Tod ins Auge sah – entweder durch die Hand dieses maskierten Mannes oder dadurch, dass sie sich die Seele aus dem Leib kotzte –, konnte Megan sich nicht beherrschen. Ein verächtliches Lachen entwischte ihren Lippen. »Es gibt keine Schuldbeweise«, brachte sie schließlich hervor. »Ich musste mitansehen, wie Sie straflos mordeten, ohne dass irgendjemand in der Lage war, Sie zu stoppen. Da habe ich mir gedacht, ich könnte zumindest dafür sorgen, dass Sie ein wenig die Freude daran verlieren.«

»Dann war der Anruf nur ein dummer Scherz?« Mike Steele hörte sich ziemlich aufgebracht an.

»Klar. Was wollen Sie deswegen unternehmen? Mich zweimal umbringen?«

»Ob du es glaubst oder nicht, ich versuche, mich beim Umbringen ein wenig zu beherrschen«, erwiderte Steele. »Mit der Eliminierung von Steve dem Bullen habe ich der Gesellschaft einen Gefallen getan. Er war doch bloß Abschaum. Selbst seine früheren Geschäftspartner haben sich über seinen Tod gefreut. Tori Rush hatte keine Familie. Sie war eine gierige, kleine Hexe mit einer aufgeblasenen Vorstellung von ihrem Talent. Alle ihre Bekannten, insbesondere die Leute, die sie immer angeschrien hat – dazu gehört auch ihr Agent –, werden sie nicht allzu sehr vermissen.«

»Und Professor Wellman? Überall hoch angesehen, von seinen Studenten geliebt.«

»Das war eine Fehlkalkulation«, gab Steele zu. »Eigentlich hätte er nicht in seinem Büro sein sollen, als die Bombe hochging. Aber das sollte jetzt nicht deine Sorge sein. Du musst einen wahnsinnigen Schutzengel haben. Nachdem ich dich, äh, eingesammelt hatte, habe ich einen Anruf bekommen von einer meiner Quellen im Labor für Fingerabdrücke beim FBI. Sie schauten sich gerade ein merkwürdiges Objekt an – eine Babyrassel in Form eines Ankers.«

Megan starrte ihn an. Steeles Lippen, die durch die Öffnung in der Maske sichtbar waren, verzogen sich zu einem ironischen Grinsen. »Ein Geschenk, dass ich meinem Partner in einem früheren Leben überreicht habe. Handgemacht. Einzigartig. Außergewöhnlich spezifisch, deshalb kann es eindeutig mir zugeordnet werden. Und nach all diesen Jahren haben sie es tatsächlich geschafft, ein paar von meinen Fingerabdrücken darauf zu entdecken.«

»Also waren sie Ihnen *tatsächlich* auf der Spur«, grollte Megan. »Sie haben mir nur nichts davon gesagt!«

»Wie die Dinge liegen, schulde ich dir wahrscheinlich noch ein Dankeschön«, entgegnete Steele. »Wenn du mich nicht angerufen hättest, wäre ich in aller Gemütsruhe in meinem Büro geblieben, bis sie mich verhaftet hätten.« Dann verschwand der Humor aus seiner Stimme. »Außerdem, wie ich schon sagte, ist Mord eine schlechte Vorgehensweise, besonders wenn das Opfer vermisst werden wird. Wenn ich mir überlege, was deine Freunde von den Net Force Explorer angestellt haben, als ich die Sache Jim Winters angehängt habe, dann möchte ich lieber nicht die Reaktion darauf erleben, wenn ich jemanden von euch umlege.«

Mit einem merkwürdig gefühlsbetonten Blick schaute Steele auf sie herunter. »James hatte schon immer ein besonderes Talent, was Loyalität angeht. Wäre schön gewesen, wenn ihm das bei mir eingefallen wäre.«

Und wenn er tatenlos zugesehen hätte, während Sie gegen das Gesetz verstießen? In Gedanken stellte Megan sich diese Frage. Es schien nicht der richtige Moment zu sein, sie laut zu äußern – nicht wenn ihr Entführer noch überlegte, ob sie am Leben bleiben sollte oder nicht.

»Auf jeden Fall bin ich dir etwas schuldig«, fuhr Steele fort. »Dein Hinweis hat mich genau im richtigen Augenblick auf Trab gebracht. Und dieses Mal ist mein Fluchtkapital wesentlich umfangreicher.«

Megan sagte nichts, doch ihre Gefühle waren mit Sicherheit an ihren Gesichtszügen abzulesen.

»Wenn du mein neues Aussehen nicht zu Gesicht bekommst – oder die Beschreibung oder den Namen des Bootes erfährst –, kann ich dich eigentlich laufen lassen.« Steele nickte mit dem maskierten Kopf. »Eine Binde um die Augen, eine ruhige Stelle an der Küste ... wir müssen jetzt nur noch darauf warten, dass die Flut kommt.«

Matt befand sich im Wagen von Captain Winters auf dem Weg nach Hause, als sein Folientelefon summte. Er kramte es heraus, klappte es auf und hielt es hoch. »Was gibt es?«, fragte er düster.

»Matt?« Die Stimme von Leif Anderson knackte in seinem Ohr. »Habe gerade einen eigenartigen Anruf von Megan bekommen. Keinen von der Sorte, dass ich aufpassen soll wegen Marcus Kovacs. Es war nur eine offene Leitung – und dann ein lauter, dumpfer Knall! Da habe ich mir Sorgen gemacht. Also habe ich bei O'Malleys zu Hause angerufen. Keine Antwort. Obwohl ich es einige Male probiert habe.«

Da beide Eltern zu Hause arbeiteten und fünf Kinder ein und aus gingen, war das wirklich merkwürdig. Matt gab die Nachricht an den Captain weiter. Umgehend kam die Antwort, die er erwartet hatte. »Ich bin bei Captain Winters im Wagen. Wir fahren sofort da vorbei und schauen nach, was los ist. Dann rufe ich zurück.«

Die Türen vom Haus der O'Malleys waren verschlossen, doch die Fenster standen weit offen – was merkwürdig war, da die Klimaanlage auf vollen Touren lief. Als sie ein leises Stöhnen vom Küchenfenster hörten, half Winters Matt dabei, durch das Fenster einzusteigen.

Matt fand eine grüngesichtige Mrs O'Malley, die versuchte, sich vom Boden zu erheben. »Matt? Was ...« Sie fuhr sich mit der Hand durch das Gesicht. »Ich war gerade beim Putzen. Dann fühlte ich mich plötzlich so schlaff und ... schläfrig.«

Matt sah sich um. »Haben Sie die Fenster geöffnet?«

Mrs O'Malley schüttelte den Kopf – dann zuckte sie zusammen.

»Also muss sie jemand anders aufgemacht haben – um hier zu lüften.«

Er ging zur Haustür und ließ Captain Winters herein. Beim Durchsuchen des Hauses fanden sie Megans Vater und ihre zwei Brüder, die allesamt noch mit den Nachwirkungen des Schlafgases kämpften.

»Aber wo steckt denn bloß Megan?«, rief Mrs O'Malley. »Sie muss doch schon längst aus der Schule gekommen sein – hier sind ihre Bücher.« Sie zeigte auf ein paar Schulbücher, die verstreut auf dem Küchenfußboden lagen. Während sich die Gasschwaden allmählich aus ihrem Kopf verflüchtigten, schaute Mrs O'Malley ihre Retter mit neuen Augen an. »Sie ist verschwunden, nicht wahr? Deshalb sind Sie gekommen.«

Captain Winters hatte bereits sein Telefon herausgeholt und rief bei der Polizei und bei der Net Force an. Matt konnte nur auf seine Hände starren. Noch nie im Leben hatte er sich so hilflos gefühlt.

»Jetzt weiß ich endlich, wie sich ein normaler Zeuge fühlt«, bemerkte Captain Winters, als er sich zusammen mit Matt Hunter wieder auf den unterbrochenen Heimweg machte. Da er vom Dienst suspendiert war, durfte er nicht an den Nachforschungen im Zusammenhang mit der Entführung von Megan O'Malley teilnehmen – außer durch die Beantwortung von Fragen.

Sowohl Matt als auch der Captain waren gründlich befragt worden. Dann war ihnen höflich aber bestimmt mitgeteilt worden, dass sie nach Hause gehen sollten.

Die Gedanken, die Matt durch den Kopf gejagt waren und die er in der Gegenwart von Megans Eltern für sich behalten hatte, schossen hervor, sobald er sich allein mit Winters im Auto befand.

»Schlimm, nicht wahr?«, sagte Matt. »Meine Eltern – und ich wette, die von Megan genauso – sagen mir immer wieder: ›Lass dich nicht von irgendwelchen Leuten irgendwohin mitnehmen, besonders wenn sie dir nicht ganz geheuer sind. Wenn sie mit dir allein sind, können sie dir alles Mögliche antun ...‹« Er brach ab. »Wir müssen was unternehmen!«

»So wie ich Jay Gridley kenne, kannst du darauf wetten, dass er alle verfügbaren Leute auf den Fall angesetzt hat«, erwiderte Winters. »Ich habe ein wenig mit den Agents geplaudert, die mit den O'Malleys gesprochen haben. Die Leute von der Net Force nehmen das Büro von Kovacs Stück für Stück auseinander und suchen unter jeder einzelnen Schraube nach Beweismitteln. Die gleiche Prozedur läuft in seinem piekfeinen Bungalow bei

Watergate ab wie auch in seinem Sommerhaus im Blue Ridge Country.«

Der Captain schüttelte den Kopf. »Eigentlich überrascht mich das. Der Mike Steele, an den ich mich erinnern kann, hatte mit den Bergen wenig am Hut. Er war immer auf dem Weg zu irgendeinem Strand – auf dem Wasser. Sein Ding waren Boote.«

»Klar«, entgegnete Matt. »Angeblich ist er ja sogar auf einem Boot gestorben. Und Ihnen hat er eine Ankerrassel für das Baby geschenkt.«

»Hm. Vielleicht suchen meine Kollegen also in der falschen Richtung.« Winters runzelte die Stirn, während er das Lenkrad drehte. Sie waren fast bei Matt zu Hause angekommen.

»Glaubst du, dass deine Eltern etwas dagegen haben, wenn wir euer System für eine kleine Suchaktion benutzen?«, fragte der Captain plötzlich.

»Um Megan zu helfen? Wie könnten sie?«

Als sie hörten, was Megan zugestoßen war, waren Matts Eltern sofort zur Hilfe bereit.

Matt ging voran bis in sein Zimmer und ließ sein Computersystem warm laufen. Dabei installierte er Stimmzugang für Winters.

»Computer!«, befahl der Captain. »Nach Entfernung von Reston, Virginia, und vom Watergate Complex gestaffelt auflisten: Sämtliche Jachtklubs, Marinas und private Anlegevorrichtungen für kleine Boote.«

»Wird bearbeitet«, antwortete der Computer.

Überrascht schaute Matt zu Winters. »Ich dachte, Sie würden nach Schiffseintragungen suchen oder wie man das nennt.«

Winters schüttelte den Kopf. »Dies ist Mikes Ass im Ärmel, sein letzter Ausweg, wenn alles daneben geht. Der

Landsitz in den Bergen ist eine sehr teure Zerstreuung und existiert wahrscheinlich nur, um die Aufmerksamkeit der Gesetzeshüter von seiner eigentlichen Fluchtroute abzulenken. Außerdem wird er bestimmt keine Aufmerksamkeit auf sein Boot ziehen wollen, indem er es unter seinem eigenen Namen eintragen lässt.«

»Wie sollen wir es denn dann finden?«, fragte Matt niedergeschlagen.

»Das werde ich wohl allein machen müssen«, erwiderte Winters grimmig. »Ich checke die Namen der Boote und hoffe, dabei eine Verbindung zu Steele zu entdecken.«

»Das ist aber wohl ziemlich hoffnungslos«, rutschte es Matt heraus.

Winters nickte. »Deshalb habe ich es bei der Net Force nicht einmal erwähnt. Es ist irgendwie unwahrscheinlich, dass Jay Gridley seine systematische Suche mittendrin abbricht, nur weil ich so ein Gefühl habe.«

»Informationen gefunden«, verkündete der Computer.

»Dann wollen wir mal sehen, wie groß der Heuhaufen ist, in dem wir unsere Stecknadel suchen«, sagte der Captain. »Auf dem Display anzeigen.«

Die Marina, die Washington am nächsten lag, war Buzzard's Point, ein Gelände, das sich gerade zu einer schicken Nachbarschaft entwickelte. Die Docks waren geschlossen, denn es wurde umgebaut, um Platz für teurere Jachten zu schaffen.

Als nächste Möglichkeit gab es eine Marina südlich vom National Airport. Sie befand sich genau an der Stelle, wo der Potomac sich bei seiner Annäherung an die Chesapeake Bay weitete. Danach schien es, als ob jede Stadt und jedes Dorf an der Küste von Virginia über Anlegevorrichtungen verfügte. Und auf der anderen Seite der Bucht befanden sich noch mehr kleine Städte in Maryland, ganz zu schweigen von den Hafenstädten Annapolis und Baltimore.

»Kleine Nadel, verdammt großer Heuhaufen«, murmelte Matt. Lauter sagte er: »Sind Sie sicher, dass ich Ihnen nicht irgendwie helfen kann?«

Unglücklich schüttelte Winters den Kopf. »Da ich gar nicht genau weiß, wonach ich eigentlich suche, weiß ich auch nicht, wie ich dir zeigen soll, was du finden sollst. Früher nannte Steele diesen Teil der Arbeit immer ›Cowboy und Indianer spielen‹. Es geht darum, in einem Meer von Möglichkeiten nach den entscheidenden Fakten zu fischen und sich dabei nur von Instinkt und Erfahrung leiten zu lassen.«

Lachend erinnerte er sich. »Mike liebte es, seine Metaphern durcheinander zu werfen. Cowboys und Indianer, dann dieses ganze Wikingerzeug ...« Plötzlich richtete er sich auf. »Weißt du, wenn du es versuchen willst, dann lass dir eine Liste von den Booten geben, die in allen Städten entlang der Küste von Virginia liegen. Such nach Namen mit Verbindungen zum Wilden Westen oder zu skandinavischen Geschichten. Ich werde es auf der anderen Seite der Bucht versuchen. Es ist zwar ziemlich weit hergeholt ...«

Matt nickte. »Aber wir müssen es versuchen.«

Auf dem Weg ins Wohnzimmer rief Matt seinen Teil der Liste auf. Er konnte kaum glauben, wie viele Wasserfahrzeuge es dort draußen gab – Vergnügungsboote, Fischerboote, Segelboote ...

»Ich fühle mich jetzt schon ganz wässrig, nur vom Rumsitzen«, murmelte er, während er sich einer weiteren Gruppe der scheinbar endlosen Folge nautischer Namen zuwandte.

Nein, es war ein wässriges Gefühl ganz bestimmter Art. Bei den ununterbrochenen Autofahrten und Arbeiten am Computer hatte er keine Toilette mehr betreten, seit er aus der Schule gekommen war. Fast standen seine Weisheitszähne schon unter Wasser.

Als er reichlich erleichtert den Flur zurückging, hielt Matt inne, um den Kopf in sein Zimmer zu stecken. Vielleicht wollte der Captain auch irgendwas trinken. Matt war plötzlich ziemlich durstig.

Erstaunt schaute er in den Raum. Eine Liste mit Namen hing in holografischer Projektion im Raum. Aber der Captain war nirgendwo zu sehen. Hatte er auch mal gemusst? Vielleicht war er Matt schon einen Schritt voraus und in die Küche gegangen, um etwas zu trinken.

Doch als Matt nachsah, fand er den Captain weder im zweiten Badezimmer noch in der Küche.

Er schien ... gegangen zu sein.

Verblüfft eilte Matt zurück zu dem System in seinem Zimmer. Ja, da war die Liste mit den Booten. Es handelte sich um eine Marina in Annapolis – offensichtlich hatte Winters sich entschlossen, mit den größeren Städten zu beginnen.

Könnte er ...?

Matt überflog die projizierte Liste. Am Eintrag für einen relativ geräumigen Kabinenkreuzer hielt er inne ...

Ein Schiff namens *Skraelling*.

21

In Anbetracht der Umstände war Matt nicht sonderlich überrascht, dass es ihm nicht gelang, Jay Gridley zu erreichen. Der Boss der Net Force leitete einen Großeinsatz, um Megan O'Malley zu finden.

Wahrscheinlich konnte Matt sich glücklich schätzen, dass er den Verbindungsmann für die Net Force Explorer angetroffen hatte, Agent Len Dorpff. Doch das war der leichtere Teil dieses Jobs gewesen. Jetzt stand er vor der weitaus schwierigeren Aufgabe, Dorpff dazu zu bewegen, an die Theorie von Captain Winters zu glauben – und dementsprechend zu handeln.

Stirnrunzelnd sah ihn Dorpff auf dem Display seines Computers an. »Du behauptest also, dass das Haus von Marcus Kovacs im Blue Ridge Country – und die Vorbereitungen für einen ausgedehnten Aufenthalt in den Bergen – nur eine Art Tarnung waren?«

Eifrig nickte Matt. »Er will, dass wir unsere Kraft und Aufmerksamkeit dort konzentrieren, während er mit dem Boot verschwindet. So ist Mike Steele beim letzten Mal abgehauen. Er hat sogar seinen Tod bei einem Bootsunfall vorgetäuscht. Schauen Sie sich das Geschenk für Captain Winters an – eine Rassel in Form eines Ankers. Der Typ ist verrückt nach Booten.« Er streckte die Hände von sich. »Das ist nicht auf meinem Mist gewachsen. Captain Winters hat es ausgetüftelt und er kennt Steele wohl besser als irgendjemand bei der Net Force. Vielleicht hat der Captain sogar schon das Boot gefunden und ist auf dem Weg dorthin, um die Flucht zu verhindern.«

»Okay. Kannst du mir diese plötzliche Inspiration noch mal erklären?«

»Wir haben die Bootsnamen überprüft und nach bestimmten Verbindungen gesucht. Scheinbar sah Steele die Arbeit der Gesetzeshüter als eine Art Cowboy-und-Indianer-Spiel für Erwachsene. Außerdem war er fasziniert von den Mythen der Wikinger. Das Boot, auf dem er verschwand, hieß *Knorr*. Das ist der skandinavische Name für ein Lastenschiff der Wikinger.«

»So weit kann ich dir folgen«, bemerkte Dorpff. »Und was hat es jetzt mit dieser neuen Entdeckung auf sich?«

»Ich bin in mein Zimmer gekommen und habe gesehen, dass Winters gegangen war. In Raum hing das holografische Display der Schiffsliste, heruntergefahren bis zu der Stelle, wo ein großer Kabinenkreuzer namens *Skraelling* aufgeführt war.« Matt atmete tief durch. »In den alten Wikingersagen gibt es Berichte von Kapitänen, die dorthin gesegelt sind, wo sich – wie wir heute wissen – Nordamerika befindet. Sie hatten Kämpfe mit den dort lebenden Menschen, die sie Skraellings nannten. Heute nennen wir sie Indianer.«

Würde Dorpff die Verbindung erkennen? »Wenn Mike Steele an seinen Job bei der Net Force dachte, dann ging es dort für ihn zu wie bei den Cowboys und den Indianern«, fuhr Matt fort. »Nachdem er also die Seiten gewechselt hatte –«

»War er zu einem Indianer geworden – oder um mit den Wikingern zu sprechen, zu einem *Skraelling*. Willst du darauf hinaus?« Unentschlossenheit verzerrte das schmale Gesicht von Dorpff. »Interessant. Aber du machst ziemlich viel von einem einzigen Wort abhängig.«

»Ein einziges, sehr ungewöhnliches Wort, gewählt zur Bezeichnung eines kraftvollen Schiffes, das in nützlicher Nähe von Washington liegt und sich bestens als Fluchtfahrzeug eignen würde.«

»Ich werde die Sache weiterreichen«, sagte Dorpff. Dem Klang seiner Stimme nach zu urteilen, war er beeindruckt, doch hatte er immer noch Zweifel an der Theorie von Winters und Matt.

»Wahrscheinlich ist es so ziemlich das Letzte, was Sie hören wollen«, sagte Matt, »aber ich muss es einfach sagen. Als Sie den Job als Verbindungsmann übernommen haben, sagten Sie, dass Sie hofften, es so gut wie Captain Winters machen zu können. Eines kann ich Ihnen sagen: Der Captain hat sich immer voll und ganz für seine Net Force Explorer eingesetzt. Wenn Winters so was von einem von uns gehört und auch nur vermutet hätte, dass es möglicherweise bei der Rettung von Megan nützen könnte, hätte er die Sache bis an die Spitze weitergeleitet.«

Len Dorpff starrte ihn einen Augenblick sprachlos an.
Jetzt bin ich wohl zu weit gegangen, dachte Matt.

Aber der junge Agent nickte langsam mit dem Kopf. »Weißt du, du hast Recht«, sagte Dorpff. »Als ich diesen Job übernahm, habe ich gleichzeitig die Verantwortung für die Net Force Explorer übernommen. Ich darf mich nicht zurückhalten, wenn einer meiner Leute in Schwierigkeiten steckt.«

Vom Display grinste er Matt an und machte die Andeutung eines militärischen Grußes. »Ich werde mein Bestes tun, Matt«, versprach er. »Das kannst du mir glauben.«

Inzwischen hatte Megan sich so weit von den Nachwirkungen des Gases erholt, dass sie auf der Koje sitzen konnte. Viel weiter kam sie nicht, da ihr Handgelenk immer noch am Rahmen angekettet war. Mike Steele war erstaunlich gutmütig gewesen. Er hatte den Dreck aufgewischt, den ihr aufgewühlter Magen auf dem Teppich hinterlassen hatte. Dann war er verschwunden.

Sie hatten den Pier immer noch nicht verlassen. Scheinbar gab es noch viel zu erledigen, bevor das Boot startklar war. Entweder hatte Steele sich so sehr auf den Erfolg seiner Täuschungsmanöver verlassen, dass er sich nur wenig um die Instandhaltung seines Fluchtfahrzeuges gekümmert hatte. Oder er hatte sich bemüht, nie in der Nähe des Bootes gesehen zu werden.

Stunden schienen vergangen zu sein, als der Entführer schließlich in die Kabine zurückkehrte. »Wir werden wohl bald ablegen«, verkündete er. »Es soll so aussehen, als ob jemand nach der Arbeit noch einen kleinen Ausflug unternimmt, damit sich keine Spinnweben ansammeln. Außerdem habe ich mir die Karten angesehen, um ein stilles Plätzchen zu finden. Es muss einsam genug sein, damit du mir nicht sofort die Verfolger hinterherhetzt. Trotzdem sollte es sicher genug sein, damit du nicht absäufst, wenn du von der Flut überrascht wirst.«

Einen Augenblick zögerte er. »Es freut mich, dass du vernünftig warst und mitgespielt hast, was das Schreien angeht. Hier auf den Piers ist keine Menschenseele, doch ich hätte dich nur ungern geknebelt, während dir noch vom Gas übel war. Es ist kein Spaß, wenn man sich mit einem Knebel im Mund übergeben muss.«

Schweigend stimmte Megan ihm zu. Sie hatte schon von Leuten gehört, die an ihrem eigenen Erbrochenen erstickt waren, weil sie es nicht ausspucken konnten und alles in die eigene Lunge gelangte.

»Wenn du dich also noch ein wenig länger vernünftig verhältst, können wir beide diese Geschichte ohne nachhaltigen Schaden überstehen.«

Megan schwieg immer noch. Das war also ihre letzte Chance, irgendwas zu unternehmen, um diese Flucht noch aufzuhalten. Angesichts der Umstände könnte es allerdings auch das Letzte sein, das sie in ihrem Leben versuchte. Hinter der freundlichen Fassade war Mike Steele ein verzweifelter Mann. Sollte sie versuchen, ihre Kampfsportkünste einzusetzen, wenn er ihre Handschellen aufschloss, würde er sicher nicht zögern und sie auf der Stelle umbringen.

Noch schlimmer war es für sie, sich nur auf Steeles Versprechen verlassen zu müssen, dass er sie an irgendeinem menschenleeren Strand an Land setzen würde. Was hatten noch die Piraten in der *Schatzinsel* gesagt? »Tote Männer erzählen keine Geschichten.«

Das würde doppelt zutreffen bei einer toten Frau von den Net Force Explorer. Steele hätte eindeutig weniger Sorgen, wenn er ihren bewusstlosen Körper an einen Ersatzanker kettete und sie auf den Grund der Bucht versenkte.

Der Augenblick der Wahrheit kam schnell näher und Megan hatte sich immer noch nicht entschlossen, was sie tun sollte.

»Schaden hat es meiner Meinung nach schon genug gegeben, Mike«, ertönte eine neue Stimme.

Sowohl Megan als auch Steele wandten sich völlig überrascht zur Eingangstür der Kabine. James Winters stand in der Öffnung und klopfte auf einen großen Schraubenschlüssel in der rechten Hand.

»Mit meinem eigenen Schraubenschlüssel bedroht«, sagte Mike Steele gelassen. »Ich nehme an, das war das Beste, was du gefunden hast, wo sie dich doch leider zur Pfeil-und-Bogen-Abteilung abgeordert haben.« Mike warf Megan einen Blick zu. »Das ist Bullenkauderwelsch ...«

»... für Leute, die ihre Waffen nicht behalten dürfen«, ergänzte sie. »Ich weiß.«

»Keine falsche Bewegung«, befahl Winters. »Und halt

die Hände so, dass ich sie sehen kann, oder ich schlage dir auf der Stelle den Schädel ein.«

Er hatte sich einen guten Platz für diese Auseinandersetzung ausgesucht. Da die Kabine extrem eng war, hatte Steele keinerlei Bewegungsspielraum. Außerdem befand sich Steele nah genug an der Eingangstür, sodass Winters seine Drohung wahrmachen konnte, wenn sein ehemaliger Partner versuchen sollte, eine Waffe zu ziehen.

»Und wie soll es jetzt weitergehen, Jim?«, fragte Steele. Dabei hielt er demonstrativ die Hände auf beiden Seiten weit von sich gestreckt. »Hier rumstehen und warten, bis die Kavallerie kommt?«

»So lange, wie du dich auf diesem Boot befindest, wirst du die Hoffnung nicht aufgeben, irgendeinen Trick zu versuchen«, sagte Winters. »Und so wie ich dich kenne, könnte dir das sogar gelingen.«

Angespannt hob er den Schraubenschlüssel auf halbe Höhe. »Zuerst gibst du Megan die Schlüssel für die Handschellen.«

»Ich könnte auch genauso gut ein Gentleman sein und sie ihr aufschließen«, schlug Steele vor, während er die rechte Hand in die Hosentasche schob.

»Nur die Schlüssel«, wiederholte Winters grimmig. »Wenn irgendwas anderes zum Vorschein kommt, wirst du es bereuen.«

Steele zuckte die Achseln. »Und ich hatte gedacht, ein paar Jahre am Schreibtisch hätten dich ein wenig sanfter gestimmt.« Langsam und vorsichtig tauchte seine Hand wieder auf. Zwischen den Fingern hielt er einen kleinen Ring, von dem ein paar winzige Schlüssel baumelten.

»Wenn du geglaubt hast, ich hätte sie am gleichen Schlüsselbund wie die Zündschlüssel für die Motoren, muss ich dich enttäuschen.« Steele grinste. »Wenn du natürlich reinkommen und mich auf Schlüssel und eventuelle Waffen durchsuchen möchtest –«

Wenn er in die enge Kabine stieg, würde sich Winters auf Faustkampfdistanz nähern. Offensichtlich wollte er dieses Risiko nicht eingehen. »Wirf Megan die Schlüssel zu«, wiederholte er.

Steele hielt die Schlüssel in der offenen Hand. »Und wenn nicht? Haust du mir dann ein paar Dellen in den Schädel?« Er schüttelte den Kopf. »Ich glaube kaum, Jim. Das würdest du niemals mit einem unbewaffneten Mann machen.«

»Die Menschen ändern sich.« Die Stimme von Winters hörte sich an wie zwei aneinander scheuernde Felsen. »Du hast dich verändert. Willst du wirklich darauf wetten, dass ich mich nicht verändert habe?«

Schweigend sah Steele seinen ehemaligen Partner einen Augenblick lang an. Dann warf er Megan die Schlüssel zu, ohne ein weiteres Wort zu sagen.

Es dauerte nur ein paar Sekunden, bis sie ihr Handgelenk befreit hatte. Dann schloss sie die Handschelle auf und nahm das klickende Metall vom Rahmen der Koje.

Vielleicht brauchen wir die noch, dachte sie.

»Okay, jetzt gehen wir nach draußen auf Deck«, verkündete Winters. »Du gehst vor, Mike. Megan, ich möchte, dass du dich so weit wie möglich von seinen Händen fern hältst.«

Megan nickte. Sie hatte keinerlei Vorstellung, wie gut Mike Steele im Zweikampf war. Aber zu ihrem eigenen Kampfsporttraining gehörte ein ganzer Haufen unangenehmer Griffe, die einen Gegner außer Gefecht setzen oder jemandem das Genick brechen konnten.

Winters wartete, bis Steele auf ihn zukam, bevor er

einen Schritt zur Seite machte. Er war Steele schon auf den Fersen, als Megan nach draußen trat.

Steele breitete die Arme aus und atmete tief durch. »Ach, diese gute Seeluft. Das wird ein perfekter Abend für eine Bootstour.«

»Für andere Leute«, erwiderte Winters grimmig. »Nicht für dich.«

»Ich hatte ehrlich nicht gedacht, dass du so nachtragend bist.« Fast schien es, als ob Steele sich beklagen wollte. »Du hast mein Leben ruiniert. Dann habe ich das Gleiche bei dir versucht. Okay, ich habe verloren. Aber ich glaube, du bist mir noch was schuldig, Jim. Lass mich abhauen, dann bin ich für immer aus deinem Leben verschwunden. Das schwöre ich. Ich werde dir sogar sagen, wo du die Sachen findest, die deine Unschuld beweisen. Schlendere doch einfach auf den Pier und lass den alten Mike in Ruhe ablegen. Komm schon, Jim. Denk an die alten Zeiten.«

»Ich habe mich oft gefragt, ob ich besser den Mund gehalten hätte, als ich entdeckte, dass Alcista gelinkt worden war«, sagte James Winters leise zum Rücken seines Partners.

»Dann wäre alles anders geworden«, entgegnete Steele.

»Aber dann habe ich mich gefragt, ob es nicht noch andere Fälle gab, von denen ich nie erfahren habe.«

Steele grinste ihn über die Schulter an. »Das werde ich dir nicht sagen.«

»Aber dieses Mal bist du zu weit gegangen. Jetzt gibt es drei Mordfälle.«

»In zwei Fällen sind es Leute, deren Fehlen niemand stören wird. Bei dem Professor war es ein unglücklicher Unfall.«

»Drei tote Menschen«, wiederholte Winters. »Das kann

ich dir nicht durchgehen lassen.« Seine Stimme verhärtete sich und hatte plötzlich einen typisch polizeilichen Tonfall. »Los, auf den Pier. Jetzt sofort.«

Steele griff an, als sie die Gangway hinuntergingen. Er stieß Megan gegen James Winters und sein früherer Partner verlor das Gleichgewicht. Während er nach Megan griff, damit sie nicht über Bord fiel, hechtete der eiserne Mike über die Seite und landete wie eine Katze auf dem Pier. Schon vor seiner Landung hatte er eine Pistole gezogen.

Megan blieb stocksteif stehen. Die Waffe war auf sie gerichtet. Die Mündung sah eher aus wie ein Drainagerohr – fast groß genug, um hineinzukriechen.

»Ich habe sie genau im Visier, Jim. Jetzt bist du dran – bitte keine Dummheiten.«

Klappernd fiel der Schraubenschlüssel aus Winters' Hand auf die metallene Gangway.

»Wenn ihr beiden jetzt die Güte hättet und herunterkommen und mir aus dem Weg gehen würdet ...«

Ein entferntes Sirenengeheul unterbrach ihn.

»Los jetzt«, befahl Steele. »Ich glaube, das ist das Signal für meinen Aufbruch.«

»Mike, du wirst nirgendwohin fahren«, sagte Winters hastig. »Bevor ich in die Kabine gekommen bin, war ich unten im Maschinenraum und habe an den Benzinpumpen herumgebastelt. Warum hatte ich wohl den Schraubenschlüssel dabei?«

»Du konntest schon immer schnell schalten«, lobte Steele. »Und dann trägst du noch alles im Brustton der Ehrlichkeit vor. Entzückend! Jetzt tut, was ich sage. Geht mir verdammt noch mal aus dem Weg.«

Er streckte die Pistole auf Armeslänge von sich und zielte auf Megan.

»In Ordnung!«, keuchte Winters. Er begann, die Metallrampe hinunterzugehen. Megan folgte ihm. Dabei fühlte sie sich, als ob sich eine unsichtbare Zielscheibe in ihre Brust brennen würde.

»Okay«, sagte Steele, als sie den Pier erreicht hatten. »Jetzt wollen wir mal traditionell vorgehen. Hände hoch und da drüben hinstellen.«

Mit der rechten Hand hielt er die Pistole, die weiterhin auf Megan zielte. Mit der linken zeigte er auf eine Stelle am Ende des Piers, schon fast an Land. Außer den Sirenen konnte Megan das Dröhnen der starken Motoren hören. Die Polizei und die Net Force mussten jeden Augenblick eintreffen.

»Mike, ich will dich nicht auf den Arm nehmen«, versuchte Winters es noch einmal, während sie sich dorthin bewegten, wo Steele hingezeigt hatte. »Im Maschinenraum ist Benzin ausgeflossen. Die Dämpfe könnten das ganze Boot in eine Bombe verwandeln.«

»Das ist das Risiko, das ich eingehen muss, Partner.« Steele ließ erstaunliche Behändigkeit erkennen, während er sich rückwärts die Gangway hinaufbewegte, ohne den Pistolenlauf von ihnen abzuwenden.

Als er gerade an Bord angelangt war, kam die Wagenflotte mit quietschenden Reifen am Anfang des Piers zum Stehen.

»Polizei! Stehenbleiben!«, bellte eine Lautsprecherstimme, während Mike Steele ins Cockpit tauchte. Er feuerte einige Schüsse ab, um die Polizisten in Deckung zu zwingen. Dann drehte er den Zündschlüssel um.

James Winters stürzte auf Megan zu, umklammerte sie und warf sich mit ihr auf die Planken des Piers.

Hinter ihnen brach ein Feuerball aus den Innereien des Kabinenkreuzers. Selbst flach ausgestreckt auf dem Boden konnten sie spüren, wie die Schockwelle an ihnen zerrte. Und aus dem Zentrum der Explosion vernahmen sie den schrecklichen Schrei eines Menschen.

Die Flammen schlugen bereits dröhnend an den Aufbauten der Jacht empor, als Megan sich, gestützt auf den Arm von James Winters, allmählich aufrichtete. Er versuchte, sie zum Anfang des Piers zu ziehen, wo eine Gruppe Polizisten und Agents der Net Force gebannt auf die plötzliche Feuersbrunst starrten. Aber Megan blieb stehen und heftete ihren Blick auf die schlimmste Stelle des Feuers – das Cockpit, wo Mike Steele noch einen Augenblick zuvor gestanden hatte.

»Diesmal hat er Sie nicht auf dem Trockenen sitzen lassen«, sagte sie zu ihrem Mentor. »Ich kann bezeugen, dass er gestanden hat, diese Menschen umgebracht zu haben. Außerdem hat er auf die Polizisten geschossen. Dabei waren wir alle Zeugen«, sagte sie schließlich. »Also, diesmal gibt es keinen Zweifel. Es ist ihm nicht gelungen, Captain. Er ist aus ihrem Leben verschwunden und er hat es nicht geschafft, Sie zu erledigen.«

James Winters nickte langsam und bedächtig und starrte in die Flammen. »Ansonsten ... na schön, der eiserne Mike Steele hat das Wikingerbegräbnis bekommen, das er schon immer haben wollte. Ende der Geschichte.«

Zusammen wandten sie sich von den in Flammen stehenden Überresten des Schiffs ab und gingen den Pier hinunter in Richtung Festland.

In Richtung Sicherheit.

Special Net Force – **Geiselnahme**

*Wir möchten den folgenden Personen danken,
ohne deren Mitarbeit dieses Buch nicht möglich
gewesen wäre: Diane Duane für ihre Hilfe bei der
Überarbeitung des Manuskripts; Martin H. Greenberg,
Larry Segriff, Denise Little und John Helfers von Tekno
Books; Mitchell Rubenstein und Laurie Silvers von
Hollywood.com; Tom Colgan von Penguin Putnam Inc.;
Robert Youdelman, Esq., und Tom Mallon, Esq.;
und Robert Gottlieb von der William Morris Agency,
unserem Agenten und Freund. Wir sind ihnen allen
zu aufrichtigem Dank verpflichtet.*

Prolog

Sein Vater hatte ihm wieder und wieder versichert, dass alles gut gehen würde. Und obwohl Laurent ihm nicht glaubte und eine unglaubliche Furcht verspürte, beteiligte er sich an dem Plan.

Auf dem Weg zum Bahnhof hatte er sich mit seinem Vater ganz locker unterhalten. Sie hatten über die Schule und die dortige Verpflegung geredet und Laurents Leistung beim letzten Fußballspiel gegen Garoafa diskutiert – es war schrecklich gewesen, und Laurent wünschte, sein Vater würde nicht immer wieder darauf zu sprechen kommen.

Wie gewöhnlich waren sie von ihrer Wohnung durch die riesigen, hässlichen Plattenbauten am Piata Unirii, die noch aus dem letzten Jahrhundert stammten, zum Stadtzentrum gelaufen. Auf der anderen Seite des Platzes lag der Bahnhof von Focsani. Dort passierten sie wie immer die bewaffneten Wachmänner und ließen ihre Ausweise und Zugtickets kontrollieren. Auf der anderen Seite der Unterführung lag der von trist gekleideten Menschen bevölkerte Bahnsteig. Das Wetter war zu kalt für die Jahreszeit. Ein für Juni ungewöhnlich rauer Wind blies aus den dunstigen Bergen im Norden in die Stadt und pfiff an den Leitungen entlang, über die die elektrischen Bahnen betrieben wurden – soweit sie noch fuhren. Das Geräusch ließ Laurent erschaudern. Er redete sich zumindest ein, dass es daran lag.

In der Ferne ertönte das laute, schrille Pfeifen einer der alten Diesellokomotiven, die eigentlich zur Lastenbeförderung dienten. Im Sommer, wenn man sie nicht beheizen musste, wurden die Wagen jedoch zum Personentransport eingesetzt. Laurent war verrückt nach Zügen, wie so viele Kinder in seinem Teil der Welt. Die Züge erzählten ihnen von fernen Orten und von der Freiheit (psst, leise!) – von Orten, wo man angeblich mit Magnetschnellbahnen reiste, die auf nur einer Schiene fuhren. Anstelle von Propellermaschinen konnte man dort mit Flüssigsauerstoff angetriebene Hybridjets durch die Luft fliegen sehen, hieß es.

Doch wie sollte man diese Gerüchte überprüfen? Die Regierung hatte es den Medien verboten, über die dekadenten Kulturen jenseits der Grenze und deren Ausgeburten zu berichten. Auch im Netz galten strenge Regeln. Und doch fesselte jeder Zug, den Laurent am Bahnhof sah, sein Interesse. So wenig Züge auch zu bieten hatten, waren sie doch wie alte Freunde für ihn. Dies hier war eine ST43-260, eine niedrige Diesellok, die in der alten ›Fabrik des 23. August‹ in Bucuresti hergestellt worden war. Sie wirkte mit ihren zwei Scheinwerfern und der großen Windschutzscheibe wie ein riesiger, träger, freundlicher Käfer. Die schmutzige, weiß-rote ST43 kroch heran und zog an ihnen vorbei. Die Ketten zwischen den Wagons rasselten, als zehn Zweite-Klasse-Wagen, Fabrikate des letzten Jahrhunderts, ächzend und quietschend zum Stehen kamen. In einiger Entfernung hörte man das Schnauben der Diesellok.

Gewöhnlich stiegen sie sofort ein wie die anderen Passagiere, die an ihnen vorbeidrängten. Doch heute hielt Laurents Vater auf dem Bahnsteig nach jemandem Ausschau. Laurent schossen plötzlich wirre Gedanken durch den Kopf. *Er soll nicht kommen. Lassen wir es lieber. Ich wünschte ...*

»Da ist er«, sagte sein Vater und klang sehr erleichtert. »Iolae!« Er winkte dem stämmigen, dunkel gekleideten Mann zu, der am anderen Ende des Bahnsteigs stand.

Der Mann eilte durch die Menschenmenge auf sie zu und streckte Laurents Vater die Hand entgegen. Laurent beschlich eine böse Vorahnung. Die beiden Männer wirkten nicht wie Brüder. Sein Vater war groß und hager, die Brille verlieh ihm ein leicht eulenhaftes Aussehen. Der andere Mann war untersetzt, mit breitem Gesicht und einer Halbglatze. *Darauf fällt doch niemand rein*, dachte Laurent und begann zu schwitzen. *Wenn die Polizei das rausfindet, wirft sie uns aus dem Zug und ...*

»Du dachtest, ich würde mich verspäten, oder?«, sagte sein ›Onkel‹ und umarmte Laurent. Laurent drückte ihn, doch lag in dieser Geste keine Wärme. Die beiden Männer schienen es nicht zu bemerken.

Sie reihten sich in die Schlange ein und stiegen in den Zug. Wieder zeigten sie ihre Ausweise und Fahrkarten einem gelangweilten Wachmann, der neben dem Schaffner an der Tür stand. Während sie langsam den Mittelgang hinuntergingen, blickte sich Laurent wie immer um und hoffte, etwas Neues oder Verändertes in der Ausstattung zu entdecken. *Sieht immer gleich schlecht aus*, dachte er. Er kannte diesen Wagon in- und auswendig: das schmutzige Linoleum – er verbrachte manchmal Stunden mit dem vergeblichen Versuch, dessen ursprüngliches Muster zu erraten –, die abgenutzten, zerschlissenen ›Leder‹-Sitze, die cremefarben gestrichenen Wände, von denen die Farbe abblätterte, und die verbogenen Gepäckablagen aus Maschendraht über den Sitzen. Laurent versuchte manchmal, sich auszumalen, wie das alles 1980 bei der Jungfernfahrt ausgesehen hatte. Es war ein ähnlich hoffnungsloses Unterfangen, als wollte er sich Dinosaurier vorstellen. Er folgte seinem Vater und dem ›Onkel‹ seufzend zu einem freien Platz, auf dem sich alle drei zusammenkauerten.

Die beiden Männer unterhielten sich wie echte Brüder, sprachen über die Arbeit und lachten ab und zu. Sein Vater war jedoch zurückhaltend wie immer, wenn es um Berufliches ging. Man wusste ja nie, wer zuhörte. Er war Biologe, verschwieg aber meistens, welche Richtung der Biologie er tatsächlich betrieb. Wenn man klug war, fragte man ihn auch nicht danach. Man brauchte nur zu wissen, dass er für die Regierung arbeitete. Dieses Privileg brachte allerdings eine Menge Verantwortung mit sich. Über die Gefahren sprachen Laurent und sein Vater nicht oft. Sie wussten auch so nur zu gut darüber Bescheid.

Als sich der Zug schließlich in Bewegung setzte, seufzte Laurent unbewusst vor Erleichterung. Gewöhnlich stieg sein Vater an der nächsten Haltestelle aus, bei der darauf folgenden Laurent. Dort draußen, an der Stadtgrenze von Focsani, lag seine Schule. Heute war jedoch alles anders. Heute befand er sich mit seinem Onkel Iolae auf einem Ausflug nach Brasov, zum alten Schloss Voivod Vlad Draculs, das jenseits der Grenze in Transsilvanien lag. Seit er von dem Plan wusste, hatte er sich diese Geschichte immer wieder vorgesagt. Sie sollte so fest in seinem Gehirn verankert sein, dass sie für jeden Polizisten ganz natürlich klingen würde ...

Nun hielten sie bereits in Focsari-Nov. Laurent schluckte laut. Sein Vater sah ihn an. »Also, viel Spaß«, sagte er, streckte die Arme aus und umarmte ihn.

Laurent drückte ihn fest, und plötzlich durchschoss ein schrecklicher Schmerz seinen ganzen Körper. Er war sich sicher, dass jeder es bemerken musste. Der Moment des Abschieds war gekommen. Keiner von ihnen wusste, wann er den anderen wiedersehen würde. *Vielleicht nie wieder* ... Doch nein. Das war Unsinn. Wie gefährlich es bei seiner Arbeit auch sein mochte, sein Vater würde ihn nicht für immer wegschicken, ohne es ihm vorher zu sagen.

Oder doch?

Sein Vater schob ihn abrupt von sich, als hätte er es eilig. »Gehorch deinem Onkel«, sagte er und klopfte Laurent auf die Schulter. »Ich wünsche euch einen schönen Tag.«

»Danke, Papa.« Sein Mund war wie ausgetrocknet. Laurents Vater wandte sich an den Fremden, schüttelte ihm fest die Hand. Er ließ es aussehen, als würden sie sich bereits am Nachmittag wiedersehen. Doch Laurent wusste, dass dem nicht so war. Zum ersten Mal fiel ihm auf, wie gut sein Vater schauspielern konnte. Vielleicht klappte es.

»Also, viel Spaß«, sagte sein Vater zu ›Onkel Iolae‹. »Danke, dass du ihn mitnimmst. Verlier ihn nicht.«

»Keine Sorge.« Der Onkel tätschelte Laurents Vater beruhigend den Arm. Dann ging Dr. Armin Darenko und war einen Moment später in der Menschenmenge verschwunden.

Laurent schluckte noch einmal laut. Er musste sich irgendwie in den Griff bekommen. »Wie lange fahren wir noch?«, fragte er seinen ›Onkel‹.

Der sah auf die Uhr. »Gut drei Stunden. Eine halbe

Stunde zur Grenze, durch die Kontrollen und umsteigen ... dann fünfzig Minuten nach Ploiesti ... und noch mal zwei Stunden bis Brasov.«

Laurent nickte und sah aus dem Fenster – um festzustellen, dass sein Vater zu ihm hereinsah. Er wirkte ruhig, doch Laurent spürte, wie aufgewühlt er war. Um seinen Vater nicht zusätzlich zu belasten, bemühte er sich, seine eigenen Gefühle zu verbergen. Er lächelte und winkte, und sein Vater erwiderte das Lächeln dünn. Dann wandte er sich um und ging.

Laurent war nach diesem abrupten Abschied den Tränen nahe, doch er riss sich zusammen, um nicht alles zu verderben. Der Zug fuhr ächzend los. Sein ›Onkel‹ sah ihn an und sagte sanft: »Ich weiß.«

Es waren nur zwei Worte, doch sie vermittelten ihm Geborgenheit. Sie teilten ein Geheimnis – und die Gefahr. Seine Gefühle mühsam beherrschend, setzte Laurent sich aufrecht hin, blinzelte und räusperte sich, um den Kloß in seinem Hals loszuwerden.

Die nächste Stunde war die Hölle. Bevor ihn sein Vater mit diesem Fremden allein gelassen hatte, war ihm alles wie ein Spiel vorgekommen: aufregend und unwirklich. Doch jetzt war es real. Er verließ sein Land auf unbestimmte Zeit und würde vielleicht nie zurückkehren. Als der Zug erneut anhielt, starrte er die Bäume an, die zwischen seiner Schule und dem Bahnhof standen. Seine Schulfreunde – er würde sie vielleicht nie wiedersehen. *Dafür auch die nicht, die ich nicht so mag ...* Eigenartig. Das war kein großer Trost. Als der Zug wieder anfuhr, gelang es ihm nicht, seine Augen von der vorbeiziehenden Landschaft abzuwenden. Die Bäume, der Schotter neben den Gleisen, die alten Fabriken, der Autoschrott – er wollte alles in seiner Erinnerung behalten, es nie vergessen. *Kann sein, dass ich diese Strecke zum letzten Mal fahre ...*

Kurze Zeit später kamen sie in Sihlea an und mussten umsteigen. Sie reihten sich langsam hinter den anderen Passagieren ein. Das hier war Neuland für Laurent, denn ›minderjährige Bürger‹ durften sich ohne einen Erwachsenen nicht weiter als fünfzehn Kilometer von ihrem Zuhause entfernen. Sein Vater kam selten dazu, mit ihm zu verreisen, da die Regierung ihn in den Laboratorien und Büros von Focsani und Adjud ständig beschäftigt hielt.

Das hatte Laurent manchmal sehr geärgert. Wenn sein Paps dem Staat schon mit so wichtiger Arbeit diente, warum gönnten sie ihm dann nicht ab und zu eine Ruhepause? Danach würde er noch besser arbeiten können. Doch als er diese Überlegungen seinem Vater gegenüber das erste Mal geäußert hatte, hatte der ihn mit einem viel sagenden Blick bedacht. Seitdem behielt Laurent solche Dinge für sich. Er war zwar erst dreizehn, doch war er nicht dumm. In der Schule wussten alle, dass man für bestimmte Äußerungen angeklagt werden oder ins Gefängnis kommen konnte ... oder einfach von der Bildfläche verschwand und nie wieder gesehen wurde. Nur flüsternd wurde über derartige Dinge diskutiert. Alle waren sich einig, dass es schlecht war, ›verschwunden zu werden‹.

Laurent sah sich beim Aussteigen um. Der Bahnsteig war zu kurz für zwei Züge, deshalb konnte der Zug, in den sie umsteigen mussten, erst einfahren, nachdem der alte abgefahren war. Der ›Onkel‹ nahm ihn fürsorglich am Arm, und sie reihten sich in die Warteschlange vor den Zugtüren ein.

Der zweite Zug war so schmutzig und schäbig wie der erste, doch Laurent sah sich interessiert um, da er diesen speziellen Typ noch nicht kannte. Als der Zug losfuhr, betrachtete er die ungewohnte Gegend, bis sein ›Onkel‹ sagte: »Da kommt der Schaffner. Gib mir deine Papiere.« Laurent griff in seine Tasche und gab sie ihm. Wie viele andere Menschen war auch er in einem Land, in dem man ohne Papiere sofort im Gefängnis landete, sehr vorsichtig damit, sie aus der Hand zu geben. Er ließ seinen ›Onkel‹ nicht aus den Augen, bis der Schaffner die Papiere überprüft, die Fahrkarten abgestempelt und Laurent seine Dokumente zurückgegeben hatte.

Aber es waren nicht die, die er seinem ›Onkel‹ gereicht hatte.

Er bemühte sich, nicht überrascht zu wirken. Dabei hätte er nicht verwirrter sein können, wenn ein Zauberer gerade ein Ei aus seinem Ohr gezogen hätte. Er verstand einfach nicht, wie der ›Onkel‹ das angestellt hatte. Er bemerkte, dass er nun Nicolae Arnui hieß, wie bereits mit seinem Vater besprochen. Das Foto zeigte sein Gesicht. Die Prägung und das Hologramm sahen vollkommen authentisch aus, waren sogar leicht abgenutzt. Laurent wollte sich nicht vorstellen, wie viel sein Vater dafür hatte bezahlen müssen. Der Schweiß brach ihm erneut aus. Das Fälschen von Papieren war ein Verbrechen, für das man erschossen wurde. Wurde man mit einem gefälschten Ausweis erwischt, verschwand man in der Versenkung ...

»Also, wie war dein Spiel gegen Garoafa?«, fragte der ›Onkel‹. Laurent stöhnte auf, doch er spielte mit und erzählte alles. Es war seltsam, plötzlich einen Onkel zu haben. Zwar hatte er schon mal einen gehabt, doch der echte Onkel Iolae war bei der Landesteilung auf der transsilvanischen Seite hängen geblieben. Bei dem Versuch zurückzukehren, verschwand er. Außer seiner Mutter hatte niemand in der Familie je darüber gesprochen. Seitdem auch sie weg war, wurde er überhaupt nicht mehr erwähnt.

Dieser neue Onkel erinnerte Laurent irgendwie an seinen Vater. Beide hatten die Angewohnheit, in Gesprächspausen minutenlang dazusitzen und in die Luft zu starren. Sein Vater prägte sich alles ein, was er sah. Wenn er sich seinem Gesprächspartner dann plötzlich wieder zuwandte, erschrak der oft. Er war wohl ein Träumer, doch einer, der nach dem Aufwachen sofort begann, seine Träume zu verwirklichen. Laurent hatte allmählich begriffen, dass solche Menschen wertvoll und gefährlich zugleich waren – für sich selbst und für andere. Die Regierung sorgte dafür, dass sein Vater eine schöne Wohnung hatte und zum Einkaufen in den speziellen Lebensmittel- und Technikläden berechtigt war. Deshalb bekam Laurent jedes Jahr eine neue Schuluniform und besuchte eine Schule, die über bessere Bücher und Computer verfügte als alle anderen Schulen in der Stadt. Sein Vater brauchte dafür nicht extra zu bezahlen. Und doch gab es immer Hinweise darauf, dass die Vergünstigungen ein Ende hätten, sobald diese Träume und deren Verwirklichung aufhören sollten.

Sie mussten auch auf einem anderen Gebiet einen hohen Preis zahlen, denn sie wussten, dass sie häufig unter Beobachtung standen. Sein Vater erwähnte das nicht, aber manchmal fühlte Laurent zu Hause die Furcht ganz deutlich, das Gefühl, beobachtet und bedroht zu werden. In letzter Zeit war die Angst immer stärker geworden. Bis sein Vater ihm schließlich vor zwei Tagen gesagt hatte, dass sie fliehen würden. Besser gesagt: dass Laurent fliehen würde.

»Es geht los«, sagte der ›Onkel‹. Laurent stellte schockiert fest, dass sie Rinnicu Sanat, die Grenzstadt, erreicht hatten. *Die Grenze.* Kalte Angst überkam ihn. Wenn die Wachen bemerkten, dass die Papiere gefälscht waren ...

Er atmete tief ein und versuchte erneut, sich zu beruhigen. Dann folgte er seinem ›Onkel‹ den Mittelgang des Zuges entlang. Beim Aussteigen bemerkten sie, dass es hier etwas wärmer war als in Focsani. Die Hügel, die die Stadt umgaben, schützten sie vor der kalten Bergluft, hatte Laurent in der Schule gelernt. Deshalb gab es hier ein mildes ›Mikroklima‹. Und doch musste er ein Zittern unterdrücken.

Komm schon, sagte er sich. *Wenn du wegen deiner Nervosität alles verdirbst, schnappen sie Paps ...*

Sie gingen bis ans Ende des Bahnsteigs und ein paar Treppen hinunter. Dann durchquerten sie den dunklen Tunnel unter den Gleisen und kamen auf der anderen Seite wieder nach oben. Dort wartete ein weiterer Zug, wie ihn Laurent noch nie gesehen hatte. Zwischen ihnen und dem Zug befand sich am oberen Ende der Treppe ein eingezäuntes Wachhaus mit bewaffneten Wachen – und Polizisten.

Nur ein Sicherheitsbeamter mit grauer Uniform musterte sie, als sie hinaufgingen. Doch einer war mehr als genug. Und die zwei Soldaten, die ebenfalls zu ihnen herschauten, sahen ziemlich schlecht gelaunt aus. Wenn Laurent ihnen nur den leisesten Anlass gab, würden sie das an ihm auslassen – ein falsches Wort, ein Blick, irgendetwas.

Es war die letzte Hürde. Laurent wagte kaum aufzusehen, als er seinen Pass und die Zugfahrkarte dem Sicherheitsbeamten übergab. Er fürchtete, seine schweißnassen Hände würden ihn verraten. Der Polizist steckte den Pass in das Lesegerät und wandte sich der Fahrkarte zu. Der Leser begann leise zu piepsen. »Ziemlich viele Fälschungen in letzter Zeit«, sagte der Mann geistesabwesend und riss den Kontrollstreifen der Fahrkarte ab.

Laurent wagte nicht zu atmen.

»Leute gibt es«, sagte der ›Onkel‹ ruhig und reichte dem Polizisten die eigenen Papiere.

Der Leser verstummte, und der Sicherheitsbeamte sah sich Laurents Pass genau an. Dann gab er ihn zurück. »Warum bist du nicht in der Schule?«, fragte er.

»Kulturtag«, antwortete Laurent. Sein Mund war so trocken, dass er die beiläufige Antwort, die er die letzten drei Tage ständig vor sich hin gesagt hatte, nicht richtig herausbrachte.

»Das alte Schloss Vlad Draculs«, ergänzte sein ›Onkel‹, während der Beamte nun seinen Pass in den Leser steckte. »Ich war so alt wie er, als ich es das erste Mal besuchte.«

»Ein hässlicher Steinhaufen.« Der Beamte war unbeeindruckt. »Und diese kapitalistischen Blutsauger verlangen sogar Eintritt dafür. Zeitverschwendung.« Er zog den Pass des ›Onkels‹ aus dem Lesegerät und gab ihn zurück. »Na ja, aber an einem so schönen Tag ist jede Ausrede zum Schuleschwänzen recht, was?«

Laurent konnte seinen Blick nicht von dem Gewehrlauf des Soldaten neben sich abwenden. Er hatte noch nie so viel Angst gehabt.

»Ich *mag* die Schule«, sagte er plötzlich. Obwohl das nicht wirklich stimmte, war es zumindest ein vollständiger Satz. Es würde sie von seiner Todesangst ablenken.

Der Soldat mit dem Gewehr lachte. »Keine Sorge, wir werden keinen Bericht darüber erstatten, dass du lieber mal frei hast.« Er blickte den Sicherheitsbeamten an, der die beiden noch einmal eindringlich musterte.

»Na gut«, sagte er. »Viel Spaß bei dem alten Blutsauger. Aber kein Kontakt zu westlichen Touristen, verstanden?«

»Ich mache mir sowieso nicht viel aus denen«, sagte der ›Onkel‹ regelkonform. »Dreckige, profitgeile Ausländer. Komm, Niki.«

Sie durchschritten das Maschendrahttor und gingen auf den Zug zu. Plötzlich rief jemand hinter ihnen »Nicolae!«

Der Ruf hallte unerwartet und erschreckend wie ein Schuss durch die Luft. Laurent wandte sich um, um zu sehen, nach wem man gerade gerufen hatte – und merkte erst jetzt, dass sie ihn meinten. Der Sicherheitsbeamte, der sie ausdruckslos beobachtet hatte, wandte sich ab. Der Soldat lachte und winkte sie weiter.

Sie gingen die letzten Meter den Bahnsteig hinunter und stiegen in den wartenden Zug.

»Ha, ha.« Laurent musste erst wieder zu Atem kommen, als sie sich durch die schmale Tür ins Zweite-Klasse-Abteil drückten. »Das war ja ein toller Scherz.«

»Wer weiß«, erwiderte der ›Onkel‹ ruhig. Laurent schluckte.

Sie setzten sich und warteten. Im Abteil war es sehr still. Die anderen Passagiere blickten gelangweilt und schweigend umher. Eine Fliege stieß immer wieder gegen das Fenster und versuchte summend zu entkommen. Laurent beobachtete, wie die Soldaten und die Sicherheitsbeamten am Zug entlanggingen, um die Türen zu schließen. *Bumm! Bumm! Bumm!* Dieses Geräusch klang in der nervösen Stille des Abteils für Laurents Geschmack zu sehr nach Gewehrschüssen. Der Sicherheitsbeamte, der ihn überprüft hatte, kam am Zug entlang zurück und spähte durch die Fenster. Laurent bemühte sich, aus dem

Fenster auf der anderen Seite des Zuges zu sehen, und der Mann ging weiter.

Stille. Laurent trippelte nervös mit den Füßen.

Dann hörte er ein krachendes Geräusch aus der Richtung der Lokomotive. Die Diesellok setzte sich endlich in Bewegung. Es ging los.

Der Zug beschleunigte auf fünfzig Stundenkilometer und behielt diese Geschwindigkeit etwa zwanzig Minuten bei. Da er jetzt endlich unbeobachtet war, drückte Laurent seine Nase an das schmutzige, staubige Fenster und sog die Welt begierig in sich auf. Häuser mit verwilderten und Häuser mit gepflegten Gärten, Berge von Kohl und Getreidegarben auf Stoppelfeldern, Parkplätze, Bahnübergänge, Produktionseinheiten mit Öltanks in betonierten ›Hinterhöfen‹, alte Reifenstapel und bissige Wachhunde, die den Zug wütend ankläfften, tauchten in seinem Blickfeld auf. Dann wurde der Zug plötzlich wieder langsamer, und Laurent bemerkte einen weiteren Maschendrahtzaun neben den Gleisen. Der Zug fuhr langsam hindurch, vorbei an ein paar Wachleuten, die auf dem Bahnsteig standen und den Zug mit müden, feindseligen Blicken bedachten.

Dann hatten sie den Zaun passiert. Auch auf der anderen Seite standen Wachen. Sie sahen ebenso erschöpft aus, doch trugen sie blaue anstelle der grauen Uniformen. Der Zug ratterte an ihnen vorbei und ließ sie hinter sich.

Laurents Herz hüpfte wie verrückt. Er sah seinen ›Onkel‹ an, der an zwei dunkel gekleideten Damen mit Päckchen auf den Schößen vorbei aus dem anderen Fenster sah. Einen Moment fixierte er Laurent, als hätte er seinen Blick gespürt. Er lächelte ihn nicht an, sondern hob einfach die Augenbrauen.

»War's das?«, fragte Laurent.

Ein kurzes Nicken. Dann lehnte sich der ›Onkel‹ zurück. »Es ist noch ein ganzes Stück bis Brasov. Ich mache ein Nickerchen.«

»Okay.« Der ›Onkel‹ zog sich die Jacke etwas bequemer zurecht und schloss die Augen. Laurent wandte sich wieder dem Fenster zu und fühlte, dass plötzlich alles anders war. Das war der Anfang vom Rest der Welt.

Jetzt ging ihm alles viel zu schnell. Er konnte sich die Landschaft nicht so gut einprägen wie die vor der Grenze. Es gab zu viel Neues – die Berge, dann die breite Ebene dahinter. Er sah Dinge, von denen er bisher nur gehört hatte. Sie stiegen in Brasov um. Erstaunlicherweise wurde nur ihre Fahrkarte kontrolliert. Am Bahnsteig erwartete sie kein Dieselzug aus dem vorigen Jahrhundert, sondern eine lange, windschnittige Elektrolok, an deren Seiten die Doppelflossen des neuen, drahtlosen Stromabnehmers herabhingen. Das war also die sagenhafte GBPU. Nachdem sie eingestiegen waren, brauste der Zug los und erreichte bald die Höchstgeschwindigkeit von etwa zweihundert Stundenkilometern. Die Räder erzeugten nicht das gewohnte Klicketi-klack, Klicketi-klack, sondern surrten mit gedämpftem Mmmmmmtchk!-Mmmmmmmm über die Schienen, die nur alle paar hundert Meter zusammengeschweißt waren. Der Zug flog nur so dahin. Laurent fühlte sich tatsächlich, als würde er fliegen. Er wartete, bis sein ›Onkel‹ sich etwas erholt hatte, und ging dann mit ihm in den Speisewagen. Dort holte sich der ›Onkel‹ ein Bier und beobachtete Laurent gutmütig dabei, wie er von einer Seite des Wagons zur anderen sprang und aus den Fenstern sah. Ein entgegenkommender Zug sauste mit Höchstgeschwindigkeit heran. In dem Moment, als die beiden Züge aneinander vorbeifuhren, gab es ein ohrenbetäubendes WUMM! Mit einem Wuffwuffwuffwuffwuff rauschten die jeweils fünf Wagons in nur zwei Sekunden aneinander vorbei. Weg waren sie!

O Papa, wenn du das sehen könntest! – Der Gedanke kam Laurent wieder und wieder.

Während er ihm den Plan mitgeteilt hatte, mahnte ihn sein Vater: *Verschwende deine Zeit nicht damit, dich um mich zu sorgen.* Sie hatten zusammen ein Glas Tee getrunken. *Genieß es. Ich komme nach, sobald ich kann. Ein paar Wochen später ... ich will das Projekt nicht so zurücklassen. Zu viele Menschen könnten sonst Schaden nehmen.* Auf seinem Gesicht hatte Laurent für einen Augenblick die furchtbare Angst erkannt, die er eine Sekunde später bereits wieder verbarg. *Benimm dich da drüben und hab Spaß. Ich bin bald bei dir. Wenn wir wieder zusammen sind, reisen wir gemeinsam ... ganz in Ruhe und ohne Angst.*

Der Schnellzug fuhr von Brasov über Deva und Arad nach Curtici an der Grenze. Als sie den Grenzübergang erreichten, brach Laurent wieder der Angstschweiß aus ... Er ärgerte sich über sich selbst. Denn beim Umsteigen in das Magnetshuttle von Lököshaza in Ungarn nach Wien in Österreich wurden sie von der Grenzwache am Bahnhof nur gelangweilt durchgewunken. Sie wollte weder Pässe noch Fahrkarten sehen.

Am Bahnhof trafen sie Laurents ›Tante Dina‹, eine kleine, ruhige, dunkelhaarige Frau. Sie trug ein schlichtes Kleid, das aussah wie eine Uniform, deren Abzeichen man abgetrennt hat. *Für wen arbeitet sie? Wie hat Papa das nur organisiert, und was geschieht mit ihm, wenn sie ihn erwischen?* Laurent behielt diese Fragen für sich.

Sie stiegen zusammen in den Zug. Als sie losfuhren –

und nachdem Laurents Pass noch einmal unbemerkt ausgetauscht worden war –, hieß er plötzlich ›Nikos‹, und sein ›Onkel‹ hatte sich verabschiedet. Zum Abschied hatte er Laurent auf die Schulter geklopft, dann war er aus dem hintersten Zugabteil verschwunden.

Laurent verließ seine ›Tante‹ einmal kurz und gab vor, auf die Toilette zu müssen, doch er ging von einem Ende des Zuges zum anderen und suchte nach dem ›Onkel‹. Er konnte sich nicht vorstellen, wie der aus dem fahrenden Zug hätte verschwinden sollen. Als der ›Wiener Walzer‹ nach einer Weile mit Höchstgeschwindigkeit fuhr, war er jedoch zu abgelenkt, um sich über ›Onkel Iolae‹ noch weiter Gedanken zu machen. Er fing an, die Erschöpfung zu spüren. Später erinnerte er sich noch gut daran, wie er an kurvigen Abschnitten nach vorn schauen konnte und kleine Raubvögel, Turmfalken und Zwergfalken über die Felder links und rechts der Schienen kreisen sah. Sie warteten auf Mäuse und andere Kleintiere, die durch den Zug aus ihren Verstecken geschreckt wurden.

Sie kennen den Fahrplan. Sie haben sich eine neue ökologische Nische erschlossen und gelernt, sie zu nutzen.

Werde ich ohne Papa auch so gut zurechtkommen?, fragte er sich. Diese neue Welt war so fremd ...

Doch bald war er wieder abgelenkt, denn der Zug fuhr in den Wiener Westbahnhof ein und kam ächzend zum Stehen. ›Tante Dina‹ brachte ihn hinaus und zeigte ihm den Bahnsteig, von dem der letzte Teil der Reise ausgehen sollte – per Tunnelzug, der ›versiegelten‹ UltraGrandVitesse-Magnetbahn, die unter den Alpen mit dem schweizerischen NEAT-System verbunden war. Sie war vor fünf Jahren fertig gestellt worden und galt als technische Meisterleistung. Die vorletzte Etappe würde also in völliger Dunkelheit stattfinden – doch in nur einer Stunde wären sie per Beinahe-Überschallgeschwindigkeit in Zürich. Von dort aus gab es nur noch eine Etappe zu bewältigen.

Der Zug schloss die Türen und erhob sich schwebend über die T-förmige ›Schiene‹ und glitt sanft aus dem Westbahnhof hinaus. Mit beinahe fünfhundertfünfzig Stundenkilometern tauchte er lautlos in den Tunnel am Fuß der Alpen ein, aus dessen Dunkelheit sie eine Stunde später wieder hervortraten. Der NEAT-Zug, den man in Anlehnung an einen altertümlichen Vorfahren *Edelweiß* genannt hatte, musste nur einmal kurz abbremsen, um in den ›vakuumversiegelten‹ Abschnitt des Tunnels einzutreten, wo er tatsächlich mit Überschallgeschwindigkeit fahren konnte, ohne mit dem lästigen Luftwiderstand kämpfen zu müssen. Nur ab und zu wurde der Tunnel von den Lichtern der Bahnhöfe erhellt, an denen sie sowieso nicht hielten. Im Züricher Aero-Spaceport übergab die ›Tante‹ Laurent auf der anderen Seite der Sicherheitsschranken an eine junge Frau vom Flughafenpersonal. Erneut wurde sein Pass ausgetauscht – diesmal war er Ungar –, und er erhielt einen lila Durchgangschip für Nicht-EU-Bürger. Zum Abschied legte sie die Hand auf Laurents Schulter. Er nickte und sah ihr nach, wie sie wegging.

»Komm«, sagte die Flughafenangestellte, und Laurent folgte ihr. Sie gingen vom Bahnhof aus nach oben und durchquerten drei Stockwerke mit Rolltreppen. In dem Gebäude befand sich eine unglaubliche Menge Geschäfte, Kiosks und Kaufhäuser, die alles nur Vorstellbare zu verkaufen schienen. Vor sechzehn Stunden noch hätte Laurent den Mund vor Erstaunen nicht mehr zu bekommen. Doch nun hatten ihn die Erschöpfung, die ständigen Angstattacken und eine Spur Ungeduld zu einem abgestumpften Reisenden werden lassen. Im Moment wollte er eigentlich nur stehen bleiben – einfach irgendwo stehen, sich auf etwas setzen, das sich nicht bewegte, und nicht weitergehen müssen.

Er vermisste seinen Vater. Ständig hatte er das Bedürfnis, sich umzudrehen und zu sagen: *Papa, schau doch nur!* Doch sein Vater war nicht da. Dann überkam ihn der furchtbare Gedanke: *Vielleicht wird er nie wieder bei mir sein. Vielleicht ...* Aber er schob den Gedanken beiseite. *Ich bin bloß müde. Er kommt nach, sobald er kann ... sobald er fertig ist.*

Die Flughafenangestellte bekam auf ihrem Weg durch die weißen oder verglasten Korridore voller geschäftiger Menschen so wenig Antworten von ihm, dass sie es schließlich aufgab, ihn etwas zu fragen. Doch als sie die letzte Sicherheitskontrolle passiert hatten – Laurent hatte sie kaum bemerkt –, lächelte sie ein wenig. Dann, im nächsten Augenblick, standen sie unter der riesigen, leuchtenden Kuppel des Flughafenhauptgebäudes, des neusten Teils dieser alten Züricher Einrichtung. Der Blick über den glänzenden weißen Boden erstreckte sich über mehrere hundert Meter durch einen der größten abgeschlossenen Räume der Welt. Darüber lag die berühmte ›Molekül‹-Glaskuppel, die am anderen Ende der Halle durch das größte Fenster der Welt den Blick auf den Boarding-Bereich freigab. Dort standen drei Maschinen – ein ›hybrider‹ Raumflieger der EuroBoeing im Muster der Swissair, die neue Tupolev im Gold-Blau der Lufthansa und der ›nicht-hybride‹ Raumflieger der American Aerospace in Silber mit blauen und roten Streifen, der ›Double Eagle‹.

Laurent blieb wie erstarrt stehen, sein Mund stand weit

offen. Die Begleitdame lächelte ihn an. »So ging es mir auch, als ich das erste Mal hier war.«

»Mit welchem fliege ich?«, flüsterte Laurent nach langem Zögern.

»Mit der AA. Komm, du kannst schon an Bord gehen und dir vielleicht das Cockpit ansehen, bevor es ernst wird.«

Er folgte ihr. So hatte er es sich vorgestellt – eine funkelnde, neue, moderne Welt. Das hatte er sich immer gewünscht. Er musste nur den Fuß hineinsetzen ... allein.

Stolz, doch trotz der Flugbegleiterin immer noch schrecklich einsam, durchquerte Laurent Darenko – oder Niko Durant, wie er jetzt hieß – die Halle. Vor ihm lag das Ungewisse.

Er wusste nicht, dass er von den forschenden Augen, die er so fürchtete, beobachtet wurde.

I

Madeline Green saß in der sonnendurchfluteten Küche ihres weitläufigen Hauses am Stadtrand Alexandrias in Virginia und blickte aus ihrem virtuellen Arbeitsraum. Es war etwa halb drei an einem Freitagnachmittag. Sie beobachtete über den Küchentisch hinweg ihre Mutter, die gerade ein Schloss baute und dabei laut fluchte.

»Mom«, sagte Maj erschöpft und schob die E-Mail beiseite, die sie gerade beantwortet hatte. »Du bist ein schlechtes Vorbild.« Die E-Mail hüpfte wieder zurück. Die kleine Kugel, zur Hälfte silberfarben, zur Hälfte schwarz, schien in der Luft auf sie zuzutreiben – sie hatte sie nicht richtig getroffen, um sie löschen zu lassen. Etwas stärker als beabsichtigt schlug sie nun auf die schwarze Hälfte, und die Kugel verschwand ploppend ins Nichts.

»Was für ein Vorbild ich dir auch sein mag, so schlecht wie das hier kann es gar nicht sein.« Majs Mutter beugte sich über etwas, das wie ein zierlicher, leichter Basteltisch aussah. Auf die flache, viereckige Platte war eine kleine, sehr helle Schwanenhalsleuchte montiert.

Sie hielt gerade ein flaches Etwas unter die Lampe. Es schien eine Art rot-weiß melierte Plastikfläche zu sein. Sie versuchte es zu verbiegen, doch ohne Erfolg. »Du musst es heißer werden lassen«, sagte Maj.

»Aber dann verlaufen die Farben noch mehr. Maj, Schatz, tu mir einen Gefallen und lass nicht zu, dass mich Helen Maginnis jemals wieder dazu überredet, eines dieser Last-Minute-Projekte durchzuziehen.«

»Ich hab dieses Mal schon versucht, dich davon abzuhalten, aber du hast ja ständig gesagt: ›Oh, überhaupt kein Problem, natürlich mache ich diesen riesigen, supertollen Tafelaufsatz für das Dinner am Elternabend für dich, wenn du so sehr im Stress bist und es nicht mehr schaffst.‹ Wie immer.«

Majs Mutter grummelte leise vor sich hin.

Maj lachte. »Das ist jetzt schon das dritte Mal, Mom. Und jedes Mal sagst du, sie soll sich das nächste Mal selbst aus der Patsche helfen. Für Helen tust du einfach alles, weil du sie magst.«

»Mmpf«, entgegnete ihre Mutter und legte die Zuckerplatte wieder auf den Heizstrahler, um sie weiter aufweichen zu lassen. »Ist mir egal, ob es zerläuft. Zum Teufel mit der Perfektion. Du hast Recht, Schatz ...« Sie wandte sich wieder ihrer Arbeit zu.

Maj blickte kurz über ihre Schulter in ihren virtuellen

Arbeitsraum, ob noch mehr Post auf sie wartete. Doch die Luft war leer. Über den Stuckwänden und den Bücherregalen des Raumes lag das Licht eines grell orangeroten, mediterranen Sonnenuntergangs, der durch die hohen Fenster hereinfiel und von weiteren heißen Tagen kündete. Selbst jetzt musste es draußen noch ziemlich warm sein. Die Idee zu diesem virtuellen Arbeitsplatz war ihr an einem Strand in Griechenland gekommen. Vor drei Jahren hatte es die Familie endlich einmal geschafft, Terminkalender und Finanzen in Einklang zu bringen und für einige Wochen nach Kreta zu fliegen. Maj seufzte. Wann würden sie jemals wieder dorthin kommen? Sie waren nicht arm – ihr Vater arbeitete als Professor an der Universität von Georgetown, und ihre Mutter brachte als Computersystementwicklerin für große Firmen ein überdurchschnittliches Gehalt nach Hause. Doch diese hervorragenden Jobs bedeuteten auch, dass ihre Eltern ständig beschäftigt waren. Ihren Urlaub in dasselbe Jahr oder gar in denselben Monat zu legen, stellte eine schier unlösbare Aufgabe für sie dar. Zumindest konnte Maj in ihrem Arbeitsraum, der mit dem Wetterbericht und den Netz-Kameras des Mittelmeerraumes verknüpft war, das wundervolle griechische Wetter aus zweiter Hand erleben. *Vielleicht fahren wir ja nächstes Jahr wieder hin. Tja, vielleicht fällt auch der Mond vom Himmel.*

Sie seufzte. »Arbeitsraum schließen.« Sie spürte so etwas wie einen kurzen Schluckauf, als das Implantat den Befehl zum Beenden an die Verdopplerschaltung in der Küche und dann an den Computer in Dads Arbeitszimmer schickte, der mit dem Netz verbunden war. Die virtuelle ›griechische Villa‹ hinter Maj verschwand, doch sie blieb an dem großen, stark abgenutzten Küchentisch im Sonnenlicht sitzen und sah ihrer Mutter weiter beim

Kampf mit der Zuckerplatte zu. »Ich weiß nicht, Maj«, sagte ihre Mutter plötzlich. »Die hier ist einfach zu spröde, um eine Wand daraus zu formen. Soll ich sie zu einem Rohr drehen und einen Turm daraus machen?«

»Du solltest sie einfach einschmelzen und über eine Waffel gießen.« Maj grinste.

»Klingt verlockend ...«

Als auf dem Parkplatz vor dem Haus plötzlich ein Motorengeräusch zu hören war, sahen beide auf. Doch es war nur der Schulbus, der Majs kleine Schwester von der Vorschule nach Hause brachte. »Ich dachte, euer Dad bringt sie heute heim«, sagte Majs Mutter, streckte sich kurz und rieb sich den Nacken.

»Der muss noch was an der Uni erledigen ...« Seitdem seine Professur anerkannt worden war, hatte das Arbeitsvolumen von Majs Dad erheblich zugenommen. Maj und alle anderen Familienmitglieder gewöhnten sich allmählich daran, dass sein Terminplan sich spontan ändern konnte und damit auch ihre Planungen durcheinander gerieten. Doch so kurz vor dem Sommer hatte Maj zum Glück wenige Pläne, die von den Terminen ihres Vaters durchkreuzt werden konnten. Sie hatte ihre Abschlussprüfung und die Eignungsprüfung fürs Studium bereits abgelegt und wartete nun ungeduldig auf die letzten Ergebnisse. Die Abschlussprüfungen waren bestanden, also gab es nicht viel, womit sie sich beschäftigen konnte. Sie hörte Musik und ritt aus, wenn sie nicht mit der Ausarbeitung virtueller Flugsimulationen ihre Zeit verbrachte. Ab und zu steckte sie die Nase in verschiedene interessante Seiten im Netz, um sich Wissen anzueignen und dadurch heimlich ihr Ziel zu verfolgen, irgendwann der Net Force beizutreten.

Zurzeit dachte sie viel darüber nach. Dafür erntete sie

von ihrer Mom den einen oder anderen seltsamen Blick. Maj war nicht länger so schulbesessen wie früher und interessierte sich nicht mehr für alles, was ihr vor die Nase kam. Sie hatte ihre Interessen nun in eine bestimmte Richtung gelenkt. Sie hatte ein Ziel. Die Net Force bedeutete ihr mehr als die meisten anderen Dinge in ihrem Leben, sogar mehr als ihre Hobbys. Das bereitete Mom und Dad ziemliche Sorgen, doch Maj wünschte sich, ihre Eltern würden sie in Ruhe lassen. »Du solltest dir alle Möglichkeiten offen halten«, sagte ihre Mutter des Öfteren und klang dabei gereizt, während ihr Vater sich vergeblich darum bemühte, ruhig zu bleiben. »Es ist zu früh, dich jetzt schon zu entscheiden, was du mit dem Rest deines Lebens anfangen willst. Warte bis nach dem College.« Maj reagierte darauf immer mit einem ›Ja, Mom‹ oder ›Ja, Dad‹, doch sie wusste, was sie wollte. Sie wollte zur Net Force.

Und dafür tat sie bereits etwas. Seitdem sie ihre Fächer frei wählen konnte, hatte sie sich mit den Themen beschäftigt, die ihren Stärken entsprachen. Sie war besonders gut darin, Dinge auszurechnen. Nicht nur kurzfristige Vorgänge oder Ereignisse – nein, sie konnte vorhersagen, wie sich etwas entwickeln würde, wenn man es in Ruhe ließ, und wie, wenn man eingriff. Vor ein paar Jahren hatte sie dieses Talent erkannt. Nun sagte sie einfach zum Spaß voraus, wie sich Vorfälle aus den Netz-Nachrichten entwickeln würden. Dabei war erfreulich, dass die Kurse zur Geschichtsanalyse und Gruppenpsychologie in der Schule die Qualität ihrer Analysen offenbar verbessert hatten. Je besser man über die Welt und ihre geschichtliche Entwicklung Bescheid wusste, desto exakter konnte man – innerhalb bestimmter Grenzen – vorhersagen, was geschehen würde. Maj übte sich weiter darin, anderen genau zuzuhören und auf ihre eigenen Eingebungen zu hören. Wenn man seine Augen und Ohren nicht offen hielt, konnte man nicht sagen, was geschehen würde. Das war genauso, wie im richtigen Moment in die falsche Richtung zu sehen.

Also konzentrierte sich Maj darauf, in die richtige Richtung zu gehen. Sie war bereits bei den Net Force Explorers aufgenommen worden – was an und für sich nicht übel war, wenn man die große Schar von Kids betrachtete, die dazugehören wollten, aber nicht genommen wurden. Maj konnte sich mit einigen der schlauesten ›Netlinge‹ ihres Alters beraten und mit ihnen zusammenarbeiten. Sie erforschten das Netz gemeinsam, suchten nach Problempunkten und erarbeiteten Lösungsmöglichkeiten, die sie an die Net Force weitergaben. Oder sie griffen selbst ein, um dann für gute Leistungen Lob einzuheimsen. Vielleicht würde sie sich in zwei, drei Jahren, während oder nach dem College, als vollwertige Agentin bei der Net Force bewerben ... und die Stelle natürlich bekommen. Davon ging Maj jedenfalls fest aus. Es gab nie genug Analytiker, die sich für die wirkliche Welt genauso interessierten wie für die Welt im Netz und für die kritische Schnittstelle, an der sie sich trafen.

Das war Majs Leidenschaft – der Ort, an dem sich Wirklichkeit und Fiktion berührten, der Punkt zwischen Physischem und Virtuellem. Um die ›unwirkliche‹ Seite zu schützen, brauchte die Net Force Menschen, die auf beiden Seiten zu Hause waren. Das Netz war heutzutage der am schnellsten wachsende Bereich der Welt. Dabei wurde es dort zunehmend gefährlicher, weil Diebe, Terroristen und andere Kriminelle immer mehr Wege fanden, es auszubeuten.

Das war ihren Eltern natürlich auch klar. *Aber sie müssen sich nun mal um mich sorgen*, dachte Maj und lächelte, als sie ihre kleine Schwester an der Tür hörte. *In zwei oder drei Jahren werden sie mich verstehen ... wenn James Winters mich um meine Mitarbeit gebeten hat.*

Das war das einzige Unsichere an der ganzen Sache. Der Verbindungsmann der Net Force Explorers war sehr nett, doch unberechenbar, selbst für Maj. Das fand sie ungewöhnlich. Da er als ihr Vorgesetzter bei den Explorers derjenige war, der bei ihrer Bewerbung das Zünglein an der Waage darstellen würde, beschäftigte es sie sehr, was in seinem Kopf vorging. Und wie sie ihn zu ihrem Vorteil beeinflussen konnte.

Die Hintertür wurde aufgestoßen, ein kleines Pummelchen mit blonder Lockenmähne schob sich herein und ließ die Tür hinter sich zukrachen. Majs Mutter seufzte. »Adrienne, Schatz, bitte ...«

»Du musst dieses Luftdruck-Teil an der Tür reparieren lassen, Mom«, sagte Maj. »Sie ist noch zu klein. Sie kann nicht immer daran denken, sie nicht zufallen zu lassen.«

»Sie denkt an gar nichts«, gab ihre Mutter gereizt zurück und wandte sich wieder der Zuckerarbeit zu. »Na ja ...«

»Komm her, Muffin«, sagte Maj.

Ihre kleine Schwester ließ ihren winzigen Schulranzen auf den Boden fallen und sah Maj ärgerlich an. »Ich hasse die Schule.« Sie zeigte denselben sturen Gesichtsausdruck, den sie an dem Tag zur Schau gestellt hatte, als sie beschloss, nie wieder auf ›Adrienne‹ zu hören, sondern nur noch auf ›Muffin‹.

»Nein, das stimmt nicht. Komm her. Du meinst, du hasst etwas, das in der Schule passiert ist. Drück dich genauer aus.«

»Später«, erwiderte Muffin, und Maj musste ein Lachen unterdrücken. Das war das Lieblingswort ihres Vaters.

»Okay. Komm, setz dich auf meinen Schoß.«

Offensichtlich hatte Muffin das sowieso vorgehabt. Sie kletterte auf Majs Schoß und sah sich um. »Bist du jetzt virtuell?«

»Nein, Kleines. Es ist ausgeschaltet.«

Muffin sah ihre Mutter an. »Was macht Mami?«

»Ich baue ein Schloss, Muffin. Oder einen Haufen Schrott.«

Muffin betrachtete interessiert die kleinen Verschalungen aus Pappe, die ihre Mutter zur Herstellung der Wände aus geschmolzenem Zucker benutzte. Auch wenn es mit dem Zucker nicht so ganz klappte. »Das Schloss ist viel zu klein, da kann niemand drin wohnen.«

»Doch, Elfen schon«, sagte Maj.

Muffin sah sie vorwurfsvoll an. Sie glaubte zwar von ganzem Herzen an Dinosaurier, doch für Elfen, Feen oder andere niedliche Lebensformen war in ihren Schulheften oder ihrem virtuellen ›Spielzimmer‹ kein Platz.

»Ein Vogel könnte darin leben«, meinte Muffin nach einem Moment – offensichtlich, um Maj ein kleines Zugeständnis zu machen.

»Ja, das stimmt.« Maj klang resigniert. Sie konnte sich noch an Zeiten erinnern, als sie mit der Erklärung über die Elfen davongekommen wäre. Manchmal wurde ihr die kleine Schwester zu schnell erwachsen.

»Der würde verhungern«, bemerkte Majs Mutter abwesend. Sie hatte es aufgegeben, aus dem Wandstück einen Turm formen zu wollen, und es wieder geglättet. Jetzt befestigte sie es auf der Zuckerbodenplatte und lehnte sich an den Tresen, um darauf zu warten, dass die nächste Zuckerplatte heiß wurde. »Vögel essen keinen Zucker, Muf.«

»Nein. Sonst kriegen sie Zahnweh.« Muffin schien diesen Satz schon sehr oft gehört zu haben.

»Vögel haben keine Zähne«, sagte Maj.

»Doch, als sie noch Dinosaurier waren.« Muffin lächelte überlegen.

Was sollte man da noch erwidern? Es hatte wahrscheinlich keinen Sinn.

»Wo ist Daddy? Er hat mir versprochen, dass er mich in den Park mitnimmt, wenn er heimkommt.«

»Wenn er sich verspätet, geh ich mit dir hin. Ich glaube, er ist noch in der Schule«, sagte Maj.

»Warum? Muss er nachsitzen?«

»Nein, er darf länger bleiben, weil er so gut ist.«

»Ha!«, bemerkte Mom ironisch. Sie hatte ihre eigene Meinung darüber, dass Majs Dad zur Überarbeitung neigte. Zum Wohl seiner Studenten war er jederzeit bereit, Überstunden zu machen.

Muffin fand Majs Begründung unlogisch. »Bobby Naho hat mit seiner Knetmasse nach Mariel geworfen, und dann musste er nachsitzen.«

»Dad hat ganz bestimmt nicht mit Knetmasse nach jemandem geworfen. Obwohl er das ab und zu bestimmt gern tun würde«, sagte Maj.

»Ich mache mich jetzt für den Park fein«, erklärte Muffin plötzlich und verschwand in den Tiefen des Hauses.

Majs Mutter wandte sich um und sah ihr interessiert nach. »Das ist ja mal was ganz Neues.«

»Tja, Muffin ist eben nicht dumm. Wenn man sich fürs Ausgehen fein macht, wird man bestimmt auch ausgehen dürfen.«

»Sie hat die Kausalität entdeckt.« Mom seufzte. »Gott bewahre.«

Draußen ertönte wieder das Aufheulen eines Motors,

und beide wandten erneut die Köpfe. Diesmal erkannte Maj sofort das Auto ihres Vaters.

Sie streckte sich und stand auf, um den Wasserkessel für eine Tasse Tee auf den Herd zu stellen. Man hörte, wie die Vordertür aufging und Schlüssel und Aktentasche in der Eingangshalle fallen gelassen wurden. Majs Elternhaus war sehr weiträumig. Es war über mehrere Jahrzehnte hinweg nach und nach erbaut worden und machte daher einen etwas zerstückelten Eindruck. Der Weg von der Eingangshalle zur Küche war zwar nicht lang genug, um auf der Strecke ein Picknick einzulegen, doch manchmal kam es einem beinahe so weit vor – vor allem, wenn das Küchentelefon läutete und man hinrennen musste. Endlich trat Majs Vater durch die Küchentür und blieb stehen. Er musterte seine Frau.

»Das schaffst du niemals rechtzeitig«, sagte er.

Muffin kreischte im Flur auf. »Daddy! Daddy!« Sie sprang plötzlich von hinten an seine Beine, und er schwankte.

»Sollen wir wetten?«, fragte Majs Mutter ohne aufzusehen. »Wir sollen um halb neun da sein. Die Frage ist, wirst du bis dahin die Wäsche fertig haben, damit du ein frisches Hemd hast?«

»Bin ich dran? Tut mir Leid, hab' ich vergessen. Diese Hektik immer!« Er nahm Muffin auf den Arm und lehnte sich an den Türpfosten. »Ja, ich weiß, der Park«, sagte er zu ihr. Dann sah er Maj an. Die Deckenlampe beleuchtete die kahle Stelle auf seinem Kopf. »Ratet mal.«

Er sah etwas seltsam aus, als er das sagte, doch sein Gesicht strahlte wie immer. Maj beobachtete ihn genau. »Was?«

»Wir kriegen Besuch.«

»Kann er gut aufräumen?« Majs Mutter kämpfte mit

der nächsten Zuckerplatte. »Ich werde nämlich keine Zeit dazu haben.«

»Aber nein, doch nicht sofort. Außerdem müssen wir nichts Besonderes vorbereiten. Es ist nur ein Familienbesuch.«

Ihre Mutter wandte sich überrascht um. »Oh! Wer?«

»Kein enger Verwandter.« Dad setzte Muffin wieder ab. »Hol dir dein Spielzeug, Schatz. Aber nur eines!«

»Okay. Wer kommt?«, fragte Muffin. »Krieg ich endlich einen kleinen Bruder?«

Maj grinste und nahm den Wasserkessel vom Herd. Dieses Thema sprach Muffin in letzter Zeit oft an, da es in ihrer Vorschulklasse nun eine Stunde über das ›Familienleben‹ gab. »Muffy, bring Mom und Dad nicht auf dumme Gedanken. Du weißt ja gar nicht, wie froh wir sein können, dass wir nur *einen* Bruder haben. Wir sind in der Überzahl, und das sollte auch so bleiben. Also Dad, wer ist es?«

»Ein Cousin dritten Grades ... oder so.«

»Moms Verwandtschaft?« Der Verdacht lag nahe. Ihre Mutter war die Jüngste von sieben Geschwistern, die auf der ganzen Erde verteilt lebten. Vor einigen Jahren hatten sie versucht, alle Cousinen und Cousins zweiten Grades zu zählen. Aus diesem Grund war Maj bei der Hochzeit einer ihrer Tanten so lange aufgeblieben, dass sie ihren Onkel Mike dabei erlebt hatte, wie er auf einem Tisch den ›Tanz des verrückten Huhns‹ hinlegte. Nach etwa achtzig Cousins und hundert Cousins zweiten Grades hatten sie aufgegeben und Onkel Mike zugesehen.

»Ja.« Ihr Vater sah ihre Mutter an. »Elenya rief mich heute an – sie konnte dich wohl nicht erreichen.«

Elenya war eine Cousine ihrer Mutter, eine Kartografin, die jetzt mit ihrem ungarischen Ehemann in Österreich lebte und dort für den kartografischen Dienst arbeitete.

»O je. Ich war den ganzen Tag unterwegs ... Sie hat aber keine Nachricht hinterlassen.«

»Nein. Als sie dich nicht erreichen konnte, versuchte sie es bei mir in der Arbeit. Jedenfalls ist unser Gast einer *ihrer* Cousins zweiten Grades, ein Junge namens Niko. Sein Vater wird wohl von Ungarn nach hier versetzt. Aber sie müssen ihre Wohnung dort erst auflösen, bevor sie die neue hier beziehen können. Das Schuljahr ist schon vorbei, und der Junge weiß nicht, wohin. Elenya wollte wissen, ob wir ihn für ein paar Wochen aufnehmen können, bis sein Vater nachkommt.«

»Aber klar. Dafür haben wir doch unser Gästezimmer.« Majs Mutter blickte auf. »Spricht er Englisch?«

»Anscheinend recht gut.«

Maj versuchte, sich ihr Verwandtschaftsverhältnis zu dem angekündigten Gast in einem Stammbaum vorzustellen, doch sie schaffte es nicht. »Also, wenn er der Cousin zweiten Grades von Moms Cousine ist ... dann ist er ... ein Cousin dritten Grades von mir ... über zwei Ecken?«

»So ähnlich.« Dad war verwirrt. »Das mit den Ecken werde ich nie begreifen. Sein Vater wird jedenfalls nachkommen, sobald er in Ungarn alles geklärt hat.«

»Wow, Ungarn. Ganz schön exotisch«, sagte Maj und grinste. »Dieser Niko ... ist er süß?«

Dad räusperte sich und bedachte sie mit einem ›dieser Blicke‹. »Ein bisschen zu jung für dich, Maj. Er ist dreizehn.«

»Spielt er mit mir?«, mischte sich Muffin lauthals ein.

»Wie könnte irgendjemand nicht mit dir spielen, du wuscheliges Ding?« Majs Vater hob sie hoch und schüttelte sie. Muffin quietschte vergnügt. Er setzte sie wieder ab. »Na, hol schon dein Spielzeug. Wir haben nicht viel Zeit, ich muss noch ...«

»... die Wäsche machen«, warf Majs Mutter ein, während Muffin losrannte, um das Spielzeug zu holen.

»Reib's mir nur immer wieder unter die Nase, du Sklaventreiberin.« Ihr Vater wirkte erschöpft und fuhr sich mit der Hand über die kahle Stelle am Kopf.

Man hörte Muffins vergnügtes Geplapper durch das ganze Haus. »Ist das für dich in Ordnung, Maj? Er wird ein bisschen Aufmerksamkeit brauchen. Ich möchte nicht, dass er sich wie das fünfte Rad am Wagen vorkommt.«

»Dad, mach dir keine Sorgen. Dreizehn ist zwar recht jung, aber das heißt ja nicht automatisch, dass er lästig ist. Und dann ist da noch das Netz. Er bringt sicher etwas Interessantes von zu Hause mit, oder er kann über unseren Server an seine Daten kommen.«

Ihr Vater nickte. Maj fiel der leicht besorgte Blick wieder auf. Einmal konnte Zufall sein, doch zweimal?

Er verschweigt mir was, dachte Maj. *Uns ...*

»Wann kommt er an, Liebling?«, fragte Majs Mutter, ohne sich umzudrehen, während sie immer noch mit der Zuckerplatte kämpfte.

»Morgen Mittag. Er fliegt mit der AA nach Baltimore-Washington. Danach kann er schlecht auch noch mit dem Zug fahren, denn er wird sowieso schon erschöpft sein. Er hat einen langen Weg hinter sich, deshalb dachte ich mir, ich hole ihn ab.«

»Du bist ein Engel.« Ihre Mutter drehte sich um und küsste ihn sanft. Dabei hielt sie ihre klebrigen Hände in die Luft wie ein Chirurg, der sich keimfrei halten musste.

»Ich komme mit«, sagte Maj.

Ihr Vater lächelte, doch irgendetwas war anders als

sonst. »Du willst gleich von Anfang an klar machen, wer der Boss ist, nicht wahr?«

»Vielleicht ist das ja gar nicht nötig. Doch wenn er sich aufspielen will, ist es besser, die Gegenmaßnahmen sofort einzuleiten.«

Ihr Vater kicherte und machte sich auf den Weg zum Schlafzimmer am anderen Ende des Hauses. »Ich will nur das Hemd wechseln. Wenn ihr sonst noch was zum Waschen habt, stapelt es einfach im Flur auf. Muffin, bist du fertig ...?«

Maj holte sich eine Tasse und fischte in der Dose am Fenster nach einem Teebeutel. Sie hielt das Gesicht von ihrer Mutter abgewandt. *Was ist bloß los ...?*, fragte sie sich. In diesem Haus waren Überraschungsgäste aus aller Welt zwar nichts Ungewöhnliches, aber trotzdem ...

Ungewöhnlich war, dass ihr Vater offensichtlich Angst hatte.

»Wir können im Moment nichts tun«, sagte die angespannte Stimme am anderen Ende der Leitung. »Wir haben die ›Identitätswechsel‹ zwar nachvollzogen ... aber es war zu spät. Er ist weg.«

Majorin Elye Arni saß in ihrem kleinen, spärlich eingerichteten Büro. Die beige Farbe blätterte von den Wänden. Sie fluchte. Vor ihrer Tür war es sehr still. Ihre Untergebenen wussten, wann man sie besser nicht störte. »Wie kam es dazu?«

»Offensichtlich hat ihm jemand einen gefälschten Pass besorgt, der an der Grenze nicht als solcher erkannt wurde. Dann hat ein uns bisher unbekannter Begleiter den Jungen aus unserem Blickfeld gebracht.«

»Jetzt wissen Sie hoffentlich, wer das war.« Majorin Arnis Stimme klang bedrohlich.

»Jawohl, Majorin. Wir werden ihn bald schnappen.«
Was soll er sonst antworten?, dachte sie ... Er hatte ihre Reaktionen und die eines heimlichen Zuhörers, der sich irgendwo in der Leitung befand, zu befürchten. Wenn man klug war, nahm man immer an, dass ein Vorgesetzter die Gespräche belauschte. Selbst wenn sie einmal wusste, dass es nicht der Fall war, ließ sie ihre Untergebenen stets in dem Glauben. Es war gut, wenn sie Angst hatten. Dann blieben sie ehrlich. So ehrlich wie möglich.

»Warten wir es ab«, sagte sie. »Ich weiß wirklich nicht, wo diese ganzen subversiven Elemente herkommen. Man sollte doch annehmen, wir hätten sie nach zwanzig Jahren ausgerottet. Aber im Gegenteil ... dieses undankbare Pack. Also, wo befindet sich der Junge zurzeit?«

»Über dem Atlantik. Er wird in wenigen Stunden landen.«

»Und ich nehme an, jemand erwartet ihn bereits an seinem Zielflughafen.«

»Selbstverständlich, Majorin. Nur ...« Er klang plötzlich besorgt.

»Nur *was?*«

»Wir können ihn nicht einfach am Flughafen schnappen, fürchte ich. Die Sicherheitsvorkehrungen sind zu streng.«

Sie wurde ungeduldig. »Die Sicherheitsleute am Flughafen wissen doch nichts über ihn. Warum sollten sie alarmiert sein und ihn bewachen? Er ist nur ein Junge. Nicht einmal der Sohn einer bekannten Persönlichkeit.«

»Nein, Majorin. Natürlich wissen sie nichts über ihn.« Er klang aufgeregt. »Doch die westlichen Länder haben eine solche Angst davor, dass ihre Kinder entführt werden, dem Expartner oder einem perversen Triebtäter in die Hände fallen könnten, dass man ein Kind nur abholen kann, wenn es einem ›geschickt‹ wurde. Die Fluglinien sind da sehr streng. Es gab Gerichtsverhandlungen, und sie ...«

»Denken Sie, ich hätte Zeit, mir die verlogenen bürokratischen Einzelheiten eines korrupten westlichen Systems anzuhören? Schicken Sie jemanden, der sich als die Person ausgibt, die den Jungen abholen darf.«

»Majorin, das geht nicht, sie werden die Identität mit einem Netzhautleser überprüfen.«

Sie fluchte wieder. Heutzutage konnte man auch diese Kontrollen täuschen, doch das brauchte Zeit, und dieser kleine Fisch rechtfertigte solche Anstrengungen nicht ... noch nicht. »Wer holt den Jungen ab?«

»Wir vermuten, dass es jemand ist, der mit einem der Nationalen Geheimdienste in Verbindung steht, Majorin. Warum sollte er sonst nach Washington fliegen?«

Sie war noch nicht überzeugt. »Sie könnten ihn überall abholen. Es muss nicht unbedingt dort sein.« Sie versank einen Moment in Gedanken. »Kennt der Vater möglicherweise jemanden in der Gegend?«

»Das könnte sein. Er hat dort eine Zeit lang studiert.«

Majorin Arni runzelte die Stirn. »In *Amerika*? Was hatte ein loyaler Wissenschaftler unseres Landes dort zu suchen?«

»Bitte, Majorin, das ist kein Einzelfall. Er wurde von der Regierung vor Jahren über ein Austauschprogramm dort hingeschickt, um die amerikanische Kultur kennen zu lernen ...«

»Um die amerikanische Wissenschaft zu infiltrieren, meinen Sie wohl?« Sie knurrte. »Und um den Geheimdiensten die Möglichkeit zu geben, ihn abzuwerben.« Sie wusste, dass so etwas in den vergangenen dreißig Jahren gängige Praxis gewesen war. Personen wurden ins Ausland geschickt, um mit der modernen Technik und den neuesten wissenschaftlichen Theorien vertraut gemacht zu werden, die der Westen ihrem Land ansonsten vorenthielt. Als Grund dafür gaben die Industrieländer ›Menschenrechtsverletzungen‹ und andere unglaubwürdige Ausreden an. In Wirklichkeit wollten sie ihre Gegner auf einem verarmten und technologisch unterlegenen Niveau halten. Doch in diesem speziellen Fall hatte es nicht funktioniert. Die CIA und andere Geheimdienste hatten Darenko vergeblich bearbeitet. Er schien einfach nicht daran interessiert zu sein, als Doppelagent zu fungieren, widmete sich nur der wissenschaftlichen Arbeit. Und jetzt erwies sich Darenkos Arbeit als ungewöhnlich nützlich für die Regierung. Alles schien perfekt zu laufen, die Hoffnungen in Bezug auf die Ergebnisse seiner neuesten Forschung waren groß ... gewesen.

Majorin Arni hätte am liebsten laut aufgeschrien. Man gab den Privilegierten überdurchschnittliche Unterkünfte und Gehälter, stattete sie mit hohen Posten und Vergünstigungen durch die Regierung und Nationalen Verteidigungskräfte aus, und was taten sie? Sie fielen einem bei der ersten Gelegenheit in den Rücken. *Was denkt er sich dabei, seinen Sohn einfach in den Westen zu schicken?* Natürlich wusste sie, was er sich dabei gedacht hatte. Er machte sich zum Absprung bereit und wusste – klug, wie er war –, dass die Chancen auf eine spätere Wiedervereinigung größer waren, wenn er seinen Sohn allein vorschickte. Zu zweit war es so gut wie unmöglich, außer Landes zu gelangen. Doch durch die Flucht seines Jungen hatte er auch seine Absichten offenbart. Er würde bald merken, was für ein Fehler das gewesen war.

Sie schnaubte. »Also, was wissen Sie über die Person, die ihn in Empfang nimmt?«

»Äh ... noch nichts.«

Sie kniff die Augen zusammen. »*Etwas* müssen Sie doch herausfinden können. In den Computern der Fluggesellschaft müssen neben den Daten des Jungen auch Informationen über diese Person enthalten sein.«

»Das haben wir bereits versucht, aber leider konnten wir uns nicht in ihr System hacken. Die Buchungskontrolle beginnt in Zürich, und die Codierung der schweizerischen Computer ...«

»Mich interessiert deren Codierung nicht! Verdammte paranoide Schweizer, warum sind sie so auf Sicherheit bedacht?« Sie stöhnte wütend auf. »Dieses verblödete kleine Volk von Hebt-die-Hand-und-stimmt-ab-Demokraten ...«

Sie verkniff sich die Hasstirade, die ja doch nichts ändern, sondern sie nur zusätzliche Nerven kosten würde. Vor einigen Monaten war jemand aus ihrer Abteilung bei dem Versuch, die neue französische Botschaft in Bern anzuzapfen, geschnappt und von den Schweizern innerhalb von sechs Stunden abgeschoben worden. Keine Möglichkeit zur Berufung oder zur Vollendung des Jobs durch jemand anderen, nur eine Menge Peinlichkeiten, die sie noch nicht ganz verdaut hatte. Sie hatte Glück gehabt, nicht strafversetzt worden zu sein. Der Vorfall war jedoch noch nicht vergessen. Das erschrockene Schweigen am anderen Ende der Leitung hingegen war recht amüsant.

»Gut«, sagte sie schließlich. »In Ordnung. Ich nehme nicht an, dass Sie jemanden an Bord haben, der sich an eine der Flugbegleiterinnen heranmachen könnte, um die Papiere des Jungen einzusehen?«

»Äh, nein, Majorin. Wir konnten bei der Kostenstelle in so kurzer Zeit keine Genehmigung für eine außerplanmäßige Reise erhalten. Für solche Ausgaben brauchen sie einen Monat im Voraus ein Antragsschreiben in sechsfacher Ausfertigung.« Er versuchte nicht, seine Verbitterung zu verbergen. Diesmal war Majorin Arni seiner Meinung, obwohl er sich darüber wirklich nicht bei ihr zu beschweren hatte. Eines der ständigen Ärgernisse in ihrem Beruf war das winzige Budget, das ihr zur Erfüllung der schwierigen Aufgaben zur Verfügung stand. *Wie soll ich mein Land mit den paar Groschen sichern?* Doch harte Währung war kaum aufzutreiben. Auch sie selbst konnte sich bei niemandem darüber beschweren, ohne nicht ihre eigene Stellung zu gefährden. Beschwerden solcher Art wurden gewöhnlich als Mangel an Motivation oder – schlimmer noch – als Vorstufe von Verrat ausgelegt.

Sie seufzte. »Sie sagen also, dass wir nur abwarten können, wer den Jungen in Washington abholt. Und wenn es die CIA, die Net Force oder eine andere Regierungsorganisation ist, ist alles vorbei. Korrekt?«

»Nein, Majorin. Auch die machen manchmal Fehler. Eine kleine Sicherheitsvernachlässigung ihrerseits würde genügen.« Sie konnte sein Lächeln am anderen Ende der Leitung beinahe hören, und vielleicht hatte er Recht. »Übrigens muss sein Vater irgendwann versuchen nachzukommen. Der ›Abholer‹ wird uns einen Tipp geben, egal wie gut er sich vorbereiten mag. Wenn der Vater dann versucht nachzukommen, schnappen wir ihn und quetschen ihn aus. Er weiß sicherlich, wo sein Junge sich aufhält. So oder so werden wir beide bald wieder in den Händen haben ... oder sie für die andere Seite nutzlos machen.«

»Ich hoffe für Sie, dass es so läuft. Ich erwarte einen Bericht, sobald das Flugzeug gelandet ist. Wer holte das Kind ab, für wen arbeitet er, wohin bringt er es. Ich will es so schnell wie möglich wieder hier haben. Und, Taki – notieren Sie sich das –, wenn jemand den Jungen aus Versehen tötet, hat er selbst nicht mehr lange zu leben. Das ist kein gewöhnlicher Schuljunge. Wir brauchen ihn lebend.«

»Ah«, sagte die Stimme am anderen Ende. »Als Druckmittel ...«

»Ja. Welcher Vater sieht schon gern dabei zu, wenn seinem Sohn die Fingernägel ausgerissen werden? Ich glaube, einer oder zwei dürften reichen. Und wenn der Junge tatsächlich unschuldig ist, entschädigen wir ihn selbstverständlich nachträglich dafür. Die Regierung muss sich vor Spionen und Terroristen schützen, doch wir überfallen nicht einfach unschuldige Bürger.«

»Natürlich. Ist sonst noch etwas zu beachten, Majorin?«

»Ich will in zwei Stunden oder spätestens, wenn das Flugzeug gelandet ist, einen Bericht haben. Je nachdem, was zuerst passiert. Kümmern Sie sich darum.«

Er legte hastig auf.

Unschuldige Bürger. Gibt es die überhaupt?

Sie persönlich zweifelte daran. Das erleichterte ihr den Job.

Sie sah zur Bürotür. Keiner ihrer Untergebenen rührte sich. »Kommt schon«, erhob sie ihre Stimme. »Ein bisschen mehr Leben da draußen! Rosa, ich brauche die Flugpläne von American Airlines. Alle Flüge, die in den nächsten sechs Stunden in Reagan, Dulles und BWI ankommen. Mit allen möglichen Kursänderungen. Überprüfen Sie die Wetterlage. Und bringen Sie mir die neueste Liste unserer Aktivposten in Washington ...«

Draußen im Büro erwachte alles zum Leben. Sie saß noch einen Moment lang ruhig da – eine kleine, schlanke blonde Frau in Uniform, mit zusammengebundenen Haaren, gefalteten Händen und nachdenklichem Blick. *Undankbarer Verräter*, dachte sie wieder. *Zu schade, dass sie dich lebend brauchen.*

Obwohl sich das wahrscheinlich rasch ändern wird, wenn du deine Aufgabe vollendet hast ...

2

Für Maj war der letzte Abend nicht außergewöhnlich verlaufen. Ihre Eltern waren um halb neun mit einem erstaunlich detaillierten und vollständigen mittelalterlichen Schloss aus Zucker zum Elternabend aufgebrochen. Die Zinnen waren sogar mit kleinen Zuckerfähnchen verziert, die ihre Mutter an Zahnstochern befestigt hatte. Muffin durfte bis zur Schlafenszeit im virtuellen Raum spielen, und Maj saß ziemlich lange am Küchentisch, knabberte an einem Granatapfel und ging den Stapel der eingegangenen E-Mails durch. Ab und zu blickte sie durch eine ›Seitentür‹ ins virtuelle Spielzimmer ihrer kleinen Schwester. Es war als große grüne Waldlichtung gestaltet, auf der sich momentan einige Deinonychusse, Leguane und kleine Stegosaurier tummelten. Inmitten dieser ländlichen Idylle saß Muffin auf einem großen, glatten Stein und las den versammelten Sauriern langsam und eifrig vor. »... und die große Schlange sagte: ›Wie bist du auf diese Insel gekommen, Winzling? Sprich, und wenn du mir nichts Neues mitteilst, wirst du aus... ausgelöscht wie das Feuer ...‹«

Maj lächelte und wandte sich wieder der elektronischen Post zu, die über den Küchentisch verstreut ›lag‹ oder als verschiedene, leuchtend bunte dreidimensionale Symbole vor ihr schwebte. Viele Nachrichten hatten die Form glänzender schwarzer, baseballgroßer Kugeln, in ihrer Mitte blinkte die Zahl Sieben. Diese E-Mails stammten von der wild zusammengewürfelten losen Gemeinschaft, die mit ihr zusammen die ›Gruppe der Sieben‹ bildete. Eigentlich waren sie mehr als sieben, doch es war zu mühselig, die Zahl bei jedem Neuzugang zu ändern. Sie hatten andere Dinge, über die sie sich die Köpfe zerbrechen konnten – im Moment beschäftigte sie vor allem die neue Simulation, die im Netz einen Boom ausgelöst hatte.

Maj und die anderen hatten sich zusammengeschlossen, weil sie alle Spaß am Simming hatten – daran, ihre eigenen Simulationen herzustellen. Sie programmierten im Netz simulierte Realitäten, ›Spielzimmer‹ oder ›Taschenuniversen‹, in denen man eine Stunde oder eine ganze Woche mit Gesprächen oder Kämpfen verbringen konnte – mit einigen wenigen Freunden oder auch mit tausenden. Für ein paar Glückliche, die über das nötige Talent und das Durchhaltevermögen verfügten, konnte daraus eine unglaublich lukrative Karriere werden. Einige aus der ›Gruppe der Sieben‹ hatten so etwas selbst im Sinn. Sie gestalteten Simulationen und ließen sie von den anderen austesten und glatt schleifen. Für diese Kids war das wie eine Übung fürs richtige Leben. Andere wie Maj zogen kleinere, benutzerorientierte Simulationen den großen, meist recht teuren Hochglanzwelten vor.

Doch ab und zu wurde auch sie von etwas in Bann gezogen. Diesmal war es ein Spiel namens *Sternenranger*, eine Weltraumsimulation – das Allerneueste aus einer Gattung, die im Laufe der Netzentwicklung wohl tausende Spiele, Rätsel und virtuelle Umgebungen hervorgebracht hatte. Doch an diesem Spiel war etwas Besonderes. Der Designer, Mihail Oranief, hatte sich nicht nur bei den Details erstaunliche Mühe gegeben, was an und für sich schon ungewöhnlich war. Das Spiel war auch äußerst komplex. Man fand darin faszinierende Sonnensysteme, seltsame Außerirdische und interessante Charaktere, die ebenso interessante und gelegentlich tödliche Konflikte miteinander austrugen.

Sternenranger hatte noch dazu Attraktionen zu bieten, die bei anderen Weltraumsimulationen nur angedeutet oder überhaupt nicht vorhanden waren. Zum einen war es überaus interaktiv. Nicht nur im offensichtlichen Sinn, dass man einstieg und ein paar Stunden darin verbrachte. Oranief hatte den ›Schnittstellencode‹ herausgegeben, die modulare Programmierung der Simulation. Somit war es den Spielern möglich, eigene Raumschiffe, Raumstationen und Planeten zu entwerfen und sie in das Universum von *Sternenranger* einzufügen.

Diese Gefälligkeit war gleichzeitig eine Herausforderung. Sie zeugte von einem sehr selbstsicheren und souveränen Programmierer, der Menschen in sein Universum eindringen ließ und ihnen die Möglichkeit gab, es besser zu machen, als er es selbst vermochte. Genau das hatte Maj und den Rest der Sieben angezogen. Seit ein paar Wochen hatten sie zu elft am Entwurf eines kleinen Kampffliegergeschwaders gearbeitet, das sie bei der bevorstehenden Schlacht von Didion zum ersten Mal einsetzen wollten. Das Gefecht war für morgen Abend angesetzt.

Sie hatten vor, es richtig krachen zu lassen. Dafür hatten sie kleine Kampfflieger entwickelt, die ihrer Meinung nach für die physikalischen Gesetze dieser Simulation optimal waren. Diese Gesetze wichen deutlich von denen des realen Weltalls ab. Die Lichtgeschwindigkeit lag niedriger, und der menschliche Körper konnte größeren Schwer- und Fliehkräften standhalten. Maj gefiel am besten, dass trotz des Vakuums Schallwellen übertragen wurden – es machte mehr Spaß, etwas in die Luft zu jagen, wenn man dabei ein ›BOOM!‹ hörte. Einigen Leuten lag eine derartige Beugung der konventionellen physikalischen Gesetze nicht. Sie hielten das für extravagante Spinnerei. Doch Maj gestand den Gestaltern der Simulation diese Extravaganz zu. Sie mochte die ›Booms‹.

Im Augenblick war die Gruppe vollauf mit den Schiffsentwürfen beschäftigt. Alle diese Mails, die sich auf ihrem ›Schreibtisch‹ stapelten, beinhalteten letzte Vorschläge zum Schiffsdesign: Ideen wurden aufgegriffen und sofort wieder verworfen, die Vorschläge der anderen oder die eigenen verunglimpft. Schlechte Witze, Anfälle von Nervosität und Aufregung sowie Äußerungen, die auf Panik oder Selbstzufriedenheit schließen ließen, wechselten einander ab. Die Gruppe hatte sich für diese Schlacht mit einer Seite verbündet und so neue Freunde, aber auch neue Feinde gefunden. Maj wusste, dass sie alle dazu bereit waren, sofort loszustürmen und mit den Schwadronen von Archon, den ›Schwarzen Pfeilen‹, Mann gegen Mann zu kämpfen. Ihre eigenen ›Arbalest‹-Schiffe waren effektiv und ästhetisch zugleich. Das war Maj im Hinblick auf die Qualität des restlichen Spiels sehr wichtig gewesen.

Die meisten Entwickler, die einfach astronomische Bilder der Weltraumteleskope Hubble und Alpher-Bethe-Gamow für die Spielumgebung übernahmen, erschufen trotz der oft spektakulären Vorlagen nur starr und kalt wirkende Hintergründe. Maj war sich nicht sicher, wie Oranief es geschafft hatte, doch die Umgebung seines Spiels wirkte hart und *warm*. Er hatte die außergewöhnliche Begabung, das Weltall, das an sich schon wunderschön war, noch schöner zu machen. Die Schwärze war noch schwärzer und dabei düster und geheimnisvoll. Sie wirkte auf eine Weise bedrohlich, sodass man sich während des Flugs immer wieder nervös umsah. Doch irgendwie war sie zugleich *freundlich*. Man hatte in der Dunkelheit das Gefühl, von irgendetwas dort erwünscht zu sein. Dieser Effekt von *Sternenranger*, dieses Gefühl der *Tiefe*, dass alles einen geheimen Sinn hatte, war einzigartig im Netz. Und deshalb strömten die Leute scharenweise in die Simulation. Maj war froh, dass sie schon so früh eingestiegen waren. Der Entwickler hatte verlauten lassen, er wolle bald keine Neuzugänge mehr zulassen.

Sie seufzte und legte die letzte E-Mail zur Seite. Es war eine panische Nachricht von Bob, der jammerte, nicht mehr sicher zu sein, ob die Tragflächenkrümmung der Arbalest-Flieger stark genug sei. Maj nahm sie nicht ernst, denn sie wusste, worum es sich hierbei handelte: um Lampenfieber. »Mail beantworten«, sagte sie.

»Verstanden, Boss«, antwortete ihr Arbeitsraum mit angenehm neutraler, weiblicher Stimme.

»Aufzeichnung starten. Bobby, Schatz, wenn du denkst, dass ich dir einen Tag vor der großen Entscheidungsschlacht dabei helfe, den Entwurf noch einmal zu verändern, musst du verrückt sein. Wir werden die Schwarzen Pfeile fertig machen, falls sie auf uns losgehen.« Der Gedanke ließ Maj einen Schauer über den Rücken laufen. Die Schwarzen Pfeile hatten eine unmenschlich *fiese* Art zu fliegen – sie waren nach erfolgtem Angriff unbarmherzig und schienen von der Fliehkraft nicht beeinträchtigt zu werden. Es gab Gerüchte, dass die Schwarzen Pfeile von Untoten geflogen wurden ... Und es hieß, die Schwadronen der Freiwilligen Flieger sollten sich davor in Acht nehmen, von ihren Feinden lebendig gefangen genommen zu werden, wollten sie nicht selbst dazu werden. *Nicht, dass viele Schwadronen ihre Attacken überlebt hätten*, dachte sie. »Also, reiß dich zusammen und sei ein Mann. Alles wird gut. Gezeichnet Maj. Ende der Mail.«

»Speichern oder sofort abschicken?«, erkundigte sich Majs Arbeitsraum.

»Abschicken.« Sie seufzte und sah auf. »Zeit?«

»Einundzwanzig Uhr sechzehn.«

»Oje, und Muf ist noch wach.« Sie stand auf, pflückte die letzte E-Mail von Bob aus der Luft, nahm die restlichen vom Tisch und schlenderte zu dem ›Aktenschrank‹, in dem sie die *Sternenranger*-Materialien aufbewahrte – in einer virtuellen ›Box‹ in Form eines Arbalest-Fliegers. Sie hob die Kabinenhaube des Fliegers hoch und steckte die kleinen Nachrichtenkugeln hinein, schloss die Haube und sah den Kampfflieger noch einmal kurz an. Die hübschen, nach hinten geneigten Tragflächen waren perfekt, obwohl sie eigentlich überflüssig waren. Der Kampfflieger verbrachte fast sein ganzes Leben im tiefen Weltraum. Und doch hatte die Gruppe das Schiff mit der Fähigkeit ausgestattet, in der Atmosphäre zu fliegen – es sollte ein Allround-Talent sein. Die meisten Bastler legten darauf keinen Wert, sie benutzten Shuttles oder Transportplattformen, um auf den Planeten zu operieren. Im bevorstehenden Gefecht würden sie die Vielseitigkeit des Schiffes voll austesten können.

»Krümmung«, murmelte sie. »Bob sollte mal zum Arzt gehen.«

Sie ging durch die ›Tür‹ in den Raum ihrer kleinen

Schwester. Muffin saß noch immer auf dem Felsen und las den Dinosauriern vor – ein besonders riesiger Stegosaurus blickte ihr über die Schulter und mampfte Gras.

Essen die wirklich nur Gras?, fragte sich Maj.

»Und der Jäger sagte ...«

Maj sah Muffin kurz über die Schulter. »Komm schon. Zeit fürs Bett.«

Die Dinosaurier murrten verdrossen. Ein Tyrannosaurus beugte sich von weit oben zu ihr herunter und zeigte seine imposanten Zähne. »Ja, auch du«, sagte Maj unbeeindruckt und wedelte mit der Hand vor ihrem Gesicht. »Puuh, wann hast du dir das letzte Mal die Zähne geputzt?«

»Dafür kann ich nichts«, erwiderte der Tyrannosaurus. »Ich fresse Menschen.«

»Wie wär's dann wenigstens mit etwas Zahnseide nach den Mahlzeiten?« Maj fragte sich wieder einmal, wer diese Kreaturen programmiert hatte. Theoretisch musste das jemand gewesen sein, der für die Programmierung von Kleinkind-Simulationen qualifiziert war. Doch in Momenten wie diesem fragte sich Maj, wie seine Qualifikation wohl aussehen mochte. Andererseits bezweifelte sie, dass sie Muffin irgendwie schaden würden. Ihre kleine Schwester war seelisch ungewöhnlich robust.

»Ich bin noch nicht fertig«, nuschelte Muffin enttäuscht.

»Okay. Lies es zu Ende und dann ab ins Bett.«

Muffin öffnete das Buch. Die Dinosaurier beugten sich wieder vor. »Und der Jäger schlitzte den Wolf auf, und Rotkäppchen und die Großmutter fielen heraus. Dann nahm der Jäger große Steine und legte sie dem Wolf in den Bauch. Als er ihn wieder zugenäht hatte, warf er ihn in den Teich, von wo er niemals wieder auftauchte. Der nette Jäger brachte Rotkäppchen wieder zu Vater und Mutter zurück. Die lachten und freuten sich, als sie sie sahen. Sie musste ihnen versprechen, nie wieder allein in den Wald zu gehen.«

Als Muffin das Buch schloss, standen die Dinosaurier seufzend auf. »Gute Nacht«, sagte sie, und ein grunzender und brummender Abschiedschor antwortete ihr. Die Urwesen stapften in die Dunkelheit des Waldes davon.

Maj fragte sich plötzlich, wie sie sich wegen der Dinosaurier Sorgen machen konnte. *Wölfe aufschlitzen, ihnen Steine in den Bauch legen und sie dann in den Teich werfen ...?! Ich kann mich nicht erinnern, dass die Geschichte zu meiner Zeit so geendet hat.* Anderseits war das lange her ... »Fertig?«, fragte sie Muffin und hob sie hoch.

»Fertig.« Die virtuelle Landschaft verblich, und sie standen wieder in Muffins Schlafzimmer.

Sie zog Muf den Schlafanzug an und legte sie ins Bett. »Wie hast du die Geschichte gefunden?«, fragte Maj.

»Die war in dem Buch.«

»Ich meine, was, denkst du, bedeutet sie?«

»Man soll nicht allein in den Wald gehen oder mit Fremden sprechen. Außer, man ist erwachsen oder hat eine Axt dabei. Und es ist böse, Menschen zu töten oder aufzufressen. Außer, man ist ein Dinosaurier und kann nicht anders.«

Maj blinzelte. »Und der Schluss, das mit den Steinen?«

»Der Wolf hat's verdient.«

Maj lachte in sich hinein. »Oh. Willst du noch was trinken?«

»Nein.«

»Okay, Schatz. Schlaf gut.«

»Nacht.« Muffin kuschelte sich in ihr Bettchen.

Maj zog die Tür vorsichtig zu und beschloss, sich keine Sorgen mehr um die Freundschaft zwischen ihrer Schwester und den virtuellen Dinosauriern zu machen. Die Gebrüder Grimm waren da schon etwas anderes, obwohl Muffin auch hier gelassen und altklug wie immer alles im Griff zu haben schien.

Sie lachte leise und machte ihre Hausrunde, um sicherzugehen, dass alle Türen abgeschlossen waren, bevor auch sie sich hinlegte. Sie hatte einen anstrengenden Tag vor sich. Und dann war da auch noch dieser Neue, Nick. *Solange er mich nicht bei der Simulation stört, ist er herzlich willkommen ...*

Im Handumdrehen war es sechs Uhr morgens. Maj stand normalerweise nicht so früh auf, doch einige aus der Gruppe der Sieben wohnten an der Pazifikküste. Zu dieser Tages- und/oder Nachtzeit war die Wahrscheinlichkeit am größten, dass alle Zeit hatten.

Doch so früh am Morgen wollte sie nicht unvorbereitet ins Netz gehen. Im Morgenmantel machte sie sich auf den Weg in die Küche, rieb sich die Augen und setzte den Wasserkessel auf. Als sie in den Gang zurückkam, hörte sie eine Stimme – ihre Mutter.

Sie blieb an der Tür zu ihrem Arbeitszimmer stehen und horchte. Nichts. Die Stimme musste aus dem Schlafzimmer am Ende des Gangs gekommen sein.

Irgendein frühmorgendliches Netz-Programm, dachte sie. Ihr Vater war süchtig nach Talkshows und Nachrichten. Dafür war es für ihn nie zu früh oder zu spät.

Doch aus dem Türspalt vom Arbeitszimmer kam ein schwacher Lichtstrahl. Maj klopfte vorsichtig – keine Reaktion. Sie öffnete die Tür lautlos und spähte hinein.

Ihre Mutter saß im Implantatsessel und hatte die

Augen geschlossen. Mit einem leisen Summen ging der Stuhl in den Massagemodus über, um ihre Mutter bei der Arbeit vor Verspannungen zu bewahren.

Maj schlich wieder nach draußen und schloss die Tür. So lange sie gestern Abend auch weg gewesen sein mochten, nichts konnte ihre Mutter vom Arbeiten abhalten. Selbst am Wochenende nicht. »Wenn ich ein System verkaufe, Kind, gehört der Service dazu. Ich habe nicht umsonst so gute Kunden.« Maj war sich darüber im Klaren, dass die Systeme ihrer Mutter einen guten Ruf genossen. Sie hatte einen kleinen Vertrag mit der Regierung, über den sie nie sprach, sowie weitere Vereinbarungen mit Firmen in Washington und den angrenzenden Bundesstaaten. *Ich wünschte nur, diese Leute würden ihre Systeme nicht immer vermurksen, nachdem Mom sie installiert hat. Dann müsste sie sie nicht ständig reparieren ...*

Sie ging ins Badezimmer. Als sie am Zimmer ihres Bruders vorbeikam, konnte sie durch die angelehnte Tür ein leises Schnarchen hören.

Wieder ein langer Tag für ihn, dachte Maj. Um diese Jahreszeit war das normal. Oft dauerten die Wochenend-Trainings in seinem Curling-Klub bis Mitternacht, und dann gingen sie meistens noch in eine der Vierundzwanzig-Stunden-Snackbars in Alexandria, wo sie bis zwei oder drei Uhr sitzen blieben. Ihr Bruder behauptete, es sei erstaunlich, wie einen das Curling kräftemäßig aussauge. Das liege ausschließlich an der Kopfarbeit und habe nichts mit der körperlichen Anstrengung zu tun, die hauptsächlich darin bestand, dass man auf Eisbahnen hin- und herfuhr, mit einem Besen herumfuhrwerkte und einem großen, polierten Stein ab und zu geschmacklose Bemerkungen zuwarf. Maj hatte so ihre Zweifel, ob dieser Sport wirklich etwas mit ›Kopfarbeit‹ zu tun hatte und

Kraft kostete. Doch sie neckte ihren Bruder nicht damit. Schließlich behauptete er ab und zu, beim Geigespielen würden wohl überhaupt keine Energien freigesetzt. *Der hat ja keine Ahnung ...*

Sie putzte sich die Zähne, während das Teewasser heiß wurde. Als sie aus dem Badezimmer herauskam, vernahm sie aus dem Schlafzimmer ihrer Eltern wieder ein gedämpftes Geräusch ... Das war keine Netz-Sendung. Es war die Stimme ihres Vaters. Er hatte sich über den ›Verstärker‹ im Schlafzimmer in den Hauptcomputer seines Arbeitszimmers eingeklinkt und sprach mit jemandem. *Um diese Uhrzeit?* Doch in Europa war es ja bereits Mittag. Vielleicht hatte es mit ihrem Gast zu tun ...

Maj wollte sich abwenden und hielt dann inne. Sonst lauschte sie eigentlich nicht, doch etwas in der Stimme ihres Vaters ließ sie aufhorchen und ganz still halten.

»... Ja. Ja, ich weiß, aber ich hatte keine Wahl. Er ist ein Freund, Jim. Man muss seinen Freunden doch aus der Patsche helfen. Was hätte Freundschaft sonst für einen Sinn?«

Maj wollte gerade von der Tür wegtreten. Sie schämte sich dafür, gelauscht zu haben, doch dann hörte sie den Namen ›Jim‹. Es gab nur zwei Leute, die ihr Vater so nannte. Der eine war ein Onkel aus Denver, sein Bruder. Der andere war James Winters, Verbindungsmann der Net Force Explorers. Maj konnte sich angesichts der Ortszeit in Denver denken, welcher von beiden es war.

»Ich weiß. Es steht nun mal fest. Er kommt her. Ich hätte dich gern früher gewarnt, doch als die Aktion gestartet werden musste, hätte jede Kommunikation zwischen mir und ihm die Leute auf den Plan gerufen, die nichts davon wissen dürfen. Und dich konnte ich gestern Abend nicht erreichen.«

Langes Schweigen. Dann sagte ihr Vater: »Natürlich.

Maj ist gut in so was.« Eine weitere Pause folgte. »Ja, so gegen zehn. Dann sollten wir wieder da sein, wenn der Verkehr nicht zu schlimm ist. Gut. Bis dann.«

Sie errötete und schlich leise fort. Es war ziemlich peinlich, ein Kompliment aufzuschnappen, wenn man gerade jemandes Privatgespräche belauschte.

Aber dieser Junge, Nick, ist doch ein Verwandter von uns. Warum spricht Dad mit James Winters über ihn ...?

Sie ging in die Küche. Der Wasserkessel brummte erst leicht, pfiff noch nicht. An der Tür zum Arbeitszimmer ihres Vaters hielt Maj an und gähnte kurz, dann ging sie hinein und sah sich ein paar der Bücher und Unterlagen an, die in riesigen Mengen auf dem Schreibtisch gestapelt waren wie üblich. Einiges davon war recht alt – ›Osteuropäische Studien‹-Kram, gebundene Zeitschriften in verschiedenen osteuropäischen Sprachen, einige mit kyrillischen Buchstaben und einige in lateinischer Schrift, teilweise um die fünfzig, sechzig Jahre alt. Maj überkam plötzlich der Gedanke, dass das hier nichts mit seinen Seminaren zu tun hatte.

Sie ging aus dem Zimmer in die Küche, wo das Brummen und Summen des Wasserkessels lauter wurde. Sie dachte über ihre Verwandtschaft nach. Die Greens hatten Verbindungen in alle westlichen Länder Europas – größtenteils nach Irland, aber auch nach Frankreich, Spanien und Österreich. Sie war überrascht gewesen zu erfahren, dass einige in die berühmte Weinbaudynastie Lynch eingeheiratet hatten. Diese Familie stammte ursprünglich aus Irland und war im 19. Jahrhundert nach Bordeaux übergesiedelt, wo sie sich seitdem dem Weinbau widmete. *Aber Osteuropa*, dachte Maj und griff nach dem Kessel. *Bisher hat niemand erwähnt, dass wir da auch jemanden haben. Komisch ...*

Es sei denn, wir haben dort überhaupt keine Verwandten.

Der Kessel begann zu pfeifen und war kurz davor, in sein lautes Geheul auszubrechen. Maj öffnete einen der Schränke und holte einen Beutel des japanischen Grüntees mit gerösteten Reiskörnern heraus, den sie so gern mochte. Dann nahm sie eine Tasse vom Regal. Dass ihr Vater mit James Winters telefonierte, war schon eigenartig. Sie wusste zwar, dass sie befreundet waren. Sie waren früher wohl Klassenkameraden gewesen. Doch warum sollte er mit ihm über ihren Gast sprechen ...?

Und wenn der Neue irgendwas mit der Net Force zu tun hat? Dann ging es sie auch etwas an, beschloss sie ... vor allem, wenn er hier in ihrem Haus auftauchte.

Der Kessel kreischte. Maj zog ihn eilig vom Herd und goss das kochende Wasser über den Teebeutel, dann schaltete sie den Herd aus und setzte sich mit der Tasse an den Tisch. Einen Augenblick später kam ihre Mutter in ihrem abgetragenen ›Arbeitsmantel‹ hereingeschlurft. Das grelle, bunte Ding, das sie aus Covent Garden in London von einer Geschäftsreise mitgebracht hatte, trug sie immer bei ihren frühmorgendlichen Arbeitssitzungen.

»Diese Leute«, murmelte sie und nahm einen Einportions-Kaffeefilter aus dem Schrank. »Ich bastle ihnen ein System, das traumhaft funktioniert, aber können sie es in Ruhe lassen? Nein. Sie müssen damit herumspielen und neue Programme einfügen, ohne sie vorher auf Fehler zu überprüfen. Und dann wundern sie sich, wenn alles abstürzt ...«

»Morgen, Mom.«

»Morgen, Schatz. Danke, dass du das ›Guten‹ weggelassen hast.«

Maj brannte die Frage auf den Nägeln, was ihr Vater

mit James Winters zu besprechen hatte ... doch damit würde sie zugeben, dass sie gelauscht hatte.

»Ist Daddy schon wach?«, fragte ihre Mutter.

»Ich glaub schon. Er hat telefoniert oder so.«

»Er gönnt sich einfach keine Ruhe.«

»Aber du, was?«

»Und was tust *du* um diese Uhrzeit schon hier? Wenn du uns schon vorhältst, unheilbare Workaholics zu sein ...«

»Oh, unser großes Weltraumgefecht findet heute Abend statt. Wir haben noch eine Besprechung.«

»Ist es so ernst?« Ihre Mutter goss Wasser in den kleinen Kaffeefilter.

»Tja, wir haben viel Zeit auf die Entwicklung verwendet. Wir wollen nicht gleich ausscheiden, nur weil wir nicht besprochen haben, wie wir mit unseren Schiffen *umgehen* wollen.«

»Mmm. Da hast du wohl Recht ...«

Sie saßen eine Weile in einvernehmlichem Schweigen da und schlürften Tee beziehungsweise Kaffee. Als ein schwaches *Tick!* von der Küchenwand ertönte, hob Majs Mutter den Kopf. »Aha«, sagte sie, denn das *Tick!* stammte vom Wasserboiler. »Er duscht.«

Majs Vater hätte sein Leben in der Dusche verbracht, wenn das möglich gewesen wäre. Er behauptete, er habe dort die besten Einfälle. Maj hingegen war froh, dass er tagsüber einen Job hatte, der ihn dann und wann am Duschen hinderte. Anderenfalls hätte er wahrscheinlich schon die Weltherrschaft an sich gerissen. »Ich hab's nicht eilig«, sagte sie. »Ich wollte sowieso erst zu diesem Treffen.«

»Gut.« Ihre Mutter nahm noch einen Schluck Kaffee. »Schatz, unser junger Gast ...«

»Hm?«

»Du musst wissen, dass er ...«

»*Mommy, Mommy, schau, was ich gefunden hab!*«

Muffin kam grauenvoll munter in die Küche gehüpft und wedelte mit einem zerschlissenen Bilderbuch. Maj seufzte. Die Hersteller behaupteten zwar, diese Bücher seien ›kindersicher‹, doch sie kannten Muf nicht.

»... dreizehn ist«, sagte ihre Mutter rasch und wirkte leicht irritiert.

»Ja, ja, Mom. Kein Problem. Ich schaff' das schon.«

»Es war verschwunden«, sagte Muffin, »und jetzt hab ich's unter meinem Bett gefunden.« Sie hielt ihrer Mutter das Buch unter die Nase. Auf dem Einband war ein ernst dreinblickender Dinosaurier abgebildet.

»Da verschwinden viele Sachen.« Maj hatte Erfahrung damit. Ihre Schwester erachtete »unter dem Bett« als Stauraum mit unbegrenzten Möglichkeiten.

»Liest du es mir vor, Mommy?«

»Du kannst doch selbst lesen, Süße.« Majs Mutter nippte erschöpft an ihrem Kaffee.

»Es ist gut, anderen vorzulesen«, beharrte Muffin. »*Ich* lese meinen Dinosauriern immer vor. Dann werden sie klüger.«

Maj und ihre Mutter sahen sich belustigt an. »Tja, Schatz«, fing Mom an, doch das Klingeln des Telefons unterbrach sie. »Wer kann das sein?« Sie sah auf. »Sie erwarten hoffentlich keine Bildübertragung, denn damit kann ich jetzt nicht dienen. Hallo?«

Muffin sah sie enttäuscht an. Sie schlich zur anderen Seite des Tischs, kletterte auf einen Stuhl, knallte das Buch auf den Tisch und las sich selbst lauthals daraus vor.

»Nein«, sagte Majs Mutter in den Raum und kämpfte

gegen den Vortrag von Dinosauriernamen an, »er ist im Moment verhindert. Kann ich ihm etwas ausrichten? ... Ja, ich bin Mrs Green ... Oh. Und wo landet er?«

Nach einer kurzen Pause sagte sie: »Sieben Uhr fünfzehn? Es gab doch kein Problem mit dem Flugzeug, oder?«

Maj zog die Augenbrauen nach oben.

»Oh, das ist gut«, sagte ihre Mutter. »Kein Problem. Ja, wir werden dort sein. Danke! Auf Wiederhören.«

Sie blinzelte kurz und wandte sich an Maj. »So viel zur Tugend des Frühaufstehens, um eine halbe Stunde zum Relaxen zu haben«, murmelte sie und warf einen Blick auf Muffin. »Der Flug unseres kleinen Cousins wurde nach Dulles umgeleitet.«

»Aber das ist doch gut, oder? Dann müssen wir nicht bis zum internationalen Flughafen nach Baltimore fahren.«

»Es wäre gut, wenn er nicht schon in einer Dreiviertelstunde landen würde.« Ihre Mutter stand auf und stürzte den restlichen Kaffee so schnell hinunter, dass Maj sich wieder einmal fragte, ob ihre Mutter den Schluckreflex ausschalten konnte. »Zieh dich lieber an, Schatz, wir müssen los.«

»Oje, mein Treffen mit der Gruppe ...!«

»Du musst es absagen. Tut mir Leid, hier geht's um die Familie ... wir brauchen dich. Sag ihnen, dass du dich später meldest.«

»Es ist aber wichtig ...!«

Doch ihre Mutter war bereits auf dem Weg und klopfte einen Augenblick später an die Badezimmertür. »Liebling, der Himmel stürzt mal wieder ein. Komm schnell raus da!«

Maj hörte ein gurgelndes Geräusch durch das leise

Plätschern des Wassers. Widerwillig stand sie auf, um sich anzuziehen. Dann musste sie dem Computer eiligst die Anweisung geben, der Gruppe mitzuteilen, dass sie die Besprechung absagen musste. *Sie werden ausflippen. Eigentlich bin ich auch kurz davor.*

So viel dazu, dass der kleine Niko nicht stört, dachte Maj auf dem Weg den Flur hinunter. *Wir werden viel Spaß miteinander haben ...*

Glücklicherweise war zu dieser nachtschlafenden Zeit der Verkehr nach Dulles nicht schlimm. Maj wünschte sich fast, es wäre etwas mehr los, damit sie mehr Zeit hätte, ihre schlechte Laune zu verarbeiten. Die Reaktion der Gruppe war vorhersehbar gewesen, als sie kurz ihren Kopf hineingesteckt und verkündet hatte, dass sie nicht bleiben konnte. Vor allem diejenigen waren sauer, die extra lang aufgeblieben waren. »Treffen wir uns heute Abend einfach ganz früh hier«, hatte sie gesagt, und die ansonsten so ausgeglichene Shih Chin hatte tatsächlich geknurrt:

»Miss Madeline, wenn du heute Abend zu spät kommst ... fliegen wir ohne dich. Das Gefecht beginnt um sechs Uhr Central Standard Time ...«

»Ich weiß, ich weiß, keine Sorge ...«, sagte Maj, genervt von dem verärgerten Gemurmel der anderen. Dann war sie rasch ausgestiegen, um zumindest kurz ins Bad zu huschen, bevor sie sich anziehen und sich zu den anderen ins Auto quetschen musste. Hier saß sie nun, ihr war heiß, und sie war gereizt. Sie hatte nur flüchtig geduscht, und es war ihr gleichgültig, welchen Eindruck sie auf wen auch immer machen würde.

Doch etwas spukte ihr immer noch im Kopf herum. *James Winters ... und Dad. Im Gespräch über ihn.* Maj seufzte. *Ich muss mich wohl um ihn kümmern, egal, wie genervt ich bin.*

Muffin dagegen war völlig unbekümmert. Der Wagen verließ die Überholspur und bedeutete ihrem Vater mit einem Klingelton, dass er auf dem letzten Stück zum Flughafen das Steuer wieder selbst übernehmen solle. Währenddessen trällerte Muf aus vollem Halse: »Wir haben einen Cousin, wir haben einen Cousin!« Ihr Vater fuhr auf den Parkplatz des Flughafens. Dann übernahm der Wagen die Steuerung wieder und brachte sie per Autopilot zu einem Parkplatz. Im Umkreis von einem Kilometer um den Flughafen herum war eine freie Steuerung der Fahrzeuge nicht zugelassen. Es gab in diesem Gebiet zu viel Verkehr, um eine ›Parkplatz-Anarchie‹ billigen zu können.

»Wir sind früh dran«, sagte Majs Mutter überrascht, als der Wagen in der Parkbucht zum Stehen kam, den die örtliche Aufsicht ihnen zugeteilt hatte.

»Willkommen im Dulles International Aerospace Port«, säuselte eine angenehme, männliche Stimme über die Entertainment-Anlage des Autos. »Damit wir unserem Besucherzustrom besser entsprechen können, bitten wir Sie in Kenntnis zu nehmen, dass Kurzzeitparkgebühren bei dreißig Dollar pro Stunde liegen. Vielen Dank für Ihre Kooperation.«

Majs Vater grunzte. Damit unterdrückte er offensichtlich einen Kommentar, der um einiges gepfefferter ausgefallen wäre, hätte Muffin nicht mit im Auto gesessen. »Kommt schon«, sagte er. »Gehen wir rein und holen unseren Besuch ab, bevor wir einen Kredit aufnehmen müssen, um hier wieder rauszukommen.«

Einige Reihen von ihrer Parkbucht entfernt fuhr die Magnetbahn zu den Hauptterminals ab. Der Weg dorthin war recht unangenehm, da um sie herum Autos einparkten oder ihre Motoren starteten. Als sie in die Bahn stiegen, bemerkte Maj leicht belustigt ein Plakat am Wartehäuschen: WIR WACHSEN, UM IHRE BEDÜRFNISSE ZU ERFÜLLEN! Das war bereits der dritte Umbau des Flughafens innerhalb der letzten zwanzig Jahre. Jetzt endlich, wo Startbahn Nummer fünf für die Raumflieger und der Zusatzflügel zum Terminal C beinahe fertig waren, war er so gut wie beendet – versprachen die Betreiber jedenfalls. Doch abgeschlossen waren die Arbeiten noch nicht, und so wirkte der Ort, an dem sie Niko treffen sollten, eher wie eine Baustelle als wie ein Terminal.

Die gereizte Maj entdeckte den Jungen als Erste. Er stand neben einer Dame vom Flugservice der AA im ›Treffpunkt‹-Bereich. Sofort fiel sämtlicher Ärger von ihr ab. Es war unmöglich, auf jemanden böse zu sein, der so klein, verloren und ängstlich aussah und so tapfer versuchte, es zu verbergen.

Er war ziemlich klein für sein Alter. Seine dunkle Jeans, das schlichte Sweatshirt und die dunkle Jacke sahen aus wie eine Art Schuluniform und ließen ihn ziemlich unauffällig wirken. Trotzdem war es ihm offensichtlich unbehaglich, so ungeschützt dazustehen. Fast schien er sich zu wünschen, er wäre unsichtbar.

Als Majs Dad schnurstracks auf ihn zuging, ließ Maj sich etwas zurückfallen und beobachtete das Gesicht des Jungen. Sie wollte seine Reaktion verfolgen, wenn er den großen Mann mit schütterem Haar bemerkte. Der Junge blickte ihren Vater mit dunklen, prüfenden Augen an. Er selbst wirkte zerbrechlich – dunkles Haar, leicht olivbraune Hautfarbe und ein irgendwie mediterranes Aussehen, doch mit hohen Wangenknochen. Als Majs Vater bei ihm stehen blieb, erschien ein kaum merkliches Lächeln auf seinem Gesicht. Es war ein erleichtertes Lächeln.

»Martin Green«, sagte ihr Vater zu der Dame vom Flugservice. »Und du bist wohl Niko. *Grazé*, Cousin.«

»*Grazé* ...«, sagte der Junge, als Maj mit ihrer Mutter und Muffin hinter ihrem Dad zum Vorschein kam.

»Professor Green, würden Sie bitte kurz hier hineinsehen?« Die Dame vom Flugservice hielt eine kleine schwarze Box in der Hand, an der ein Okular angebracht war.

»Natürlich.« Er nahm es aus ihrer Hand, setzte seine Brille ab und hielt das Okular ans Auge. Dann sagte er »Au«, und reichte ihr die Box. »Geht das Licht vielleicht noch ein bisschen greller?«

Die Dame lachte und drehte die Box, um die LCD-Ausgaben zu überprüfen. »Kaum. In Ordnung, Herr Professor. Wenn Sie hier bitte unterschreiben?« Sie hielt ihm einen elektronischen Schreibblock und einen Griffel hin.

Er kritzelte seinen Namen darauf und reichte ihr den Block. »Danke. Wo ist sein Gepäck?«

»Er hatte keins.« Die Flugbegleiterin sah Niko kurz an. »Irgendein Problem mit dem Transfer von der Züricher Bahn ... Die Gepäckstelle bemüht sich, es zu verfolgen. Sie hat Ihre Telefonnummer. Sobald sie es gefunden hat, wird es zu Ihrem Haus geliefert.«

»Oh, das ist ja furchtbar«, sagte Majs Mom sofort. »Wie schrecklich diese Reise schon begonnen hat! Wir bringen das für dich in Ordnung. Herzlich willkommen, Niko. Ich bin Rosilyn. Das ist Madeline. Wir nennen sie Maj. Und das ist Adrienne ...«

»Ich heiße nicht Adrienne, sondern Muffin!«, erklärte Muf trotzig, und dann – offensichtlich aus Überraschung über den Mut, ihren Cousin persönlich angesprochen zu haben – geschah das Unvorstellbare: Muf wurde von plötzlicher Schüchternheit überfallen. Sie versteckte sich hinter ihrer Mom und sah an deren Bein vorbei, als wäre es ein Baum. »Hi«, flüsterte sie und vergrub ihr Gesicht in ihrer Mutter Hose.

Ihre Eltern sahen sie verwundert an. Maj nutzte die Gelegenheit und reichte Niko die Hand. »Hallo«, sagte er und sah dann ihre Eltern an. »Danke, dass ich bei Ihnen bleiben darf.«

»Das ist schon in Ordnung«, winkte Majs Vater ab. »Hör mal, wenn dein Gepäck auf dem Weg verloren ging, hat es keinen Sinn, hier zu bleiben und darüber zu schimpfen. Fahren wir heim und frühstücken. Oder essen zu Mittag, zu Abend, oder nach was deine innere Uhr jetzt verlangt ...«

Sie verließen den aufgerissenen Terminal, vorbei an den Plakaten, die das zu erwartende Endergebnis des Umbaus zeigten. Maj bemerkte, dass ihr Vater es eiliger zu haben schien als sonst. Normalerweise ließ er sich immer lang und breit über die neuen Konstruktionen aus. Doch vielleicht lagen ihm die dreißig Dollar Parkgebühr pro Stunde im Magen.

Auf dem Weg zum Parkplatz fiel Maj auf, wie viel Aufmerksamkeit Niko ihren Eltern schenkte. Dabei beobachtete er seine Umgebung, als hätte er noch nie zuvor etwas Ähnliches gesehen. Muffin taute langsam auf und schlich in der Magnetbahn an ihrer Mutter vorbei, um näher bei Niko zu sitzen. Niko, der gerade Moms Fragen über das Wetter und das Leben in Ungarn beantwortete, bemerkte es und lächelte sie an. Beim Auto angekommen, hatte Muffin offensichtlich beschlossen, dass es keinen Grund zur Zurückhaltung gab, und bestand darauf, neben Niko angeschnallt zu werden.

»Ist Ungarn eine große Stadt?«, fragte sie, als sie losfuhren.

Maj verdrehte belustigt die Augen und hörte mit einem Ohr zu, wie Niko ihr zu erklären versuchte, dass Ungarn ein Land war, und wie sich Städte und Länder unterschieden. Mit dem anderen Ohr verfolgte sie ebenso amüsiert, wie ihre Mutter plötzlich zur Glucke mutierte.

»Das mit seinen Kleidern ist wirklich schrecklich. Von Ricks alten Sachen haben wir ja nichts aufgehoben, das ihm passen könnte. Der Himmel weiß, wann sein Gepäck ankommt und auf welchem Kontinent es gerade umherirrt. Na ja. Maj, kannst du ihn nicht zu GearOnline mitnehmen und ein paar Sachen aussuchen? Jeans und so etwas. Zahl erst mal mit dem Haushaltsgeld, wir verrechnen das später.«

»Klar, Mom.« Die Sache versprach, interessant zu werden. Maj war noch nie mit einem Jungen Einkaufen gegangen und wusste nicht genau, ob die Online-Protokolle dieselben waren wie in der Mädchenabteilung.

Muffins Erzähllautstärke und -geschwindigkeit nahmen rapide zu, während sie sich in den Verkehr Richtung Alexandria einordneten. »Unser Auto ist alt. Mommy nennt es eine Antiquität. Es ist ein großes Auto. Ist euer Auto auch so groß?«

Maj beobachtete, wie Niko einen flüchtigen Blick aus dem Fenster warf. Sein Gesicht spiegelte leises Erstaunen wider. »Oh, nein«, sagte er, und Maj bemerkte das schelmische Aufblitzen in seinen Augen, als er sich vom Fenster abwandte. »Bei uns gibt es keine Autos.«

Muffin war sprachlos. Als sie sich wieder erholt hatte, fragte sie: »Was habt ihr denn dann?«

»Kühe.« Er blinzelte Maj verstohlen zu. »Wir reiten auf Kühen, um vorwärts zu kommen.«

Maj bemühte sich, ernst zu bleiben. Mit offenem Mund und aufgerissenen Augen hing Muffin an Nikos Lippen. Der war in seinem Element. »Wir reiten auf ihnen überall hin. Auch zum Flughafen.«

»Aber die kacken doch auf die Straße«, sagte Muffin nach einer kurzen Pause.

Niko sah Maj an und unterdrückte ein Lachen. »*Kacken* ...?«

»Äh, die Notdurft verrichten«, erklärte Maj.

»Und wie sie kacken«, bestätigte Niko Muffin. »Doch das macht nichts, denn wir reiten nicht nur auf den Kühen, wir lassen sie auch unsere Sachen tragen. Die Kühe ziehen kleine Wagen hinter sich her. Zwischen der Kuh und dem Wagen hängt eine Plane mit einem Eimer, damit die Kacke genau in den Eimer rutschen kann.«

»Und was macht ihr mit den Eimern?«, flüsterte Muffin überwältigt.

»Wir düngen die Rosen damit.«

»Bingo«, sagte Majs Mutter. »Du kannst das ganze nächste Jahr bei uns verbringen. Jemand, der sich mit Rosen auskennt, darf so lange bei uns wohnen, wie er möchte.«

Die nächsten fünfzehn Minuten waren die unterhaltsamsten, die Maj je erlebt hatte. Niko dachte sich immer absurdere Geschichten über ›seine Stadt‹ Ungarn aus. Doch als Mom ihr einen kurzen Blick zuwarf, wusste Maj genau, was sie dachte: dass Nikos Scherze etwas Berechnendes an sich hatten – als wollte er sich von etwas ablenken.

Vielleicht würde es mir genauso gehen, dachte Maj. *Wenn ich in einem fremden Land wäre, bei Fremden, ohne mein Gepäck ... Und*, fügte etwas in ihrem Kopf hinzu, *wenn ich keine Ahnung hätte, was auf mich zukommt* ...

Als sie zu Hause ankamen, sprang Muffin als Erste aus dem Wagen und zog Niko mit sich. »Ich zeig dir mein Zimmer!«

»Später, Schatz«, unterbrach sie Majs Mutter. »Jetzt frühstückt ihr erst mal.« Ihr Blick fügte stumm hinzu: *Lass den armen Jungen doch erst mal verschnaufen!*

»Ich hab keinen Hunger!«

»Doch, hast du«, sagte Mom mit ernster Gewissheit. »Maj, Liebling, zeigst du Niko bitte das Gästezimmer und die Toilette?«

»Komm mit.« Maj führte ihn den Flur hinunter und stieß die Tür zum Gästezimmer auf. Bevor sie vor einigen Jahren am Haus einen neuen ›Flügel‹ angebaut hatten, hatte ihre Mom hier ihr Büro gehabt. Jetzt standen ein gemütliches altes Sofa, ein Bett, einige abgenutzte Kisten und Truhen aus Ricks Zimmer und Bücherregale im Raum. *Viele* Bücherregale, die größtenteils mit ›überschüssigen‹ Büchern aus dem Arbeitszimmer ihres Vaters voll gestopft waren.

Niko sah sich um. »Ihr lest aber viel«, staunte er.

»Nicht so viel, wie ich gern würde.« Maj seufzte leise. »Hier ist der Schrank ... auch wenn du momentan noch nichts zum Aufhängen hast. Ruh dich kurz aus, dann gehen wir online und besorgen dir was zum Anziehen. Hier geht's zur Toilette ...«

Niko verschwand mit dankbarem Blick hinter der Tür. Währenddessen fuhr Maj das System im Arbeitszimmer ihres Vaters aus dem Standby-Modus hoch und ›erklärte‹ dem Implantatsessel, dass ein neues Implantat zur Liste der autorisierten Benutzer hinzukommen würde. Als Niko wieder auftauchte, deutete Maj auf den Sessel. »Ich steige von der Küche aus ein und zeig dir, wo's lang geht ... wir haben eine Verdopplerschaltung da drin. Setz dich, mach's dir gemütlich ...«

Niko setzte sich und wand sich etwas, als der Stuhl sich an seinen Körper anpasste. »Das ist komisch. Meiner macht das nicht.«

Maj grinste ihn an. »Ich dachte schon, du würdest mir jetzt erzählen, dass ihr dafür auch auf Kühen sitzt.«

Er erwiderte das Lächeln. Dann hielt er kurz inne. »Wann fängt es an? Ich sehe nichts.«

»O je. Mom?«

Ihre Mutter tauchte an der Tür auf. »Gibt es Probleme?«

»Eigentlich sollte er jetzt in meinem Arbeitsraum sein. Aber er empfängt nichts.«

Ihre Mutter stellte sich irritiert hinter Nikos Sessel und verband ihr Implantat mit dem Netzcomputer. Sie blinzelte. »Es erkennt sein Implantat nicht. Immer dasselbe. Warum standardisieren sie die Dinger nicht einfach ...« Sie verdrehte die Augen.

Sie blieb noch einen Moment regungslos stehen. »Okay, ich hab's. Es ist einfach ein anderes Protokoll ... das wird bei uns nicht oft verwendet. Ich muss dem System nur schnell erklären, was es zu tun hat ...«

Nach einem Moment des Schweigens sagte sie: »Okay, Niko. Versuch's mal.«

Er neigte den Kopf leicht und richtete ihn dann wieder nach vorn. »Oh!«

»Es ist nur eine Notlösung.« Majs Mom klang nicht völlig zufrieden. »In dein Implantat ist eine Bandbreitenbeschränkung eingebaut. Ich habe sie einfach umgangen. Ich kann es rückgängig machen, wann immer du willst. Ist der Empfang jetzt in Ordnung?«

»Ja ...«

»Okay. Maj, achte auf die Sonderangebote. Zurzeit dürfte die Frühjahrsmode für Jungen reduziert sein ... die Freizeitkleidung zumindest. Er muss ja nicht gleich als Modepüppchen herumlaufen. Sein Gepäck wird sowieso bald hier sein. Du kannst ruhig von meinem Büro aus einsteigen, die nächste Stunde brauche ich es nicht.«

»Okay, Mom, danke. Bleib hier, Niko. Ich bin gleich bei dir ...«

Maj ging ins Büro ihrer Mutter und setzte sich in den Implantatsessel. Einen Augenblick später war sie in ihrem Arbeitsraum. Niko stand bereits da und sah sich staunend um. »Das ist ... ziemlich fortschrittlich.«

»Klein, aber mein. Computer ...«

»Ja, Boss?«

»GearOnline, bitte. Jungenbekleidung.«

»Treten Sie ein.«

»Hier lang, Niko.« Maj öffnete die Hintertür ihres Arbeitsraums zwischen den Regalen. Niko kam vorsichtig näher und spähte hindurch.

»Bohze moi«, sagte er leise.

»Ich weiß«, sagte Maj. Sie traten gemeinsam ein. »Ich kaufe hier nicht mehr oft ein. Es ist einfach zu verwirrend ...«

Schon die pure Größenordnung des Geschäftes befremdete sie jedes Mal von neuem. Offensichtlich war es den alten Versandhauskatalogen nachempfunden worden: Alles, was das Geschäft auf Lager hatte, war in einem Raum ausgestellt, dessen Fläche in etwa der Mondoberfläche entsprechen musste.

»Hierher«, sagte sie und führte ihn zu einer Umkleidekabine, die einsam inmitten des riesigen Raumes zwischen den voll bepackten Kleiderstangen und Regalen stand. »Es hat keinen Sinn, herumzulaufen und sich zu verirren. Siehst du das Raster?« Sie zeigte auf ein erhelltes Rechteck am Boden, das von Rasterlinien überzogen war. »Stell dich einfach drauf ...«

Nick tat es skeptisch.

»Geschäftscomputer ...«, rief Maj.

»Zu Ihren Diensten, Ma'am. Danke, dass Sie bei Gear-Online einkaufen!«

»Schon gut. Messungen an diesem Gentleman vornehmen. Niko, nicht bewegen, sonst verwirrst du das System.«

Das Raster aus Lichtlinien erhob sich vom Boden, wickelte sich um Niko und passte sich ihm an. Er hielt sich ruhig, doch Maj konnte seinen leicht beunruhigten Blick nachvollziehen – die Schablone fühlte sich recht beengend an.

»Keine Panik. Es liest die Aufzeichnungen der Sensoren im Sessel ab. Übrigens, das im Auto war echt stark ... die Geschichte mit den Kühen.«

Er sah sie leicht reumütig an. »Du hast mir also nicht geglaubt.«

»Dass ihr auf Kühen zur Arbeit reitet? Bist du überhaupt schon mal auf einer Kuh geritten?«

Da musste er auch lachen. »Ziemlich knochig.«

»Man wird abgeworfen und zertrampelt. Ich hab es mal auf einem Bauernhof versucht, als ich klein war. Einmal war genug. Pferde sind da schon was anderes.«

»Du reitest ...« Er hielt kurz inne und ließ eine andere Zusammenstellung des Rasters über sich ergehen. »Komisch.«

Sie zog die Augenbrauen nach oben. »Warum ist das komisch?«

»Oh. Dein Name.«

Maj blinzelte.

»In meiner Sprache ist *Maj* die Abkürzung für *amajzona*. Amazone. Eine reitende Kriegerin.«

Sie lächelte. »Eigentlich heiße ich ja Madeline, aber niemand nennt mich so.«

»Wie das Gebäck? Da ist ›Amazone‹ schon besser.«

Das leuchtende Muster zog sich von Niko zurück und stand nun als grün schillerndes Netzgeflecht neben ihm. Er fuhr mit den Händen an sich herunter und starrte es dann an. »Und was passiert jetzt?«

»Jetzt müssen wir irgendwie herausfinden, was wir wollen, ohne dabei den Verstand zu verlieren. Stuhl, bitte.«

Ein Stuhl erschien. Sie setzte sich. »Willst du dich auch setzen?«

»Äh, nein, ist schon okay. Ich habe ziemlich viel gesessen in letzter Zeit.«

»Na gut. Geschäftscomputer?«

»Zu Ihren Diensten, Ma'am. Vielen ...«

»O Mann, ich wünschte, er würde das nicht immer sagen ... Was hättest du gern zum Anziehen, Niko?«

»Äh ... eine Jeans wäre gut. Und vielleicht ein Hemd.«

»Jeans«, sagte Maj. Im nächsten Augenblick erschien an Nikos Netzmodell eine Hose. »Gefällt sie dir?«

Er ging um das Raster herum. »Und die passt?«

»Ziemlich genau. Der Computer wählt aus dem Lager eine aus, die deiner Figur am besten entspricht, und liefert sie dann. Die Lieferungen gehen mehrmals täglich raus.«

»Muss sie blau sein?«

»Möchtest du lieber eine andere Farbe?«

»Äh ...« Er lächelte schüchtern. »Ich wollte schon immer eine schwarze.«

»Schwarz, alles klar.« Die Jeans an dem Rastermodell verfärbte sich. Maj grinste ihn an. »In diesem Jahr ist Schwarz wieder in. Soll das Hemd auch schwarz sein? Das steht dir bestimmt.«

»Ja!«

Zum Teufel mit den Sonderangeboten. »Hemd, schwarz«, sagte sie. Eines der modischen, eng anliegenden Hemden schmiegte sich an das Modellraster. »Wie wär's damit?«

Sein Lächeln war Antwort genug.

»Super«, fand auch Maj. »Geschäftscomputer. Beides auswählen und bestellen.«

»Rechnungsadresse bestätigen.«

»Achtzehn Zwölf.«

»Vielen Dank. Selbstabholung oder Lieferung?«

»Lieferung.«

»Vielen Dank. Ihre Bestellung wird von unserem Lager in Bethesda um zehn Uhr ausgeliefert.«

»Das war's.« Maj stand auf. »Brauchst du noch was?«

»Noch was ...« Niko blickte quer durch den riesigen Raum voller Kleider. Maj hatte sich manchmal gewundert, warum man hier die Erdkrümmung nicht sehen konnte. »Nein«, sagte er schließlich schüchtern. »Aber danke.«

Sie klopfte ihn auf die Schulter. Er sprang vor Überraschung leicht zur Seite. »Ist schon okay«, lachte Maj. »Komm, wir wollen hier raus, Mom will bestimmt ihr System zurück.«

»Aber es ist ... Sonntag! Und trotzdem arbeitet sie?«

Maj verdrehte die Augen. »Keiner kann sie davon abhalten. Komm mit ...«

»Und danke, dass Sie ...«, rief ihnen das System verzweifelt nach, als sie ihre Implantate deaktivierten.

Maj kicherte, während sie in die Küche zurückgingen. »Hast du Hunger?«

»Äh ...« Niko hielt inne und sah aus dem Fenster in den Garten, in dem Moms Tomaten und Rosen drohten, das Kommando zu übernehmen. Es war jedes Jahr um diese Zeit dasselbe. »Vielleicht was zu trinken.«

»Tee? Milch? Kaffee?«

Niko antwortete nicht. Er lehnte sich, in Gedanken versunken, an das Fensterbrett. »Niko?«

Keine Antwort.

»Niko?!«

Er sprang wie vom Blitz getroffen auf und wandte sich eilig um. »Äh, tut mir Leid ...«

»Möchtest du Tee, Kaffee oder ...«

Er starrte sie an ... dann entspannte er sich. Es war offensichtlich, was er gerade durchgemacht hatte. *Ich dachte, du würdest mir was Schreckliches antun ... aber jetzt ist es wieder in Ordnung.* »Kaffee wäre gut.«

»Was möchtest du rein?«

»Viel Milch.«

»Gut. Wir stehlen einfach Moms Kaffee – es ist der Beste im ganzen Haus.« Maj nahm einen der Einportion-Kaffeefilter, setzte ihn auf eine Tasse, stellte den Wasserkessel auf den Herd und stöberte dann im Kühlschrank herum. »Mal sehen ... Ah, hier.« Sie zog eine Milchtüte an dem in der Tür angebrachten Scanner vorbei.

»Das ist der letzte Liter«, sagte der Kühlschrank. »Brauchen Sie mehr?«

»O Gott«, murmelte Maj. »Das ist ja nicht zu fassen. Mein Bruderherz nimmt wahrscheinlich sogar Milch für seine ...« Als sie sich umwandte, bemerkte sie, dass Niko den Kühlschrank völlig perplex anstarrte.

»Euer Kühlschrank *redet*?«

Geiselnahme

Maj blinzelte. »Oh. Ja. Meistens nur, um sich zu beschweren.« Sie zog eine Grimasse und öffnete den Kühlschrank, um ihm die kleine Glasfläche zu zeigen. »Schau, das ist der Scanner, an dem man alles vorbeizieht, was man eingekauft hat. Er speichert alles anhand der Strichcodes. Wenn was ausgeht, bestellt er Nachschub. Er ist mit dem Netz verbunden und setzt sich mit dem Supermarkt in Verbindung. Der Lieferwagen kommt immer morgens und liefert das nach, was man aufgebraucht hat.« Sie wandte sich wieder der Tür zu und hielt den Milchkarton davor.

»Bestellung erfolgt«, sagte der Kühlschrank.

Sie schloss die Tür. »Die neuen fragen nicht mal mehr. Sie bestellen einfach – indem sie berechnen, was deine Bedürfnisse sind und eigene Listen erstellen. Der hier ist ein bisschen veraltet, aber ich glaube, Mom gefällt der Türgriff, deshalb behält sie ihn.«

Niko setzte sich mit einem seltsamen Gesichtsausdruck. »Unsere Kühlschränke sind nicht ... ganz so gesprächig.«

»Glaub mir, das ist nicht das Schlechteste.« Maj setzte sich ihm gegenüber an den Tisch. »Der hier nervt mich immer damit, dass ich zu viel Butter benutze. Mein Bruder stellt ständig die ›Diätratgeber‹-Funktion ein, um mich zu ärgern, und ich darf sie dann jedes Mal wieder ausschalten.« Sie verzog das Gesicht.

Das Wasser war schnell heiß. Anscheinend hatte ihre Mutter den Kessel gerade benutzt. Maj brühte erst den Kaffee und dann den Tee auf, damit beides gleichzeitig fertig war, dann stellte sie die Tassen auf den Tisch. Niko hatte sich bereits gesetzt.

»Niko ...«, begann sie.

Diesmal war er etwas gefasster. »Ja?«

»Du siehst völlig fertig aus.«

Er starrte sie an ... und sackte in sich zusammen, als würde die Erwähnung seiner Erschöpfung es erlauben, sie auch zu zeigen. »Ja. Du meinst, dass ich müde bin?«

»Müde, genau. Kaputt. Total geplättet. Willst du dich hinlegen? Dich ausruhen, meine ich?«

»Ja, das wäre nicht schlecht.«

»Trink erst deinen Kaffee. Keine Eile. Du ...« Sie hielt inne, denn sie hatte sagen wollen: *Du bist hier in Sicherheit.* Doch eigentlich gab es keinen Grund, so etwas zu sagen. Er hatte nur irgendwie den Eindruck gemacht, dass er sich nicht in Sicherheit fühlte, dass er schreckliche Angst hatte.

Ich mach ihm das am besten jetzt klar, dachte Maj.

»Du bist bei deiner Verwandtschaft. Du musst nicht dasitzen und höflich sein. Du hast einen Jetlag, offensichtlich brauchst du ein wenig Ruhe. Ruh dich aus, so lange du willst. Und wenn du aufstehen möchtest, steh einfach auf. Vielleicht heute Abend. Ich hab noch im Netz zu arbeiten ... wenn du mitmachen willst, jederzeit.«

Ich glaube nicht, was ich da sage. Aber er braucht jetzt einen Freund, der Arme ... Virtualität ist das eine, Wirklichkeit das andere. Das wirkliche Leben hat Vorrang.

Als sie das Netz erwähnte, leuchteten seine Augen. »Das wäre toll. Danke!«

»Schon gut. Warum nimmst du nicht deinen Kaffee mit ... na los, erhol dich. Ich wecke dich so gegen fünf, dann kannst du mitkommen. Es ist ziemlich cool.«

Er nickte und stand auf, die Kaffeetasse in seiner Hand. »Die vierte Tür?«

»Genau. Wenn Muffin dich stören will, schmeiß sie einfach raus.«

»Sie würde mich nicht stören«, sagte er und grinste

leicht. Eine Sekunde lang wirkte er weniger erschöpft.
»Sie ist sehr – süß?«

»Süß, das ist das richtige Wort. Willkommen in Amerika, Kleiner. Na, jetzt geh schlafen.«

Er verschwand im Flur. Maj wartete etwa fünfzehn Minuten und machte sich dann auf den Weg zu ihrem Vater.

3

Majorin Arni war angespannt. Sie hätte es vorgezogen, diese Besprechung telefonisch oder virtuell abzuhalten, doch Ernd Bioru nahm einen erheblich höheren Rang ein als sie – nicht militärisch, damit hätte sie umgehen können. Nur wenige Politiker wie er waren ihrer Abteilung vorangestellt. Wenn einer von ihnen ein persönliches Treffen anordnete, erwartete er, dass seiner Anfrage, besser gesagt seinem Befehl, auch unmittelbar entsprochen wurde.

Sie stand in dem großen, luxuriösen Büro mit den teuren Möbeln und Aquarellen und wartete darauf, dass Bioru aufsehen würde. Innerlich tobte sie vor Wut, dass sie selbst wie ein Möbelstück behandelt wurde, doch ihr blieb keine andere Wahl, als sich zu beherrschen. Der Minister für innere Sicherheit war einer der Ratgeber Clujs. Sah man sich nicht vor und beging einen Fehler, musste man mit einem längeren Aufenthalt an einem weniger angenehmen Ort rechnen.

Sie hatte keine hohe Meinung von Bioru. Er hatte sich früh aus der Arbeit beim Geheimdienst zurückgezogen, um sich diplomatischen Pflichten im Ausland zu widmen und einen gewissen Status zu erlangen. Majorin Arni hielt harte Arbeit für den ehrenhaften Weg, in der Rangordnung aufzusteigen; Biorus Methode war ihr suspekt und zuwider. Doch äußerlich verhielt sie sich ihm gegenüber korrekt, sogar leicht unterwürfig. Momentan war das das Sicherste. In einem, zwei, fünf Jahren konnte sich vieles verändert haben. Eine Beamtin, die ihren Pflichten ohne zu murren nachgekommen war, würde vielleicht noch miterleben, wie dieser Emporkömmling abstürzte. In den oberen Regierungskreisen war Cluj als sprunghafter Mann bekannt. Selbst die, die glaubten, ihn am besten zu kennen und ihn ›handhaben‹ zu können, hatten in den letzten Jahren unangenehme Überraschungen erlebt. Doch im Moment ...

Sie musterte den schmächtigen, dunklen Mann in seinem schillernden, aschfarbenen ausländischen Anzug und verfluchte heimlich, wie er dasaß und seinen Papierkram erledigte, Seite für Seite, ohne aufzusehen, und sie einfach so stehen ließ. Endlich legte er die Akten zur Seite, lehnte sich in seinem großen, bequemen Sessel zurück und sah sie an. Trotz der scharfgeschnittenen Züge wirkte sein Gesicht sehr sanft. Man wusste nie, was hinter dieser glatten Fassade vor sich ging. Er war unberechenbar. Dieses unbewegliche Gesicht ließ die blauen Augen seltsam flach erscheinen wie die eines Hais.

Trotz seiner Vergangenheit als Diplomat war er im Augenblick völlig undiplomatisch. »Majorin«, knurrte er. »Wo ist der Junge?«

»Er befindet sich in einem Privathaus in der Gegend von Alexandria. Soweit wir wissen, ist der Mann, bei dem er sich aufhält, ein ehemaliger Studienkollege seines Vaters.«

Bioru trommelte mit den Fingern auf den kunstvoll gearbeiteten Schreibtisch. »Soweit Sie wissen? Diese Ungenauigkeit passt gar nicht zu Ihrem Ruf, Sie seien so präzise und effektiv, Majorin.«

»Leider wurde der Raumflieger aufgrund technischer Probleme umgeleitet«, erläuterte Majorin Arni und fragte sich erneut, wie wahrscheinlich das bei einer so sorgfältig gearbeiteten Maschine wie einem hybriden Raumflieger war. »Unser Mann wartete am Flughafen Baltimore-Washington. Wir konnten niemanden so schnell nach Dulles schicken. Die Sicherheitssysteme hätten allerdings sowieso kein direktes ›Aufsammeln‹ des Jungen zu dieser Zeit zugelassen. Ein effektives Eingreifen war also nicht möglich.«

»Angesichts dieses Falles hätten Sie an allen Flughäfen der Umgebung jemanden bereitstehen haben müssen.«

»Beschränkungen im Budget erlauben das nicht. Es tut mir Leid.«

Diese Bemerkung hatte sie sich nicht verkneifen können. Nun blieb ihr nur noch abzuwarten, wie er darauf reagieren würde.

Zu ihrem Erstaunen ließ Bioru ihr das durchgehen. »Solange Sie wissen, wo der Junge sich jetzt aufhält.«

»Die Lokalisierung gelang uns anhand der örtlichen Verkehrscomputer der Washingtoner Polizei sehr schnell. Glücklicherweise haben wir dort einen Informanten. Diese Leute sind chronisch unterbezahlt und achten nicht besonders darauf, wohin die Daten fließen, die sie herauslassen.«

Er nickte und wechselte das Thema. »Sie sagten, es sei ein Privathaushalt?«

»Ja. In einem Vorort. Wir überprüfen gerade den Hintergrund des Vaters. Es gibt einige Verbindungen, die noch nicht ganz klar sind, doch das ist verständlich, da er einen politisch-wissenschaftlichen Hintergrund hat. Die Mutter und die übrige Familie sind nicht von Interesse.«

»Beobachtet jemand das Haus?«

»Ja.«

»Ist er zuverlässig?«

Sie schluckte. »Für den Moment, ja.«

Bioru sah sie scharf an und hielt ihren Blick einen Augenblick lang fest. »Denken Sie daran, *selbst* dorthin zu reisen?«

»Ich hätte die sprachlichen Fähigkeiten, doch es gibt hier Wichtigeres für mich zu erledigen.«

»Und das wäre?«

Sie wusste es, wenn ein Tadel bevorstand, und verstand die Botschaft, dass im Moment *nichts* wichtiger war, zumindest nicht für diesen Mann. »Sie haben in dieser Sache vollkommene Verfügungsgewalt über mich.« Sofort bereute sie, das Wort ›Verfügungsgewalt‹ gebraucht zu haben.

»Hm.« Bioru wandte seine Aufmerksamkeit wieder den Akten zu und legte einige davon beiseite. »Ich sehe, dass mit der Befragung einiger Kollegen des Vaters begonnen wurde. Ergebnisse mehrdeutig, steht hier.«

»Die Kollegen sind ...«

»Einer ist *tot*«, brummte Bioru. »Ich würde das nicht als ›mehrdeutiges‹ Ergebnis bezeichnen. Was für Pfuscher haben Sie da eingesetzt?«

»Wir arbeiten so gewissenhaft, wie man es sich nur wünschen kann ...«

»Nicht so gewissenhaft, wie *ich* es mir wünsche.«

»... aber wir können nicht für physiologische Reaktionen verantwortlich gemacht werden, für die es vorher keine Anzeichen gab. Bei der Frau, die verstorben ist, gab es keinerlei Hinweise auf Herzprobleme; sie hatte die üblichen Voruntersuchungen bestanden. Der Herzstillstand wurde von Universitätsprofessoren versorgt, welche uns bestätigten, dass so etwas manchmal ohne offensichtlichen Grund passiert ...«

»Schmerz ist ein Grund«, sagte Bioru trocken. »Sie haben es übertrieben. Oder Ihr ›Fachmann‹. Ich will, dass dieser Person andere Aufgaben zugeteilt werden. An diesem Projekt darf nur jemand arbeiten, der dafür qualifiziert ist. Ein absoluter Experte.«

Sie schluckte. »Das *war* unser Experte.«

Er fixierte sie lange. Dann nahm er sich wieder die Akten vor und räusperte sich. »Dieser Frau konnte nichts nachgewiesen werden.« Er überflog das Dokument. »Somit befinden wir uns in einer moralisch bedenklichen Situation. Er sollte eine persönliche Entschädigung an die Familie zahlen.« Bioru seufzte. »Gut ... er kann bleiben. Doch sein Assistent soll eng mit ihm zusammenarbeiten und ihn genau beobachten. Wenn er seinen Chef bei einem Fehler erwischt, fliegt der, und er selbst wird befördert.«

»In Ordnung.« Majorin Arni hatte mit dieser Vorgangsweise keine Probleme. Sie selbst war dadurch an ihre jetzige Stellung gekommen.

»Nun zu etwas Wichtigerem. Der Vater ...«

»... ist noch verschwunden. Doch wir suchen weiter. Die Wissenschaftler, mit denen er an der Universität zu tun hat, waren ihren persönlichen Loyalitätsverhältnissen entsprechend kooperativ.« Dafür fing sie sich einen weiteren scharfen Blick ein. »Wenn sie uns als Wissenschaftler erhalten bleiben sollen, dürfen wir sie nicht übermäßig abschrecken. Sie verstehen unsere Sicherheitsbedenken ...«

»Das sollten sie auch besser«, knurrte Bioru. »Diese Angelegenheit ist nämlich wichtiger als sie alle zusammen. Lassen Sie ihnen das besser von einer ›wohlwollenden‹ Quelle zuflüstern, bevor wir noch an anderen ein Exempel statuieren müssen. Ihre Tote – das war wohl ein Unfall, doch vielleicht beschleunigt es den ganzen Prozess ein wenig ... und lässt die anderen intensiver darüber nachdenken, wo sich Darenko versteckt haben könnte. Eine zufällige Äußerung könnte darüber entscheiden, ob wir ihn rasch finden oder ob es ewig dauert und unsere Kompetenz infrage gestellt wird. Kümmern Sie sich darum.« Er schob die Akten von sich weg. »Was gibt es bei der Suche Neues?«

»Nichts. Er scheint nicht in der Stadt zu sein.«

Er drückte sich wieder in den Sessel und blickte sie äußerst verärgert an. »Er wird es ja wohl nicht geschafft haben, über die Grenze zu kommen. Er ist irgendwo im Land. Sind die üblichen Pressemeldungen rausgegangen?«

»Ja.« Majorin Arni hatte Zweifel an der Effektivität der BÜRGER! HELFT EUREM FÜHRER!-Anzeigen. Die meisten Bürger hatten nicht einmal genug Köpfchen, um mit einer Taschenlampe und einer Straßenkarte zu ihrem eigenen Haus zurückzufinden. Die anderen konnten manchmal erstaunlich destruktiv sein. Selbst Belohnungen halfen oft nicht viel. Scherzhaft gemeinte Hinweise auf diese Anzeigen nahmen Überhand. Gewöhnlich hatte man dann letztendlich einige Leute zu disziplinieren und dennoch keinerlei nützliche Ergebnisse.

»Finden Sie ihn«, befahl Bioru. »Finden Sie ihn sofort. Mehr verlange ich nicht. Gehen Sie Klinken putzen, arbeiten Sie mit Hunden, Infrarot, molekularen Luft-Stichproben, leiten Sie in die Wege, was nötig ist. Ich verlange, dass man so sorgfältig nach ihm sucht wie nach Beweisen in einem Mordfall. Lassen Sie jeden Zentimeter Erde umdrehen, falls nötig. Ist Ihnen überhaupt bewusst, wie wichtig er ist? Der Präsident persönlich will über die Fortschritte unterrichtet werden. Und über das Verhalten des zuständigen Personals.«

Plötzlich brach ihr am ganzen Körper der Schweiß aus. Verzweifelt hoffte sie, dass Bioru es nicht merkte. »Ja«, antwortete sie und betete darum, dass ihre Stimme nicht zitterte.

Zu ihrer Erleichterung wurde sein Blick wieder ausdruckslos. Seine Stimme klang etwas ruhiger. »Unsere Spezialisten sitzen gerade an seinem Projekt. Das könnte äußerst lukratives Zeug sein ... und sehr nützlich. Es wird ohne Zweifel Auswirkungen auf den Geheimdienst haben, wenn wir die Technik zum Laufen bringen. Sie wird es uns ermöglichen, im Blut eines Kuriers unendlich lange Nachrichten unauffindbar zu transportieren. Mit Hilfe dieser Erfindung werden wir dazu fähig sein, die Gehirne von feindlichen Agenten innerhalb weniger Stunden auseinander zu nehmen. Diese kleinen Dinger fressen Löcher hinein wie bei einem Schweizer Käse. Übrig bleibt eine Art, wie hat man es genannt ... Rinderwahn.« Die Vorstellung ließ ihn schmunzeln. »Selbst die Nordamerikaner verfügen über nichts Derartiges wie unsere kleinen« – er spähte auf eines der Blätter – »Mikropen. Und wir werden dafür sorgen, dass es dabei bleibt.«

Er sah sie an. »Der Junge. Treffen Sie Vorbereitungen, ihn *auf Befehl* unauffällig zurückzuholen, nicht früher, nicht später ... wir müssen uns seinen Einfluss auf den

Vater zunutze machen. Die Einzelheiten erfahren Sie zum gegebenen Zeitpunkt. Verschwenden Sie Ihre Zeit nicht allzu lang mit der Beurteilung der Lage, sondern holen Sie ihn da raus, und bringen Sie ihn zurück. Vielleicht sollten Sie das Land anschließend in entgegengesetzter Richtung über den Fernen Osten verlassen. Das werden sie nicht erwarten. Oder nehmen Sie die Route über Kanada. Erledigen Sie das persönlich, wenn es sein muss. Ich sorge für die Bewilligung der Auslagen. Um den maximalen Effekt zu erzielen, müssen wir ihn zurückbekommen, *bevor* der Vater gefunden wird. Der Junge muss zum richtigen Zeitpunkt als Druckmittel eingesetzt werden können ... sonst sieht der Vater keine Veranlassung zur Kooperation.« Bioru runzelte die Stirn. »Er hat ein psychologisches Profil wie ein Fels, ein echter Sturkopf. Er zerbricht, bevor er sich beugen lässt. Ein richtiges Ärgernis. Er würde sich eher umbringen, als sein Wissen an uns weiterzugeben. Wenn wir den Jungen jedoch in unserer Gewalt haben und ihn zur richtigen Zeit einsetzen, wird er nicht nur auf Selbstmord verzichten, sondern uns bereitwillig helfen und darum betteln, uns so lange wie möglich zu Diensten sein zu dürfen.«

Bioru lächelte. Plötzlich konnte sie nachvollziehen, warum man ihn aus dem diplomatischen Dienst abgezogen und in die Politik versetzt hatte. Jeder Diplomat würde in Panik ausbrechen, sobald er diese leuchtenden Augen sähe. »An die Arbeit«, sagte er. »Seien Sie vor Ort, wenn ich das Signal zum Zugriff gebe. An einigen Aspekten der Operation müssen wir noch feilen, bevor es losgehen kann. In der Zwischenzeit genügt eine direkte Beobachtung. Unmittelbar nach Ihrer Ankunft werde ich mich auf dem üblichen Weg mit Ihnen in Verbindung setzen. Seien Sie jederzeit bereit, meine Befehle zu erwarten.«

Meine Befehle. Nicht die ihrer eigentlichen Vorgesetzten. *Wie viele Rangstufen wurden bei dieser Operation übersprungen? Vielleicht sogar für immer übergangen?*, fragte sich Majorin Arni.

»Jawohl.« Sie salutierte und entfernte sich, entschlossen, diese Aufgabe mit absoluter Präzision und mit Elan anzugehen. Es konnten sich alle Arten von Beförderungen daraus ergeben, wenn alles gut ging.

Wenn es allerdings nicht gut ging, würden sie ganz andere Dinge erwarten.

Maj konnte ihren Vater nirgendwo finden und stand nun vor dem Schlafzimmer ihrer Eltern. Es gab eine Abmachung, dass die Kinder es nicht ohne Erlaubnis oder Anklopfen betraten, außer in Notfällen oder bei einem Anruf. Sie sah die geschlossene Tür an, zuckte die Achseln und ging in die Küche zurück, um ihre E-Mails und das Briefing der Gruppe der Sieben noch einmal durchzugehen.

Doch ihr Briefkasten – oder besser die virtuelle Tischplatte aus Stahl und Hartholz – war leer. Auch aus dem Briefing konnte sie nichts Neues ziehen. *Das wird eine haarige Angelegenheit*, so lautete die Essenz der Besprechung. Letzte Nacht hatte ein großes Amateurgeschwader die Raumstation, die im Brennpunkt der Operation stand, präventiv angegriffen. Doch statt sich etwas Ruhm einzuheimsen, waren sie gerade noch so davongekommen. Die Bewachung der Raumstation war gefürchtet, und tatsächlich hatten die Schwarzen Pfeile der Archon sie bereits erwartet. Obwohl das Geschwader der Schwarzen Pfeile nicht besonders groß war, war die ›Truppe der Morgenröte‹ völlig ausgelöscht worden. Die meisten Spieler wurden ›getötet‹, die anderen waren in völlig zerstörten Schiffen zurückgeblieben. Dass sie die Besprechung und den letzten Übungsflug verpasst hatte, machte Maj von Minute zu Minute nervöser. *Jetzt kann ich auch nichts mehr daran ändern*, dachte sie. *Heute Nacht gehen wir einfach rein und geben unser Bestes ...*

... wie auch die Truppe der Morgenröte ihr Bestes gegeben hat. Sie stand auf und streckte sich, doch der Gedanke nagte weiter an ihr. Irgendwo in der Ferne hörte sie Mom und Muffin miteinander sprechen. Mom ließ nebenbei immer wieder beruhigende Worte für die aufgedrehte Muf fallen. Sie war im Hausnetz und arbeitete wahrscheinlich online, gleichzeitig hielt sie Muffin beschäftigt und von Nikos Zimmer fern. *Eine ganz schöne Leistung*, dachte Maj.

»Dad?«, sagte sie in den leeren Raum.

Nach einer kurzen Pause kam eine Antwort. »Ja, Schatz?«

»Arbeitest du?«

»Ich bin im Büro.«

Sie lächelte. »Im großen oder im kleinen?«

»In beiden.«

»Hast du kurz Zeit?«

»Na klar.«

Maj öffnete die Tür an der Rückseite des virtuellen Raumes und ging hindurch.

Bücher und Echo waren immer das Erste, das ihr hier auffiel. Ihr Vater war einer dieser Leute, die jede freie Minute lasen. Er speicherte in seinem Kopf, was immer ihm in die Hände fiel, und konnte diese Informationen noch Jahre später wieder hervorkramen. Manchmal fragte sie sich, ob die Bibliothek ein bewusster Ausdruck dieses Charakterzuges, ein Scherz oder einfach nur die altbekannte virtuelle Erfüllung eines Wunsches war. War das der Ort, an dem er gern wäre, wenn er es sich aussuchen könnte? Während sie den endlos langen Gang voller brauner Bücherregale, die sich zur Decke auftürmten und sich nach allen Richtungen fortsetzten, hinunterschritt, kam ihr letztere Theorie am wahrscheinlichsten vor. Sie musste darüber lachen, dass ihr Vater sich nicht entscheiden konnte, wo er sein wollte.

Hinter der Eingangshalle erstreckte sich ein Raum über etwa achthundert Metern Länge. Er sah aus wie eine genaue Rekonstruktion der großen Bibliothek von Alexandria, die vor dreitausend Jahren mit all ihren Büchern verbrannt war. Offene Säulengänge, draußen die erbarmungslos brennende Sonne des Mittelmeerraumes, Wellen schwappten beinahe an die Stufen heran. Der nächste Raum erinnerte eher an der Lesesaal des alten Britischen Museums – eine hohe, helle Kuppel, ein riesiger, runder Raum mit Regalen und Leitern. Eine der Seitentüren führte zu einem Zimmer, das der Nationalbibliothek in Dublin nachempfunden war, wie Maj wusste. Dort waren geschnitzte Mahagoniregale aufgestellt, an deren Enden Podeste mit den Büsten von Philosophen standen. Das *Book of Kells* befand sich am Ende des Raumes in einer Glasvitrine. Ein anderer Gang entsprach der Stiftsbibliothek St. Gallen in der Schweiz – tausende Regale aus hellem, über die Jahrhunderte dunkel gefärbtem Holz; hohe, ein halbes Jahrtausend alte Kirchenfenster; der Boden, den die Füße von zwanzig Lesergenerationen blank poliert hatten. Ein dritter Gang führte zur Eingangshalle der öffentlichen Bibliothek New Yorks. Man stand plötzlich zwischen den beiden weißen Löwen, Geduld und Tapferkeit. »Dafür hatte ich schon immer eine Schwäche«, hatte ihr Vater einst erzählt. »Als ich sechs Jahre alt war, bin ich dort einmal rausgeworfen worden ...«

Sie hatte schon lange vorgehabt, ihn zu fragen, was er damals angestellt hatte. Doch im Augenblick gab es Wichtigeres zu tun. Durch die Lichtstrahlen hindurch, die von den Fenstern der Kuppel hoch über dem Leseraum durch die staubige Luft strömten, schlenderte sie zum Schreibtisch ihres Vaters hinüber. Sein Arbeitsplatz war in die Mitte des Ganzen eingefügt, was wie ein Stilbruch wirkte. Er sah auf.

Die Bücher und Zeitschriften über Osteuropa waren noch immer über den Schreibtisch ausgebreitet. Er schob ein paar davon beiseite, damit sie sich hinsetzen konnte. »Ist draußen alles ruhig?«, fragte er.

»Im Moment, ja. Mom kümmert sich um Muffin. Und Niko ist zusammengeklappt.«

Er hob die Augenbrauen. »Hoffentlich nichts Ernstes!«

»Nein.« Sie schwang sich auf den Tisch und machte es sich bequem. »Nur der Jetlag, glaube ich. Aber Daddy, er heißt nicht Niko.«

Ihr Vater wandte sich mit einem ziemlich schockierten Ausdruck zu ihr um. »Was hat er ...«

»Er hat mir nichts gesagt.« Maj lächelte verschmitzt. »Er *hört* einfach nicht auf diesen Namen, das ist alles. Zumindest nicht beim ersten Mal, wenn man ihn ruft.«

»Oh. O ...« Ihr Dad seufzte. »Nun, ich wollte sowieso mit dir darüber sprechen. Was ist an diesem Wochenende nur mit dem Timing los? Alles gerät durcheinander ...«

Sie nahm gedankenverloren eine der osteuropäischen Zeitschriften in gebundener Ausgabe in die Hände. »Er ist gar nicht mit uns verwandt, stimmt's?«

Ihr Vater schüttelte den Kopf. »Nein. Nicht blutsverwandt.«

»Also, was hast du uns da gestern für eine Geschichte aufgetischt?«

»Ich wusste, dass du mir das vorhalten würdest.« Er sah sie schuldbewusst an. »Ich hätte es dir und deiner Mom am liebsten sofort gesagt, aber Muffin war da ... und du weißt, dass sie uns sonst mit endlosen Fragen gequält hätte. Wahrscheinlich auch vor anderen Leuten. Doch je weniger Fragen über unseren Gast gestellt werden, desto besser.«

Maj stimmte ihm zu. Muffin allein war so neugierig wie der Rest der Familie zusammen. Sobald sie dachte, jemand hätte ein Geheimnis, bedrängte sie ihn gnadenlos. Für sie waren Geheimnisse wie Weihnachten oder Geburtstag. »Wir lassen sie am besten in dem Glauben, dass er der ist, für den sein Pass ihn ausgibt.«

»Das meine ich auch. Aber Maj, bitte glaub nicht, dass ich dir nicht vertraue. Ich habe einfach nicht den richtigen Zeitpunkt gefunden.«

Maj nickte. »Ist schon gut, Daddy. Du hast es Mom doch erzählt, oder?«

»Gestern Abend.«

»Ich glaube, sie wollte es mir heute Morgen sagen. Doch das Timing war wieder ungünstig. Muffin ist dazwischen gekommen. Also, wer ist er wirklich?«

»Ein dreizehnjähriger Junge.« Ihr Dad fuhr sich mit der Hand unruhig durch seine spärlichen Haare. »Sein Vater ist in seinem Heimatland ein großer Biotechnologe. Sie leben in der Kalmanischen Republik.«

Maj musste kurz in ihrem Gedächtnis wühlen, denn der Name kam ihr bekannt vor. »War das nicht früher ein Teil von Rumänien?«

»Es war so ähnlich wie bei Karpatien. Auf gewisse Weise schlimmer ... vom geschichtlichen Standpunkt gesehen. Vergiss es. Sein Vater arbeitete jedenfalls an einer revolutionären Entwicklung im Bereich der Biotechnologie. Seine Erfindung ist selbst für unsere Maßstäbe fortschrittlich. Nanotechnologie ...«

»Mikrochirurgie und so was?«

»Noch komplizierter. Ich verstehe es selbst nicht genau. Ehrlich gesagt denke ich, dass kaum jemand die Fähigkeit hat, die Einzelheiten zu verstehen ... und das ist vielleicht das Problem. Er ist wirklich brillant, ein bahnbrechender Wissenschaftler auf seinem Gebiet. Er baut die kleinsten Maschinen, die man sich nur vorstellen kann, und programmiert sie für die heikelsten Aufgaben ... auf molekularem, ja selbst atomarem Level.«

Er verschränkte die Arme und sah einen Moment lang nachdenklich aus. »Wir haben uns damals in Georgetown kennen gelernt, als ich an meiner Doktorarbeit schrieb. Es war eine ungewöhnliche Freundschaft – interdisziplinäre Freundschaften sind auf dem Campus selten. Wenn ein Physiker oder ein Biologe sich plötzlich mit Geisteswissenschaftlern abgibt, wird darüber oft der Kopf geschüttelt. Außerdem gab es bei uns ja noch die sprachlichen Barrieren. Und ein gewisses Maß an Misstrauen. Alle wussten, warum ihn seine Regierung hergeschickt hatte. Armin war sich auch nicht so sicher, ob wir nicht alle Spione waren. Doch trotz alledem hat es bei Armin und mir von Anfang an funktioniert. Er hat mich fasziniert. Ich wusste, dass er etwas Bedeutendes schaffen würde.«

Ihr Vater streckte sich und lächelte ein wenig. »Du weißt doch, was deine Mutter immer tut, wenn du dich über etwas beschwerst?« Er hob die Hand und rieb Daumen und Zeigefinger aneinander. »›Das ist die kleinste Geige der Welt, und sie spielt nur für dich?‹«

Maj lachte, als ihr Dad das Gesicht ironisch verzog. In Wahrheit wandte ihre Mutter diese Geste nämlich meistens auf *ihn* an. »Jedenfalls, als er deine Mutter kennen lernte – das war noch vor unserer Hochzeit – und hörte, wie sie das zu mir sagte, hat er sie zum Spaß *gebaut*. Die kleinste Geige der Welt. Vier langkettige Moleküle, die durch Benzolringe zusammengehalten wurden, und ein Molekül, das als Bogen zusammengeknüpft war. Fünf dünne, kleine Hyoprotein-Konstrukte als Saiten. Eine Saite für den Bogen. Dazu ein kleines submolekulares Rädchen mit einem Flaschenzug, das den Bogen auf den Saiten hin- und herzog. Ich habe es gesehen, es hat funktioniert. Man musste es sich natürlich unter dem Elektronenmikroskop ansehen.« Er grinste.

»Er hat das *zum Spaß* gemacht?«

Ihr Vater nickte düster. »Das war das Problem bei Armin. Man musste immer aufpassen, was man sagte, denn man konnte ihm leicht einen Floh ins Ohr setzen ... dann verschwand er wochenlang, bis er es geschafft hatte. Na ja, bei Prüfungen und Vorlesungen tauchte er zwar wieder auf ... doch sonst bekam man ihn nicht zu Gesicht, bis sein Werk vollendet war.« Er seufzte. »Ein absolut brillanter Mann. Und er verfügte über die wichtigste Eigenschaft eines Genies: Ausdauer.«

Er atmete kräftig aus. »Ich kann ihn im Moment nicht erreichen. Ich befürchte, das heißt, dass passiert ist, wovor er Angst hatte. Sie haben ihn eingesperrt.«

»Oh, nein, Daddy!«

Ihr Vater nickte und blickte ernst. »Maj, ich bin mir nicht sicher. Eigentlich sollte er schon unter seiner neuen Kontaktadresse erreichbar sein ... irgendetwas ist also schief gelaufen. Ich hoffe wirklich, dass sie ihn nicht geschnappt haben. Das wäre zu schrecklich. Doch noch ist es zu früh für Spekulationen.«

Er lehnte sich zurück und ließ seinen Blick in die Ferne

schweifen. »Er hatte das vor einiger Zeit vorausgesehen. Armin war ... vielleicht etwas zu brillant. Die Kalmanische Republik ist, ähnlich wie Karpatien, mit heftigen Handelsbeschränkungen belegt worden. Die Importsanktionen wurden wegen der Menschenrechtsverletzungen dort verhängt – und da sie nicht vorhaben, etwas zu ändern, kommen sie an viele Dinge nicht heran. Vor allem im Hightech-Bereich gelten strenge Embargos. Jemanden wie Armin in der Truppe zu haben war ein großer Glücksfall für sie – er konnte ihnen als Handelsanreiz für den Westen nützen. Wenn ihr unsere Technologie wollt, müsst ihr uns geben, was wir wollen.«

Ihr Vater hob die Augenbrauen. »Das hätte ihm vielleicht noch nichts ausgemacht. Er liebte sein Heimatland, wenn auch nicht seine Regierung. Doch Armin hat über so etwas nicht groß nachgedacht. Er wollte Dinge erschaffen, und er war dazu bereit, das an seinem Geburtsort zu tun ... seinem Volk zu helfen, für es zu arbeiten. Als er dachte, die kalmanische Regierung würde ihn dabei unterstützen, war seine Entscheidung gefallen. Eine Zeit lang glaubte er daran, dass alles gut laufen und seine Arbeit die Leute erreichen würde, denen er helfen wollte. Doch dann hat er wohl gemerkt, dass die Regierung andere Pläne mit seinen Erfindungen hatte. Vor allem in Bezug auf die Verwendung im medizinischen Bereich. Er beschäftigte sich größtenteils damit, Mikromechanismen zu erschaffen, die die Menschen heilen sollten. Die Regierung hatte da wohl ganz andere Pläne. Ich kenne die Details nicht ... jedenfalls war das der Punkt, an dem Armin beschloss, sich abzusetzen. Er war wie besessen davon, Laurent – das ist Nikos wirklicher Name – aus dem Land zu bringen. Nun, das hat funktioniert. Doch dadurch ist seiner Regierung sicherlich klar geworden, was er vorhat.«

»O je.« Maj schluckte laut.

Ihr Vater schüttelte den Kopf. »Ich weiß nicht, wo das Problem liegt, und warum Armin sich gerade jetzt entschlossen hat abzuspringen. Er wollte nicht darüber sprechen, und ich wollte ihn nicht bedrängen. Er war sich auch nicht sicher, ob er abgehört wurde. Seine letzte Nachricht erhielt ich über Umwege. Aber ich glaube, er steckte in irgendeiner Krise. Entweder hat er gemerkt, dass er mit seiner Arbeit so nicht weitermachen konnte ... oder dass es zu gefährlich wurde ... Er drückte sich nicht deutlich aus.«

Maj kam von dem Gedanken nicht los, dass Nikos, nein Laurents Vater irgendwo in einer Zelle ohne Fenster hockte und die Geheimpolizei ihn in ihrer Gewalt hatte. Sie stellte sich vor, wie sie sich an Laurents Stelle fühlen würde. Ein Schauer lief ihr den Rücken hinunter. »Wenn sie ihn haben ... was dann?«

»Das muss nicht notwendigerweise so bleiben. Armin hat drüben eine Menge Freunde ... und auch hier. Die hier könnten im Moment sogar wichtiger sein. Die Net Force beobachtet den Fall, wie du zweifellos erfahren wirst. Ich habe heute Morgen mit James Winters gesprochen. Das war das Mindeste, das ich tun konnte.«

Maj wurde rot und rutschte vom Tisch herunter, um sich eines der Bücher in einem der Regale anzusehen. Sie wollte vermeiden, dass ihr Dad ihren Gesichtsausdruck bemerkte. »Glaubst du, sie kriegen ihn da raus?«, fragte sie.

»Wenn nicht, dann können sie zumindest mit jemandem Kontakt aufnehmen, der es schafft. Die Net Force hat überall auf der Welt Leute, die ihr den einen oder anderen Gefallen schulden. Selbst an den seltsamsten Orten.«

Maj fragte sich, ob das reichen würde. »Zumindest kann es nicht schaden.«

»Ja. Aber da ist noch etwas anderes.« Er klang so beunruhigt, dass Maj sich zu ihm umwandte. »Die Verantwortlichen in der Kalmanischen Republik werden nicht einfach dasitzen und abwarten, Schatz. Das ist nicht ihr Stil. Sie werden mit aller Kraft versuchen, die Situation zu ihren Gunsten zu verändern. Eine Möglichkeit, Armin unter Druck zu setzen und ihn zu zwingen, das zu tun, was sie von ihm verlangen, wäre, Laurent zu bedrohen.«

»Aber er ist doch hier. Was können sie schon ...«

Dann hielt sie inne. Dieses Haus war nicht gerade ein Hochsicherheitstrakt. Es war ein gewöhnliches Vorstadthaus mit gewöhnlichen Vorstadtschlössern an Türen und Fenstern. Die Alarmanlage war zur Abschreckung von Einbrechern eingebaut worden, nicht, um Kidnapper aufzuhalten. Wenn bewaffnete Männer hierher kommen würden und jemanden entführen wollten ... Sie öffnete den Mund und hob an: »Die Polizei ...« Dann verstummte sie wieder. Die Polizei hier war fähig, aber war sie gut genug, um mit bewaffneten Kidnappern fertig zu werden? War sie *schnell* genug?

»Wir haben ein paar Sicherheitseinrichtungen, die man auf den ersten Blick nicht bemerkt«, erklärte ihr Vater. »Und in der nächsten Zeit wird noch einiges hinzukommen, zumindest ›passive‹ Vorrichtungen. Morgen werden ein paar Leute von der ›Telefongesellschaft‹ auftauchen und sie installieren, also wundere dich nicht.« Er fuhr sich mit der Hand über die Halbglatze. »Es ist ein glücklicher Zufall, dass ich vor etwa einem Monat eine Überprüfung unserer Leitungen nach Bandbreitenverengungen angefordert habe. Es wird für den Beobachter so aussehen, als würden nur Reparaturen vorgenommen ...

So können unsere Leute das Haus und die Umgebung etwas genauer in Augenschein nehmen als sonst, bis Laurents Vater sich hierher gerettet hat.«

Maj nickte. »Okay. Ich nehme an, es ist meine Aufgabe, ein Auge auf ihn zu werfen.«

Ihr Vater nickte. »Ich weiß, dass du während der Schulzeit nicht viel tun kannst, aber Mom wird für die nächste Zeit unter der Woche von zu Hause aus arbeiten. Sie kann ihn dann tagsüber im Auge behalten. Wenn du das in eurer Freizeit tun könntest, wäre das schon eine große Hilfe.«

»Muss er im Haus bleiben?«

»Nein, nein. Allerdings wird er zunächst ein bisschen Hilfe brauchen, wenn er rausgeht. Er ist nicht dumm. Er wird schnell lernen.«

Das war nichts Neues für Maj.

»Doch du solltest auch aufpassen, was er online so alles treibt«, fuhr ihr Vater fort. »Sein Vater war ein bisschen besorgt.«

»Was? Wegen seiner Netzaktivitäten?«

»Ja.«

»Aber bei ihnen gibt es das doch auch ...«

»Nicht annähernd in unserer Bandbreite. Es gibt lange nicht so viele Möglichkeiten. Ihr Landesnetz ist ziemlich isoliert ... in beide Richtungen. Sie kriegen die Geräte nicht, die sie gern hätten. Wie gesagt sind sie seit Jahren mit Embargos belegt. Andererseits wollen sie nicht, dass ihre Leute die ›dekadenten‹ liberalen Unterhaltungsmöglichkeiten – geschweige denn die Nachrichten – zu Gesicht kriegen, die sonst überall auf der Welt frei zugänglich sind. Laurent wird unser Netz also ziemlich interessant finden. Sein Vater klang etwas besorgt und hat mich gezielt gebeten, es ihn nicht übertreiben zu lassen.

Er soll nicht so viel Zeit im Netz verbringen, bevor sein Vater selbst hier ist und ihn einweisen kann.«

Maj nickte. »Ich sorge dafür, dass er nicht Tag und Nacht online verbringt. Ich kann mir denken, dass er da leicht die Orientierung verlieren würde.«

Ihr Vater nickte ebenfalls und fuhr sich wieder über die spärlichen Haare. »Doch wenn du ihn irgendwohin mitnehmen willst, wo du ein Auge auf ihn haben kannst, damit er sich ein bisschen auf harmlose Weise ablenken kann ...«

»Kein Problem. Ich hatte heute Abend sowieso etwas in der Art vor.«

»Wieder eine Simulation?«

»Ja, aber keine meiner eigenen. Die Gruppe ist zurzeit ziemlich engagiert. Wir haben heute Abend ein Gefecht auszutragen.«

»Laurent ist dir bestimmt dankbar, wenn du ihn mitnimmst.« Er seufzte und rieb sich wieder den Schädel.

»Daddy«, sagte Maj plötzlich. »Ich muss dich was fragen. Werd bitte nicht böse – aber *warum lässt du deine Haare nicht wieder nachwachsen?*«

Er sah sie an und lächelte schließlich. »Liebling, der Großteil meiner Vorgesetzten wurde Mitte des vorigen Jahrhunderts geboren. Sie vertreten noch die Wertvorstellungen von damals ... obwohl es nicht förderlich wäre, ihnen das offen zu unterstellen. Denk mal drüber nach. Aus ihrer Sicht muss ich schütteres Haar haben und alt und ehrbar aussehen, um meiner Professur würdig zu sein.«

Er lächelte auf äußerst ironische Weise und stand auf. Im Vorbeigehen drückte er ihre Schulter und verschwand dann zwischen den Regalen, bevor Maj etwas sagen konnte.

Sie sah ihm nach und lächelte gedankenverloren. Dann verschwand sie durch die Tür in ihr eigenes Arbeitszimmer.

4

Etwa eine halbe Stunde später lief Maj ihrer Mutter in der Küche über den Weg. Sie sah völlig geschafft aus. Offensichtlich hatte sie den ganzen Morgen hart gearbeitet. »Hast du es gerichtet?«, fragte Maj.

»Das System? Noch nicht ganz.« Sie lehnte sich wie Laurent zuvor an die Fensterbank und bedachte die Tomaten mit einem nachdenklichen Blick. »Ich muss diese Dinger zurechtstutzen, sonst haben wir im August wieder achthunderttausend Tomaten. Ich kann kein Tomatenchutney mehr sehen.« Im Flur rührte sich etwas. »Klopf nicht an seine Tür, Muffin-Schatz«, sagte sie rasch. »Er schläft noch.«

»Ich wollte nur mal nachsehen«, erwiderte eine piepsige Stimme.

»Ich weiß, Süße. *Lass es*. Warum liest du deinen Dinosauriern nicht eine Geschichte vor?«

»Sie wollen nichts mehr vorgelesen bekommen.«

»Dann erzähl ihnen von Nikos Kühen und den Eimern.«

»Oh«, jauchzte Muffin entzückt und rannte den Gang hinunter. Ihre Zimmertür fiel ins Schloss.

Majs Mutter lächelte. »Sie ist von ihm fasziniert. Das wird er spätestens dann bereuen, wenn er aufwacht. Wie geht es ihm wohl?«

»Er ist müde. Und dann ist da ja noch diese andere Sache.«

»Ja, das mit seinem Vater ... hat Daddy es dir erzählt?«

»Wir haben drüber gesprochen.«

»Gut.« Ihre Mutter sah plötzlich noch erschöpfter aus. »Der arme Junge. Ich kann mir vorstellen, wie er sich fühlen muss. Plötzlich ganz auf sich gestellt und ins Ungewisse geworfen zu werden ... Sicher wird auch kein Gepäck nachkommen. Das war anscheinend nur ein Phantombeleg, damit er wie ein normaler Reisender wirkte. Nur Gesandte der Regierung reisen ohne Gepäck. Der arme Laurent muss völlig mittellos außer Landes gehetzt sein. Taschen oder Koffer wären schließlich sofort aufgefallen und hätten Misstrauen erweckt ...«

»Stimmt. Die Bestellung wurde bereits geliefert, ich hab die Sachen da drüben auf den Tresen gelegt. Mom, soll ich noch was für ihn aussuchen? Er braucht doch mehr als eine Hose und ein Hemd. Bei GearOnline sind seine Maße gespeichert.«

Ihre Mutter nickte. »Klar, Schatz. Gute Idee. Kümmerst du dich drum?« Sie warf ihr einen warnenden Blick zu. »Aber versuch bitte, das Konto nicht zu überziehen.«

»Mach ich.«

Ihre Mutter sah erneut aus dem Fenster. »Eigentlich sollte ich mich wieder an die Arbeit machen. Aber erst muss ich etwas gegen diese Blattläuse unternehmen. Sonst ziehen die kleinen Plagegeister meine Rosen an den Wurzeln aus dem Boden und fliegen mit ihnen davon. Die Büsche sind über und über voll davon ... Wo ist die Insektenkanone?«

»Unter dem Spülbecken.« Majs Mutter öffnete den Schrank unter der Spüle und zog die Sprühdose mit dem organischen Seifeninsektizid hervor. Das war die einzige

Form chemischer Kriegsführung, die sie in ihrem Garten duldete.

»Mom, du solltest wirklich etwas Effektiveres besorgen, das die Läuse zur Strecke bringt, wenn sie sich über die Büsche hermachen.«

»Technologiefreak«, erwiderte ihre Mutter mit liebevoller Verachtung. Die Glastür fiel hinter ihr zu.

»Ja, ja«, sagte Maj belustigt.

Sie sah auf die Küchenuhr. *Schon drei?* Bis zum Gefecht waren es nur noch drei Stunden. Der Gedanke ließ sie erschauern. *Dann esse ich noch was und gehe unsere letzten Manöver noch mal durch ...*

Für eine richtige Mahlzeit war sie schon zu kribbelig. Sie wühlte im Kühlschrank herum und nahm sich eine Schüssel Mikrowellennudeln, goss sich Tee nach und setzte sich an den Tisch, um sich mit ihrem Arbeitszimmer zu verbinden.

Einen Augenblick später, so schien es, war die Schüssel leer, der Tee kalt, und Laurent sah sie über den Tisch hinweg an. »Maj?«, flüsterte er. »Entschuldigung, aber bist du online?«

»Was? Schon in Ordnung.« Sie hatte ihn zunächst gar nicht bemerkt und war deshalb etwas überrascht. *Ich bin genauso zerstreut wie er heute Morgen*, dachte sie. Sie blickte zur Uhr. Es war halb sechs. »Ach ja, deine Sachen liegen da drüben auf dem Tresen.« Maj sah ihn besorgt an. »Wie fühlst du dich?«

»Ganz gut.« Er sah tatsächlich besser aus. Kaum zu glauben, dass er gerade eine eineinhalbtägige Reise hinter sich hatte. »Das hier?«

»Das Päckchen da, genau. Sag Bescheid, wenn was nicht passt. Auf der Rechnung steht, dass ein Lieferwagen in der Nähe ist, falls wir etwas zurückgeben möchten. Ein Anruf genügt. Willst du noch schnell was essen? Wir sollten eine Kleinigkeit zu uns nehmen, bevor das Gefecht beginnt ... du wirst überrascht sein, wie sehr einen diese Art des Kämpfens auslaugt.«

»Oh.« Er stand in seiner ›Schulkleidung‹ verunsichert vor ihr. »Ein Sandwich vielleicht«, schlug er schließlich vor.

»Wir haben alle möglichen Arten von Aufschnitt im Kühlschrank.« Maj stand auf und stellte ihren Tee in die Mikrowelle. »Mein Bruder ist ein echter Allesfresser.« Sie grinste. »Ihr müsst euch mal kennen lernen, wenn ihr zufällig gleichzeitig wach seid. In letzter Zeit hat er einen recht komischen Rhythmus ... irgendeine Curling-Meisterschaft steht kurz bevor.«

»Curling?«

»Das ist schwer zu beschreiben. Man muss dabei einen Steinbrocken mit einem Griff auf einer Eisfläche entlangschlittern lassen. Mit einer Art Besen oder so. Ich zeig's dir später. Los, zieh dich um.«

Er verschwand im Flur. Als er zurückkam, hatte Maj beschlossen, dass ein Sandwich jetzt keine schlechte Idee war. Also wühlte sie im Brotschrank nach Graubrot. Sie sah auf. »He, das steht dir.«

Er grinste äußerst charmant. Sein ganzes Gesicht schien im Gegensatz zu sonst zu leuchten. Meistens sah Laurent sehr verschlossen aus, was man unter den Umständen verstehen konnte. *Wenn er älter ist und dieses Lächeln beibehält, braucht er wahrscheinlich einen Stock, um sich die Mädchen vom Leib zu halten*, dachte Maj.

»Also«, sagte sie. »Wir haben Zervelatwurst, Mortadella, normalen Schinken, geräucherten Virginiaschinken, den Mom so liebt und für den sie töten würde, den Lieblingskäse meines Vaters, Weißbrot, Pumpernickel, Graubrot, Majo ...«

»Senf?«

»Im Kühlschrank.«

Er holte ihn. »Er hat nicht gesprochen«, sagte er, als er zurückkam.

Maj lächelte. »Er wird schon noch mit dir sprechen. Ich sollte dich warnen: Wenn du die Tür offen lässt, nennt er dich ›Adrienne‹.«

»Ja?«

»Muffin steht gern davor und sieht hinein, um über die Mysterien des Universums nachzugrübeln.«

»Ach so.« Er schmierte den Senf auf eine Scheibe Pumpernickel. »Ihr richtiger Name ist ja Adrienne ...«

»Sie hört nicht darauf. Irgendwann hat sie beschlossen, dass sie Muffin heißt und nicht mehr Adrienne.« Maj zuckte die Achseln. »Mal sehen, wie lange das so geht. Vielleicht ändert sie ihre Meinung in ein paar Jahren, wenn die anderen Kinder in der Schule sie damit aufziehen.« Sie holte sich einen Teller. »Wo wir gerade bei Namen sind ... wir bleiben bei Niko, ja? Damit Muffin nicht durcheinander gerät. Aber ich kenne deine wahre Geschichte.«

Er nickte und sah wieder sehr verschlossen aus. »Es tut mir Leid, dass ich nicht wirklich mit euch verwandt bin.«

Er versuchte vergeblich, den Schmerz in seiner Stimme zu verbergen. Maj schüttelte den Kopf. »So lange du hier bist, bist du unser Cousin. Also vergiss es einfach. Aber wie soll ich dich nennen, wenn wir allein sind? ›Laurent‹ klingt so förmlich.«

»Die Kurzform – der Spitzname? – ist ›Lari‹.«

»Oh. ›Larry‹?«

»Fast. ›Larry‹.« Er sprach das Wort langsam aus, als

wäre es ein Fremdwort für ihn – was streng genommen ja auch zutraf.

»Das ist die Kurzform von ›Lawrence‹, deinem Namen in der englischen Version.«

»Okay. Larry.«

»Super. Jetzt muss ich dich wenigstens nicht mehr anbrüllen, um dann doch keine Reaktion zu erhalten.«

Laurent grinste. »Ich muss ganz schön blöd gewirkt haben. Aber es ist schwierig, ständig daran zu denken, dass man einen anderen Namen hat.« Plötzlich verdunkelte sich sein Gesicht. Anscheinend hatte er sich an etwas Unangenehmes erinnert. »Larry ist besser.«

»Aber denk an Muffin.«

»Das schaff ich schon. Hast du einen Teller für mich?« Als sie ihm einen reichte, legte er sein Sandwich darauf und halbierte es. »Sie wird mich ständig daran erinnern, denke ich ...«

Sie setzten sich. Maj nahm den Krug Eistee aus dem Kühlschrank, den ihre Mutter dort immer aufbewahrte, und stellte ihn auf den Tisch. Eine Zeit lang saßen sie schweigend da und aßen gemütlich. Plötzlich bemerkte Maj, dass Laurent sie ansah. Sie hob fragend die Augenbrauen.

»Du wirkst besorgt.«

Sie öffnete den Mund, um zu protestieren ... und lachte schließlich. »Das Gefecht. Ich habe davor immer Lampenfieber.«

»Aber es ist doch nur virtuell?« Laurent sah sie irritiert an.

»Na ja, es gibt Virtuelles und Virtuelles. Warte ...« Sie schob den Teller zur Seite und stand auf. »Wir sind zwar noch ein bisschen zu früh dran, aber es macht ja nichts, wenn wir die Ersten im Hangar sind. Einen Moment ...«

Sie steckte den Kopf aus der Hintertür, um ihre Mutter zu suchen. Die hockte hinter den Rosensträuchern und metzelte Blattläuse nieder. »Mom, das Gefecht geht gleich los. Ich möchte L...Niko mitnehmen, aber ich will nicht am Küchentisch sitzen bleiben ...«

»Benutz doch mein System, Liebes. Niko kann den Stuhl im Schuppen nehmen. Ich denke, Rick kommt erst spät zurück. Da seid ihr bestimmt schon fertig.«

Sie ließ die Tür zufallen. »Normalerweise geht mein Bruder über die Verbindung im Schuppen online. Zum Glück ist er gerade nicht da. Los, iss auf, und dann packen wir's an.«

Kurz darauf hatten sie sich eingeloggt und trafen sich in Majs Arbeitsraum. Laurent sah sich wieder begeistert um. »Meiner ist lange nicht so schön. Vielleicht kann ich ihn hier umgestalten.«

»Dein Dad hat deinen Arbeitsraum hierher kopiert?«

»Er hat das anscheinend letzte Woche erledigt.« Laurent blickte umher. »Aber verglichen mit diesem ist er sehr leer. All diese Bücher in den Regalen ... stehen die irgendwo wirklich?«

»Das meiste ist Referenzmaterial. Enzyklopädien, Jahrbücher, Links zu den Nachrichtendiensten. Morgen nach der Schule zeig ich dir, wie man das macht. Aber jetzt ...«

Sie ging zu ihrem virtuellen Schreibtisch und legte die Hand darauf. »Computer ...«

»Zu Diensten, Boss.«

»Zugang zu *Sternenranger* öffnen. Ich brauche eine Gastautorisierung.«

»Neuaufnahme autorisiert«, bestätigte der Computer nach einer kurzen Pause. »Ist die Autorisierung für den Teilnehmer bestimmt, der sich momentan im Arbeitsraum aufhält?«

»Ja.«

»Verstanden. Der Gastzugang ist mit einem Limit von fünfzig Stunden belegt.«

Maj verdrehte die Augen. Das war mehr als genug Zeit, um süchtig nach dem Spiel zu werden – was auch die Intention des Entwicklers gewesen sein dürfte. »Danke. Bereit?«

»Bereit. Gewünschte Eintrittsstelle?«

»Hangar eins.«

»Hangar eins – Zugang bereit.«

Sie öffnete die Tür. »Komm mit.«

Laurent folgte ihr. Auf der anderen Seite der Tür lag jetzt ein riesiger, leerer Raum mit blankem Betonboden. Vor den weit entfernten Mauern stapelten sich große Werkzeugschränke und Metallteile. Von der Wellblechdecke hingen grelle Lampen. Majs Arbalest-Flieger stand in der Mitte des Raumes.

Das längliche, vorn spitz zulaufende schwarze Profil erinnerte an den alten SR-71 Blackbird. Majs Flieger wirkte jedoch etwas gedrungener und war im Querschnitt nicht so ›abgeflacht‹. Er war auch nicht matt lackiert, sondern spiegelte zum Schutz vor Laser- und Photonenwaffen in glänzendem Schwarz. Die Tragflächen bogen sich schärfer nach hinten, die Flügelwurzeln waren breiter angelegt, um das Gewicht der auf beiden Seiten herabhängenden ›Armbrust‹-Laserkanonen zu tragen.

»Ist das deiner?« Laurent war sprachlos.

Sie gingen darauf zu. »Jup. Na ja, der meiner Gruppe. Das Basismodell, meine ich. Wir alle haben hier und da Modifikationen an dem Entwurf vorgenommen. Er ist eigentlich gar nicht so schlecht.« Sie hielt inne und bewunderte ihren Flieger einen Augenblick.

Laurent stolperte mit offenem Mund hinterher. Das gefiel Maj. Was ihr Gast auch für ein Mensch sein mochte, er hatte zumindest Geschmack.

»Anzug«, rief sie in den Raum. Schon hatte sie ihren Raumanzug am Körper – es war einer der Standardanzüge des Spiels, doch an den Schultern war das Kennzeichen der Gruppe der Sieben, die schwarze Billard-Achterkugel mit einer Sieben anstelle der Acht in der Mitte, aufgenäht. Grundsätzlich entsprach er dem G-Anzug, den die ›wirklichen‹ Piloten heutzutage verwendeten, doch er war viel besser isoliert. Die Kampfpiloten der Realität mussten sich normalerweise keine Sorgen darüber machen, im fernen Weltraum aus ihrem Gefährt geschleudert zu werden oder dort auszuharren, bis man sie einsammelte.

»Spielaufsicht«, sagte Maj.
»Ja, Ma'am«, erwiderte der Spielcomputer.
»Ich benötige einen Anzug für meinen Gast.«
»Ja, Ma'am. Beteiligt er sich am Flug?«
»Am Flug, ja. Doch nicht am Gefecht.«
»Dann bleibt die Kontrollsequenz unverändert.«
»Richtig.«
»Nächster Befehl.«
»Wartestellung.«
»Ja, Ma'am.«

Laurent quietschte plötzlich auf. »Ist der Anzug zu eng?«, fragte Maj.

»Äh, nein, er hat mich nur erschrocken.«

Sie musste sich zurückhalten, um nicht den Kopf zu schütteln und eine Bemerkung darüber fallen zu lassen, wie rückständig sein System zu Hause offensichtlich war. Kleidung oder die Gestalt zu wechseln war eine der grundlegendsten virtuellen Funktionen. *Wenn die nicht mal erlauben, dass die Leute sich so anziehen wie sie wollen ...!* »Keine Angst, jetzt kommen keine Überraschungen mehr«, beruhigte sie ihn. »Gehen wir rauf ins Cockpit. Wir haben eine kurze Spritztour vor uns, bevor es richtig losgeht.«

Er beeilte sich, um an ihrer Seite zu bleiben. »Wo sind wir? Ich meine, wo soll das hier sein?«

»Wir befinden uns in einer Hangarstation auf Amrit, dem dritten Mond des Gasriesen Dolorosa. Ich weiß nicht, ob dir das weiterhilft ... Na los, steig ein. Die Trittleiter für den hinteren Sitz ist auf der anderen Seite – geh unten durch.«

Sie kletterte ins Cockpit. »Sag Bescheid, ob der Sitz so passt. Das Programm müsste ihn für dich eingestellt haben.«

Man hörte ein Rumoren, als Laurent sich auf den Sitz hinter ihr zwängte. »Es ... es ist eng«, keuchte er.

»Das ist für die Wendungen bei hoher Fliehkraft notwendig. Nachher wirst du darüber froh sein. Helm.«

Majs Helm erschien. Er bestand aus einer vollkommen transparenten Hartplastikkugel, die sich scheinbar nahtlos in ihren Anzug einfügte. Andere Teilnehmer vertrauten auf die neuen Kraftfeldhelme, doch Maj bevorzugte etwas, das nicht von einer Kraftquelle abhängig war, wie ›garantiert‹ diese auch funktionieren mochten.

»Aber das hier ist doch nur virtuell.« Laurent klang etwas skeptisch. »Brauchen wir die wirklich?«

Maj lachte. »Atme mal Vakuum ein, dann weißt du, ob wir sie brauchen oder nicht.«

»Aber wir können doch nicht wirklich ersticken, oder ...«

»Ja, ich weiß. Es ist ein Spiel. Aber es macht viel mehr Spaß, wenn man so tut, als wäre es *kein* Spiel. Bist du so weit? Wir müssen los. Bist du angeschnallt?«

Es war das übliche Fünfpunkt-Gurtzeug, und wie jeder andere auch brauchte Laurent beim ersten Mal ein bisschen, um das Ganze festzuzurren. Als er seinen Helm aufgesetzt hatte und gesichert war, sagte Maj: »Hangaraufsicht ...«

»Verarbeitung läuft«, antwortete eine Stimme, die trockener und blecherner klang als die der Spielaufsicht.

»Hangar räumen.«

Sie fuhr die Morgenroth-Triebwerke des Arbalest-Fliegers hoch, und die Luft entwich zischend aus dem Raum. »Ich sollte dich vorwarnen. Der Entwickler des Spiels hat bei den Belastungsparametern eine hohe Fliehkraftresistenz zugelassen. Einige Manöver sehen recht gefährlich aus. Also flipp nicht aus, wenn ich etwas tue, das ein solches Schiff normalerweise in zwei Teile reißen würde. Das wird nicht passieren. Es wird nur so aussehen als ob.«

»Oh, dann ist ja alles klar.« Maj musste sich ein Lachen verkneifen, als sie seinen Tonfall hörte. Offensichtlich war ihm gar nichts klar.

»Hangar geräumt«, teilte die Hangaraufsicht mit.

»Okay. Los geht's.«

Sie zündete die Schwenkdüsentriebwerke und zog den Arbalest-Flieger in die Luft. Die Triebwerke kreischten auf. Maj bemerkte in der verspiegelten Kabinenhaube, dass Laurent die Augenbrauen nach oben zog, doch er sagte nichts. »Überdachung öffnen.«

Die Decke teilte sich zischend, während der Druckausgleich erfolgte. Außerhalb der Halle bestand jedoch noch kein vollkommenes Vakuum. Der Mond Amrit besaß genug Masse, um einige der schwereren Gase in seiner Atmosphäre halten zu können. Als Maj den Schub verstärkte, stiegen sie senkrecht nach oben. Durch die Wolken nahmen sie schemenhaft eine Lichtquelle wahr.

»Da draußen ist es nicht gerade angenehm«, erklärte sie Laurent. »Die Atmosphäre besteht zum Großteil aus Methangas. Amrit ist ein ›Schäfer‹. Noch ein Grund für einen Helm, falls was mit dem Schiff schief geht. Das Zeug geht nach einer Weile organische Verbindungen ein ... und das *stinkt!* Sei froh, wenn dir das erspart bleibt ...«

»Stimmt, auf Gestank kann ich verzichten.« Laurent sah sich interessiert um.

»Okay. Los geht's.«

Sie manövrierte den Arbalest-Flieger in die trüben Silberwolken hinein. Der weiße Glanz verstärkte sich im Zentrum der Wolke. »Der Mond?«, fragte Laurent.

»Nicht ganz ...«

Sie durchbrachen die Wolken. Zwölf Grad unter dem Zenit offenbarte sich die Lichtquelle. Laurent atmete zischend ein und hielt dann den Atem an.

Oberhalb der Krümmung der Atmosphäre von Amrit hing der Sternenhaufen. Sie hatten freie Sicht darauf ... es war unbeschreiblich. NGC 2057 war einer der so genannten ›Schutzengel‹-Sternenhaufen, die ober- und unterhalb der Milchstraßenebene schwebten – gigantische, kugelförmige Anordnungen von Sternen, die explosionsartig wie bunt schillernde Juwelen auseinander stoben. Im Kern dieser Anordnungen waren die Sterne so dicht angehäuft, dass man sie kaum noch als einzelne Lichtquellen wahrnehmen konnte. Viele davon waren nur kurzlebige Variablen, denen man buchstäblich dabei zusehen konnte, wie sie anschwollen und wieder zusammenschrumpften. Sie erweckten den Eindruck atmender Lebewesen, die lautlos in blendendem Feuer verglommen.

»Das ist der Seraphim-Sternenhaufen«, erklärte Maj. »Vor langer Zeit lebte hier eine uralte, sehr weise Rasse –

die Danir. Ihre Wissenschaft war unserer weit überlegen. Doch durch einen schrecklichen Krieg mit einer anderen Rasse, von der wir nur wissen, dass sie auch hier im Sternenhaufen lebte, wurden sie ausgerottet. Im Herzen des Sternenhaufens jedoch wurde ihre Wissenschaft in lebendigen Maschinen erhalten, die ein Wissenschaftler entdeckte. Diese Maschinen beauftragten den Forscher, nach Seinesgleichen zu suchen: Nach den Verstoßenen, den Neugierigen, den Leuten, die etwas tun wollten ... die für die Schwachen einstehen und das Böse aus der Welt vertreiben wollten. Sie würden mit unbesiegbarer Technik ausgestattet werden ... sie müssten sie nur richtig einsetzen. Mit diesen neuen Waffen würden sie dann in die ganze Galaxie entsandt werden, um als Hüter der Gerechtigkeit gegen Verbrechen und das Böse zu kämpfen, wo immer sie darauf trafen. Sie würden von den Übeltätern und den Zweiflern an ihrer Mission verfolgt werden. Doch wenn sie durchhielten, würden sie siegreich sein. Und so wurden sie zu den *Sternenrangers.*« Sie grinste ihn an. »Oder besser, *wir* wurden dazu. Einige von uns.«

»Du meinst, ihr tut so, als ob ...«

Maj lachte liebevoll und blickte in den Spiegel des Cockpits. »Mit ›so tun als ob‹ hat das nichts zu tun. Die Virtualität ist bei euch wohl nicht sehr realistisch, was?«

Laurent zog eine Grimasse. »Ich glaube, die Regierung würde es nicht gern sehen, wenn das Volk vor der Wirklichkeit fliehen würde.«

Das erinnerte Maj daran, was ein Schriftsteller bei einem Interview Mitte des letzten Jahrhunderts gesagt hatte: *Wer fürchtet am meisten, dass die anderen aus der Realität entfliehen könnten? Die Gefängniswärter ...* Sie verzog das Gesicht.

»Typisch. Aber schau mal.«

Während ihres Gesprächs waren sie immer weiter aufgestiegen und hatten die Wolkendecke unter sich gelassen. Gerade überquerten sie die Tag-Nacht-Grenze. Der hellste Stern in Dolorosas Umgebung – Hekse – glühte rotgolden am Rand der Atmosphäre. Die Intensität der bläulichen Spektralstrahlen nahm zu. Maj lächelte vor sich hin und erhöhte die Geschwindigkeit, um rascher ins Licht zu kommen. Ein leichtes Schrillen drang plötzlich zu ihnen durch. Es klang beinahe musikalisch, wie winzige Glöckchen in weiter Entfernung – ein vibrierender, reiner Ton. Dann hatten sie die Tag-Nacht-Grenze überquert und waren im Licht ...

... und das Geräusch erfüllte den ganzen Weltraum. Der hellste Stern des Systems hing gleißend auf ein Uhr vor ihnen, erhellte ihr Schiff, Amrit und die riesige, mit pfirsich-ziegelfarbenen Streifen überzogene Krümmung Dolorosas. Wie ein mannigfaltiger Gongschlag überflutete sie sein tiefer, dröhnender Ton. Nur die große Entfernung machte den pulsierenden Sternengesang erträglich, den der Entwickler nach seiner Vorstellung von der Musik der Sphären komponiert hatte. Jenseits der Sonne lag die Galaxie, die ein weniger dröhnendes, viel dünneres und silbrigeres Geräusch verströmte. In dieser ›Höhe‹ wirkte der interstellare Staub wie ein Filter. Der nächstgelegene Arm der Galaxie, der sich über ein Drittel des sichtbaren Himmels erstreckte, leuchtete in feuriger Klarheit. Im Gegensatz zur Milchstraße, die man von der Erde aus in einer klaren Nacht nur zart erahnen konnte, strahlte dies hier hell, klar umrissen und gewaltig. Das Schönste daran war, dass man die vielfältige, reiche Harmonie des Sternengesangs über die unvorstellbare Entfernung hinweg hören konnte. Rundherum schien der leere Weltraum dem Klang zu lauschen.

»Es ist wunderschön«, sagte Laurent sanft.

»Da hast du Recht.« Auch Maj hatte der Klang bei ihrem ersten Besuch in seinen Bann gezogen. Die Überlegung des Entwicklers hatte sie fasziniert: Was war das Leuchten eines Sterns anderes als eine riesige, kontrollierte, stetige Explosion? Und wenn man Explosionen im All hören konnte, mussten auch die Gestirne eine Art Geräusch verursachen. Auch heute noch bekam sie bei diesem Gedanken eine Gänsehaut. Doch sie hatten keine Zeit zu verlieren. Die anderen trafen sich in wenigen Minuten auf dem größeren Mond, Jorkas.

»Ich wünschte, mein Vater könnte das sehen ...« Laurent flüsterte beinahe.

»Das wird er. Ich werde dafür sorgen.« Maj fiel nichts anderes ein, das nicht sentimental oder künstlich geklungen hätte. Das Bild eines Mannes, der allein in einem kleinen, grell beleuchteten Raum ohne Fenster saß, während jemand sich mit einer Waffe und unfreundlichem Gesichtsausdruck über ihn beugte, war ihr seit dem Gespräch mit ihrem Vater oft in den Sinn gekommen. Wahrscheinlich hatte sie einfach zu viele alte Filme gesehen. Maj wusste, dass sich zwar die Einzelheiten einer solchen Einschüchterungstaktik verändert haben mochten, das Prinzip aber war dasselbe geblieben. Es gab immer noch genug Menschen, die bereitwillig andere quälten, um an ihr Ziel zu gelangen. Der Gedanke daran, dass Laurents *Vater* in einer solchen Situation steckte ... oder ihr eigener Vater ... sie erschauerte.

»Kann ich ... darf ich vielleicht auch mal fliegen?« Laurent klang eingeschüchtert.

Maj grinste, denn sie konnte seine Gefühle nachvollziehen. »Nicht heute, Laurent. Wir haben etwas zu erledigen. Genieß den Flug einfach. Zu Hause habe ich eine

Übungsfassung der Simulation in meinem Arbeitsraum. Du kannst morgen den ganzen Tag lang fliegen, um ein Gefühl dafür zu kriegen. Wer weiß? Vielleicht brauchen wir ja bald einen neuen Piloten. Ich denke nicht, dass die Gruppe einen talentierten Flugkünstler ablehnen würde ...«

Sie gab Vollgas und steuerte ihren Flieger auf die Rückseite Dolorosas. Auf der anderen Seite der Tag-und-Nacht-Grenze des Gasriesen kreiste Jorkas auf sie zu. Er wirkte wie immer gemächlich im Vergleich zu seinen weniger massiven Brüdern und Schwestern, die wie wild um ihre Zentrumsgestirne herumsausten. Maj hielt auf den Pol zu. Schon aus dieser Entfernung konnte sie den hell erleuchteten Kreis mit der Sieben erkennen, der den Stützpunkt der Gruppe markierte.

Fünf Minuten später legten sie in der ›Parkbucht‹ an, die aus einem zum All geöffneten Kraftfeldring bestand und die spektakuläre Aussicht auf Dolorosa und den Sternenhaufen freigab. Acht andere Arbalest-Flieger befanden sich bereits dort. Am Boden war das Glühen der einsatzbereiten Triebwerke zu erkennen. Die Piloten standen in einer kleinen Gruppe zusammen und unterhielten sich angeregt. Sie schenkten dem großen kugelförmigen Hologramm, das leuchtend über dem Boden neben ihnen schwebte, kaum Beachtung. Einer der Piloten trippelte mit metronomischer Gleichmäßigkeit von einem Bein auf das andere.

»Shih Chin«, sagte Maj und öffnete die Kabinenhaube. »Das macht sie immer, wenn sie angespannt ist.«

»Stört es sie nicht, dass ich dabei bin?«, fragte Laurent.

Maj wollte zunächst ›Nein‹, dann jedoch ›Ja‹ sagen. Schließlich überlegte sie es sich anders. »Das ist mir egal. Aber wahrscheinlich macht es ihnen nichts aus, sobald ihnen klar ist, dass du nur als Gast hier bist. Sei einfach nett und überlass den Rest mir.«

Sie gingen auf die anderen zu. Die Köpfe wandten sich nach ihnen um. »Maj, wer ist dein Kopilot?«, fragte Kelly.

Maj lachte. »Wenn jemand, dann Gott. Das hier ist nur ein Passagier ... mein Cousin aus Ungarn. Niko, das ist die Gruppe der Sieben.«

Zur positiven Überraschung aller zeigte er nicht die erwartete Reaktion. Der Name ›Gruppe der Sieben‹ war eigentlich ein Witz. Es war schon ein Ereignis, wenn sie einmal wirklich sieben Leute zusammenbrachten, obwohl sie eigentlich zu elft waren. Die Terminkalender der Freunde waren nicht leicht unter einen Hut zu bringen. Doch Niko lächelte sie einfach vorbehaltlos an. »Hallo.«

»Das ist Kelly«, sagte Maj und deutete auf den groß gewachsenen Rotschopf. »Shih Chin ...« Sie hörte kurz auf zu trippeln und lächelte. »Sander ...« Der Junge mit den dunklen Haaren winkte ihm zu. »Chel und Mairead ...« Mairead schüttelte ihre leuchtend roten Locken aus den Augen und grinste Laurent leicht an. Chel wirkte in dem Raumanzug größer und stämmiger als sonst. »Bob ...« Er nickte Laurent gedankenverloren zu.

»Und Robin und Del.«

»Hi«, sagte Robin, und Del verneigte sich leicht, eigentümlich förmlich wie immer. Maj zwinkerte ihnen zu. Mit ihnen hatte sie am meisten Kontakt ... Robin und Del waren auch Net Force Explorers. Der kräftige, untersetzte Del lebte in der Umgebung von New York, wo seine Eltern in einer großen Anwaltskanzlei arbeiteten. Die kleinere, zierliche Robin mit ihrem blauen Irokesenschnitt im Stil der alten Punks kam aus einem Vorort von L. A. und lebte bei ihrem Vater, der für Rocketdyne arbeitete. Sie hatten sich noch nie persönlich getroffen, doch das war bei vielen Net Force Explorers so. Die Treffen online waren ihnen real genug. Überhaupt machten sie um ihre Mitgliedschaft bei der Net Force nicht viel Aufhebens. Teilweise, weil es Neid auf sich ziehen konnte, wenn man es in die Net Force geschafft hatte, wo doch so viele dazugehören wollten, und teilweise, weil sie es nicht nur als unnötig empfanden, damit zu prahlen, sondern auch als möglicherweise unklug. Von Zeit zu Zeit arbeiteten die Net Force Explorers an Projekten, von denen die Öffentlichkeit nichts wissen sollte. Also behielten sie ihre Aktivitäten bei den Explorers für sich. Jedoch gab es keine Regel, die ihnen untersagte, ›außer Dienst‹ Spaß zusammen zu haben – sofern drei so arbeitseifrige junge Leute jemals ›außer Dienst‹ waren.

»Toll, dass du es geschafft hast«, sagte Bob. »Wir sind unsere Strategie noch mal durchgegangen ...«

»Und stecken *total im Schlamassel*«, brummte Shih Chin.

»Das stimmt nicht«, meldete sich Kelly zu Wort. »Würdest du bitte nicht so überreagieren?«

Es entstand eine kurze Pause. »Die Nerven«, erklärte Kelly schließlich etwas verlegen.

»Schon gut. Vergiss es.«

Zustimmendes Gemurmel erhob sich. »Wie lange noch?«, fragte Mairead.

»Noch zehn Minuten. Dann müssen wir uns auf die Positionen begeben, die im Haupttaktikcomputer gespeichert sind.«

»Oh, ich hasse das«, murmelte Del. »Sobald wir oben sind und losballern, ist alles in Ordnung.«

»Wenn wir es überhaupt bis dahin schaffen«, sagte Kelly.

»Du bist Ungar, was?«, fragte Chel. »Tja, *Gulasch*, da

wirst du heute was erleben ... falls wir die ersten zehn Minuten überstehen.«

Maj wollte schon etwas Schnippisches erwidern, doch Laurent grinste nur. »Gulasch? Schmeckt lecker. Wenn man es richtig zubereitet, mit den echt scharfen Paprikas, haut es einen fast um.« Er hopste etwas in der geringen Schwerkraft und lächelte noch immer. »Da zeigt sich dann, ob man ein echter Mann ist.«

»Paprika?«, mischte sich Bob ein. »Das ist doch so eine Art Chilischote, oder? Mein Dad baut Chilis an, und ...«

»Könnt ihr dieses machomäßige Chili-Geschwätz bitte später fortführen?«, unterbrach sie Maj. »Niko, sieh dir mal besser das Diagramm an, damit du weißt, was dich erwartet.«

Sie gingen zu dem Hologramm, und die anderen folgten ihnen. Der Planet Didion füllte beinahe das ganze Bild aus. Dort würden die Arbalest-Flieger sich mit den unzähligen anderen eine blutige Schlacht liefern.

»Es ist ein ›konstruierter‹ Planet«, erklärte Maj, als Laurent um das Hologramm herumging und sich alles genau ansah. »Er sieht zwar grün aus, aber angefangen vom Kern ist alles an Didion künstlich. Es gibt tausende Ebenen. Einst beinhaltete er die Bibliothek dieses Teils der Welt, bis die Archon die Macht an sich gerissen haben. Jetzt werden dort Waffen, Killerbots, Spionagecodes etc. gelagert ... Was immer du willst. Ein ziemlich abscheulicher Ort, dieses Kontrollzentrum der Archon-Operationen für den hiesigen Teil des Weltraums. Doch es gibt einen Weg da rein, und wenn wir es schaffen, uns bis zur Oberfläche hinunterzukämpfen ...«

»Aber genau da beginnt das Problem«, sagte Bob. Die ›Hülle‹ des Planeten verschwand und zeigte den Weg zum

Kern – ein komplexer, verschlungener Pfad durch Leitungen und Tunnels.

»Es ist wie ein Körper mit einem Gehirn«, erläuterte Maj. »Was es benötigt, ist eine Lobotomie.«

»Und wir sind die Eispickel«, kicherte Bob. Die anderen stöhnten auf.

»Bob, du bist manchmal so *retromäßig* drauf.« Shih Chin tat angewidert.

»Viele andere Gruppen werden versuchen, uns zu schlagen«, sagte Mairead. »Wir müssen die Ersten sein oder zumindest nahe an den Ersten dran.«

»Erste oder gar nichts«, verkündete Chel. »Tod oder Ruhm.«

Laurent betrachtete das Hologramm nachdenklich – den Globus, den verschlungenen Weg ins Zentrum, die ›empfindliche Stelle‹, die sich dort verbarg. »Das kommt mir irgendwie bekannt vor«, stellte er schließlich fest.

Einige der anderen unterdrückten ein Kichern. »Tja«, sagte Shih Chin. »Das ist die Neuauflage eines alten Archetypen. Es wurde einiges hinzugefügt. Schau ...«

Während der folgenden Minuten erläuterten sie die tückischsten Fallen – um sie Laurent zu zeigen und auch, um sie sich selbst ins Gedächtnis zu rufen. »Das Schlimmste sind die Schiffsfresser.« Del deutete auf die zwei Stellen an den Hauptzugängen, an denen die ›Fresser‹ positioniert waren. »Das sind keine kleinen Dinger, die man zerschießen könnte. Es sind Klauen, die aus den Wänden hervorschießen – eigentlich sind es die Wände selbst – und einen zermalmen. Fies.«

»Wenn man getroffen wird und stirbt, kann man sein Schiff zumindest in der nächsten Runde wieder einsetzen«, erklärte Maj. »Aber wenn das Schiff völlig zerstört wird und man es nicht mehr bergen kann, muss man ganz von vorn anfangen. Man muss sich für das Konstruktionsprogramm neu einschreiben und manchmal einen oder zwei Monate warten, bevor man das Material für ein neues Schiff erhält ...«

»Wie im wirklichen Leben«, sagte Laurent.

»Viel zu real«, fügte Kelly hinzu.

Aus dem Basisgebäude ertönte eine Hupe. »Auf geht's, Leute.« Shih Chin steuerte erleichtert auf ihren Flieger zu.

»*Chinnn!!*«, riefen Bob, Del und Mairead hinter ihr her.

»O ... hab ich vergessen.« Sie lief zu ihnen zurück.

»Fertig?« Bob streckte die Hand aus.

Shih Chin legte ihre Hand auf seine, und der Rest der Gruppe stapelte ebenfalls Hand für Hand darauf. »Na, komm schon, Gulasch«, forderte Bob Laurent auf, der daraufhin schüchtern seine Hand ganz oben drauf legte.

»Sieben für Sieben«, sagte Bob. »Oder Neun oder Zehn. Wie viele wir auch sind. Ja?«

»*Ja!*«, riefen alle.

»Also, treten wir den Archon in seinen großen grünen Hintern«, sagte Shih Chin, »damit wir rechtzeitig wieder daheim sind und Popcorn mampfend einen Spielfilm genießen können.«

Sie eilten zu ihren Fliegern. Maj und Laurent saßen im nächsten Moment wieder auf ihren Sitzen, und um sie herum erhob sich das ohrenbetäubende Aufkreischen der Morgenroth-Triebwerke. »Der Planet«, brüllte Laurent gegen den Lärm an, »ist er in diesem System?«

»Nein, vierzehn Lichtjahre weit weg.«

Laurent riss die Augen auf, als die neun Flieger starteten und gemeinsam in Formation von der Oberfläche Jorkas abhoben. »Und wir sind in zehn Minuten dort?«

»Eigentlich in eineinhalb Sekunden.« Maj überprüfte die Anzeigen des Computers, die die Druckfeld-Synchronisation steuerten. »Wenn wir ein Sprungtor hätten, wären wir sogar noch schneller. Doch das verbraucht eine Menge Energie, und die Struktur des Tors ist auf beiden Seiten sehr sabotageanfällig. Aber wir haben genug Flieger, um den anderen Weg zu nehmen.« Sie blickte sich um. Die anderen wurden langsamer und gingen in Position.

»Welchen Weg?«

»Pass auf.« Sie meinte das wörtlich. Das erste Mal war immer überraschend.

»Fertig, Sieben?« Bobs Stimme ertönte aus dem Empfänger.

»Fertig!«, sagte Maj. Und sieben weitere Stimmen fielen ein: *»Fertig!«*

»Synch starten – *jetzt!«*

Die Druckfeldsequenz setzte ein. Der Führungslaser sprang von Schiff zu Schiff und verknüpfte sie in einem schillernden Netzwerk aus Licht. Die Sequenz der Hypermassen-Vergrößerung wurde eröffnet ...

Plötzlich wurden die Sterne zu Streifen und brachen dann zusammen, wobei sie sich den Schiffsumrissen flackernd anpassten. Sie schoben die Flieger mitsamt den Piloten in einer Welle räumlich verdichteten Lichts mit einem ohrenbetäubenden Aufheulen in sich *hinein*, und ...

... alles verschwand. Dann blinkten die Sterne auf und kehrten an ihre Position zurück. Zurück blieben die Arbalest-Flieger, die auf die Oberfläche des Planeten Didion zustürzten.

Laurent schnappte nach Luft. »Das ... das ...!«

»Man kann entweder Löcher ins Universum stoßen, um ans Ziel zu gelangen, wobei manche Leute befürchten, dass das seiner Struktur schaden könnte ... Oder man wickelt es um sich wie einen Mantel, geht an sein Ziel und nimmt den Mantel dann wieder ab. Es ist schließlich ein und derselbe Mantel. Alles darin berührt alles andere ...«

Auf mehr Theorie wollte Maj im Augenblick nicht eingehen, denn es gab viel zu tun. Innerhalb der nächsten Minute musste sie die Instrumente mehrfach überprüfen. Das Cockpit füllte sich mit dem nervösen Geschnatter der anderen, die genau dasselbe taten – sie vergewisserten sich, dass die Waffen geladen und einsatzbereit waren und die Morgenroth-Triebwerke funktionierten. Unterhalb ihrer Flieger machten Feuerlinien, Rauchwolken und lange Kondensstreifen deutlich, dass die Schlacht von Didion bereits in vollem Gange war.

»*Fertig?*« Bob führte diesmal ihr Geschwader an und hatte das Sagen. Er hatte die Strategie erarbeitet und würde als Erster ins Gras beißen, wenn etwas schief ging.

»Alles bereit, Big B«, sagte Maj.

»*Fertig, Bob ...*«

»*Na los, fangen wir an!*«

»Sieben für Sieben«, brüllte Bob. »Los, los, los!«

Die neun Arbalest-Flieger stürzten mit zunehmender Geschwindigkeit auf die Oberfläche Didions zu. Vom Kopilotensitz eines der Flieger ertönte ein Schrei purer, nicht völlig unangemessener Verzückung. Die Pilotin auf dem Vordersitz lächelte, legte einen Arm fest auf das Feld zur Waffensteuerung und machte sich bereit, ihrem Gast zu zeigen, was es hieß, Spaß zu haben.

Zehntausend Kilometer entfernt befand sich Majorin Arni an Bord eines Fluges in Richtung Wien. Dort würde sie nach Zürich umsteigen. Es war ihr unangenehm, über die Schweiz zu reisen, doch momentan war das unvermeidbar, da dort der nächste Flughafen für Raumflieger lag.

Und Geschwindigkeit war essenziell. Außerdem hatte sie größere Probleme als die unsägliche Schweiz.

»Er hat das Haus nicht verlassen, Majorin«, sagte die Stimme über die gedämpfte, rauschende Netzverbindung in der Zelle am Ende der Businessklasse.

»Gut. Wenigstens etwas. Was machen die Gastgeber?«

»Scheint, als würden sie einen ruhigen Tag zu Hause verbringen. Die Mutter arbeitet im Garten. Der Vater hält sich größtenteils im Hausnetz auf. Die Tochter und der Junge sind ebenfalls im Netz.«

»In seinem Account?«

»Nein. Doch sie hätten die Möglichkeit dazu. Sein Vater hat den Arbeitsraum des Jungen auf einen nordamerikanischen Server übertragen.«

»Na, das dürfte ja wohl kein Problem darstellen. Brechen Sie in den Account ein. Ich will, dass alles durchsucht wird.«

Doch der Kontaktmann musste sie enttäuschen. »Leider ist der Server ein anderer als der, auf den die Informationen ursprünglich verschoben wurden. Der neue Server wird von verschiedenen Regierungsorganisationen der USA benutzt und ist daher gut geschützt. Wir kommen nicht ran.«

Sie brummte ärgerlich. »Zumindest muss der Junge beobachtet und belauscht werden, wann immer er sich im öffentlichen Netz aufhält. Es ist sehr wahrscheinlich, dass er einige nützliche Informationen fallen lässt.«

»Majorin, bis auf das Hausnetz der Greens hielt er sich bisher nur in einem geschützten System auf – als Gast des Accounts der Tochter. Diese geschützten Systeme haben gewöhnlich erstklassige Filter, die den Zutritt nur eingetragenen Mitgliedern gewähren ...«

»Dann tragen Sie sich ein!«

»Das haben wir getan. Doch es dauert vierundzwanzig Stunden, bis die Mitgliedschaft registriert ist. Außerdem ist die Domäne unseres Landes gesperrt. Wir mussten über eine transsilvanische Adresse einsteigen, und dafür benötigten wir die üblichen Genehmigungen ...«

Bürokratie, dachte sie wütend und bedeckte ihr Gesicht mit einer Hand. Sie hatte ihre Vorteile, doch meistens behinderte sie einen bei der Arbeit. »Tun Sie es einfach«, sagte sie. »Sobald Sie in dem geschützten System sind, eignen Sie sich Informationen über das Mädchen an – was sind ihre Gewohnheiten, wie oft benutzt sie das System und so weiter. Ich wünsche einen vollständigen Bericht. Wie läuft die Suche nach dem Vater?«

»Es gibt gute Neuigkeiten, Majorin. Die Spezialisten, die einige seiner Forschungskollegen bearbeiten, haben Ergebnisse erzielt. Anscheinend ist er letztes Jahr einige Male nach Norden in die Ferien gefahren. Doch soweit man weiß, hat er dort keine Verwandten oder Freunde. Er behauptete, er sei Fischen gewesen.«

»Wahrscheinlich stimmt das sogar ... doch unsere Fische sind wohl nicht ganz das, was ihn interessiert hat.«

»Nein. Er erwähnte einige Orte, deren Einwohner wir gerade befragen ... eine Frau glaubt, ihn vor zwei Tagen gesehen zu haben.«

Die Majorin lächelte. »Die verschärfte Grenzüberwachung könnte sich doch noch auszahlen. Verstärken Sie die Suche im Norden, und finden Sie heraus, ob einer unserer Leute etwas vom Fischen versteht.«

Am anderen Ende herrschte Stille. »Verzeihung, Majorin?«

»Sie haben schon richtig verstanden. Besorgen Sie die richtige Ausrüstung und schicken Sie jemanden nach Norden. Darenko war vielleicht *wirklich* Fischen. Vielleicht ist er noch immer dort. Ein geschickter Fischer kann eine ganze Zeit in der Wildnis verbringen, ohne entdeckt zu werden ...«

»Äh, ja, Majorin. Ich kümmere mich darum.«

»Tun Sie das als Allererstes. Und dann gehen Sie ins Netz und sehen nach, was der Junge treibt. Ich muss sofort nach meiner Ankunft handeln können, und dafür brauche ich so viele Informationen wie möglich.«

»Ja, Majorin.«

»Was ist mit dem Professor? Sie hatten doch eine Spur.«

Die Antwort klang nervös. »Er hat Beziehungen zur Net Force.«

Sie atmete zischend aus. »Das wussten wir. Seine Tochter ist schließlich bei den Net Force Explorers.«

»Nein, Majorin. Engere Beziehungen.«

»Ich verstehe. Können Sie mir mehr darüber sagen?«

»Nein.«

»Ist sonst noch etwas?«

»Nein.«

»Ich werde Sie kontaktieren, bevor ich Zürich verlasse.«

Sie beendete die Verbindung und bemühte sich, die Fassung wiederzugewinnen. Dann ging sie zurück in die Kabine. *In etwa zwölf Stunden bin ich dort. Und dann werden wir uns zurückholen, was rechtmäßig uns gehört.*

Sie setzte sich wieder in den bequemen Sitz und strich das attraktive Kostüm glatt, das bei dieser speziellen Mission als ›Uniform‹ fungierte. *Armer kleiner Laurent. Hab Spaß, so lange du kannst. Wenn wir dich nach Hause bringen, wirst du wenig Freude haben ...*

5

Maj wachte außergewöhnlich früh auf. Ihre Mutter nannte es ›Glücks-Aufwachen‹, wenn man sich vollkommen ausgeruht fühlte und am ganzen Körper spürte, dass man eine Aufgabe erfolgreich erledigt hatte. Trotz der absurd frühen Uhrzeit war sie bereit, Bäume auszureißen. Die Morgendämmerung tauchte die Welt am östlichen Horizont gerade in goldenes Rosa. Sie schlich in die Küche und genoss die gesegnete Ruhe, bevor der Rest der Familie auftauchte.

Die Schule schien noch in weiter Ferne, obwohl sie in etwa eineinhalb Stunden würde aufbrechen müssen. Sie setzte den Wasserkessel auf, schlüpfte in ihren Arbeitsraum und ließ ihn zur Küche hin ›geöffnet‹, um nicht zu verpassen, wenn Laurent oder Muffin hereinkamen.

Auf ihrem Tisch, der in dieser Überlappung von Realität und VR mit dem Küchentisch verschmolz, stapelten sich E-Mails. Sie überflog sie kurz und stellte fest, dass es sich größtenteils um Glückwunschschreiben der anderen handelte. Die Gruppe der Sieben war vergangene Nacht spektakulär erfolgreich gewesen. Sie musste zugeben, dass das zum Teil Bobs perfekter Planung zu verdanken war. Mit seiner Fähigkeit zu komplexem Denken hatte er sich als virtuoser Geschwaderführer erwiesen. Doch auch das unschlagbare Teamwork hatte dazu beigetragen. Maj wusste wirklich nicht, wen sie zuerst loben sollte – Shih Chin für ihre wagemutige Risikobereitschaft, Kelly für seine kühle Zielfestigkeit oder Mairead dafür, dass sie auch am Hinterkopf Augen zu haben schien – ihr entging nichts, ob Freund, ob Feind. Ihre Position in der Wertung bekräftigte, dass sie es nicht schlecht gemacht hatten. Alle neun waren in den Planeten Didion eingedrungen, hatten einen großen Teil seiner Innereien zerschossen und waren auch wieder herausgekommen, bevor die Streubombe in die Luft gegangen war.

Es hatte allerdings auch Enttäuschungen gegeben. Sie waren am entscheidenden Angriff, bei dem der Sprengsatz angebracht wurde, nicht beteiligt gewesen. Sie waren nicht so weit in Didions verzweigtes Inneres eingedrungen, wie Maj gehofft hatte. Da ihre Munition knapp geworden war, hatte die Gruppe der Sieben sich den Weg in die Freiheit erkämpfen müssen, bevor die Schwarzen Pfeile sie einholen und hinwegfegen konnten. Und doch war der Rückzug ordentlich verlaufen, sodass sie anschließend beim großen Knall zur Stelle gewesen und in die Bonuswertung für die Beteiligung an der Zerstörung des Planeten aufgenommen worden waren.

Die Archon würden es sich ein zweites Mal überlegen, bevor sie wieder eine Basis in der Nähe des Heimatsystems der *Sternenranger* errichteten. Die Ranger konnten sich nun darauf konzentrieren, den Kampf tiefer ins All der Archon voranzutreiben und wohl überlegt an dem Plan ihrer vollständigen Vertreibung aus der Galaxie zu arbeiten ...

Maj lächelte. *Wirklich befriedigend, das Ganze*, dachte sie. Jemanden hinter sich sitzen zu haben, der von den Geschehnissen vollkommen aus den Socken gehauen wurde, hatte sich als zusätzlicher Anreiz erwiesen. Eines Tages würde der kleine Laurent sich wohl an das Ganze gewöhnen und ruhiger werden. Doch bis dahin war seine unverblümte Begeisterung einfach unbeschreiblich niedlich.

Maj sah ihre Post zu Ende durch und bedachte alle Absender mit ein paar Worten – was heute eine ungewöhnlich angenehme Aufgabe war, da sie jeden in der Gruppe für fabelhaft hielt. Dann saß sie mit ihrem Tee am Tisch und sonnte sich in ihrem Erfolg.

Und doch war es kein wolkenloser Triumph. Die leise, verlorene Stimme machte ihr noch sehr zu schaffen. *Ich wünschte, mein Vater könnte das sehen ...*

»Computer.«

»Bereit, Boss.«

»Stell eine allgemeine Übersicht der jüngeren Geschichte der Kalmanischen Republik zusammen. Video, Audio und ergänzender Text.

»Anspruchsniveau?«

»Mittel.«

Das System brauchte einige Sekunden, um aus dem Link zu den Datenbanken der Encyclopaedia Britannica das Angeforderte herauszusuchen. »Fertig.«

»Los ...«

Die Bilder um sie herum liefen zunächst etwas grobkörnig ab, wie es für Filme und Holos der frühen Tage üblich war. Soldaten marschierten Landstraßen entlang, Politiker hielten flammende Reden, große Menschenmassen versammelten sich in der Stadt. Die Kalmanische Republik gehörte zu den Ländern, die um die Jahrtausendwende wegen der Verbitterung über alte Hassgefühle oder neuer Spannungen in Bruchstücke zerfallen waren. Manchmal benutzten plötzlich unabhängige Völker die ungewohnte Freiheit dazu, Auseinandersetzungen aus längst vergangenen Jahrhunderten wiederzubeleben. Einige alte ›Blutfehden‹ waren durch das Eingreifen einer oder mehrerer Großmächte unterbrochen worden und kamen bei nächster Gelegenheit wieder an die Oberfläche. Ein anderes Mal brachen Rivalitäten zwischen Nachbarländern aus. Hatten die einen plötzlich mehr Geld als die anderen, oder ging es einem Land plötzlich besser, waren Konflikte vorprogrammiert. So lange alle gemeinsam arm gewesen waren, hatten sie zusammengehalten. Auf diesem Weg hatte die Geschichte einiger dieser Länder einen unvorstellbar blutigen Lauf genommen.

Maj sah sich die Soldaten und Redner an. Plötzlich erinnerte sie sich daran, wie sie und ihre Mutter das letzte Mal gemeinsam beim Krebsefangen gewesen waren. Man zerrte sie aus der Falle und steckte sie in einen Eimer, um sie mit nach Hause zu nehmen. Sie versuchten natürlich zu fliehen – doch ihre bevorzugte Fluchtmethode bestand darin, dass sie einander nach unten zogen, um am anderen hochzuklettern. Sie schienen nicht zu bemerken, dass sie durch das Ziehen und Zerren keine Chance hatten zu fliehen. Maj kam es so vor, als ob sich auch all diese kleinen Länder im Glauben, sie kämpften sich nach oben, gegenseitig immer weiter in die Tiefe rissen.

Anderenorts hatte es Machtwechsel gegeben, die sich nach wenigen Massendemonstrationen und Attentaten auf hochrangige Persönlichkeiten ereignet hatten. Ein Beispiel dafür war Rumänien. Nach Jahren unvorstellbarer Unterdrückung durch einen marxistischen Diktator schüttelte ihn das Land plötzlich auf relativ unblutige Weise ab. Als die Lage sich beruhigt hatte, schien allmählich eine ›Verwestlichung‹ einzusetzen. Doch die Stabilität war nicht von Dauer. Nachdem die Balkanproblematik des Jahrhundertwechsels gelöst war und sich eine lange, träge Stille über das Gebiet gesenkt hatte, erwachten in Rumänien plötzlich nationalistische Bedürfnisse. Innerhalb weniger Monate wurde das Land aufgerüttelt, erbebte und zersprang in drei Teile. Der Süden mit den Städten Bukarest und Constanta nannte sich nun nach den Bergen in seinem Norden Oltenia. Da sich die Schwarzmeerhäfen Constanta und Mangalia auf seinem Gebiet befanden, übernahm er den Großteil der Handelsbeziehungen mit dem Westen. Der mittlere Teil des Landes gehörte zu Transsilvanien. Hier war es ziemlich ruhig und entspannt geblieben, wenn auch der Staub, den die Abspaltung aufgewirbelt hatte, noch in der Luft lag. Die touristischen Geschäfte mit dem blutrünstigen Vlad Dracula waren weitergeführt worden. Sowohl Touristen, die an dem altertümlichen Grafen als Nationalhelden und Vertreiber der Hunnen interessiert waren als auch solche, die von seiner – angeblichen – Karriere als Vampir fasziniert waren, strömten ins Land.

Der nördlichste Teil ›Ex-Rumäniens‹, wie die Journalisten es bezeichneten, nannte sich Kalmanische Republik und umfasste den Großteil der Bergkette dieser Region. Anfangs war es wahrscheinlich erschienen, dass die Republik einen ähnlichen Weg wie Oltenia einschlagen würde. Doch kurz vor dem Ende der Revolution, als die Kandidaten, denen das Volk zu vertrauen schien, die Steuerung des Landes übernehmen wollten, gab es eine überraschende Wendung. Einige der Kandidaten für den neuen zehnköpfigen ›Senat‹ verloren unter mysteriösen Umständen ihr Leben – sie wurden auf der Straße von Unbekannten erschossen, oder ihre Häuser flogen samt ihnen in die Luft. Die anderen Kandidaten zogen sich daraufhin schleunigst aus dem Senat zurück. Als sich der Rauch gelichtet hatte, waren nur noch drei Senatoren übrig geblieben. Das neue kleine Land war vor Schreck wie gelähmt. Niemand wehrte sich, als diese drei als ›Notregierung‹ bis zu den neuen Wahlen die Macht übernahmen – falls es jemals neue Wahlen geben würde ...

»Ich weiß nicht«, hörte Maj plötzlich ihren Vater auf dem Gang sagen. »Ich frag sie mal. Maj?«

Er steckte den Kopf in die Küche. Wie jeden Morgen trug er einen Jogginganzug. Er ging an den Arbeitstagen im Sommer immer früh zum Laufen, um der Hitze zuvorzukommen.

»Ja, Dad?«

»Kannst du bitte für Niko ein paar Sportsachen bestellen? Er will mit mir Joggen gehen. Nur einen Jogginganzug, nichts Besonderes. Und Schuhe.«

»Klar, ich kümmere mich darum. Ich brauche aber seine Schuhgröße ... der Computer berechnet das nie richtig. Zumindest unserer nicht. Das System bei GearOnline kann sie vielleicht aus den Messungen von gestern ermitteln. Nur für den Fall – welche Größe hat er?«

»Sechsunddreißig.« Laurent tauchte hinter Majs Vater auf.

Sie starrte ihn an. »Was tust du denn schon um diese grauenvolle Uhrzeit hier?«

»In Europa ist jetzt Mittag.«

»Nein, das meine ich nicht. Wir sind doch eigentlich gerade erst ins Bett gegangen ...!« Maj spürte den Schlafmangel selbst.

Aber Laurent grinste sie an. »Mir geht's gut.«

»Im Ernst? Und sechsunddreißig ist wirklich eine Schuhgröße bei euch?«

»Ja.«

»Okay. Mal sehen, was GearOnline damit anfangen kann.«

Ihr Vater und Laurent verschwanden wieder und machten sich auf in den frischen Morgen. Maj hob die Augenbrauen und sagte zum Computer: »Fortfahren ...«

Jetzt sah sie, wie die Dinge in der Kalmanischen Republik vor etwa zwanzig Jahren aus dem Ruder gelaufen waren. Die ›Troika‹ der Notregierung nahm ihre Arbeit auf, und einige Monate lang lief es glatt. Doch dann verschwanden wieder zwei Senatoren unter merkwürdigen Umständen. Das Land war so damit beschäftigt, über die Pläne des Dritten zu diskutieren, dass es wenig Zeit und später kaum Möglichkeiten hatte herauszufinden, was mit den beiden geschehen war. Man hatte nun genug damit zu tun, mit dem neuen Herrscher, Cluj, zurechtzukommen.

Daimon Cluj war ein ›erfahrener Staatsmann‹. Als Kind hatte er miterlebt, wie Ceaucescu das Land entglitten war, das er bisher mit dem Einverständnis der alten Sowjetunion erbarmungslos regiert hatte. Einige verziehen ihm und der Sowjetunion die plötzliche Schwäche und das Ende der ›guten alten Zeit‹ absoluter Befehlsmacht nie. Damals hatte es keine Drogenproblematik und wenig Kriminalität gegeben, da Drogendealer und Kriminelle zu Tode gefoltert wurden, wenn man sie fasste. Auch politische Unruhen waren unbekannt gewesen, da jeder Aufrührer eingesperrt und erschossen wurde.

Cluj war entschlossen, diese gute alte Zeit zurückzubringen. Mit der Hilfe tausender bösartiger Schläger – niemand wusste, woher sie kamen, doch es gab viele solcher Leute, die noch immer unerkannt durch die Lande zogen und nach Auftraggebern suchten – erreichte er sein Ziel. Er errichtete eine altmodische Ein-Mann-Diktatur, die im Geiste marxistisch-leninistisch war und ständig von ›Solidarität‹, ›Brüderlichkeit‹ und dem ›Volk‹ sprach. In Wirklichkeit aber war das einzige Ziel, Cluj an der Macht zu halten, damit er sein Land wieder dazu machen konnte, ›was es sein sollte‹. Seine Vorstellung davon beinhaltete eine große Zahl von Geheimpolizisten und die völlige Steuerung der Industrie durch die Regierung. Das Volk musste essen, was man ihm gab, sich die

Nachrichten ansehen, die man ihm vorsetzte, und sich ansonsten ruhig verhalten. Man erwartete, dass sich die Menschen wie aufgeklärte Bürger eines aufgeklärten sozialistischen Staates verhielten.

Das Ganze ging monatelang gut. Die neuen Züge fuhren pünktlich, und auf den Märkten war eine Menge Lebensmittel erhältlich – die Auswahl war zwar nicht sehr groß, doch dafür stimmte die Quantität. Drogendealer und Diebe wurden an die Wand gestellt und erschossen, was ausschließlich positive Resonanz erzielte. Doch dann stiegen die Preise der Lebensmittel, und die Züge waren zwar nach wie vor pünktlich, durften aber nicht weiter fahren als bis zur oltenischen, transsilvanischen oder ungarischen Grenze. Die neue Armee, diese grimmig aussehenden Männer mit ihren Maschinenpistolen, schien keine Aufgabe mehr zu haben, nachdem sämtliche Dealer ausgemerzt waren.

Wie erwartet wandten sie ihre Aufmerksamkeit anderen Dingen zu – dem gewöhnlichen Volk. Die Geheimpolizei, deren offizieller Name nun ›Innere Sicherheitskräfte‹ lautete, fand kein organisiertes Verbrechen mehr, gegen das sie ankämpfen konnte, und ließ das an denen aus, die weder organisiert noch Verbrecher waren. Die Einwohner der größeren Städte, Iasi, Galati und Suceava, wurden plötzlich der ›Dekadenz‹ verdächtigt, schließlich lebten sie in Städten. Also wurden sie aus dem ›Luxus‹ ihrer Häuser vertrieben und auf das Land verschleppt, wo sie in Kollektivbetrieben landwirtschaftliche Arbeit leisten mussten und Erziehungsmaßnahmen zu durchlaufen hatten. Doch nicht alle wurden so behandelt. Die wenigen, von denen sich die Regierung – also Cluj – etwas erhoffte, durften in den Städten bleiben und mussten für dieses Privileg arbeiten.

Einer davon war Laurents Vater, wie Maj jetzt klar wurde. Ein Wissenschaftler konnte nützlich sein ... erst recht ein Biologe. Und ein so spezialisierter und talentierter Biologe war wie ein Hauptgewinn. *Sie würden ihn niemals freiwillig gehen lassen,* dachte Maj. Vor allem jetzt, wo sich die Lage dort drüben verschlechterte. Oltenia und Transsilvanien standen recht gut da – auch wenn Cluj sie jeden Tag als böswillige, irregeführte Lakaien des imperialistischen Westens bezeichnete. Sie verbesserten die Infrastruktur, damit sie der allmählich wohlhabenderen Bevölkerung gerecht wurde. Dort konnte man im Netz auf vieles zugreifen, was auf den ärmlichen zensierten – und angezapften – öffentlichen Terminals verboten war, die Cluj seinem Volk gestattete. Nur beim Militär und der kreativen Elite war er großzügiger.

Oltenia und Transsilvanien ließen inzwischen sogar verlauten, dass sie der Europäischen Union beitreten wollten. Schlimmer noch, die Republik Moldawien, die nördlich an die Kalmanische Republik grenzte, hatte gerade einen Waffendeal mit der Ukraine abgeschlossen. Cluj war durch diese Nachricht offenbar nervös geworden, was Maj gut verstehen konnte. Obwohl seine berüchtigten Bodenstreitkräfte mit Handfeuerwaffen gut ausgerüstet waren, verfügten sie nur über wenige Panzer und keinerlei nennenswerte Langstreckenwaffen. Der Handel zwischen der Ukraine und Moldawien konnte für Cluj nur eines bedeuten – Moldawien plante eine Invasion. Er selbst hätte an dessen Stelle nicht anders gehandelt.

Zu einem solchen Zeitpunkt wird Cluj nur eines im Kopf haben: Waffen. Er braucht Waffen.

Ihr Vater hatte gesagt, dass die Regierung dort drüben die Arbeit von Laurents Vater inzwischen nicht nur aus medizinischem Interesse betrachtete ...

Maj erschauerte. »Das reicht«, sagte sie zum Computer. »Virtueller Anruf. Markier ihn als nicht dringend/annehmen wenn passend. Nachricht hinterlassen, wenn nicht verfügbar oder keine Antwort.«

»Wen rufen Sie an, Boss?«

»James Winters.«

»Verarbeitung läuft.«

Sie wartete einen kurzen Moment.

Einen Augenblick später war James Winters am Apparat. »Maj. Guten Morgen.« Er saß an seinem Schreibtisch im Net-Force-Büro. Es war schlicht eingerichtet – einige Stahlregale und ein Tisch aus Presspan, der wie immer mit Unterlagen bedeckt war, standen darin. Die Jalousien waren hochgezogen und gaben den Blick auf die verspiegelten Fenster frei, hinter denen der sonnige Morgen und – mit einer Ausnahme – der Parkplatz sichtbar wurden.

»Mr Winters, Sie stehen aber früh auf.«

»Eigentlich habe ich noch geschlafen.« Er grinste. Maj konnte nicht erkennen, ob er sie auf den Arm nahm. »Aber ich gratuliere dir, dass du so lange mit deinem Anruf gewartet hast. Du lernst die Kunst der Zurückhaltung.«

Maj errötete. Als sie das letzte Mal zusammengearbeitet hatten, machte Winters ihr wegen ihrer Ungeduld Vorwürfe. Maj fand sich selbst nicht ungeduldig – es war nicht ihre Schuld, dass sie eine raschere Auffassungsgabe hatte als andere und dass sie sich viel schneller entscheiden konnte. Doch unglücklicherweise schien James Winter sie als ungeduldig zu empfinden. Und für die Aufgabe, die sie bei der Net Force übernehmen wollte, war entscheidend, wie er sie wahrnahm. Vorausgesetzt, man stellte sie ein ...

»Zurückhaltung?« Maj spielte das Unschuldlamm.

»Es muss mindestens einen Tag her sein, seit du herausgefunden hast, was los ist. Ich hatte damit gerechnet, dass du mich schon gestern anrufen und aushorchen würdest.«

Darüber musste Maj schmunzeln. Die Vorstellung, dass dieser Mann ohne seine Einwilligung ausgehorcht werden konnte, war lächerlich. »Nein, darum geht es mir im Moment nicht.«

»Nicht? Um was dann?« Er sah aus dem Fenster, das nicht zum Parkplatz zeigte. Maj wusste, dass der Computer dort die Aussicht auf Winters' Garten zu Hause duplizierte. Ein kleiner brauner Vogel pickte im Moment enthusiastisch an einem leeren Vogelhäuschen herum.

»Ich wusste nicht, dass Sie so viel Macht haben.«

Winters hob die Augenbrauen und sah sie von der Seite an. »Ich denke, das werte ich als Kompliment ... erst einmal. Was meinst du mit ›Macht‹?«

»Sie haben einen ganzen Raumflieger umleiten lassen.«

»Habe ich das?«

»Ach, kommen Sie schon, Mr Winters!« Sie warf ihm einen Blick zu und hoffte im nächsten Augenblick, dass sie nicht zu unwirsch reagiert hatte. »Sie haben gestern Morgen mit meinem Vater gesprochen ... und eine halbe Stunde später landete der Flieger zwei Flughäfen von dem ursprünglich anvisierten entfernt.«

»Hm. Interessant, nicht?«

Er beobachtete wieder den kleinen braunen Vogel. »Geh *weg*«, sagte er. »Es ist Sommer, merkst du das nicht? Komm im Oktober wieder.«

Maj hielt einen Moment inne. Nach einem Atemzug wandte sich Winters ihr wieder zu und lächelte leicht. »Tja, nur damit du es weißt. *Ich* habe das Flugzeug nicht umgeleitet. Ein Air Marshall war an Bord«, sagte er rasch, als Maj zu einem Einwand anhob, »wie bei Raumfliegern üblich. Etwa einmal im Monat treffe ich mich mit den Air Marschalls und einigen FBI-Agenten zu Schießübungen. Ich kenne den Mann persönlich und konnte ihn davon überzeugen, mit der Pilotin zu sprechen. Dann hat er sie überredet, auf einem anderen Flughafen zu landen. Die Fluglinien tun so etwas ständig aus geringeren Anlässen. Es ist kein Problem, die Passagiere anschließend mit Billigflügen noch rechtzeitig an ihr Ziel zu bringen.«

Maj nickte. »Sie wussten, dass jemand versuchen würde, Laurent abzufangen.«

»Ich war nicht sicher. Aber nachdem ich mit deinem Vater gesprochen hatte, dachte ich, es könnte nicht schaden, einige Hebel in Bewegung zu setzen und deren Pläne zu durchkreuzen. Vorausgesetzt natürlich, es gab Pläne. Wir sollten wohl davon ausgehen. Einige der Leute, mit denen wir es hier zu tun haben, sind ... nicht nett.« Sein Gesichtsausdruck offenbarte, dass dieser Ausdruck viel zu harmlos war.

»Laurents Vater ist also ziemlich wichtig.«

»Politisch gesehen nicht. Nein, falsch. Wir wissen nicht, welche politische Rolle er spielt. Auf wissenschaftlichem Gebiet ist er ohne Zweifel unersetzbar. Jedenfalls war dein Vater sehr besorgt ... Sagen wir einfach, es gibt Leute, die die Meinung deines Vaters ernst nehmen. Mich zum Beispiel.«

Diese Tatsache fand Maj nach wie vor eigenartig. Sie war sich nicht sicher, was genau ihr Vater mit der Net Force zu tun hatte. In diesem Punkt war er sehr wortkarg.

»Wie geht es Laurent überhaupt?«

»Ganz gut. Er ist mit Dad im Park Joggen.«

Winters hob die Augenbrauen. »Ich hätte eher erwartet, dass er noch schläft. Der Jetlag muss doch ziemlich schlimm sein.«

»Kein bisschen. Vor zwanzig Minuten war er hier und sah fabelhaft aus. Kaum zu glauben, dass er gerade knapp zehntausend Kilometer hinter sich gebracht hat. Es ist *unnatürlich*.« Maj zog eine Grimasse – sie litt jedes Mal furchtbar unter dem Jetlag, vor allem wenn sie von Osten nach Westen reiste. »Einfach unfair.«

Winters machte ein klägliches Gesicht. »Ich kenne auch so jemanden. Seine Mutter hat den Nobelpreis für Medizin gewonnen – ich glaube, sie hat ihn als Baby mit einer Art Zaubertrank gefüttert oder ihm die Fähigkeit vererbt, Zeitzonen zu ignorieren. Ein Flug um die halbe Welt hat keinerlei Effekt auf ihn. Ich werde schon beim Gedanken daran krank.« Er lachte leise. »Aber ich sehe, du hast die Gelegenheit gleich ergriffen, dass er außer Haus ist ...«

»Äh, ja.«

Der kleine Vogel saß wieder am Vogelhäuschen. Winters sah ihn resignierend an. »Also, Maj – macht der Junge Probleme?«

»Überhaupt nicht. Er ist wirklich sehr nett. Vielleicht ein bisschen altklug.«

»Das wäre nur normal.« Winters schien mit sich selbst zu sprechen. »Er ist nicht gerade in einer friedvollen Umgebung aufgewachsen, auch wenn es oberflächlich betrachtet so aussehen mag. Dort wird viel Druck ausgeübt und viel Angst verbreitet. Und jetzt, in der plötzlichen Freiheit, wird es für ihn nicht gerade einfacher werden.«

»Er macht sich ziemliche Sorgen um seinen Vater. Obwohl er es nicht zugeben will.«

»Er hat allen Grund zur Sorge. Wie viel hat dein Vater dir erzählt?«

»Das meiste.« Maj hielt es für besser, nicht zu spezifisch zu werden.

Winters nickte und ging zu Majs Enttäuschung nicht weiter auf das Thema ein. »Das Land, aus dem er geflohen ist, ist nicht gerade friedliebend. Schon lange leidet man dort unter Technologie- und Handelssanktionen, und eine Änderung dieser Zustände ist nicht in Sicht. Man wird das nicht einfach so hinnehmen.« Er machte eine Pause. »Dein Vater hat vielleicht erwähnt, dass ein paar Verstärkungen der Sicherheitsvorkehrungen anliegen ...«

»Ja.«

»Gut. Ich bin am überlegen, was wir sonst noch tun können. Behalt Laurent so lange im Auge. Er soll nicht allein in der Stadt herumlaufen.«

»Das ist doch selbstverständlich. Er scheint daran sowieso kein Interesse zu haben ... er interessiert sich viel mehr für unser Netz.«

Winters grinste. »Das kann ich mir vorstellen ... Das Netz in seinem Land ist bei weitem nicht so vielseitig wie unseres. Die dortige Regierung hat sämtliche Kommunikationsmittel fest in der Hand. Man darf dem Volk ja keine Vorstellung davon vermitteln, um wie viel grüner das Gras auf der anderen Seite ist.«

Maj verzog das Gesicht. »Ich versuche, ihn langsam einzuführen. Es ist aber nicht ganz einfach ... Nachdem wir gestern eine sechsstündige Schlacht beendet hatten, wollte er nach einem kurzen Zwischenstopp auf der Toilette sofort wieder einsteigen.«

»Das denke ich mir. Aber wie gesagt, behalt ihn im Auge ... Er soll es nicht übertreiben.«

»Das hat sein Vater auch gesagt.«

»Ach?«

»Anscheinend will er Niko selbst den Weg durchs Netz weisen.«

»Ein kluger Vater.« Winters lehnte sich zurück und musterte den braunen Vogel, der einfach nicht realisierte, dass all sein Gepicke keinerlei Körner zum Vorschein brachte.

»Denken Sie ...« Maj blinzelte und dachte über etwas nach.

»Was?«

»Dass sein Dad versucht hat, was Wichtiges im virtuellen Arbeitsraum seines Sohnes zu verstecken?«

Winters warf Maj einen anerkennenden Blick zu. »Das haben wir als Erstes überprüft. Nein.«

Maj war etwas enttäuscht – sie hatte gehofft, die Idee wäre originell. »Andererseits wäre das wohl auch das Erste gewesen, was die andere Seite überprüft hätte«, sagte sie schließlich.

Winters nickte. »Wir haben das Material von dem Server, auf den es eigentlich übertragen wurde, auf einen unserer Sicherheitsserver verschoben. Dann haben wir alles von oben bis unten durchsucht, Maj. Bis auf ein paar private, uncodierte Aufzeichnungen, einige einfache Spiele und Schulaufgaben ist dort nichts. Der Junge ist allerdings wirklich sprachbegabt.«

»Ja. Ich denke, er hält sich zurück, damit ich mir nicht dumm vorkomme.«

Winters lachte laut auf. »Das tut weh, oder? Ich kenne auch einige Leute mit Sprachtalent und fühle mich selbst jedes Mal wie ein Tölpel, wenn ich ihnen zuhöre. Nun ja ... Ich werde mehr Zeit zum Sprachenstudium haben, wenn ich in Rente gehe. Und bei dir ... Dein ganzes Leben liegt noch vor dir, du hast noch viel Zeit.«

»Die werde ich nicht mehr haben, wenn ich noch länger mit Ihnen spreche«, sagte Maj, denn ihre Mutter hatte plötzlich den Kopf in die Küche gesteckt. »Geh jetzt unter die Dusche, sonst kommst du zu spät zur Schule«, hatte sie mit den Lippen geformt. »Captain Winters, danke, dass Sie Zeit hatten. Ich wollte das nur kurz selbst mit Ihnen abklären.«

»Ich helfe dir gern.« Er warf einen Blick auf den Stapel Arbeit auf seinem Schreibtisch. »Ruf mich einfach, wenn du mich brauchst.«

»Danke. Aus.« Winters verschwand mit einem Plopp, und in die darauf folgende Schwärze trat ihr Arbeitsplatz. Sie saß wieder in der Küche und sah ihre Mutter an.

»Die Telefongesellschaft hat angerufen. Ich kann nicht glauben, dass dein Vater denen gesagt hat, irgendjemand in diesem Haus ist so früh schon ansprechbar.«

»Bis auf ihn.«

»Tja, aber wer musste ans Telefon gehen? Sie schicken jedenfalls heute Vormittag jemanden rüber. Ich hoffe nur, dass sie fertig sind, wenn du wieder da bist.« Sie wirkte genervt. Maj nahm an, dass ihre Mutter, die nichts einfach so geschehen lassen konnte, den Technikern den ganzen Tag über die Schulter sehen würde, um sich anschließend zu beschweren, sie habe einen ganzen Arbeitstag verloren. Es gab nicht viel, das besser geeignet war, sie wütend zu machen.

Maj stand auf, streckte sich, blickte zum Verdoppler und ›blinzelte‹ innerlich, um die Implantatverbindung zu beenden. Der Arbeitsplatz hinter ihr verschwand. In der Küche war es bereits heller geworden. »Ja, ich hoffe auch, dass sie dann weg sind. Oh, ich muss noch was erledigen, bevor ich gehe ... einen Jogginganzug für Niko bestellen ...«

»Das mach ich schon, Schatz.«

»Viel Spaß. Er hat Schuhgröße sechsunddreißig.«
»Ist das eine Größe?« Ihr Mutter klang misstrauisch.
Maj verschwand kichernd unter die Dusche.

Sie dachte den ganzen Tag nur an Laurent, war abgelenkt und konnte sich nicht auf die Schule konzentrieren, was für sie ungewöhnlich war. Durch den Mathe- und Physikunterricht kam sie ohne Probleme, doch bei Geschichte schien ihr die ›Teapot-Dome-Affäre‹ schrecklich nichts sagend. Das, was sie zu Hause erlebte, und die Entwicklungen in einem Land, das tausende Kilometer entfernt war, wirkten auf sie handfester und bedeutender. In ihrem Haus saß jemand, der aus dieser grauenvollen Geschichte entflohen war. *Wird er jemals dorthin zurückkehren?*, fragte sie sich. Sie konnte sich nicht vorstellen, dass er an einen Ort zurück wollte, wo er und sein Vater mit so viel Angst leben mussten. Andererseits war es seine Heimat. *Vielleicht liebt er sie sogar.*

Wie kam er dann damit zurecht? Maj war sehr sensibel, was die emotionale Atmosphäre in ihrem Umfeld betraf; ein Streit oder eine Unstimmigkeit im Hause Green brachte sie völlig aus dem Konzept. Selbst wenn die Sache gelöst war, war sie noch Tage danach überaus empfindlich. *Er muss gewusst haben, dass sie ihn und seinen Vater die ganze Zeit beobachtet haben. So etwas könnte ich niemals aushalten.* Und doch konnte man sich daran vielleicht wie an Luftverschmutzung und Smog gewöhnen.

Laurent schien keinen Schaden davongetragen zu haben; vielleicht, weil er klug war. Intelligenz war im täglichen Leben eine große Hilfe. Möglicherweise war er auch viel stärker, als er aussah. Seine leicht zerbrechliche Erscheinung mochte eine robustere Persönlichkeit verbergen, als man auf den ersten Blick vermutete.

Trotzdem machte sich Maj den ganzen Tag Sorgen, als wäre ihre Mutter nicht in der Lage, während der Schulzeit auf ihn aufzupassen. *Er ist erst dreizehn*, dachte sie ständig; und gleichzeitig flüsterte ihr eine Stimme zu: *Ein Dreizehnjähriger, der problemlos damit zurecht kommt, unvermittelt aus seinem gewohnten Umfeld herausgerissen zu werden. Vielleicht solltest du dich mit dem Gedanken anfreunden, dass andere Leute mindestens genauso tüchtig sind wie du, selbst wenn sie drei oder vier Jahre jünger sind ...*

Und doch konnte sie das Schulende kaum erwarten. Sie war so kribbelig, dass sie den Bus nahm und die letzten zwei Blocks zu ihrem Haus lief, statt die ganze Strecke zu gehen wie sonst. Auf den letzten Metern wurde sie immer schneller und rannte schließlich fast.

Als sie die Tür aufstieß und sich umsah, war alles ruhig. Sie ging den Flur hinunter und bemerkte, dass die Tür zum Büro ihrer Mutter angelehnt war. Ihre Mom saß ruhig da und hatte die Hände im Schoß gefaltet. »Mom?«, sagte Maj sanft.

Ihre Mutter sah über die Schulter, streckte sich und gähnte. »Oh, du bist schon da. Ich hatte dich erst in einer Stunde erwartet.«

»So kurz vor Schuljahresende ist nicht ganz so viel zu tun ...«

Ihre Mutter konnte nicht verbergen, dass sie amüsiert war. »Ich dachte, es hat vielleicht eher mit unserem Gast zu tun.«

Maj warf ihrer Mutter einen ihrer tadelnden Blicke zu. »Wie kommst du denn darauf?« Sie ging den Gang hinunter, bevor ihre Mutter sie ganz durchschauen würde.

»Netter Versuch, Schatz. Er ist online«, rief sie Maj nach. »Im Schuppen.«

»Warum überrascht mich das nicht?«, seufzte Maj und kehrte um. Sie lehnte sich wieder an die Bürotür. »Sind die Leute von der Telefongesellschaft fertig?«

»Mit der Installation, ja. Aber heute Nachmittag kann es noch ein paar Ausfälle geben – anscheinend müssen sie beim Fernsprechamt noch irgendwelche Einstellungen vornehmen. Sollte nicht zu schlimm werden. Ich würde aber heute lieber nichts Überlebenswichtiges mehr anfangen.«

»Hatte ich nicht vor.«

Sie ging den Flur hinunter und sah in den Schuppen, wo Laurent still im Implantatsessel saß. Muffin war auf seinem Schoß zusammengekuschelt.

Maj lächelte und verschwand in die Küche. Sie ließ ihre Büchertasche und die Jacke fallen, kramte Milch und einen Pfirsich aus dem Kühlschrank und setzte sich an den Tisch, um ihr Implantat mit dem Verdoppler über dem Spülbecken zu verbinden.

Dann öffnete sie die Durchgangstür in ihrem Arbeitsraum und sah in Muffins Spielzimmer. Und tatsächlich saß Laurent inmitten des kambrischen Regenwaldes, umgeben von sanft rauschenden Riesenfarnen und Moosen. Um ihn herum hockten und standen zahllose Dinosaurier. In einer kleinen Entfernung saß Muffin leicht erhöht auf einem Felsen und las ihnen allen vor.

»›Ay‹, sagte Puck. ›Wie schade, dass wir ihn im Alten England verloren haben ...‹«

Laurent sah auf, als die Dinosaurier bei Majs Näherkommen leise grunzten. Er trug den neuen Jogginganzug, den Majs Mutter für ihn bestellt hatte, und sah ziemlich entspannt aus.

»Schon gut, Leute. Rutscht rüber ...«

Sie schob ein paar größere Tyrannosaurier aus dem

Weg und setzte sich neben Laurent ins Gras, um das Ende von Muffins Geschichte zu hören.

»Ich bin schon fast fertig«, sagte Muf leicht herablassend. »Du hast fast alles verpasst.«

»Lies ruhig weiter. Ich komme schon mit. Außerdem ist bald Essenszeit, und du musst dich noch waschen. Aber zuerst würde ich dir gern noch ein bisschen zuhören.«

Muffin brauchte noch etwa zwanzig Minuten, bis sie sich durch das Kapitel gestottert hatte. Maj und Laurent verhielten sich ruhig – es war beeindruckend, wie ernsthaft sich Muf konzentrierte. Auch die Dinosaurier wagten nicht, sich zu bewegen. Als sie schließlich fertig war und das Buch schloss, applaudierte Laurent leise. Muffin strahlte ihn an.

»Du bist noch ziemlich jung für so ein schwieriges Buch. Das hast du wirklich gut gemacht«, lobte er sie.

»*So* jung bin ich gar nicht mehr«, protestierte Muffin mit der Würde einer Dame, die erklärte, sie wäre noch gar nicht so alt. »Daddy hat mit drei zum Lesen angefangen. Was soll ich euch jetzt vorlesen?«

»Nichts mehr, Muffaletta. Mom hat das Essen bestimmt schon fertig, und Daddy kommt auch bald heim.«

»Oh, gut. Dann komm ich später wieder.« Muffin legte das Buch zur Seite und verschwand.

Maj und Laurent sahen sich belustigt an. »Sie liest wirklich gut für ihr Alter, aber das ist in unserer Familie traditionell so. Kennst du das Buch?«

Er schüttelte den Kopf.

»Kipling. Dafür ist es nie zu spät. Ich leih's dir.«

»Daheim hätten wir so etwas nicht lesen dürfen.« Laurent lehnte sich zurück und sah zu einem der Dinosaurier auf. »Es handelt von Königen.«

»Und von Präsidenten böswilliger fremder Länder. Zumindest in diesem Kapitel.«

Er machte ein amüsiertes, grunzendes Geräusch, das Maj irgendwie an ihren Vater erinnerte. »Ja, man hat uns schon immer vor den Gefahren beim Umgang mit dekadenten Westlern gewarnt.«

»Dekadent«, seufzte Maj. »Ich wünschte, ich hätte Zeit dafür, dekadent zu sein. Herumzuliegen und nichts zu tun, Schokolade zu essen und dabei eine Menge Geld zu verdienen. Das meinst du doch?«

»Genau das hatte ich dabei immer vor Augen.«

Maj lachte. »Tja, vergiss es. Ich kenne niemanden, der so lebt. In meinem Leben gibt es zwar eine Menge Schokolade, das muss ich zugeben.« Sie hielt es für besser, ehrlich zu sein, da ihr Bruder in diesem Punkt sicherlich besonders mitteilsam sein würde. Einer der weniger liebenswerten Spitznamen, den er sich für sie ausgedacht hatte, lautete ›Miss Milka 2025‹.

»Auch meine Bekannten, die für die Regierung arbeiten, tun den ganzen Tag nichts anderes als schuften.«

»Meine Regierung würde sagen, sie seien beschäftigt damit, Leute zu unterdrücken.«

Diesmal grunzte Maj, was definitiv eine Nachahmung ihres Vaters war, wenn er hämisch klingen wollte. »Wenn du wissen willst, was Unterdrückung bedeutet, dann beobachte mal meinen Vater, wenn ich ihm sage, dass ich neue Klamotten brauche. Wenn ich gewusst hätte, dass man es einfach so machen muss wie du, hätte ich schon vor Jahren so getan, als wäre ich ein Flüchtling aus deinem Teil der Welt.«

Laurents Grinsen wirkte leicht betrübt, und er antwortete nicht.

»Von deinem Dad hast du wohl nichts Neues gehört?«

Er schüttelte den Kopf. »Bisher nicht.« Er seufzte. »Manchmal kommt es mir vor, als wäre das alles nur ein Traum. Noch vor einem Augenblick, vor einem oder zwei Tagen, haben wir in der Wohnung gesessen, und er sagte zu mir: ›Lari, wir müssen jetzt gehen. Aber vorher trinken wir noch einen Tee zusammen.‹ An seinem Tonfall merkte ich es – ich sollte nicht nur einfach in den Zug steigen und zur Schule fahren. Ich fragte: ›Jetzt?‹, und er antwortete: ›In zehn Minuten.‹ Und dann ist alles ganz schnell gegangen ...«

Laurent grunzte wieder. »Und plötzlich bin ich in Amerika ... fliege mit der Gruppe der Sieben gegen die Schwarzen Pfeile von Archon ... und kaufe Kleider, ohne sie anzuprobieren ...«

»Passen sie?«

»Prima.« Er lachte laut auf. »Es ist einfach so seltsam. Wie eine andere Welt.«

Maj hingegen kam seine Heimat wie eine völlig andere Welt vor – doch sie sagte nichts.

»Und Muffin«, fuhr er voller Zuneigung fort. »Bei uns sind Kinder nicht so nett zu Fremden. Sie sehen einen an und fragen sich: ›Ist dieser Mensch ungefährlich?‹ Denn von Geburt an wird uns gesagt, dass unser Land voll von Spionen und Saboteuren ist, die unsere gute Regierung stürzen und etwas Schlechteres an ihren Platz setzen wollen.«

Wie zum Beispiel?, dachte Maj, doch auch diesen Gedanken behielt sie für sich.

»Deshalb schaut man sich die Menschen genau an und denkt dabei: *Sie haben uns immer gesagt, dass jeder der Feind sein könnte* ...«

»Vor allem jemand aus meinem Teil der Welt.«

Laurent sah sie mit einem ziemlich trockenen Ausdruck an. »Wir lernen aber auch schon recht früh, dass wir nicht alles glauben dürfen, was man uns sagt. Zumindest einige von uns. Du bist bestimmt nicht mein Feind, genauso wenig wie Muffin.«

»Dein Präsident würde das aber sicherlich sagen.«

Laurent schluckte. »Ich denke, mein Präsident würde auch sagen, dass mein Vater ein Verräter und ein Spion der Imperialisten ist, und noch so einiges, das nicht wahr ist.« Er schüttelte den Kopf. »Er ist Wissenschaftler. Doch er sah wohl, dass etwas nicht richtig war, dass er etwas erfunden hatte, das eigentlich gut war und jetzt für schlechte Dinge missbraucht wird ... Tut mir Leid, ich weiß nicht, wie ich das in deiner Sprache ausdrücken soll.«

»Machst du Witze? Ich wünschte, ich könnte so gut Rumänisch wie du Englisch. Ich kann gerade mal ein bisschen Griechisch und Deutsch herumstöpseln und noch weniger Französisch. Mein Akzent bringt die Leute zum Heulen.«

Laurent musste über die Vorstellung lachen. Hinter ihm legte sich ein Stegosaurier grunzend nieder. »Aber ich glaube, mein Popi hat beschlossen, nicht mehr weiterzumachen, sondern aufzuhören, bevor es zu spät ist. Manchmal habe ich beobachtet, dass er sehr traurig war ... als wäre irgendetwas furchtbar schief gelaufen. Es verletzte mich, dass er nicht darüber sprach. Doch das *konnte* er nicht ... nicht einmal, wenn wir an den See zum Angeln fuhren. Man weiß nie, ob man nicht belauscht wird. Wenn man von Bedeutung ist, kann man beinahe davon ausgehen ...«

»Aber es muss doch eine Möglichkeit gegeben haben, es dir zu erzählen.« Ihr Herz blutete bei der Vorstellung, dass man seiner Familie nicht offen seine Gedanken darlegen konnte. Sie wusste, dass viele Leute sie für verrückt hielten, aber so war sie erzogen worden – ab und zu gab es Streitereien, doch niemals musste man sich fragen, wo man stand. »Irgendwie ...«

»Wenn etwas sehr wichtig war, schrieb er mir einen Zettel. Er ließ ihn dann umgedreht auf dem Küchentisch liegen ...« Laurent lächelte wieder schmerzerfüllt.

Maj war sprachlos. »Das klingt, als hättest du keine Ahnung, was er tut.«

Laurent schüttelte den Kopf. »Er dachte, es wäre nicht gut, wenn ich zu viel weiß. Zu leicht wird man zu einem ... nützlichen ...«

»... Werkzeug«, ergänzte Maj. Sie zitterte, obwohl sie inmitten eines tropischen Waldes saß.

»Ich weiß ungefähr, was er tut. Er hat Mikromaschinen gebaut, die im Körper herumfahren und Zellschäden reparieren oder Tumore entfernen, Zelle für Zelle. Das war eine wunderbare Sache. Doch eines Abends fand ich einen Zettel auf meinem Kissen. Darauf stand: *Ich werde nicht zulassen, dass sie mich zu einem Mörder machen. Ich bringe dich bald von hier weg und werde selbst nachkommen.*«

»Und da bist du.«

»Ja. Aber wo ist *er*?«

Sie wusste keine Antwort darauf.

»Es ist albern. Doch jetzt wünschte ich, ich hätte den Tee langsamer getrunken und ihn dabei angesehen ...«

Der Wald um sie herum zerriss plötzlich, und Maj saß am Tisch und blinzelte.

»Oh!«, sagte sie.

»Da haben wir es«, hörte sie ihre Mutter auf dem Flur. »Hoffentlich habt ihr nichts Wichtiges gemacht.«

Maj gab keine Antwort. Nach einem Augenblick kam Laurent herein. »Habe ich was falsch gemacht?«

»Nein, das waren die Techniker, sie basteln noch an den Leitungen herum«, beruhigte ihn Maj.

»Gut. Es wäre mir peinlich gewesen, wenn ich dein System irgendwie kaputt gemacht hätte. Ich würde später gern noch mal fliegen ...«

Maj sah ihn amüsiert an. »Das lässt sich machen. In der Zwischenzeit schauen wir mal, was der Kühlschrank uns essen lassen will, bevor das Verfallsdatum überschritten ist.«

Laurent blinzelte. »Er sagt uns sogar, was wir *essen* sollen? Und wenn ich nicht einverstanden bin?«

»Sieh mal einer an, du bist ja auch schon etwas dekadent.« Maj öffnete den Kühlschrank. »Los, spachteln wir. Aber bleib von der Butter weg, wenn du unseren Freund hier nicht wütend erleben willst ...«

6

Die Kabine des Raumfliegers war für Majorin Arnis Geschmack unangemessen komfortabel. Sie saß am Fenster und betrachtete die Erdkrümmung. Die Ungerechtigkeit, dass ihren Landsleuten ein solches Erlebnis vorenthalten blieb, war ihr nur ansatzweise bewusst. Das Geschwätz der westlichen Länder über das Risiko von Flugzeug-Terrorismus hatte zu strikten Beschränkungen geführt. Letztendlich ging es aber wieder einmal nur darum, die ›Bananenrepubliken‹ im Zaum zu halten. Die kleinen, unabhängig denkenden Länder, deren einzige Sünde es war, dass sie sich weigerten, nach der Pfeife der Großmächte zu tanzen, sollten am Boden gehalten werden. Es widerstrebte ihr, mit gefälschten Papieren zu reisen – sie mochte sich als die, die sie war. Auch auf ihre Nation, die trotz der Einmischungsversuche der großen Länder ihrer eigenen moralischen und wirtschaftlichen Tradition treu blieb, war sie stolz. Doch manchmal musste man eben seine Pflicht tun ... im Moment war der Job wichtiger als persönliche Neigungen.

Der Gedanke an eine mögliche Beförderung erleichterte das Ganze.

Sie sah zum wiederholten Male zu dem Lämpchen an der Netzzelle am Ende der Kabine – immer noch rot. Dann blickte sie wieder auf den kleinen, erstaunlich hochwertigen 3-D-Bildschirm vor sich, auf dem farbenfroh für die wunderlichsten Dienstleistungen geworben wurde. In einer Ecke blinkte eine rote Zwei. Noch zwei Leute vor ihr. *Wie ungeduldig diese Menschen sind*, dachte sie. *Nur drei Stunden in diesem Flugzeug, und sie müssen sich gleich für die Hälfte der Zeit ins Netz werfen? Warum bleiben sie nicht zu Hause, wenn sie es nicht ohne ihre Droge aushalten?* Den Leuten, die wirklich etwas zu erledigen hatten, blieb nur das Warten.

Und wofür sie es benutzten ... nun ja. Das Netz hätte ein wunderbares Medium für Bildung und Handel sein können, doch wie alles in den westlichen Ländern war es zum Werkzeug grenzenloser Geschäftemacherei geworden. Es ging nur darum, immer mehr nutzlose Dinge zu verkaufen und weitere Dienste anzubieten, die die Leute nur noch fauler und dümmer machten. Die westlichen Demokratien unterstützten diese Entwicklung mit aller Kraft. Durch die Stimmen der wenigen, die noch genug Energie hatten, sich aus ihren Häusern zu einer Wahlurne zu schleppen, konnten sie sich an der Macht halten. Diese naiven, beschränkten Wähler glaubten tatsächlich, ihre Stimme wäre wichtig oder würde erhört werden. Es war eine reizvolle Illusion. Doch in Wirklichkeit hatte sich die Macht der Länder, die ihren Bürgern Demokratie vorgaukelten, durch die jahrhundertelange Ausübung dieser Praxis ins Unermessliche gesteigert.

Ein weiteres schreiendes, ungebändigtes Kind rannte an ihr vorbei, während sein Elternteil es gemächlich verfolgte. Und doch, dachte sie, gibt es eine Wahrheit, die die Demokratien nicht erkannt haben – eine, die sie noch mächtiger machen würde, wenn sie sie jemals begreifen. Individuen mochten clever, sogar nützlich sein. Die Masse aber, der große Mob, der in den nordamerikanischen und europäischen Demokratien entfesselt war, war dumm. Der beste Weg, die arbeitende Bevölkerung wohlgenährt, produktiv und gehorsam zu erhalten, war die vollständige Vernachlässigung ihrer Vorstellung davon, wie man ein Land zu führen hatte – meistens hatten die Leute sowieso kaum eine Vorstellung davon. Man musste ihnen sagen, wie es zu laufen hatte, es ihnen *zeigen* ... Wenn sie sich beschwerten, wenn sie nicht einverstanden damit waren, sollte man sie woanders hingehen lassen. Natürlich erst, nachdem man eine faire Entschädigung für die Auslagen ihrer Erziehung erhalten hatte.

Dieser letzte Punkt mochte etwas Ketzerisches an sich haben. Sie behielt ihn auch lieber für sich. Majorin Arni zweifelte daran, dass der Präsident damit einverstanden gewesen wäre, jemandem, in den er etwas investiert hatte, zu erlauben, das Land aus irgendwelchen, wenn auch dringenden Gründen zu verlassen – und sicherlich nicht einfach nur deshalb, weil es jemandem in den Sinn kam. Genau das war der Grund für diese ganze Aktion.

Die Neufassung eines alten Films wurde gezeigt. Sie lehnte sich zurück und seufzte. Als eine Frau aus der Netzzelle kam und ein Mann ihren Platz einnahm, blinkte die Zahl ›1‹ auf ihrem Bildschirm. *Eigentlich tut mir Darenko fast Leid*, dachte sie. *Bald werden wir ihn aus seinem Versteck holen. Dann wird nicht mehr viel übrig sein, für das ich Mitleid empfinden kann. Cluj vergibt Verrat nicht einfach. Vor allem nicht, wenn es jemand ist, der für so viel dankbar zu sein hat.* Unter diesen Umständen konnte sie das auch verstehen. Wie konnte ein Mann eine mächtige Waffe, ein unschätzbares Werkzeug in die Hände seiner Regierung legen – und dann kurz vor der Fertigstellung einfach fliehen? Bestenfalls war das als Unzurechnungsfähigkeit zu interpretieren, schlimmstenfalls als Verrat. In beiden Fällen war es das Klügste, ihn aus seiner misslichen Lage zu befreien. Bei Verrat war es immer eine gute Idee, das öffentlich zu tun. *Ab und zu verstehen die Leute, so dumm sie auch sind, ein Exempel, wenn es nur grausam genug statuiert wird. Wenn sie ...*

Als der Mann endlich aus der Zelle trat, leuchtete eine große ›0‹ auf ihrem Bildschirm auf. »Verzeihung«, flüsterte sie ihrem Platznachbarn zu, stand auf und drückte sich an ihm vorbei. Geschickt wich sie einem weiteren Kind aus, das den Gang hinunterstürzte, und eilte in die Zelle. Sie schloss die Tür, lehnte sich in dem um fünfundachtzig Grad geneigten Sessel zurück und stellte die Verbindung zu ihrem Implantat her. Als sich das provisorische Arbeitszimmer um sie herum aufgebaut hatte, schaltete sie es auf ›Verschlüsseln‹ und gab die Adresse ein.

Sie wartete, bis die Codierungsprotokolle hochgefahren waren, und seufzte gelangweilt. *Sie können nicht mal ihren Kindern Disziplin beibringen*, dachte sie. *Sie laufen herum wie irgendwelche Hooligans und dürfen allen auf die Nerven gehen. Bei uns gibt es so was nicht; die Kinder wissen, dass sie ...*

Plötzlich sah sie sich dem Minister, Bioru, gegenüber. »Herr Minister«, sagte sie, salutierte aber nicht, da sie keine Uniform trug. »Ich dachte, ich würde mit ...«

»Ich habe den Anruf abgefangen. Es hat sich etwas getan, Majorin.«

Ihr Herz begann zu klopfen. »Wurde er gefunden?«

»Noch nicht. Doch einer seiner Verbündeten ist mit der Sprache herausgerückt.«

Sie hatte sich bereits gefragt, wann die ersten Ergebnisse erzielt würden. Befragungen waren ein heikles Geschäft – diejenigen, die am widerstandsfähigsten wirkten, waren manchmal recht schnell zur Kooperation bereit. Angst oder eine zu große Fantasie wirkten oft Wunder. Andere hingegen, denen man es nicht zugetraut hatte, entwickelten oft eine erstaunliche Widerstandskraft – weil sie Schmerzen gegenüber unempfindlicher oder einfach nur stur und starrsinnig waren. Jedenfalls verlangte die Arbeit nach einem Experten. Er musste genau wissen, wie die Sache anzugehen war – zu leicht konnte ein Unfall geschehen, wie sie gesehen hatte. Sie hatte weitere befürchtet. »Das ist eine gute Nachricht«, sagte sie.

»Die Einzelheiten sind weniger erfreulich.« Bioru setzte eine finstere Miene auf. »Darenkos Werk war beinahe vollendet, die Erfindung stand kurz vor der Fertigstellung. Doch offensichtlich hatte er Vorbehalte bezüglich der Verwendung seiner Arbeit. Als hätte er ein Recht dazu.« Er runzelte ärgerlich die Stirn. »Offenbar hat er unseren Agenten in seinem Team ziemlich lange mit falschen Informationen versorgt und in der Zwischenzeit sowohl die Arbeit seiner Mitarbeiter sabotiert als auch seine eigene vernichtet oder rückgängig gemacht. Verschiedene Teil-Prototypen sind völlig zerstört. Diese Manipulationen wurden erst entdeckt, als jemand versuchte, die Mechanismen zu aktivieren. Darenko löschte vor seinem Abtauchen sämtliche arbeitsfähigen Modelle aus. Anscheinend hat er einen Netburst-Befehl an deren Programmierzentrum gesendet.«

Er blätterte in seinen Unterlagen. Beim Anblick seines verächtlichen Lächelns erschauerte Majorin Arni. »Die Arbeit von tausenden Stunden innerhalb eines Augenblicks zerstört ... Obwohl das nicht ganz richtig ist. Das war keine spontane Aktion. Der Mann muss es lange im Voraus geplant haben ... die schlimmste Art von Verrat. Er arbeitete, bis das Projekt beinahe vollendet war, und zerstörte dann die aktiven Prototypen. Bis auf wenige ...«

»Wo sind sie?«, flüsterte sie, schockiert über die Ungeheuerlichkeit des Vorfalls. »Hat er sie bei sich?«

Er blickte sie an, und sein Grinsen nahm hemmungslose Züge an. »Nein. Aber jemand anderes.«

Sie schnappte nach Luft. »Der Junge!«

Bioru nickte. »Darenko war seine Arbeit nicht so gleichgültig, dass er sie einfach weggeworfen hätte. Der Junge trägt völlig funktionsfähige Mikropen in seinem Körper. Sie sind so klein, dass es kein Problem gewesen sein kann, sie ihm einfach in einem Glas Milch oder einer Tasse Tee zu verabreichen. Den Aussagen des Kollegen zufolge schwimmen sie nun in seinem Blut und verrichten allgemeine Instandhaltungsarbeiten. Das Standardprogramm: Sie entfernen Cholesterin von den Innenseiten der Arterien, töten Keime ab und zersetzen Schadstoffe wie zum Beispiel Milchsäuren.«

Abrupt erstarb das Lächeln auf seinem Gesicht. »Majorin, eine Waffe, die unserem Land unschätzbaren Vorteil beim endlosen Kampf gegen Spione und äußere sowie innere Feinde verschaffen könnte, treibt momentan im Kreislauf eines Verrätersohns umher und bewahrt ihn vor den schädlichen Auswirkungen westlichen Fastfoods. Dieser Gedanke missfällt mir!«

»Ich werde ihn augenblicklich zurückholen.«

»Das werden Sie *nicht*.«

Sie riss die Augen auf.

»Es gibt etwas, das zuerst erledigt werden muss. Ich hatte einige Hinweise, die sich erst noch bestätigen mussten. Deshalb hatte ich Ihnen gesagt, sie sollten den Jungen *auf meinen Befehl* aufgreifen. Sie werden nicht die Einzige sein, die einen Befehl erhält.«

»Die Mikropen.«

»Ja. Der Arbeitskollege war sehr zuvorkommend. Wir kennen nun die Aktivierungscodes und wissen, wie man den Mikropen neue Aufgaben zuweist. Wir aktivieren sie und lassen sie dann das zentrale Nervensystem des Jungen bearbeiten – mit absehbaren Ergebnissen. Wir stellen sicher, dass der Vater davon erfährt. Seinen ungefähren Aufenthaltsort kennen wir nun, doch es besteht keine Notwendigkeit zur gewaltsamen Aufgreifung. Etwa sechsunddreißig Stunden nach der Aktivierung der Mikropen wird er freiwillig zu uns kommen. Sollte er zögern ...« Bioru zuckte die Achseln. »Wir werden den Kurs der Mikropen nicht ändern, was für den Jungen nicht gerade erfreulich sein wird. Ich habe Bilder von den Versuchstieren gesehen«, fügte er hinzu und blätterte weiter in den Akten. Er blickte auf eine Fotokopie, die Majorin Arni nicht genau erkennen konnte. »Offensichtlich gab es bei einem der frühen Versuche einen Programmierungsfehler. Gibt man diesen ›defekten‹ Befehl an die Mikropen weiter, entspricht das Endergebnis einer BSE-Infektion, einem *Schwammgehirn*.«

»Aber wenn der Vater nicht rechtzeitig reagiert und der Junge stirbt ...«

Bioru zuckte erneut die Achseln. »Leichenhallen sind gewöhnlich noch schlechter bewacht als Krankenhäuser. Wir können die Mikropen genauso gut aus einem Leichnam bergen. Das wäre sogar einfacher ... Tote benötigen keine Narkose. Ob der Junge letztendlich lebt oder nicht, mit Dr. Darenko wird es in Zukunft keine Probleme mehr geben. Wenn der Junge es schafft, nehmen wir ihn als Geisel, um seinen Vater weiterhin an der Arbeit zu halten. Überlebt er nicht, haben wir zumindest die Mikropen und können sie einem anderen Experten übergeben. Einem, der uns mehr Loyalität entgegenbringt.«

Majorin Arni nickte. »Wann werden sie aktiviert?«

»Wir arbeiten noch daran. Darenko hat seinen Sohn vielleicht davor gewarnt, ins Netz zu gehen. Er könnte befürchtet haben, dass jemand es schafft, einen Aktivierungs- oder Neuprogrammierungscode an die Mikropen zu schicken.« Das Lächeln kehrte auf sein Gesicht zurück. »Jedenfalls scheint die Warnung nicht viel bewirkt zu haben. Der Junge hat das Hausnetz der Greens noch nicht verlassen – es ist leider von außerhalb unzugänglich. Sie haben gerade eine Bandbreitenkorrektur vorgenommen und dabei einige ungewöhnliche Einbahn-Protokolle installiert. Der gute Professor ist offenbar extrem paranoid, dass Kollegen seine Artikelentwürfe stehlen könnten.« Sein Grinsen wurde arglistig. »Ansonsten hat er sich nur bei diesem« – er schielte auf seine Unterlagen – »*Sternenranger*-Spiel aufgehalten, das die Tochter zu bevorzugen scheint.«

»Meine Abteilung hat sich dort registrieren lassen«, bemerkte Majorin Arni. »Wir sollten in Kürze Zugriff darauf bekommen.«

»Das ist bereits geschehen, doch der Junge ist noch nicht wieder dort erschienen. Sobald er sich im aktiven Spielmodus befindet, schicken wir die Codes los. Nach achtzehn Stunden werden sich die ersten Symptome zeigen. Zu diesem Zeitpunkt informieren wir den Vater über die öffentlichen Medien, wie es um seinen Sohn steht. Zeigt er sich kooperativ, senden wir das Signal zum sofortigen Stopp und frieren den Zustand des Jungen ein. *Dann* bringen Sie ihn nach Hause. Er müsste dann für eine Einlieferung ins Krankenhaus schwach genug sein ... an diesem Punkt können Sie handeln, wenn Sie nicht schon vorher Gelegenheit dazu hatten. Niemand stellt Fragen, wenn ein bestelltes Notarztteam einen kranken Jungen abholt. Sie fahren zu unserer Botschaft und stecken ihn in ›diplomatische Verwahrung‹. Weder die örtliche Polizei noch die Sicherheitskräfte haben Zugriff auf ihn. Der Vorgang wird wahrscheinlich gar nicht auffallen ... und selbst wenn, sie werden nichts unternehmen. Sie werden es nicht wagen, die diplomatische Immunität anzutasten.«

Nun lächelte auch Majorin Arni verstohlen. »Ich werde die Einzelheiten regeln.«

»Ich bezweifle, dass die Greens rechtzeitig eingreifen werden. Sie werden von den Symptomen zu sehr abgelenkt sein, um irgendeinen Verdacht zu schöpfen, geschweige denn, sich in die Sache zu vertiefen. Sollte es dennoch Störungen geben ...«

»Sie meinen die Verbindung des Vaters zur Net Force?«

»Das ist unseren Erkenntnissen nach reine Vetternwirtschaft. Er scheint dort eine Menge Vorlesungen zu halten, ist aber kein aktives Mitglied. Daher ist es unwahrscheinlich, dass sie sich ein Bein für ihn ausreißen werden. Tun Sie alles, um den Jungen zu fassen, Majorin.

Diese Angelegenheit ist zu wichtig, um Ihnen sogar finale Maßnahmen zu untersagen. Wenn diese Waffe in die Hände unserer Feinde fällt – selbst in die unserer gegenwärtigen Verbündeten – könnte es viele unserer Operateure im Außendienst das Leben kosten. Wie das Sprichwort besagt: Was du nicht willst, dass man dir tu, das füge rechtzeitig dem anderen zu.«

Sie nickte. »Ich übernehme das.«

»Ich verlasse mich darauf.« Bioru verschwand.

Sie blieb nass geschwitzt in dem schlichten schwarzen Arbeitsraum zurück. Dann seufzte sie, strich sich die Haare zurück und trat aus der Netzzelle.

Ein kleiner Junge von etwa acht Jahren prallte in vollem Lauf gegen ihre Beine. Sie hielt ihn fest. »Oh-oh, pass auf, Süßer!« Dann schob sie ihn behutsam in Richtung seiner Mutter, die hinter ihm den Gang entlanggeeilt kam.

Sie kehrte milde lächelnd an ihren Platz zurück und sann dabei über den kleinen Laurent nach.

»Denkt wenigstens darüber nach«, bat Maj.

Die Gruppe der Sieben hielt ihr Treffen an diesem Abend in Kellys derzeitigem Arbeitsraum ab. Er bestand aus einer bizarren mehrstöckigen Blockhütte inmitten eines Märchenwalds, umgeben von so gigantischen Bergen, dass Mount Everest sich winzig vorgekommen wäre. Kelly wechselte seinen Arbeitsraum so häufig wie andere Leute ihre Unterwäsche. Also traf die Gruppe sich meistens bei ihm, um zu sehen, was dort gerade los war – meistens nie dasselbe zweimal.

Die große Halle war mit Tierfellen ausgelegt. Wären sie echt gewesen, hätte man sie als in höchstem Maße politisch inkorrekt bezeichnen müssen. Doch das waren sie nicht. Einige waren sogar reine Fantasieprodukte. Mairead hatte sich auf einem der fünf riesigen Sofas zusammengerollt und streichelte gedankenverloren einen der Pelze, ein erstaunliches, mit dunkelblauen und silbernen Streifen überzogenes Etwas. Beim Hereinkommen hatte sie geschwärmt: »Das ist aber hübsch. Man sollte ein Tier dazu erfinden ...«

Nun sah sie zu Maj herüber, die am Kamin saß. Maj liebte offenes Feuer. Sie starrte in die Flammen und stellte sich gerade vor, dass man eine ganze Kuh darin grillen könnte. Man bräuchte nur eine Art Flaschenzug, an dem man die Kuh ins Feuer schwingen könnte.

»Schau mal«, sagte Mairead. »Es ist ja ein netter Junge. Aber ich bin mir nicht sicher, wie ernst es ihm mit dem Simming ist.«

»Viele Leute denken, sie wären an der Simulation interessiert, doch in Wirklichkeit wollen sie nur mit den Kampffliegern rumjagen«, fügte Kelly hinzu. »Daran ist ja eigentlich nichts auszusetzen, es passt nur einfach nicht zu dem, was wir machen. Wenn wir die Zielsetzung unserer Gruppe nicht bewahren und Leute aufnehmen, die ganz andere Richtungen einschlagen wollen, werden wir nicht lange Bestand haben. Das habe ich schon ein paarmal erlebt.«

»Genau«, stimmte Chel zu.

Shih Chin runzelte die Stirn. »Kel, so was ist leicht gesagt. Aber was ist mit dem anderen Argument? Sollen wir uns völlig von frischem Blut abschneiden, von guten Leuten, nur weil wir uns nicht sicher sind, ob sie irgendeiner engen Definition unserer Zielsetzung entsprechen? Haben wir nicht Platz, um ein bisschen zu wachsen?«

»Schon, aber ...«

Seit einer Dreiviertelstunde ging das nun so. Maj war

kurz davor aufzustehen, eine Spraydose herauszuholen und an die Hüttenwand zu schreiben: IHR VERSTEHT NICHT, WORUM ES GEHT. Das hätte vielleicht wenigstens die Aufmerksamkeit auf sie gelenkt. Doch es war nicht gern gesehen, wenn man einen fremden Arbeitsraum verwüstete, wie verlockend es auch schien. Einmal hatte Chel das Schloss der Zuckerfee nachgebaut, und sie hatten alle gemeinsam die Beherrschung verloren ...

Gerade diese gelegentlichen gemeinschaftlichen Ausbrüche machten es lohnenswert, zur Gruppe der Sieben zu gehören. Maj seufzte.

»*Leute*«, sagte sie.

Die Stimmen verstummten. Das musste kein gutes Zeichen sein – es war bereits mehrmals ohne Ergebnis zu einer Gesprächspause gekommen.

»Hört zu, ich brauche ja nicht gleich heute eine Antwort. Vielleicht *will* ich heute gar keine Antwort. Ich möchte nur, dass ihr wisst, wie begeistert Niko von dem ist, was wir machen. Er denkt, er könnte auch gut darin sein ... und möchte es gern versuchen. Er möchte euch besser kennen lernen. Und vielleicht regelmäßig mit euch fliegen, wenn möglich. Er will einfach nur ab und zu dabei sein ... im Moment.«

»Was heißt ›im Moment‹?«, wollte Chel wissen.

An dieser Stelle war Maj schon letztes Mal stecken geblieben. Sie wollte die anderen nicht wissen lassen, was los war. »Kann sein, dass seine Leute herziehen. Sie werden eine Zeit lang zu Besuch sein – sein Dad zumindest –, aber ich bin mir nicht sicher, für wie lange. Ich weiß nicht, ob es von Dauer sein wird.«

»Aber das spielt doch sowieso keine Rolle, wenn wir virtuell sind.«

Nur dass einige von uns mehr Virtualität haben als

andere. Laurent hatte ihr vor kurzem seinen kleinen Arbeitsraum gezeigt – in schlichtem Schwarz mit einigen Schriftzeichen und Bildern darin. Es war ihr schwer gefallen, ihre Verlegenheit zu verbergen. Rasch hatte sie ihm gezeigt, wie er den Raum gemütlicher machen konnte. Er lernte schnell, doch es würde noch einige Zeit dauern, bis er mit den ganzen Spezialeffekten umgehen konnte. Sie alle hatten diese Dinge immer für selbstverständlich gehalten.

»Er könnte dann vielleicht nicht mehr so oft teilnehmen«, erklärte Maj. »Im Moment ist sozusagen eine ruhige Zeit für ihn.« Sie seufzte. »Muss ich es wirklich aussprechen? Er ist einsam. Bei euch fühlt er sich wohl.«

Shih Chin verzog zweifelnd das Gesicht. »Wir haben ihn ›Gulasch‹ genannt.«

»Das hat ihm nichts ausgemacht«, erwiderte Bob.

»Nein«, sagte auch Maj, »hat es nicht. Für jemanden seines Alters ist er recht gutmütig.«

»Das ist auch noch so ein Punkt«, sagte Del. »Ich meine das nicht persönlich, wir waren ja alle mal dreizehn ...«

»Einige von uns sogar mehrmals«, murmelte Mairead in den Pelz, den sie gerade streichelte, und blickte zu Sander hinüber.

Unterdrücktes Gekicher erhob sich daraufhin – Sanders kindischer Humor war legendär.

Maj ließ sich nicht ablenken. »Ich bin mir nicht sicher, ob er überhaupt die Möglichkeit hatte, dreizehn zu sein. Er hat zu Hause einiges durchgemacht. Ich kann euch nicht mehr sagen. Familienzeug und so. Er musste schnell erwachsen werden, hatte nicht viel Zeit zum Spielen und nicht viele nette Leute, mit denen er spielen konnte.«

»Spielen?«, fragte Sander neckisch.

»Als ich zum Mann wurde«, hob Bob plötzlich an,

»habe ich die Denkweise eines Kindes abgelegt. Ich verlor die Angst, kindisch, und das Verlangen, erwachsen zu wirken.«

Alle sahen ihn an. »Tja«, sagte er, »wir sind alt genug, um es einander nachzusehen, wenn wir uns kindlich benehmen, oder?« Er sah Sander an. »Dann können wir es doch jemandem auch nicht übel nehmen, wenn er sich etwas *erwachsener* verhält, als er ist.« Er wandte sich an Maj. »Hat er Simulationserfahrung?«

»Ihr werdet es nicht glauben, aber gestern war das erste Mal, dass er überhaupt in einer Simulation *war*.«

»O Gott.« Shih Chin war völlig erstaunt. »Das ist wirklich eine Entbehrung.«

»Aber da drüben gibt es das Netz doch auch«, sagte Kelly. »Was war denn das Problem? Hatten sie kein Geld?«

»Vielleicht. Leute, bitte, ihr müsst euch ja nicht festlegen. Aber er würde gern ein paarmal mit uns fliegen und ein Gefühl für die Sache kriegen. Wenn wir merken, dass es ihm wirklich nur ums Rasen geht, nehme ich ihn beiseite und zeige ihm, wo er das besser tun kann. Doch in der Zwischenzeit ...«

Sie schwiegen. »Wann ist unser nächster Termin?«, fragte Bob.

»Du bist der Geschwaderführer. Hast du den Terminplan nicht?«

»Terminplan«, rief Kelly seinem Arbeitsraum zu. Begleitet von Posaunengeschmetter erschien vor ihnen eine meterlange Pergamentrolle in der Luft, die links und rechts von kleinen Engeln gehalten wurde. Das Pergament rollte sich auf und zeigte eine große Terminplanerseite.

Mairead sah das Ensemble an. »*Sehr* Rokoko-mäßig.

Offensichtlich hast du keine Sorge, dass Della Robbia dich verklagen könnte.«

»Mittwoch«, sagte Kelly.

»Das ist der alte Plan. Mittwoch kann ich nicht, da habe ich Jazz-Unterricht«, warf Bob ein.

»Dienstag?«

»Das ist doch schon morgen«, jammerte Sander.

»Geht nicht«, stellte Mairead fest. »Da bin ich zu Hause mit Kochen dran.« Sie sah Sander an. »Was ist eigentlich mit den Chilischoten, die du mir mitbringen wolltest?«

»Oh, vergessen. Aber ich kann morgen auch nicht.«

»Ich auch nicht«, sagte Kelly. »Wer kann noch nicht?« Maj dachte nach. »Bei mir geht's, glaube ich.«

»Bei mir auch«, rief Del.

»Und ich kann auch«, sagte Robin. »Hab den halben Tag frei. Wann?«

Zeitzonen ... Maj rechnete nach. »Sechs Uhr Eastern Time?«

»Ich kann wirklich nicht«, fiel Mairead ein. »Ich muss Unmengen von Hausaufgaben erledigen und dann den Bus um sechs am nächsten Morgen erwischen. Seid nicht böse, ich bin nächstes Mal wieder dabei.«

Sie trieben das ›Termin-Spiel‹ noch ein paar Minuten weiter. Maj einigte sich schließlich mit Del, Robin und Bob darauf, sie am Dienstag um sieben zu treffen. »Wir können ihm ja ein paar Grundlagen unserer Arbeit zeigen«, schlug sie vor. »Um zu sehen, ob ihn die Idee begeistert, etwas selbst von Grund auf zu gestalten, statt nur in einer fertigen Simulation zu spielen.«

»Gute Idee.« Bob war einverstanden. »Dann erstatten wir dem Rest der Gruppe Bericht. Wenn es aber nicht funktioniert, Maj ... auch wenn er dein Cousin ist ...«

»... dann bringe ich ihm das schonend bei. Ich will

euch damit nicht belästigen, Leute. Ich finde es toll, was ihr für mich tut.«

»Okay«, sagte Bob. »Kelly, um Himmels willen, schaffst du die Dinger bitte raus? Die machen so einen Wind ...« Er versuchte, die Engel zu verscheuchen.

»Fort mit euch, ihr Käfer«, rief Kelly. Die Putten verschwanden mitsamt der Pergamentrolle.

»Okay«, sagte Bob. »An die Arbeit.«

In ihrer Mitte erschien das Modell des Arbalest-Fliegers. Es rotierte im üblichen ›Präsentationsmodus‹ um drei Achsen und überzog sich dann mit der spiegelschwarzen Metalllegierung. Schließlich blieb es in der Planansicht horizontal vor ihnen stehen. »Gut. Über die Krümmung der Tragflächen müssen wir uns wohl keine Gedanken mehr machen. Das hat gut funktioniert. Also, als Nächstes ...«

Maj atmete erleichtert aus und neigte sich vor, um zu sehen, was Bob vorschlagen wollte. *Eine Sorge weniger. Mal sehen, wie es am Dienstag läuft ...*

Im Nebenzimmer – oder zehntausend Kilometer weit weg – stand Laurent inmitten der Wohnung, die er mit seinem Vater bewohnte, und sah sich um.

Es war nicht wirklich schlecht. *Mein Arbeitsraum*, dachte er. Er musste sich daran gewöhnen, wie sie die Dinge hier bezeichneten. Maj hatte sich kurz Zeit genommen und ihm gezeigt, wie er den leeren Raum gestalten konnte.

Alles war so seltsam ... Es war für ihn etwas Neues, im virtuellen Raum etwas anderem als trockenen Texten und flachen, zweidimensionalen Bildern zu begegnen. Zu Hause hatte alles irgendwie fern und bedrohlich gewirkt, Entwürfe und Bilder waren in der Dunkelheit aufgetaucht und wieder darin verschwunden ... Immer hatte man das Gefühl gehabt, dass irgendwo in der Dunkelheit jemand lauschte und darauf wartete, dass man einen Fehler machte.

Die Dunkelheit im *Sternenranger*-Universum war etwas völlig anderes gewesen. *So sollte die Virtualität sein, dachte er. Freundlich. Natürlich gibt es immer etwas Erschreckendes – niemand will ständig beschützt werden. Doch die wirkliche Welt ist bedrohlich genug. Warum muss die Virtualität genauso sein ... hart und kühl und immer so festgelegt und ernst? Warum lässt die Regierung zu Hause den Leuten nicht zumindest das hier ... einen Raum, um ihre Fantasien frei auszuleben?*

Das mochte natürlich genau der Punkt sein. *Frei.* Fantasien, stimuliert und in ständigem Gebrauch, konnten gefährlich sein. »Sie sind das Gefährlichste«, hatte sein Vater einmal gesagt. »Alle guten Dinge beginnen als Traum eines Menschen. Auch alle schlechten Dinge – als Traum, der schief gelaufen ist oder der vielleicht von Anfang an ein Albtraum war. Nichts geschieht ohne Fantasie. Die Menschen haben davor so viel Angst wie vor Enthusiasmus. Gegen Fantasie und Enthusiasmus zusammen ist man wehrlos ...«

Es sei denn, der Jäger von ›Fantasie‹ und ›Enthusiasmus‹ verfügte über eine Waffe ...

Er seufzte und ging ans Fenster, um auf den kleinen, tristen Hinterhof zu sehen, der hinter ihrem Haus lag. Er war von einer Hecke umgeben. Auf der anderen Seite war ein Gehsteig, der wiederum an mehrstöckige Betonwohnhäuser wie ihres grenzte. In einiger Entfernung standen Bäume, weit dahinter erkannte man eine dunkle Abzeichnung gegen den Himmel, die beinahe dieselbe triste Farbe hatte – die Berge im Norden. Hinter diesen Bergen lag der Rest der Welt, von dem er nie geglaubt hätte, dass er ihn sehen würde.

Doch jetzt war alles anders. Das war die Welt, die er aufgegeben hatte, die Welt, in die er sich jetzt – so seltsam es war – mehr als alles andere zurücksehnte. Er würde sich umdrehen und seinen Vater erblicken ...

Laurent drehte sich um, doch das Zimmer war leer. Schränke, der Esstisch, die kleine Küchenzeile, die Türen zu ihren Schlafzimmern, alles so weiß und schlicht und ordentlich – alles war da. Nur sein Vater fehlte. Auf dem Küchentisch lag ein umgedrehter Zettel.

Laurent atmete langsam aus und ging an den Tisch, starrte den Zettel an. Bevor Maj gegangen war, hatte sie ihm erklärt, wie er seine Gedanken auf diesen Raum konzentrieren und ihm anordnen konnte, visuelle und berührbare Dinge zu verfestigen, die sich an andere Ressourcen im Netz anknüpften. Dann würde es weniger leer wirken. Der virtuelle Standardarbeitsplatz war endlos formbar und würde ihm zumindest als Illusion alles geben, was er wollte.

Laurent zog sich einen der Stühle heran und setzte sich. Er blickte sich im kühlen Licht des Nachmittags um, das die Wohnung erfüllte. Es war vollkommen ruhig. Er wusste, dass er das Programm eigentlich anweisen sollte, Hintergrundgeräusche einzufügen, doch er hatte es nicht eilig.

Maj, dachte Laurent. Sie war sehr nett zu ihm gewesen ... viel netter, als sie hätte sein müssen. Die ganze Familie hatte ihn so aufgenommen – Mr Green, der Freund seines Vaters, Muffin ... Sie war auf seinen Schoß geklettert, hatte sich vergewissert, dass niemand sie hören konnte, und ihm dann verschwörerisch ins Ohr geflüstert: »Bist du *sicher*, dass du nicht mein Bruder bist?«

Es fühlte sich an wie Familie – fast so, als würde die Tarnung versuchen, Wirklichkeit zu werden.

Bei Majs Mutter war er noch etwas schüchtern. Nicht, weil sie ihn an seine Mutter erinnerte, die jetzt seit sechs Jahren nicht mehr da war. Diese Erinnerungen waren bereits verblasst – eine Hand auf seiner Schulter, das Echo einer Stimme, Lachen. Ihn bekümmerte, dass er sich ihr Gesicht nicht mehr einfach ins Gedächtnis rufen konnte. Er fühlte sich treulos. Doch Erinnerungen waren nicht erzwingbar. Vielleicht verlor man sie einfach deshalb, weil sie zu wehtaten. Er war bei Majs Mutter etwas zurückhaltend, nicht, weil sie nicht nett war, sondern weil er Angst hatte. Wenn er die Güte zu leichtfertig annahm, würden die Berührungen, das Echo vollständig verblassen ... das wagte er nicht. Außerdem war da immer die Angst, zu sehr hineingezogen zu werden, sich zu verlieren. Denn gerade, wenn man sich daran gewöhnt hatte, wenn man daran glaubte, dass sich alles verändern konnte, würde einem womöglich alles weggenommen werden und man blieb leerer zurück als zuvor.

Er seufzte und sah zu der Tür, die in Majs Arbeitsraum führte. Sie war nicht da, das wusste er. Er wollte sie hierher einladen, wenn sie Zeit hatte. Doch andererseits ließ ihn der Gedanke frösteln, wie sie reagieren würde. Sie war so sehr an prächtigere Räume gewöhnt. Sie würde höflich sein. Aber er wusste, was sie denken würde: Wie ärmlich alles aussah, wie schlicht. Sie würde wissen, dass es nicht seine Schuld war ... und doch würde sie es *denken*. In letzter Zeit war er definitiv genug gedemütigt worden.

Nein, er wollte etwas warten und noch ein bisschen daran arbeiten. Er würde wohl noch viel Zeit haben, bis sie seinen Vater fanden.

Falls sie ihn fanden ...

Er wandte sich um und erstellte das Bild. Der große Mann im abgetragenen, dunklen Mantel ... Popi hatte nie einen Mantel besessen, der ihm an den Armen nicht zu kurz war. Er hatte einfach ungewöhnlich lange Arme, Handgelenke und Hände, und sie baumelten immer aus den Volksmänteln heraus, die nicht für Individuen, sondern für die Allgemeinheit hergestellt waren. Groß und blond, etwas adlerartig; die hohen Wangenknochen und die lange Nase verschärften sein Aussehen – doch die Brille verwandelte ihn in eine Eule und machte den Adlerausdruck freundlich und spöttisch. Da war er – sein Vater. Laurent wandte sich um.

Die Figur dort war nicht vollständig – das Gesicht fehlte.

Ich vergesse ihn bereits, dachte Laurent panisch. *Es ist doch erst ein paar Tage her ...!* »Nein! Ich werde dich nicht vergessen!«, schrie er. »Geh weg!«

Als er wieder hinsah, war die Gestalt verschwunden.

Er atmete schwer und schämte sich, überreagiert zu haben. Schließlich seufzte er. Er griff nach dem Zettel auf dem Tisch, drehte ihn um.

Das Blatt war leer.

Er ließ es fallen.

Dann stand er auf und ging zum Regal am Fenster, in das er etwas hineinprogrammiert hatte, das es in der echten Wohnung nicht gab. Ein Modell des Arbalest-Fliegers – das Symbol, das zu Majs Flieger im *Sternenranger*-Account führte. Sie hatte den Trainingsmodus für ihn eingestellt, sodass er auch ohne Erfahrung in ihrer Simulation fliegen konnte.

Er beschloss, nicht zu warten. *Sie wird es verstehen,* dachte er und nahm das Modell des Fliegers in die Hand. *Ich brauche eine Pause, etwas, das mich ablenkt ...*

Wovon? Von der Angst. Dass dein Vater nie wieder zurückkommen wird, dass er nicht rauskommt. Dass sie ihn an einen dunklen Ort gesperrt haben und das mit ihm machen, was sie vor zwei Jahren mit Piederns Vater gemacht haben, nachdem sie ihn mit ausländischen Publikationen erwischt haben. Doch diesmal wird es schlimmer sein, viel schlimmer, weil dein Vater einer der besonderen Leute war ... und sich gegen sie gewandt hat. Das werden sie niemals verzeihen. Niemals.

Laurent atmete tief ein und aus.

Gut, dachte er. *Beruhig dich. Geh dorthin, wo die Dunkelheit freundlich ist, nur für kurze Zeit. Nicht lang. Ich habe versprochen, dass ich es nicht übertreibe – Mrs Green wird das Abendessen sowieso bald fertig haben ... es wäre unhöflich, sich zu verspäten.*

Er legte das Modell des Fliegers wieder auf das Regal und berührte es. »Gastzugang.«

Laurent verschwand, nur das Modell blieb zurück. Der einzige schwarze Fleck im weißen Raum.

7

In einem anderen, sehr kleinen Raum herrschte vollkommene Dunkelheit. In früheren Zeiten war in diesem Keller die zum Heizen benötigte Kohle gelagert worden. Die Wände waren schwarz vor Ruß, einige vergessene Kohlestücke lagen festgetreten auf dem schmutzigen Fußboden. Es gab nur einen Ausgang: ein Eisentor, das im Fünfundvierzig-Grad-Winkel zur Decke des Hauses stand. Die Scharniere waren seit langer Zeit verrostet und saßen fest, wie auch das Vorhängeschloss an der alten Schließe. Irgendwann im letzten Jahrzehnt hatte man das Tor mit rostabweisender Farbe – eine sehr optimistische Tat – gestrichen. Von außen war nicht zu vermuten, dass sich jemand hier aufhalten konnte ... deshalb gab es ein exzellentes Versteck ab.

Armin Darenko hatte es sich so gemütlich wie möglich gemacht und lehnte an der rußigen Wand. Er konzentrierte sich auf den schmalen Lichtstreifen, der durch einen Riss in der rechten Hälfte des alten Tors fiel. Vor einigen Tagen war er mitten in der Nacht durch den unterirdischen Tunnel hierher gekommen. Dort unten waren seine sauberen Kleider versteckt, damit sie nicht schmutzig wurden und Aufmerksamkeit auf ihn lenkten, wenn er sich auf den Weg nach draußen machte. Er wusste, dass es in den nächsten Tagen so weit sein würde – seine Freunde arbeiteten daran. Trotzdem hatte er große Angst. Seine Gedanken liefen wie eine Ratte in einem Skinner-Käfig im Kreis, hielten vergeblich nach dem Käse Ausschau und wurden wieder und wieder grausam bestraft.

Er seufzte und atmete tief ein, um den Kreislauf endlich zu durchbrechen. Laurent war in Sicherheit. So viel stand fest. Er war bei den Greens in Alexandria und kam höchstwahrscheinlich blendend zurecht. Der Junge hatte die Stärke seiner Mutter geerbt, diese Fähigkeit, mit allem zurechtzukommen und anderen nicht mehr als nötig zur Last zu fallen. Und er trug die kleinen Helfer in seinem Körper, die für seine Gesundheit sorgten. Sie bewahrten ihn vor Infektionen, gegen die er nicht geimpft war, hielten seinen chemischen Haushalt in Schuss und machten sich nützlich. Doch eines Tages würden sie ihren eigentlichen Nutzen entfalten. Sobald sie in den richtigen Händen waren, würden sie dieser leidenden Welt Hilfe bringen. Im Moment jedoch war Laurent ihr nichts ahnender Bewahrer, und er war in Sicherheit ... Die zwei Dinge, die Armin Darenko mehr bedeuteten als alles andere, waren gut aufgehoben. Jetzt konnte er sich darauf konzentrieren, wie er hier herauskam.

Hereinzukommen war sehr einfach gewesen. Er hatte schon lange überlegt, dass irgendwann ein plötzlicher Aufbruch nötig sein würde. Plante man eine Flucht auf den letzten Drücker, ging sie meistens nicht gut, das wusste er. Also hatte Armin schon vor zwanzig Jahren heimlich begonnen, seine Ohren für zufällig brauchbare Informationen offen zu halten. Seine Aufmerksamkeit sollte sich auszahlen. Als die Regierung plötzlich gewechselt hatte, waren da und dort Gerüchte über Tunnelsysteme unter der Stadt laut geworden. Einige Berichte hatten sich als Ammenmärchen entpuppt, doch das Tunnelnetzwerk, dessen Geschichte bis in die Tage Ceaucescus zurückreichte, existierte wirklich. Die Tunnel führten nirgendwohin – sie verbanden einfach einige Keller in diesem Stadtteil miteinander –, aber genau das machte sie so nützlich. Tunnel, die direkt in die Freiheit führten, wären sicherlich schon längst entdeckt und zugeschüttet oder gesprengt worden. Im Moment war ein einfacher Ort zum Verstecken alles, was Armin sich wünschte.

Er hatte genug Lebensmittel und Wasser bei sich, um es noch einige Tage auszuhalten. Unter einem Stein im nahe gelegenen Park lagerte außerdem Nachschub. Doch er wollte vermeiden, nach draußen zu gehen – bis er in seinem winzigen Radio die verschlüsselte Nachricht von seinen Helfern erhielt. Armin hatte bereits viel riskiert, als er vor drei Tagen zu den Seen gefahren war, um eine falsche Spur zu legen. Doch sie würden dort nicht lange suchen. Wenn sie ein paar Tage keine weiteren Hinweise auf ihn fanden, würden sie es wissen. Sie waren nicht dumm. Aber selbst wenige Tage reichten seinen Freunden vielleicht aus, um ihre Pläne zu vollenden. Mit etwas Glück wäre er schon sehr bald bei Laurent.

Dann würden sie von vorn anfangen. Er wusste, dass die Ärztegesellschaft in den Staaten ihn willkommen heißen würde. Und nicht nur sie ... Aber diesmal würde er vorsichtiger sein. Auch in den Vereinigten Staaten gab es grausame, bestechliche und böse Menschen; Menschen, die in seinen ausgefeilten, intelligenten, kleinen Maschinen eine Waffe statt eines Werkzeugs sehen würden. Er würde mit Martin zusammenarbeiten müssen und mit Martins Freunden bei der Net Force und anderen Sicherheits- und Wissenschaftsorganisationen. Nur so konnte er einen Weg finden, seine Erfindung so zu kontrollieren, dass sie nicht für tödliche Zwecke missbraucht wurde.

Die Dunkelheit umgab ihn. Er seufzte, denn er wusste, dass es keine einfache Aufgabe werden würde, wenn es überhaupt zu schaffen war. Man konnte den Geist nicht wieder in die Flasche zurückrufen wie im Märchen. Jetzt war er frei – im Körper seines Sohnes. Schon bald würden andere Wissenschaftler im Labor damit forschen. Und dann ...

Armin tastete nach der Wasserflasche, nahm einen Schluck, verschloss sie und stellte sie wieder zur Seite. Zumindest hatte er keine funktionierenden Prototypen bei sich. Was ihm zu schaffen machte, war, dass einige seiner Mitarbeiter vermutlich gerade einen hohen Preis zu zahlen hatten. Doch manchmal musste man Leben gegeneinander abwägen – sein eigenes wie auch das von anderen. Er musste die schwere Entscheidung treffen, ob die Rettung von zwei, fünf oder zehn Leben hier und jetzt eine Rechtfertigung dafür sein konnte, in Zukunft tausende oder Millionen zu zerstören. Armin war nicht naiv. Die Auswirkungen würden nicht auf sein Land beschränkt bleiben. Sobald er seine Erfindung vollendet und der Regierung übergeben hätte, würde Cluj die Mikropen an jeden verkaufen, der dafür harte Währung bezahlte. An Terroristen, Geheimdienste, Kriminelle, Mörder, andere Länder. Dann würde das Chaos ausbrechen, denn der Missbrauch würde bald überhand nehmen. Niemand könnte mehr sicher sein, ob in seiner Nahrung nicht etwas enthalten war, das ihn das Leben kosten konnte – indem es ihn von innen heraus entweder langsam, Molekül für Molekül, oder rasend schnell auffraß.

Armins einziger Trost war, dass er alle Aufzeichnungen über die Vermehrung und Reproduktion der Mikropen aus den Proteinketten und mineralischen Ionen ihres Wirts gelöscht hatte. Er hatte vor seinem Verschwinden nicht nur die Codes, sondern alle Unterlagen und einen Großteil der Aufzeichnungen seiner Mitarbeiter zerstört. Nicht alles war zugänglich gewesen, doch er hatte sichergestellt, dass es sehr, sehr lange dauern würde, bevor jemand die Mikropen wieder zusammensetzen konnte. Die Bruchstücke, die in seinem Labor zurückgeblieben waren, als er es an jenem Abend verlassen hatte, waren belanglos genug. Am nächsten Nachmittag war sein Sohn dann angeblich zur Besichtigung des Vampirschlosses aufgebrochen.

Die Hälfte der Arbeit war geschafft. Nun musste er sich nur noch selbst in Sicherheit bringen. Die verschwiegenen Menschen, die ihm Unterstützung zugesichert hatten, waren am Werk – er würde bald von ihnen hören. Die meiste Zeit saß er am Radio und amüsierte sich darüber, dass er am Stimmfall der Sprecher in den Kriminalberichten erkennen konnte, wie es um die Suche nach ihm stand. Die übrige Zeit überlegte er sich neue Mikropenentwürfe und nahm Zuflucht in der süßen Ordnung der molekularen Welt, wo Struktur und Symmetrie regierten ...

Und er dachte an seinen Sohn. *Er ist sicher, Gott sei Dank ... sicher ...*

Er schloss im Dunkel die Augen.

Laurent schwebte durch die harmonisch klingende Schwärze des Alls und lachte. Maj hatte Recht gehabt. In diesem Modus war es nicht schwierig, den Arbalest-Flieger zu steuern – ein gewöhnlicher Joystick genügte. »Im Moment fliegst du zum Vergnügen und nicht, um es zu beherrschen«, hatte sie gesagt und ihm das Symbol gegeben. »Es kann also nicht schaden, wenn du dich ein bisschen austobst. Aber übertreib's nicht. Und geh besser nicht in das Hauptspiel. Die Leute von Archon hängen da wahrscheinlich noch rum und suchen Ärger ... Wenn meinem Flieger was passiert, bist du dran.«

Doch sie hatte ihm auch gezeigt, wie er aus dem *Sternenranger*-Spiel auf Knopfdruck wieder in ihre eigene Simulation zurückkehren konnte – und er hatte nicht widerstehen können. Majs Simulation war dem *Sternenranger*-Universum zwar im Hinblick auf die astronomischen und physikalischen Gesetze sehr ähnlich – was für die Manöver bei hoher Fliehkraft wichtig war –, doch fehlte die subtile Atmosphäre des Originals. Er sehnte sich nach dem Sternengesang, wollte ihn nur kurz erleben, bevor er wieder in den Alltag zurückkehrte.

Was rede ich denn da, dachte er, als er über Dolorosas Krümmung hinausflog und die spektakuläre Aussicht genoss. *Ich bezeichne das Leben hier als »Alltag« und bin erst eineinhalb Tage hier. Zwei Tage. Die anderen in meiner Klasse würden für so ein Leben töten – was für hohe Tiere ihre Eltern auch sein mögen. Aber ich! Ich bin total außer mir. Dekadent.*

Er jauchzte vor Vergnügen, als sich der lange Arm der Galaxie vor ihm ausbreitete, ihr Wohlklang silbrig an die Außenhaut des Fliegers flackerte und durch ihn hindurchprickelte. *So sollte VR sein.* Er brachte den Flieger in die Hochachse, um genau ins Herz des Seraphim-Sternenhaufens zu sehen. All die am Himmel verstreuten Juwelen loderten auf und verloschen in pulsierendem Glanz. *Wer hätte gedacht, dass die Sterne so bunt sind.* Er kannte die verschiedenen Sternentypen, doch die nüchternen Buchstaben und Zahlen hätten nie vermuten lassen, welche feurige Schatzkammer voller Schattierungen und Brillanz sich dahinter verbarg.

Ich könnte der Astronomie verfallen, dachte er.

Heiße und kalte Schauer überliefen ihn plötzlich. Überrascht überprüfte er, ob etwas mit der Ventilation des Anzugs nicht stimmte, oder ob die Klimasteuerung im Cockpit ausgefallen war. Doch alle Lampen waren grün. Diesmal lachte Laurent über sich selbst. Er wandte den Flieger erneut, um einen letzten Blick auf den Arm der Galaxie zu werfen, der sich da über ein Drittel des Horizonts erstreckte wie eine in unvorstellbar heftigem Wind flatternde Fahne ...

»Niko?«

Oh-oh, dachte er. Er kehrte rasch um und hielt auf Majs Hangar zu. »Ich komme ...«

Es war Majs Mutter, die ihn von der wirklichen Welt aus rief. Er fand es lustig, dass die Familie die Option offen gelassen hatte, jederzeit innerhalb oder außerhalb ihrer jeweiligen virtuellen Räume miteinander zu kommunizieren. »Isst du gern Lamm?«

»Lamm? Ja!«

»Gut.« Obwohl sie unsichtbar war, konnte man hören, dass sie amüsiert war. »Ein Enthusiast. Knoblauch?«

»Wir essen zu Hause ausschließlich Knoblauch. Damit halten wir uns die Transsilvanier vom Leib.«

»Hm, kein Kommentar. Wenn ich es nicht besser gewusst hätte, hätte ich dir das mit den Kühen auch geglaubt. Bleibst du noch lange drin?«

»Ich komme schon.« Er landete den Flieger im Hangar – gerade rechtzeitig, denn an einer der Türen zeigte eine blinkende Lampe an, dass jemand hereinkommen wollte.

»Gut, Muffin ist schon ganz traurig, weil sie nicht mit dir spielen kann.«

»Ich bin gleich da.«

Die Hangardecke hatte sich schon fast geschlossen, da füllte sich der riesige Raum wieder mit Luft.

»Niko«, erklang Majs Stimme von irgendwo her. »Was machst du?«

»Ich lasse nur die Luft wieder rein.«

Als der Prozess abgeschlossen und das Licht auf Grün umgesprungen war, öffnete sich das Tor. Maj eilte auf Laurent zu. Er machte gerade die traditionelle Runde um den Flieger, die laut Maj für jeden Piloten obligatorisch war, um sicherzustellen, dass nichts beschädigt war – und falls doch, um herauszufinden, wer den Schaden verursacht hatte.

»Und wo warst du?« Sie versuchte, streng zu klingen.

»Ich bin geflogen. Für heute bin ich mit meinem Arbeitsraum fertig ...« Er seufzte leise. »Ich werde noch ein bisschen brauchen, bis er vorzeigbar ist.«

»Du bist doch nicht etwa ins wirkliche Spiel gegangen, oder?« Sie sah ihn scharf an.

»Äh, doch.«

»Ach, Laurent. Ich habe versprochen, dass ich auf dich aufpasse. Und was, wenn eine Flotte der Archons aufgetaucht wäre?«

»Aber die Archons wurden doch bei der Explosion zerstört.«

Maj atmete genervt aus. »Sie können sich aus ihren Bruchstücken wieder zusammensetzen. Wahrscheinlich warten die Klone nur darauf, wieder eingesetzt zu werden. Die können jederzeit auftauchen!«

»Ist aber nicht passiert. Außerdem hast du selbst gesagt, dass das taktisch nicht klug wäre.« Er grinste sie an.

»Wortklauber. Na komm, raus mit dir. Mom macht anscheinend gerade ihre berühmten Lammkeulen mit Knoblauch.«

Laurent konzentrierte sich und ließ den Anzug verschwinden. »Was hat es zu bedeuten«, fragte er, als sie durch die Tür in Majs Arbeitsraum gingen, »wenn man etwas im Arbeitsraum versucht und es nicht klappt?«

»Das liegt an der unvollständigen Visualisierung. Es gibt viele Gründe dafür. In deinem Fall kommt es daher, dass du dich noch an die Hardware-Software-Schnittstelle gewöhnen musst ... da sind Fehler ganz normal.« Sie sah sich in ihrem Arbeitsraum um. Das sanfte Abendlicht schien durch die hohen Fenster. »Du hättest sehen sollen, wie lange ich gebraucht habe, um das hier hinzubekommen. Die Beleuchtung, die Abstimmung auf die Ortszeit ...« Amüsiert blickte sie auf den Boden. »Der Teppich hat immer die Farbe gewechselt. Ich bin beinahe verrückt geworden, bis ich den Grund herausgefunden habe. Ich hatte die Vorlage von der Anzeige einer Teppichfirma geklaut ... jedes Mal, wenn sie die Anzeige geändert haben, veränderte sich auch das Teppichmuster ...«

»Aber hier ist doch gar kein Teppich.«

»Nein, ich hab ihn rausgeworfen.« Sie lächelte verlegen. »Ich hab den Fehler erst viel später gefunden. Erst *nachdem* ich den Teppich durch einen Parkettboden ersetzt hatte, habe ich es gemerkt. Laurent, dein Dad hat gesagt, dass du nicht *zu* viel Zeit im Netz verbringen sollst, und ich ...«

Die Tür auf der anderen Seite des Arbeitsraumes öffnete sich, und ein großer, schlaksiger junger Mann in fluoreszierenden Schlabberklamotten trat ein. Er hatte eine erstaunliche Ähnlichkeit mit Majs Vater. »Maj, ist dein Freund ... Oh, da ist er ja. Hallo.«

»Laurent, das ist der berühmte Rick, unser geheimnisvoller Fremder.«

»Wenn ich die ganze Zeit daheim bin, meckert sie.« Rick schüttelte Laurent die Hand. »Und wenn ich mal nicht so oft daheim bin, meckert sie auch. Lass mich dir einen Rat geben – schaff dir keine Schwestern an.«

»Ach, ich weiß nicht«, sagte Laurent etwas schüchtern, als sie durch die Tür gingen. »Deine sind doch ganz nett.«

»Hah«, sagte Rick und legte seine allumfassende Skepsis an sämtlichen Eigenschaften seiner Schwestern in dieses eine Wort, auch wenn Laurent seine Meinung offensichtlich nicht teilte. Maj folgte ihrem Bruder in dessen Arbeitsraum und konnte sich Bemerkungen über seinen Kleidungsgeschmack nicht verkneifen. Laurent folgte ihnen lächelnd. Das Zimmer hatte eine starke Ähnlichkeit mit einem Lagerhaus. Die verschiedensten Objekte waren wild durcheinander gestapelt.

»Willkommen in der Welt des Gerümpels«, sagte Maj. »Mein Bruder steht auf virtuelle Objekte, wie du sehen kannst. Rick, gibt es einen Grund dafür, dass du uns besucht hast, oder wolltest du einfach nur stören?«

»Ach, ich habe gehört, dass du den Moralapostel spielst, und wollte mal sehen, wie du das bei *anderen Leuten* machst ... Hier geht es nach draußen«, erklärte er Laurent und trat über die Schwelle einer Tür, die eigenartigerweise in der Mitte des großen Lagerraumes stand. »Ich glaube, deine Anwesenheit in der Welt, die wir lächerlicherweise als die wirkliche bezeichnen, ist gefragt.«

Einen Augenblick später fand sich Laurent im Schuppen wieder. Das Geräusch von Schritten auf dem Gang ließ ihn aufspringen. Ein paar Sekunden später kam Muffin herein und umklammerte seine Beine. »Ich muss dir jetzt was vorlesen«, verkündete sie atemlos.

»Kommt darauf an. Wann gibt es Abendessen?«

»In einer halben Stunde.« Maj steckte den Kopf durch die Tür. »Muffin, keine Dinosaurier jetzt. Du hast deine Zeit im Netz für heute ausgeschöpft. Und *du* auch«, fügte sie hinzu und drohte Laurent mit dem Finger. »Also seid brav.«

»Natürlich«, sagte Laurent und ließ sich mit hilfloser Miene von Muffin in ihr Zimmer ziehen, begleitet von Majs belustigtem Lächeln. Auch wenn Laurent seine eigene Familie natürlich am meisten liebte, wurde ihm doch langsam bewusst, dass man auch mit diesen Leuten eine Menge Spaß haben konnte.

Er setzte sich auf Muffins Bett und sah zu, wie sie sich durch ihre Bücherregale wühlte. Plötzlich bemerkte er, dass seine Hände leicht zitterten. *Der Jetlag macht mir wohl doch zu schaffen*, dachte er. *Oder es sind meine Nerven. Warum verschwende ich meine Zeit damit, Angst zu haben? Was geschehen muss, geschieht. Und Popi ist schlau ... schlauer als sie. Er wird bald hier sein. Wenn ich mich vor Sorge verrückt mache, hilft es ihm auch nichts.*

Laurent atmete seufzend aus und beobachtete Muffin, die sich auf den Boden setzte und das Buch öffnete ...

Das ›Quality House Suites‹ in Alexandria entsprach exakt den anderen Hotels dieser Kette, wie Majorin Arni aus dem Gespräch zweier Geschäftsleute in der Kellerbar mitbekam. Sie konnte allerdings nicht verstehen, warum das ein Problem war. Was war falsch daran, wenn ein Hotel war wie das andere? Derselbe Service in jedem Hotel – was war daran schlecht? Diese Leute waren zu individualistisch, um jemals zufrieden zu sein.

Sie versuchte, die Spinner zu ignorieren. Das war, inmitten von Millionen Spinnern und gefangen in aggressivem Überfluss und Konsum, nicht einfach. Dieses ganze Land war vulgär, ein riesiger Haufen exzessiver Geldverschwendung. Geld wurde nur ausgegeben, um zu beweisen, dass man es hatte. Andere Länder hätten diese Ressourcen vernünftiger eingesetzt ... wenn sie über sie verfügt hätten. Doch dieses Land verwendete eine Menge Zeit und Energie darauf, sicherzustellen, dass die anderen Länder nicht so weit kamen.

Nun, dachte sie und nippte an ihrem Mineralwasser. Sie saß allein an dem kleinen Tisch in der Hotellounge und machte sich Notizen auf einen Block. *Bald wird sich das Blatt wenden, und das wird schmerzhaft für euch werden. Sobald die Rückhol-Operation gelaufen ist und erste Ergebnisse erzielt werden, sollte sich die Bilanz zu unseren Gunsten ändern ... und die Länder um uns herum, die so eifrig Verbindungen zu den westlichen Nationen geknüpft haben, werden sich fragen, ob sie nicht besser in der direkten Nachbarschaft um finanzielle Hilfe ersucht hätten. Sie werden zwar keine Hilfe von uns erhalten ... zumindest nicht gleich. Dafür haben sie zu deutlich gezeigt, wem ihre Loyalität gehört.*

Doch das war Zukunftsmusik. Im Augenblick war sie damit beschäftigt, den bisherigen Verlauf der Operation nachzuvollziehen und sicherzustellen, dass alles glatt lief. Den Diebstahl eines Krankenwagens zu arrangieren war nicht so einfach, doch sie arbeitete daran. Geld öffnete einem alle Pforten, auch die zu den Gruppen des hiesigen nicht-organisierten Verbrechens. Bald würden sie die notwendigen Vorkehrungen getroffen haben. Sie hatte sich bereits bewaffnet – in diesem Land war das noch nie ein Problem gewesen, allen Bemühungen der Regierung zum Trotz. Das Volk konnte oder wollte nicht zwischen der Situation jetzt und vor dreihundert Jahren differenzieren und vereitelte jedes Eingreifen. Doch nicht die Waffengewalt würde den Ausgang der Operation entscheiden, sondern Schnelligkeit, Überraschung und das Verkehrsaufkommen auf der Strecke zur Botschaft. Zwei dieser drei Punkte konnte sie kontrollieren. Das war ausreichend.

Sie steckte den Block in ihre Tasche und nahm wieder einen Schluck Wasser. Alles lief nach Plan. Der Informant zu Hause hatte ihr in einer chiffrierten Pager-Nachricht mitgeteilt, dass das erste Signal für den ›Ausbruch‹ geschickt worden war – die Mikropen waren wach und erwarteten neue Befehle. Außerdem würden sie Richtsignale senden, sobald der Junge wieder ins Netz ging. Die Uhr tickte. Innerhalb der nächsten vierundzwanzig Stunden würde ein Notruf eingehen ... dann würden sie und ihre ›Crew‹ bereitstehen, um das arme, kranke Kind an einen Ort zu bringen, an dem man es ›fachgemäß‹ behandeln würde.

An der Rezeption ertönte ein Signal, und der Angestellte sah auf. »Mrs Lejeune?«, rief er. »Ihr Wagen steht vor dem Eingang bereit.«

»Danke«, antwortete Majorin Arni. Sie trank das Wasser aus und begab sich zum Eingang, wo der Mietwagen in der Auffahrt abgestellt war.

Sie rutschte hinter das Steuer, verband ihr Implantat mit dem Netzzugang und ließ ihre Identität und die Kreditkartendaten bestätigen – Routine. Mrs Alice Lejeune aus Baton Rouge, Besitzerin einer kleinen Druckerei, bestand die Überprüfung. Schon vor langem hatte ihre Organisation diesen Decknamen eingerichtet. Bei Avis musste jeder, dessen Blick auf ihre Daten fiel, davon überzeugt sein, dass sie geschäftlich hier zu tun hatte wie all die anderen Gäste im Hotel.

Sie kannte den Weg, denn sie hatte den Stadtplan schon auswendig gelernt, bevor sie ihre Heimat verlassen hatte. Also fuhr sie einige Kilometer gemächlich dahin und sah sich dabei entspannt die Umgebung an. Das Gebiet hatte sich über die letzten Jahre unaufhaltsam zu einer reichen, spießigen Vorstadt entwickelt. Zumindest eine Familie hier würde in den nächsten vierundzwanzig oder sechsunddreißig Stunden viel von ihrer geschniegelten Selbstgefälligkeit einbüßen.

Sie bog von der von Norden nach Süden verlaufenden Hauptstraße rechts ab und schaltete kurz auf Autopilot, um die kleine Videokamera zu bedienen, die sie mitgebracht hatte. Sie zeichnete sorgfältig alle in der Umgebung abgestellten Fahrzeuge auf. Einer ihrer Mitarbeiter würde später noch eine Runde in einem anderen Wagen mit örtlichem Kennzeichen machen, um die Aufzeichnungen miteinander zu vergleichen. Sie war sich ziemlich sicher, dass Professor Green für Überwachung gesorgt hatte. Doch innerhalb der nächsten zwölf Stunden würden sie und die bisher vor Ort operierenden Agenten genau wissen, welche Fahrzeuge die gleichen blieben und welche wechselten, welche auf Ortsansässige registriert waren und welche auf Leute, die versuchten, nicht so zu wirken, als beobachteten sie das Haus der Greens.

Als der Wagen rechts einbog und eine ruhige Straße entlangfuhr, hob sie den Kopf. Da war es. Das längliche Haus machte den Anschein, als wäre es etappenweise erbaut worden. Eine Vordertür, von der Stufen über den typisch vorstädtischen Rasen zum typisch vorstädtischen Bürgersteig führten. Eine Hintertür, die in einen großen, umzäunten Garten führte, in dem Kinderspielzeug herumlag. Eine nicht mit dem Haus verbundene Garage, davor eine Auffahrt, auf der das Familienauto parkte. Mehrere Räume waren hell erleuchtet. Als sie die Sonnenbrille abnahm und hineinsah, erkannte sie ... eins, zwei, drei, vier, fünf, sechs Köpfe im Esszimmer. Auf der anderen Seite erfasste sie schemenhaft den Ofen, den Kühlschrank und die Mikrowelle.

Wie nett. Familienessen.

Sie verinnerlichte die Ein- und Ausgänge – Entfernungen, Hindernisse – und schmunzelte verstohlen. In Kürze würde das Vorstadtglück der Greens erschüttert werden. Das hatten sie sich selbst zuzuschreiben. Vor allem Professor Green würde die bittere Lektion lernen müssen, dass man sich nicht in die Angelegenheiten anderer Länder mischte. Auf nationalem Level würde das zwar nichts bewirken, doch auf persönlichem, wie sie hoffte. Die Botschaft wäre verständlich genug – *das hätten deine Kinder sein können. Halt dich zurück, werde etwas klüger ... oder sie könnten beim nächsten Mal dran sein.*

Der Wagen passierte das Haus. Sie lehnte sich zurück, blickte in die letzten Strahlen des dünnen, kläglichen

Sonnenuntergangs und lächelte bei der Vorstellung, wie alles vonstatten gehen würde. *Morgen um diese Zeit, vielleicht etwas später.*

Armer kleiner Laurent ... Du hattest sicherlich tolle Ferien hier. Doch jetzt ist es Zeit, nach Hause zu fahren.

Der Abend entwickelte sich zu einem jener informellen Familienabende, an dem alle es genossen, gleichzeitig zu Hause zu sein. Maj gefiel so etwas besser als die strukturierteren ›Familienabende‹, auf denen ihr Vater einmal pro Woche bestand, gewöhnlich donnerstags, wenn nichts dazwischen kam. Das Abendessen war sensationell. Die Familie atmete einander den ganzen Abend fröhlich Knoblauchduft zu und war zufrieden, zusammen zu sein. Lange blieben sie am Tisch sitzen und unterhielten sich angeregt über das Leben, die Nachrichten, die verschiedenen Schulerlebnisse und so weiter. Laurent fühlte sich augenscheinlich wohl, doch zu Majs Erstaunen war er der Erste, der aufstand und sich entschuldigte. »Ich glaube, der Jetlag hat mich doch noch eingeholt«, sagte er.

Majs Vater sah ihn besorgt an. »Geht es dir gut? Du siehst etwas blass aus.«

»Ich hab nur ein bisschen Kopfweh.«

»Du Ärmster. Maj, zeigst du ihm, wo die Tabletten sind?«, bat ihre Mutter.

»Klar. Komm mit ...« Sie ging mit ihm ins Badezimmer und wühlte im Arzneischrank herum, bis sie das lösliche Aspirin gefunden hatte, das einer der Kollegen ihres Vaters alle paar Monate aus England schickte. »Das Zeug ist toll ... es hat überhaupt keinen Geschmack. Nimm alle vier Stunden zwei in Wasser gelöst.« Sie nahm ein Glas, füllte es zur Hälfte mit Wasser und warf die Tabletten hinein.

»Danke.«

Sie sah ihn nachdenklich an. Es lag nicht nur an der Beleuchtung im Badezimmer – er war wirklich blass. »Hast du vielleicht Grippeviren oder so was auf der Reise aufgeschnappt? Diese ganzen Leute am Flughafen ... in jedem neuen Land kommen ein paar neue Bakterien und Viren dazu ...«

»Ich weiß nicht«, sagte Laurent. »Aber ich bin plötzlich furchtbar müde. So müde war ich noch nie.«

»Hm. Warum haust du dich nicht gleich hin?«

»›Hinhauen‹ ...?«

»Tut mir Leid ... Umgangssprache. Das heißt ›ins Bett gehen‹.«

»Gute Idee.« Plötzlich schwankte er etwas, als er die Sprudeltabletten beobachtete.

»Ist dir schwindlig?«

»Ja. Ein bisschen. Ich habe mich schon etwas zittrig gefühlt, als ich ... als ich in *Sternenranger* war. Es war nichts Besonderes, ich habe nicht darauf geachtet.« Er zuckte die Achseln. »Wahrscheinlich hast du Recht ... ist wohl nur eine Grippe.«

»Ich weiß nicht. Ich war oft genug online, als ich krank war, und genau dort merkt man eigentlich *nichts* davon – die Schnittstelle nimmt die realen körperlichen Reaktionen aus deiner Wahrnehmung heraus. Du hast es vielleicht gemerkt«, fügte sie belustigt hinzu, »als du das erste Mal einige Stunden drin warst und dann ganz plötzlich furchtbar dringend aufs Klo musstest ...«

Er lachte und verzog das Gesicht. »Ja.«

»Ich hab recht schnell gelernt, dass ich besser zuerst auf die Toilette gehe und dann erst ins Netz einsteige. Komisch ... na ja, ruh dich am besten aus.«

Die Flüssigkeit hörte auf zu sprudeln. Laurent trank das Glas aus. »Schmeckt nach nichts.«

»Glaub mir, das ist besser als die Methode meines Bruders. Er zerkaut die Tabletten einfach so. Angeblich macht ihm der Geschmack nichts.« Sie schauderte.

Auch Laurent schüttelte es. »Wohl doch Grippe. Wie lästig.«

»Wir haben Zeug hier drin, das echt hilft. Eines der neuen Multiplex-Antivirenmittel. Warte noch ein paar Stunden ab, ob es wirklich Grippe ist, und dann nimm etwas davon.« Sie holte die Schachtel aus dem Schränkchen. »Gib auch wieder zwei in ein Glas Wasser und leg dich dann hin ... das Zeug haut dich aus den Socken.«

Laurent lächelte matt. »Umgangssprache. Aber ich hab verstanden.«

»Also los, ins Bett mit dir. Du hast in letzter Zeit so viel durchgemacht, dass du dich nicht zu wundern brauchst, wenn es dich erwischt.«

Er schlich zum Gästezimmer davon. Maj ging wieder in die Küche, wo ihre Mutter gerade dabei war, Muffin zu überreden, ins Bett zu gehen. Ihr Vater saß gemütlich zurückgelehnt auf seinem Stuhl und sprach mit ihrem Bruder über Curling.

»Ist er in Ordnung?«, fragte er, als Maj sich zu ihnen setzte.

»Er kriegt wahrscheinlich eine Erkältung. Hatte ein bisschen Schüttelfrost.«

Ihre Mutter seufzte. »Die Flughäfen sind immer voll von Viren aus exotischen Teilen der Welt, die sich neue Opfer suchen. Hast du ihm das Virenmittel gezeigt?«

»Ja. Er wird am besten wissen, ob er es braucht.«

»Okay. Aber ich will nicht, dass er hier allein krank herumliegt. Die nächsten paar Nächte habe ich viel zu tun. Und du hast wieder dieses Ehemaligentreffen ...«

»Das kann ich notfalls absagen«, winkte ihr Vater ab. »Nicht so wichtig.«

»Das hast du gestern aber noch nicht gesagt. Du sagtest, es sei wichtig. Und ich muss mit den Netzidioten von PsiCor ein Meeting abhalten ... Der Himmel weiß, wie lange *das* dauert. Letztes Mal war ich bis zehn dort. Und du schiebst wie immer Steine übers Eis«, wandte sie sich an Rick.

»Mom, keine Sorge, ich bin doch da«, sagte Maj. »Ich fliege morgen Abend mit einigen aus der Gruppe im Netz. Wir wollten Niko eigentlich mitnehmen, aber so oder so bin ich doch da. Außerdem ist es nur die Grippe.«

»Schon, aber er ist in einer ungewohnten Umgebung ...«

»*Mom*. Ich muss ihm ja nicht die Windeln wechseln oder so. Spiel dich nicht als Superglucke auf.« Sie grinste. »Führ einfach deine Kunden in die Irre, wie geplant. Es wird nichts passieren.«

»Du hast Recht. Komm, Miss Muffin, packen wir dich ins Bett.« Majs Mutter nahm die kichernde und strampelnde Muffin hoch und trug sie den Gang hinunter, während sie sie leise im Arm wiegte.

»Er ist echt nett«, sagte Rick. »Interessiert er sich für Sport?«

»Du meinst, ob er drauf steht, Steinklumpen übers Eis zu schießen?«, fragte Maj mit sanftem Tadel in der Stimme. »Er hat einen besseren Geschmack an den Tag gelegt. Ich denke, er wird ein guter Simmer.«

»Was für eine Verschwendung.« Ihr Bruder stand auf und streckte sich. »Na ja.« Er fing an, den Tisch abzuräumen.

Maj sah ihren Dad an. »Du könntest trotzdem daheim bleiben.«

»Nein, deine Mom hat Recht. Erst die Pflicht, dann das Vergnügen. Leider.« Er stand auf und sammelte das Besteck ein. Auch Maj half beim Abräumen, denn im Haus der Greens war es die Regel, dass der Koch nicht aufräumen musste. Das hatten die anderen zu erledigen.

Ihr Bruder kicherte. »Schlaues Bürschchen, sich abzusetzen, bevor es ans Aufräumen geht. Er wird es noch weit bringen.«

»Das wusste er doch gar nicht. Und ehrlich gesagt denke ich nicht, dass er sich davor gedrückt hätte ...« Dann überfielen Maj plötzlich wieder die Sorgen, die sie schon den ganzen Tag in der Schule beschäftigt hatten.

Es ist nur die Grippe. Er ist in Ordnung.

Aber wenn ich mir so sicher bin, warum bin ich dann so nervös?

Zehntausend Kilometer entfernt saß Armin Darenko in dem kleinen, dunklen Raum in der vormorgendlichen Dunkelheit und lauschte über Kopfhörer seinem kleinen Radio. Am Ende der jeweils ersten Nachrichtensendung und der letzten des Abends um sechs erfolgten immer persönliche Mitteilungen, die dem Radiosender telefonisch oder über das Netz gemeldet wurden: Reiserufe oder banale Kundmachungen über Verkaufsveranstaltungen und Terminverschiebungen von Märkten, Nachrichten über Straßensperren der Polizei – zumindest über die, die öffentlich gemacht werden durften – oder Informationen über Straßenbaustellen. Armin hörte diese Meldungen jeden Tag und wartete auf die, die ihm zutragen würde, dass seine namenlosen Freunde bereit waren, ihm zur Flucht aus dem Keller und dem Land zu verhelfen. Er war angespannt und wurde immer ungeduldiger, als Mitteilung für Mitteilung vorgelesen wurde und keine davon ihn betraf.

»... die Nationalstraße A 41 bei Soara ist leider für die nächsten zwei Wochen wegen Brückenreparaturen gesperrt. Reisende werden gebeten, die A 16 über Elmila zu benutzen ... Der Markt in Leoru wird am Samstag bereits um 8.15 Uhr statt um 9.15 Uhr eröffnet ... An Bela Urnim, der gerade geschäftlich nach Timisoara unterwegs ist ...«

Er hielt den Atem an.

»... wir haben Ihre Nachricht vom achtzehnten erhalten und zur Kenntnis genommen.«

Armin presste sich an die Wand und spürte, wie seine Hände vor Angst kalt wurden. Das war einer der Codes aus dem Buch, das die Organisation ihm zum Auswendiglernen gegeben hatte. Dieser eine Satz hatte sich ihm schon ins Gedächtnis gegraben, bevor er mit dem Lernen begonnen hatte. Er hatte sich immer wieder gefragt, unter welchen Umständen er zum Einsatz kommen würde. Jetzt wusste er es.

Wir wurden verraten.

Armin zitterte.

»Ihre Sendung wurde am Bestimmungsort vom Zoll aufgegriffen. Die Verarbeitung der Informationen, die sie vor Ihrer Abreise eingefügt haben, läuft«, fuhr der Sprecher gleichgültig fort. »Der Prozess innerhalb der verderblichen Güter wird innerhalb von vierundzwanzig Stunden abgeschlossen sein. Wenn Sie sich bis dahin nicht bei uns gemeldet haben, um uns die gewünschte weitere Vorgehensweise mitzuteilen, wird der Inhalt der Sendung entsorgt ... Die nächste Meldung geht an Gelei Vanni, der von Organte nach ...«

Er zog den Kopfhörer aus dem Ohr, schaltete das Radio ab und ließ es auf den schmutzigen Boden gleiten.

Sie haben ihn.

Er verbarg das Gesicht in den Händen. *Ich dachte, er wäre in Sicherheit. Wie leichtsinnig von mir. Sie haben eine Möglichkeit gefunden, zu ihm zu gelangen.*

Und sie haben die Mikropen aktiviert ...

Er rieb sich die Augen und versuchte verzweifelt, nicht die Fassung zu verlieren, denn er musste nachdenken. Einer seiner Kollegen hatte geredet – er wusste nicht, wer. Sasha oder Donae wahrscheinlich. Sie kannten die Codes für die Mikropen, die Laurent in sich hatte. Es gab einige Generalcodes, auf die alle diese kleinen Geschöpfe reagierten, eine Art Not-Schalter. Nun verfügte die Polizei über sie und hatte sie auf die ihrer Meinung nach effektivste Weise eingesetzt.

Seine Freunde waren verraten worden – sie konnten ihm nicht mehr helfen. Die Nachricht war deutlich genug gewesen. Komm raus und ergib dich, dann bleibt dein Sohn am Leben. Bleib in deinem Versteck, und ...

Armin hielt inne. Er hatte die Bilder der Rattengehirne vor Augen, bei denen die fehlerhaft programmierten Mikropen einen halben Tag Amok gelaufen waren. Genau das passierte jetzt in seinem Sohn. Es würde länger dauern ... aber nicht viel länger. Sie waren wahrscheinlich gerade auf dem Weg durch sein Rückgrat hinauf über die Zerebrospinalflüssigkeit in sein Gehirn. Dort angekommen würden sie die Muskelfasern zersetzen und das Myelin zerstören, das die Gehirnzellen ummantelte und verband. In achtzehn Stunden wäre sein Sohn ernsthaft erkrankt. In vierundzwanzig Stunden würde er nur noch dahinvegetieren.

Er musste aufgeben und sich ausliefern.

Dann würde man ihn zwingen, seine Arbeit fortzusetzen – für die falschen Ziele. Tat er das nicht, würden sie Laurent wieder bedrohen. Oder sie beide einfach umbringen und seine Arbeit von jemand anderem vollenden lassen. Denn sie hatten Laurent – ob tot oder lebendig, sie konnten die Mikropen aus ihm herausholen. Dafür hatten sie von dem Mitarbeiter, der ihn verraten hatte, auf jeden Fall genug Informationen erhalten. Dann war es gleichgültig, was mit ihm passierte.

Armin suchte in der kalten Dunkelheit nach einer Lösung. Ihm erschien es wie eine Ewigkeit, doch in Wirklichkeit waren es nur fünf Minuten. *Es hat keinen Sinn mehr zu kämpfen,* sagte eine Stimme in seinem Hinterkopf. *Sie haben ihn. Alles ist vorbei. Du musst rasch handeln, um ihn zu retten.*

Doch etwas in ihm blieb stur, verbissen, wütend. Dieser Teil wollte bis zum letzten Atemzug weiterkämpfen. Es gab noch eine letzte Chance. Eine winzige, höchstwahrscheinlich unsinnige Möglichkeit ... doch er musste es versuchen. Um Laurents willen und für sich selbst.

Armin seufzte, griff in seine Hosentasche und zog das Telefon heraus.

Er hatte es die letzten Tage absichtlich nicht benutzt, hatte es nicht einmal eingeschaltet, da das Signal zu einfach zu orten war, vorausgesetzt, es würde hier überhaupt funktionieren. Doch man hatte ihm eine Nummer gegeben, an die er sich wenden sollte, wenn alles schief ging. Es war der letzte Ausweg. Diese Nummer konnte er nur einmal wählen.

Jetzt schien der Zeitpunkt gekommen.

Armin schaltete das Telefon ein und wartete.

Und wartete.

Dann, nach etwa zehn Sekunden – Armin wagte nicht zu atmen –, leuchtete ein Lichtstreifen über dem kleinen Antennensymbol auf. Er war nah genug an einem Sendemasten, um telefonieren zu können.

Rasch drückte er die Kurzwahltaste und hielt das Telefon an sein Ohr.

Es läutete.

Mindestens dreißig Sekunden vergingen. Armin wartete zitternd. Das Telefon so lange aktiviert zu haben war gefährlich, und es ein zweites Mal zu versuchen wagte er nicht. Und doch, der Gedanke, es umsonst benutzt zu haben und deshalb vielleicht aufgespürt zu werden ...

Jemand nahm den Hörer ab. »Ja?«, meldete sich eine Stimme auf Englisch.

Er erklärte, wer und wo er war, es sprudelte nur so aus ihm heraus; dann nannte er den Grund seines Anrufs.

»Das wissen wir bereits.«

»Helfen Sie mir. Mein Sohn ...« Mehr konnte er nicht sagen. Seine Stimme versagte.

»Wir versuchen es. Wir können nichts versprechen.«

»Ich weiß. Vielen Dank.«

»Danken Sie uns noch nicht.« Der Hörer wurde aufgelegt.

Er starrte das Telefon an und steckte es wieder in die Tasche, dann atmete er aus und ließ den Kopf auf die Knie sinken. Mehr konnte er nicht tun.

Ihm blieb ohnehin keine Zeit mehr, denn im nächsten Augenblick hämmerte jemand mit einem schweren Gegenstand gegen das Tor. Als es sich öffnete, flutete das Licht der Morgensonne gleißend herein. Seine Augen tränten, er konnte die uniformierte Gestalt kaum erkennen, die schemenhaft die Treppe herunterkam. Doch auch ohne Einzelheiten auszumachen, wusste er, wer ihm aufhalf und schwankend mit ihm die Treppe hinaufstieg.

Es war der Tod.

8

Maj schlief in dieser Nacht schlecht und wachte selbst für ihre Verhältnisse früh auf. Sie zog Jeans und ein T-Shirt an und irrte in die Küche. Zu ihrer Überraschung fand sie dort ihren Vater vor. Gewöhnlich stand er erst eine halbe Stunde später auf, doch heute saß er da, hielt eine dem Anschein nach kalte Tasse Kaffee in der Hand und sah völlig verstört aus.

»Daddy?«, fragte sie, ging zum Wasserkocher hinüber – und blieb stehen. Es gab nur eine Erklärung für seine Verfassung. »Gibt es was Neues?«

Er nickte, vergewisserte sich, dass niemand auf dem Flur war, und fing dann behutsam an zu sprechen. »James Winters hat mich vor fünfzehn Minuten angerufen. Die Leute vom Geheimdienst haben eine Meldung aus den kalmanischen Morgennachrichten abgefangen. Armin Darenko wurde verhaftet.«

»O nein!« Sie stellte den Kessel ab und setzte sich an den Tisch – ihre Beine versagten plötzlich. »Das ist nicht fair ...«

»Ich wüsste nicht, was Fairness damit zu tun hat.« Er starrte in seine Kaffeetasse. »Ich fühle mich schrecklich.«

»Da bist du nicht der Einzige.« Maj schluckte laut. »Und was jetzt?«

Er schüttelte den Kopf. »Ich weiß es nicht. James scheint nicht davon auszugehen, dass es eine Möglichkeit gibt, ihn frei zu bekommen. Das Land ist so isoliert, so gut abgeschirmt und so paranoid, dass sich Fremde nicht einfach reinschleichen können. Agenten selbst befreundeter Nationen sind dort dünn gesät.«

»Werden sie ...« Maj schluckte wieder. Eigenartig, wie

schwer ihr das Denken plötzlich fiel. »Sie werden jetzt versuchen, an Laurent ranzukommen, oder?«

»Das könnte sein. Aber ich bezweifle, dass sie weit kommen werden. Unser Haus wird laut James rund um die Uhr bewacht, nicht nur von der Net Force.«

Das beruhigte Maj nicht besonders. Aber ihr war tatsächlich aufgefallen, dass in letzter Zeit mehr Autos hier parkten als sonst. Sie war beinahe stolz auf sich, dass ihr das nicht entgangen war. Zwar hatte niemand in den Wagen gesessen, doch das bedeutete nicht, dass sie nicht für achtzehn verschiedene Beobachtungsarten ausgerüstet gewesen sein konnten.

Einen Moment lang saß sie einfach da und sah den Tisch und ihre gefalteten Hände an. Dann blickte sie zu ihrem Vater auf, der noch immer in seine Tasse starrte.

»Daddy«, sagte sie sehr bedächtig, »bist du dir sicher, dass sie nicht *doch* einen Weg gefunden haben, Laurent etwas anzutun?«

Er sah sie ausdruckslos an.

»Ist er noch krank?«

»Äh, ja« bestätigte er. »Ich wollte nachsehen, ob er vielleicht mit mir joggen möchte ... doch er sagte Nein und drehte sich weg. Er sieht nicht sehr gut aus. Ehrlich gesagt habe ich jetzt auch keine Lust mehr zu laufen.«

»Hm ... denkst du nicht, dass es ein komischer Zufall ist, dass er gerade *jetzt* so krank wird?«

Ihr Vater sah sie eigenartig an. »Maj, du bist doch sonst kein Freund von Verschwörungstheorien. Es gibt keinerlei Hinweise auf einen Zusammenhang.«

»Ich weiß, aber ...« Sie schüttelte den Kopf. »Dad, er hat gesagt, dass er sich das erste Mal komisch gefühlt hat, als er online war.«

Auch ihr Vater schüttelte den Kopf. »Zum Glück gibt

es keinen Netzvirus. Nicht auszudenken, was das für Folgen hätte. Was auch mit ihm los ist, man kann sich im Netz keine Krankheiten holen.«

»Das wird uns so gesagt.«

»Übrigens hat James bestätigt, dass gestern Nacht jemand versucht hat, in Laurents Account einzudringen.«

Maj war schockiert. »Haben sie es geschafft?«

»Natürlich nicht. Der Net-Force-Server ist durch Firewalls geschützt, die der Chinesischen Mauer in nichts nachstehen. Selbst der liebe Gott müsste sich an den Systemadministrator wenden und nach dem Passwort fragen.« Er seufzte. »Trotzdem gefällt mir die Sache nicht. Abgesehen davon, dass sie seinen Vater festgenommen haben, schleichen sie ziemlich aktiv um Laurent herum ... und er befindet sich in diesem Haus.«

»Die zusätzlichen Sicherheitsmaßnahmen und die Beobachtung, genügt das?«

»Je weniger wir darüber reden, desto besser«, sagte ihr Vater sanft. »Aber angeblich sind wir hier sicher, Schatz.«

»Ich mach mir keine Sorgen um uns, sondern um Laurent.«

Der leicht verschmitzte Blick, den ihr Vater ihr daraufhin zuwarf, war der erste normale Gesichtsausdruck, den sie heute von ihm zu sehen bekam. »Zum Glück weiß ich, wie du das gemeint hast. Aber ich mache mir auch um deine Mutter Sorgen. Um dich und Rick. Und um Muffin.«

Maj schluckte. Der Gedanke, dass jemand vom Geheimdienst dieses fremden Landes wegen Laurent herkam und stattdessen Muffin etwas antat, war entsetzlich ...

»Ich wusste von Anfang an, dass so etwas passieren kann. Wir müssen also wachsam sein, wir alle. Bis auf Muffin. Sie möchte ich damit nicht belasten, das wirst du verstehen. Eine Sechsjährige hat genug damit zu tun, mit unserer Welt zurechtzukommen, ohne dass sie sich auch noch Sorgen darüber machen muss, dass böse Menschen in ihr Haus kommen und ihren Spielkameraden kidnappen könnten.« Er seufzte. »Was Laurent betriff, bin ich mir nicht sicher, ob wir ihm jetzt schon was erzählen sollten.«

Maj stieg plötzlich die Röte ins Gesicht. »Daddy, er ist kein Kind mehr.«

»Entschuldige bitte ... er *ist* ein Kind.«

»Du weißt, was ich meine! Du warst doch derjenige, der festgestellt hat, dass er reifer ist als seine Altersgenossen. Du kannst ihm das nicht vorenthalten. Jemand muss es ihm sagen!«

Ihr Vater rieb sich das Gesicht. »Du hast Recht. Aber nicht sofort, okay?« Dann sah er sie an. »Außerdem besteht immer noch die Möglichkeit, dass sich etwas tut.«

»›Etwas‹?« Sie fixierte ihn.

Er stand auf und wandte sich von ihr ab. »Frag mich nicht nach Einzelheiten. Ich kann dir nicht mehr sagen. Lass uns ein paar Tage abwarten und hoffen, dass etwas geschieht.«

Er schüttete den kalten Kaffee weg. »Mom bleibt heute hier. Bevor wir abends weg müssen, bist du ja wieder da. Behalt alles im Auge und dreh nicht durch, ja?«

»Ich drehe nicht durch. Tu ich nie.«

»Ich weiß.« Er küsste sie im Vorbeigehen auf die Stirn, dann ging er ins Schlafzimmer, um sich anzuziehen.

Maj saß eine ganze Zeit da, das Kinn auf ihre Hände gestützt, und verfluchte die Ungerechtigkeit der Welt. Dann stand sie auf und machte sich für die Schule fertig.

Geiselnahme 725

Der Tag war die reinste Hölle. Ihre Geistesabwesenheit kostete sie einige Punkte in einem Mathetest, bei dem sie sich große Hoffnungen gemacht hatte. Schließlich hatte sie einen Großteil der letzten Woche dafür gelernt – doch Venn-Diagramme kamen ihr heute einfach irrelevant vor. Laurents Vater spukte ihr unablässig im Kopf herum. Laurent war zwar krank, doch er war in Sicherheit. Sein Vater hockte in einem kleinen, kahlen Raum, die Verbrecher richteten einen Lichtstrahl auf sein Gesicht wie in einem Verhörraum in alten Filmen ... und keiner konnte etwas tun. *Wie würdest du dich fühlen, wenn dein Vater in diesem Zimmer wäre ... Dad hat Recht. Es ist zu grauenvoll. Laurent soll es nicht gleich erfahren ... erst, wenn er sich besser fühlt.*

Aber *sie* wusste es und fühlte sich furchtbar. Es war so schrecklich deprimierend. Sie schleppte sich von Stunde zu Stunde, sodass einige ihrer Lehrer sich veranlasst sahen nachzufragen, was los sei. Sie entschuldigte sich damit, es sei etwas ›Physiologisches‹. Das beendete die Fragerei und entsprach im weitesten Sinne sogar der Wahrheit: Sie fürchtete um das Leben Armin Darenkos.

Beim letzten Klingelzeichen stürmte sie zum Bus, doch er hatte Verspätung. Sie drehte beinahe durch – trotzdem wartete sie, fuhr die ganze Strecke, stieg dann aus und zwang sich dazu, die letzten Blocks nicht zu rennen ... sie hatte Angst davor beobachtet zu werden.

Um Punkt fünf Uhr betrat sie das Haus. Ihre Mutter wartete schon auf sie; sie machte sich gerade für ihr Beratermeeting fertig.

»Laurent ist immer noch nicht ganz auf dem Posten. Ist wohl wirklich die Grippe«, empfing sie sie, während sie ein Ringbuch in ihre Tasche steckte. »Ich habe ihm noch mehr Aspirin und das Antivirenmittel gegeben. Das

Fieber ist etwas gesunken. Aber er hat keinen Appetit. Zum Glück ist er nicht lichtempfindlich, sonst würde ich mir noch mehr Sorgen machen.«

Maj beruhigte sich etwas. »Ist Daddy da?«

»Ist schon wieder weg. Er hat nur seinen Anzug geholt. Ich wette, er kommt vor mir heim.« Sie klang mürrisch.

»Ich weiß nicht, Mom ...« Maj lächelte.

»Ich hab Muffin was zu essen gegeben.« Ihre Mutter nahm die große Schultertasche, die voll mit Ausdrucken und Ringbüchern war, und die tragbare Netzvorrichtung mit ihren Beraterdaten auf. »Mal sehen ...« Sie blieb in der Diele stehen und sah sich um. »Nein, ich hab alles. Himmel, diese Leute leben im Informationszeitalter. Ich verstehe nicht, warum ich zu ihren grauenvollen Meetings fahren muss, wo wir sie doch gemütlich von *zu Hause* aus abhalten könnten.«

»Das sind nur Machtspielchen. Diese Dinosaurier ... die gehen bestimmt bald in Pension.«

»Dein Wort in des Großen Programmierers Ohr.« Sie küsste ihre Tochter. »Schließ ab.« Noch einmal blickte sie in Richtung Laurents Zimmer.

»Mach ich.«

Ihre Mom stieß die Tür auf. »Oh, hätt ich fast vergessen, du hast einen Brief von Tante Elenya bekommen ...«

»Einen Brief? Wow.« Ihre Mutter zog die Tür hinter sich zu. »Bis dann, Mom ...«

Der Motor heulte auf, und der Wagen entfernte sich. Maj aktivierte den magnetischen Sperrschalter an der Vordertür und wandte sich dann zu dem kleinen Tisch um, auf dem die Briefpost abgelegt wurde. Tatsächlich, da war ein Luftpostbrief – Maj griff danach und entdeckte ihren Namen in der Adresszeile.

»Mal sehen.« Der Brief war in Wien abgestempelt worden – dort lebten ihre Tante und ihr Onkel, der verrückte Kartograf. Sie riss den Umschlag auf und faltete das dünne Papier ungeduldig auseinander. Es war heutzutage ziemlich außergewöhnlich, richtige Post zu bekommen, da jeder online war. Meistens erhielt man elektronische Grußkarten ...

»Liebe Madeline«, stand da auf Englisch. »Ich habe diesen Brief für meinen Sohn an dich geschickt. Es schien mir wahrscheinlicher, dass er dann ankommt ...«

Maj fielen beinahe die Blätter aus der Hand. Sie schnappte nach Luft, faltete sie wieder zusammen und hielt schließlich inne. *Er ist an mich adressiert. Er muss damit rechnen, dass ich ihn auch lese ...*

»... und ich will dir und deiner Familie dafür danken, dass ihr ihn aufgenommen habt. Doch es gibt etwas, das ihr beide wissen müsst, da es etwas dauern kann, bis ich bei euch bin ...«

Maj las den Brief weiter und fühlte, wie ihre Hände plötzlich zitterten. Sie drehte das Blatt um und las bis zum Ende.

Dann ging sie schnurstracks zu Laurents Zimmer und klopfte an die Tür. »Hm?«, wimmerte er.

Sie öffnete die Tür und steckte den Kopf hinein. »Tut mir Leid, dass ich dich stören muss. Aber du musst dir was ansehen. Dann müssen wir entscheiden, was wir tun ...«

Etwa zehn Minuten später saß Laurent auf dem Bettrand. Er sah extrem mitgenommen aus – nicht nur wegen seiner Krankheit. Benommen wie er war, hatte er zum dritten Mal begonnen, den Brief zu lesen, und ihn schließlich zur Seite gelegt.

»Sie sind in mir drin.« Er schüttelte den Kopf. »Die einzigen, die noch übrig sind. Diese letzte Tasse Tee ...«

»Kann sein.«

Laurent sah sie fassungslos an. »Aber mein Vater hat sie doch erschaffen. Sie würden mir nie was antun.«

»Wenn sie noch das Programm deines Vaters ausführen würden, dann nicht«, erklärte Maj sanft. »Ich verstehe jetzt, warum du die ersten Tage so gut ausgesehen hast. Die kleinen Monster sind in dir herumgelaufen und haben die Milchsäuremoleküle entfernt, dich gesund gehalten ...«

»Das scheinen sie jetzt nicht mehr zu tun. Vielleicht haben sie auch einen Jetlag?«

»Wie wahrscheinlich ist *das* wohl?« Maj schluckte. »Laurent ... es gibt eine Nachricht, die nicht in dem Brief stand.«

Er sah sie an und riss die Augen weit auf. Sie klang sehr ernst.

Dann erzählte sie ihm von der Verhaftung.

Nach einer langen Pause erhob er die Stimme. »Dann haben sie die Leute befragt, mit denen er zusammengearbeitet hat. Alles, was die wissen, weiß die Polizei jetzt auch. Oder wird es bald wissen.«

»Dazu gehört auch, wie man deine kleinen Mikropenfreunde umprogrammiert, schätze ich. Laurent ... ich denke, sie sind nicht länger deine Freunde. Ich wette, dass die Geheimpolizei oder wer auch immer nur darauf gewartet hat, dass du online gehst. Und dann haben sie sie umprogrammiert und deinem Vater gesagt, dass sie sie nicht stoppen werden, solange er nicht aus seinem Versteck kommt.«

Laurent sah sie betroffen an. Maj selbst kämpfte gegen ein ungeheuerliches Schuldgefühl an, das sie gern noch eine Weile unterdrückt hätte. *Dad hat mir gesagt, dass Laurents Vater ihn gebeten hat, ihn aus dem Netz rauszuhalten – warum haben wir ihn nicht ernst genommen! Nicht ernst genug!* Doch sie hatte jetzt keine Zeit für Selbstbeschuldigungen. Sie musste etwas *tun*.

»Ich denke, du hast Recht. Dieses Frösteln gestern Abend ...«

»Ja. Das Problem ist, wie gehen wir jetzt vor? Denn als Nächstes werden sie versuchen, dich in ihre Gewalt zu bekommen. Die Prototypen, die einzigen, die es noch gibt, schwimmen in deinem Körper herum ... niemand sonst weiß bisher davon. Obwohl ich das in den nächsten Minuten ändern werde. Sobald die Net Force und die anderen davon erfahren, werden alle Pferde und Krieger Clujs zusammen dir nichts mehr anhaben können.«

Laurent sah immer noch ziemlich bestürzt aus.

»Aber wir müssen es anpacken, denn Mom ist weg, und Dad wird auch nicht so bald zurückkommen. Ich wette, dass für sie genau jetzt der geeignete Zeitpunkt für einen Zugriff ist – solange nur die Kinder zu Hause sind.«

»Die Kinder ...« Er wirkte plötzlich noch aufgelöster. »Muffin ist hier ...«

Auch Maj war dieser Gedanke eben durch den Kopf gegangen.

»Ihr darf nichts passieren. Sie ist was Besonderes.«

»Da gebe ich dir Recht«, stimmte Maj zu.

»Auch wenn sie mich zwingt, bei ihr zu bleiben, während sie den stinkenden Dinosauriern vorliest.«

Daraufhin brach Maj in schallendes Gelächter aus. Genau das brauchte sie jetzt, um das innerliche Zittern abzuschütteln. »Schau, das ist alles nicht deine Schuld. Aber wir müssen los.«

»Um was zu tun?« Laurent klang so hilflos, wie Maj

sich fühlte. »Sie sind in mir drin. Ich weiß nichts über sie – nichts Wichtiges jedenfalls. Nichts über die Codes, die sie aufhalten würden. Ich bin mir sicher, dass nur mein Vater und die Regierung sie haben ... und die Regierung wird sie erst frei geben, wenn ...« Er brach ab.

Zum ersten Mal sah Maj, dass ihm Tränen in die Augen schossen. Doch er hielt sie zurück. »Ich will keine Waffe sein«, murmelte er. »Doch dafür werden sie mich benutzen. Das ist es, was ich bin, Maj! Es wäre besser, wenn ich ...«

»Sag es nicht. Es ist zu früh, um solche Entscheidungen zu treffen.« Und doch wollte sie ihn nicht bevormunden oder ihre Zeit mit Diskussionen verschwenden. An diesem Jungen war eine Stärke, die Maj vermuten ließ, dass er notfalls eine so verzweifelte Maßnahme ergreifen würde ... denn er liebte seinen Dad unermesslich. »Außerdem«, meinte sie, »wissen sie nicht, womit sie es zu tun haben.«

»Womit denn?«

»Mit uns. Das ist schon eine ganze Menge ... also lass uns den ersten Schritt tun. Zieh dich an und geh im Schuppen online.«

»Ist das wirklich eine gute Idee? Ich bin krank, Maj. Mir tut alles weh ...«

Sie ließ sich den Gedanken kurz durch den Kopf gehen – sollte sie einen Notarzt rufen und ihn ins Krankenhaus bringen lassen? Sie zögerte – und verwarf die Idee. Im Krankenhaus würde man ihm nicht helfen können. Diese kleinen Monster mussten deaktiviert und entfernt werden, damit es ihm besser ging. Für so etwas war kein Krankenhaus ausgerüstet. *Er bleibt besser hier. Ich lasse ihn nicht aus den Augen, bis jemand von der Net Force hier ist.*

Bis dahin muss man sie doch irgendwie bekämpfen können ... Junge, das ist nicht gerade der gemütliche Abend, auf den ich mich gefreut hatte. Ein friedlicher Abend mit den Leuten aus der Gruppe, in den Tiefen des ...

Ein Geistesblitz durchzuckte sie. Es war kein besonders ausgefeilter Plan, doch Maj hatte noch ein paar Minuten Zeit. *Zuerst das Grundgerüst, dann die Details ...*

»Komm schon«, sagte sie zu Laurent. »Zieh dich an, mach dich fertig, wir haben keine Zeit mehr!«

Er stand auf und suchte seinen Jogginganzug heraus. Maj rannte zum Büro ihrer Mutter, warf sich in den Sessel, verband ihr Implantat damit und hetzte in ihren Arbeitsraum. »Roter Alarm«, rief sie laut, und die Notfallbeleuchtung schaltete sich ein. Der Alarm-Modus erfüllte zwar keinen wirklichen Zweck, doch Maj fühlte sich dadurch besser. »Notruf an James Winters!«

Es entstand eine unerträgliche Pause. »Gesprächspartner nicht erreichbar. Bitte hinterlassen Sie eine Nachricht.«

»Wo ist er?!«, brüllte Maj.

»Diese Information ist privat. Wenn Sie mindestens über eine Stufe-8-Berechtigung verfügen, nennen Sie bitte ihren Berechtigungscode.«

»Schon gut. Notruf an Jay Gridley!«

»Gesprächspartner nicht erreichbar. Bitte hinterlassen Sie eine Nachricht.«

»Maj Green bitte sofort zurückrufen. Das ist ein Notfall. Ende.« Sie atmete tief ein und versuchte, sich zu beruhigen und sich die Reihenfolge der folgenden Schritte zu überlegen.

Ruf Dad an, schrei um Hilfe. Gut, aber jeder Anruf konnte abgehört werden. Sie hatte nicht vor, den Feinden bekannt zu geben, dass sie ihnen auf der Spur war. Doch sie musste ihrem Dad davon erzählen und ihn dazu bringen, alles stehen und liegen zu lassen und ihr zu Hilfe zu kommen. *Hinterlass eine Nachricht für Winters und erklär ihm, was du brauchst und was du vorhast.* Auf irgendjemandes Tisch mussten die als dringend markierten Nachrichten doch landen. *Und dann wende dich an jemanden, der dir dabei helfen kann, Laurent zu beschützen, bis die richtige Hilfe kommt.*

Schließlich versuchte sie es bei ihrem Vater. Wie befürchtet, war das Telefon abgeschaltet. Sie bat ihn, sofort heimzukommen, sobald er ihre Botschaft erhielt, und markierte sie mit SEHR DRINGEND. Dann rief sie erneut James Winters an und hinterließ eine ausführliche, eineinhalb Minuten lange Erklärung mit der Kennzeichnung ÄUSSERST DRINGEND.

Sie hielt inne und atmete tief ein. »Gruppe der Sieben, Anruf. Del.«

»Verarbeitung läuft.« Einen Augenblick später tauchte Del auf. Er saß in seinem Garten.

»Du bist früh dran«, begrüßte er sie.

»Besser als zu spät.« Maj klang gereizt. »Es handelt sich um ein Net Force Explorers-Problem. Kannst du sofort in meinen Arbeitsraum kommen?«

Er kletterte aus dem Liegestuhl.

»Und tu mir einen Gefallen, hol auch Robin dazu. Ich bin etwas unter Zeitdruck.«

»Es geht also nicht um das Spiel?«

»O doch, nur wurde der Einsatz etwas erhöht. Es geht um Leben und Tod. Wirklich, nicht virtuell.«

Del starrte sie an. »In drei Minuten bin ich da.«

Sie stieg aus dem Netz aus und traf Laurent auf dem Gang. »Okay«, sagte sie, »die Kugel ist ins Rollen gebracht. Ich werde das Haus abschließen. Wenn es sein muss, ruf ich auch die Polizei. Die kann zwar nicht wirklich helfen, aber zumindest dürfte sie die Agenten deiner Regierung erst mal abschrecken. Sie sollen nicht denken, dass sie dich einfach so mitnehmen können.«

»Was spielt das noch für eine Rolle? Wenn die Mikropen ...«

»Wir können sie nicht aufhalten. Aber vielleicht können wir gegen sie ankämpfen. Laurent, warum diskutieren wir noch? Wenn du ins Netz einsteigst, werden zumindest deine Sinneswahrnehmungen ausgesetzt, und es geht dir nicht mehr schlecht.« *Bis du bewusstlos wirst. Wie lange wird das dauern? O Gott ...!*

»Gegen sie ankämpfen? Womit?« Er schwankte leicht.

»Mit Grips und der Macht des Guten. Bete, dass das reicht. Los, rein mit dir!«

Sie setzte ihn in den Implantatsessel im Schuppen ihres Vaters und zog die Jalousien herunter. »Hab keine Angst, ich werde dich einschließen, okay? Wenn sie etwas versuchen ...«

»Schon gut.«

»Komm sofort in meinen Arbeitsraum. Zieh dich an. Wir gehen fliegen.«

Sie wanderte so ruhig wie möglich im ganzen Haus herum, vergewisserte sich, dass die Fenster und Türen verschlossen waren und zog überall Vorhänge und Jalousien zu. Muffin saß in ihrem Zimmer und las. Als Maj den Kopf hineinsteckte, hob Muf den Finger an die Lippen und machte: »Psst. Laurent ist krank.«

»Das weiß ich, Schatz. Kommst du mit mir in Moms Büro?«

»Okay. Gehst du online?«

»Ja, Kleines.«

»Okay.«

Maj brachte sie ins Arbeitszimmer und setzte sie auf den alten Sitzsack in der Ecke. Wie immer purzelten sofort ein paar der kleinen Plastikkügelchen heraus.

»Dummes Ding«, murmelte Maj, schloss die Jalousien und zog die Vorhänge vor. Dann ging sie hinaus und sicherte den Rest des Hauses. Als Letztes schaltete sie die Alarmanlage ein. Sie würde niemanden aufhalten, der wirklich hineinkommen wollte, doch sie würde ihn etwas behindern, und der Zeitfaktor spielte vielleicht bald eine Rolle. Außerdem würde die Polizei automatisch benachrichtigt werden, wenn jemand sich am Haus zu schaffen machte.

Sie verharrte einen Augenblick in der Küche und dachte nach. Für ihre physische Sicherheit hatte sie alles getan. Nun blieb ihnen nur noch abzuwarten. Es half nichts, jetzt die Polizei zu rufen. Sie würde nur Schwierigkeiten bekommen, weil sie deren Zeit verschwendet hatte. Wer würde ihr glauben, was hier vor sich ging? Die Polizeiwache war nur fünf Minuten von ihrem Haus entfernt – das war nah genug, hoffte sie. Sie hatte in ihrem Arbeitsraum einen Notrufschalter eingerichtet, und auch die Alarmanlage war programmiert. Sie konnte jederzeit um Hilfe rufen.

Jetzt musste sie nur noch die Schlacht organisieren. Das Hauptproblem lag in der medizinischen Fachkenntnis. Hätte es sich um das Innere eines Pferdes gehandelt, wäre es kein Problem für sie gewesen. Doch man konnte Tiermedizin nicht auf Menschen anwenden. Die Biologie stimmte nicht vollständig überein. Dafür war die Angelegenheit zu heikel. *Wen kenne ich, wen ...*

Charlie! Charlie Davis.

Wenn er da war. *O bitte, lass ihn da sein ...*

Sie rannte wieder ins Büro ihrer Mutter und verschloss die Tür. Muffin war völlig arglos in ihr Buch versunken. *Danke, Rudyard*, dachte sie, *ich schulde dir was* ... Sie verband ihr Implantat mit dem Netz und eilte in ihr Arbeitszimmer.

Laurent stand bereits in seinem Raumanzug da und hatte den Helm unter den Arm geklemmt. Er sah insgesamt besser aus, doch sein Gesichtsausdruck machte deutlich, dass er wusste, dass etwas mit ihm nicht stimmte. »Meine Gedanken ... sind irgendwie so langsam«, sagte er.

»Kann sein. Aber zumindest hast du keine Schmerzen. Oder?«

Er schüttelte den Kopf.

»Das ist doch schon mal was. Setz dich. Hi, Del!«

»Robin kommt auch gleich.« Del war gerade aus dem »Nichts« aufgetaucht und trug ebenfalls seinen Raumanzug. »Hi, Niko, bist du fit?«

»Das kann man nicht gerade sagen ...«, antwortete Laurent stockend.

»Computer! Virtueller Anruf an Charlie Davis. Es ist wichtig.«

»Verarbeitung läuft.« Dann geschah einige Augenblicke nichts.

»Oh, bitte sei daheim«, murmelte Maj. »Du bist doch immer daheim. Fast immer.« Das stimmte. Charlie büffelte mehr als jeder andere aus ihrem Bekanntenkreis. Maj hatte von einigen Net Force Explorers erfahren, dass das wahrscheinlich etwas mit seiner Kindheit als Getto-Kid zu tun hatte. Nachdem er von einem Arzt und einer Krankenschwester adoptiert worden war, hatte er sich völlig dem Studium der Medizin gewidmet ...

Ihr Arbeitsraum wurde von Licht überflutet. Und –

welch erfreulicher Anblick – da saß Charlie an seinem Arbeitstisch. Sein Arbeitsraum war die Kopie eines alten Operationssaals aus dem achtzehnten Jahrhundert. Rundherum waren Stehpulte aufgestellt, von denen aus man zusehen konnte, wie Chirurgen ihren Patienten ohne Narkose das Bein abnahmen. Hätte Maj sich nicht schon an Charlies schwarzen Humor gewöhnt, dann hätte sie eine Gänsehaut bekommen. »Charlie!«, rief sie.

Er sah leicht überrascht auf. »Freut mich auch, dich zu sehen.«

Sie sprang die Stufen hinunter und stolperte auf den letzten Schritten beinahe. »Charlie, du lieber Gott, ich brauche dich – wir brauchen dich – kannst du mitkommen? Bitte? Schnell!«

Er ließ den Stift fallen und stand auf. »Geht es um Leben oder Tod?«, fragte er ziemlich trocken. »Ich habe morgen eine Prüfung.«

»*Ja!*«

»Oh, ja dann ...« Er folgte Maj die Treppe zu ihrem Arbeitsraum hinauf.

»Charlie, das ist Niko. Oh, verdammt, das ist gar nicht sein Name, er heißt Laurent.« Sie schüttelten sich fest die Hände. »Und das ist Del, er ist Net Force Explorer ...«

Sie reichten sich ebenfalls die Hände.

»Genug der Höflichkeiten. Laurent hat ein Problem ...«

Eilig beschrieb sie, was los war. Charlie riss die Augen auf, als ihm bewusst wurde, was die Mikropen anrichten konnten.

»Heilige Kuh«, keuchte Del. »Aber was können *wir* tun?«

»Kämpfen. Sie behindern. Virtuell.«

Del war baff. Doch Charlie rührte sich einen Moment lang nicht und nickte schließlich. »Um diese Dinger effektiv zu jagen, um überhaupt mit ihnen zu interagieren, müsst ihr die Einzelheiten von Laurents Körper – die des menschlichen Körpers allgemein – in das Paradigma einpassen, das ihr für den Kampf verwenden wollt.«

»*Sternenranger*«, sagte Maj.

Del sah sie an und schnappte nach Luft. »Maj, wir sind recht fit im Simming, aber sind wir *so* gut? Gut genug, um ein menschliches Leben davon abhängen zu lassen?«

»Wenn wir nicht gut genug sind, sollten wir es schleunigst werden, denn wir müssen dem Jungen Zeit verschaffen. Del, hab ein bisschen Selbstvertrauen! Wir arbeiten jetzt seit zwei Monaten mit diesen Programmmodulen. Wir beherrschen die Sprache.«

»Einige von uns besser als andere«, witzelte Robin und trat in den Raum. Ihr blauer Haarkamm wippte unbeschwert. »Was ist los?«

»Miss Robin.« Charlie grinste. »Ich wusste nicht, dass *du* auch dazugehörst. Das ändert natürlich einiges.«

Robin begrüßte ihn fröhlich mit Handschlag. Maj nahm sich vor, Robin das nächste Mal zu fragen, woher sie Charlie kannte und was ihn so zum Grinsen brachte. »Wirklich interessant, dich hier zu sehen«, bemerkte sie. »Maj, worum geht's?«

Maj erklärte ihr eilig, was sie wissen musste und was sie brauchten. »Ein Overmap«, sagte Robin und nickte. »Nicht gerade einfach, aber ist es das jemals? Del, das Steuerungsprogramm für die *Ranger*-Benutzermodule wird die Feinheiten berechnen.« Sie lächelte Laurent an. »Sein Körper wird zum Schlachtfeld. Wir benötigen aber noch eine Karte des menschlichen Körpers, um sie mit den Programmprotokollen von *Sternenranger* zu verbinden ...«

»Schon dabei«, sagte Charlie. »Ich habe in meinem Arbeitsraum *New Gray's Virtual Anatomy* stehen. Reicht das?«

»Welche Auflösung?«, fragte Robin.

»Fünf Mikronen. Maximal zehn.«

»Das reicht völlig«, stellte Del fest. »*Ranger* läuft auf sechs Mikronen Auflösung – Gray's ist also eigentlich überqualifiziert.«

»Könnt ihr gleich damit anfangen?«, fragte Maj. »Wir müssen hier raus.«

»Ich weiß was Besseres«, meinte Robin. »Lasst es uns unterwegs erledigen. Ich habe den Modul-Manager in meinem Cockpit, um die Feineinstellungen an der Arbalest-Simulation während der Mikrosekundenpausen vorzunehmen.«

Majs Kinnlade fiel herunter. »Willst du mir erzählen, dass du die Eigenschaften deiner Simulation veränderst, *während du sie benutzt?*«

Del war offensichtlich ebenfalls völlig baff. »Da haben wir wohl unseren Meister gefunden.« Er setzte den Helm auf. »Wenn du *das* kannst ...«

»Der Hangar ist da vorn.« Maj deutete auf die Tür und ließ ihren Anzug erscheinen. »Laurent, du kommst mit mir. Charlie, such dir besser auch einen Anzug raus.«

Er blinzelte, und schon trug er einen am Körper.

»Charlie, komm mit mir«, bat Robin. »Die Flieger sind Zweisitzer. Ich trage dich als Gast ein, dann kannst du hinter mir sitzen und mir helfen, die Lösung auszutüfteln.«

Sie machten sich zum Hangar auf und starteten ihre Jets. Laurent brauchte ein bisschen, um ins Cockpit zu kommen – er war recht langsam. Maj fragte sich, wie lange die Virtualität einen positiven Einfluss auf seinen Zustand haben würde. Doch sie behielt ihre Sorgen für sich.

»Maj«, sagte Del über die »Anzug-Funkverbindung«, »wo genau willst du auf die Jagd nach diesen Tierchen gehen?«

»Im *Ranger*-Weltraum.«

»Aber die bösen Jungs wissen doch, dass Laurent dort war. Wenn wir da reingehen, werden sie wieder versuchen, ihn zu fassen zu kriegen.«

»Vielleicht. Aber ich wette, dass sie ihm nicht mehr viel Schlimmeres antun können. Sie haben sich bestimmt nicht zurückgehalten – er ist von zu großer Bedeutung. Wir können die Module nicht auf meinem eigenen System laufen lassen, Del! Es verfügt nicht annähernd über genug Rechenleistung! Das *Ranger*-System schon. So lange wir es schaffen, die Programme, mit denen wir die Dinger durch Laurents Körper jagen, als *Ranger*-Einschub zu definieren, ist es erlaubt. Es müsste funktionieren – wir haben lange genug in diesem System gearbeitet, um ein Gefühl dafür zu haben.«

Robin sah von ihrer Arbeit auf. »Da ist allerdings noch ein Problem. Wenn die Agenten der anderen Seite uns verfolgen ...«

»Wir kennen uns doch viel besser aus als sie«, wandte Maj ein. »Wir haben Heimvorteil. Noch dazu stehen sie ziemlich unter Druck. Ihre Vorgesetzten werden ein Versagen bestimmt nicht tolerieren ...«

»Fertig?«, fragte Robin nach einem Augenblick. »Ich bin zwar noch nicht ganz so weit, aber wir müssen in der Zwischenzeit ja nicht herumsitzen. Lasst uns losfliegen und nachsehen, wo die Käferchen sich verstecken.«

»Da sind die Koordinaten«, erläuterte Charlie. »Die Mikropen sind in die Hirnrinde eingedrungen. Das Programm berechnet die Stirnlappen ...«

»Sie werden mit dem Beehive-Nebel gleichgesetzt, Leute ...«

»O nein«, stöhnte Maj. Dieser Teil des Weltraums quoll vor Archon fast über und war von einem besonders dichten, wunderschönen, jedoch ebenso lästigen Nebel durchzogen. Es war ein perfektes Versteck ... und ein sehr gefährlicher Ort, um Gefechte auszutragen. Zu leicht konnte man seine eigenen Leute treffen.

»Ein guter Kampf ist niemals einfach«, sagte Del. Sie hatten den Hangar verlassen, das melodiöse Sternenfunkeln erfüllte ihre Sinne. »Sieben für Sieben, Leute!«

Sie erhoben sich in die unendliche Nacht. Einige Minuten später breiteten sich die Synch-Laser aus und knüpften die drei Schiffe aneinander. Dann brach das Sternenlicht über ihnen zusammen, komprimierte sie und schob sie auf die andere Seite ...

In einer Entfernung von achtzehn Lichtjahren erwartete sie eine glühende Wolke aus ionisiertem Violett, Grün und Blau. Sie verharrten eine Weile schweigend darin ...

... dann entdeckten sie sie.

Es *waren* Käfer.

Das *Sternenranger*-Programm hatte die projizierten Charakteristiken der Mikropen in die nächstverwandten Kreaturen seines eigenen ›Jargons‹ umgewandelt. Jetzt wusste Maj, warum sie den Kontakt immer gescheut hatte – da waren sie, die legendären Substantives: hirnlose, nicht organische Plünderer, die aus einer anderen Welt, aus einer anderen Zeit übrig geblieben waren. Sie entsprangen der dunklen, frühzeitlichen Rasse, mit denen die Schirmherren der *Sternenranger* so lange schreckliche Kriege ausgetragen hatten. Diese Kreaturen waren der personifizierte Hunger – sie fraßen unablässig. Als vielgliedrige, vieläugige, beinahe unsterbliche Wesen lebten die Substantives von Energie in jeglicher Form ... am liebsten von Bruchstücken zerstörter Planeten. Im

Kielwasser ihres dunklen Meisters waren im Laufe der Zeit unermessliche Mengen davon hinterlassen worden. Doch sie vertilgten auch alles andere – Schiffe, Weltraumstationen, Licht, Energie ... Mit Hilfe unsichtbarer, maßgefertigter Vorrichtungen saugten sie im Moment den leuchtenden Nebelstaub auf. Das Glühen erfüllte ihre Körper. Die einzigen Spuren ihres Festmahls bestanden in ausgeschiedenem parasitischem Licht.

»Wow«, flüsterte Robin.

»Da hast du Recht«, meldete sich Charlie hinter ihr zu Wort. »Das ist die Myelinschicht, die die Gehirnzellen zusammenhält, Leute. Und die Dinger da vertilgen sie nach dem Motto ›nach uns die Sintflut‹. Wenn das lange so weitergeht, gibt es für einen von uns kein Morgen mehr.«

Maj war sich schmerzhaft bewusst, dass Laurent hinter ihr auf diesen Kommentar hin erschrocken zusammenzuckte. »Dann los, holen wir sie uns«, rief sie.

Die drei Kampfflieger tauchten in den Nebel ein. Doch Maj hatte die Lage bereits überblickt und war der Verzweiflung nahe. Sie erkannte, dass mindestens fünfzig der Wesen um sie herum verteilt waren. Substantives besaßen ihres Wissens nach keine Waffen bis auf ihre brutale Stärke. Sie fraßen einfach alles auf, was ihnen in den Weg kam – aber wie repräsentativ waren diese hier für die tatsächliche Anzahl der Mikropen in Laurents Körper? Waren es Hunderte? Tausende? Millionen? Wie viele verbargen sich noch im Nebel?

Del tauchte ab und feuerte mit seinen Laserkanonen auf eins der Substantives, zielte dann auf das nächste. Es schrie vor Wut laut auf und schlug mit fünf oder sechs seiner abscheulichen, mit Krallen besetzten Beine nach ihm. »Keine Wirkung. Neueinstellung ...«

Diesmal färbten sich die Laser bläulicher. Das Substantive stürzte sich auf ihn und verpasste ihn nur knapp. Der Schuss zeigte wieder keinerlei Effekt.

»Mit der Umsetzung stimmt was nicht«, stellte Robin fest und tauchte mit ihrem Arbalest-Flieger ab. »Wir müssen uns was ausdenken, Jungs und Mädels. Die Dinger sind resistent.«

»Das müssen sie wohl auch sein«, sagte Maj. »Wahrscheinlich müssen sie mit weißen Blutkörperchen und so was fertig werden, um ihre Aufgaben erledigen zu können.«

»Wie sind sie denn aktiviert worden, Maj?«, fragte Robin. »Über einen Netburst?«

»Ich glaube, ja.«

»Hm.« Robin überlegte kurz. »Wenn wir sie nicht zerstören können, versuchen wir doch, sie zu deaktivieren. Sie verwerten eingehende Signale. Wir können sie zwar nicht neu programmieren – dafür fehlen uns die Codes –, aber wir können probieren, sie zu überlasten ...«

Einen Augenblick lang war es still. Dann zog Robin ihren Flieger herum und feuerte auf eins der Substantives.

Es hörte auf Staub einzusaugen, neigte sich zur Seite und begann abzudriften.

»Das ist es!«, rief Del. »Auf geht's, Leute!«

Sie schalteten eins nach dem anderen aus. Doch immer neue Substantives entstiegen dem Nebel. Maj wusste, dass man ein solches Manöver mit einem Arbalest-Flieger nicht endlos durchziehen konnte – ab und zu musste man nach Hause fliegen und ihn auftanken. Und dann war da noch ...

»Oh-oh«, seufzte Robin.

»Was?« Maj sah sich um. So klang Robin nur, wenn sie in wirklichen Schwierigkeiten waren.

»Sie bewegen sich wieder, Maj.«

Sie blickte sich um und unterdrückte einen Fluch. Eins der Substantives, die sie gerade mit ihren neu konfigurierten Waffen niedergestreckt hatten, regte sich tatsächlich schwerfällig ... es lebte! *Müssen wir uns noch einmal von vorn durchkämpfen? Das schaffen wir nicht! Unsere Energiereserven ...*

Obwohl sie sich fragte, wie sie das durchziehen sollten, ohne zum Auftanken zur Basis zurückzukehren, setzte sie den verzweifelten Angriff fort. Laurents Gehirn würde immer weiter beschädigt werden. In der Zwischenzeit würden die Agenten ...

»Ach du großer Gott, nein«, rief Del.

Auch dieser Tonfall hatte nichts Gutes zu bedeuten. »Was?«

»Schwarze Pfeile«, flüsterte er.

Maj sah nach oben und spürte Panik in sich aufsteigen, als sie die schwarzen Flieger mit den roten Umrissen auf sich zukommen sah – fünf an der Zahl. Aber was zum ...

Sie schnappte nach Luft. »Das sind keine echten Pfeile!«

»Was?«

»Seht doch, wie sie sich bewegen!«

Del und Robin schwiegen einen Moment. Dann sagte Robin: »Sie sind langsam!«

»Sie kommen von außerhalb des Spiels«, erkannte Maj. »Das sind die Agenten, die Laurent das angetan haben!«

»Und die armen Trottel fliegen nicht mit multiplen Gs«, jubelte Del. »Sie wissen nicht, wie weit man die Schiffsparameter in diesem Spiel treiben kann. *Sie kennen die Regeln nicht!«*

»Dann weihen wir sie besser nicht sofort ein«, schlug

Maj vor. »Wenn sie denken, dass die normalen Gesetze der Physik hier gelten ...«

Sie konnte das Grinsen der anderen förmlich hören. »Maj, begib dich auf Position«, jauchzte Del.

»Bereit.« Sie griff mit beiden Händen in das handschuhfachartige Kraftfeld, über das die Schiffswaffen des Arbalest-Fliegers gesteuert wurden.

Die folgende Schlacht würde ein tragisches Ende nehmen – für die Pfeile.

Maj glitt langsam auf den Ersten ihrer Gegner zu, sah eine Weile zu, wie er sich bemühte zu reagieren ... und warf ihren Arbalest-Flieger dann bei sechs Gs herum. Sie zog ihn nach oben, ließ den anderen an sich vorbeisausen – und schoss ihn rücklings ab. Auch Robin und Del wandten ähnliche Taktiken an. Jeder nahm sich einen Pfeil vor und ging dann auf den nächsten los.

Maj näherte sich ihrem zweiten Gegner. Sie flog über ihn hinweg, Kabinenhaube an Kabinenhaube, und erhaschte einen Blick auf den Piloten, während sie seinem Feuer auswich. Es war eine blonde, zierliche Frau. Ihre Augen waren durch den Helm verdeckt, doch nicht ihr Mund. Sie lächelte und sah äußerst entzückt aus, als sie Maj ins Visier nahm ...

Dein Gesicht gefällt mir nicht, Lady, dachte Maj und stieß ihre Fäuste in das Gefechtsfeld. Die Laser waren vielleicht bei den Substantives nicht sehr wirksam gewesen, doch gegen die Schwarzen Pfeile waren sie äußerst effektiv, das hatten sie letztes Mal bewiesen. Sie schossen grell hervor und rissen ein großes Loch in die Seite des anderen Fliegers. Der taumelte, konnte sich jedoch wieder fangen – die Blondine wendete ihn und versuchte zu entkommen. Doch Maj war in keiner großzügigen Stimmung. Sie riss den Arbalest-Flieger in einer extrem steilen Wende bei mehr als sechs Gs herum – ein minderwertiger Flieger wäre bei diesem Manöver auseinander gebrochen. Das Blut raste in ihren Ohren, doch ihr Zorn brüllte lauter. Diese Frau hatte vorgehabt, Laurents Gehirn zu Erdbeermarmelade zu verarbeiten. Sie hatte sein junges Leben zur Hölle gemacht und hätte ihm und seinem Vater und auch ihnen Schlimmeres angetan, wenn sie sie in die Finger bekommen hätte.

Keine Chance, Lady, dachte Maj. Das war einer der Menschen, die ihr Zuhause in eine Festung verwandelt hatten, wenn auch nur für eine Nacht. Sie hatte ihren Gast im Schuppen einsperren müssen. Ihnen war gleichgültig, wen sie verletzten, solange sie Laurent zu fassen bekamen. Diesem blonden Gift war es offensichtlich sogar egal, ob tot oder lebendig.

Maj verfolgte sie hartnäckig, wendete mit ihr, feuerte. Der Pfeil wich aus, doch Maj blieb an ihm dran – da machte er einen Fehler bei einer Wendung, und Maj saß plötzlich genau hinter ihm.

Sie drückte ab – der Pfeilflieger zerbarst. Wo diese Agentin auch war, sie würde Laurent erst einmal keine Schwierigkeiten mehr machen. In diesem Universum dauerte es eine Weile, bis man an einen neuen Flieger kam.

Sie kehrte zu den anderen zurück. Robin erledigte gerade den letzten Agenten. Als sie den Flieger am Ende einer langen, im Weltall völlig illusorischen Immelmann-Wende in Bruchstücke schoss, brachen alle in Freudenjubel aus. Doch Maj sah besorgt in den Spiegel ... Laurent hatte das Bewusstsein verloren.

»Es gibt ein Problem. Wir müssen diese Substantives ausschalten.«

»Das geht nicht, Maj«, wandte Robin ein. »Wir haben keine Energie mehr. Wir sind im roten Bereich.«

»Wir müssen zurück, Maj«, bekräftigte auch Del.
»Nein!«
»Wenn wir nicht zurückkehren, sind wir nicht mehr zu retten ...«
»Aber Laurent ...«

Dann bemerkte Maj im Augenwinkel eine plötzliche Bewegung. Sie fluchte leise und brachte den Arbalest-Flieger in die Y-Achse.

Ohne jede Warnung schossen die langen, schmalen Pfeile aus der Dunkelheit des Alls an ihnen vorbei. Doch es waren keine dunklen Pfeile, nicht die Schiffe der Archon. Jenseits von Glauben und Hoffnung waren ihnen die weißen Speere der *Sternenranger*-Eliteeinheit, die Pilum-Schwadronen, zu Hilfe geeilt. Jeder von ihnen trug ein seltsames Emblem auf der Nase – die Net-Force-Insignien. Ihre pulsierenden Waffen schnitten sich gleißend in den Weltraum und deckten die Substantives mit Explosionen ein. Eine Kreatur nach der anderen erschlaffte.

»Die Codes zeigen Wirkung«, meldete einer der Pilum-Commander. »Ich wiederhole, die Codes funktionieren. Verteilt euch und beseitigt sie!«

Die länglichen weißen Umrisse verschwanden in den Wolken. Maj, Del, Robin und Charlie jubelten, und auch Laurent gab ein ersticktes Geräusch von sich. Sie kehrten um und machten sich auf den Weg aus dem Nebel – da kam der große Arm der Galaxie in Sicht. Das Licht triumphierte symbolträchtig über die Dunkelheit, die Sterne stimmten ihren Freudengesang an.

Ein weiterer Pilum begab sich an ihre Seite. »Gut gemacht, Leute«, meldete sich der Pilot. Maj wandte überrascht den Kopf, denn sie erkannte die Stimme. Sie spähte durch die Dunkelheit und entdeckte James Winters am

Steuer des Pilum-Speers. Er trug ein grimmiges Grinsen zur Schau.

»Captain Winters ...«

»*Commander* Winters«, berichtigte er, »zumindest hier. Du hast heute genug getan, Maj. Ich erlöse dich.«

»Ich *bin* erlöst«, seufzte Maj und lächelte. Erleichtert ließ sie sich in ihren Sitz sinken.

»Jetzt geh raus aus dem Netz. Schalt um Himmels willen die Alarmanlage aus und öffne die Vordertür. Etwa acht Streifenwagen und ein Notarztteam aus Bethesda warten draußen auf dich und Laurent. Deine Eltern werden mit dem Hubschrauber eingeflogen und werden in etwa fünf Minuten alle Einzelheiten wissen wollen.«

Maj war noch nie so froh gewesen, offline zu gehen.

Es dauerte einige Tage, bis sich die Situation beruhigt hatte. Laurent musste für längere Zeit zur Regenerierung seiner Gehirnzellen ins Krankenhaus – zum Glück war der Schaden geringer als befürchtet. Dank Maj und dem Eingreifen der Net Force würde er vollständig geheilt werden. Man entfernte auch die Mikropen aus seinem Körper. In Bethesda wurden diese Wunderwerke bis zum Eintreffen des Mannes, der am besten mit ihnen umgehen konnte, sicher verwahrt.

Maj bestand darauf, zumindest aus der Entfernung dabei zu sein. Sie sah den Swissair-Raumflieger in Dulles landen und wartete mit James Winters und ihrem Vater, bis die Säuberungsmannschaft das überschüssige Hydrazin herausgepumpt hatte und es an die Landerampe gezogen wurde. Endlich kam der große, blonde Mann mit dem Mantel, der für seine langen Arme zu kurz war, über die Fluggastbrücke auf sie zu. Man hatte ihn angewiesen, die Einwanderungsstelle zu umgehen. Sie beobachtete, wie ihr Vater und der stattliche Mann sich ansahen – und dann aufeinander zurannten und sich wie Kinder in die Arme schlossen. Diese Momente würde sie nie vergessen.

Dann hatten sie ihn direkt ins Krankenhaus zu dem genesenden Laurent gebracht und die Höhepunkte seiner langen Geschichte zu hören bekommen. Maj war sich bewusst, dass ihr einige Teile davon für immer verschlossen bleiben würden, wenn auch ihr Vater wahrscheinlich Bescheid wusste. James Winters sagte nur: »Wir haben einige Freunde in der Ferne. Manchmal sind sie in einer Position, eingreifen und helfen zu können. Diesmal war es so, und wir hatten Glück. Sie konnten Laurents Vater den Sicherheitskräften im Moment seiner Festnahme entreißen und ihn an einen Ort bringen, von wo aus er uns die Deaktivierungscodes für die Mikropen mitteilen konnte. Keine Sekunde zu früh ...«

Andere solcher Bruchstücke verursachten Maj eine Gänsehaut. »Die Agentin, die Clujs Leute herübergeschickt haben, um Laurent heimzuholen, ist eine ziemlich unangenehme Lady. Sie wird uns in Bezug auf einige Vorfälle auf amerikanischem Boden Rede und Antwort stehen müssen. Sie hat mit einem längeren Aufenthalt zu rechnen.«

Maj grinste. Das Gesicht der Frau hatte ihr vom ersten Moment an nicht gefallen – es war gut zu wissen, dass es dafür einen Grund gegeben hatte.

»Du hast alles gut durchdacht, Maj«, sagte Winters später zu ihr. »Du hast es durchdacht und bist deinen Instinkten gefolgt – diese Vorahnung hat uns die Zeit verschafft, die Leute eingreifen lassen zu können, die dafür ausgerüstet waren. Du hättest es nicht besser machen können. Ich bin stolz auf dich.«

Schweigend ging sie neben ihm und genoss das Lob.

»Aber jetzt«, fuhr er fort, »reden wir darüber, warum du mich nicht früher angerufen hast.« In ernstem Tonfall fuhr er eine Viertelstunde lang fort. Majs Ohren brannten so heftig, dass sie schon befürchtete, ihre Haare würden Feuer fangen.

Schließlich meldete sich ihr Vater, der auf James Winters' anderer Seite ging, zu Wort. »Wahrscheinlich hätte sie dich schon am Abend zuvor angerufen, Jim, wenn ich es ihr nicht ausgeredet hätte.«

»Wirklich?«

»Wirklich.«

Winters sah Majs Vater an und schüttelte den Kopf. Der zuckte die Achseln. »Ich habe das Ökonomieprinzip ins Spiel gebracht. *Mea Culpa.*«

»Hm«, sagte Winters. »Jetzt, wo du es sagst, ich glaube, ich habe dir einmal Tabasco in den Wodka gegeben.«

»Das warst *du*?«

Winters nickte. »Auch ein Fehler. Also sind wir jetzt quitt.«

»Kannst du meiner Frau das schriftlich geben«, witzelte Majs Vater, »und zwar so bald wie möglich?«

Die beiden Männer grinsten sich an.

»Wohin kommen Laurent und sein Vater jetzt?«, wollte Maj nach einer Weile wissen.

Winters seufzte. »Es wird dich nicht überraschen, dass wir ein Schutzprogramm für Zeugen haben. Ich denke, wir können Armin Darenko dazu rechnen, da er offensichtlich eines der nützlichsten chirurgischen und therapeutischen Werkzeuge dieses Jahrhunderts erfunden hat. Ich wäre nicht überrascht, wenn er irgendwann den Nobelpreis dafür erhalten würde. Da er im Moment kein Interesse daran zeigt, in sein Heimatland zurückzukehren« – sein Lächeln wurde angemessen frostig –, »nehmen wir ihn und Laurent auf, finden ein ruhiges Plätzchen, wo sie in Ruhe leben können ... und lassen sie in der Versenkung verschwinden.«

Maj lächelte. »Neue Identitäten ...«

»Ich könnte mir vorstellen, dass deine Gruppe ein neues Mitglied bekommt«, fuhr Winters fort, »unter einem neuen Namen natürlich. Einige deiner Net Force Explorers-Kollegen werden natürlich Zugang zu diesen Informationen haben. Doch ich denke nicht, dass das ein Problem sein wird.«

»Nein«, sagte Maj, »das denke ich auch nicht.«

Sie lauschte in ihrem Hinterkopf lächelnd dem Gesang der Galaxie; doch ihr Stolz übertönte im Moment alles.

Sieben für Sieben, dachte sie. *Oder Neun oder Zehn ... Wie viele wir auch sind!*

Quellennachweis

EHRENSACHE / *Shadow Of Honor*
geschrieben von Tom Clancy und Steve Pieczenik
Copyright © 2000 by Netco Partners
Copyright © der deutschsprachigen Ausgabe 2003
by Ullstein Heyne List GmbH & Co. KG, München
Der Wilhelm Heyne ist ein Verlag der
Ullstein Heyne List GmbH & Co. KG
Aus dem Amerikanischen von Laura Arndt

SCHWARZE SCHATTEN / *Private Lives*
geschrieben von Tom Clancy und Steve Pieczenik
Copyright © 2000 by Netco Partners
Copyright © der deutschsprachigen Ausgabe 2003
by Ullstein Heyne List GmbH & Co. KG, München
Der Wilhelm Heyne ist ein Verlag der
Ullstein Heyne List GmbH & Co. KG
Aus dem Amerikanischen von Michael Göpfert

GEISELNAHME / *Safe House*
Idee von Tom Clancy und Steve Pieczenik
geschrieben von Diane Duane
Copyright © 2000 by Netco Partners
Copyright © der deutschsprachigen Ausgabe 2003
by Ullstein Heyne List GmbH & Co. KG, München
Der Wilhelm Heyne ist ein Verlag der
Ullstein Heyne List GmbH & Co. KG
Aus dem Amerikanischen von Alexandra Betz

Patrick Robinson

Aktuell, spannungsgeladen und eiskalt in Szene gesetzt!

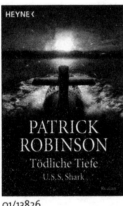

01/13826

Nimitz Class
01/10852

Kilo Class
01/13112

In tödlicher Mission
01/13210

Unter Beschuss
01/13603

Tödliche Tiefe
01/13826

HEYNE